臺灣文學叢刊

臺灣日治時期翻譯文學作品集

卷五

總策畫 許俊雅
主編 許俊雅 顧敏耀

序

翻譯是不同文字、文學、文化交互融合的產物，日治時期臺灣的翻譯文學則同時在東學、西學、新學方面的選擇與接受的制約下發展。而日治的翻譯文學與臺灣新文學的發展關係密切，透過全面深入的研探可以更清楚釐清補充其間的漏洞空白，為臺灣文學史書寫提供參考的價值，同時得以認識到東亞社會的共性與區別，呈現東亞不同國度在接受西方思想時的再創造作用，以及這種再創造對於理解近現代世界發展多樣化的意義。過去臺灣文學史的書寫，鮮少將翻譯文學納入討論的框架（若有也僅僅零星點到為止），並沒有對文學翻譯的情況做出全面性的考察。但臺灣的文學翻譯與文學運動有著互為表裡、互為因果的密切關係，因此不談論文學翻譯的臺灣文學史書寫，將會使得日治時期臺灣文學運動的整體性產生極大程度的闕漏。

透過本套書可以管窺日治臺灣文壇對於世界文學的接受狀況，並理解以下若干問題。其一，臺灣青年在知識養成的過程中，從世界文學的接受上獲得怎樣的養分？其二，殖民地臺灣語言使用現象的駁雜（hybridy），在文學翻譯的過程中被如何呈現與表達？其三，在歐美具有「歷時性」的、線性發展的文學現代性、文學思潮與文學風格，在臺灣社會被如何以「共時性」的面貌呈現？其四，文學翻譯者所扮演的「中介」（intermediary）角色所發揮的「看門人」（gate-keeper）之作用，在特定作品的引介與否之間，所透露出來的權力關係等等。透過全盤整理，吾人得以發現當時「譯」軍突起—翻譯文學在臺灣的傳播與形成的圖像以及戰爭期的翻譯與時局、漢文的關聯，尤其翻譯文學對臺灣文學從古典形態走向現代形態變革的影響及當時臺灣翻譯文學的特色。

本套書為本人執行國科會（今科技部）計畫的副產品，該計畫幸獲國科會支持，在主要學術論文撰寫之前，本人及研究團隊廣泛蒐羅各雜誌期刊（書目較少）所刊之譯文，所運用之文獻史料有《臺灣日日新報》、

《漢文臺灣日日新報》、《臺南新報》、《高雄新報》、《新高新報》、《三六九小報》、《洪水報》、《臺灣青年》、《臺灣》、《臺灣民報》、《臺灣文藝》（1902）、《語苑》、《臺灣警察協會雜誌》、《臺灣警察時報》、《臺灣教育會雜誌》、《臺灣愛國婦人》、《臺灣文藝叢誌》、《明日》、《曉鐘》、《人人》、《南音》、《フォルモサ》、《先發部隊》、《第一線》、《臺灣文藝》、《臺灣新文學》、《臺灣文學》、《風月報》、《臺灣大眾時報》、《新臺灣大眾時報》、《南方》、《南國文藝》、《文藝臺灣》、《臺灣文藝》（1942）、《臺法月報》、《專賣通信》、《實業之臺灣》、《熱帶詩人》、《臺灣教育》、《The Formosa》、《第一教育》、《翔風》、《臺高》、《媽祖》、《臺大文學》、《臺灣婦人界》、《南巷》、《ネ・ス・パ》、《南文學》、《臺灣》（1940）、《相思樹》、《紅塵》、《臺灣遞信協會雜誌》、《臺灣道》、《南瀛教會誌》、《愛書》、《臺灣時報》、《無軌道時代》等等報刊雜誌及數位典藏的《臺灣府城教會報》及《芥菜子》（北部臺灣基督長老教會教會公報）等。並將翻譯作品彙編，分為「白話字」、「臺語漢字」、「中文」以及「日文」四卷。《白話字卷》除了有原始的「全羅版」白話字（或稱「教會羅馬字」、「臺語羅馬字」）之外，亦有「漢羅版」的譯文以供對照參看。《日文卷》所收錄之篇章，皆敦請精通日文之專業譯者重新將文章內容再翻成中文。並對每篇譯作原作者與譯者予以簡介，凡三四百位之多。當時原文多未標出處，譯者亦有不少難以追查，本人在不計成本，努力以赴，以克服困難，解決問題之後，備加感到將資料公諸於世的迫切性及重要性。雖然蒐集、整理、翻譯作品，並進而編輯出版，凡此皆極繁瑣且所費不貲，對筆者學術成績無多大助益，這部分亦非本計畫之要求成果，唯基於學術乃天下公器，個人認為唯有不藏私，方能提升日治臺灣翻譯文學的研究深度，並引發更多研究者投入。

特別值得一提的是，本套書參與成員甚多，或蒐集複印整理資料，或分工撰寫作者、譯者簡介，或承擔日文翻譯工作，其間作者的辨識確認並非易事，此乃因當時臺灣譯者多不注明譯本之來源、譯本之原文及原作者姓名之外文，而且各人的翻譯不一，與現今譯名又多所出入，考察極其不便。如泰戈爾譯名有泰古俞、太歌爾，尼采譯名用「尼至埃」、「ニイチエ」，如果是知名度很高的外國作家作品，問題尚比較容易解決，但如是知名度不高的作家作品，則是難上加難，因此盡力追尋其身分背景，以更充分掌握相關知識氛圍，是出版這套書在作者譯者介紹上，首先要解決的問題。其後之翻譯更是重責大任，非常感謝東吳日文系賴錦雀教授（時任文學院院長）推薦系內傑出師生協助，不計甚是微薄的翻譯費，鼎力完成這批日文翻譯，耑此謹致本人最高謝意。本套書前後參與人員有：王美雅、王鈺婷、伊藤佳代（いとう かよ）、吳靜芳、李時馨、杉森藍（すぎもり あい）、阮文雅、林政燕、張桂娥、許舜傑、彭思遠、楊奕屏、趙勳達、劉靈均、潘麗玲、龜井和歌子（かめい わかこ）、謝濟全、顧敏耀、鄭清鴻等，以及王一如、林宛萱、康韶真、蔡詠淯、黃之綠、謝易安同學等人協助校對，沒有他們的幫助，這套書不可能出版。最後更要向萬卷樓梁經理、張晏瑞、編輯游依玲、吳家嘉致意，願意支持可能不太有銷路的翻譯文學史料。由於能力及時間有限，本書缺點及不足在所難免，敬請廣大讀者批評指正。

此外，以上序文原寫於二〇一一年十月二十五日滬上途中，由於個人諸事紛紜，加上後續又有增加的材料，並編製卷五日文影像集，不外是希望能將此套書朝更嚴謹的學術性邁進，同時省卻研究者蒐尋原文的時間，這部分圖檔來源不一，登載報刊上的版式亦非常參差，尤其多數報刊距今時間久遠，圖影效果不彰屢見，為求盡量一致及清晰的效果，顧敏耀博士付出相當大的心力剪裁修正，這種種因素因此延宕至今，時間竟匆匆兩年半載了。在這段時間，也發現了眾多議論的譯文及中國譯作轉刊於日治臺灣報刊，但刊登時不見譯者之名，如未經追查，難以確認本為譯作，甚或有些為偽譯作，如要一一辨識，恐又耽誤出版時程，念及第三卷中文卷已收部分（嚴格說來不宜列入臺灣日治翻譯文學集，考量刊登臺灣報刊，寬鬆處理），而個人亦將於未來幾年出版另一套日治報刊轉載中國文學之校勘本，至於遊走在文學類邊緣的各譯文或者世界語的譯作等等，也都因時間因素，不再繼續增添補強，留待他日有餘力再說罷。

許俊雅　二〇一四年五月十五日

導讀

許俊雅

一 前言

關於二戰前的臺灣翻譯發展史，較諸其他國家可能更多元。臺灣因為地狹山多，在漢人移居之前，諒必在各個原住民語族之間，就有通曉兩種以上語言的原住民翻譯人員存在。荷西時期出現了學會臺灣原住民語的神職人員，還曾經出版過西拉雅語的〈馬太福音〉和〈約翰福音〉。明鄭與清領時期在各個原住民部落往往都有「通譯」以協助經商或政令推行。清領時期因為迴避制度的施行，來臺文官往往都由閩粵二省以外派來，在施政或審判之際，更是需要翻譯人員（註一）。當時具有代表性的翻譯作品則為首任巡臺御史黃叔璥《臺海使槎錄》所記載的「番歌」（註二），這是漢譯文學之始。厥後直至清領結束，雖有馬偕在一八八一年於淡水創

註一　在清末來到臺灣的馬偕博士曾如此描述衙門開庭之實況：「滿大人由他的隨從護著坐轎子來到，進入衙門大廳坐正，又邊站著通事（原註：翻譯官）。因為是滿大人，從中國來的，就理該不懂得本地話，所以旁邊必得有個通事……滿大人經由通事來審理被告」，見氏著：《福爾摩沙紀事》（臺北市：前衛出版社，二〇〇七年），頁九八。

註二　黃叔璥：《臺海使槎錄》（臺北市：大通書局，一九八七年），頁九四～一六〇。黃氏於一七二二至一七二四年在臺期間所譯之平埔族歌謠收錄於〈番俗六考〉，〈北路諸羅番一〉當中收錄的〈灣裏社誠婦歌〉云：「朱連麼吱匏裏乞（娶汝眾人皆知），加直老巴綿煙（原為傳代）；加年呀嗄加犁蠻（須要好名聲），拙年巴恩勞勞呀（切勿做出壞事），車加犁末礁嘮描（彼此便覺好看）！」（括號中皆為原註），是用漢字的官話語音來記載當時平埔族的歌謠，譯音雖不夠精確，然實為珍貴之記錄。黃叔璥：《臺海使槎錄》（臺北市：大通書局，一九八七年），頁九四～一六〇。

立「理學堂大書院」(註三)、劉銘傳在一八八七年於大稻埕開辦「臺灣西學堂」(註四)，也培養出一些通曉雙語或多語的人才，例如艋舺秀才黃茂清就曾在該學堂就讀，據稱「閱時未久而於英國語言文字，大有所得」(註五)，然而可能較為著重宣教或經貿過程中的翻譯事宜，未見有文學作品漢譯(註六)之紀錄。文學作品之漢譯除黃叔璥之的平埔族歌謠外，清領末葉開放傳教之後，臺灣的基督教長老教會開始運用羅馬字將不少西方文學作品、聖經故事或是神學著作翻譯成臺語（俗稱白話字），刊於《臺灣府城教會報》、《臺灣教會報》等(註七)。

進入日治時期之後，白話字依舊翻譯不少文學作品，而漢譯文學有較為不同的變貌。本文謹就日治時期文學譯作討論，由於臺灣翻譯文學必然牽涉到東學、西學與新學的譯介，因在十九、二十世紀初期，日本、中國、臺灣的知識分子莫不處於東學、西學、新學的潮流中，而透過明治日本吸收西方近代思想，正是東亞近代文明形成的重要一環，這一過程並非僅僅是由西方到明治日本再到中國或臺灣的單向運動，在此過程中，既透過明治以來日本思想界的大量成果吸收西方近代精神，並受明治以來思想界對於西方思想的選擇與接受樣式的制約，又有基於本土文化和個人學識的再選擇與再創造，由此產生的思想體系的變異。日本大量譯介西書，並成為當時中國、臺灣易於接受的「東學」，雖然東學無一不從西學來，但二者如何溝通聯繫，並做適當的取捨，成為適合自己需求的新學（李漢如和日本人曾創立新學會，會員有一千五百人，主要介紹外

註三　戴寶村：〈馬偕——上帝使徒在臺灣的宣教、教育與醫療〉，《什麼人物、為何重要——臺灣史上重要人物系列·二》（臺北市：國立歷史博物館，二〇一一年），頁十七～十八。

註四　季壓西、陳偉民：《從「同文三館」起步》（北京市：學苑出版社，二〇〇七年），頁一七七。

註五　不著撰者：〈臺秀錄　縉紳紀實（其八）〉，《臺灣日日新報》，一八九八年十月二十三日，第五版。

註六　此處「漢譯」不包括「臺譯」。一八八五年（光緒十一年）由英國長老教會巴克禮牧師（Rev. Thomas Barclay）在臺南創辦的《臺灣府城教會報》之中，便曾刊載不少臺譯文學作品。以上參顧敏耀未刊稿。

註七　目前皆已收錄於「臺灣白話字文獻館」（http://www.tcll.ntnu.edu.tw/pojbh/script/index.htm）。

國翻譯小說並出版刊物），則是研究日治臺灣翻譯之必要考量。

本文重點在於理解當時臺灣文壇對於世界文學的接受狀況，並試圖釐清臺灣青年在知識養成的過程中，從世界文學的接受上獲得怎樣的養分？殖民地臺灣語言使用現象的駁雜，在文學翻譯的過程中被如何呈現與表達？文學翻譯者所扮演的「中介」角色所發揮的「看門人」之作用，在特定作品的引介與否之間，所透露出來的權力關係。以臺灣新文學運動為例，在其推展之初，其實是有著標榜中文書寫、以小說為主、以寫實主義精神為依歸的本質。因此，臺灣新文學運動所進行的文學翻譯或轉載，也必然符合此象徵秩序。不過必須理解的是，此等象徵秩序只存在於臺灣新文學運動這個場域之內，在此之外，不同的語言、文類、主題都獲得了不同程度的取捨。例如以「白話字臺灣話文」進行文學翻譯的《臺灣府城教會報》、以「漢字臺灣話文」進行文學翻譯的小野西洲與東方孝義等《語苑》集團、以文言文進行文學翻譯的魏清德、李逸濤、謝雪漁、蔡啟華、許寶亭等傳統文人、以及以日文進行文學翻譯的村上骨仙、石濱三男、南次夫、西川滿、矢野峰人、島田謹二、中里正一、上田敏、西田正一、中尾德藏、根津令一等日人作家或曾石火、翁鬧等臺人作家，以中國白話文翻譯的李萬居、劉吶鷗、張我軍、林荊南、黃淑黛、湘蘋、楊雲萍、洪炎秋等，對於文類與主題都有不同的傾好。這當然與各立場知識分子自身的文化資本的積累以及其性情傾向有絕對的關係。這多語情形也呈現了翻譯是不同文化之間的「協商」過程，在同一個語境內進行文化協商必然是殖民地臺灣這個「多語的」社會所必然面對的現象與難題，但也是日治時期臺灣文學翻譯語言之多種的必然現象。

臺灣翻譯語言多種，當時的官方語言以及各級學校所推行使用的語言皆為日語、通曉日文的臺灣人日漸增多、許多經典性的歐美作品都已經有日譯本將，日譯本進入臺灣，還出現譯成淺近文言或是白話文之譯作，在一九三〇年代的譯文中，仍然可見使用文言文翻譯的情形，如《南音》XYZ 翻譯了英國 Goldsworthy Lowes Dickinson 的〈戰爭與避戰〉。或像吳裕溫〈阿里山遊記〉，將漢語文言文直接改譯成日文，保留許多文言文之痕跡，又如「與謝野晶子」從古代日文翻成近代日文，「新譯紫式部日記」即是。或將語體譯文直接據此增刪，或略去或增飾，不一而足。他如臺灣譯本將文言文翻譯為語體文，如簡進發所譯〈無家的孤兒〉(註八)，簡譯本並非直接從愛克脫・麥羅法文原著譯出，亦非自日譯本轉譯，而是根據包天笑文言譯本《苦兒流浪記》再「轉譯」為語體文（白話文），簡譯本對於包天笑譯作的承襲，其痕跡十分明顯。當時也有極多中文譯作自中國報刊書籍轉載（或改寫）引進臺灣。也有如《語苑》將中國古典文學作品翻譯成臺語漢字者，同時有些翻譯使用了臺灣話文翻譯，翻譯情況從文言文到白話文、臺灣話文及後來將中文、臺語翻譯為日文(日譯《臺灣歌謠集》，或者將日文劇本翻譯為臺語，或將《紅樓夢》、《西遊記》、《水滸傳》、《三國志演義》翻譯為日文，這種種轉折變化，正與時局改變，翻譯的意圖目的也隨之改變有關。

為便於考察臺灣翻譯文學的發展脈絡，本文將它分為三階段分期敘述。(一)臺灣翻譯文學的萌芽期（一八九五～一九二〇）。(二)臺灣翻譯文學的發展期（一九二〇～一九三七）。(三)臺灣翻譯文學的衰微期（一九三七～一九四五）。

二　臺灣翻譯文學的萌芽期（一八九五～一九二〇）

臺灣初期之翻譯，多由日人初登舞臺（臺灣新報），以日譯稿／中國文獻、歷史小說之翻譯改寫為主。在〈本刊　譯書善鄰〉(註九)上，說明了翻譯的情況：

註八　刊《南方》一九四三年十月，包譯《苦兒流浪記》刊一九一二年七月至一九一四年的《教育雜誌》四卷四號至六卷十二號（其中五卷三、七號，六卷一、五、七號未載）。

註九　《臺灣日日新報》第一七八號，頁三，明治三十一（一八九八）年十二月六日。

我國文士。學邦文與漢文洋文者。今度將善鄰協會。議改作善鄰譯書館。其發起創立之旨趣。在導清國以開拓文明。贊清國以保全權勢。而即以維持東洋平和大局也。故凡書冊足啟發人智者。如泰西有用之書。曾經譯述供我國民讀之。茲急宜更譯漢文。輸入清國。以便清國人士閱購。又依我國三十年間。及將來有用之書。胥譯漢文。為輸入清國地步此種籌畫。經於前月廿三日。開會決議以外又有要議四條。一將譯述之書，必經從事選定。二上海地方，宜設置印刷所。三請清政府保護板權，俾免翻刻滋謬。四請我國政府，保護一切事宜也。持其議者。文學博士。則重野安繹。元良勇次郎。星野恒。井上哲次郎四氏東宮侍講。三嶋毅一代鴻儒根本通明。法律學博士則富井政章。華族女學校教諭土屋弘等諸氏也。

這則資料與探討日本的亞細亞主義有關，也與中國的翻譯史有密切關係，然而中國翻譯史論著從未提起或連結思考，日本學者狹間直樹〈日本的亞細亞主義與善鄰譯書館〉一文首先提出來，該文極具參考價值。不過，他所使用的文獻年代有些還比《臺灣日日新報》上所刊載的晚，有些推論則可以《臺灣日日新報》所刊直接證實。翻譯之被重視，以此可見端倪，此時相關之譯作，如〈喬太守〉(註十)記作者「安全」某日見到某臺灣人邊看小說邊笑，於是借來此書回家閱讀，因覺得和眼中所見的臺灣人極為相似，於是興起翻譯的念頭，希望能不失性情與風俗地翻譯此篇小說（此小說原題為「喬太守亂點鴛鴦譜」)。初時多為日人之譯作，或漢譯或和譯，二者並見。故三溪居士之〈譯述　詞苑／源氏箒木卷〉(註十一)提到紫氏部《源氏物語》其中一卷，前言云：

註十　《臺灣日日新報》第四五三號，頁十一～十二，明治三十二（一八九九）年十一月三日。

註十一　《臺灣日日新報》第八〇一號，頁十三，明治三十四（一九〇一）年一月一日。

紫氏部，本朝三才媛之一也，所著《源語》五十四帖，雖率多浮靡之詞，而寄託深遠，訓戒其存，宜千百載之後學者，推以為一大奇書也。故菊池三溪翁嘗以漢文譯之，其措詞之富麗，使人驚心動魄。茲錄箒木卷一帖，蓋篇中出色文字也。讀者嘗一臠之肉，亦足以知全鼎之味與。（標點為筆者所加）

又如赤髮天狗〈桃花扇〉即為讀者消暑，特翻譯明末英俊侯雪苑之傳奇，又如梅陰子（伊能嘉矩）的藍鹿州（即「藍鼎元」）〈臺灣中興の為政家〉（註十二），即中國文獻之翻譯改寫。小說內容總是先引用一段中文文稿，再加以闡述介紹，似引用野史文獻重寫／改寫的歷史敘事小說。也有像黑風兒所譯，介紹托爾斯泰不只是俄國奇矯的大詩人，也是世界上傑出的人物，因此特翻譯最近ロング氏寫的「評論之評論」，藉以窺看其思想及活動。尚有來城小隱《鄭成功》，是一部翻譯、引用文獻撰寫的臺灣歷史小說，並於文中寫道「引用書目如左：御批歷代通鑑揖覽　聖安皇帝本記行在陽秋　兩廣記略／賜姓始末東明聞見錄／吳耿尚孔四王全傳粵遊見聞／烈皇小識　嘉定屠城記略／海外異傳　鄭將軍成功傳碑／鄭將軍碑　鄭交徵書／元明清史略澎湖廳志／淡水廳志　臺灣外記／鄭成功　臺灣志／史料通信叢誌大清三朝事略／鄭延平事略　臺灣史料……等等。」

這時期譯作早期多為日本文人之譯介，之後本土文人譯作方登場。如李逸濤、謝雪漁、魏清德（註十三）等傳統文人的翻譯，以上現象說明了日治時期的臺灣處於一個全球化新興的文化場域，各式文本和文化移植轉

註十二　《臺灣日日新報》第五三一號，頁一，明治三十三（一九〇〇）年二月十日。

註十三　魏清德、謝雪漁等傳統文人曾習日文，較早地進行了日文中譯的文學活動。如謝雪漁在《漢文臺灣日日新報》的〈陣中奇緣〉、〈靈龜報恩〉，魏清德的日本〈赤穗義士菅谷半之丞〉，魏氏在《臺灣日日新報》及《漢文臺灣日日新報》上撰寫、譯寫了二十餘篇漢文通俗小說。

手進入臺灣文學場域，對於當時文化論述的衝擊有著深刻的影響。而傳統文人亦通過日文建構他們對於域外世界的想像，在翻譯與摹寫的過程中，可見其文化觀及知識養成背景。如從李逸濤所翻譯的《袁世凱》傳展開研究，可見李氏翻譯袁世凱逐漸成為「親日主義者」此一認同的轉變，其翻譯撰述目的乃是在強化袁世凱對日本軍事武力的高度認同，並且將袁世凱塑造為與現代脈動相聯結的改革者形象，這除了顯示出日本殖民主義和帝國主義發展過程中往往透過「再現」來加深中國之刻板印象，因而成為「落後中國」與「文明開化之日本」的對比，一方面也創造出一套日本地位優越的策略，將日本與西方文明接合，形塑出先進的日本代表西方近代文明的優越性。另外也指出日本重視東洋文明，並且處於與中國人種、文字與宗教同一性的亞洲，這種以日本為本位的東洋文明論述，隱含有大東亞共榮圈的雛形，以此鞏固日本在東亞的領導地位，這樣的翻譯實踐對中國此一異域文化的再現，同時對中國的翻譯也建構了殖民地臺灣特殊的認同形式，呈現出文化翻譯之間多元而重層的影響，及文化翻譯中與文化再生產與文化身分塑造有關的重要議題。

基本上李逸濤此篇之譯作尚忠實於原作，但此時期的譯作，實則譯述、譯意、演述、演義、衍義為多，日治初期文人對於「翻譯」一詞，也有相當清楚的體會，在一篇〈譯文不如譯意〉一文中說：

> 邦文之與漢文，第就文字上觀之，其意義有時似相去不遠。至句法之順逆，字眼之安放，虛字之轉接，其法有大相懸殊者。何則？世界之文字，莫不各因其方言，言語之不同，斯文字文法亦因之而差異。不待論矣。第以文字畧同，而運用見解亦隨而各異者，又未始非方言有以致之也。顧用邦語與漢語較，邦語所先發者，漢語後之，漢語在上句者，邦語下之，其同為是言也，同此意也，而先後上下已各相反。且俗語口頭禪。亦有此有彼無之分，此運用見解之所以不同也，乃世之譯者，就邦文所譯之漢文，篇中每有漢文所無之字眼，罕見之文法句法，牽強之轉接，紛亂剝雜乎其間，于此而欲求千

人共喻，一目了然，不亦難乎？即有一二深通漢文文法者，亦狃于時俗，習焉不察，甚至降格求合，潦草闒茸，推原其故，蓋恐意譯有違背乎邦文之義，不如直譯以求無過，且易為力耳，不知欲求無過，而過反因是而滋深。如訓令規則，關係于行政法律上諸大端，不善譯者恒囫圇吞棗，且顛倒參差，致閱者或誤會，或難解，因而逕行者悖謬，闕疑者失機，誤人一至於此，其過豈鮮淺哉？夫譯文之道，祇求意義相符，旨趣明晰耳，如必強邦文與漢文之文法，順序一致，是將戕賊杞柳而以為桮棬，其意旨因之而愈漓愈晦矣，苟能將邦文之意旨体會了當，然後認定漢文之文法以譯出之，雖文法判和漢之別，而意旨無毫釐之差，于句法字眼轉接間（原作閒），漢文所有者有之，漢文應無者無之，無庸依樣，不失廬山，縱云出藍，自成粉本，下筆無挂漏杜撰之患，閱者無晦悶蒙蔽之虞，斯譯文之能事畢矣，吾因而斷之曰，直譯者不如意譯之為愈也，司是事者，苟以芻蕘為可採，于譯文一道，未必無小補云。（註十四）（標點為筆者所加）

可知在翻譯的過程中，原意絕不可能與譯意完全相同，只能按譯者理解的方式來做翻譯。傳統文人在進行文學翻譯時，對於筆下的文字究竟是屬於譯作、擬作、或摹寫，常常沒有清晰的界定。若是譯作，往往不見「翻譯」字樣。若是擬作（imitation，或稱譯述），則類似於林譯小說（晚清林紓所譯之小說），也是廣義的譯作，但不同於林紓將其擬作作品視為「譯作」，臺灣的傳統文人則往往不加上「翻譯」字樣，例如李逸濤改寫朝鮮名著〈春香傳〉、以及魏清德譯述日本故事〈赤穗義士菅谷半之丞〉、〈塚原左門〉、〈寶藏院名鎗〉、〈塚原卜傳〉等皆是如此。若是摹寫，則與文學翻譯的定義有段差距，例如魏清德的〈齒痕〉（一九一八）與〈百

註十四　《臺灣日日新報》第二二〇五號，頁二，一九〇五年九月六日。

年夫婦〉（一九二五）。這類的摹寫作品雖非譯作，但在受西方文學影響的研究議題上，亦是不容忽視的題材。由於報刊篇幅所限，加上傳統文人多缺乏西方語言能力，需仰賴中、日文譯本，如魏清德因接受日本新式教育而熟諳日文，在和漢文的翻譯也受到尊重，但其〈南清遊覽紀錄〉（十三）中提到：「……沿途多設備種種，余管見又於英文不精，故不能識。……」其英文不精，因此無法對原作「直譯」，只能將已譯的中文或日文譯本再「意譯」，且往往是摘錄式的意譯。

其翻譯情況尚可以蔡啟華譯〈小人島誌〉（註十五）為例，此文即 Jonathan Swift 原作《格列佛遊記》（*Gulliver's Travels*, 一七二六）四個章節之一，故事中的主角 Gulliver 譯為「涯里覓」，與今日習見的「格列佛」或「格里佛」相距甚遠，其實也是日語譯音「ガリヴァー」或「ガリバー」再轉成臺語漢字（註十六）。文中還有一段描述：「嘗考小人島，名曰**リヽブウト**，國之縱橫，十有二里，國中最繁盛都會者，曰**ミルレンド**都」，這當然是未及將片假名改為漢字的更為明顯之轉譯痕跡。

至於翻譯作者之不詳亦累見，可分為三種情況：其一，全無署名。其二，以中文或以日文片假名擬音的方式署名，其原名不詳。其三，已可由中文或以日文片假名擬音追溯其原名，但也許是較不知名的作家，其人不詳。譯者的不詳，亦可分為三種情況：其一，全無署名。其二，使用筆名，原名不詳。其三，使用原名，其人不詳。作者與譯者的身分，決定了文學翻譯究竟是從何而譯、為何而譯、為誰而譯這種種的問題。不署名原作者或譯者的情況極多，這類中譯本多出自中國報刊書籍，臺灣轉錄時未做任何的交代，如刊登《臺灣日日新報》上的〈女露兵〉、〈旅順勇士〉（原題〈旅順土牢之勇士〉），出自王瀛州編《愛國英雄小史（下編）》（上海交通圖書館一九一八年版）〈女露兵〉、〈旅順土牢之勇士〉原作者分別是龍水齋貞

註十五　見《臺灣教育會雜誌》第九一～九四號，一九〇九年十月二十五日～一九一〇年一月二十五日。

註十六　「覓」字在臺語有多種讀音，其中之一為〔bā〕，與「ヴァー」相似。

一、押川春浪，皆為湯紅紱女士譯。改寫之後，將譯者姓名改署他人者，如一九〇六年六月五日在《漢文臺灣日日新報》刊載了署名「觀潮」翻譯的〈丹麥太子〉，這是莎士比亞作品在臺灣譯介史上的極為早期的紀錄（註十七）。其最源頭的文本即為英國作家莎士比亞的著名作品《哈姆雷特》（*Hamlet*，或譯《王子復仇記》），但是卻非臺人自譯，而是略加改寫了林紓與魏易同譯《吟邊燕語・鬼詔》之些微字句而已（註十八）。林譯也不是從莎翁劇本直接譯來，其來源文本則是英國作家查爾斯・蘭姆與其胞姐瑪麗・蘭姆（Charles and Mary Lamb）共同改寫的《莎士比亞戲劇故事集》（*Tales from Shakespeare*，或譯為《莎士比亞故事》、《莎氏樂府本事》）（註十九），在漢譯之前業已歷經了改寫以及「變體」（由戲劇變成小說）的過程。這種情形多發生於傳統文人的譯作上，發生於萌芽期（一八九五～一九二〇）。

由於譯家不多，多數文言譯作轉錄自中國報刊（前述），如不才意譯〈寄生樹〉、何卜臣意譯〈借馬難〉、梅郎、可可譯《大陸報》的〈滑稽之皇帝〉，曙峰譯〈滑稽審判官〉、（程）小青譯〈愛河一波〉、碧梧譯述〈騙術奇談〉、〈疆場情史〉、井水譯〈二萬磅之世界名畫〉、囂囂生譯述瑣尾生潤辭〈排崙君子〉及中覺一意譯〈偵探小說：梅倫奎復讐案（復朗克偵探案之二）〉（易題作〈孝子復仇〉）等等。轉錄之風迄日治結束一直風行不輟，這是值得留意的特殊現象。

翻譯引進的大量外國作品中，文學名作等純文學作品的譯介尚屬少數，占主要地位的還是一般觀念上的

註十七　關於莎士比亞在臺灣，戰後不僅有梁實秋以流暢的文筆完整譯出全集，還有被改編為歌仔戲《彼岸花》（來源文本為"*Romeo and Juliet*"）以及京劇《慾望城國》（來源文本為"*Macbeth*"）等。

註十八　筆者：〈少潮、觀潮、儀、耐儂、拾遺是誰？——《臺灣日日新報》作者考證〉，《臺灣文學學報》第十九期（二〇一一年十二月），頁一～三四。

註十九　周兆祥：《《哈姆雷特》研究》（香港：中文大學出版社，一九八一年），頁六。

所謂通俗文學，其中尤以偵探小說數量最多，影響也最大（註二十）。其目的在於輸入文明借鑑其思想意義，同時有消費娛樂及市場商業利益之考量。透過翻譯的閱讀自然展現了時人對現代情境的想像和渴慕。同時此時的文學翻譯較無系統可言，甚至沒有署名原作者，使得文學翻譯行為似乎只重視文本的「審美因素」，至於作者的「心理因素」與創作背景的「文化因素」則相對受到漠視。總體而言，萌芽期（一八九五～一九二〇）的文學翻譯往往有隱身的現象，且以意譯及譯述（譯介）為主要方式，譯者主要遵從的不是逐字逐句的直譯方式，而是撮其大要，因此「譯述」還可理解為譯者就原文的內容重新復述。譯者都不是亦步亦趨、字斟句酌地緊隨原作。譯者經常鋪張敷衍，或者刪節原作的冗贅部分以使譯作的情節發展更加緊湊。

三　臺灣翻譯文學的發展期（一九二〇～一九三七）

討論此期之翻譯與臺灣新文學創作之關係，先理解中國短篇小說在經歷了古典形式的衰落之後，旋即在晚清時期又開始了新內容、新形式的努力探索。這其中的內在動因自然是晚清動盪的社會現實對作家思想情感的有力觸動以及由此引發的表達需求有關，臺灣早期的傳統通俗小說在一九二〇年代被批評，即因殖民下的各式問題已不是此前筆記、傳奇的小說格局能容納表述的，小說家必須在原來的文學傳統上有所突破和創新。而域外小說譯作的某些新形式和表現技巧，對此時短篇創作的革新有所啟發和幫助，特別是那些偵探小說設計精巧、匠心獨具的情節，思維縝密、膽識過人的偵探形象，都能彌補傳統小說的空缺和不足。因而賴和小說〈惹事〉，不免有著偵探推理的情節以推動敷衍故事。臺灣新文學（小說）的興起，正與轉介中、日小說、譯作有相當程度的關聯，尤其是中國方面的引介。第二階段的翻譯文學在臺灣民報系統（從《臺灣青

註二十　《智鬥》發表於一九二三年《臺南新報》，改寫底本是 Maurice Leblanc 的《Aresene Lupin Versus Herlock Sholmes》。譯寫過程尤其是在地化的改裝。

年》、《臺灣》始）（註二一）轉載了不少中國作家如魯迅、周作人、胡適、張資平等人的翻譯或是創作。力倡白話文的張我軍，在不遺餘力地介紹當時中國大陸新文學的「文學理念」之餘，也寫過《文藝上的諸主義》，向臺灣介紹歐亞兩百年來的文藝思潮。通過翻譯小說（《臺灣民報》刊過都德的《最後的一課》、莫泊桑的《二漁夫》、愛羅先珂的《狹的籠》）引介西方文學。在翻譯作品方面有王敏川翻譯多篇日本《大阪朝日新聞》、《滿州日報》的文章；王鍾麟翻譯羅素對於中國問題的看法；林資梧翻譯傑克倫敦的短篇小說；黃郭佩雲翻譯賀川豐彥的〈兩個太陽輝耀的臺灣〉等多篇關於西方與日本的文學作品。及黃朝琴翻譯英國凡爾登的〈初步經濟學〉（一卷二號起連載）；蔣渭水翻譯《大阪朝日新聞》、《大阪每日新聞》、《萬朝新聞》社說、《讀賣新聞》社說等等日本重要報紙的社論；陳逢源翻譯〈大亞細亞同盟在脅威分裂的歐洲〉（第六九號）、羅素的〈公開思想與公開宣傳〉；連溫卿翻譯〈蘇維埃與教育〉等左傾作品，並介紹世界語；張我軍將山川均一九二六年完成的『植民政策下の臺灣』論文翻譯成『弱小民族的悲哀』，刊在《臺灣民報》上（註二二）。李萬居留法，在上海展開其文藝、政治的活動，翻譯法國作家的作品及一些政論譯著等，其選材眼光獨到，所譯文學作品之藝術性皆極高，具有世界文學的視野。

此期特別需留意的是關於轉載者與譯者主體性的體現。中國在一九四五年以前所產生的漢譯文學作品不勝枚舉，臺灣日治時期報刊的編輯如何從中揀擇轉載？日譯文學作品與日本自身的文學創作更是琳瑯滿目，

註二一　《臺灣》自一九二二年四月十日發行開始，發行至一九二三年十月止。

註二二　鄧慧恩博士的碩博士論文，對於臺灣民報的翻譯及世界語的研究，值得讀者留意關注。本文參考了她的相關著作，同時感謝她惠贈大作。有關世界語的翻譯，本套書亦選取若干作品。相關研究還可以參考呂美親系列著作，如〈日本時代台灣世界語運動的展開與連溫卿〉、〈《La Verda Ombro》、《La Formoso》，及其他戰前在臺灣發行的世界語刊物〉、〈關於連溫卿的〈台灣原住民傳說〉〉。以及中研院李依陵〈從語言統一實踐普世理想——日治時期臺灣世界語運動文獻〉，網址 http://archives.ith.sinica.edu.tw/collections_list_02.php?no=26

臺灣譯家又以怎樣的動機與標準來挑選翻譯？此中因素頗多，略可區分為二：首先是內在的「文本變數」（text variable），包括譯者對於語言的掌握能力、文本本身的吸引力等，這在前文已經有相關論述。其次則是外在的「語境變數」（context variable），包括任何與翻譯活動相關的社會文化因素，如政治局勢、外交格局以及文藝動向等（註二三），透過後者的考察往往更能看出編者與譯者在翻譯過程當中所體現的主體性以及與時代背景之間的關聯性。例如《臺灣民報》之所以在一九二三年轉載胡適譯作〈最後一課〉的原因，與胡適翻譯這篇作品到中國的原因相似，都是有意藉此激發人民的民族情操——小說中描寫了法國因為在普法戰爭中敗績，阿色司省必需被割讓出去，當地的小學被迫要放棄教授法文。故事透過一名小男孩的眼光來描寫，更讓人體會到其中的悲憤與無奈。胡適本身就是庚子賠款公費留學，對此感受更深，也希望當時處於列強環伺的中國人民能夠有所覺醒（註二四）。臺灣當時的處境與小說場景更為相符：都是戰爭失敗被割讓出去的地方、學校語文教育都必需改為以新統治者語文為主要內容、民眾都感到悲憤交加而無力回天，想必當時的臺灣讀者讀後也會感到心有戚戚焉（註二五）。

同樣轉載於《臺灣民報》的胡適譯作還有刊於一九二四年的吉百齡原作〈百愁門〉以及莫泊桑原作〈二漁夫〉。前者的譯者小序云：「吾國中鴉片之毒深且久矣，今幸有斬除之際會，讀此西方文豪之煙鬼寫生，當

註二三　李晶：《當代中國翻譯考察（一九六六～一九七六）——「後現代」文化研究視域》（天津市：南開大學出版社，二〇〇八年），頁二九。

註二四　趙亞宏、于林楓：〈論胡適對新文學翻譯種子的培植——從翻譯《柏林之圍》與《最後一課》看其文學翻譯觀〉，《通化師範學院學報》第三一卷五期（二〇一〇年五月），頁四一。

註二五　〈最後一課〉在戰後臺灣的國文教科書中也被選錄為課文，同樣也是站在宣導愛國觀念的立場，然而十分反諷的是：小說中的人民被迫放棄在學校傳授自己的語文的描述，與當時臺灣的福佬、客家、原住民無法在教育場域學習自身母語的情況，其實也若合符節。

亦啞然而笑，瞿然自失乎？」，日治時期臺灣一樣有不少鴉片吸食者，統治當局更藉由鴉片專賣以賺取龐大稅收（註二六），編輯應該也有想要藉由此篇以喚醒臺灣讀者之用意。〈二漁夫〉（今譯〈兩個朋友〉）則是描寫普法戰爭（一八七〇～一八七一）期間，巴黎被普軍包圍，兩個法國人難耐愁悶，相約前往市郊釣魚，結果被普軍抓走，因為不肯透露法軍當天哨卡的口令，慘遭槍決。這篇與〈最後一課〉相同，在中國的接受史上也被視為具有濃厚的愛國主義思想，屢次被選入中學教科書中（註二七）。至於〈二漁夫〉在日治時期臺灣的時代脈絡中獲得轉載的緣故，應該是想要提醒臺人認清一項事實：相異民族或國家之間的鬥爭是十分殘酷的，甚至連一般民眾也會遭到無情的殺戮。對照日治前期的漢人抗日活動遭到慘酷鎮壓之情形（註二八），洵然如是。

而在「多元文化主義」的催化下，《臺灣民報》轉載魯迅翻譯的俄國盲作家愛羅先珂的童話作品，〈魚的悲哀〉、〈狹的籠〉，在日治時期這樣特殊的時空，以中文呈現俄國作家的童話作品，這在臺灣兒童文學發展史上是件罕見的事，而轉載之動機目的尤耐人思索。表面上似乎透過中國作家介紹俄國作家的童話作品，實質上是透過作品傳達訊息，希望臺灣人能夠凝聚文化抗日的民族情結，灌輸臺灣人敵愾同仇的民族意識。「文化抗日」的意識型態隱藏在兒童文學作品之後，這中間夾雜著臺、日、中、俄等國家地區複雜的多元文化，在臺灣兒童文學發展史上的確是一種別開生面的特殊文化現象（註二九）。

註二六　陳小沖：《日本殖民統治臺灣五十年史》（北京市：社會科學文獻出版社，二〇〇五年），頁一四八～一四九。

註二七　劉洪濤：《二十世紀中國文學的世界視野》（臺北市：秀威資訊科技公司，二〇一〇年），頁七三。

註二八　例如最後一次漢人大規模武裝抗日活動，史稱「噍吧哖事件」或「西來庵事件」（一九一五年），軍事鎮壓期間可能有屠村行為，事後有千餘人遭逮捕，其中八百餘人獲判死刑，最後真正處死近百人，其餘改判無期徒刑。見李筱峰：《臺灣史一〇〇件大事．上》（臺北市：玉山社，一九九九年），頁一二二～一二四。

註二九　此段解讀普遍見諸目前學界研究論點，提出者有鄧慧恩、邱各容等人。事實上，翻譯外國著名童話寓言故事用以教育兒童，甚至也適合成年人閱讀的觀點，在當時極為普遍。童話、寓言所寄寓的深刻思想，在殖民統治下有其方便之處，不致動輒得咎遭食割命運。此外，漢字臺灣語譯文學《伊索寓言》的〈狐狸與烏鴉〉、〈螻蟻報恩〉、此時的文學翻譯與文學運動的進行產生了緊密的結合，所以系統性明顯強烈許多。此時的臺灣文壇出現兩支重要的文學翻譯路線，其一是集中在中文部分的文學翻譯，主要刊載於《臺灣民報》、《人人》、《南音》、《フォルモサ》、《先發部隊》、《第一線》、《臺灣文藝》、《臺灣新文學》等刊物，其文學翻譯的目的是為了新文學運動的推動，希望透過世界文學的養分，讓方興未艾的臺灣文學創作能在「美學」與「形式」上能獲得一舉兩得的成長。世界文學之「美學」洗禮固然是文學翻譯的動機之一，然而「形式」的洗禮甚至可以說是更重要的理由。我們知道，中國五四新文學運動本質上就是一種西化運動，而模仿了五四新文學運動的臺灣新文學運動，其西化的本質自不待言。五四新文學運動不僅要創造以「為人生而文學」為美學判準的「人的文學」（周作人語），更重要的是要創要依種脫離貴族文學桎梏與文言八股窠臼的新文體，此即胡適、陳獨秀等人發起文學革命的初衷。就這樣，外國文學的「形式結構」成為中國文壇模仿的對象。然而，模仿中國新文學的臺灣新文學，在這個層面上考慮得更多。

臺灣新文學不僅要模仿外國文學的「形式結構」，它更要模仿中國文壇翻譯外國文學時所使用的「白話文」，因此當時臺灣文壇轉載了相當多中國文壇對於世界文學的翻譯，就是為了要在「美學」、「形式」與「白話文範本」的模仿上畢其功於一役。因此，中文部分的文學翻譯實與臺灣新文學運動的發展互為表裡。可以說翻譯文學（外國文學）的引進，對臺灣新文學的影響是無庸置疑的，我們在很多著作中可以看到痕跡。如

〈皆不著〉（父子騎驢）、〈諷語〉（旅人與熊）（凸鼠）（老鼠開會）、〈不自量龜〉（烏龜與老鷹）、〈欺人自欺〉（狐狸與鶴）、〈兔の悟〉（兔與青蛙）、〈弄巧成拙〉（下金蛋的母雞）、〈謦騙〉（狐狸與烏鴉）、〈烏鼠報恩〉（獅子與老鼠）、〈螻蟻報恩情〉、〈金卵〉、〈田舍鼠と都會鼠〉等，都可列入兒童文學，不過當時以此提供日人警察學習臺語之用。在《臺南新報》的兒童文學譯作也非常多，其中有一部份還是「世界小學讀本物語」，多由天野一郎翻譯，此部分材料提供了世界語翻譯的現象，在臺灣、日本、中國有相互流通的現象，如《臺灣民報》連溫卿之譯作。

學界多言楊華詩作受泰戈爾、日本俳句的影響，但並未展開進一步的探討(註三十)。愚意以為日治傳統文人受泰戈爾影響應是不可忽視的，楊華本身新舊文學兼具，在當時風潮下，他極有可能讀了不少泰戈爾詩作。泰戈爾《飛鳥集》第八十二首：「使生如夏花之絢爛，／死如秋葉之靜美。」楊華《晨光集》第三十首：「生——／是絢爛的夏花，／死——／是憔悴的落花。」二者意象近似。傳統文人對泰戈爾的介紹不遺餘力。如一九二四年林佛國在《臺灣詩報》創刊號提到印度泰古俞，勉勵臺灣詩人頌其詩，關心社會，改造時勢。連橫在《臺灣詩薈》也曾刊登《佛化新青年》雜誌的廣告，內有多篇與泰戈爾相關的論述，而在《臺灣文藝叢誌》、《三六九小報》上都有刊載泰戈爾的相關材料，蘇維霖在《臺灣民報》也發表了〈來華之印度詩人太戈爾〉，凡此種種，實在可據此建構泰戈爾在臺灣的發展史，理解他對臺灣文壇的影響。

此外，臺灣日治時期的知識階層當中，同情無產階級、反抗階級壓迫、宣揚社會主義的左翼思想亦曾風靡一時，尤其是在一九二〇年代最為盛行，農民運動與工人運動此起彼落，直到一九三七年日本對華戰爭爆發之後才被強力的壓制下來(註三一)，這樣的時代風潮亦或隱或顯的呈現在當時許多漢譯文學作品之中。一九三四年時，郭秋生就認為臺灣新文學運動應有熱烈的生命力，並以楊浩然(註三二)翻譯的北村壽夫〈縹緻的尼姑〉這篇歌頌勞動、帶有社會主義色彩的小說作為範例。〈標緻的尼姑〉(註三三)藉由一個受雇到寺廟裡作粗工

註三十　我的學生許舜傑二〇一三年十月時於本系敘事學會議，發表了楊華詩作其中沿襲中國詩人詩作的論文，也是篇力作。

註三一　蘇世昌：《一九二〇～一九三七臺灣新知識份子思想風貌研究》(新竹市：清華大學中文研究所博士論文，二〇〇九年)，頁三三五。

註三二　此外，有關劉吶鷗在上海引進的新感覺派，如就楊浩然譯作觀之，他在上海同文書院讀書，後轉到暨南大學中國文學系。在暨大就讀期間，加入「秋野社」，是日語翻譯高手，《秋野》每期必刊其譯作，橫光利一、片岡鐵兵和川端康成的一些短篇就在當時開始登陸中國，楊浩然可謂「新感覺派」在中國最早引介者之一。

註三三　刊於《臺灣民報》，第二六〇、二六一號，一九二九年五月十二、十九日。

的年輕人說出對於勞動本身的反思、讚揚與歌頌：「你們底三餐是誰供給的？誰給你們吃飯？你們終日所幹何事？你們不是無事忙，而且吃白飯嗎？不是不勞而食嗎？……我雖然窮困，但窮困不是恥辱。我天天出汗勞動，這是人類底義務。我不願依靠他人，用自己的力維持自己底生活。哈！這樣可說是不幸嗎？可以說不幸福嗎？唉！你們都是不知勞苦的天使！但是勞你想一想，把你們底生活想一想，那時候，你就要來求我救你了」，這對於受到儒教封建觀念影響而仍舊認為士人是四民之首、「勞心者治人，勞力者治於人」的傳統臺灣讀者而言，應頗具當頭棒喝之效。此外松田解子〈礦坑姑娘〉寫礦坑姑娘梅蕙在她到礦坑裡做工時，被色鬼主任強姦一事。梅蕙憤激自殺，工人們群起而自謀解放。篇末傳單上的「我們需要有團結的有組織的力！」「我們要用力來鬥爭！打倒擁護資本主義的黨！」「他們要加入我們的真摯的團體裡面來共同奮鬥！」三個口號，可以很明白看出，資本主義高漲的結果，不但資本家藉著經濟來壓榨被壓迫者，還要藉著他的地位來蹂躪女性。張資平譯的山田清三郎〈難堪的苦悶〉，寫「我」對於因「饑餓與病苦」而自殺的K君的回憶。K君是位隻身漂泊的革命青年，以發散鼓吹軍隊赤化的宣傳標語的罪名而入獄。一年後出獄了，但是「心臟和肺部發生了毛病」，他沒有托身之所，只得跑到「我」家來。「我」是這樣主張的人：「沒有參加實際運動的人，應該援助因為參加過實際運動而失敗受罪的人。」「我」收容了他。可是「我」因著「生活的壓迫」，稿件被退回，經濟也有問題，「我」很客氣的得著K的許可，把K逐出去了。但僅僅兩個月，K竟因「饑餓與病苦」自殺了，這引起「我」無限的內疚和衝突，構成了「我」的「難堪的苦悶」。「我」逐出K君，是為妻所逼，妻逼迫的起源卻是由於米店、菜店拒絕他們的賒欠，他們沒有法子得以維生。所以「我」一面內疚又一面衝突、矛盾。「我」把這一切的錯誤，歸結到「完全是制度不良的結果，組織不良的結果」。「我」一面憐憫K君的死亡，一面拼命的自責。「我」終於感到另一種悲哀，「自然而然的叫了」起來：「我要怎樣去解決自己呢？！」這一喊叫，形成全篇所留下的一個沒有解決的問題。這一種「難堪的苦悶」不是K君一人所有，這一種無法兩全的悲哀依舊的瀰漫在我們各個人的心胸。然而有什麼辦法呢？——在這樣的制度的人間。這篇譯作代表當時部分革命者的苦悶與衝突。在日本是如此，在中國、在臺灣也是如此。這幾篇譯作均是從中國轉錄刊登，可見當時臺灣知識分子關心的議題。因此簡進發於《臺灣新民報》發表中篇小說〈革兒〉（一九三三），便以知識青年「革兒」為中心，描繪臺灣社會的赤貧化、批判日本資本主義擴張及隨之而來「九一八」侵略戰爭，以及因階級門第的懸殊造成感情路上挫折等現象。面對這些問題，〈革兒〉皆以馬克思主義的觀點闡述，並透露出嚮往蘇維埃政權、以馬克思主義作為出路的個人選擇。此作批判「九一八」侵略戰爭一事，是當時臺灣左翼小說中相當罕見的主題（註三四）。

還有李萬居譯 Josef Halecki 原作〈鄉村中的鎗聲〉，描寫地主與官府對於貧農的壓迫與掠奪，甚至開槍打死了意圖反抗的農民，牧師竟然還在葬禮中說這是「上帝的意旨」云云，結果有一位鄉民高聲反駁：「鄉民們，我來跟你們講，並不是上帝在責罰你們。這三個人被害，並不是因為他們犯罪，乃是因為他們擁護自身的利益和身體。這樣，在官府的眼中看來就是罪人了。人家殺害他們，因為他們窮的緣故！」、「因為他們的壓迫，我們餓死了。他們拉去我們的母牛和僅有的馬匹。既沒有同情，又沒有人心。如果我們自衛，他們就把我們當做狂狗一樣的射擊，或把我們當作強盜監禁。為什麼他們不監禁那些偷我們東西的大地主！因為有他們保護，強盜不偷強盜的東西。」這同樣表現出對於被壓迫者的同情，甚至還揭露了宗教本身的欺騙性以及成為階級壓迫共犯的常見惡行。至於刊登於社會主義刊物《赤道》與《明日》的葉靈鳳（筆名曇華）譯〈新俄詩選〉、黃天海（筆名孤魂）譯〈是社會嗎?還是監獄嗎？〉、〈無益之花〉，其左翼色彩之濃厚自不待言。

註三四　〈革兒〉一段為趙勳達未刊稿。

此期亦見朝鮮作家之譯作，提供了跨國譯本之比較，深入掌握東亞各國流通影響之情況，以《自助論》為例。朝鮮作家朴潤元曾於《臺灣文藝叢誌》發表譯作，由於今日《臺灣文藝叢誌》仍無法蒐羅完整，因此只能看到〈堅忍論（一）（二）〉與〈史前人類論（續）〉，當時發刊時，並未載明是譯作，而作家朴潤元相關資料，我們能掌握的也相當有限，今遍查各文獻，查得朴潤元還有三篇文章，即〈臺遊雜感〉、〈在臺灣生活的韓國兄弟的狀況〉、〈臺灣蕃族與朝鮮（上，中，下）〉，有助於釐清若干問題。刊載於《臺灣文藝叢誌》的〈堅忍論（二）〉是翻譯自崔南善《時文讀本》第三卷第十課與第十一課，而其來源出處為「《自助論》弁言」。比較《時文讀本》裡的〈堅忍論（上）〉與《臺灣文藝叢誌》裡的〈堅忍論（二）〉內容，可發現兩者使用的漢字都是一致的，朴潤元在翻譯韓漢文混用的文章時，其漢字都是直接使用。

沿上所述，《臺灣文藝叢誌》除了刊載朴潤元譯作外，又刊登了為數不少的西學新知、中國歐美歷史文化介紹的譯文。如〈德國史略〉、〈亞美利加史〉、〈伍爾奇矣傳〉、〈俄國史略〉、〈支那近代文學一斑〉、〈中華之哲學〉、〈南宋文學〉、〈救貧叢談〉、〈現代經濟組織之陷落〉等，文學譯作則有〈愛國小說：不憾〉、〈神怪小說：鬼約〉等。可知當時譯介文章除從日文選取外，也直接從中國作家轉手進來。所刊著重新思潮的引介，以及社會經濟、救貧助窮、中西文明衝突、體育、美術發展等問題的譯介。

日治時期臺灣文學翻譯不只有漢文（以及臺灣話文），事實上，以當時的國語亦即日語為所進行的文學翻譯行為，更是文學翻譯界的主流，其數量遠勝於漢文文學翻譯作品。這可以西川滿為首的日文部分的文學翻譯路線說明。西川滿主張之「為藝術而藝術」的文學風格，顯然與臺灣新文學運動的主流思維大相逕庭。在《臺灣日日新報》與《媽祖》上，西川滿努力譯介法國的象徵主義詩風，影響所及，矢野峰人、島田謹二等人也在《翔風》（註三五）、《臺大文學》上承繼了此一文學翻譯路線。於是西川滿等人的文學翻譯，實與其主張的

註三五　臺北高校生的刊物《翔風》、《臺高》都有不少翻譯，此外尚未複刻的《杏》、《雲葉》，亦可見臺高學生透過翻譯文

文學路線並無二致；簡言之，日文部分的文學翻譯與西川滿等人欲構築的文學路線實乃互為因果。

此時期的討論尤其值得留意深度翻譯的現象。文學作品有三個要素：審美因素、心理因素和文化因素。而「深度翻譯」便是充分翻譯並詮釋了文學作品的意境（審美因素）、心境（心理因素）與語境（文化因素），這也就是將翻譯文本加以歷史化與語境化，「以促使被文字遮蔽的意義與翻譯者的意圖相融合」。更有甚者，「深度翻譯」還會基於「作者已死」的「讀者反應理論」（reader-responsecriticism），提供一種超越作者對自身文本詮釋的詮釋。在日治時期臺灣的文學翻譯上，一個關於「深度翻譯」的例證可由西川滿於一九二九年的譯詩〈理想〉來加以說明。

月圓天晴，
星光滿佈，大地慘白。
萬物之靈魂，現在天空上。
我只想著幸福的星星。
不被一般人所承認的那顆星，
但我知道那道光
發光到大地之盡頭，
讓後世人的靈魂，
激動澎湃。

學的接觸，提升教養之途徑，可參津田勤子的研究議題：《台日菁英與戰前教養主義——以台北高校生《杏》《雲葉》雜誌為中心》。

啊！那一天，
這遙遠美麗的星星
發出光芒時，
在我後面的人們啊，請你們告訴星星吧！
你才是他的愛人矣。

Sully Prudhomme（一八三九～一九〇七）作的詩。在先驅者的心裡所描繪的理想，在不被當時的風潮所接受之下，只好將自己所抱持的真理寄予後世的人們之手。這首詩是歌頌這樣的心情。將理想比喻為星星，是 Prudhomme 的心境，因此我想，我們也互相為了真正的教育，在很大的理想之下，進展下去。在翻譯之後，又詮釋作者的心境，以及譯者對作者的認同，實乃「深度翻譯」的最佳例證。Sully Prudhomme 是法國詩人，一九〇一年首屆諾貝爾文學獎得主，獲獎原因為「詩歌作品是高尚的理想主義、完美的藝術的代表，並且罕有地結合了心靈與智慧」。這首〈理想〉便完全體現了 Prudhomme 的理想主義，這是作者心境的表達。不過真正的重點不只在此，重要的是譯者西川滿藉由〈理想〉又想傳達何種心境呢？翻譯這首詩的一九二九年，西川滿正返日就讀於早稻田大學文學部，專攻法國文學，師承於吉江喬松、西條八十、山內義雄，因而養成浪漫且藝術至上的文藝美學。不過這樣的美學並非當時日本文壇的主流。當時最如日中天的文藝思潮，是普羅文學（無產階級文學）。日本自大正末期到昭和初期間（一九二一～一九三四），遭逢關東大地震（一九二三），以及全球性經濟大恐慌（一九二九）等不安因素，因而帶動普羅文學進入全盛期。當普羅文學日正當中時，當然也產生了若干追求「純粹的文學性」為主的文藝路線。其中又以「新感覺派」最為知名。最具代表的作家包括橫光利一和川端康成。《文藝時代》創刊號中，橫光利一著作的〈頭與腹〉的開頭寫道：「日正當中。特快車滿載著乘客，全速飛奔而去。沿途的小車站就像頑石般，完全被漠視了。」在談論新感覺派時，這段文字經常被引用，不過在當時文壇這卻是眾矢之的。

由此我們可以想見，同樣追求「為藝術而藝術」的西川滿面對社會上普遍質疑的聲浪，便以〈理想〉一詩明志，全然以不為時人所認可的美學「先鋒派」（avant-garde）自居，它的價值在越是遠離「大眾」（mass）的地方越是彰顯，追求文學自律（literary autonomy）的作家總是將迎合「大眾」品味的文化商品視為屈尊降貴。這是西川滿之文藝美學與文學路線的選擇，這樣的選擇也預告了西川滿日後的文學走向。一九三三年自早大畢業，恩師吉江喬松勸他回臺灣「為地方主義文學奉獻一生吧！」於是西川滿帶著「先鋒派」的實驗精神回到了臺灣。一方面，西川滿努力以地方主義文學／外地文學的文風作為進入日本文學場域的策略（strategy），企圖在日本中央文壇中獲得特殊性與能見度；另一方面，西川滿則是努力以「為藝術而藝術」作為標志自身的表徵，以便在重視寫實主義文風的臺灣文壇另闢蹊徑。至此，我們可以清楚看出作為「先鋒派」的西川滿的心境，尤其是「在先驅者的心裡所描繪的理想，在不被當時的風潮所接受之下，只好將自己所抱持的真理寄予後世的人們之手。這首詩是歌頌這樣的心情。」這段話，真是說得太貼切了。

如上所述，一篇好的「深度翻譯」可以帶領我們理解作者甚或譯者所強調的意境，以及他們立身處世的心境與語境，成為我們進行研究時不可或缺的材料（註三六）。一九二〇年代臺灣新文學運動發展之初，以轉載中國的文學翻譯作為文化啟蒙的手段，等到一九三〇年代西川滿所帶領的象徵詩風興起，又帶給臺灣文壇不同的翻譯目的與翻譯主題之選擇。總之，臺灣文學翻譯或肇因於文學運動的文化自覺，或肇因於譯者個人的美學選擇與心境，都是一種意識的文化傳遞行為。因此，正如安德烈・勒弗菲爾（Andre Lefevere）所言，翻譯

註三六　西川滿部分的論述由趙勳達撰文。

是創造文本的一種形式，譯者通過翻譯，使文學以一定的方式在特定的社會中產生作用；因而實際上，翻譯不僅僅是語言的轉變、文字的轉換，而且是不同文化、不同意識形態的對抗和妥協，翻譯就是一種文化改寫，一種文化操縱。這種多元文化系統之間的文化改寫與文化操縱，正是本文關注之重點所在。

四 臺灣翻譯文學的衰微期（一九三七～一九四五）

這種對文學翻譯的積極態度，到了中日戰爭爆發以後開始產生轉變，亦即進入文學翻譯的衰微期（一九三七～一九四五）。戰爭期的翻譯，則因禁漢文的關係，將中國傳統小說翻譯為日文，或諸如日譯《臺灣歌謠集》，或者將日文劇本翻譯為臺語，同時因敵國的關係，減少對英美的翻譯。臺大所藏《臺大文學》的翻譯偏重文學，其中多篇論文的內文都是和文與邦文交雜，是「比較文學」氣味濃厚的刊物。主要翻翻譯者有：島田謹二、矢野峰人、西田正一、稻田尹、椎名力之助、從宜等等。雜誌屬性比較偏重純文學的部分，其中比較文學的論文尤其出色，帶有學術研究氣質的文學刊物。根據目次知道《臺大文學》內設有「翻譯」專欄，「翻譯」在學術界得到另一種層次的晉升。主要翻譯者有島田謹二、矢野峰人等，其他還有看到日本文學翻譯等。《臺大文學》在一九三六年由臺北帝國大學內的師生一起出版，雖是傾向於純文學創作趣味的小眾刊物，但有不少翻譯文章，甚至有大學生將老師的論文（疑為英文寫作）再譯為日文文章（文末註明「×××譯」），或者是日本文學翻譯等等。臺北帝大學界人士與臺灣文化界在戰時下具有多面的合作關係來看，翻譯的研究將使戰爭期的臺灣文化狀況更為清晰。《臺大文學》以梁啟超為主的翻譯事業，所佔篇幅幾乎是每期的二分之一以上，這些訊息都提供了相當有趣的研究課題。值得留意的是這個時期的國家文藝政策主張為學必須「協力國策」，必須謳歌聖戰，成為「大東亞共榮圈」的政治宣傳品。因此不但「為藝術而藝術」的文學受到壓抑，就連「為藝術而藝術」的文學翻譯也不免有所節制。一向自詡「為人生而藝術」的臺灣本島作家在此氣氛下也顯得無用武之地，所以中文部分的文學翻譯隨之式微，僅存的少數文學翻譯刊載於《風月》、《南方》、《南國文藝》等刊物，卻可以看出刻意減少歐美文學的翻譯，取而代之的是對日本文學的譯介。日文部分的文學翻譯方面，雖然翻譯工作也受到影響，不過由於日文的國語地位在戰爭期的國策權威下獲得強化與鞏固，致使日文的文學翻譯比起中文的文學翻譯還是活躍許多，而且此時諸如矢野峰人等人，已經開始著力於探討文學翻譯的美學標準，亦即怎麼樣的翻譯才能兼具達意（文化性）與美感（詩學），這也就是文化詩學（cultural poetics）的層次了，這個當時臺灣本島作家鮮少正視的問題，如今我們不得不注目了。

《風月》在此時刊登之中文譯作，轉載者不少，如〈心碎〉（註三七）。原作署名「浮海」。實則此篇為譯作。譯者於題目下交代「美國華盛頓歐文原著」，文末有譯者識語曰：「按愛爾蘭與英吉利。民族不同。釁端時啟。愛人日思脫離政府之羈絆。其少年男兒，尤以運動獨立為天職。此篇所謂少年某乙。即埃美脫氏。Emmett 為愛爾蘭總督署醫官之子。遊學大陸。往謁法拿破崙。求助愛爾蘭獨立。一八〇三年歸國。謀攻督署。佔據愛爾蘭。謀洩被拘，旋處死刑。女郎則演說家 Curran 之女也。」他如介紹西方科學知識之作，亦皆出自《西風》，洪鵠〈深海奇觀〉（註三八），描述海洋與人類的密切關係，及深海中的生物奇觀。羅一山〈時裝潛勢力〉（註三九），描述女性時裝的興起對世界經濟與各國產業的影響力。默然〈海外趣聞：謊言檢察器〉（註四十），

註三七　《風月》第五、六號昭和十（一九三五）五．二六、二九《小說月報》第六卷第五號，頁一～六。

註三八　刊《風月報》第五〇期第十月號（下卷），昭和十二年（一九三七年）十月十六日，頁五～六。刊出時未署名，亦未交代出處。實出自《西風》一九三七年第五～六期。原節譯自洛杉磯《泰晤士雜誌》。

註三九　《風月報》第五〇期第十月號（下卷），昭和十二年（一九三七年）十月十六日，頁七～八。刊出時未署名，亦未交代出處。出自《西風》一九三七年第五～六期，頁七五四～七五八。

註四十　《風月報》第七六期第十二月號，昭和十三年（一九三八年）十二月一日，頁二五～二七。出自《西風》一九三七年第五～六期，頁七八六～七九〇。節譯自一九三六年九月號美國《McCall's》月刊與《刑法和犯罪學雜誌》。

描述人在恐懼或緊張等情緒下，身體會自然地發生變化。於是芝加哥西北大學的基勒教授發明一種「謊言檢察器」，能透過受測者的呼吸、脈搏和血壓的變化紀錄，判斷其是否說謊。「謊言檢察器」的試驗雖未獲得法律上的承認，然其確實已幫助美國警局和私家偵探破獲不少案件。何渾介〈談考古學〉、王貽謀〈盜屍〉描述十八世紀末葉和十九世紀初葉時，因外科醫校需要死屍作為解剖研究之用，盜屍之風油然而生。直至一八三二年，法律將為研究而收購屍體合法化後，並明定公開買屍的辦法，非法的盜屍行為才徹底消失。文中即茲舉數則世界著名的盜屍案件。胡悲〈趕快結婚吧〉描述美國某保險公司作了一份統計報告，顯示出已婚者比未婚者長壽，且罹患肺炎、傷寒等疾病的機率較低。作者據此分析已婚者較長壽之原因，並奉勸上年紀之未婚者，趕緊結婚吧！凌霜〈天才的怪癖〉描述詩人席勒、歌德，音樂家貝多芬、蕭邦等天才及普魯士王的怪癖。史丁〈賢父教子記〉描述璧西不慎打破母親房中的大鏡子，母親覺得自己無力管束，因而叫父親鞭打他以作懲罰。然璧西的父親，未真正鞭打他，反而透過挑選鞭子的過程教育他，甚至引起他日後研究工程學的興趣。轉錄譯作之頻繁，遠超出吾人之想像，也引發吾人好奇，何以在禁止漢文之際，《風月》此時刊載《西風》如此多的譯作？此後《風月報》、《南方》時期的翻譯文獻，則較多以文學翻譯為主，如〈血戰孫圩城〉、〈青年的畫師〉、〈林太太〉、〈海洋悲愁曲〉、〈復歸〉、〈秋山圖〉、〈女僕的遭遇〉、〈安南的傳說〉，不乏知名、藝術性高的作品，此時甚至還出現劉捷、水蔭萍的日文作品被翻譯成中文的現象。到了《南方》，翻譯文獻多以政令宣傳或精神講話作為翻譯對象，具有十足的協力國策之意味，此時純粹的文學翻譯，比例較低。

臺灣不僅在地緣政治上成為東亞各方勢力交錯競逐的關鍵地帶，通曉雙語的臺灣人更儼然成為日本與中國這兩個東亞大國之間的重要中介（註四一），利用漢文以及大東亞共榮圈的宣傳，在日華戰爭爆發之後，日方廣

註四一　位於關鍵地理位置的國家或地區往往成為傳播與轉譯異文化的重要媒介，譬如在佛典漢譯史上，初期許多佛典都

泛宣傳著「東亞新秩序的建設」以及「日華文化的提攜」，事實上漢文並未銷聲匿跡，《風月報》的主編吳漫沙在當時就曾發表此番論述：「日華文化提攜的先決問題，是要兩民族間切實認識，誠心互相愛護和同情與寬容。在兩民族間的傳統習俗，更要互相尊重理解……可是要完成這個使命，非先明瞭兩國的社會生活不可。要明瞭理解兩國的社會生活，又必須從文化和語言方面著手，才能生出信賴和尊崇的觀念。那末，興亞的大業，就可計日而完成了……我們知道，日華兩國的朝野，都關心著兩國文化的提攜了，我們又知道，要研究介紹兩國的藝術歷史與習俗語言，本島人最為適任，這是誰也不會否認的。那末，本島文藝家的任務是很重大了」（註四二）。由此可見，當時的臺灣並不是如一般人刻板印象所想的那樣完全籠罩在日本政府強力的同化政策之下而讓漢文傳播受到壓抑，相反的，國際情勢與政治氛圍也推進了臺灣的漢譯。

該刊謝雪漁翻譯的〈武勇傳〉亦值得關注，原作者 Sir Walter Scott（一七七一～一八三二）是英國鼎鼎大名的詩人與小說家，著作甚多，尤其《艾凡赫》（*Ivanhoe*, 一八一九）更是其代表作，影響了英國的狄更斯、法國的巴爾札克、大仲馬、雨果、俄國的普希金等歐美作家（註四三），中國在一九〇五年就出現了林紓與魏易合譯的版本，題為《撒克遜劫後英雄略》，林紓於序文中更是對此部著作讚不絕口，認為足以與司馬遷《史記》

註四二　吳漫沙〈卷頭語：復刊三週年紀念談到日華文化提攜〉，《風月報》第一一三期（一九四〇年七月），扉頁。

註四三　孫建忠〈《艾凡赫》在中國的接受與影響（一九〇五～一九三七）〉，《閩江學院學報》第二八卷一期（二〇〇七年一月），頁八二。

是透過「西域」（包括焉耆、龜茲、月支等國，即今中國新疆，又稱東突厥斯坦）的吐火羅人（Tochari）先譯成當地語言，再輾轉傳入中國。參考季羨林：〈浮屠與佛〉、〈再談浮屠與佛〉，收錄於氏著：《佛教十五題》（北京市：中華書局，二〇〇七年）。

與班固《漢書》媲美（註四四），日本也從明治時期就陸續出現許多譯本，包括大町桂月譯本（註四五）、日高只一譯本（註四六）等，但謝雪漁在一九三九年選擇〈武勇傳〉譯成漢文而不選《艾凡赫》或其他？

《艾凡赫》描述了英國十二世紀「獅心王」理查聯合了綠林英雄以及底層民眾，一起將篡奪王位的約翰親王趕下臺的曲折過程；至於其他同樣具有高知名度的作品，如《威弗利》（*Waverley*，一八一四）以及《羅伯・羅依》（*Rob Roy*，一八一七）則是描寫十八世紀蘇格蘭山地人民起義反抗英國政權的故事。反觀〈武勇傳〉則是描述蘇格蘭的某座湖中原本有個割據一方的反抗勢力，人才濟濟，文武兼備，原本可能與女王發生戰爭，但是後來由首領出面安撫部將，接受招安，獻出土地，「女王十分優遇，賞賜許多瓊寶，永垂子孫」。相較之下便可看出〈武勇傳〉描述的故事內容其實與譯者素來的政治傾向與意識型態較為接近，遑論其中的山水美景描寫以及大團圓喜劇結局亦與刊登此篇譯作的《風月報》之調性頗為符合，選擇翻譯這篇作品倒是順理成章而毫無窒礙，從中可理解殖民下選擇譯作的諸種因素考量（註四七）。

此時不乏臺灣日文作家將中文譯為日文之現象，徐坤泉的通俗言情小說《可愛的仇人》曾於一九三八年由張文環譯為日文並由臺灣大成映畫公司出。賴和遺稿、散文〈高木友枝先生〉、〈我的祖父〉由張冬芳譯成日文，一九四三年四月刊載於《臺灣文學》三卷二號「賴和先生悼念特輯」。吳守禮於一九三九年開始進行中

註四四　林紓、魏易譯：《撒克遜劫後英雄略》（上海市：商務印書館，一九一四年），頁一～三。林紓在一九〇七年繼續譯出 Sir Walter Scott 的作品《十字軍英雄記》（Talisman）以及《劍底鴛鴦》（The Betrothed），見高華麗：《中外翻譯簡史》（杭州市：浙江大學出版社，二〇〇九年），頁七八。

註四五　較早的版本是《世界名著選・第二篇・アイヴァンホー》（東京：植竹書院，一九一五年），爾後還有再版為《アイヴァンホー》（東京：三星社，一九二一年）。

註四六　《世界文學全集・第七卷・アイヴァンホー》（東京：新潮社，一九二九年）。

註四七　〈武勇傳〉之分析，為顧敏耀所撰。

文日譯的活動，一九四〇年將閩粵民間故事「董仙賣雷」（林蘭原著）譯為日文，一九四二年將《相思樹》（林蘭原著）譯為日文。根據蔡文斌的研究，一九四〇年代臺灣大量出現以日文譯寫漢文古典小說（註四八），如吉川英治《三國志》（《臺灣日日新報》一九三九年八月二十六～一九四三年十一月六日）、黃得時《水滸傳》（《臺灣新民報》、《興南新聞》，一九三九年十二月五～一九四三年十二月二十六日）；雜誌連載：劉頑椿《岳飛》、江肖梅《包公案》及《諸葛孔明》（一九四二～一九四三）；單行本發行：黃宗葵《木蘭從軍》（一九四三），劉頑椿《水滸傳》（一九四三）、楊逵《三國志物語》（一九四三～一九四四）、西川滿《西遊記》（一九四二年二月～一九四三年十一月）、瀧澤千惠子《封神傳》（一九四三年九月）。呂赫若也在日記中表示欲日譯《紅樓夢》，而上述連載於報章雜誌的作品幾乎都集結為單行本發行。《諸葛孔明》原以單篇形式於《臺灣藝術》連載（四卷十一至十二期）。江肖梅的《諸葛孔明》僅連載兩回，即遭檢閱官植田富士男下令中止連載，改以其譯作《北條時宗》連載（五卷一至八期）。蔡氏引李文卿之文，認為當時臺灣作家的思考是：譯介中國古典文學既可配合國策，又可避免創作過於表態的皇民文學（註四九）。楊逵《三國志物語》序文云：

> 目前正處在大東亞解放戰爭的血戰之中。
>
> 活在東亞共榮圈裡的每個人喲，讓我們也效法三傑的精神，同舟共濟吧！
>
> 我要把這部大東亞的大古典贈送給諸君，作為互相安慰、規勸、鼓勵的心靈食糧，以衝破這條苦難之路。（註五十）

註四八　劉寧顏：《臺灣省通志稿》。

註四九　李文卿：《共榮的想像：帝國日本與大東亞文學圈》（一九四五年十一月二十日），頁八六～八七。

註五十　彭小妍編：《楊逵全集（第六卷）》（臺南市：國立文化資產保存研究中心籌備處，一九九九年六月），頁一五六～一五七。

從以上引文，不難發現「同甘共苦」、「為了聖戰」是當時譯作之際的共同話語（註五一）。此外柳書琴對新發現的《南國文藝》雜誌的研究，其中特別提出林荊南的翻譯和創作路線在《風月報》和《南國文藝》有明顯的不同。在《南國文藝》林氏翻譯了〈愛蟲公主〉，在《風月報》中，翻譯火野葦平戰爭小說〈血戰孫圩城〉（《麥與兵隊》的部分譯作）；《南國文藝》還重視對外國文學與中國文學的介紹，以及對臺灣文獻的整理。在文學介紹方面，刊出了淵清翻譯、俄國作家托爾斯泰以基督救贖精神為主題的短篇小說〈愛與神〉及上述林荊南翻譯、日本平安時代短篇小說集《堤中納言物語》中的〈愛蟲公主〉。她進而提及林荊南進而翻譯劉捷〈遺產〉一文，作為民間文學整理的方法論。在譯文之前，她特別以「保存先代的意志，感情思想」及「整理文化財」的概念，陳述其對民間文學工作的意義及重要性之看法《風月報》「民俗學欄」中原稿，皆為「臺灣民俗研究會」所編輯，且研究會正把該欄刊載的作品譯成日文，將漸次在內地的雜誌上發表（註五二）。

五　有關白話字及臺語翻譯的作品

《府城教會報》是一份基督教的報紙，使用白話字傳教，除了傳教以外還有新聞、歷史、宗教、勸世、小說、散文等等（註五三）。其翻譯文學自一八八六年所翻譯刊載《天路歷程》（Pilgrim's Progress 一六七八）的

註五一　以上「日文譯寫漢文古典小說」段落，參考蔡文斌：〈漢文古典小說日文譯寫研究：以江肖梅《諸葛孔明》為例〉一文，中譯文為蔡氏所譯，蔡氏另有〈戰爭期漢文古典小說日文譯寫之研究：以黃得時、吉川英治、楊逵、江肖梅為例〉碩士論文專門處理，值得重視。

註五二　見柳書琴：〈遺產與知知識門爭——戰爭期漢文現代文學雜誌《南國文藝》的創刊〉，《臺灣文學研究學報》第五期（二〇〇七年十月），頁二一七～二五八。

註五三　請參本套書第一冊共同主編李勤岸教授之著作，如〈清忠與北部臺灣基督長老教會公報《芥菜子》初探〉《臺灣kap亞洲漢字文化圈的比較》（臺南市：開朗雜誌事業公司，二〇〇八年）及〈白話字文學：臺灣文學的早春〉，網址：http://museum02.digitalarchives.tw/ndap/2007/POJ/www.tcll.ntnu.edu.tw/pojbh/script/about-12.htm

宗教文學，另外〈貪字貧字殼〉、〈大石亦著石仔拱〉、〈知防甜言蜜語〉、〈貧憚 e 草蜢〉〈貪心的狗〉、〈狐狸與烏鴉〉、〈獅與鼠〉、〈塗炭仔〉等《伊索寓言》故事。〈塗炭仔〉是〈灰姑娘〉故事所翻譯改編。〈水雞變皇帝〉是翻譯自《格林童話》故事。所翻譯之作幾乎都經過改編，人名、地名及敘述口吻合乎在地習慣，以白話字翻譯世界各國文學，教會報刊扮演了很早就引進世界文學的角色，不能不說是臺灣非常特殊的現象。

日治時期，當局為了讓在臺官吏充分瞭解臺灣本地語言，發行了《語苑》雜誌，卻也因此讓臺灣首次出現了多篇以臺語（少數以客語）翻譯的中國文學作品，在文學翻譯與傳播史上具有重要的意義。

《語苑》由設在臺灣高等法院的「臺灣語通信研究會」創刊於一九〇八年（明治四十一年，確切月份待考），在一九四一年（昭和十六年）十月因為戰爭局勢日趨白熱化，改為著重實與簡易的《警察語學講習資料》刊行，《語苑》也從此正式停刊。該刊固定在每月十五日發行，總共發行了三十四卷十期，作品篇數共有七千餘篇。主要提供給當時臺灣日籍警察作為學習臺灣語言的教材，內容以臺語（今或稱福佬話）為主，兼及客語，少數篇章述及「高砂語」（今稱原住民語）以及「官話」（或稱「北京話」），內容採用漢字記錄臺語，並且在每個漢字右側用片假名與音調符號來標示讀音。

《語苑》作為臺語書寫發展史上足以與基督教會羅馬字系統分庭抗禮的漢字表達系統之代表刊物，其中總共刊載了共五十六篇中國文學作品，全部皆為小說（含笑話作品，以下同）與散文，其中又以小說作品佔多數，小說作品則特別選譯了《包公案》與《藍公案》，這些公案小說對於以警察為主要職業的閱讀對象而言，對於了解漢文化的辦案傳統亦頗有助益。至於其他小說或笑話則有提升閱讀興趣之效。其次，這些譯文在用字遣詞方面大致都能將原文轉化為流暢且精確之臺語，只是在選擇對應之漢字時，偶有未臻完善之處。這些現象的影響層面包括譯者與讀者皆為日籍人士、載體本身的宗旨是為了作為學習臺語的輔助、日治前期掀起一股瞭解臺灣舊慣習俗的時代風潮等。透過《語苑》上所刊載的中國文學作品之翻譯成臺語白話文，大致上頗忠於原文，如《語苑》中的第一篇包公案〈佛祖講和〉(註五四)，其中故事地點（德安府孝感縣）、人物姓名（許獻忠、蕭淑玉、蕭輔漢、蕭美、吳範等）與情節發展（男女戀愛、和尚殺女、男方遭誣等），幾乎都保持原貌，其譯作的主要改動之處為口語化、簡易化以及在地化的轉化需求。

口語化現象如原文是書面閱讀之用的半文言小說作品，雖然臺語也可以用文讀音從頭到尾一字不改的念出來，不過如此一來則與《語苑》想要藉此教導日籍讀者學習臺語日常語言之宗旨相違背。因此，譯作便宛如說書人之口述一般，將原文翻譯成白話的臺語，諸如「屠戶」改成「刣豬的人」、「甚有姿色」改成「生做真美」、「簪」改為「簪仔頭插」、「戒指」改為「手指」、「為官極清」改為「做官無食人的錢」（臺語稱「貪官」為「食錢官」），儼然為「我手寫我口」之實踐。簡易化現象如原文有些詞句較為繁複雕琢，運用典故還使用對偶修辭，「心邪狐媚，行醜鶉奔」，譯文則將此二句簡易譯為：「心肝無天良，品行真歹」，能與上下文連貫而不悖於原意。在地化現象，例如原文出現的駢體文句：「托跡黌門，桃李陡變而為荊榛；鴛稱泮水，龍蛇忽轉而為鯨鱷」，在譯文則變作「此個許獻忠身軀是秀才，親像龍變做海翁魚要食人」，原本是兩個譬喻，譯文不僅略其前者而僅擇取後者（此屬「簡易化」的手法），且因為臺灣並不出產鱷魚，故僅取原文之「鯨」（臺人十分熟悉）而捨其「鱷」，並且把鯨魚正確的翻譯成臺語慣用詞「海翁」(註五五)。

《語苑》刊載的《藍公案》作品共九則（集中於該書上半部的〈偶記．上〉）譯者主要有上瀧諸羅生及三

註五四　原文內容採用「明清善本小說叢刊初編．第三輯．公案小說」之《新鐫繡像善本龍圖公案》（臺北市：天一出版社，一九八五年）。

註五五　「鯨魚：一名海鰍，俗呼為海翁。身長數十百丈，虎口蝦尾；皮生沙石，刀箭不能入。大者數萬斤，小者數千斤」，見胡建偉：《澎湖紀略》（臺北市：大通書局，一九八七年），頁一八二。

宅生（註五六）。以《藍公案》的〈死丐得妻子〉，比較二人之翻譯，可看出上瀧諸羅生之譯文，對於原文頗予簡化，省略段落，有時有誤譯與改譯之處，如原文「因蕭邦武匿契抗稅，恨夫較論」，上瀧則譯為「講鄭侯秩因為藏蕭邦武的契，想要漏稅，叫伊賠償致恨」，頗有不知所云之感。可能就在上瀧的譯文刊出之後，讀者曾有所反應，故隔年又刊出三宅生的譯文，相較之下則顯得較為穩當合適，例如前引誤譯之段落，三宅生改譯為：「因為要叫蕭邦武稅契，蕭邦武抗拒，不肯獻出契卷來稅，阮夫參伊較鬧，伊不止怨恨」，便十分文從字順，亦與原意相符。

藍鼎元與包拯之審案，其實有類似的問題，往往不是透過科學性的證據蒐集來讓嫌犯啞口無言，而是透過行政、檢察與審判等權力的總綰一身，以傳統儒教「家父長制」的父母官身份來處理刑案與糾紛。最明顯的在〈兄弟訟田〉之中，藍鼎元對於該份田產到底要如何分配給哥哥或弟弟，並沒有鑑定其遺囑及相關文獻之真偽，竟將兄弟二人用鐵鍊鎖在一起，並且作勢要將二人子嗣交付乞丐首領收養，「彼丐家無田可爭，他日得免於禍患」，最後當然是兄弟二人痛哭撤告，「兄弟、妯娌相親相愛，百倍曩時，民間遂有言禮讓者矣」，字裡行間可以看出作者得意自詡之情。

臺灣在日治時期的司法制度業已隨著現代化統治者的來臨而歷經了一番重大的司法改革——從一八九六年開始，專職行使國家司法裁判權的西方式法院機構正式在臺灣成立：刑事案件由檢察官偵察起訴後，由判

註五六　上瀧諸羅生亦署名「上瀧生」、「上瀧南門生」、「上瀧」（うえ　たき）。在臺日人，初居嘉義，後遷至臺南南門附近。曾於一九一六年至一九二七年間在《語苑》發表作品十二篇，包括〈雜話〉、〈面白い對照〉、〈料理小話〉、〈鹿洲裁判：死丐得妻子〉、〈糞埽堆〉三宅生，偶亦署名「三宅」（みやけ），在臺日人，寓居臺南，曾在一九二〇年至一九二八年間在《語苑》發表臺日對照作品共七十八篇，包括〈論勤儉〉、〈論節儉〉、〈韓文公廟的故事〉、〈三體文語〉（皆取材自《鹿洲公案》，共三十一篇？）、〈酒精〉（與冬峰生合譯）、〈舊慣用語〉（共十六篇）、〈臺灣的神佛〉（共十五篇）、〈廟祝問答〉（共八篇）、〈訴冤〉（共四篇）等。

官（即今「法官」）審判，再由檢察官指揮裁判之執行；民事案件則由人民起訴，判官審判，總督及其他行政官員在制度規範上對於司法機關已無指揮之權。

說穿了這帶有落後、封建、保守的十分「前近代」（Pre-Modern）色彩，只是呈現了漢人在貪污腐化的封建社會當中，對於公平正義的期盼與需求，「也凸顯華人社會所受儒家倫理薰陶的影響及對司法審判所需程序正義觀念的缺乏認知」（註五七），然而，無論是《包公案》或《藍公案》，在《語苑》翻譯刊登時，翻譯者對於作品本身並沒有批判、質疑或抨擊，而是維持著一定的距離，採取一種單純提供語言教材或者作為讀者（大部分是警察與司法人員）認識瞭解漢人傳統司法風俗的態度而予以翻譯與傳播。

《語苑》也刊載不少中國古代的經典散文作品，其中包括寓言（出自《孟子》、《韓非子》、《莊子》、《淮南子》等）、歷史故事（出自《二十四孝》、《史記》、《舊唐書》、《新唐書》等）以及其他已經成為膾炙人口的經典古文作品（如韓愈〈祭十二郎文〉、蘇軾〈前赤壁賦〉、李白〈春夜宴桃李園序〉等），年代最早的是春秋戰國諸子之作，最晚是清末曾國藩（一八一一～一八七二）所作的〈討粵匪檄〉，其中少數是篇幅較長的作品，如〈祭十二郎文〉連載數次才刊完，大部分屬於短篇之作。在這二十八篇作品當中，共有六位譯者，其中翻譯最多作品的是小野真盛（おの まさもり，一八八四～？），號西洲，日本大分縣人，通曉漢詩文（註五八），來臺之後，師事臺南宿儒趙雲石，嫻熟臺語。其他譯者還有：坂也嘉八（さかなり かはち，?～?），寓居羅東之日人。東方孝義（とうほう たかよし，?～?），日本石川縣人，主持《臺灣員警協會雜誌》之「語學」專欄，著有《臺日新辭書》（一九三一）與《臺灣習俗》（一九四二）。小野真盛譯李白〈春夜宴桃李園

註五七　林孟皇：《羈押魚肉》（臺北市：博雅書屋，二〇一〇年），頁四〇。

註五八　小野真盛曾於報刊發表數篇漢詩文，如於一九一一年四月十八日在《漢文臺灣日日新報》第一版發表古文作品〈艋津江畔觀櫻花記〉，在《臺灣時報》第一〇一期（一九一八年二月十五日）發表四言組詩〈周子〉、〈程伯子〉、〈韓子〉、〈邵康節〉、〈董仲舒〉（頁十二）等。

序〉，譯文十分流暢，保留了原作之逸興遄飛與瀟灑豪氣，對於古典漢語中的詞彙也都能找到合適的臺語詞與其對應，例如「逆旅」之於「客店」，「過客」之於「人客」，「游」之於「迌」等。東方孝義翻譯四篇中國先秦時期的寓言，其中的〈苗ヲ助ケテ枯ニ至ラシム〉之譯文，對照原文的「今日病矣，予助苗長矣」，一般按字面則譯成：「今仔日足忝〔tiam〕矣，我幫助彼的蘡〔iN〕大欉啊」，但譯者的改寫「共人講：『今仔日我看見田裡的稻仔攏不大，不止煩惱，我卻有想著一個法度，可幫助伊大欉。』」，頗有自得而故做神秘之態，顯得更為生動而可笑。

在短篇小說及極短篇體裁的笑話，年代最早的是南朝吳均的《續齊諧記》，繼而有唐人沈既濟的〈枕中記〉、宋人小說〈梅妃傳〉、明人浮白齋主人的《雅謔》，其餘八篇皆為清人作品，包括清初蒲松齡的《聊齋誌異》三篇與褚人獲的《隋唐演義》一篇，清中葉的沈起鳳《諧鐸》一篇，清末的俞樾《一笑》三篇，可見當時譯者在取材時對於清代作品頗多著意。笑話在《語苑》之中亦屢見不鮮，具有增加趣味性的功用，可以吸引讀者閱讀。惟於當時對於臺語漢字的選定頗受日文的影響——日文之漢字讀法有「音讀」（おんとく）與「訓讀」（くんとく）之別，音讀是日語所吸收之漢語讀音，訓讀則是將日語原本之語詞讀音搭配一個表示相同或相似意義的漢語字詞，例如「どこ」對應於「何処」之類。日治時期在《語苑》中的臺語漢字選定則有類似「訓讀」之處理手法，傾向於注重漢字之書面表達而較為疏忽語音與漢字之間的密合程度。戰後則頗有更動，如前引譯文中出現的「事情」現今已改為「代誌」，「返來」改為「轉來」、「尚未」改為「猶未」、「何處」改為「叨位」、「何貨」改為「啥貨」等（註五九），選定之漢字與語音本身較為貼近。

《語苑》在臺語漢字書寫發展史、臺灣漢學傳播與研究發展史、臺灣翻譯發展史等各個層面所具重要意義有數項：第一是關於譯者與讀者。《語苑》的譯者與讀者都以日籍人士佔大多數，在翻譯、閱讀與學習臺語

註五九　運用「臺語／華文線頂辭典」（http://210.240.194.97/iug/Ungian/soannteng/chil/Taihoa.asp）之查詢結果。

之際，同屬東亞漢字文化圈的背景便成為可資利用的基礎／先備知識，採用漢字並且借用日本的訓讀經驗以翻譯或記載臺語譯作便為順理成章之事。此外，因為譯者與讀者都是任職於警察局或司法機構之中，自然而然的特別留意於廣泛流傳於漢人社會中的公案小說，對於日人耳熟能詳的楊貴妃故事亦予以收錄。第二是關於載體本身。《語苑》創刊的宗旨主要是讓當時的在臺日籍基層官吏（主要是警官）能夠熟悉臺灣在地之語言，以便於施政、溝通與聯繫，若選錄文學作品則是借重其故事性與趣味性，俾能能提升讀者在學習語言時的興趣，故文體之選擇自然以小說最受青睞。第三是關於時代背景。日本統治臺灣之初，頗費心於舊慣習俗之整理與調查，一九〇一年（明治三十四年）由臺灣總督府成立「臨時臺灣舊慣調查會」，邀請岡松參太郎、愛久澤直哉、織田萬等學者專家，就各專業領域進行調查與編纂工作，並且將調查結果出版成書，包括《臺灣私法》、《清國行政法》、《調查經濟資料報告》及《番族慣習調查報告書》等（註六十）。在《語苑》當中刊登這些中國古典文學作品，亦能使其主要的讀者群體（日籍人士）藉此認識臺灣在地文化當中的傳統漢文化部分。第四是關於臺語漢字書寫發展史。臺語因為本身就含有不少非漢語的成分，並且在發展過程當中更進一步吸收了其他語言進來，因此要完全用漢字記載時便容易有窒礙難通、方枘圓鑿之情形，從清領時期在各地方志書當中開始陸續用漢字記載臺灣此地之特殊語詞（如地名、物產、風俗等），到了日治時期則由在本國已經受過基礎漢文教育的日籍文士進一步研究審定，當時臺籍文士亦有少數進行此項研究者（如連横撰寫《雅言》（註六一）），將臺語漢字書寫表現系統更往前推進一步。第五是關於臺灣漢學傳播與研究發展史。臺灣原為南

註六十　鄭政誠：《臺灣大調查：臨時臺灣舊慣調查會之研究》（臺北市：博揚文化事業公司，二〇〇五年）。

註六一　連横於其《雅言》（臺北市：大通書局，一九八七年）即云：「臺灣文學傳自中國，而語言則多沿漳、泉。顧其中既多古義，又有古音、有正音、有變音、有轉音。昧者不察，以為臺灣語有音無字，此則淺薄之見。夫所謂有音無字者，或為轉接語、或為外來語，不過百分之一、二耳。以百分之一、二而謂臺灣語有音無字，何其傎耶！」（頁二）。

島語族（Austronesian 或 Malayopolynesian）的生活領域，漢學（Sinology）的傳播與研究要從明鄭時期開始萌芽，當時不只有「海東文獻初祖」沈光文的來臺，亦有「全臺首學」臺南孔廟的設立，到了清領時期更是透過科舉考試與學校教育等方式，產生了更多研讀漢學卓然有成之士人（最具代表性的是清領末期的吳子光），亦有不少鼎鼎大名的漢學研究者來臺仕宦（如「詩經三大家」之一的胡承珙便於一八二一年任臺灣兵備道）（註六二），此時期是臺灣漢學傳播與研究發展史上的重要階段。到了日治時期，一般刻板印象可能認為當時臺灣的漢學已經進入蟄伏期，的確，日治時期的臺灣隨著新式教育與現代性觀念的引入而以西學居於標竿與核心之地位，然而藉助著現代化的傳播與印刷媒體，漢學在臺灣的傳播與發展毋寧獲得不少正面而積極的動力，這在以日籍人士為主要讀者群體的雜誌《語苑》都有不少中國古典文學作品刊載亦可略窺一二。

總而言之，透過《語苑》上所刊載的中國文學作品，可看出這些作品飄洋渡海來到日治時期的臺灣並且翻譯成臺語白話文之際，所經歷的口語化、簡易化以及在地化的轉化過程，並且在臺語書寫史、臺灣漢學發展史以及臺灣翻譯史等各個層面都有重要的意義（註六三）。

六　結語

日治時期臺灣的翻譯語言極其複雜多元，以上所述之外，尚有中國作家以日文譯臺人作品為中文的，最早的單行本小說，應該是胡風從日本《文學評論》上將楊逵的〈送報夫〉與呂赫若的〈牛車〉翻譯成中文，一分別刊登在一九三五年五月的《世界知識》和八月與《譯文》，並結集出版的《山靈——朝鮮臺灣短篇集》，一九三六年四月由巴金創辦的上海文化生活出版社出版發行。另外，同樣將日文譯成中文的在中國的臺灣人士有

註六二　顧敏耀：〈臺灣清領時期經學發展考察〉，《興大中文學報》第二十九期（二〇一一年六月），頁一九三～二一二。

註六三　《語苑》部分由顧敏耀先生所撰。

張我軍、李萬居、洪炎秋、劉吶鷗諸人，他們所選擇的日文之作或法文之作，皆有極高的藝術水平，足見其鑑識眼光。此外，《臺灣府城教會報》以「白話字臺灣話文」翻譯的文學作品，《語苑》以「漢字臺灣話文」翻譯的文學作品多達六七十篇，其中有兩篇甚至是以「客語」譯成，分別是五指山生譯〈邯鄲一夢〉（一九二二年十月十五日）與羅溫生譯〈因小失大〉（一九二五年一月十五日），以及北部教會報《芥菜子》多篇翻譯文學等，皆可謂臺灣文學翻譯史上的瑰寶。

日治翻譯文學，也由日本人譯家承擔了大宗任務，所譯之作亦極精彩，如果統計翻譯原作家、國別，可見法國文學、俄國文學、日本文學英國文學之影響不小，雖然影響大小不能僅僅取決於譯作數量的多寡，但是文學接受譯作數量的多寡，可以明顯地反映一個民族對外來文學態度的冷熱。此外，促銷煙品的廣告小說亦譯為日文，極力宣傳，鼓動讀者消費慾望，此一情形竟與中國英美香菸月刊所載小說之作法雷同，亦是可以留意之現象。

臺灣的文學翻譯與文學運動的進行有著不可分割的緊密關係。作為殖民地的臺灣社會，其文化語境比起日本與中國而言顯得複雜許多，因此在臺灣，歐美文學（以及歐美文化）與日本性、中國性以及臺灣本土性的交會，造就了不同的文化風貌。文學翻譯理論的權威學者佐哈爾（Even-Zohar）曾經以「多元系統理論」（Polysystem Theory）指出，文學翻譯是文學發展的重要塑造力量，這股力量的能量取決於文學翻譯在文學創作中的相對地位，為此，佐哈爾提出了「強勢地位」（primary position）與「弱勢地位」（secondary position）的概念，剖析翻譯文學與本國文學之間的權力關係（power relationship）。佐哈爾認為翻譯文學在大多數的正常情況都是處於「弱勢地位」，它只能作為本國文學的附庸或補充，不過當一個多元系統尚未形成或處於幼嫩時期；文學處於多元系統的弱勢或邊緣狀態；多文學多元系統處於轉折、危機或真空時期，翻譯文學即會佔據主流和強勢的地位。對日治時期的臺灣文壇而言，上述前兩項的情況可謂兼而有之，也因此翻譯文學也就在臺灣文壇佔據了明顯的「強勢地位」。佐哈爾認為「幼嫩的文學要把新發現的（或更新了的）語言盡量應用於多元文學類型，使之成為可供使用的文學語言，滿足新湧現的讀者群，而翻譯文學的作用純粹是配合這個需要。幼嫩的文學的生產者因為不能立即創造出每一種他們認識的類型的文本，所以必須汲取其他文學的經驗；翻譯文學於是就成為這個文學中最重要的系統。」（註六四）關於這種情況，我們馬上可以聯想到的是一九二〇年代萌芽的臺灣新文學運動。當時為了新文學的啟蒙以及推翻文言文的書寫霸權，白話文運動需要創造自己的形式與語言，因此往往乞靈於外國文學的翻譯，甚至是轉載中國文壇對於外國文學的翻譯。於是，翻譯文學在此時期不但不是附庸，而是處於強勢地位。至於佐哈爾所說的第二種情況，是與第一種大致相仿，不過主要是出現在相對弱小的文學（或小國文學）上：「一些歷史較悠久的文學由於缺乏資源，又再一個文學大體系中處於邊緣的位置，往往不會如鄰近的強勢文學般發展出各式各樣的（組織成多種不同系統的）文學活動。面對鄰近的文學，這些弱小文學看見一些文學形式上人有我無，於是就可能感到自己迫切需要這些文學形式。翻譯文學正好填補這個缺陷的全部或部分空間。（中略）有些文學處於邊緣的位置，即是說，它們在很大的程度上是以外國的文學為楷模的。對這些文學來說，翻譯文學不僅是把流行的文學形式引進本國的主要途徑，而且也是帶來改革和提供另類選擇的源頭。」（註六五）對日治時期的文學翻譯狀況來說，這種現象恰恰存在於三種不同立場的翻譯者身上：其一是臺灣傳統文人，其二是臺灣新知識分子（尤其是新文學啟蒙期過後、一九三〇年代的新知識分子），其三是在臺日人知識分子。這三類知識分子都不約而同地將西方文學視為

註六四　佐哈爾：〈翻譯文學在文學多元系統中的位置〉，收入陳德鴻、張南峰編：《西方翻譯理論精選》（香港：香港城市大學出版社，二〇〇六年），頁一一八。進來中國學者亦借用「多元系統理論」來討論中國五四時期的翻譯狀況，請參見任淑坤：《五四時期外國文學翻譯研究》（北京市：人民出版社，二〇〇九年），頁七三。

註六五　同上註，頁一一九。

現代性（modernity）的化身，他們不僅學習西方文學的形式，更學習西方文學的詩學（poetics），亟欲從西方文學身上獲取革故鼎新的養分。因此，翻譯文學也在臺灣文壇佔有強勢地位（註六六）。

綜上所述，不同時代、不同語境決定了「翻譯文學」不同的豐富內涵。本套書涵括內容極為多元，譯者、譯作多采多姿，藝術性極高者觸目可見，本文無法一一介紹，個人相信讀者只要讀過這一批「翻譯文學」，我們將更為科學地透視二十世紀以來臺灣文學的曲折變遷與意義生成，並在具體的歷史情境與文化情境中構築起更為完整的二十世紀臺灣文學地圖。

註六六　從「臺灣的文學翻譯與文學運動」至此為趙勳達所撰。

凡例

一　本套叢書是日治時期臺灣報刊上的翻譯作品彙編，分為「白話字」、「臺語漢字」、「中文」以及「日文」四卷，及第五卷日文影像集。

二　每冊所收錄篇章皆按照發表之先後順序排列，篇章出處以臺灣報刊為主，中文譯作方面則兼及刊登臺人譯作之中國報刊。

三　每篇譯作首標篇名，右下方則標示作者與譯者，日文卷則加註中譯者。繼而有作者與譯者之簡介，如果有重複出現的作者或譯者，僅於首次出現時予以簡介，排列在後者僅標示「見某某〉」，以供查考。篇末則以不同字體標示確切出處與日期。

四　原文模糊難辨之字，以□標示。錯字以【】更正，漏字則以〔〕補之。至於時代性習慣用法或日文漢字，以（）標示，如里、裡，彎、灣，到、倒，很、狠，少、小等。

五　《白話字卷》除了有原始的「全羅版」白話字（或稱「教會羅馬字」、「臺語羅馬字」）之外，亦有「漢羅版」的譯文以供對照參看。

六　《臺語漢字卷》因為原始文件在漢字右側使用日文假名以及音調符號作為標音，若重新打字不僅十分困難，亦有容易失真的問題，因此以原始圖檔方式呈現其原貌。

七　《日文卷》所收錄之篇章，皆敦請精通日文之專業譯者重新將文章內容再翻成中文，以便利用。凡是原文難以辨認之處則標示並加註說明。

八　本叢書除了《臺語漢字卷》及日文影像集採用原貌之直行排列之外，其餘皆採用現代學界通用之橫式編排，俾於安插英文與阿拉伯數字，及節省版面。

九　各冊若有文字校對、內容說明或是必須附上日文原文以供參照等需求，皆統一以隨頁註的方式說明。

十　本叢書所收錄篇章之來源十分多元，字體與標點符號之使用也頗為紛雜歧異，現皆一律採用教育部公布之標準字體與新式標點符號，原文若有錯字也逐一校對改正，俾今人閱讀與研究。

十一　本編凡遇長篇文字，俱為重新分析段落，以清眉目，而無繁冗之苦。

十二　各篇之作者與譯者簡介皆於文末標示撰寫者姓名。各冊書末則附有本叢書之主編、中譯者以及所有參與編撰者之簡介。

第五巻 目次

小説

新詩

劇本

兒童文學

其他

編者簡介

小說

スモーク女史作，吸煙散史譯，〈白牡丹〉，《臺灣文藝》，第一期，一九〇二年四月十五日，頁一一三。

本社特獨 廣告小說

短篇小說

白牡丹

スモーク女史著
吸煙散史譯

三聯成の機關が、機關手たる士官の手練に、十六運の快速力を船體に與へて、眞一文字に海峽を乘り切る愉快さ、月は隈なく中天に懸かつて、一面に銀波を躍らす光景得も云はれず、雲は元より風もなく、風もなければ波も起らず、宛然ら盤の上を行くが如き航海に乘組船員も近頭になき良夜と、機械臺の周圍に集まりて港々の噂噺し、三等室の老幼の客までが寢臺を空にして甲板に顯れ、斯ういふ時に乘り合せたのは、何よりの幸福なりと互に祝じ合ひて海の月見、格別懇意らしき旅は道連れ、乘合船の打解けた語らひも、世は情けのうれにも漏れず、此はこれ內地臺灣間の定期航海御用船の臺北丸が今しも基隆に向け進行中の有樣なり折から第一甲板上の喫煙室には、四五の紳士集まりて四方山の噺最中

甲「如何ですか此の『菊世界』と云ふ本は、これは臺北北門街の土橋商店の廣告用の本ですぜ、世の中が段々進歩して來ると何事も進んで來て、廣告でも斯ういふ趣考と意匠を凝らさねばならないのですな、畢竟彼の店などは商買上手の方ですし、殊に近來目覺ましい廣告と來ると煙草屋の廣告ですよ」。

乙「鳥渡拜見、成程これは素的に立派だ、表紙が金地に菊散らし、紙は流行の大和紙、普通の菊より版も少し大きい、四六の二倍、隨分思ひ切つて立派な本を作つたものですな」。

丙「記事は一體何が書てあるですか、何れ廣告文ばかりなのでせうね」。

乙「處が本文も中々油斷のならない、皇室を始め親王宮殿下等の御肖像を蒐めたもので、その外かに烟草に關する逸話が巧みに編纂してあるのです」。

甲「烟草に關する逸話とは一體何なものですか」。

乙「日清戰爭に際しては、特に陛下より遠征の將士に卷烟草を賜つて、三軍の勞を慰められた事、若くば普佛戰爭媾和條約の際に於ける普宰相の喫烟的駈引煙草を吸ふた爲めに猛獸の害を免れた印度の噺、少し滑稽な處では煙草屋源七が煙草攻めまで、面白可

廣告小說

笑く綴つておるのです、其間々に廣告を挿んだのが彼の意匠で、拔目のない遣方寧ろ驚くの外ありませんよ」て

丙「畢竟彼が商品の一たる「菊世界」の價値を示めさん爲めの廣告ですな」こ

乙「まあ然んなものでせう」こ

と語ろう折から、彼方の甲板上に朗々たる聲を張り上げて

風むかふ雲の浮波立つと見て。釣せで人や歸るらん待てしばし春ならば。吹くも長閑き朝風の。松は常盤の聲ぞかし。波は音なき朝和に。釣人多き小舟かな。〳〵

と上草履に足拍子取つて、謡曲「羽衣」を謡ふ紳士あり喫煙室の紳士等は微妙き啼びと窺ひ見れば、同じ一等室の丁野といふ人なりしかば、招き入れて其妙を稱し且つ紙卷煙草を進めながら

甲「只今貴下の御謡ひなすつたのは謡曲の羽衣、これは煙草の羽衣でございます、これも一本御試みなすつて御覧なさい、隨分妙味がございます」。

乙「イヤこれは忝うございます、手前も常々この羽衣は好んで呑んで居りますが、これを喫むと他かの煙草は喫れませんな」こ

乙「元來千葉製造の煙草は、白牡丹にしろ羽衣にしろ菊世界にしろ、嫌味がなくて日本人の口に適します」

丙「それもその筈でせう、原料を精撰した上に、製造に注意し、専ら實用向きに心懸けて居るのですから惡ろかろ筈はないのでせう」。

此時喫煙室の方より一人の美人入り來り室内に時ならぬ花を添へしにぞ、無聊に苦み居りし一同は良き鳥ござんなれと云はぬばかりに

甲「天女の天降り……美の神の御來臨……清綺水……目の藥……

など騒ぎ揶揄ふは思ふに知れる人の故なるべし

乙「天女と云へば只今の羽衣の事を思ひ出すが今少し早かつたら丁野君の美音が拜聽出來たのですよ、何故もつと早く部屋から出て被入らなかつたの、併し折角入つしやつたのだから、羽衣は此方へ召し上げて、雲隠れは許しませんから其の積りで」こ

美人は微笑しながら、帯の間より煙草入を取出すを

丙「近頃面倒なものを取り出されますな、品は惡くても矢張り汽車や船の中では卷煙草に限るです、この卷煙草を召し上りませ」で

女「難有う、妾も疾うに出て來ようと思ひましたがね妾は葉卷の臭ひが大の嫌い、それが斯ういふ紳士方のお揃の席では、如何も彼の葉卷が大流行ですから實閉口致しますので、忍耐して參らずに居たのですよ、月は良じ斯んな事なら疾くに參るでしたに」。

丁「それは決して御心配御無用です、爰には斯う見へても當世的高襟紳士は一人も居ないのですから、甘くもない葉卷を無理から忍耐して、ペッペと唾を吐て居る様な眞似はしないのです、ダガいくら國粹保存主義でも、煙管の喇叭を吹く様な迂遠なことも面倒だし、去りとてパイプの手數を清閑の一助と心得て居る様な者も居ないので、萬事が直で氣安くて、輕便で簡易な口附主義の者ばかりですから、郷に入つては郷に從へで、肌身離さず御所持の守刀は、その儘鞘に御收め候らへ」。

女「丁野さんは直きに謠に引き附けてお仕舞いなさいますよ、眞實に面白いお方ですこと」。

兎角する間に甲田は用足しに出で行きしが、軈て歸り來り

甲「今三等室の様子は如何であろうかと、屹つと覗きに行つた處が、イヤ早や氣樂なものですな、煙草は寢て居て吸へるし、飯は寐て居て食べるし、正にこれを一等室に比べると、食事、喫煙に於て自在主義ぢやが、我々一等室の者は此點に就て制限干渉の下に立たなくてはならないですな」。

乙「それが所謂平民的生活で、不秩序なものですよ、凡そ何が階級を厳にするかつて、船中ほど人間の高下を區別する處はありませんからな」。

丙「貴族的の株が、僅かの金錢で贖ひ得るのですから少し贅を遣るものなら海上の富貴は買ひ得らるゝは造作ないですね」。

甲「富貴と仰しやれば大した荷物が、三等室の傍の舷門の處に積み込んでありますよ」。

女「甲田君、貴郎また何か掘り出しものでもして入らしやつたのですか」。

甲「掘り出しものも掘り出しもの・大した掘り出しものです」。

丁「又例の美人ではありませんか」。

甲「否美人ではありませんが、居留の美人の景物には是非なくてかなはぬものです」。

乙「美人の景物……はてない何んでございませうか

………

廣告小說

三

チャーロット・エム・ブレーム作，大阪 碧瑠璃園譯，〈心の刺〉，《臺灣日日新報》，一九〇三年九月十三日至十一月七日。

小說

心の刺

米國 チャーロット、エム、ブレーム原作
大阪 碧瑠璃園譯

第一回

これは梁川伯爵の一女久良子の一身に就ての奇怪な物淋しげな話でございます、[illegible]どかいふ点は、隨分淋しい話で、[illegible]を[illegible]居りまして、燈も時々しては、[illegible]一種の[illegible]に、淋しく闇を籠つて居るがございます、[illegible]著といふものは、人間の經る間にも、人間の面を一目も見ずに、至極淋しい生涯を辿つて、そのゝ死去して了ひます、[illegible]にせよ、海にせよ、砂漠にせよ、その淋しさはハルスト[illegible]はと甚だしくはございませぬ、實に此の處は、他に比較物がない程淋しい處でございまして、このハルスト蔭の森邊に、梁川伯爵の家はございました、伯爵は世間の幸運の人等の一人でございまして、才氣もあり、容貌も美はしく[illegible]立派な男で、そして財産も豐富でございまして、その他有ゆる福徳を持つて生れた人でございましたが、伯爵は[illegible]皆これらの福徳財産を放蕩[illegible]浪費のみ[illegible]ました、いろいろと出來る限りの贅[illegible]を[illegible]しました。が[illegible]くて五十歳の時に、[illegible]の[illegible]を覺えましたが、その時は早や、健康も氣力も[illegible]、[illegible]放蕩々になつてあつて、頭髪は灰色に[illegible]、眼は凹つて、高き氣質も善良なる性質も、[illegible]出所を潰つて了ふて、實に一個のあさましい[illegible]根性になり果てました。

そこで伯爵は、一体自分の生涯は如何に成ることだと、自分で不審を起すやうになり初めました。

「御前、貴郎はこれから、金錢と御結婚をなさるのが、唯一の上策でございますで、どこかでいい養子先の口をお搜しなさいませ」と、實に從つてある代言人が、伯爵に忠告を致しました、[illegible]が痛ましいと云はうか、好都合といはふか、早速に一つの養子口が見付かりました、その養子先の娘といふは、財産ある株式仲買の女獨子で、弱々しい憶病な娘でございまして、年齡は十九でございましたが、其の母親は、此の娘の誕生後間もなく死去しまして、其の父親といふのは、世間に於て唯〳〵一つの希望、一つの愛を持つて居るばかりで、其の他の事に於ては、微塵も趣味を解せなかつたのでございます、して其一つの希望、一つの愛は、何かといふに、即ち金錢でございました。株式相場にて許多の財産を作り上げたる麗津千代太郎の娘、其の名は満津子と云ひますが、父の千代太郎は金錢に等しく爵位を貴ぶ人物でございますから、自分の財産に許多の財産を添へて、いかにもして貴族と結婚させやうと、平常から企て、居るのでございます、ですが左様の口の貴族がなかつたのか、但しは又、貴族等が其の筋の事を聞き渡らなかつたのか、誰一人満津子娘の結構な財産を目かけて、養子を申し込むものがございませんでした。

一体其頃の風習として、年の若い伯爵や、男振りの好い男爵などは、皆々爵位と黄金とを両換することを好んで居りまして、養子娘の口などには、一番に目を付けるものでございますが、併し何うしたものにや、此の富みたる株式仲買の娘に向けて、結婚を求める者は、一人もございませんでした。

小説

心の刺

米國　チャーロット、エム、ブレーム原作
大阪　碧瑠璃園譯

第二回

さて此の娘は、いつも詩的、小説的のことばかりを夢心地に描いて居りまして、美しい若い戀人、其の戀人が自分をジッと見たろして呉れるだらう時のやさしい容姿、自分の耳に最も愛らしい事を私語いて呉れるだらう時の聲、及び心臓の鼓動が激しくして、脈膊を早めさするといふ戀の曲者などの事ばかりを思つて居りました。所が彼女が梁川伯爵と、ヒタと顔を見合せて、其の伯爵と結婚すべき由を云はれました時に、今まで描いて居た夢は、忽ちに悉皆殘らず覺め果してしまいました、娘は熟々と、男の腰屈んだる姿、灰色の頭、及び浮世の僞を多き光りを、餘りに凝視過ぎて、曇りたる眼などを眞面目に見やりまして、さて寂と靜まりかへつて、失望の体にて兩手を組みました。

寧ろ我家を脱走して、この運命を避けやうか、どの暴い考へが、一旦は浮びましたが、よく〳〵考へて見る、、左樣な企ては到底駄目だといふことが、心に解釋つてまゐります、されば迚て自分は父の所存に抵抗するだけの大胆もなければ、勇氣もないといふ次第で、爲うこともなしに滿津子孃は梁川伯爵と結婚を致しました。

孃と伯爵との婚禮を見物せんとて、群集したる人々は、唯だ婚禮の立派なことばかりを感歎しまして、此婚禮ほど古來殘酷なものはないといふことには、少しも氣付かず、又理會もしなかつたのでございます、此の婚禮の裏面には、如何なる事情が横はつて居るだらうか、今までに空想的の戀ばかり謳いて居つた者が、思ひ掛けなき聟選びに遇つて不幸などは、唯一人として、知る者もなければ、又そんな事なぞを頓着するものもございませんでしたが、毎日〳〵彼女は青白く痩せてまゐりまして、毎日〳〵に若やかなる姿が、朽ちて行くやうに思はれまして、彼の女は自分の沈鬱を慰めんが爲めに、をり〳〵舞踏會や宴會などを催しまして、又他の舞踏會などへも、勤めて行くやうに致しましたが、すべて全く駄目でございました。

同時に、伯爵は相も變らず、野呂臭い古風な生活を送つて居りましたが、この伯爵に、一つの執心深い望みがございます、それは自分の世繼になるべき一人の息子が欲しいといふ望みでございました、所が意地の惡いもので、—男兒は生まれないで女兒が生れたものですから、その時の伯爵の立腹といふものは、實に激しうございまして、生れたての赤ん坊を、館の樓上から投げ飛ばしもしかねまじき勢ひでございました。

「嗚呼男兒、余は男兒が欲しい、何故に天は、獨も貧しい、最も下等社會の者等に許す所の物を、余には嫌ふのだらうか、嗚呼余は、これ程までに男子が欲しいと思つて居るに、忌々しい泣き味噌の虛弱な女兒めが生れをつて」と、伯爵の立腹は殆んど際限がない位でございました。

一体この伯爵は、女兒が大嫌ひでございましたので、彼は唯だ〱一人の男兒が生まれよかしと祈つて居つたのでございますが、どうしたものにや天は彼に男兒を與へなかつたのでございます、さて母親の心は、これとは又格別なものでございまして、彼女は一日も心地よく成つた事はなく、哀れに青白う痩せたまゝ、娘が四歳に逹するまで、生きながらへて居りましたが、娘が四ッに成つた時に、何んのこともなく靜かに死去してしまひましたが、その臨終の時、いたはしい女兒が、枕邊へ連れて來られました時に、彼女は心の中に充滿に溜つてゐる愛情を、一時に漏らしました、「あゝ寧ろことに神樣が、妾と一所に此の兒を死なして下さらうものなら」と叫び出しました、實に母親の心といふものは、不思議なもので、何んとなく自然に、娘の將來の運命を覺つたらしく、臨終の床の上にも、その心配の影が、陰氣に覆ひかゝつて居りました。

小説

心の刺

米國 チアーロツト、エム、ブレーム原作
大阪 碧瑠璃園譯

第三回

かくて伯爵夫人滿津子は果敢なく此世を去つて了ひましたが、夫人の死後、忽ち伯爵の身に、一つの變化が起りました、今までは放蕩で頻りに金錢を浪費つた人が、忽ち非常の吝嗇となりまして、黄金その物が、恰も自分の生命を繫ぐ呼吸のやうになりまして、唯だ〱金の溜まるのを見るが爲めに生きて居るといふ次第でございます、そこで「ハーペンデール、パーク」なる先祖代々の立派なる家を、十五年間の約定期限にて、他へ貸し渡してしまいまして、自分は娘諸共に「ノルフォーク」なる「ハルスト、シー」と呼ばれたる淋しい場所へ住み移りました。

伯爵が「ハルスト、シー」へ移り住んでからは、彼の名は奇体なほど速に、世間から忘れられてしまひまして、今までは人々が、寄ると觸ると、梁川伯爵、梁川伯爵と、話の中に持ち出したものを、今は誰一人も伯爵の事を語るものはございませぬ、その上に、彼の儕友は大抵死に果てゝしまつたものでございますから、時代の若い者等の仲間ではさうして〳〵、彼のことなぞは、注目しないのが當然でございまして、兎角、彼は世間の人の心からは、全く死人同様になつて了つたのでございます、また其の上に、幼き久良子の事を、思ひ出遣るべき叔母も、從兄弟もないものですから、誰一人、久良子が如何様にして育て上げられたかといふ事を、訝き怪しむものもございませんでしたですから幼兒久良子は伯爵のやうな貴族の家の一人娘としては、あんなものだと、他から想像するよりも、遙かに淋しい身の上であつたのでございます」

「ハルスト、シー」に於ける伯爵の家は、古い建築物でございまして、それは餘程昔より引續いて梁川家の所有でございましたが、併し何故に梁川家が、其處に左様の家を設け置いたかといふことは、今は誰も知るものはございませぬ

小說めいた古い傳說に依りますと、此家の一つの丈夫な室に梁川家の家族の一人なる發狂者が、一生涯閉ぢ込められたといふことでございます、又他の話には、一箇の青白い美婦人が、その室にて不忠者の爲めに、無慘にも殺害されたといふことでございます、此の夫人の歷史は、誰しもよく知つて居る話で、即ちその美くしい夫人の肖像は、梁川家の長廊下に掛けてある數多の繪畫の中にても、寶物と目指される程の逸品でございますが、傳へ聞く所に依りますれば、その貴夫人は一個の若い兵士に、戀ひ焦れて居りましたが、その男が戰爭に出てしまつた所から、その男を思ひ切つて「スコットランド」の一貴族と結婚せよとの、いろ〳〵の勸告を受けまして、已むを得ずその意に從ひましたが、併し自分がこれまでに戀ひ焦れて居たる其戀人を失つたる愁傷の爲めに、遂に發狂致しまして「ハルスト、シー」に送りやられて、其處にて一生を送つたといふ事でございます、斯

樣な次第で、此の古館を聯絡した事柄や話に、樂しげなといふ事は、一つもございませんでした。此の家の前に、一つの草原がございまして、海を隔て、居ります、が併し、浪が高い時には、其の浸入を防ぐが爲めに、頗る堅固に作り設けてある鐵の門を、浪が洗ふ位でございます、實に此の家は暗く物凄く、陰氣な大きな建築物でございまして、夕日の影がそれにさした時などには、何んとなく非常に物悲しい氣色でございます。

小説

●心の刺

米國 ナァーロツト、エム、ブレーム原作
大阪 碧瑠璃園翻譯

第四回

家の後には、大きな森がございまして、それがズイと廣く野原の方へ續いて居りまして、其の野原の末に「アールクリフ」の美くしい少さな都邑がございます。さて此家の大きさといふものは兵卒の一聯隊位を宿すことが、充分に出來る程でございますが、數多の室の中には、未だ一度も開かれた事のない室も、若干はございますし、又荒れ果して崩れかゝつたのも若干でございまして、隅角には何んだか奇体に陰に成つたる處が澤山で、窓や戸の中からは、奇体な呻吟聲らしい音がして、そしてほの暗い圓天頂の座敷などは、さながら幽靈の住處のやうに見えまして、怪げな汚點が、樫の床板などに黒く染み付いて居りまするが、其の中には、随分にゾツとするやうな厭な怖ろしい殺人の話が、澤山にございました、以前は頗る贅澤で、そして放蕩家であつた老伯爵が、住居と撰んだのは、即ち此家でございます、伯爵は自分と一所に勝三といふ從僕と及び其の妻のれじゆんと呼ぶ婦人と、其他に五十格好の皺枯れたる一人の婦人を此方の家へ連れてまゐりましたが、件の婦人は其名をれだいと申しまして、即ち伯爵が嫁つて居る自分の娘の、教育から、作法から、萬端のことを此の婦人に托したのでございます。

さて此の伯爵に、一番に近い血屬といふのは植松富榮といふ人でございまして、伯爵が死去の日には、即ち此人が梁川伯爵となるべき人でございます。●實に此の一家は、英國中でも最も奇体な生活向きでございまして、伯爵自身は、其の家の一番に良い室を二ッ撰んで、始終その中に閉ぢ籠つて、讀み書きをしたり、或は金錢で求め得る限りの極上の酒を飲みながら、徒に日を費して、その間には斷えず金錢の勘定ばかりして、株券を買ひ入れやうか、證書を如何しやうか、などの事ばかりを工夫して居りました、斯樣な次第でございますから、彼は決して自分の女兒の顏も見なければ、その女の事を尋ねも致しませんでした、そして偶然に、彼の暗い廊下などにて女兒に出遇ふことがあると、直に顏を澁めますので、女兒の方でも恐怖がつて、彼女から逃げるといふ有樣でございました。

ですから伯爵は、自分の娘は何を勉强するか、何が樂しみか、何が好きか、何が嫌ひかといふことなどは、一切問はないで、打棄つて置きました、そして老婆のなだいが、僅の一週間位の給金を請求する時々は、ブツ〳〵と呟きました、嗚呼何故に、彼に男兒がなかつたのでせうか、もし彼に唯つた一人の男兒があつたならば、彼の生活向きは全く今とは雲泥の差を見せたでございませうに、實に氣の毒なことでございます。

自分に男兒のないのが、この伯爵の不斷の歎きでございました、ですからなだいが久良子孃の着物の事なんかを申し上げても、毫も取り上げない、彼の心には、男兒によい着物を着せる樂みはあるが、娘に衣裝などとは、思ひも寄らぬ事であつたのでございます、そこで老婆は、自分がいくら義務を盡した所が駄目だ、教育をしても、爲ないでも一樣だといふので、全く幼兒を放任して置きまして、自分は怠惰を構へましたが、誰一人それを喧ましく咎める者もございませんでした、が其の結果が大いに娘の身の上に影響致しまして、即ち本篇の話となるのでございます。

小說

心の刺

米國　チアーロツト、エム、ブレーム原作
大阪　碧　瑠　璃　園[illegible]譯

第五回

「妾は今年で十六に成るが、少しでも嬉しいと思つたことは、未だ一度もない」

と、久良子孃は云ひました。

頃は秋の午後でございまして、老女のおだいが爲うことなしのお勤めに、久良子を外へ散步に連れて出た時の事でございました、ズッと遙かの方には、低い岸を洗ふ浪の音が手に取るやうに聞えて居りまして、見渡す限り海が青々とした線を引張つて居ります、そして松杉の林からは、低い呟くやうな低い悲しげな音が致しまして、日は將に西の空に沒せんとして居ります。實に物淋しい景色でございまして、愉快なる鳥の聲もなければ、又綠の葉のバタ〱とそよぐ音もございません。

「もしも妾が書物を讀んで、それを知らなかつたならば、いつまでも樂しいといふことは勿論、その言葉さへ知らずに居るだらうよ」

と、久良子は言葉を續けていひました。

「貴女は食べることも、飮むことも充分でございますから、この上には何も入らないぢやァございませんか」と、おだいはいひました。

「どうして〱、澤山に入るよ、妾は世界中で妾のやうな生活をしてる娘はないだらうと思ふよ、何故妾は何處へも行くことが出來ないの、何故妾は誰れをも知らないの、妾が讀んだ書物の中の娘だちは、皆澤山の友達もあれば、親類も姉妹も澤山に持つてゐるし、そして外へも出る、お客は見る、本當に妾の讀んだ澤山の話の中で、妾のやうな鬱陶しい古い屋敷の中に、閉ぢ籠められてゐる者は、一人もありやしないよ、妾は本當に、時々自分の足音の反響にさへ、吃驚することがあるよ」と、思ひ切つたる返答を、おだいは引き取つて

「何故ッてそんなことは妾は存じませんが、いろ〱とくだらないことを澤山に貴女の頭へ詰め込むのは、至極造作もないことでございますよ、ですけれどもそんな感覺を充たした處が、駄目でございますからね」と、險しく言ひました、久良子孃は茫乎とした顏をしまして、

「妾はいつも感覺や、感覺の缺乏といふことを考へてばかり居るよ、こんなに陰氣な淋しい屋敷にばかりゐて、夜などは殊更に陰氣で、碌々に人の物聲も聞かれないでさ、本當にこれが生涯なら、妾は此の世へ生まれなかつた方がいゝと思ふよ」

と、野呂臭くいひましたが、老婆は之に取り合はないで、此方を振向いて了ひました、何故といふに、この婦人には、飲食物が澤山で、諸道具のよく供給はつた室があつて、冬には暖かな火がドッシリあつて、夏には涼しい蔭さへあれば、それが充分の快樂でございまして、それより高尚な快樂は、悉目知らなかつたのでございます、だから久良子が心の中に慕ひ思つて居る美しい事などに對しては、全く盲目で、そして聾同様であつたのでございます

「あゝ、妾は本當に淋しくつて、そして心細いよ。お父様は全く妾がこの世の中に生きて居るといふことすら、御記憶なさらない位だもの」

「そりや貴女のお父さまが、貴女が男のお兄様でゐらつしやらなかつたものですから、御失望なすつたものでございますよ」

と、おだいは落付き濟まして云ひました、久良子孃は少しく激したるさまにて、

「だつて仕方があるものかね、あゝ本當に妾は男子に生まれて來ればよかつたよ、さすればこんな陰氣な家に籠つて、生きて、死んでるやうな生活をしやうより、ドシ／＼と世間へ出て、男らしく働いて見るものを、妾は今十六だが、思ひ返すと丸で百年も閉ぢ込められてゐたやうな心地がするよ、もしも今、大浪が起つて妾をこの儘に引きさらへて行かうものなら、妾は何んの爲めに生まれて來たかといふことを、知らないで死んでしまはなけりやならんからね、妾は時々、お父様は人間ぢやないだらうかと思ふことがあるよ、妾のことを少しも思ひやりがなくて、全くお忘れなすつたやうで」と、呟きました。

小説

心の刺

米國 チャーロット、エム、ブレーム原作
大阪 碧瑠璃園翻譯

第六回

良久子嬢のいふ事は全くお代には解りませぬ、おだいは空を打眺めて、

「もう家へ歸つた方がいゝでせう、お順が烘餅を作らへるッて、約束してましたから、あれは冷ると甘味しうございませんからね、オヤお嬢さん貴女は何故そんなにお笑ひなさるの、奇体だね本當に、妾は悉目理由が分りませんよ」

お代は再び、

「お嬢さん、何が可笑しうございますの、何故そんなにお笑ひなさるの」

と叫びました。

「何がッてさ、妾が妾の身の上を淋しいから、新らしい生活を送つて見たいと話してるに、お前は烘餅のことばかりに氣は取られてるぢやないか、お前のやうな人に言をいふには、本當に馬鹿々々しいよ、さア早く歸つて烘餅をお食りよ、妾は海の方へ行くんだから」

と言ひ棄てゝ嬢は海の方に向つて居る草原を横切つて、チョコ〳〵と足早に行つてしまひました、老婆はどんぐり眼を見張つて、跡を見送つて居りましたが「あの娘も行末よくはあるまい、皆川家の血統は、皆一様に狂氣統だよ」と獨言いひながら歸つて行きました。

久良子は唯一人濱邊へ歩みを向けましたが、物悲しい情が漸々と增してまゐりました、浪は穏やかなる悲鳴をなして、チャプリ〳〵と岸に毀れて居りまして、この大きな廣やかな靜けさを破るべき短艇もなければ、又一つの舟もございませぬ、ろの他浪に觸れる日影とてもなければ、又月影もなく、見渡す限り全く灰色で、物悲しく寂として居りました。

久良子は砂の上に跪居いて、手をさし延べながら

「あゝ妾の生活、妾の生活もこれと同じ事、色もなければ、光りもない、妾は伯爵の娘だが、どんな田舎の農夫の娘でも、こんなに淋しく放任つて置かれることは、よもやあるまい、もしも妾が世間へ出たならば、人々は妾を好いて呉れるかし

ら、私は他人の眼からは如何なに見ゑるだらうかわ、美しいは海よ、汝こそは私が愛する唯一つの物、妾の心は汝のやうに休む間はない」と叫びました、か〻る程に、夜が漸々と波の上へ覆ひか〻つてまゐりまして、四面はいよ〳〵寂と致しました、空を帆駈つて居つた白雲も、いつしか消ゑ去つてしまひ、浪に戯れて居つた鷗も、遙かの方へ飛び去つてしまひまして、實に物凄いほど靜かな景色でございます、されど久良子は、なほ立ちも去らで、種々と物を考へて居りましたが遂に全く日が暮れ果てまして、水と空との灰色が一つに混合つてしまひまして、海の面は、恰も水が疲れ切つたといふやうに、吸泣をしながら、上つたり下つたりして居ります、

この時嬢はやうやく立ち上りまして、わが家の方へ歩んで參りましたが、此方に立つてゐる大きな陰氣らしいわが家の窓を見上げまして、

「あの窓といふ窓は、皆幽靈の顔のやうで、妾の方を見おろしてるやうに思はれるし、そして内部の室は皆陰氣で、廊下などには何んだか厭な怖ろしい物音がするんだものを」

と云ひつ〻數分間ジッと立つて、家を目守つて居りましたが、何んだかゾッと寒くなつて、非常に物怖ろしくなつたものですから、早々に家へ這入りましたが、戸口にてお順に出會ひました、お順はさも心配らしい顔付にて

「おや、お孃さんですか、私は今貴女をさがしにまゐる所でございますよ、お父樣はお死去れなさいましたよ」

と聞いて久良子は驚きながら、

「エッ、何んだねおじゆん」

「お孃さん、お父樣は御死去なさいましたよ、それでおたいが至急に貴女に用があるッてねことでございますよ」

と、お順は繰返して言ひました

小説

●心の刺

米國 ナイーロット、エム、ブレーム原作
大阪 碧瑠璃園譯

第七回

「エツ、お父さんが……」と、久良子孃は悲しみよりも寧ろ奇異の思ひを以て、件んの言葉を繰返しました、その言葉は彼女に取つては全く新らしい言葉であつたのでございます、彼女は死といふ事の意味から、殆んど解せない位で、勿論死といふものを未だ一度も見たことがないのでございますから、彼の女は同じ言葉を繰返し／＼、大きな段梯子を上つて行きました、すると彼方此方の角隅から「[illegible]」様に「死」といふ言葉を私語くやうに思はれました、一体この「死」といふ物は如何なものだらうかと、彼女は訝しみながらお代の室へ急いで行きました、

老婆の顔は青白くなつて居りまして、眼に涙が溢つてゐつて、顏までが變つてございましたが、久良子の手を取りながら、

「お嬢さん お父様は御死去なさいましたよ」

と、叫びましたが、久良子はたゞ「死去」といふ言葉を繰返すのみにて、一向に解らない様子でございますから、おだいは不忍耐たさに、

「貴女、お解りなさらないやうでございますね」

といひました、すると久良子は

「妾、は全く解らないよ、妾は未だ死去なんていふことは、一度も見たことはないよ、如何なのだらうね、おだい、話してお呉れよ」

と、答へて靜に前に立つて居りましたが、その顔は何んだか怖がつてゐるやうな、不審なやうな顔付でございました、そこでお代は久良子の父の臨死の様子を久良子に告げましたが、

「何故にお父様は、御死去なすつたの、何がお父様を殺したの」と、野呂臭く問ひかけました、

「お父様は、心臓の病で御死去なすつたのでございますよ、お醫者さまが、さう仰有いましたよ、時にお嬢さん、無論貴女はお父様を見たうございませうね」

「エツ、お父様を見いと……お父様は死んでゐらつしやるつて、お前はお言ひだつたね」

「ハイ、御死去なすつたのでございますが、貴女

はれ顔を見たらはございませんか」

「サア如何しやうか知ら、屹度妾は驚くだらうからね」

「そりやア如何とも、貴女のお心次第でございますがね、併し勿論これは、貴女の御一身上に大關係することでございますからね、妾は桂木夫人も伊東樣も呼びに遣つたのでございますよ……樣は定めて今度の梁川樣におなり遊はすお方でございませうからね」

「なに桂木夫人、そりや一体、誰のことだへ、そしても一人のお方は、如何いふ人だね、妾は少しも分らないよ」

と久良子は不審げにおだいにおだいの顔をながめました、おだいは歎息致しまして

「アヽ、本當に困りましたね、旦那樣に對して一言でも小言を申してはすみませんがね、モ少し貴女をお庇護ひあそばさば宜しかつたに、實は旦那樣は、家事を一切貴女にお話しすることを、お止めあそばしたものですからね」

といへば、久良子は悲しげに

「お父樣は、妾を可愛がつて下さらなかつたのだからね」

「そりやア本當にさうでございますよ、旦那樣は男のお兒さまばかりを欲しがつておゐらつしやつたものですから、貴女をそのお坊ッちやまの代りに跡へ置くことを厭がつておゐらつしやつた樣子でございますよ」

といへば、久良子はいよいよ悲しき容子を顔に現はしました。

小說 心の刺

米國 チヤーロツト、エム、ブレーム原作
大阪 碧瑠璃園翻譯

第八回

老婆のお代は猶も言葉を續けまして、

「植松樣は、旦那樣の一番に近い御血屬でございますから、あのお方が必定、爵位も領地もお相續あそばして、十三代目の梁川伯爵樣におなりあそばすのでございませう、ですから「ハーペンデール、パーク」も「フエヤー、オークス」もそして此

家も、皆あのお方の手へ這入るでございませう」

「して桂木夫人とは誰れのことだね」

「桂木さまは即ち、今申した植松様のお母さまで英國中での一番に高慢つたお方のやうだといふことを私は聞いて居りますよ」

「何故又お前はそんな人を呼びにやつたの、妾等はそんな高慢つた人に會つても、何も仕方がないぢやないか」

「何といふ理もございませんが、唯だ貴女の一番に近い御親類でございますから」

「なに妾の近しい親類だと、妾は未だそんな人だちを見たこともないが多分あちらでも妾の事を知つてゐらつしやるまい」

「あゝお嬢さん、貴女の境界は、今に全く變はつてまゐりますでせうよ」

「何故ッ」

と久良子嬢は急に尋ねました、おだいはニッコリと笑ひまして、

「貴女は貴女のお母さまの財産が、貴女の手へ這入るといふことを、御存じないのでございますか少しもそんなことを、お聞きなすつたこともないのでございますか」

「いや、誰も妾のお母さまのことを、妾に言つて呉れやアしなかつたからね、妾はお母さまに、財産があるといふことを知らなかつたのよ」

「オヤ左樣でございますか、奧樣には大した財産があるんでございますよ、そしてそれは皆、今貴嬢の物に成るんでございますよ、植松さまは無論、貴嬢を引受けて、御後見をなさるでございませうが貴女もこれからは世間に對して、貴女だけに相應した位置をお保ちなさらないと不可ませんよ」

「ナニ、妾に相應した位置を保てと……お前は妾のお父さまが御死去なすつたので、妾の身が自由になつて、財産が付いて、そして愉快だとお言ひなのかね、それを思ふと妾は怖ろしい位だよ、そうして妾が世間で、妾の位置を保つて行くことが出來るものか、妾は何んにも知らなけりやア、又なに一ッ藝はないんだからね、妾は全たく教育を受けないんだからね」

「私に向つて、左樣仰有いますと少々困りますね私は私の出來るだけのことをしたのでございますからね」

「だッて、妾は全く無學だからね」

と、久良子は悲しげにいひました、
「無學だッて何んだッて、そんなことは少しも構ひません、何事でも金錢が第一でございますからもしお母樣の財産が、貴女のものになるなら、世間で一番に俐功な、一番によく教育された婦人よ
も、貴女の方は望みを付けるものが多いでございませう、それは貴女は今に金錢ころして爵位をお持ちに成るでせうから、これより結構なことはございませんですよ」
嗚呼『金錢と爵位』この言葉よ『死と冷却』といふ他の言葉などゝ、奇体に混合つてゐるやうで、恰も一つの怖ろしい詩の對句のやうに響きましたので、久良子嬢は繰返し／＼て之を言ひました。

訂正　前回老婆の談話中植松樣とすべきを伊東樣と誤りたればこゝに訂正す

小說　心の刺

米國 チャーロット、エム、ブレーム原作
大阪 碧瑠璃園譯

第九回

梁川伯爵が死去しましてからといふものは、たゞさへ陰氣な家が、一層陰氣に思はれました、かくて其翌々日の朝、久良子は唯一人自分の室に居りましたが、彼方に人々がやつて來たらしく、足音聞えまするので、ジッと呼吸をこらして待つて居りますると、老婆の聲として
「お嬢さん、お嬢さん、早く出てゐらつしやいませ、桂木夫人が貴女に對面したいと仰有てゐらつしやいますよ、餘りにお待たせ申すと不可ませんからね」

「オヤさう　桂木夫人は如何なお人だね」

と、孃は熱心に問ひ掛けました。

「私がこれまでに見た人たちとは、全く違つたお方でございますよ、本當に御立派でね、ですけれど丸で女王樣のやうに高慢つてゐらつしやいまし

てね、そして大層に御奇麗な衣裳でございますよ
「妾は未だ生まれてから、奇麗な衣裳を着けた人を見たことはないよ」
と、久良子は歎息して言ひましたが、やがて老婆に手を引かれて座敷の方へまゐりましたが、所が先づ最初に嬢の眼は殆んど眩む位でございました實に夫人は、氣高く美しき立派な婦人でございまして、衣裳の着付けなぞも、實に高尚で優美でございまして、そして眞白の手には深山の寶玉が飾りに附けてキラ／＼と光つて居りました、此方の久良子嬢は全く驚いてしまつて無言でございます彼方からも容易には言葉をかけませぬ、かくて暫くの間は、その場が妙に靜まりかへつて居りましたが、さておだいの紹介にて、互ひに一應の挨拶がすみまして、一言二言對話して居ります所へ、足音が聞こえまして、やがて戸が開いて、一個の若い男が這入つてまゐりました、それこそ即ち夫人の令息でございます、嬢は未だこれまでに、餘りに若い男を見たことがないものですから、自分の怖ろしいのや、憶病なのにも係らず、興味を以て件んの男の方をながめました、さて男は嬢に向ひまして、
「どうも此度は、實に御愁傷のことです
と、言つたきり、直ちに自分の母の方を振向きまして、若干の用事に付いて話しまして、全く久良子が其場に居ることを、打忘れたやうな有様でございました。
久良子嬢は若い紳士を見るのは、今が始めてゞございますから、樂しげに男の方を見やりまして、どうぞ、も一度物を言ひかけて呉れゝばいゝがと思つて居りましたが、彼方は又、こんな詰らない女が梁川家のお嬢樣かと言はぬばかりの風にて、少々驚いて其のまゝ外の方へ出て行つてしまひました、その跡で桂木夫人はおだいに向つて、久良子嬢の作法の悪いことを咎めましたが、お代はこれに對して一部始終を述べて、種々と辨解を致しました。
「伯爵樣は氣が狂つてあつたに違ひない、自分の娘を、一体何うする積りだつたのかしら、妾は無論、他のお嬢樣だちのやうに、行儀作法もあり教育も充分にあることだらうと、思つて居たのだ

が、全く反對だよ」と桂木夫人は呟きました、傍に之を聞き居た嬢の心は、如何でございましたらうか、嬢は心の中にて、

「あゝ、妾はそんなに詰らないものか、恰で別世界から來たもののやうに見られて居るのだが、おゝ仕方がない、妾はとても桂木さまのやうに、なれないだらうから、寧ろ此處でジッとして居つて死ぬ方が増しだ」などゝ思ひました。

小說 心の刺

米國 チヤーロツト、エム、ブレーム原作
大阪 碧瑠璃園 譯

第十回

老婆のれ代が久良子嬢を慰める唯一つの口上は、嬢の母の財産が、嬢の手へ這入るといふことでございました、その財産さへ持てば、少々自分に缺點があつた所が、梁川家のれ嬢様として、世間の人が許して與れるだらうとの考へで、嬢は我れと我が心を慰めました、ですけれども心の中は、全く混亂してしまつて、明瞭とした思慮は一つも起つて參りませぬ、自分の父は死去でしまつた、自分の境界は變つて來るだらう——それに自分は忘れることの出來ない一つの顏を見た、桂木夫人は自分を賤しんで見下して居る——といふやうな種々の考へが、心の中で混雜亂雜に成つて、さなきやうがございませぬので、海邊へ出てジッと坐つて浪なぞを見るなら、又爽快とするだらうと、その日の夕暮れに夫人や老婆の目を忍んで、唯一人外の方へ出かけまして、いつもの處に至つて、海面を打眺めて居りましたが、恰も親しい舊友に逢ふやうな心地が致しまして、浪が奇体な韻律を歌つて居るやうでございます

「御身は大家の女相續人、御身の父御は死なれたり、御身の上は全く變れり、勝れたる貴夫人は賤みをもて御身を待遇へり、御身は一つの、美くしき顏見たり——その御身が好む顏に

と、間斷なくそれを繰返して居るやうでございます、ですけれどもそれが却つて彼女を慰めましたかくて心も大分に靜まつたものですから、急いで

家の方へ歸つて參りましたが、途中にてぱつたと出過つたのは、かの若い伯爵でございました、孃はハッと驚き叫んで、立ち止まりましたので、彼方も氣が付いて、ジッと立ち止まつて孃の顏をながめました

「貴郎は……貴郎は妾に出過つたといふことを、言はないやうにして下さいませんか、妾は多分誰れもが知らないだらうと思つて居るんでございますから」

と、久良子は言ひました、彼方の男は、無頓着に笑ひまして、

「どうか貴女は誰樣といふことを知りたいね、さうすりやア一層興味があるからね」

久良子はジッと美くしい顏を見上げましたが、彼方は矢張り無頓着に、ニコ〳〵と笑つて居りました。

「イヤ、僕は決して言はないです、併し何んの爲めに、貴女はこんな處へ來てゐらつしやるのかは僕は甚だ知りたいです」

「妾は海邊に住み馴れたもんでございますからねいつも非常に不愉快なことがありますと、直にこゝへ遣つて參りますのでございますよ、世間の人だちは皆澤山の友達を持つてゐらつしやいますが妾の唯一つの友だちは、この海なのでございます」

との孃の言葉を聞いて、男は大に笑ひましたが、その心の底には、苟めにも梁川家のお孃樣ともいはるゝものが、夜中に唯一人散歩するなどは、よろしくないことで、海を自分の友だちなどゝいふに至つては、實に奇体だと思つたので、かくて共に歩む〳〵二三の對話の後に、男は「左樣ならば久良子さん」との挨拶を殘して立ち去りましたが心の中には孃を厭はしい物と思ひ込みました。

小説

心の刺

米國 ナイーロット、エム、ブレーム 原作
大阪 碧瑠璃園 譯

第十一回

喪式を出す前に、血族の者が、その死人を唯一目なりとも見納めに見るといふ事は、當然でございますから、桂木夫人は何も前口上なしに、突然久良子孃を、死人の置いてある處の、はの暗い陰氣な室へ連れて這入りました、孃は怖ろしさに叫びましたれど、夫人は一向に頓着致しませぬ。

「アッ、これ靜にしなさいよ、靜にすることが

死人に對しては、一番に敬尊になるんですからね」と、夫人は緩やかに言ひました
「こりや妾のれ父樣ぢやございませぬ」
と久良子は叫びました、さも怖ろしいといふ顏付をして、此方に顫ひ縮まりました、それも道理、彼女は未だ嘗て父の微笑する顏を見たこともなくいつも陰氣な澁皺面ばかりを見て居つたのですがその澁皺面よりも、一層今の沈靜したる顏が怖ろしかつたからでございます、
「これが死といふものでございますか、妾はあんなに怖ろしいものとは、思つて居りませんでした」
と、叫びましたが、さて妙なものでこれが親子の愛情とでも申しませうか、フト心が悲しくなつて參りまして、涙がハラ〳〵と溢れて出まして、白い唇は啜泣きのためにピリ〳〵と震へました、
「嗚呼悲しい、れ父樣はれ死に遊ばして、あヽ」
と悲しみましたが、夫人はこれに向つて、
「貴女はれ父さまの顏を、接吻しなければいけません」●
と言ひました、ですけれども、娘は以前よりも一層驚いて此方へ顫ひ縮まりまして、
「どうも、それは妾は出來ません、妾のれ父樣が生きてゐらつしやる時にも、まだ一度も接吻はしたことがないのでございますものを、どうしてどうして、死んでゐらつしやるのを、接吻は出來ません」
「昔から俗によく言ふことだが、もしも貴女が、死人の所へ行つて、その死人の身体に觸れないやうな事があつたら、その後二三ヶ月の間は、屹度その死人の夢を見るといふことですよ」
「妾は死人を觸れもしなければ、又夢見ることもございませんよ、あヽ、桂木さま、どうぞ妾を彼方へ行かして下さいませ」
「梁川家のれ娘御らしくもない、本當に貴女は憶病ですよ、さア、せめてはれ父樣の手なりとれ觸りなさいませ」
といはれて、久良子孃は怖ろしさに身を縮めながら、額に苦しき汗を流しながら、父の死体の傍に行つて、その手を觸れましたが、實に驚くべきほど冷たいので、又今更に怖ろしさを増しました、彼女は寒中に氷を觸つたことがございますが、しかしこんなに怖ろしく冷たいことはなかつたので本當にこれがためには、自分の血管中の血液も凍

つてしまうやうな心地が致しましたので、彼女は此方へ震ひ縮まりながら、引退きまして「桂木さま、どうぞ彼方へ行かして下さいませ、此處に靜止として居りますると、妾も又死ぬるでございませうから」と、歎願するやうに言ひましたので、夫人もこれを許しました、さて梁川伯爵の死体は、その遺言によつて「ハルスト、ミー」の墓場へ葬られましたが、その葬式に列つたものは、總牧師、醫師、かの若き伯爵、並に家の抱雇の代言人等、僅に數人でございました。

小説

心の刺

米國 チヤーロツト、エム、ブレーム原作
大阪 碧瑠璃閑閑譯

第十二回

人々は葬式を終つて、墓場から歸つてまゐりましたが、さて皆々立ち合ひの上にて、代言人梶尾が遺言を讀み上げましたが、その遺言の趣旨は勝三並にれ順及び他の忠義なる下僕等に、それ〴〵遺物を遺はすこと、桂木夫人に喪指輪を買ふが爲めに二十ポンドを殘し置くことなどでございまして自分の娘の久良子に對しては、娘の母の財産を悉皆讓り渡すこと、併しそれに付いては一つの條件があるので、即ち彼の死後十二ヶ月以内に、梁川家の相續人植松と結婚すべきことでございます、萬一久良子がその時期内に結婚することを嫌ふ場合には、財産は種々の慈善事業に投せられて、久良子には一生涯、毎年百ポンドづゝを給するとでも、又植松がその結婚に不同意の時には、財産は利息に附して、その兒童等に下すべしとのことでございました、ですから、何うあつても久良子と結婚しないことには、財産は植松の物にはならないのでございます

猶は此の他に「余は跡に殘すべき余自身の財産は持たない、が併し、余自身の力に依つて、余の妻が余に殘し置きたる財産を、殆んど二倍にしたのだ、かやうな鹽梅で、その財産も爵位も悉皆讓り渡すのだ、だから余の娘に、決して結婚を嫌ふてはいけない、萬一嫌ふならば、余は墓場にて安く眠つてゐることが出來ない」との趣きが書いてございました。

「エツ、お父様が墓場で眠ることが出來ないと……あゝ何うしたらよからう、お父様は妾が見た時のやうに、眞白い冷たい姿で、妾の許へ歸つていらつしやるでございましやうか」と、怖ろしさにビリ〱と震へました、代言人梶尾は之を慰めまして

「お嬢さん、そりや唯だ言葉でございますよ、如何な人でも墓場では安眠するもので、それが神様の思召しで、人たるものは左様しなければならないんですからね、そんなに甚く御怖れなさるに及びませんよ」

「だツて妾は怖ろしうございますからね、夜となく晝となく何處へ行つても、眞白い冷たいその顔が、妾の眼前に見ゐるやうですから」

桂木夫人は座を立ちて、久良子の傍へ摺り寄りまして、

「久良子さん、貴女も梁川家の娘御ぢやございませんか、そんなに憶病ではいけますまい」

と傲慢なる樣子にキツと制せられて、嬢はやうやくに心を靜めました、そこで梶尾は遺言を讀み續けました。

「余は余の娘か、娘の第十七回の誕生日に植松と結婚せんことを希望すのだ、その時まで娘は、桂木夫人と共に居住すべきこと、その居住の間の費用として、桂木夫人は三千ポンドを受くべきこと及び娘の嫁入支度として別に五百ポンドを殘し置くから、是非々々余の命令に從つて結婚すべし」

との事でございました。

さてこれから暫くの間、桂木夫人と久良子嬢との關係に付いて、種々と話すことがございますれど、それは省略して置きます、兎に角嬢は夫人と共に、「ハルスト、ミー」を立ち離れて「ロンドン」へ趣くことゝ成つたので、即ち此の旅行が久良子の身に取つては、初めての浮世の經驗であつたのでございます、かく「ロンドン」へ住み移つてからといふものは、夫人は全力を注いで嬢を教育致しまして、或は劇場、或は音樂會、或は繪畫展覽會などと所々方々へ連れてまゐりまして、斷ゑず種々の事を言つて聞かせたのですから、世間の他の娘の五年間を掛け合ふ程、僅か一年間で、大なる進歩を致しました。

小說

心の刺

米國 ナテーロツト、エム、ブレーム原作
大阪 [illegible] 同翻譯

第十三回

久良子孃は桂木夫人の敎育に依りて、大なる進歩を致しましたれど、身の外觀態度などに於ては、まだなか〳〵に改良されて居りませんで、背の高い瘦せた不細工な姿でございました、しかしよく〳〵彼女の顏を硏究したもの丶眼には、その顏は屹度將來に尤るの美を呈するといふことが分つて居りました、かくて孃は又數ヶ月を經過しましたが、夫人はいつも來客がある時には、成るべく孃を座敷に止めて、それに應接させるやうに致しましたので、それが爲めに隨分に澤山、友だちも出來ましたが、併しそれは唯だその時ばかりの知人といふばかりで、その中では、孃の好きなものもあれば、嫌ひなものもございますが、未だ唯一人として「久良子さん、僕は貴女を愛して居りますよ」と、いふ程の親密な者に接したことはございませぬ、所約彼女は自分の將來に見込みある容姿にも係らず、全く人から愛せられなかつたのでございます。

そも〳〵植松伯爵は、久良子孃と結婚することを好んで居らないので、且つは梁川伯爵の遺言が、餘りにケチで癪に障るものですから、一旦は總てのことを放棄してしまつて、自分は遠き他國へ行つてしまはうかとまで思つたこともあるのですが、だん〳〵と桂木夫人の、泣言まじりの說論に依つて、やう〳〵にその事だけは思ひ止つたのですが、猶氣色が惡るくて堪らないものですから、結婚を眼の前に控ねながら、チョツと暫時「ノルウエイ」へ旅行を試みたのでございます。

夫人も又、孃を我が子に適合したる配遇者とは思つて居らなかつたので、併し、自分の息子に取つては、金錢が最め必要なので、それがなくては、貴族の体面を保つて行くことが出來ないから、所約植松が英國に脚を止めて居れないといふ次第でございますから、それが爲めに非常に苦心をした

のでございます、或る時夫人は久良子の室へ參りまして

「久良子さん、いつ貴女は滿十七歳になりなのかね」

「六月の二日で丁度でございますよ」

「私の息子は五月廿日に、家へ歸つて來る筈だから、その時にあのことをも確乎と決めやうと妾は思つて居るのですが、貴女は何うですね」

「ハイ、妾も此頃はそのことばかりを思つて居りますが、全く夢のやうな心地で、その夢が覺めはしないかと氣遣つて居りますよ」

と答へて、孃は顔をポッと赤らめながら、差俯向きました。

夫人が此の日頃、居住と定めたる「ロンドン」に於ける第宅は「ブラックソーン、ハウス」と呼ばれまして、實に立派な美しい屋敷で、窓からの見晴らしなども至極よろしく、公園の樹木が、恰も手に取る如くに見られまして、庭園にも數多の花が植ゑ込んでございます、この美しい處にて久良子は若き伯爵が歸宅すべき當日、即ち五月廿日に自分と結婚すべき男を待ちながら立つて居りましたが身には猶ほ喪服を離さないで居りました、追想すれば一年前、淋しき海邊に暮らして居た時とは、全く境界が變つて參りまして、今では身も自由でございまして、種々樣々の贅澤を盡すことも出來るのでございます、彼の女は大きな家、美くしい室、逸れたる裕福、結構な馬車、良き馬、よき從僕、その他あらゆる贅澤物を好みましたが、もし此の結婚が起らなかつた時には、自分はこれ等の贅澤物を、悉皆失つてしまつて、比較的に貧しいともいふべき境界に立ち戻らばならないといふことを、やゝ心に解し初めました

小説

心の刺

米國 チヤーロツト、エム、ブレーム原作
大阪 碧瑠璃園譯

第十四囘

結婚が成立たなかつたならば、悉皆のことを失つてしまはなければならぬと思へば、實に怖ろしい心地がするが、それよりも一層怖ろしいのは、自分が愛せられないだらうとの考へでございます、彼の女は未だ充分に浮世のことを解せないものですから、自分に取つては結婚をしなくては、戀愛といふものは成立たない、その結婚といふものは金錢がなくては出來ないものゝやうに思はれて居つたのでございます

かくて植松も歸宅致しまして、結婚の相談もいよ〳〵纏りまして、衣裳や飾り物や、その他萬端のことが、立派に用意整ひました。

孃はいつぞや若き伯爵が、自分に向つて言ひ呉れたるやさしき言葉を、一途に思ひ詰めまして、嬉しき眼を夏の青空に見上げまして

「雲は妾の爲めに晴れたのだ、所約妾の爲めに晴れたのだ、これから本當に妾は嬉しい身になるだらう」

と自分で自分に向つて言ひましたが、奇体にも先方が果して自分を愛して居るかといふことを、自分に問はないで、唯だ自分が先方を愛して居ることばかりに、心を取られて居りました

「妾は今に樂しい身になるだらう、妾は今、鳥や花が羨ましくない……妾は樂しい身になりかけて來た」

と繰返しましたが、その言葉が猶ほ唇の邊を離れもしないのに、眼中には猶ほ戀愛の色が晃めいてゐるのに、忽ち一つの聲が聞ゑました、その聲は孃に取つては、實に怖ろしい言葉でございまして、その言葉は孃をして忽ちに唖の如くに沈默に落ち入らしめ、孃の口唇より微笑を打ち拂ひ、眼中より愛らしき光を奪ひ去つたるものでございます、その言葉は刄を以て孃を刺し貫いたも同然でございます、その言葉は孃の心の中に住める、花やかなる若き生命を殺したものでございます

孃は件んの聲を聞くや否や、彼方へ立ち去らうとしましたが、併し、恰も腰が脱けたやうで脚の力

が自由に叶はないものですから其處に座つて、猶言葉に耳を傾けましたが、其の言葉は恰も自分の臨終を告げる鐘のやうに聞ゑました。

其の言葉は何かといふに、かやうな次第でございます、かの若き伯爵梁川と、桂木夫人が座敷の窓の邊に座を占めて、久良子が外の方なる薔薇の中に居るといふ事を、毫も知らないで、對話をして居りました、若き伯爵は歎息らしい聲にて

「阿母さん、僕はどんなに樂しい顔をしやうと思つたて、出來やしないですよ、其りや全く駄目ですよ、僕は失望を以て充たされて居るんですからね、この儘に行くならば、屹度僕は總べての事を放棄つてしまつて、亞米利加へでも行くやうな時期が來るだらうと思ふですよ、併しそんなことをしても、貴女に對してお氣の毒でございますからね」

「お前がそんなに好かないものを、如何して彼女と結婚しやうといふ氣になつたのですか」

若伯爵は甚だしく歎息しながら

「僕は素より此方から結婚を望んだのぢやございませんが、僕は確かに彼女がそれを望んで居るのを認めたものですから……實は僕は、彼女が氣の毒になつたのです、彼女は未だ年も行かないし、そして便りのない身ですから……實を白狀すれば僕はあれを嫌つて居るのですが……僕は僕の身を縫ひ包むやうな事情を好かないんですが……併しモ一つ、本當のことをいへば、僕は金錢が要用なので、娘は如何でもいゝんでございます」

小說

心の刺

米國　ナヤーロツト、エム、ブレーム原作
大阪　碧瑠璃園譯

第十五回

「そんなに彼女のことに付て、身を苦しめるのなら、寧そのこと、彼女を見棄てゝしまつては如何ですね」

「イヤ、僕は彼女を愛して居らないんですが、全く僕は……併し僕は實に氣の毒に思ふのです、彼女は至極淋しい身の上で、そして幾分か僕を便りにして居る樣子でございますからね、なァに仕方がございませんよ、あれでもね、もう少し秀逸の

女なら又何んですがね、あれぢやア人の愛を得なといふことが、一つもないんですからね、だけれども何うも仕方がございませんよ、そのことはもう云はないで置きませう、どうか貴女も言つて下さいますな、僕はこれから僕の倶樂部へ行からと思つて居るんですよ」

「さうですか、妾は又、伊東の奥樣と劇場で出會ふ約束がしてあるんですからね」

これ等の言葉を聞くと等しく、孃は低き叫び聲を發したるまゝ、薔薇の叢へ倒れ伏しました、だけれども誰一人も其の物音を耳にする者はございませんでした

夫人は劇場へ行き、若き伯爵は自分の倶樂部へ行つてしまひました、かく家の重たちたる人々が外へ出てしまつたものですから、誰れ一人として薔薇の中に倒れ伏したる久良子のことを思ふ者もなく、從僕どもは皆々自分等の部屋にて、酒宴を開いて愉快、遊んで居りました

されば天に居る母親を除くの他は、誰一人彼女が激しき苦痛を受けながら、其處に倒れ居る事を思はなければ、勿論「内のお孃さんは何處にゐつしやるの」と尋ねる者もなく、氣遣つて孃の室へ見に行くものもございませぬ、孃は全く唯獨り倒れ伏して居りました、苟くも將來の梁川伯爵夫人とも奉らるべき身が、可愛さうに星が現はれ月が出て來るまで、叢の中に倒れて居りましたが、香ばしき夜が靜かに土地で領致しまして、生物とては猫一匹だに近邊を徘徊致しませぬ

孃は如何程長時間、自分は其處に倒れて居たかを知らなかつたので、フト四邊の冷たさと、露とに目を覺ましたが、初めの程は、自分は何處に居つたのか、又は何事が起つたのかを、毫も記憶致しませんでした、が次に額の部分が鋭く痛み出しましたので、自分は赤薔薇の激しい刺の上へ倒れたのだといふことを認めました、それから徐々と体の力も物心地も付いて參りましたので、孃は踏み砕かれたる花の中より起き上りまして、夕空の下に佇立ながら、手を組みまして

「あゝ、妾は唯だ暫く今のやうに正氣がない間か却つて幸福ぢや、天は妾の爲めには慈悲がない、何故妾はこんなに人から愛せられぬやうに生まれたのかしら」

と歎息して、大きな陰氣な寂しい家へ立ち歸りま

したが、其處に聞ゆるものは、たゞ從僕どもの部屋からの笑ひ聲ばかりでございました

孃はやがて自分の室へ行きましたが、額の下へポチリ／＼と血が垂滴るものですから、早速鏡に向つて見ましたが、倒れた時に鋭い荊棘に破られたものと見ゑて、額に一つの深い負傷がございました、「だけれどこれよりも、妾の心が出血してる方が餘程に甚い」

と自分で自分に向つて言ひましたが、先づ最初には、斷然此度の結婚を見棄しゝしまはふと考へが起りました、何うして自分はあんなに明白に、結婚は金錢の爲めであつて、娘は要せないなど、言つて居る男と、結婚することが出來ませうか、如何して自分はそれ等の殘酷なる言葉が一旦腦髓に燒印せられたる以上は、どうして彼の顔を見ることを我慢が出來るものでせうか、嗚呼、

「彼女には人の愛を得るべき分子が一つもない」

と彼は言ひましたが、本當に左樣でございませうか、何故に天は彼女に對して、そんなに殘酷なのでせうか、何故に他の娘等や婦人だちによ、愛を得るべき力が附與せられて居るのに、何故彼女に對しては、それが附與せられて居らないのでございませう、

小說

●心の刺

米國　チヤーロツト、エム、ブレーム原作
大阪　野　瑠　璃　園飜譯

第十六回

僅か數分間前までは、愛しつゝ愛せられつゝ、樂しく生活すべきことなどを夢想して居りましたが、その夢は今は皆覺め果てゝ了ひまして、その夜孃は如何に眠らんとすれども眠ることが出來ませんでした、眠られぬに付けては、父の死体が横はつてあつた室の、怪しき程沈靜としてあつた夜のさまなどが、自然と思ひ出されまして、父の嚴しい苦い顔が、眼前に彷彿やうで、部屋の外の廊下で一寸した物音がしても、ギロッとするばかりに怖ろしうございました、もしも自分が彼と結婚しない日には、父は墓場に、安眠しないとのことでございますから、たとひ先方の男は自分を嫌ふとも自分は彼と結婚する方がよからうと孃は思ひましたので、その父が墓場で安眠しないなどとは、一個の迷信的のつまらない事たといふことを誰一人

として嬢に告げないものですから、嬢はそれが非常に怖ろしいので、父を墓場にて安く冥目せしむる爲めには、自分は寧ろ一生涯、苦しみの中に生活しても構はないと、思ひ込んだのでございませう。

その翌日夫人と若き伯爵は嬢の額の負傷を見て、之を怪しみ咎めましたが、唯倒れて怪我をしたとの返答でございますから、

「貴女はも少し氣を付けでないと不可ないですよ、不注意な暴動ほど、お嬢さまらしくないものはないですよ」

と夫人は戒しめたまゝ、別に深く穿鑿も致しませんでしたが、これはこれ、久良子の誕生日並に結婚日の前日の事でございました

かくて不承々々の間に二人の結婚も濟みまして、新婦新郎は從僕諸共に新婚旅行として佛蘭西巴里へ行くことゝなりました

この一行が「ドーバル」に向つて出發したのは、午後の五時でございましたが、夜船で「カレー」まで行つて、それから滊車で「パリー」へ赴くとの算段でございました、さて「ドーバル」に向ふ途中、伯爵は初めて熟々と妻の顔を打凝視りましたが、色が尋常ならぬ程白うございまして、何んとなく憂愁を帯びて居りまするが、その眞白い額には、ありありと紅い負傷が付いてございまして、それが未だ生々で癒ゐて居りませぬ

「久良子、お前は何うしてそんなに顔へ傷を付けたのだへ」

と、新伯爵は尋ねました、所が久良子は再び自分は鋭き荊棘の上へ倒れたる由を答へましたが、心の中には、併しこれとても、自分の心を刺し貫ぬいたる殘酷な荊棘と比較べては、半分も鋭くはないと呟いて居りました

かくて久良子は窓にばかり顔を寄せかけて、成たけ此方を振向かないやうにして、野や林や村里の景色をながめて居りました、此間に伯爵は又久良子夫人の機嫌を取らんと、種々のことを話しかけましたが、久良子は冷淡に一々これを撥ね付けました、かやうの有様にて彼等は遂に「ドーバル」に着しました

「ドーバル」の停車場は、旅客の群集の爲めに、非常に雜沓して居りまするが、例の如くその中には幾分か、その雜沓を見て居る長閑な連中もござい

ますので、一人の婦人が今しも汽車から下りて來た旅客等を打見やりまして、梁川夫人を指さしながら、自分の良人の注意を引きまして「貴郎、チョッとあの婦人を御覧な、大層奇麗な衣装で、そして年も未だ若うございますがね、顔は恰で死にかゝつてるやうな色でございますよ」と批評を致しましたが、その言葉が不圖久良子の耳に這入りました、だけれど久良子は獨り自らニッコリと笑ひながら、自分が結婚の前夜に、認め置きて、今も密かに持つて居る書狀をいよ〳〵手の中に固く握り詰めました。

小說

●心の刺

米國　チャーロット、エム、ブレーム原作
大觀　[illegible]譯

第十七回

久良子婦人は沈默しながら、良人と共に埠頭の方へ歩みましたが、そこには渺々と笑ふが如き夏の海が、愛らしき波を立てゝ居りまして、埠頭の末の所に、海峽船がございまする、伯爵は之を見まして

「あッ、ブリチッシュ、クヰーン」僕は去年もあの船に乗つたのだ」と思はず叫びました

かくて皆々階段を下りまして、やがて甲板の上に立ちました、同時に手荷物なども皆々船の中へ運び入れられまして、總てチャンと始末が付きましたので、伯爵は

「さア先づこれでいゝよ、何時船が出ても構はないよ」

と言ひましたが、夫人はキョロ〳〵と四下を見廻しながら

「妾は船室へ行きたくなりましたから、妾一人で一寸と行つてまゐりますよ」

と云ひさした

「イヤ、それはいけない、僕が連れて行つて上げやう、もしお前がこゝで靜として居つて呉れるなら、私は甲板のあちらの末端で、卷煙草を吸ひたいのだが、僕はいつでも、車輪の所に居る男を見るのが好きだからね」

と云ひながら、梁川伯爵は、久良子と共に船室へ下りる方の細い梯子の際へやつてまゐりましたが

「矢張り僕は、お前と一所に下へ行くことを廢さ

うよ、彼處には澤山に貴女が居るやうだから」

と言ひました、久良子は此方を振向きまして、つらく\と伯爵の顔を打ちながめまして

「御前、貴郎は唯た先刻、妾を接吻しやうと仰有いましたを、妾はお拒み申しましたが、どうぞ今握手をして下さいますまいか」

と突然云ひ出しましたので、伯爵は少々驚きましたが、やがて無言ながら久良子の手を取りまして半分間ほど確呼とこれを握りまして、さて彼方へ振向きました、そこで梁川夫人は梯子を下りて行きましたが、何んだか奇体に急ぎが起つてまゐりまして、手はビリく\と震へて自由がきけませんでした、久良子は急がはしげに

「お菊ッ」

と叫びました、すると下女は早速にやつてまゐりました

「どうか妾に黒の外套と旅行頭巾を出してお呉れよ」

やがて久良子の姿は全く變りまして、美くしく着物は、黒の外套の爲めに覆はれ、房々と羽毛の付いてあつた美しい帽子は、黒の旅行頭巾と代はりました

「オヤ奥様、全くお姿が見違へるやうになりましたよ」

「さうかい、御前に知れるだらうかね、これでも」

「イヤ滅多にそれでは御前様にも知れやァ致しませんよ」

と聞いて久良子はお菊に向ひまして

「妾はこれから甲板へ行かうと思つてるのだがね……併し御前は今煙草を吸つてお出であそばすから、妾は御前の所へは行かないよ、併し船が、英國と佛國の中間、半途位へ出た時分にね、どうぞ此の手紙を御前に渡してお呉れよ、中には面白い良いことが、澤山書いて有るからね、お菊、いゝかね、頼みましたぜ」

下女のお菊は少々此のことを奇体に感じましたが併し若夫婦の中ではあり、かつは戀人に向つて爲ることでございますから、又何んな味な戯れが籠つてあるかも知れないと思つたものですから、そのまゝに手紙を受取りました

小說

心の刺

米國　ナアーロアト、エム、ブレーム原作
大阪　碧瑚璃　鳳嗣譯

第十八回

梁川夫人久良子はれ嫻に手紙を渡して泣きまして階段を上つて、人々が數多群れ居る甲板の上に出ましたが、誰一人も彼の女に眼を付けるものはなく、男も女も各自の事に係はつて居りました、ズイと向ふの方を見渡すと、自分の良人は船の末端の所に立し居りまする、久良子は數分間ジッと良人の姿を目守つて居りまして、やがて此方に振向きましたが、眼には充滿に熱い苦い涙が溜つて居りました

梯子の麓に一人の男が立つて居りましたので、久良子は早速にこれに向ひて

「妾は岸へ行き度いんですがね」

といひました

「エッ、岸へですか―

と、男は問ひ返しました

「はア、もう後れましたかね、妾はあちらで一寸友人達に會ふ筈だつたのだから」

と云ひつゝ幾程かの金錢を男の手の中へ滑らし込みましたが、間もなく久良子は迷々と埠頭を歩み下つて居りまして、一目だに後を振返つて見ることもなく、停車場の方へ行きましたが、丁度今、汽車が出發する所でございまするので

「これは何處へ行く列車でございますか」

と、尋ねました

「「リバプール」行きです」

との答へでございました、そこで急いで切符を買ひまして、丁度汽船を立ち去つてから未だ十分間も過ぎない內に、早や「リバプール」に向つて進行する列車に乘り込んで居りましたが、乘り込むや否や客車の椅子に身を投げかけて、ヨヽと泣き沈みました

同時に、かの汽船「ブリチッシユ、クヰーン」は勇ましく進路を取つて行きました、空はよく晴れて海上は靜かでございまして、梁川伯爵は煙草をさも甘げに喫して居りまして、最前よりも一層愉快に感じて居りました、彼は心の中にて、よしや自分は久良子を愛せない處が、時が經過ば又、非常に彼女を好くやうになり得られるだらうと信じて居りましたので、彼女が傲慢にも自分を挑ね付けたことを思ひ出して、獨りニッコリと笑ひました

たことを思ひ出して、獨りニッコリと笑ひました
「妾は貴郎の接吻を受けることは出來ませんです、何故と申しますに、貴郎は私を愛して下さらないのでございますから」との言葉は、彼を怒らせもしたが、又樂しませもしたのでございます彼はもしや彼の女が船室を出ではしないかと、甲板から見下しましたが、別にその樣子が分らないので、怖らくは船醉でもして居るのだらうと想像して、又靜かに卷煙草を燻らして居りましたが、さて十分間餘りにて「ブリチッシユ、クヰーン」は無事に「カレー」の港につきました、そこで彼は船室へ下るべき梯子の際へ行きましたが、自分の妻は見ゑないものですから、下へ下りましたが、其處にも居らない、エヽ、馬鹿々々しい、これは矢張り甲板の上、群集の中に居るのだらうと思つて居る折しも、下女のお菊を認めまして
「おい、お菊、奥は何處に居るか、遲々して居ると、跡へ殘されると言つて呉れ」
「エッ、なに奥樣でございますか……奥樣は貴郎と御一所に入らつしやることゝ、妾は思つて居りましたよ、妾は一向に存じませんよ」
「だつて僕が、滊船が出發する前に、彼女を船室へ連れて這入たのだからね」
下女は吃驚しながら
「ですけれど奥樣は、船が出發する前に、又た出ましになりましたよ、帽子と外套とを着かねて甲板へお越しになりましたよ」
「おやア矢張り彼方に居るのだ、早く見付けなくちやアいけない」
と伯爵は急かはしげに言ひました。

小説

●心の刺

米國 シャーロット、エム、ブレーム原作
大阪 [illegible]譯

第十九回

皆々急いで甲板へ探しにまゐりましたが、其處にも矢張り夫人の姿は見ゑないです、この時お菊は急に、自分が夫人から委託かつた手紙のことを思ひ出したものですから、それを伯爵に差し出しまして、
「御前樣、何卒お免し下さいませ、妾は奥樣からこれを貴郎に渡してくれいとのことでございましたが、全然忘れて居りました」
伯爵はそれを受取りまして
「こりやア何んだ」
と、叫びました

「何かは存じませねど、奥様がそれを妾にお渡しになりまして、船が英吉利と佛蘭西の中間半途ほどへ出た時に、貴郎にお渡しゝて呉れとのお頼みでございました」

と下女は答へました、だけれど伯爵には、全くその意味は解りませんでした、彼は殆んどそれを、忘れられて居つて勘定書か何んぞのやうに思つて居りました、それも尤で、よもや自分の妻から自分に向けて、手紙などとは思ひも寄らなかつたのでございます、

伯爵は件んの手紙を、手の中に揉み砕きまして、再び妻の探索にかゝりましたが、一人二人に向つて其事を尋ねまするど、皆ニッコリと笑ひながら此方を發狂したものと見て、一向に取り合ひませぬ、そこで伯爵は大に迷惑しながら船長の許に行きましたが、これも同じくニッコリと笑ひを含みまして

「なに、貴夫人が失はれたと……ど、ど、何うして〳〵、そんなことは全く出來ないです、そんなことは全くあらう筈がございません、大体そんな貴女が全く此處へ來ないか、但しは岸の方へ行かれたのでございませう」

「なアに、そりや來たに違ひないのだ、僕があの船室へ連れて這入つたのだからね、そして又岸へ行くといふやうなことは決してないよ、僕は上陸する旅客を一々見て居たからね」

といはれて船長は、化幻な顔付を致しまして、これは奇体だと初めて不審を起しまして、梁川伯爵諸共に、その船室へまゐりました、さて下女に向つて物を言つて居りましたが、一人の男が不意に傍より、

「エッ、何に貴夫人が失はれたと仰有るんでございまするか、それなれば丁度船が出發する前、僅か一分間位に、黒い外套を着た一人の貴夫人が、岸の方へ行かれましたよ、友人を見に行くんだと言つてゐらつしやいましたつけ」

お菊はこれを聞いて、速に前の方に進み出まして

「その貴夫人は、どんな装束でございましたかね」

「長い黒の外套で、そして奇体な帽子を被つて居らつしやいましたが、顔の色は馬鹿に白くつて、眼が何んだか落付いて居りませんでしたよ」

「そりやア奥様だ、奥様に違ひございません、奥様は船室でその外套をお召しになつたのでございますから」

この言葉に伯爵と船長とは、互に顔を見合せましたが、やがて船長は緩やかに

「イヤ、これで洒然と不審が解けました」

「だつて、僕にはいよ〳〵不審ですよ、何故彼女が岸へ行くだらうか」

と、云ひながらフトかの封書のことを思ひ出しまして、それを開いて發端の言葉を讀むや否や、美しい顔は忽ち眞青になりましたが、やがて驚いたる船長に向ひまして、丁寧なる辭儀を致しまして

「ヤツ、分りました……全く判然しました、皆全くの間違ひで、貴夫人は岸へ上つたのです、モウ何もいはないで置きませう」、

と言ひ棄てゝ伯爵は彼方へ振向きました。

小説

●心の刺

米國 チャーロット、エム、ブレーム原作

大阪 [illegible] 飜譯

第二十回

「僕の船に於いて、これまで隨分に澤山、奇体な足脱きもあつたが、併し先づこんなことは滅多にないよ、世間にも滅多にそんなことは……だが加藤、決してこのことを口外しちやアいけねへよ、また〳〵面倒になるからね」

と船長は男に向つて言ひました

「何んしろ、一ツベリンの金錢が僕の口を禁めたのでせねますからね、親方その割合で、僕は毎日秘密を守るつもりでございますよ」

と男は笑ひながら答へました

かくて伯爵は、丁度手紙を讀み終つた時分に、早や佛蘭西の土地に着いて居りました、その手紙は餘りに長いものではございませぬが、趣意はよく分つて居ります「御身が之を受取り遊ばす頃には

妾は遥か彼方へ行つて居るでございませう、妾は永久、御身に對しては、死人同様になるでございませう」との事より書き初めまして「火曜日に御身が座敷の窓の邊にて桂木夫人とれ話しなすつて居らつしやる時に、妾は薔薇の叢の中に坐つて居りましたが、御身が自分の要するのは金錢である娘は入らないとのれ言葉を聞きましたが、實に耻かしくも左様なことを能く仰有いましたよ、妾は御身のれ言葉を繰り返すやうでございますが、御身はその時に、妾は男の愛を得るべき分子を持つて居ないとのことも仰有いましたね、妾は信實眞底から御身を愛して居たつもりでございましたよ妾は決して再びと御身のれ顔をながめますまい、御身は御身の入用の物、即ち金錢さへれ持ち遊ばせばよろしい、御身は決して再びと妾にれ眼をれ付けあそばさないでございませう、妾は永久、御身に對しては、死んだものも同様でございます、妾は御身が嘗て妾にれ見せ下さいました御親切に向つて、厚くれ禮を申し上げます、その御親切のれ報酬として、妾は金錢を跡に殘し置いて、そして御身が自由にれ成りあそばすやうに致します、妾は呉れ〴〵も御身にれ願ひ申しますのは、決して〳〵妾を探し出すなぞのことに、無駄な時間をれ費やし遊ばさぬやう、妾は永久に、御身の如く冷てく、情なく、酷いれ人に對しては、死人も同様でございます、定めて金錢が御身を幸福に致すことだらうと、妾は念じて居ります、左様ならはいつまでも」との文句でございました

梁川伯爵は中に書いてある事實を、充分に確めるために、再び三度、件んの手紙を讀み返しましたが、さて直ちに電信局に至りまして、自分の母へ向けて一つの電報を發しました

出來得べきだけ大急ぎにて「カレー」の「ホテル、デオル」に於て余に會せよ、何も言ふな

かくて伯爵は「デオル、ホテル」へまゐりまして、種々思案をめぐらしましたが、先づ第一に必要なのは、此の事を固く世間に知れないやうにすることでございます、自分の妻が、併も結婚の當日に脫走したなぞゝ、人に笑はれることは自分の最も好まない處で、伯爵は此事を想像して、齒を喰ひ緊つて怒りました、だけれど何うも致し方がございませぬ、いくら金錢を費つても、此の秘密だけは保たせなければならない、そこで伯爵は、下女や従僕等を自分の室に呼び寄せまして、固く禁口を命じまして

「れれはこれから直に、以太利へ行くつもりだがれ前だちは成るべく「バリー」に止まつて、何か位置を作つて貰ひたいのだ」
と云ひつゝ、どつさりと賄賂を握ませましたが、猶は不安心だと思つたと見ゑて
「れ前逹兩人共に、五ケ年の間——僕の許へやつても來、音信もして——ろして一分一厘も此秘密を漏らさなかつたといふ事を誓ふならば、僕は今れ前逹に上げただけを倍にして進ぜやう」
下女のれ蜀は眼に涙を浮べまして、自分は屹度「バリー」へ行つて、位置を作るべしとの事を保證ました、從僕は同じく其處にて、小奇麗な旅人宿か、もしくは料理屋を買ひ受けて、商賣をするつもりなりと述べました、先づこれで滅多に秘密が漏れるといふ怖れはないと、伯爵は思つたのでございます

小説

●心の刺

米國 ナアーロツト、エム、ブレーム原作
大[illegible]譯

第二十一回

梁川伯爵は唯獨り、砂上に佇立んで居りましたがいつしか夜が覆ひ掛つてまゐりまして、星の影がキラ〳〵と反射されて居ります、浪は上つたり下つたりして、和らかな音樂のやうな音を立す、居りまして、風がろよ〳〵とろれらを動かして居ります、蓋し伯爵は、唯獨り室に居るのが何んだか淋しくて、怖ろしいやうな心地がするものですから、かくは外へ散歩に出て居るのでございます、元來は弱くやさしい心根でございますから、實に淋しい心の苦しさに、堪ゐることが出來ないのでございます、ですから今、鋭い後悔の念が、一時に押し寄せて參りまして、あゝ、自分は大に惡かつた、久良子は實に不愍だ、可愛想だとの考へが起つたので、浪の音さへ哀れに悲しげに「妾は御身に對しては、永久に死したる者である」との言葉を歌つて居るやうに思はれました。

こゝに又桂木夫人は、わが子よりの電報に接したものですから、大に驚きまして、内の者等へはたゞ一寸と田舎へ行つて來るとの事にして、早速に旅立ちを致しました、かくて夫人は伯爵と「カレ

ー」にて會合致しまして、種々と相談したる後、伯爵はまづ第一に「パリー」へ赴き、夫人は英國へ歸つて、心當りの處々を探索することに一決しました、併し此事は、世間は勿論、内の者等へも全く秘密にしてあるのでございます

そこで夫人は故郷のいゝ景色を見物するとの托言にて、從僕共をも退け、わが家をも見棄てゝ、先づ第一に「ハルスト、シー」へ行きまして、内々で久良子のことを探つて見ましたが、皆目に分らないのみか却つて反對に、其處の人から久良子のことに付いて、いろ〳〵質問を受けました

かくて段々と月日が過ぎて行きまして、六ケ月の末に、桂木夫人は、自分の息子は大陸に於て滯留することを延ばすだらうといふことを自分の知人等に吹聽致しましたが六ケの年の末には、自分の息子は一寸と暫時の間英國へ歸り來る筈なるが、併し唯一人で歸るだらうといふことを吹聽致しました。

さても久良子は恰も堪へ難き重荷を下されたる樣子にて、滊車の中へ身を投げ込みましたが、今は全く唯一人でございます、永久に唯一人でございます、彼女はいつも梁川伯爵や、桂木夫人などの人々に對しては、死したる者も同然でございます彼の女の頭腦は廻轉して居りまして、彼の女の心は全く混亂して居ります、併し唯だ一つ彼女に明瞭なのは、その愛情に鋭敏なる心を、刺し貫ぬいたる荊棘の激しき苦痛でございました

「ソートプール」と、驛夫は叫びまして、列車は止まりました、この處は「ドーバル」からは四十哩とも隔たつてない處でございますが、一ツの列車が今直に「ロンドン」へ向けて發車しやうといふ處でございましたから、久良子は早速に「ロンドン」までの切符を買ひ求めまして、遂に「ロンドン」へ到着致しました、嘸し彼女は心の中にて伯爵や夫人は、乾度自分の行方を探すだらうから、自分はなるべく、それに知られないやうにしなければ成らぬ、だから兎に角先づ「ロンドン」にさへ着けばそれからは英國の何處の地方へでも行くことは、造作ないことだと思つたのでございます。

小説

心の刺

米國 チャーロット、エム、ブレーム原作
大阪 碧瑠璃園譯

第二十二回

脱走の跡を殘すの怖れありとて、久良子はホテルへも行かないで、終夜淋しき市街を歩行き續けまして、心の中には佛蘭西の土地なる良人のことを思ひまして「あゝ、あの人は妾のことを後悔してゐらつしやるまい、お金は持つて居らつしやるし却つて妾が居ないのを、喜んで居らつしやるだらう」など、激しく歎きました、さて夜が明けはなれまして、朝の六時頃に久良子は「ユーストン、スクエヤー」に來て居りましたが、自分は何處へ行かうとの決心もないので、行き當りばつたりといふ考へでございましたが、丁度其處の停車場から、今一つの列車が出るといふ處でございまして聞いて見ると「ラグビー」「クルー」及び「チエスター」へ行くのでございます、そこで久良子は「チエスター」へ行かうとの考へで、切符を買つて其汽車に乘り込みましたが、間もなく「チエスター」の古めかしい奇体な美しい都邑へ着しました、所が殆んど死ぬやうに心地が惡くなつてまゐりましたので、フト思ひ出せば、自分は飲食もせず、睡眠もしないことが、實に長くの間であつたのでございます

そこで久良子は、早速に珈琲店へまゐりまして、一室を所望致しましたが、身心全く疲れ果てゝ、梯子を上るのがむつかしい位でございました、かくて注文したお茶を啜るや否や、前後も知らずに其まゝ深き眠りに落ち入つてしまひました

かくて眼を覺ました時には、早や夕暮でございまして、やゝ心は分明になつてまゐりましたが、併し何んだか一種の奇体な怖ろしい感情がございまして、眞赤な霧が眼前に浮んでゐるやうに思はれまして、物事が鬱陶しく見ゆるものですから、新鮮なる空氣に觸れたならば、多分よくなるだらうとの考へで、久良子は起き上つて、段梯子を下りました

「妾はあの室を借り切つて置くよ、今夜も止まつて休息するつもりだから」

と言ひ棄てゝ、再び市街中へ出ましたが、猶痛頭が激しくございますので、平凡な帽子を買つて、それを被り、速に市街を通りぬけて渺茫たる田舍の方へ出ましたが、種々の妄想を作りながら、其處此處と逍遙いて居る程に、日は段々と暮れてまゐりまして、甚しき疲勞の爲めにや、身体が發熱し

て其の苦痛は實に何んとも譬へやうがございません、暫くは動くことも出來ないので、或る生墻の傍に座して居りましたが、やがて起き上つて、眞白に見ゑて居る難儀な道路の中央へ歩んで行きました

此時向ふより車輪の音が聞こゑましたが、四邊はほの暗くあり、かつ自分は危い位置に居るやうにも思はれなかつたものですから、久良子は其まゝ、別に避けもしなかつたのでございます、處が道路の廻り角が、非常に鋭く急に成つて居るので、先方の馬車を驅立てゝ居るものも、此方に久良子が立つて居ることを認めなかつたのでございます、さて車輪の音が聞こゑると間もなく、一陣の塵烟を蹴立てゝ馬が駈つて來ると同時にキャッと婦人の叫聲が致しましたが、早や久良子は馬の蹄にかけられて、額に傷を受けながら地上に倒れて居りました、暫時は馬車中の人々も驚愕の爲めに口もきけないで寂としてございましたが、やがて一人の聲にて

「オヤ、婦人でございますよ、婦人を踏み付けたのでございますよ、如何したらいゝでせうね」との言葉に皆々再び驚愕致しまして、馭者も從僕も早速に飛んで下りて種々に久良子を介抱しましたが、餘程の重傷でございますので、兎に角家へ連れて歸ることになりました

小說

心の刺

米國　チァーロット、エム、ブレーム原作
大阪　碧瑠璃園翻譯

第二十三回

梁川夫人久良子を自分の家へ連れて歸つたのは、秋田さち子といふ貴夫人でございまして、其良人を秋田樂二郎と申しますが、此人は至極懶惰た不性な人で、なか〳〵能く食つて、能く飲んで、そしてよく眠る人で、唯た自由椅子の上に坐つて、ノラ〳〵として居るのが、此人の仕事でございます、「兎角此世は氣樂に消光すがいゝさ」とは此の人の十八番でございまして「なるべく面倒を避けろ」とか又は「爲なくとも濟む事は、何事でも手を出さないやうにするがいゝ」とかも同じく此人の得意の臺詞でございました、二十年前には彼は一個の柔軟な寧ろ奇麗な男でございましたが、今は殆んど二百五十ポンドも体量がございまして、少々の用事では、滅多に身体を動かすといふことはございません

それに引き代へて秋田夫人は、實に〳〵確乎とした敏捷な婦人でございまして、働く事にかけては

非常に活潑でそして勉强家でございまして、何處となく自分の良人を滑稽的に輕蔑する風がございました、ですから若しも彼れはかりに任せて置かうものならば、家は屹度滅茶々々になつてしまつたでせうが、併し此夫婦は性癖の異なるにも係はらず全体に於てもよく一致して居りましたから、滅多に爭ふなどの事はなく、各自に勝手のことを行つて居りました、即ち秋田樂三郎は食つて眠つて、そして其間には休息ばかりして居りまして、夫人の方は、切々と働いて一家のことを管理したり、或は領地のことを處置したり、或は二人の娘の世話を燒いたりして、猶其上にて近處を訪問に行く時間があるといふ位の有様でございました。

それは扨置き久良子は一室の中に數時間全く知覺を失つたまゝ、伏つて居りましたが、秋田夫人は始終傍に在つて看護しながら、久良子の華麗な天鵞絨の旅裝束などに觸つて見まして、其品質や裝飾品等にて久良子が、高貴の婦人であるといふことを覺りましたが、併し馬の脚に踏み碎かれたる其普通の帽子だけは、何故にこんなものを被つて居るのかといふことは、夫人には分りませんでした

「一体この婦人は如何いふ人だらうね、財布の中には手形で百ポンド以上の金錢を持つてゐるがね何ういふもので貴夫人の身でありながら夕方の暗いのに、唯一人「ヘリシグストーン」街道あたりへ來たのだらうか、やッ何か言つたやうだね、お末」

と、夫人はお末と呼ばるゝ侍女に向つて話しかけながら、臥床の傍に立つて居りました、すると不意に白い唇がビリ〳〵と動き出しまして、件んの婦人は極々弱く幽かな聲で、何んだか分らない言葉を吐きました

「何を言つたのかね」

と、夫人は繰返して尋ねました

「何んだか判然とは分りは致しませんが、丁度……妾の心の中の刺……と言つてるやうに聞こえますよ」

と侍女は答へました

「ナニ、心の中の刺だと……つまらない、何んの事ッだらう、この婦人は頭部を大分に負傷したものだから、チト發狂の氣味があるのかも知れないよ」

と夫人はいひました、すると又臥床の上なる婦人は、

「妾の心の中には刺がございますのよ、妾は永久にあの人に對しては全く死んでしまつた者でございますよ、あゝ、母さま、萬望神樣に妾を故鄕へ連れて歸つて下さるやうに、れ賴み申して下さいませ」

と、最も鋭い苦痛の叫聲を發しまして、さめぐ\と熱い淚を溢しました。

小說

心の刺

米國 チアーロツト、エム、ブレーム原作
大阪 碧瑠璃 翻譯

第二十四回

「成るべく氣を靜にれ持ちなさいよ」

と、夫人は久良子に向つて下いひました、久良子は眼を見上げまして

「妾は何も分りませんです」

「イヤ、分らなくつても宜しい、そんなことは何も氣にしないで、さアこれを飲んでれ眠みなさいませ」

といはれて、久良子は其の言葉のまにくく、熟すりとよく眠入りましたが、やゝ氣力が回復して來たらしく、眼を開いた時は早や朝でございまして日が室中へ差込んで居りました、夫人は再び傍へ遣つてまゐりまして

「少しは御氣分がいゝやうですね、貴女は此處は何處だといふことを知りたくれ思ひなさるでせうこゝは「ブランクサム、ホール」と申して、即ち妾の亭主の屋敷でございます、妾の良人は秋田樂二郎と申しまして、妾は幸子と申します、貴女はれ友達の所へこの事を知らせたうございませうね」

「イヱ、有難うございます」

と久良子は穩やかにいひました

「ですけれど、貴女のれ仲だちは、きつと貴女の事を氣遣つてゐらつしやるでせうからね、貴女は「エリングストーン」の街道を唯一人でれ歩行になつて居つたのでございますが、妾の馭者がとんだ疎相を致しましたので……兎に角、せめては貴女がこゝにござるといふことを、書いて遣げねばなりますまい」

「イヤ、別にそれには及びません」と、久良子はさも氣遣はしげな顔付にて答へましたので、夫人も其上に質問を續けませんでしたがやゝありて久良子は低き聲にて
「妾は非常に貴女の御親切を有難う存じて居ります、併し妾は、快くなれば直にお暇を致さねばなりません」
との言葉に、夫人は大いに不審を抱きましたが、その時は強いて尋ねも致しませんでした、かくて其後の日夫人は再び同樣の質問を持ち出しましたが、久良子は之に答へて「妾には友達とては一人もございませぬ、父は已に死去りまして、妾は此世に絶望した者です、妾は良家の一族であつて、決して怪しい者ではございません、隱すべき罪とては持つて居りません、けれども妾は一ッの秘密を持つて居ります、妾の名や妾の履歴は、妾の身と共に朽ち果てるべき秘密でございます、併しそれからの秘密も妾の惡しき行爲から起つたのではなくて、他人等の過失に屬すべきものでございます、あなたは妾の言葉をお信じ下さいませうか」
との返答でございましたので、必定これは一個の貴夫人が、何か樣子があつて、家出をしたものだらうと夫人は察しまして
「そりや、妾は素より貴女のお言葉を信じますが……併し何んとか貴女をお呼び申す名がなくては困りますね」
といはれて、久良子は暫く思案を致しましたが、
「貴女の御恩は一生忘れは致しません、どうぞこれからは妾を桑子とお呼びなすつて下さいませ」
との返答で、一旦兩人の對話は終りになりました
かくて久良子は三年間、夫人の家に奉公人のやうな有樣で厄介になりましたが、其間に夫人の指導にていろ〳〵の世事にもなれまして、實に一個の優美たる好い婦人になりました、所が三年の後に已むを得ざる事情にて此家を出る事になりまして結局夫人の紹介に依つて原田公爵夫人の許へ、附添人として行くことになりました。
秋田夫人の物語によれば、原田公爵夫人といふのは、未だやうやく十七歳の娘でございますが、それが殆んど六十の老人たる原田公爵の許へ、無理に嫁入りさゝれたのでございます、所が公爵は自

分の娘のやうな若い細君を持つたものですから、折々は狂氣の如くに嫉妬をやきまして、今は其細君を英國中でも一番に陰氣な場所の一ッなる「ウッドヒートン」寺院へ閉ぢ込めまして、即ち件んの公爵夫人は今其處に居るので、其處へ久良子が附添人に行くことになつたのでございます。

小説

●心の刺

米國 ナーロット、エム、ブレーム原作
大阪 碧瑠璃園翻譯

第二十五回

「ウッドヒートン」寺院と申しまするは、總べて其土地込めに「ヘンリー」第四世から原田公爵に賜つたのでございまして、それから代々同家の所有と成つて居るのでございます、だけれども今までに未だ誰一人として其寺院に住まはれた公爵はないので、唯だ莊大なる歴史的の見物所として保存せられてあつたのでございますが、第十九代目の原田公爵は右の寺院を自分の城砦として、時としては數ヶ月間も其處に閑居することがございますので、かつ自分の美しい小供めいた細君をも一所に其處に閉ぢ籠めてあるのでございます、久良子は即ち其の細君の付添にまゐつたのでございますそもそも此の若き細君といふのは、其の名をるり子と申しまして、伯爵野村夫人の幼女でございます、母の野村夫人は先づ英國中でも、これ程傲慢な、そしてこれ程節儉な婦人はないといふ位でございましたが、自分が三十歳の時に、其の若き良人は死去しまして、跡に殘つたのは二人の娘でございます、その娘は兩人共に頗るの美人でございましたから、夫人はいかにもして此の兩人を教育して、物の種子にしやうとの大野心があつたのでございます、所で夫人自分自身は、半ば戀の爲めに若い男と結婚して、言はゞ今日の窮を招いたやうなものですから、自分の娘には斯様な馬鹿な目を見せやうまいとの考へで、自分の再婚など、そんなくだらない事は、毫も念頭に止めないで、一向に娘等を富貴の家の嫁にしやうと苦心致しまして、遂に姉の方を英國中でも金滿家と呼ばるゝ神戸伯爵に配遇しまして、次に種々と心を碎いて妹のるり子を無理往生に、英國第一等の大貴族原田公爵と結婚させたのでございます、ですからろり子は一方からいへば、幸福のやうでございますけれど、又一方からいへば、唯だ金の爲めに奴隷的に賣られたやうなものでございます、殊に公爵は六十の老人ではあり、自分は僅に二八の春を過ごした位の年齡で、殊に小供々々しい女でございますから全く情が移らないのでございます

さらぬだに公爵の嫉妬の爲めに、寺院の中に閉ぢ籠められて、殆んど陰鬱に堪へない處へ、久良子といふ附添人、併も思ひの外に美くしい若い附添人が遣つて來たものですから、ろり子は好き友を得たりに大に喜びまして、自分の胸中を打開けて互に睦まじうに生活しました、此の間に公爵と夫人との關係及び寺院中の一種奇妙な生活の事情等に就て、隨分に雜々しいことはございますが、それは省略と致しまして、さて結局は原田公爵夫人が寺院の生活を味氣なく思つて、公爵に迫つて「ロンドン」の市街へ出たいとの事を請求致しました、公爵は容易に承諾く氣色はございませんでしたが、餘りに手強く迫られたものですから、爲うことなしに之を許しました、されど何處へ行くにしろ、行く度毎に必ず久良子を伴はなければならないとの約束にて之を許しました、併し公爵は心の中にて、もしも彼等を市中へ出したならば、自分はいよ／＼毫も安堵することは出來ないと、頻りに嘆息を發して居りました。

さて又久良子に取つては、「ロンドン」へ行くといふことは、一ツの考へ物でございます、最初に「ロンドン」といふ言葉が持ち出された時には、彼女は左程にも思つて居なかつたのですが、併し今思ひ返して見ると、自分が「ロンドン」へ出るのは險難だ、其處には萬一とすれば自分の良人が居るかも知れないといふ考へが起つてまゐりました

小說

心の刺

米國　チアーロツト、エム、ブレーム原作
大阪　翠　瑠　璃　國語譯

第二十六回

もしも「ロンドン」にて再び自分の良人に會つた時には如何であらうか、彼女は良人の擧動に付いては何んの消息も知らないので、當時流行の新聞紙なぞには決して目を觸れなかつたのでございます何故といふに、若しや新聞紙なぞにて彼の名が認めるやうなことがあつては、却つて懷じひに古疵を再發させるやうなものだから、それを怖れたのでございます、彼女の心の中の荊棘は今ですら充分に鋭いのに、又それを一層に鋭くするの必要はないのですから、

その時に一ツの疑問が彼女の心に起つてまゐりました、その疑問とは、萬一彼が再び彼女を見た處で、彼は彼女を見知て居るだらうかといふ事でございます、彼女は優雅に坐敷の彼方に歩み寄りまして、大なる鏡の前に立つて、頭より脚に至るまで、熟々と自分の姿を映して打凝視めましたが、自分ながらも昔と全く變つて居りますから、これならば大丈夫、彼に見知られることは多分なからうと思ひ込みました、彼女の白き額には紅の疵跡が猶殘つて居りますが、これもやがて消ゑてしまうでせうし、かつ彼女は、彼が冷淡であつて、彼が碌ろつぽうに彼女の顔を打凝視めた事はないといふ事をよく記臆して居りました、唯一つ劍難なのは桂木夫人でございます、夫人は彼よりも彼女の顔をよく見馴れて居るが上に、婦人の記臆といふ物は男子の記臆よりも、いつも一層固執いものやから、然しそれも怖るべき事ではない、原田公爵夫人の友達兼附添人として、交際社會へ出たならば、たとへ桂木夫人に出會つた所が、よもや覺られることはあるまいと久良子は思ひ定めました。

それとは知らず原田夫人は「ロンドン」へ出る嬉しさに、久良子に向ひまして

「妾はお前を妾の友達として、行く處々で紹介しませう、お前のその容貌といひ姿といひ、乾度よい結婚が出來るでせうよ、オヤ何故お前はギヨッとするの……何故お前はそんなに異脊な顔になるの、結婚といふ言葉がお前を驚かしたのですかね、まア〳〵樂しんでお居でよ、多分お老人様の

好い公爵様が見付かるだらうから」と花やかに笑ひながら言ひましたが、久良子は心の中にて「あゝ、唯だあの事を知つていらつしやらうものなら、あゝ知つて居らつしやらうものなら」と、頻りに歎息致しました、

かくて公爵を始め、るり子や久良子等が「ロンドン」に向けて、この陰欝なる寺院を出立したのは三月の上旬でございました、そも〳〵公爵の住家と申しまするは「メイフエヤー」に於ける最も荘大な屋敷でございまして、餘程長らく原田家の所有となつて居るものでございます、即ち此處へ夫人や久良子は落ち付いたのでございます、

夫人は恰も籠を離れた鳥の如くに、彼處の宴會と、此處の舞踏會と、日夜處々方々を驅け廻りまして實に樂しく面白く生活して居りましたが、時としては戀の題目を持ち出しまして、種々の質問を尋ねたり、不審がつたり、考へたりすることがございますので、久良子は心の中にて、何うぞこの輕快な小供が、戀てふ言葉の意味を毫も解せねばいゝがと祈つて居りました。

かくて久良子は倫敦にて早や三週間を消光しましたが、自分の良人の事に就いては、何一つ見たこととも聞いたこともございません、種々の舞踏會や宴會へも出席し、或は度々夫人の手傳ひしてお客を招待致しましたが、それらの群集の中には絶えて彼は交つて居りませんでした、彼女は又成るべく注意して、人々の茶話に耳を傾けましたが、誰一人として彼の名を名指した者もございません、いつぞや一寸と誰れかゞ梁川伯爵は英國へ歸つて居るといふことを言つたのを、それとなく耳にしたやうですが、それも確乎なことではなく、又自分も差出てそれを尋ねる事も好まなかつたのでございます。

小説

心の刺

米國 チヤーロツト、エム、ブレーム原作
大阪 碧瑠璃園翻譯

第二十七回

久良子が風邪に侵されまして、外出が叶はない頃夫人は不承々々ながら母野村夫人に護衛せられて或る舞踏會へ行きましたが、その夜遲く歸館する

と直に久良子の室へまゐりまして、さも嬉しげに一箇の白薔薇を示しまして、これは自分の紅薔薇と交換し來りたるものなりとて、其夜自分と共に舞踏した男のことを喋々と賞め立てました、其男といふのは「ウッドヒートン」の寺院にある繪畫の武士の面に至極よく似てゐるとの事にて、夫人は件んの男を目して、姓名が分らないものですから勝手に武士武士と稱して居るのでございます、かくて其次の日るり子は「セント、ゼームス」宮殿の音樂會へまゐりましたが、同じく嬉しげなる容白をしながら歸つて來りました

「これ、妾は又あの武士を見ましたよ、併も會の果てるまで大半は隣席でね、本當に奇体だね、あの人は丁度妾と同じ趣味を持つて居らしやるんですよ、妾が好きな音樂をあの方もお好きなんだからね」

と話す樣子は最早や昨日の小供ではございません久良子はつら〳〵と聞いて居りましたが、憖ひに助言や忠告をしては、却つて若い心に未だ成立つて居ない處の一物を呼び起すだらうと思つて、氣遣ひながら其場は故意と沈默つて止みましたが、其の後又、或夜のこと夫人は演劇から歸つてまゐりまして

「妾は又あの武士を見ましたよ、處がね、あの方が妾の場へいらつしつてからね」

と、それから段々と親しく彼と對話したる由を語りましたが、其の時には夫人は最早や全く一箇の婦人となつて居つて、戀の曙光がほんのりと愛らしい顔にあらはれてゐるのを、久良子は認めました。

かゝる程に久良子の風邪も全快致しましたので、或時夫人に伴はれて演劇見物に出かけました、夫人は久良子に向つて、自分は母と共に斯樣な所へ來るのは頗る窮屈だ、母は恰で赤子のやうに自分を取扱つて、種々と干渉したり、お説法を始めたりするから困る、此の間も妾が松田さんや梅本さんと一所に居れば、母は彼方で其の時間を數へて居て、そして跡でお説法を始めて妾に用心せよとのこと、妾だつて用心はしないことはないよ、併しそれしきの事を小言いはれては困る、だから私は母と一所に來るのは好かないとの趣を喋々と話しまして、さて今晩は「マダーム、アントリナ」が歌ふといふことだ、お前は未だ彼女は知らない

のですか、彼女は當時誰れ知らぬものはない美人の女俳優だが、三年前に以太利の貴公子と結婚したのだが、丁度此頃離縁になつたので、世間の評判では、彼女は對手の歌者の奇麗な若い男を愛して居るとの事だとの話に、久良子はニッコリと笑ひまして

「では貴女が、女優を見たいと仰有るのは、それが爲めでございますか」

と問はれて、夫人はから／＼と笑ひまして

「御推察の通りですよ、妾は戀に落ち入つて居る人の有様は、如何なものか、一度見たいのだから」

といひました、それから對話が妙に移つてまゐりまして夫人はポッと顔を赤めながら

「妾は戀といふ物が如何して最初に人の身の上に來るものかと、本當に不思議に思ふですよ」

との言葉に應じて、久良子は

「オヤ、貴女はまア戀のことばかりを、そんなにれ考へなさいますが、一体何うなすつたのでございますか」

と問ひかけました。

小説

心の刺

米國 シャーロット、エム、ブレーム原作
大阪 碧瑠璃園翻譯

第二十八回

「妾は昨夜「レデー、ホロエイ」の舞踏會で、あの武士に出會つてね、そして戀のことに付て話したんですよ、あの人のいふには、世間の人は誰でも一度戀はするものだ、幸福にするか、不幸にするか、悧巧にするか馬鹿にするか、善の爲めにするか惡の爲めにするか、いづれにしても屹度一度はするものだとさ、お前は何う思ひなさるね」

「そりや、妾は何うとも言へませんが、併し貴女に一ッお尋ね申すことがございます、貴女は誰れとでも紳士と、そんなことをお話しなさるといふのは、それでも充分に御用心深いとお思ひなさるのでございますか」

と、キッとなつて言ひました、それに對して夫人は種々と說きかへしまして、互に問答したる末、夫人は熱心に舞臺に眼を注ぎまして「アントリナ」の樣子を見守つて居りましたが、遂に思はず口を開きまして

「何故でございますか」

「彼女は全く彼をさし置いて、聴衆の喝采を得ることばかりを心に止めて居るやうだから、今もし妾が彼女であつたなら、妾は唯だ彼に對して歌ひ、彼に對して演じて、彼のことばかりを思つて悉皆其他を忘れてしまふものを」

といへば、久良子は心の中にて痛く驚きながら

「それなら貴女は餘程に拙い女俳優でございませう、俳優といふものはいつも聽衆を心の中に保つて居なければならぬ者だと、妾は思ひますよ」

と云ひました、此の時ゑり子は雙眼鏡を取り上げて、頻りに周圍を見廻しながら

「もし、妾があの武士を見付けるなら、あの人は乾度此處へやつて來るだらうよ、妾はお前にもあの人を見せたいのだからね」

劇場は一杯に人が滿ちて居りまして、殊に今晩は貴人高位の見物も多く、棧敷といふ棧敷は悉く綺羅を盡した美人に埋められて居りました、久良子もゑり子にやかましく言はれて、怠慢げに双眼鏡を取り上げまして、舞臺を始めズィと周圍を見渡しましたが、誠に皆々華麗に美くしい事でございます、所か忽ち不意に彼女の眼の上に止つた一ツの顔がございました、彼女はギョッと致しました、双眼鏡を持つて居る手がビリ／＼と慄へ出しました――その顔といふのは、一個の立派な美しい男の顔でございまして、眼は涼しく光つてあつて、口元は美しい口髭の爲めに隱されて居りました、あゝ、確かに彼女は其顔を見知つたのでございます。

彼女は不意の恐怖の爲めにビリ／＼と慄へて、顔色は眞青に成りました、何故に其の男の顔が斯く彼女を動かしたのでございませうか、彼女はやうやくに氣を鎭めて再び眼鏡を取り上げて件んの男の顔を打ながめましたが、此度には殆んど啜泣きのやうな低き呼聲が唇の邊へ漏れてまゐりました、彼女は確かに其の白き廣き額を知つて居つたのでございます、其男らしく儼然なる、そして閑雅なる姿を知つて居りました、それは確に彼の人でございます、この地球上にも一ツとてんな顔はないのでございます、それは確かに彼女の良人梁川伯爵でございました、彼女は双眼鏡を下に置いて、心臟の鼓動を鎭めやうと致しました、彼女の顔は全く眞青に成りました、公爵夫人は之を見て

大に驚きまして、

「お前、何處か惡いのですかね」と、やさしく熱心な調子で尋ねました。

「イエ、何も別狀ございません、唯だ少し熱の加減で……何卒お氣遣ひ下さいますな」

と、久良子は答へました。

小說

心の刺

米國 ナアーロツト・エム・ブレーム原作
大阪 碧瑠璃園翻譯

第二十九回

かくは答へたもの丶、心臟の鼓動はます／＼激しうございまして、爲めに全身がピリ／＼と慄へる位で、顔は殆んど死人の如く眞白に成りまして、全身の氣力といふ物は全く失せてしまつたやうに思はれました。さればとて此場を見捨て他へ行くといふことも得せず、慄へる手を無理押强めて又々眼鏡を取上げて靜に彼方を打凝視めましたが戀しき情が勃々と起つてまゐりまして、殆んど堪へられない位で、自分の心は自分の体を脫け出して彼の身に取付くやうに思はれました、「あゝ、わが戀しき人、わが良人」と心の中にて自身に向つて私語きまして、それと同時にさま／＼と昔の事を聯想に浮かめました、あゝ彼の眼からの一つの親切なる視線、彼の唇からの一つの接吻の爲めには、彼女は生命をも捧げたでございませう「あれこそはわが良人、妾は彼の妻である、だけれども妾は生きて居る間に彼にものいふことが出來ない」と、心の中での獨言、思ひかへせば以前彼女は自分の憤怒の絕頂の時に彼を見棄てたので――彼の輕蔑がましく冷淡なる言葉が恰も短劒の如くに彼の女の心臟を差貫いた時に彼を見棄てたので――憤怒が彼女に氣力を與へた時に彼を見棄てたのでそして今再び彼を見たのでございます、所が激しく熱したる憤怒は、今は全く消え失せてしまつて性急なる戀はかりが殘つたのでございます、ですから若しも再び反省する時があつたならば、彼女は決して彼の傍を立ち離れなかつたでございませう、併し今そんな事を考へるのは六日の菖蒲でございます、彼女は自分の本分を守つて永久彼に對しては死人と成つたのでございます。

「これ、お前は乾度本當に何處も惡い事はないのですか」
と公爵夫人は親切に尋ねました
「ハイ、何處も」
と久良子は單簡に答へました
「妾はあの武士を今晩は一向に見ないがね、本當に奇体ですよ、あの人も音樂がお好きなんだが……そして……今晩……來ると言つてゐられたのだが」
「それやア何分に場内が群集して居りますからね其お方が來てゐらつしやるのだけれど、貴女がお目付かりにならないのでございませう」
と彼れ是れ談話の末に數分間互に沈默つて居りましたが、やがて公爵夫人は充分滿足なる句調にて
「あれ〜……御覽な、彼處に武士がお居でになるよ、あゝ嬉しい、今晩は本當にいゝ晩だね……音樂も面白いし、妾は本當に嬉しいですよ、あの方は乾度妾を見たら此處へ來られるだらうよ」
「何處にゐらしやいますか」
「第二段の五番目の棧敷に居られるよ、それ御覽な、二人の若い娘と一所にそして一人の年のいつた婦人とお話しなすつてよ、分りましたかね」
といはれて、久良子は公爵夫人が指示す方向へ美くしい眼を寛緩と向けましたが、忽ちハッと驚きたる樣子にて、又同じくゆる〜と其の眼を公爵夫人の方へ轉じまして
「妾は誰れも見ませんですが」
と、言ひ放ちました
「オヤ、お前の聲の奇体に響くことね、お前あれが見ないのですかね、あの奇麗な顏を御覽なあれが即ち妾のいふ武士ですよ」
久良子はや丶暫時沈默つて居りましたが、やがて自然の句調で言のをいはふと思つて、強ひて慄へる脣を押止めまして
「あの方の名は何んと仰有いますね、貴女はツイぞまだ、妾に仰有つた事はございませんね」
と、問ひかけました
「なに、あの方のお姓名ですかね、梁川さんといひますよ、本當に奇体だね、妾が今までお前に其の名を言はなかつたとは」
「エツ、そしてあれが貴女の仰有る武士樣でございますか」
「ハア、あれが即ちそれです」
と公爵夫人は傲らしげに答へました。

小說

心の刺

米國 チァーロット、エム、ブレーム原作・大阪 碧瑠璃園譯

第三十回

かゝる程に彼方にも氣が付いたと見ゑまして、梁川伯爵は此方に向つて一寸と辭儀すると間もなく果して遣つてまゐりました、公爵夫人は神ならぬ身のそれとは知らず、久良子を之に紹介致しました、久良子は實に胸も裂り割くばかりの思ひすでございます、先方も何んだか見たやうな婦人が、但しは又自分がいつか知らねど極々おぼろげに見た婦人に似て居る婦人だとは思つたもの、、よもや之を久良子とは氣付かなかつたのですから、之を傍に置いて公爵夫人とさも樂しげに談話を致しました、久良子は實に消ゑも入りたき思ひでございました、かくて其の夜は何うして自分は歸館したかといふことを、全く辨へない位でござましたが歸館してから後の物思ひ、實に〳〵非常な物ででございました。

公爵夫人は侍女が捧げ出したる珈琲を飲み干しまして、さて久良子に向つて梁川伯爵の事などを話す序に、自分が兼松夫人より聞きたる事なりとて梁川伯爵が一ツの悲憂を有せる事、彼が結婚したる事、及び彼が固くそれを秘して言はざる事、伯爵夫人の擧動の奇異なること、其咎は梁川伯爵に非ずして、全く過失は其妻にある事、それに付いて一種の不思議といふのは、誰れもが充分に知らないけれど、兎にかく彼等は結婚旅行に出でたるが梁川夫人は決して再び英國に歸らざること、伯爵の母は世間に向つて伯爵夫人は氣候が適せないから決して英國へ立ち歸つて來ないだらうと云ひ居ること、及び世間の評では、伯爵夫人は或る何處かの顛狂病院へ這入つて居るのだらう、だから良人梁川伯爵が其の妻の事を言はないやうにして居るのだらうとの事を話しましたが、久良子は燃ゆるが如き憤怒の爲めに物をも得いはず暫時は沈默つて居りましたが、やうやくに口を開きまして、

「シテ、この話は誰れがしられましたのでございますか……梁川樣でございますか」

と、キッと尋ねかけました。

「イヤ、あの方は毫も夫人樣の事など名指しはなさらないですよ、全く桂木夫人が兼松夫人に意味を含めるやうにして話されたので、それも明瞭とは仰有らなかつたのだからね、併し妾は本當だと思ひますよ」

との言葉に、久良子は深く哀れな調子にて

「あゝ、お可哀想な細君」

と思はず漏らしましたが、その中には千萬無量の思ひが籠つて居りました。

或朝のこと、公爵夫人は久良子に向ひまして

「これ、お茶を入れたら身を奇麗に支度して下へおりて來な、お前は何人が來てゐらつしやるか、推察は出來ないでせう」

「ハイ、妾は至極推量は下手な方で」

と、久良子は言ひました、公爵夫人はさも嬉しげな顏付にて

「梁川伯爵樣だよ、昨日内の公爵が何處かであの方にお出會ひに成つたのですが、大層お心に叶つたものと見ゑて、内へ御越しなさるやうにお言ひなすつてね、『フエルンハースト』へ銃獵にお誘ひなすつたのですよ」

と、聞く久良子の苦しさ、梁川伯爵は無論自分を樂しますが爲に、故意と公爵に交際を求めて此館へ出入するやうに成つたのでございます。

小說

心の刺

米國　チアーロツト・ブレーム原作
大阪　碧瑠璃園譯

第三十一回

梁川伯爵は公爵の家へ出入し初めて以來、彼と公爵夫人との間は日にます／＼親密の度を加へましたが唯一人傍にあつて苦惱する者は久良子でございました、併のみならず伯爵の談話の中に、往々自分の昔の事を持ち出されて、暖かならぬ言葉を聞く悲しさ、實に身も世もあられぬ心地でございました。

公爵夫人は又梁川伯爵の身の上話を聞くに付けて之を非常に氣の毒に思ひまするど同じく伯爵は又る子が餘りに年若でありながら、老公爵と結婚したことを、痛く哀れに思ふといふ懺悔にて、其間に一種の妙な戀が成り立つたのでございます、久良子は日夜此の事を非常に氣遣ひまして、人知れず涙に咽ぶ折々がございましたが、或る時公爵

夫人に向つて

「妾は貴女を假に妾の妹と見て、貴女にお話し申しても宜しうございますか」

「何なりともお言ひよ」

「では申しますが、唯一つ……あのお方の爲め並に貴女の爲めに唯一言御忠告を申し上げたうございますので……貴女は御立腹なさいませんでせうかね」

「何んのお前のいふことを、妾が怒るものですかね」

と、公爵夫人はさも樂しげに打笑ひました、

「貴女は梁川伯爵樣をお憐みなさつて、そしてあの方も又貴女を憐んでお居でに成るのですが、貴女は此の憐れむといふことは、何んに似た物だとお思ひなさいますか」

「戀によ」

と、公爵夫人は短簡に答へました

「左樣その戀でございますよ、今其の戀を知るといふことは、あの方に取つても又貴女に取つてもそれ程甚く苦痛な事はございませんですよ」

「何も戀のことは持ち出してはしないに、妾は毫もそれまでにそんな言葉をいつたことはないですよ」

「そりや、妾は貴女がそれを仰有つた事はないと信じて居りますが、唯だ妾は貴女に御忠告を申すまでのことでございます、憐みといふことは容易に戀に變りやすいものでございますからね、貴女は未だお年も若し、そしてお邪氣がございませんからね、戀といふものは美くしい衣服を假りに着飾つて來るものでございますけれど、非常に危險なものでございますからね、妾はそれを怖れますので、唯だ御忠告を申し上げますのです」

「ハア有難う、そりや妾も其の氣で充分に注意しますよ」

と、公爵夫人は久良子の忠告を入れまして、其の後、自分と梁川伯爵との間の戀はプラトニック戀即ち精神上の戀であつて、相互の趣味嗜好を知り合つて、利害哀樂を共に分つて、傍にある時には親しく語り合ひ、別れ居る時には睦まじく書き交して、死に至るまで變らないといふ信友的の堅き情交であるとの事を、久良子に向つて言ひました

「そのプラトニック戀は、戀人もしくは良人に對する戀と、何處が違ふのでございます」

との久良子の問ひに對して
「そこには妾が説明することが出來ない處の、差違の境界はあるのですよ、兎に角妾はかく無害にあの人を愛することが出來て、本當に嬉しいよ」
と、公爵夫人は答へました、久良子は唯だ一人心を痛めながら密かに天に向つて祈禱を捧げて居るにも係はらず、公爵夫人の所謂プラトニック戀はいよいよ益々その勢力を逞ましう致しました。

小說

●心の刺

米國　シアーロツト、エム、ブレーム原作
大阪　碧瑠璃園譯

第三十二回

愛らしく笑ふやうな夏の初めに成りました頃、公爵等一同は「フエルンハースト」へ引き移りまして梁川伯爵にも早速其方へ來訪あるやうに約束致しました。

その後公爵は老衰の減加にや、兎角一室に籠り勝ちにて、人とは立ち交りもせず、又銃獵にも出掛けないで、唯だ梁川伯爵が獵に出て持ち歸り來る獲物を見て、自分の樂しみと致して居りました、かくて梁川伯爵が此處に滯留中、母桂木夫人より一通の手紙がまゐりまして、間もなく同夫人は遣つてまゐりました、久良子は桂木夫人が「フエルンハースト」へ訪問ひ來たることを聞きましてては叶はないと思つたものですから、急に病氣と稱して、公爵夫人に願つて一室へ閉ぢ籠りまして、桂木夫人とは面會しないとの趣きを述べました、公爵夫人もこれを承諾致しまして、そのまゝ久良子の意に任せて置きました。

かくて久良子は一室の中にて、さまざまと物を思つて居りまして、外部の廊下に足音がする度毎に、ビクビクと膽を冷して、慄ひ縮まりました、或る時には一度桂木夫人の聲を聞いた事もございます、夫人は公爵夫人と共にゆるゆると廊下を歩みながら
「貴女には御一所にお住みなすつてゐらしやるお附添がゐらしやいますさうですが、そのお方はモウお老婆でございますか、又はお若い方でございますかし」

公爵夫人は心の中にて、もしも自分が、彼女を若いといふならば、又それに相當した說法をしなけ

ればならぬと思ひまして

「イエなに……格別な年齢ではござへません」

と、短簡に答へました、すると次に桂木夫人は

「未だ獨身でございますか、但しは又、寡婦さまでございますか」

と、尋ねかけました、公爵夫人はカラ〳〵と打笑ひながら

「獨身でございますとも、本當の獨身でございますよ、未だ一人の戀人さへも持たないのでございますから」

と、答へました。

「何處か御不快でございますか」

「ハイ、四五日前から病つて、臥つて居りますので、妾ども少々心配して居ります」

「お構ひなけりや、室へ行つて御面會を願はれますまいか、妾はいさゝか醫藥の事は心得て居りまするが」

「イエ、その室へお越しになる事は甚だ危險だらうと妾は存じます、何分熱病でございますから」

との言葉に夫人は顏色を變へまして

「エッ、傳染病でございますか、妾はよもや左樣な御病氣だとは存じませんで、それならば避けて置く方が安全でございませうよ」

と言ひました、久良子は此等の聲を聞く度每に殆んど心臟は張り裂くる如くに鼓動を早めましたが

公爵夫人のお蔭にて、桂木夫人に見付かる事だけは助かりました。

「梁川伯爵は母桂木夫人が、何か久良子のことに就いての消息を持つて來たのだらうと思ひまして他に人なき機會を見まして

「お母さま、貴女は何か久良子の事に付いて手掛がございましたか」

と、尋ねました。

「イヤ、何も悉皆消息さへ聞かないですがね、妾の考へでは彼女は多分發狂して、自分で自分を殺してしまつたのだらうと思ひますよ」

「お、お母さま、何卒そんな怖ろしいことは言つて下さいますな」

「イヤ、彼女の父は半分發狂だつたからね、あんな遺言を殘してさ、あれや屹度發狂だつたのに違ひないのですよ……だから又娘も其跡を繼いで」

「では貴女は屹度彼女は死んだものとお考へなさいますか、搜索は充分に爲盡したものとお思ひですか」

「妾はさう思ひますよ、貴郎もさう信じなすつた方が安全でせう、ですから貴郎の心一ツでも一度結婚なすつても宜いでせう、もしこれが生きて居

るものなら、幽かにしろ評判なりとも聞きさうなものです」

「貴女は本當に左樣れ考へなさいますか」

「妾は彼女が死んだといふことを責任を帶びて言ひますよ、妾は婦人だから、貴郎よりも婦人のことはよく分りますよ、乾度違ひないですよ」

「あゝ、可哀想な久良子」

と、物思はしげに伯爵は云　ました

「なアに、それも大方は彼女自身の過失ですからね、モウ少し我慢をすればよろしかつたに」

と、夫人は云ひ放ちました。

小說

●心の刺

米國 チァーロット、エム、ブレーム原作
大[illegible]翻譯

第三十三回

「フエルニハースト」にて一つの盛大なる宴會がございました夜、百合花などが咲き亂れてある花園の中にて、月影を踏みながら梁川伯爵とさも睦まじく語り合ひましてから以來〻公爵夫人ゑり子の樣子は全く變つてまゐりました、久良子は非常に之を心配致しまして、或る時公爵夫人に向つて「貴女は最早や信友的の交際の境を越ゑて、危險な境へ脚を踏み入れてゐなさる、だから妾は何うしても忠告せずには居られませぬ、一体戀といふ物は至極愛らしい物でございます、ですけれど其愛らしい中に毒を含んで居ります、たとへば薔薇の愛らしい葉が針を隱して居るやうな物でございます、ですから今貴女は斷然思ひ止つて、貴女御自身の手に貴女の戀をお握りになつて、それを打毀しなさらなければ不可ません、斯樣なことは殊更に思はさずとも、極々明瞭でございます、貴女は一旦御結婚なすつたれ身の上、良人を差措いて他人に愛を與へるといふことは出來ない道理、シテ又梁川伯爵樣も其通り、自分は妻を持ちながらよし其妻を頓着なさらぬとて、その愛を貴女に捧げるといふことは出來ないです、名譽や、義務や及び人間や神の各法律が箇樣な愛を許さぬものでございます、もし此まゝの愛ならば妾は據ろなく「罪」との一言を冠らせなければならないです、罪の終局は死だといふ俗の言葉がございますが、不法な愛が罪なら其終局は矢張り死でなければならないです、貴女は全く盲者でございます、何卒危き位置に落ち入らない前に、よく〳〵御考へを」との趣きを、涙を流して諫めましたが、公爵夫人ははや、戀を自分の生命とまで深く思ひ込んだ頃でございますから、久良子の忠告を容れるの餘地がございませんでした、此上は到底も我が力には及ばずとて、久良子は密かに天に向つて祈禱を捧げて居りました。

かゝる程に秋も段々と暮れ行きましたが、或朝公爵は少しく心地よく感じたと見えて、伯爵等と共に朝飯に加はりまして

「時に梁川君、我輩はこの冬中はお目にかゝりますまいが……爲ゑか春には早々に又御來訪下さい乾度」

といひましたが、梁川伯爵は沈默つて辭儀をして了承の意を表しました、併しその時久良子は、彼の眼と公爵夫人の眼とが出會つて其間に一種の意味を含んで居るのを認めました、その意味とは死ぬるの他は決して兩人は離れないといふことでございます、かくて十月の下旬に梁川伯爵はいよいよ公爵の家を立ち去ることになりました、久良子は絶えず彼と公爵夫人との様子に注目して居りました、彼は離別の際に臨んで公爵夫人に向つて、熟々と其の美くしき顔を打凝視めながら「御記憶あそばせ」との一言を漏らしまして、さて久良子の方に向ひて手を差出しましたが、其時彼の顔は非常に青くなつて居りまして、眼には一杯の涙が溜つてあるのを久良子は認めました、彼は言を得云はないで唯だ手を差し延べたるまゝ、暫くの間確乎と久良子の手を握り詰めて、さて行つて了ひました、跡に久良子は俄に闇が身に蔽ひかゝつたやうで、そして耳の中が何んだかヂャン／＼と大きな響きに滿されて居るやうな心地が致しました蓋し久良子は自分が自分の生命を愛するよりは、一層彼を愛して居つたので、そして今其の彼が夢の如くに立ち去つてしまつたからでございます、

小說

心の刺

米國 チャーロット、エム、ブレーム原作
大阪 [illegible]譯

第三十四回

梁川伯爵が「フエルンハースト」を立ち去つてしまつてから、殆んど一週間になれども、猶は久良子の疑念を確實にするやうな何事も起りませんでした、久良子はもしや自分の考へが誤つたのではないかと思ひ初める程、萬事が至極平穏に過ぎ渡つ

て行きました、しかし彼が告別の時に公爵夫人に向つて「御記臆あらばせ」といつた一言が、何んだか氣に掛つて、始終耳の底に殘つて居つたのでございます

或朝の事、公爵が久良子に書狀袋を開かせましたが、澤山の書狀の中に、公爵夫人に宛てたる一通がございました、それは梁川伯爵の手跡で、なか〳〵の重封でございましたが、公爵夫人はそれを開封しないで、直ちに衣服の中へ隱して了ひました。それから一時間程の後に久良子は夫人の室へまゐりました處が、夫人の傍に密に書いたる手紙が散らばつて居りまして、夫人は跪居きながら兩手を顔に押當て丶、恰も心臟が破裂するやうに啜り泣きをして居りましたので、久良子は一言も物をいはずして其まゝ彼方へ立ち去りました、蓋し久良子の心では、これらの涙は却つて祝すべき涙だと思つたのですから、敢てそれを妨げなかつたのでございます、されど其の日終日は公爵夫人の樣子が、何んとなく實に奇体でございました、何んだか悲しさうに思案がありさうに、恍惚のやうでございまして、數日前の輝かしき美くしき小兒として認められた有樣は、全く失せてしまつて、そして今の樣子が實に〳〵變でございました、彼女は久良子に向つて、その夜は月があるか、但しは又闇夜かと尋ねました、久良子は此質問に接してギヨッと致しました、夫人は又此質問を發するや否や、それを後悔したらしい氣色でございました、またモウ一つ非常に久良子を驚かしたことがございます、それはいつも夫人は久良子を自分の室に呼び寄せて其日の出來事などを話させて聞くのを好いて居りまするが、其夜に限つて「これ、妾は今晩は疲れてゐるから妾の室へは來なくつてもよろしいよ」と言つたことでございます、併のみならず久良子の手を觸れたる夫人の手は、殆んど死人の如くに冷たくございまして、唇は恰も火の如くに熱して居りました、

久良子は自分の室へ退いたもの丶、不安心で堪らないものですから、如何しても眠ることは出來ないので、窓を押開いて外を見渡して居りました、夜は眞黒で月は全く隱れて居りまして、僅少の星が光といへば羞かしいやうな極々弱く幽な青白い晃きを與へて居ります、風は大きな家の周圍に呻吟いて、脊高い樹の裸体の枝が穩やかにザラ〳〵と鳴つて居りまして、何んだか愉快な夜ではございません、久良子は唯一人此寢室に對す程に、段〳〵と時刻が移つてまゐりまして、廊の大時計が十二時を報じました、されど何うしても臥床に就くことが出來ないで、更に公爵夫人の事を思ひ返しました、すると同時に、誰れか丶靜に穩やかに動

いて来る物音が聞えますので、最初の程は下僕か何かだらうと思つて居りましたが、さて次に、一種實に何んとも名狀すべからざる怖ろしい恐怖と鋭い疑念が起つてまゐりましたので、久良子は思はず急いで戸口へ駈け寄りまして、戸を開いて外をながめましたが、廊下は暗黑であり、洋燈は總て消えてあつて、公爵夫人の室の戸は閉されて居りました「では妾の忘想だつたかしら」と、思つて楷段の欄干越しにズッと下の方を見おろしますると、全く忘想ではございません、黒き布にて蔽はれたる一箇の姿がユル〳〵と動いて行きまして、そろりと下の座敷の戸を開く音が聞えました、南無三寶、全く自分の感覺が僞りを弄したのではございません、久良子は叫ばうとしましたが全く聲が出ません、歩まうとしましたが、恰も自分の手足は鐵の螺旋を掛けられた如くに一歩も動くことが叶ひませんでした、南無三寶この眞夜中の寂寥と暗黑に乘じて此家を脱けて出る者は誰でございませうか――久良子は忽ち廊下の窓から外へ出たものを見ることが出來るといふことを思ひ出しまして、早速に其窓を開いて外を見渡しましたが、こは如何に、ジッと彼方へ歩んで行く者は確に公爵夫人、紛ふ方なきろり子でございました

小説

心の刺

米國 チャーロット、エム、ブレーム原作
大阪 [illegible]譯

第三十五回

梁川伯爵が告別に臨んで、公爵夫人に向つて「御記憶あそばせ」と言つた言葉も、今朝の書狀の事も悉皆意味が分りました、彼は公爵夫人の脱走の用意をなすが爲めに先へ出立したので、多分今晩を約したに違ひないと云ふことが、久良子に會得せられました、さて自分は彼等を見付けるには何方へ走ればいゝか、五分間と遲々して居つては總べてが駄目になつて、彼等を見失つてしまふだらう、良人を激しき罪に陷落れさゝやく、可憐のろり子を殘酷なる零落より救ふが爲めに、よし倒れるとも轉ぶとも、駈け付けて彼等を止めなければならぬ場合でございます「嗚呼神よ、妾を助けたまへ」と叫びまして、自分がこれと目指す方へ一生懸命に駈け付けました、處が手足がピリ〳〵と慄へて思ふやうに歩が進まぬが上に、夜が實に眞黑でございまして、何の影も形も見ねないので、久

良子は殆んど失望致しまして「嗚呼神よ、妾を助け給へ」と再び叫びましたが、忽ち其の祈禱に答ふる如くに、彼女が鐵門の際へ達しました時に、彼等兩人が其處に立つて居るのが認められて、かつ伯爵の聲が聞ゑました。

「馬車は半英里ほど下の道路に待たしてゐるんです」

その言葉が聞ゑました、彼女の疑念と心配は全く當つて居りました「天よ、彼女を救ふが爲めに妾を助け給へ」と再び叫んで久良子はツカ〳〵と公爵夫人の傍に進み寄つて、確乎と其腕を捕へました。

「夫人樣、公爵の奥樣、貴女は何をしてござるのですか」

との叫聲に、公爵夫人はギョッと膽を潰しました伯爵も同じく怒りの顏色を以て、驚きながら振返りました、久良子は猶堅く公爵夫人の手を握りながら啜泣を致しまして

「夫人樣〳〵、神樣が貴女を呼び戻す爲に、妾をお遣はしあそばしたのでございますよ、この惡しき行ひをさせない爲めに、彼を追ひやつて貴女の良人、貴女の家へ立ち歸らせるやうに、妾をお遣はしあそばしたのは神樣でございますよ、ですから貴女はお聞きなさらねばなりますまい」

と、激しき苦痛の情を籠めたる聲に兩人は恐怖を抱きまして、公爵夫人は沈默つて居りましたが、伯爵は思はず叫び出しました、

「あなたは何も此事に干涉する權利は無でせう」

「いや、妾は權利を持つて居ります、一箇の耶蘇教徒として地獄の岸から他の二人の者を救ふの權利を持つて居ります、妾は神樣の名の下にまゐつたのでございますから」

と、いひつゝ恰も仰いで天に訴ふるものゝ如く

「妾に權利がないと仰有いますが、梁川樣、貴郎は他人の妻を盜むといふ權利をお持ちでございますか、英國の一貴族、併も伯爵たる貴郎が、貴郎に對して款待を致し、信用を致し、信義親睦を致したる人の妻を盜むといふのは、その人にお酬ひなさる方法でございますか、今もし其人の金錢を盜むものに向つては、貴郎は屹度破廉恥だとお罵りなさるでせう、それならば其の人の麵麭を食ひ其の人の屋根の下に住んだ貴郎が、その妻を盜むとは何うでございますか」

と、激しき言葉の鞭撻の下に痛み入りながら、伯爵は

「イヤ、盗みとは言はれないです、決して盗みではないです、彼女は彼女の自由意志で僕と一所に行くのです——だから何も僕や彼女を非難するには及ばないです、それよりも金錢の爲めに、老人にあんな若い娘を賣つた者を非難するが宜しい、彼女は僕を愛して居るのですから、僕は彼女を幸福にしやうとするのです」

「イヤ貴郎は彼女を不幸になさるです、名譽なしには幸福は得られないです、貴郎は貴郎の私欲の爲に彼女を犧牲に供しやうとなさるのです、貴郎は彼の女の美名、彼女の潔白、彼女の信實、彼女の貞操を悉く剝うとなさるのです、だから愛など、高尚な神聖な名を使つて彼女を欺くやうな事は決してなさいますな、妾は名譽に對いて神かけていふのです、まだ年も若く心もやさしい小兒のやうな彼女を打破毀すとは餘りに殘酷でございませう」

「いや、貴郎は分らないです」

「いや妾は能く分つて居りますよ、貴郎こそ盲目で、そして聾でございますよ、何う仰有つた所が現在他人の妻たる公爵夫人に、其家と良人を見棄てさせて、自分と共に脫走しやうとなさる擧動が證據、苟めにも紳士と呼ばれ貴族といはるゝ貴郎はかやうな事實を正當となさいますか」

と、いはれて伯爵は答へる言葉もなく唯だ沈默つて居りました。

小說

心の刺

米國 チャーロット、エム、ブレーム原作
大阪 碧瑠璃園飜譯

第二十六回

質にこれに優るやうな好い諷刺の場はございますま——異黒な空、大きな圍体の樹立、朗かな星光の晃き、[illegible]抱きながら[illegible]て居る背高き女王の如き、自分が抱ける[illegible]の爲めに全世界を輕蔑する有様、一方には氣[illegible]の一言一句眞理は知りながら、さりとて自分が[illegible]に[illegible]たる正し[illegible]を補ひ[illegible]顏へる氣色にて立つて居る男——質に何んといはれない程好い男でございます

「ニア夫人、妾と一所に歸りませう、貴女を呼び戻すがために、妾をお遣はあそばしたのは神樣でございます、お嬢[illegible]は出來をもですよ、今夜の暗さに紛れて決して誰にも知れは致しませぬ、さアなど一所にお歸りなさいませ」

と、云はれて公爵夫人は

「嗚呼深樣、妾は何う致しませう、神樣が彼女をお遣はしになつたとすれば、妾はそれを拒むこともならず、あゝ何うしたら宜しうございませう」

「いかにも彼女の云ふことは尤もです、併し嗚呼、何うして貴女と別れることが出來るものですか、何うして僕は、貴女を見捨てゝ行かれるものですか」

その言葉を制して、久良子は

「イヤ、何うあつてもお別れなさらなければいけないです、公爵樣が御自身の若い細君を保護を妾にお托しなされたのでございますから、たとへ貴郎が如何なれ人であらうとも、妾の命のある間は滅多に夫人を手渡しは致しません」

折しも馬の駈け來る物音、及び人々の立ち騒ぐ聲が聞ゑました

「何事ですか」

「何事ですか」

と伯爵は、今しも駈け過ぎて行く者に向つて尋ねました、だけれど彼等は返答もせず、又誰れか其處に立つて居るかと見咎めもしないで、過ぎ行きました、併し何事ですか」との二度の問ひに對して、彼等の中の一人が急ぎながら「我等はハーデールへお醫者様を呼びに行くのだ、公爵様が死なれたのだ」

といひ棄てゝ早や彼方へ駈り過ぎてしまひました三人共に之を聞いて大に喫驚致しました、久良子はやがて夫人に向ひまして、實にきわどい處にて罪に落ち入ることを救はれたる恩を神に向つて謝せよと忠告致しましたので、夫人は頭を屈めて小兒の如くに泣きまして、大に自分の悪かりし事を後悔致しました、梁川伯爵も同じく後悔致しまして、久良子に厚く感謝を表して其場を立ち去つて了ひました

＊　＊　＊　＊　＊　＊

原田公爵の葬式も全く相濟みまして、いよ／＼其の甥の新公爵が相續をすることになりました、さ

て遺言狀を讀まれましたが、下男下僕に至るまで皆々滿足するやうな遺言でございまして、るり子には「ケント」洲に於ける「ホルムデール」といふ、好い領地を供することの事で、夫人は其處に居住することゝなりましたが、其後打絶えて梁川伯爵からは何んの消息もございませんでした、かくて公爵の死後、殆んど一ケ年と數ヶ月が過ぎ去りまして、花やかな春が廻つて參りました、[illegible]此の間るり子と久良子とは「ホルムデール」にて靜[illegible]居りました、彼等は絶えて過去の事に付ては語りませんでしたが、併しるり子は心の中にて、久良子が自分を危險より救つて呉れた事を、感謝し居りまして、兩人は[illegible]に親密にして互に睦じく致しました、[illegible]或日、花は[illegible]に笑ひ、鳥は到る處に歌ひ、春の長閑さ[illegible]に乘じて梁川伯爵は突然に「ホルムデール」へ訪問れてまゐりました

小說

●心の刺

米國 シヤーロツト、エム、ブレーム原作
大阪 [illegible]譯

第三十七回

梁川伯爵の不意の訪問に接して、るり子は大いに驚いてビリ〳〵と慄へましたが、彼方はさも得意げに、——

「貴女は決して御立腹なすつちやいけませんよ、僕は成るべく出來るだけ、貴女から遠ざかつて居たのですが、併しもう我慢が出來なくなりましたので……實に思つて見ると、以前は實に僕が誤つて居りました、貴女を迷はせ申しまして……僕はそれは深く後悔するのです、けれども今はもう構はないのですから、改めて何卒元の如くに御懇親を願ひたいと思つて……」

その言葉の下、早速約束が定まりまして、再び兩人の親睦が以前の如くに組み立てられました。その時久良子は外出して居りましたが、歸つて來て此有樣を見まして大に驚きました、梁川伯爵はいつぞやの出來事以來、久良子を實に世に氣高い立派な心の婦人と思つて居るものですから、今其顏を見るや否や、最も丁寧なる挨拶を述べんとて手を差出しましたが、此方の顏色は殆んど死人のやうになりまして、口は全くきけない有樣でございました。

「僕は非常に貴女を驚かしましたね、[illegible]發して下さい」

といひながら、伯爵は自ら椅子を引寄せて、久良子に座を與へまして、その眞白い顏を不審しげ

に打凝視のながら、

「本當 僕は粗暴ですね、萬望御免下さい……昨に貴女は御健康で……」

と、いはれ久良子は、

「貴郎も御健康で、喜ばしう存じます」

と口にはいへど、心の刺激は「あゝ伯爵樣、妾は貴郎の妻の久良子でございます、妾を接吻して下さいませ、妾の手を取つて下さいませ、妾は貴郎の妻でございます」と叫び出さんとする勢ひでございました、この時馬子は驅立てんとの心構へに、馬車の支度の爲めに彼方へ行きましたが跡に梁川伯爵は久良子に向つて、

「實にいつぞやは貴女のお蔭で、僕等の罪を救つて下すつて、實に有難いです、今後も亦相變らず御昵懇に願ひたいので、就いては貴女にも成るべく御助力 預けなければ成らないので…… 實は僕はるり子樣と結婚をしやうと思ふのですが……」

この言葉に久良子の顏や唇はます〳〵色を失ひましたが、流石に眼には天人的の憐愍を湛へながら熟々と伯爵を打ながめまして、

「エツ、なにるり子樣と御結婚を……イヤ〳〵、それは出來ますまい、あの方は自由でも併し貴郎は……」

といひかけて口をつぐみました。

「なに僕ですか…… 僕が何うしました」

「貴郎には御細君がございます」

と、力を入れていひました。

「なに細君だと……それは幻影の事を仰有るのですか、僕には妻などはございません、僕の家庭は至極淋しいものです、僕の心情は全く空虚です、僕は此世に於て四半分も妻なぞはないのです」

といはれて、久良子の氣高く美くしき顏は、さも悲しげに萎れました、彼は猶も言葉を續けまして

「僕最も貴女を信用するのですが、何卒僕の身上話を一通り聞いて下さい、イエさ何もそんなに怖ろしいてどのやうに、れ縮まりなさることはないです」

と、それより自分が自分の位置を保つが爲に必要なる金の爲め、兒童の如き婦人と結婚したる事を始め、結婚旅行に巴里へ向けて出發したること、其途中に妻の脫走したること、爾來久しく其行方を尋ぬれども皆目知れざること、及び自分の母が彼女を既に死したる者と信ずること、即ち結局は幻影と縁を切ることに於て何んの差支へもなしとの趣を、逐次に物語りました。

小說

心の刺

米國 チヤーロツト・エム・ブレーム 原作
大阪 碧瑠璃園 譯

第三十八回

久良子は梁川伯爵の顔を打ちながめまして、

「ですけれど、もしも其の御細君が何處か生きていらつして、そーて貴郎を戀ひ慕つていらつしやると假に定めたら何うでございませう」

「イヤ、そんなことは滅多にあらう筈がないです萬一生きて居るとした處か、決して僕の許へは歸つて來るやうな事はないですよ、貴女は僕の家庭を想像なさる事も及ばないでせうよ、如何に僕はいつまでも、妻もなく子もない此の淋しい凄まじい生活を送つて行かれるものですかね、それや僕だつて人を離縁するなぞは原より好かない方ですが……こんな場合にはどうも仕方がないですからね」

「ですけれど貴郎は其御婦人と御結婚なすつたのでございませう」

「ハイ、それや爲たのです、けれども結婚の當日に直ちに彼方から永久にそれを破壞したのです」

「それやア貴郎が御無理でせう、よしんば其御婦人が貴郎を見棄て、御逃走なすつたにしろ、何もそれは彼方から破壞すことは出來ない道理で、破壞す破壞さねは全く貴郎のお手の中にございますのでからね」

「まアよく考へても下さいませ、神樣の法律に照らすにせよ、人間の法律にせよ、結婚の當日に良人を見棄て、逃走するといふ妻が、何うして正しいといはれませう」

「それやさうでもございませうけれど、何うあつても其御細君が御死亡なすつたといふ事が充分に確かでない以上は、貴郎は御自由の身でいらつしやらぬから、どうあつてもより子樣と御結婚は出來ますまい」

「まア〳〵、少しく退いて能く考へて下すつたならば、夫れ迄が全く無駄とさせう、僕は強いて此事を今暫時に擱つて其も假しなへも置きませう、又叔母夫人にも默つて居つて、後から手紙で委細を告げませう、その時には梁川夫人は貴女に相談せられるでせうから、何分か宜しく御助力下さい、本當に僕は不幸な生活ばかりを送つて居るのですから」

と、懷しげに訴ふるが如く話しましたが、その時丁度叔母夫人が室へ這入つてまゐりましたので、久良子は之に答へることが出來ませんで、たゞかく\\馬車の支度も整ひましたので、皆々外へ乘り出しまして、公爵夫人と梁川伯爵とは間斷なく話し續けましたが、久良子は一言も物を言ひませんでした。

今ころは實に久良子の生活に於ては、危機一髮の場合でございます、自分がいつまでも沈默つて居るといふ事は罪のやうに思はれますので、自分は自分の良人とるり子とが結婚するのをジッと傍觀して立つて居るべきでせうか、さりとては自分は之を一箇の結婚と稱することは出來ないといふことを知つて居るので、彼女は一体何うすればいゝでせうか、自分が一体思慮もなしに良人を見棄てた事を、今更に深く後悔して、心底から激しく打歎きましたが、何んの甲斐もございません、あゝ彼女は何うすればいゝでせうか、こんな殘酷な運命は未だ嘗てございますまい、こんな奇体な位置に置かれた細君は、恐らく世間にはございますまい、唯一つの希望といふのは、るり子が近中、離婚といふことに就いて非常に頑く反對の説を唱へたのを耳にして居るから、萬一ともすればるりは大に憚る所あつて此度ころは此結婚を承諾しないかも知れないといふことで、もしさうなれば總ての面倒は助かるのでございますが、併し果してるり子は此結婚を否むでせうか、

心の刺

米國 シャーロット、エム、ブレーム原作

第三十九回

その日、夕餐後梁川伯爵は立ち去りましたが、三日後に其書状がまゐりました、るり子は其書状を持つて此方へまゐりまして、

「この手紙、御親切な、妾は本當に見せてから返事を出さうと思ひます」

…よれて、久良子は其れを讀みましたが、眼は一杯に涙ぐんで、心の中の刺はいよ\\銳くなりました。

「こんな手紙に對しては、唯一ツの御返答があるばかりでございますよ」

との久良子の穩やかな言葉に、此方はパッと嬉しさを顏にあらはしまして

「お前もさう言つてお呉れるで、妾は本當に嬉しいですよ、妾は全く決心したのですからね」

「イヱ妾の申すのは、夫人のある彼の人と決して御結婚なすつてはいけないといふ事でございますよ」

「それや、お前が間違ひでせうよ、あの幻影は妻

とへ云事は出來ないですよ、妾はあの方の思召次第で何時でも結婚する覺悟ですよ、妾だツて離婚といふことは好かないがね、此場合は又格別、ですよ、妾は何うあつても思考を變へないつもりですよ」

と、高慢げに、るり子は言ひ放ちました。

日光も花か、鳥も緑の木立も最も愛らしく、輝く香ばしき夏の午後、久良子は唯獨り書物を取り出して、樹蔭に座して讀書しやうとし居りました、これは自分の身上の混亂が餘りに甚しいものですから、せめては書物の中に隱處を見付けやうと考へでござへます、折から不意にるり子が手に開封したる書狀を持ちながら、花園の小徑を上つてまゐりまして、

「オヤ、お前は此處に居なすつたのか、妾は今までお前を探してたのでしよ、妾はお前に知らせることがあるんです、お前は乾度非難なさるでせうが、併し妾の措はないのです、今朝梁川様から手紙が來ましてね、佰々法律家に聞合せたさうだがね、皆間離をするには宅は困難はない、何故今までに遂々[illegible]してゐなかつたのであると[illegible]うから、ろで私は結婚の日限を定めて呉れと[illegible]事で、妾は今返事を出して八月の廿日と言つて遣りましたよ、ソウお前がいくら咎めなすつても

遣りましたよ、ソウお前がいくら咎めなすつても、
妾は滅多に心を動かしはしないよ、オヤ何故さうな顔色をおかへなさるの、如何かしなすつたのですかね」

聞いて、久良子は座を起ち上つて、るり子の肩に手を置きながら、熟々と其顔を打ながめましてさて懇々と其結婚の不可なる由を説きましたが、るり子は何うあつても聞き入れません「イヤ妾は何うあつても梁川様の妻に成る覺悟です」と、言ひ棄て、彼方へ立ち去つてしまひました、跡に久良子は失望の餘りに茫然として下に座りました、あゝもういくら諌めても全く駄目でございます、久良子の唯一の希望の綱は全くこれで切れ果てたのでございます、

この日頃、この週間は恰も久良子に取つては、一の苦痛の夢のやうでございます、其の間に伯爵は一度もやつてまゐりまし、久良子の前にて毫も憚らないで、自分等の未來事を話ます、併も何處に住めばよからうか、何の場所を選ばうかなど云ふことまでを喋々と話します、傍に在つて之を聞いてゐる久良子の苦痛は實に言語同斷でございます、彼等の事自分は此處を立ち去つて、永久に身を隱し、彼等に勝手な結婚をさせて遣らうかとの誘

惑が起つてまゐりましたが、さてそれは本心といふ者が居つて、なか／＼に許可しませぬ、本心は頻りと聲高に話しますので、何うして自分はそれを聞かなければ成りません、所謂本心忠告といふのは、唯一つの事、唯一ッの誓[illegible]自分の素生を彼等に打明けるといふ事でござります、

「嗚呼、こんな運命に驅られた者は、[illegible]く世界に父とも[illegible]、全く小說[illegible]、[illegible]と久良子は天を仰いで歎息致しました[illegible]、全く小說ではなく、[illegible]分眞實の事で[illegible]が[illegible]ないで。

小說

心の刺

米國 チヤーロツト、エム、ブレーム原作
大阪 [illegible]譯

第四十回

公爵夫人は頻りに結婚の用意ばかりをして居りましたが、久良子は猶は自分の素生を打明ける勇氣がございませんでした、頃は七月の末でございましたが、伯爵より一封の書狀がまゐりまして

「僕の擧動は餘程不確なれども、多分明日は其方へまゐるべし、僕は「ハベンデール」へ行つて其處で新婚初月を費すつもりなり」との趣きを書き認めてございました、公爵夫人は其の文章を久良子に讀んで聞かせましたが、久良子は茫然として一言も答へを致しませんでした、其の日の午後遲くに久良子は自分が平常から好いて居る一つの見晴のいゝ小室へ這入りまして、其處で種々と考へを集めました、何故といふに伯爵が此方へ遣つて來るまでに、るり子に自分の素生を打明さなければならないのでございます。所が腦が全く錯雜してしまつて、一向に心が明瞭に開けないので、殆んど困つて居る折しも、るり子が花やかなる顏に、さも嬉しげなる微笑を含んで這入つてまゐりまして久良子の傍に座を占めまして、

「ねえ、梁川樣はあんなお手紙をお寄越しになつたから、萬一とすれば今日お出でに成るかも知れないですねえ、擧動が全く不確實なんてお嘆きなすつてさ、オヤお前は大層惱ましいやうな顏付だねえ」[illegible]

「ハイ、妾は惱ましうございますので……」

「あの方は妾を驚かすことを好いて居らつしやるのだよ、時に妾は婚禮のことでお前に話すことがあるのやすがね、妾は丁度二十になるけれども、

花嫁らしうに着物を付ける事を得為ないのですからね、妾は妾に格好の被衣や花飾がないのでね、そして妾は帽子を被かなくちやァ成らないのですが、帽子を着ると大層更けて見えるやうな心地がするので」

と言ひ終つてフト見れば、驚いたとも〳〵、久良子は自分の脚下に倒れて、ヨヽと涙に咽んで居ります、

「妾はもう我慢が出來ません、あゝ神樣よ、何うぞ妾を助けて打明けさして下さいませ、妾はもう我慢が出來ません

との叫聲に公爵夫人は眞實に、そして眞面目になりまして、

「エッ何んだね、本當に驚いたわね、何事が起つたのですかね……あの方に」

と、叫びました、けれども彼方は猶はいぢらしい顔に苦々しい涙ばかりでございました、

「本當は妾を驚かさないでさ、何がいけないのです、妾の結婚の事を話したのが氣に障つたのですかね」

その時久良子は眞白の手をさし延べて、るり子に取付きながら、熱き涙の雨をハラ〳〵と落しまして、

「もし〳〵何うぞ御結婚のことは言はないで考へないで置いて下さいませ、妾は貴女に申上げる事が……ですけれども、嗚呼神樣、寧そ死ぬ方が容易うございますよ」

小説 心の刺

米國 アヤーロツト、エム、ブレーム原作
大阪 [illegible]譯

第四十一回

「ではお前は何か私に言ひたい事があるのですね、妾の結婚を妨げる事に就いて」

とるり子の聲はビリ〳〵と慄へて居りました。

「ハイ、それを申せば貴女の御結婚の妨げになるやでございませう、あゝお考へが付きませぬか御推察は出來ないでせうか」

「イヤ妾は何も考へが付かないから……何卒言つて下さい」

と兩人は互に顔を見合せて、心中の苦悶は實は非常のものでございました、やがて久良子は一層強くるり子を抱き緊めながら、自分の顔を背向けまして

「るり子樣、妾は實に〳〵、此事ばかりは貴女に申しますのは……あゝこんなに苦しい思ひをするより死ぬ方が遙かに増でございますよ、ですけれども何うあつても申さなければ成りませんで……わの梁川樣は、其細君のことを定めて貴女にお話しなさいましたでございませうね」

「フンあの幻影のことですかね、彼女がお前に何

なさいましたでございませうね」

「フンあの幻影のことですかね、彼女がお前に何うしたと言ひなさるのです」

と輕蔑がましく公爵夫人は言ひました。

「るり子樣、御推察は出來ませぬか」

「イヤ妾は推察は出來ないですよ、彼女がお前に何ういふ關係があるのですかね、お前は何か彼女のことを知つてるのですかね、エヽ辛氣臭い、お前は彼女を知つてるのですか」

「ハイ、妾は知つて居りますので……アヽるり子樣、妾が即ち粱川伯爵の妻粱川久良子でございますよ」

と、聞いて公爵夫人は、暫時は呆氣に取られて物を得言ひませんでしたが、やがて慄へながらに久良子の手を振離しまして、傍なる椅子の上へ堂とばかりに倒れ伏しまして、

「エヽッお前が……叛逆人め〳〵、妾はそれを信じないよ、お前はあの方の妻ではないよ」

と罵りましたが、此方は返答に唯だヨヽと泣くばかりでございます、

「エヽ叛逆人め、妾は信じないよ、それは全く僞りだよ」

「まア〳〵お心を靜めてお聞き下さいませ」

と、それより久良子は自分が今まで堪へ難き苦痛を我慢したる一部始終を涙ながらに述べまして、之を聞くるり子が大いに失望落膽するといふ愁歎場へ伯爵が來合はせまして、三人とも〴〵に大苦悶の末、遂にるり子は正道に對して斷然粱川伯爵を思ひ切り、伯爵も又自分が昔日の非なりしことを悔いて、久良子が芽出度く元の通りに細君になつて、心の中の刺が全く取れてしまふといふ話でございます。序でながらるり子は其後西亞の或貴公子に思ひ込まれて、其細君に成つたといふ事でございます。


（完）

不著作者，上田恭輔譯，〈西班牙小說　こけむす石〉，《臺灣日日新報》，一九〇三年十一月廿九日。

西班牙小説　こけむす石

上田恭輔譯

樋の口から礫を打つやうな音をさして家根の瓦も砕かん程に降続いた俄雨も、稍東天の白む頃から次第〳〵に小降となつて来て、丁度暁をたつ鴉の聲の二ツ三ツ手近く聞ゆる時分には、プツつり止むでしまつて、間もなく窓の障子を漏れて黄色な光線が枕元に射入した。

何に注意をひかるゝといふでもなく、また何の考もなく、フト椽側に出て見ると空は奇麗に拭ひ去られて青々とした、天の深海の表に稍赤味を帯びた白雲が、所々にフワリ〳〵と漂ふて居つて、遥か遠山の峯々は悉く紫色に染められて居る。

未だ誰も起きて居る様子はない、況して村端の寺院のことであるから至つて静寂である、暁き程に青々とした草葉の上には真珠のやうな、雨の滴が残つて居つて、朝日の光に映じて赤く見ゑたり青く見ゑたり、時々は琥珀の玉のやうな色にも見ゑる、ソツと庭の潜戸を啓けてみると、此所は此村の菩提所であると見ゑて幾百の星霜を凌ひだか判らぬ程鬱々繁つた縦の樹蔭に種々の形象をした墓碑が幾個となく並んで居つて、所々にまだ二タ七日と経たぬ白木の卒塔婆も見られた。

自分は何の氣もなくろの中に這入た、墓から墓を眺めて碑文などを読むで見た、殆んど物凄い程寂寥である、昨夜の雨に洗ひ流された路の砂利を踏む音が、二三町もさきに響くやうな心持がする、高い枯木の枝から一羽の鴉が唖聲で鳴くと、何所となく彼此所の樹の間から他の鴉の答が漏れる、本堂の椽のほとりには、何の為に騒ぐか數百の雀が喧嚴く囀つて居る、遥か庭の片隅の鐘楼の屋根には、天賦の戀愛の歌か聲に呼びながら、此等不粋の鳥雀の群を嘲けつて居るやうな趣のある鳩の一群もあつた。

俄然寺僕の撞き出す鐘聲と共に、鳩の一群は青空高く漂ふが如くに翻転して、朝の御務の聖歌に應じて天界の舞を奏するやうである、自分も不思路傍の木株に腰を掛けて読経の聲を傾けた。

フト前の方を眺むると、極質素な小形の大理石の墓標がある、一時は美人の肌に譬へられた蠟石の表も、今は苔むして青黒けれども、

山縣松太郎之墓
行年二十三歲
千八百二十七年九月永眠

と平凡に鐫ざまれた碑銘はあり〳〵と、讀まれた絶ゑず手入をする人ありと見ゑ充分掃除が行屆いて雜草一本墓の側に生へて居らない、粗末な徳利にさした石竹の花一束も、近頃の墓參者の手にて献げられたものと見ゑて、全く枯れては居ない、自分は何といふわけも無しに二三度繰返して、碑銘を讀むで「行年二十三歲」と人に語るやうに聲高く呟いた、自分は此時漸く八才の小娘である、此碑文によつて別に何等の聯想も起らないが、何だかわけ判らずに可愛想な心持がして、本堂の方の讀經の聲も止むだ樣であつたが、自分は依然さきの木株に腰かけたまゝである、不意に人の來る音がするから振り向くと、同時に直　自分の側に腰を弓の如くに曲げ短い杖にすがつて居る老婆が立つて居る自分は餘程驚いたが、老婆も甚なからず愕いた樣子である。

「お孃さんおはやう」

「おはやう」

「お墓參詣ですかな」

「いゝゑ」

「さう、何所樣ので居らツしやいますか」

「わたし、お寺に宿つてるの」

「あゝさうですか、好いお天氣ですな」

「はあ」

老婆は自分を搆はないで、例の苔むした小なさ墓の前に跪いて、嬉しさうな顏付をして眺めて居つたが、自分にも來て見よと言はん程の目付をして居る。

「お婆さん所のお墓なの」

老婆は滿面に微笑を漂はして首諾た、

「お孃さん、此所に何と書いてあるか、一寸と讀むで下さいな」

自分は再び、山縣松太郎之墓行年二十三才、千八百二十七年九月永眠と讀むだ老婆の面には嬉しさうな又物惜しさうな一種異樣な微笑の波が溢れて居る。

「難有う、わたしはチウで知ッて居るんですけれどもね、……今日までにそれを幾度讀むだでしようか、ホンとに數は知れやしません、……今年の春から丸ツ切眼が衰耗ましてねモー讀むことが出來ませぬ」

「これ婆さんところの息子さんなの」

「いゝえ、私は此人のれ神さんだつたのです」

「ホンとに」

八十に近い老婆が二十三歳の男の妻であると思へばこそ驚きもすれ、實際さうなので、此時が丁度新たに墓碑を建てた日から五十三年の長い〳〵年月を經つた後であるのである。

「れ孃さんよりもモツとれ歳のいつたれ方が皆たまげなさるんですもの、わたしも今年で七十九になります」老婆は頻りに頭を振りながら熱心に話して居る「ですがね、實際わたくしは此人のれ神さんでしたもの……死むだつてわたしの愛情はチツとも變りやしない……」

老婆獨言のやうに呟いた、しかし自分には充分老婆の話す意味が判らなかつた。

「れ婆さん始終此所へ來るの」

「はい、夏になると毎日此所へ來て其所へ（自分の腰掛て居つた場所を指して）座つて居てね、最初の内は毎日泣きましたよ、れはゝろれもずツと昔い事なのです、ホンとにね――」

老婆は追懐の情交々涌き來つて、妙美の感に堪ね兼ぬる風情である、須臾默つて居つたが再も話し始めた。

「れ孃さんは菫はれ好？、菫は可愛い花ですね、私は大好です、れ墓の出來た時わたしが此周圍一杯に菫を植ましてね、此所へ來るたんびに紫の小さな花を二ツ程摘んで歸るんですもの、今は一本もなくなりました、菫が枯れてから五十二年になります、私も老婦になりましたね」

自分は稍く小供である、老婆の物語はた程深き感覺を與へなかつた、併し何とも知れず一種の解釋の出來ぬ不憫の念が起つて來る、さりとて自分には老婆を慰むる語などは空想にすら浮むで來ない只默つて老婆の顏を見て居つたのである、恐らくば同情の誠心が自分の顏に讀まれたものか、老婆は自分が充分同情を寄せらる有情の處女であるかの如く益々熱心に話しかけた。

「此兒が死むだ時はね（孫を指す樣な口調を用ゆるのである）私は毎日〳〵泣いて許居りましてね私も一所に死にたいとれ祈をしたこともありましたの、私は何故ブロークンハートにならないかと思ふて、自分で自分の心が怖ろしくなるのですもの、いつもこのれ墓の側へ來ると急に淋しい心持になつて來て、泣くまいと思ふても泣かずに居れなくなります、ろれとも來たい樣な心持がするもなくなります、それとも來たい樣な心持がするものですから何時となく來ました、その間に日月も經ち、しまいにはれ墓詣りがわたくしの終生の義務の樣になつて、生きて居る間は私はこれより他に樂はありません」

五十四年の昔に未來の世に旅立したる一青年は、依然此老婆の概念のうちには一個の少年として畫かれてゐるのである、恐らくば老婆の夫としてよりは寧ろ彼等が結婚前のスウヰトハートとして、一の額髮男として畫かれてゐるのであらう、既に卅年の昔、人生の坂を通越したる此老婆の戀情は今は神聖化して天界の愛となつて居る、一度彼の夫たりし青年は今は彼の息子であつたかの如く否自分の孫であるかの如くに考られて居るのである未來の世の再會を語る間にも老婆が一方の心のうちには、五十四年の昔に離れた感覺は更に無い、漸く昨日死むだもの、如くに考へて居つて、老婆自身もまた依然稍啓きそめた白薔薇の蕾、赤い頰の子をかけた田舎娘の如く感へて居るのでもあらう。

自分はその翌朝菫の一束を摘むで來て、その小さな苔むした石碑の前に置いてをいた、然し何の爲にさうしたのか自分でもわからない、全く老婆に對する同情から起つた業とも思はれなかつた。

（をはり）

不著作者，村上骨仙譯，〈知らぬ女〉，《臺灣日日新報》，一九〇七年六月廿八日、七月五日、十二日。

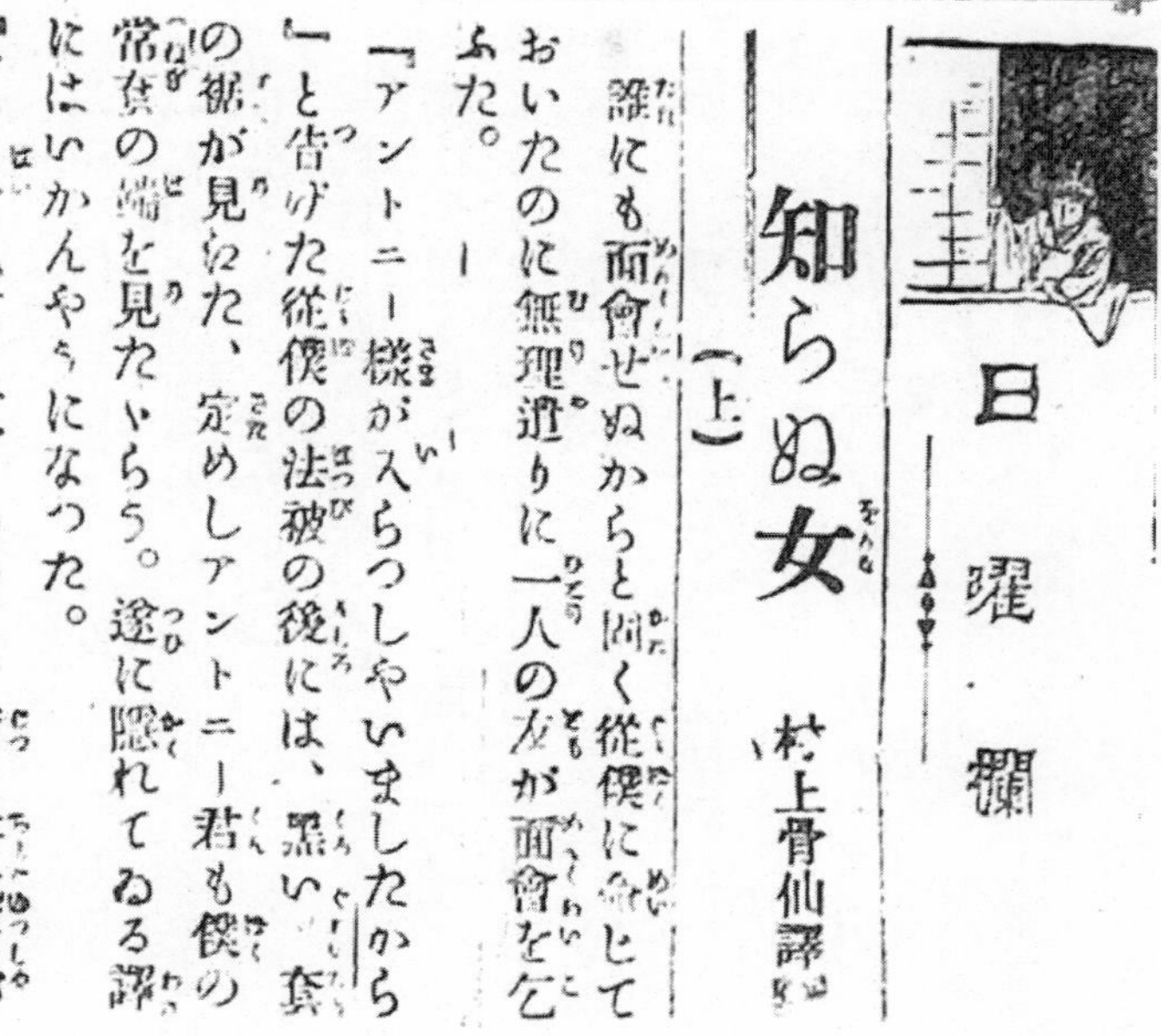

日曜欄

知らぬ女（上）

村上骨仙譯

誰にも面會せぬからと固く從僕に命じておいたのに無理遣りに一人の友が面會を乞ふた。

「アントニー様が入らつしやいましたから」と告げた從僕の法被の後には、黑い外套の裾が見えた、定めしアントニー君も僕の常套の端を見たやらう。遂に隱れてゐる譯にはいかんやうになつた。

「サア入りたまへ」といつて、對は落逃者が此處［illegible］神來のインスピレーシアンを得てこそと云ふ大切な時に他人から踏み込まれて［illegible］遊するやうな風で彼を迎へたが、餘り青い青い、心の落ちつかぬ顏して入つて來た友を見ては、思はず「如何したのか」と一言問はざるを得なかつた。

「少時待つて吳れ、息の收まる迄、直ぐ話すよ。夢か知らん―少し氣が狂ふたかしら。」と云ひながら友は安樂椅子の上に身を投げかけて顏を兩手に蔽ふた。

其の樣子に驚いて穴のあく程友の顏を見ると頭の毛は雨にぬれ、長靴もズボンも泥だらけ、窓の外には二頭馬車が一輛、友の從僕が居るのみ、一向何の意味だか要領を得ん、僕の驚いてゐるのを見て友は口を開いた。

「僕はペルセー［illegible］の墓地へ行つて來たのだ。アゝあの假裝會こそ僕に取つては仇だつた」

假裝舞踏會［illegible］墓地［illegible］の連想［illegible］んで來ん。で考へることも止めて［illegible］ープに［illegible］を向け、冷淡に堪忍してシガーを指で廻はし始めた。其が充分に柔カなつたので煙草好のアントニー君に勸めたが手もつけず僕が火をつけやうとすると其れも止めて
「マア僕の云ふことを聞いて呉れ」

「だがモウ十五分になるのに未だ何も話し出さないではないか」

「眞實に妙な事でなア。」

僕は煙草を棚に上げて、何もかも棄てたやうに身體をしやんとして兩手を組んだ。腹の中では友が發作したのだと考てゐた。すると暫らく默してゐた友は漸く口を開いて
「先日君に御目に掛かつたあの舞踏會を覺えてるかね」

「二三百の人が入場出來んで外に立つてゐたあれかね」

「左樣々々。」と點頭きながら話し出した。


あの時君と別れてから例の舞踏場へ行つたさうだ、君が行くなと止めて呉れたけれども強ひて行つた。身の破滅とは思ひも寄らずにさ。

僕は人氣のない寂しい、ぼんやりとした場所を去つて、座る席もない位賑かな處へ來た。

廊下も土場も立場も、人で一杯、蟻の這ひ出る隙もないとは此樣な處に使ふ形容だらうと思ふた位ゐ人で、埋もれてゐた。一廻りして見ると僕の名を呼んだ人が二十人もある。併し誰れが誰れだか少しも明らん。誰も彼も皆假裝してゐる。歷代の皇帝もあり、漁夫の姿もあり、郵便馬車の車掌もあり、滑稽者もゐる。つまりは貴族政の時代と富豪政治時代との姿を目の前に並べたので、見るも眩ぶしい。地位も名望もある上流社會の若殿原が家も忘れ何にもかも忘れ

夢中になつて大[illegible]の興宴をやつてゐるのだ

僕は二三歩高い庭に上り、柱に倚れ、身體を半分隱くし、下を通る人の樣子を見てゐた

一人毎に形と體裁の違ふ化粧、著物、噴き出さずには居られん假裝は此の世の者とは思はれん位。

奏樂が始まつた、妙な音に連れて　思議な人々は動き出した。其の足首、其の叫聲其の笑聲は何とも云へぬ程騷がしい。狂氣染みた人々は互に首にしがみ附く、手を握り[illegible]、腕を組む。そして圓形に並び、男も女も破れよとばかり足を板の間に踏みつける。家の中は塵だらけ　青い燭臺の光に透かして見ると塵の舞ひ上るのが見ゐる。妙な手附足振で歩みを早めながら踊る。一緒になる。云ふに忍びん身振をする。大聲を上げる。段々と早く圓形になる。ぐでんぐでんに醉ふた樣に男は張がる。節操迄も失ふた樣、女は怒鳴る。愉快と云ふ感は通り越して[illegible]になつてゐる、滿足か樂しいと云ふより亂心になつてゐる。まるで地獄に迷うてゐる亡者が縄にくゝられ惡魔の笞を受けてゐるのと同じことだらう。

目の前を通る人々の衣ずれの音も聞ゐる、空氣の動搖するのもわかる。通る度毎に顔赤める樣な言葉を投げかける人もゐる。叫ぶ聲、私語く聲、動く度の足音、樂器の音は空に反響して頭にこたへる。

日曜欄

知らぬ女（中）

村上骨仙譯

此は夢か現かの疑も起つた。發狂したのは自分で他の人達は眞面目なのかとも自問自答した。フオリストが怪精等の宴席に飛び込んだ樣に自分にも『誘惑』が來て『惡鬼會堂』に仲間入りを促がしたのではないかと思ふた。自分も大聲を上げ、奇妙な手振をし、笑はねばならぬ樣な氣がした。此の境界と狂人とは一歩しか間がないのだと思ふと恐ろしくて堪へられぬ。驚いて飛び下りさま、直走りに走つて出た。

此んなに混亂して居る心の靜まる迄街路へ出るのが何となく怖ろしかつたので、玄關の庇下で暫時息を休めた。其儘飛ひ出したならば或は馬車に突き當つてひどい目に遇ふたかも知れんのだつた。其時の樣子は丁度酒に醉ふた人が痺れた腦に少し意識を呼び返し、自分の現在の有樣を知つて、公園の中か街路の眞中邊に、じつと身體をもたせ、何の意味もなく眼ばかりきよろりと光らせてゐるのと同じだつただらう。其時馬車が近く門口に止まつて一人の婦人が下りた、否寧ろ飛び下りたと云ふ方が適當だらう。

其女は[illegible]心[illegible]た樣に首を右左に振りながら門柱の間を通り過ぎて入口迄行つた。黑い著物を著て顏はに面被を被つてゐた。

「[illegible]は」と門番は問ふた。

「[illegible]持ちませんよ」

「[illegible]は、事務所へ行つて買うて御出でなさい」

女は門柱の下を再び通り、ポケットをガシヤ／＼と音探してゐる。

『御緣がないわ、さう〳〵、指輪指輪』と獨り云ひながら事務所へ行つて

『何うか、持ち合せが御座いませんから此の指輪と切符を一枚下さい』と耻かしさうに云ふた。

『いけませんよ』

と切符賣はけんどん氣に答へて其の指輪を推し返へした。すると、其れが地に落ちて僕の方へ轉んで來た。女は夢中になつて深い考へに沈んでゐるのか、身動きもしない。僕は拾うて女の手に渡した。面被の中から僕を見詰めてゐる女の兩の眼が微に見ゑる。暫時はためらひながら僕を見てゐたが遂に僕の腕を取つて

『御情けですから妾を連れて入つて下さい』と云ふた。

『もう歸るところですから』

『では何卒此の指輪に六圓貸して下さい』

と云ひながら例の指輪を出した。

氣の毒なと思うて僕は其を推し戻し、切符を二枚買うて再び場内の人となつた。廊下に行くと女はよろめきながら僕の手を益々強く握んだ。

『御氣分が御惡るいのですか』と問ふと何でもない目が眩んだだけの事だと答へた。

二人は遂に瘋狂院に似た室に入つた。人波を推し分けて二人は辛うじて三度室内を廻つた。女は惡口を聞く度に一層堅くなる。僕は此んな女に手を貸してゐるのを耻ぢて 顔を赤めながら、やつとの事で三度廻つた。其れから部屋の一隅に行つて女は椅子に腰を下ろした、自分は前に立ちながら手を女の椅子にのせてゐた。

『妾は奇妙な女だと見ゑませう 自分にも自分の心が知れません。此んな事は（と舞踏の方を見ながら）見たこともありませ、し爲にも見やうと思ひませんでした。亡人

が或る女と此處に來ると云ふことを知らして呉れる人がありましたので、女の一心でやつと來たのです。ほんとに此んな處に好いて來たがる人は一體どんな女でせうね』

僕の驚いた樣子を見て女は猶も云ふ。

『左樣です、其んなことを云ふ妾も來てゐるのですが、併し來たくて來たのではありません、良人を探しに來たのですよ。そーて今の人達は好んで來たのでせう。良人を探すためと云へば火の中でも水の中でも平氣で飛込みます。が娘の時代には母とでなくては獨りで外出したことはありませんし、妻となつてからは僕を連れて必ず出るだけでした。ですから今晩獨りで此處へ來て、其の上に知らぬ男と腕を組み合せてゐるのは、自分ながらも驚いてゐます。面の下で、妾の顔は火の様に赤くなつてゐますよ。貴郎が吃驚りしてゐらつしやることはよく存じてゐます。して貴郎は今までに嫉妬心を起した事がありますか』

『エー、ありますとも』

『それでは私がかうやつて此處に來てゐるのを大目に見て下さい。こんな時には女の一心で如何んな事でもすることも御存じでせうから、何卒大目に見て許して下さい』

返事をしやうとすると女は急に立ち上り、前を通る二人の姿を見詰めてゐた。それから僕を無理に引つぱつて、無言のまゝ二人の後をつけて行つた。

僕は五里霧中に迷ふた。思想の糸は各々働いてゐるけれども眞を語るものは一本もない。只だ女が餘りに狼狽してゐるのを見し面白く思ふたのみであつた。それでも小兒の様に唯々として女の命に從ふた、眞情は固に背くべからざるものである。それで假裝せる二人を追ふた。一人は確かに男で一人は女らしい、小聲で何か話をしてゐるが少しも自分には聞えない。

『良人ですよ。姿も聲も其儘ですから』と女は僕に私語いた。

すると其の高い方が笑ひ出した。

『笑聲まで同じことだ。本當になつたな』と女は吐息した。

二人は進んで行く、我等も追うて行く。二人は平場を出た、我等も出た。二人は階段を上つて一番上の桟敷へ行つた　我等も影の形に添ふ様に跡を附けた。遂に二人は私用室に入り込んで戸を閉めてしまつた。

日曜欄

知らぬ女（下）

村上骨仙譯

僕の腕に倚りかゝつてゐた女は可愛想に悄の激した爲、顏は見えないが心臟の鼓動が早くなつて、手も足もぶるぶると震へてゐる。此の悲劇、此の犧牲、偶然にも原因を知るに至つた徑路は實に不思議である。かうなつては男として可憐なる此の一婦人を棄てゝ歸ることは出來なくなつた。

私用室に入り込んだ二人を見て、女は雷にでも打たれた様に堅くなつて動きもしない。暫時して女は戸口に進んで行つて立聞しやうとした。若し少しでも音をさすか動くかすると、中に居る二人に悟られる虞があつたので、強ひて女を次の室に連れ込んで戸を堅く閉めてから「聞きたければ此處から御聞きなさい」と云ふた。

女は片膝立てゝ壁にひたと耳を寄せた。自分は腕を組んで女の側に立つてゐる。女は實に理想的の美人だ。面被のかゝつてない下半分は若く柔く肥ゑてゐる。唇は赤くて美しい。齒は小さく白く好く揃うてゐる。手は彫家のモデルになる位で、腰は兩方の指を廻せば廻る位ゐ細い。毛は黑くて絹糸の樣な光澤がある。著物の裾から出てゐる足は、此の輕い優美な身體の重味にさへ堪へきれん程小さい。非常な美人に相違ない、此んな美人を妻と呼ぶ男はよほど果報めでたい者だな、などと考へてゐると、女は急に立ち上つて僕の方を向き、氣でも狂ふた樣な口調で

「妾は……妾は今迄は天使の樣に淸い者でした……が、今は……」と叫ぶと同時に、女の熱した溫かい唇は……

＊　＊　＊　＊　＊

暫時すると女は人心地になつた。面被を透かして見ると窶れた眼が見ゑる。顏の下半分は靑い。白い齒はカチカチと震うてゐる。今の有樣を思ひ出して女は僕の足下にひれふした。

「何卒妾を見ずに遁がして下さい。二人に代つて妾だけは覺ゑてゐますから妾を忘れて下さい」と泣きながら杜絕れ杜絕れに云ふた。

電の如く女は立ち上つて戸を推し開け、再び自分の方を向いて「許して下さい、見遁して下さい。」と云ひながら、けたゝましい音させて戸を閉めた。戸は女と僕の間を遮つた。此の時限り僕は女と會ふことはなかつた。

其後僕は舞踏會に戲場に公會堂に彼女を求めたが何の得る所もない。蜂腰小足の婦人

と見れば必ず後を追うて見たが蹤を求める人もない。夢に戀しき姿を見るほかは實在せる彼女を見たことがない。夢—實に戀しき夢である。幻の樣に姿が見ゑる。接吻した其の可愛らしい唇が目の前に見ゑる。其の愛情は火よりも熱してゐる。さうすると面被が落ちる。雲に蔽はれて朦朧してゐる樣にも見ゑる。さては、御光に取り卷かれて、ぴかぴかと輝いて見ゑる。或時には頭に皮も毛もなく眞白で眼は丸い穴二つ、齒がかたかたと動いてゐるのが見ゑる。一言で云へば其の晩このかた、夢に現に彼女の事ばかり思ひ續け、知らぬ女の戀に憧れて自分ながら發狂したと思ふた事も度々。心は根底から覆へされたのである。

＊　＊　＊　＊　＊

此れ迄言葉を續けて友アントニー君はポケットから一通の手紙を出して見て呉れと云ふた。手に取つて讀めば

前略御免。御身の腦裡には先つ日の一婦人の記憶は既に消ゑ失せ候はんも妾は今に忘れ得ずして將に死出の旅路をたどらんと致し居り候。哀れなるもの汝の名は女なりと沙翁も說きし如く、妾は誠に哀れなる身に御座候。此の手紙が御身の手に著する頃は妾の天國にある日に候。若し御身が此の不幸なる一婦人の最期に一滴の淚を注ぎ給はんとのことなれば、ペルセース墓地に御出で被下度候。數多き新墓の中マリーの名を刻める墓こそは妾の遺骸を納めて永久の住所と定められたる處に候。先は……

一昨日此の手紙を受け取つて今朝漸く墓地へ行つた。墓の前で二時間あまりも跪づいて泣いて泣いて神に祈禱を捧げた。君解つたかね。僕の足下に其の女は永久に眠つ

てゐるのだ、嫉妬と後悔の念に攻められて其の女は永久に眠つてゐるのだよ！知らぬ人、確かに知らぬ人だ。彼女の死んだと同時に僕の胸は冷たくなつた。女が冷たくなつて、冷たい地中に橫はつてゐる樣に胸は冷たくなつてしまつた。が僕の胸から冷たくなつた彼女を取のける事が出來やうか。決して決して出來ない。再び女の顏を見ることは出來ないのだ！

墓を發いて遺體を出しても、元の女の顏や姿は造ることが出來ん。戀しい、實に戀しい。彼女と一諸に居られるならば今でも死ぬ。が生きてゐる間でさへ名も知らなかつた女に死んでからは猶の事逢へない。」

アントニー君は此處で話を止めた。手紙をずたずたに裂いて氣も狂はんばかり胸もさけよとばかり泣き出した、

慰めるに言葉もなく僕は貰ひ泣に泣いたのである。（をはり）

不著作者，霜華山人譯，〈神女の像〉，《臺灣日日新報》，一九〇七年九月廿一日、廿二日。

短篇小説

神女の像

霜華山人譯

左様、美守善齋といふ男は誠に淡泊した心掛の良い技藝家です。

人々が彼の名高い彫刻品を見て賞讃の辭の終つた後、佐鳥といふ男が斯う謂つた。

諸君は今美守が過去の越歷をお話しでしたが、種々な艱難に打勝つてとう〳〵成就たのは全く豪いです、今日では美守が技藝上の成功を世間から認められ、大家としての名譽は輝き渡つて居るが、當人は至て無慾で一種氣高い精神を持つてゐる。鳥渡した茶話だが感心な逸事がある。マア聞て呉れ給へ――

僕は不圖美守と懇意になつたので美守に賴んで數箇か美術品を拵へさせた。其作物に就いて僕が意見を陳べて聽かせると、美守は何時もなる程と感服してゐる、誠に好く僕と氣が合ふのサ、僕の家と美守の住居とは極近いので夕刻食事を了ふと美守が談話に來る。歸路には僕の方から送つて行つて話す。折々美守の彫刻室に上り込んで夜の深けるのも知らずに美術上の談話に熱中するともある。美守の彫刻室は此家の五階に在つて其隣房の板敷になつてゐる一室に美守が老母と二人で淋しく住んでゐる。可哀想に老母は盲目になつてからといふものは少しも戶外に出ぬ。息子に連れられて偶偶外出しても怕がつてばかりゐて、何處へ行つても氣が安まらないで落著いてゐられぬと見ゐる、つまり老母は自分の居間の裡を彼方此方と緩歩いて居るのが何よりも樂しいのである。數年の間此家に住んでゐるから、何處に何が在るといふとを良く呑込んで家の勝手を熟知てゐるので、取らうと思へば手を伸して好きに何んでも取ることが出來る、壁に捉まつたり器物に觸れたり仕なくとも前後左右に歩行くことが出來るから、知らぬ人が見ると瞽者とは思はれぬ程である。

毎日の樣に美守は骨董店から參考品を買つて家に持込むので、彫刻室は箱や包物が坪も無く陳列されて、宛然荒物屋の店頭其の儘だ。老母が搜り廻して陳列品を轉倒すのを恐れて不在の間は彫刻室に這入らぬ樣にして呉れと老母に頼んで置く、だが什麽かすると兎角彫刻室に這入たがるので何遍となく此辭を繰返すのであつた、若し老母が傍に居るとき美守の朋友が製作品の品評を試み、その技藝の巧妙なのを賞讃すと、直ぐ老母は沈鬱出して『人樣が賞めてくださる度に妾は伜の彫刻を見るとの出來ないのが何よりも悲しい』と愚痴を零して沈默つて默含むのである。

すると美守は彫刻物の事や設計の話をピツタリ止める。親しい友人には仔細を話して母の側に居るときは是等の談話をせぬ樣にして呉れと頼むのである。斯樣に窮屈に檢束されて居るが。美守は少しもそれを苦に仕ない、だが夫れが爲めでもあるか夕刻になると僕の家へ度々談話に來る。

什麽したのか、近頃は美守が惘然して憂鬱でゐる、美守は何か胸中に考案を浮んで夫れのみに屈托して居たのだ。遂に彼が描いた空想を僕に打明けた。美守は「パンドラ」神女の像を彫刻せんと思ひ立つて、頻りに工夫を廻らした、既に身體の形態は大略考案が付いてゐるが、容貌を寫し出すのに非常に苦心してゐるのだ。そこで種々の模型を試製り百枚ばかりも下圖を採つて、夫れに對つて一心不亂に考案を凝した。惜しい哉是等の努は全然無效であつた。什麽してもこの錯雜な性質を有つてゐる神女の容貌を寫し出すとが出來なかつた。
或夕暮例の通り美守がやつて來たが、常時と違つて勇氣が面に滿ちて意氣頗る軒昻であつた。僕の部屋へ這入るや否、美守は叫んだ「ヤア到頭考へ出しましたよ。此八箇月の間何程考へても胸に浮ばなかつたが不意に鳥渡した呼吸から直ぐ考へ付いた……僕は何んと謂つて夫れを説明して可いか實際解りません……何しろ出來上つた……あの儘で最う一ツも手を加へない積りだ……實に愉快……愉快極まる。これ丈けは誰が老母の前で話しても關はん。僕は嬉しくツて〳〵餘り嬉しくて窒息するやうだ。少し其邊を散歩して新鮮の空氣でも吸ふべしだ、サア出掛ませう」

短篇小説

神女の像

霜華山人譯

美守は歡喜の極、全然瘋狂者のやうだ。丁度想を掛けて居た婦人に嫌はれて肱彈でも喰つて、もう到底駄目だと落膽して居たのが、急に模樣が變つて秋波で迎へられた時のやうだ。僕は美守に急き立られて狼狽て帽子を攫り、美守の背後から階段を降りて街頭へ出た。すると美守は突然僕の手を執つて自分の小脇に掻い込んで足を早めるのである。道すがら美守は頻りに饒舌立てる「これまでにするにはどの樣に耐忍したと思ひます？。實に何遍氣込んで失望したか知れや仕ない。この夢想の神託に有り付く迄は謂ふに謂はれぬ苦痛をした。だが旣う僕の身邊を取卷いて居た狹霧も全く晴れて自分が理想の「パンドラ」神女を日の光の燦爛たる中に明々と認めるとが出來た」一語は一語より心地好げに、果ては相好を頽して傍若無人に高く笑つた。美守は此無上の悅喜に驅られて、思想の醉うてゐる間にズン／＼功程が行つて、塑像が苦も無く出來上つたのであつた。

美守は倘語を繼いで誇り顏に謂つた「是れは僕の名作の積りです、否今になつて僕は此名作たることに氣が付いたのです」美守の語氣は如何にも愉快さうだ。常に似ぬ活氣を帶びた高い調子で、氣焰萬丈實に當るべからずである。それも其筈、美守はこの八箇月の間胸中に鬱積した邪氣を今一時に吐き出すのである。彼は譚り續け步きつづけて少しも休まぬ。僕は只彼が氣焰を拜聽するのみで、夢中になつて濶步する大の男に引摺られて、息が切れて耐らなかつた。美守は此時何んと思つたか不意に步を停めて斯う謂つた「君に詳しく話したいが、未だ／＼僕の「パンドラ」の爪の端にも足らぬ言語では到底形容し難い、實物を見て吳れ給へ」

彼の言葉が終るや否、まだ僕が何んとも返事をせぬ內に、以前の如く促立て、早足に步いて、到頭自分の家へ引張り込んで了つた。

僕は息が機んで苦しい咳をせきながら美守の跡から五段の階梯を昇つて行く、美守はサッサと先きへ行つて、二ッ戸口のある部屋の前に佇立んだが、何か物音でも聽くやうな風で體を前の方へ屈めて室內の樣子を窺つてゐたが、少し勃然として獨語いた「阿母さんが此室へ這入つて居る樣だ。什麼して斯う來たがるだらう？。留守に決して這入つてはならぬと謂つて置くのに……まさか這入りは……」辭も終らぬ内に匿藏から鍵を出して彫刻室の戸を開いた。すると室內で何やら物の轉倒れた響がした。美守の鋭い憤怒の聲が聞えた。後は寂として音も無い。僕は昇り掛けた階段を二三段飛上つて彫刻室へ驅込んだ。

美守は眞青になつて全然死人の樣に彫刻室の壁に靠れて僅かに身を支へてゐる。烈しい苦痛に出す言葉を忘れて沈默てゐるのだ。老母も同樣に眞蒼な顏をして室の中央に手を合せて拜がんでゐる。兩人の中間には四ッ足の彫刻用の臺が轉倒つて、其上に載せて在つた神女の塑像が無殘や押潰されて投出されてゐる。

僕は無言の此場の有樣を見て事の樣を察した。他人が看たら無意義ぬ喜劇とでも思ふだらうが、僕は美守の心中を察して氣の毒になつて自身が這麼事でも仕出かした樣に苦痛を感じた。

美守が不在中老母は甚麼ものが出來たかと例の好奇心を起して、祕かに彫刻室へ這入つたのであつた。間もなく階段に跫音がして息子が歸つて來た樣子に、兼ての吩咐に背いたのに氣が付いて、見付らぬ間に早く此室から逃れ出んと狼狽たので、その臺に蹴躓て轉倒したのである。

此憐れな盲目の老母は心配さうに兩手をぶる〳〵震はせ眼に暗涙を浮めて彫刻室の薄闇い蔭に悄然と佇つてゐる。僕は老母の態度が餘り可哀想で坐ろに憐を催した。老母は終に思ひ切つて常に變つた震へ聲で斯う謂つた「善や、早く聞かせてお呉れ倒れたのは何んだか聽かせてお呉れ「パンドラ」の像では無いのかね……、夫れとも……』

美守は老母の痛々しい様子を眼前に觀て氣を取直した『い……い丶ね、阿母さん「バンドラ」の像では有りません。何んの〳〵僕が研究の爲めに拵へた粗末なもので……詰らぬ半身像です。だが僕は吃驚したです』

老母の顏は見る〳〵安心の色を現はして組んでゐた手を解いて、ホッと溜息を吐いた『ア丶嬉しい。夫れで妾は安心した。マア好かつた。夫れなら復拵へても取返しが付くといふものだ。善や、妾は最う是れに懲りて決してお前の彫刻室へ單獨で這入るまい。屹度お前に約束して置く、どうぞ免してお呉れ』

出行く老母の後影見送つて美守は形體の頽れた役に立たぬ土塊を指して僕に囁いた『これ程までに仕上げたものを御覽の通りです、僕の心を察してください。僕は是れを片付ける勇氣も無い、實に遺憾です、だが此事を母に知らせて此上心配させてくださるな』

美守は墜來る涙を呑んで眼を瞬いた。老母に事實を明して呉れるな、壞れたのは「バンドラ」の塑像だといふことを何時までも老母に祕して呉れといふ、美守が優しい美しい心に感じて僕も共に貰ひ泣をした。(完)

不著作者，骨仙譯，〈通り雨〉，《臺灣日日新報》，一九〇八年九月廿日、廿七日。

日曜欄

通り雨

骨仙譯

（上）

秋の日も暮れた。が降り續いた雨は未だ止みさうな氣色も見ゑない。雨雲は空一面に擴がつて何となく氣の滅入りさうな、ともすると心が獨りでに狂ひ出しさうだ。

此の淋みしい夕暮を、しみ〴〵と話してゐる二人の女がある。小奇麗な六疊の部屋の長火鉢を圍んで。

何れを姉、何れを妹と呼んでよいか、年頃は廿歳を越したばかりらしい。どちらも愛嬌のよい、色の白い、眼の美しい、充分に美人の資格を備へてゐる。

が、よく見ると、何處やら美しい顏には愁の影が浮んでゐる、美しい眼の底には、深い深い深い悲哀の色が漂うてゐる。鐵瓶の沸りまで力ない音してゐる。

此の二人は或る兄弟の妻であつた。互に樂しい家庭を造つて、暫くは何の苦痛もなく日を送つてゐたのであつたが、運命の冷酷な手は無理に此の二人から彼の二人を奪つて了つた。

姉の夫は軍人である。陸軍の尉官である。今度の戰爭には天晴れな功を立て、見事皇國のために盡さんと雄々しく出陣した。そして遂に素思を貫き、秋風の吹き初むる頃戰死した。妻を殘して死んだのである。

妹の夫は海員で、此れも、暴風のため針路を誤つて暗礁に乘り上げた船と、その生命を共にしたのであつた。

つまり二人の女は殆んど同時に寡婦となり、生涯を落莫な孤獨な慰藉のないものとなつて送らねばならないのである。

此の淋しい家を訪れて、溫情の籠つた言葉で慰めて呉れる人は澤山ゐる。併し心の底から同情して泣いて呉れる人は一人もない。只だ妹にはこの姉、姉にはこの妹がゐるのみだ。

姉は急に夢から醒めたやうに

「春さん御腹が空いたでせうね。朝から何も召し上がらないんですもの。何んにもかも忘れて一緒に食べませうね。」

姉の柔順な温和な、そして意志の堅いのにも似ず、妹は極く情に脆い性であるから姉の言葉を聞いて又もや涙ぐみ

「私等姉妹ほど不幸なものが世にあるでせうか。考へると神様も佛様もか……た……きのや……うで……」と後は涙にむせぶ聲のみ聞ゆる。

再び二人は以前の沈默に戻り、暫く互の太息を聞くのみであつたが、遂にどちらから誘ふともなく、二人は寢床に入つた。が直ぐには夢を結ばなかつた。

暗夜に淋しい山路を辿る旅人よりも果敢ない前途を思ふと、春子の兩の眼は益々冴えて來る。寢られぬ儘に、ポトポトと軒に落ちる單調な雨滴を無意識に數へつゝ、四人で長火鉢を圍み、笑顔を和らかなランプの光につゝんで楽しく語り明かした去年の冬を思ひ出すと、胸がキリキリと痛み出す。泣かうにも聲が出ぬ、涙が涸れた。只だ胸が痛くなるだけである。

此時突如、春子の耳は門の戸を叩く音を捕らへた。

「今時分戸を叩くのは、若しや……」と考へて春子は起き上つた。

女心の弱さ。生命とも頼む夫が死んだからとて、眼の前に其の死屍を見てさへ、とても諦めることは出來ないのに、まして、たゞ死んだと云ふ知らせだけで、如何して諦められやう。

戸を叩く音は益々強くなつた。時々厚い壁を通して幽かに聲もする。春子は半ば嬉しく半ば恐しく感じながら、姉に知れぬやう靜かに窓の處へ行き、障子を開けて外の濕つぽい空氣に顔を突出して門の方を見た。門の前は提灯の光で明るい、そして其光は溜り水の上を辷つて、周圍は一層暗い。

其の光りを便りに一人の男が出て來た。よく見ると向の宿屋の主人である。

『吉さんぢやないの。何ぞ御用。』

『ヤー、春子さまか。鞠子さまが出てこらつしやりやせんかと、いかう心配したゞ。』

と主人は答へた。

『一體何なの。』

『何つて、よろこばしい話。今ね、房州から入つた人が來たゞ　すると　人がね、此村に春子つて人がゐるだらうて聞くだ。それが如何したと云ふと、其人の夫の山中つて人が、昨日米國船に乗つて館山に入つたと云ふだらう、僞ぢやないかと思うてよく問ふたらね、疑がはしければ明日の晩迄待つたら分るつて云ふだらう。詳しいことは知らんがね、明日は歸へるさうだ。大丈夫死んだのではないんだよ。明日又話するだ休まつせ。』

通り雨

(下)

骨仙譯

明日また話しするからと言ひながらお人好の吉さんは行つてしまつた。提灯の光は闇を縫うて、段々小さくなり、遂に見ねなくなつた、じつと見送つてゐる春子の胸は

今迄とは違つて、物事が何となく面白い極端な悲觀から極端な樂觀に移つた春子の胸には、再び鳥鳴き花笑ふ春が來たのである。何となくそはそはする。姉に知らせたい一心で、飛ぶ樣に姉の寢床の側へ行つたが、過と氣が附くと姉は依然の姉である、自分は變つた。が姉は矢張元の通りであると考へて

『御氣の毒ね、如何しやうかしら。』と自問自答した。

其れから姉の寢顏をつくづく見た。鞠子は顏を枕に當てゝ、少し横向きながら突伏に寢てゐる。不思議なことには、幽かに樂

しさうな色が、血色のない兩頰に漂うてゐる。

鞠子の胸は大きな深い湖の樣なもので、石を投げ込んでも、其石が底に沈むと同時に、表面には何等の波動をも殘さないと同じく、悲哀の極點に達して少しは安心したものらしく見ゑる。

漆子は自分の幸福な身となつたに引き替へ、姉を憐むの情が一入燃ゑて來る。同情の涙が不知不識兩頰を這うて流れる。

窓の外では、冷たい眞冬の、身を切る樣な風が、ヒユウヒユウと荒んで、障子の破れ穴からランプの焔を弄ぶつてゐる。嬉れしい考と冷たい風──死の胸を差延べた樣な鞠子の靜かな寢姿──何とよい對照ではないか。

夜は益々更けて來た。鞠子は樂しい思出の夢路から急に目を覺ました。

ぼんやりと眼を開いたものゝ、心は未だ醒めぬ。深い朝靄に包まれた樣に一寸先きも見ゑぬ。腦は自分の現在の境遇をも辨き得ない程朦朧してゐる。が其れも暫時の事で、段々眼も心も醒めて來ると同時に、表通りを走しる、チリンチリンの音が明瞭かに耳に入つた。

初めの間は其の音と自分とは全く沒交渉だと、無意識に思うてゐたが、遂に其音と自分との間には眼に見ゑぬ絲があつて、引つぱられてゐるものゝやうに、出て行つて、その音が何であるかを確めねばならぬと思ふた。

チリンチリンの音は益々近うなつた。

部屋の中は、豆ランプの消ゑたゝめ薄暗らくて、哀愁の氣が充ちてゐる。

急いで起き上がり、窓の處へ行つて、障子を開けた。

雨も風も旣に止んだ。眞綿を手切つた樣な雲の間から十三夜の月が、銀色の和かい溶ける樣な光を、濕つた屋根や、水溜や、道に注いでゐる。

鞠子が顏を出して外を見ると同時に、威

勢のいゝ聲で「號外、號外」と呼はりながら腰の鈴を鳴らして走つて來た若い男が、一枚の紙を投げる樣に渡して、そして、行つてしまつた。

號外である。何が書いてゐるのだらうか。夫の死んだと云ふ報知が號外で知つた。號外――戰に勝つた――國民は號外を手にする毎に萬歲を叫ぶのである。戰勝の裏面には何程の悲哀が籠つてゐるかも忘れて。

月明りに、幽かながら照らして讀んだ。

「我軍は某地に敵を夜襲して將校以下三百名を捕虜にす敵の死傷約五百。我軍は五十名を失ひしに過ぎず、過日某地の戰に行衛不明となりし山中中尉以下三名は敵の手より取戻すことを得たり」――

青ざめた顏の、双頰は見る見る紅を呈し、眼は希望の光に輝いて來た。

鞠子の胸には、疑惑と希望の念とが交々湧いて來た。虛僞だと叫ぶ聲が心の底から起る。虛僞ではないと一方で叫ぶ。

心が輕くなつた、妹に知らさうと思うて肩に手をかけた。が魘はれた樣に出した手を引つこめた。

豆ランプに點火した。さながら夢から夢へ通ふ樣な、うつとりとした光が無心に寢てゐる妹の顏を照らした。バラ色の生々した双頰に、優しい唇元に、溢るゝばかりの笑が浮いてゐる。じつと見てゐる鞠子の胸には、自分の幸福と妹に對する同情の念とが交々往來して、此の儚妹の靜かな夢を破らずに置かうと心に思ふた。

と見ると妹は布團を被てゐない。冷たい夜風に當つて風邪でもひいてはと立ち寄つて、夜著をそつと、かけやうとした途端、妹の柔かい肩に手が觸り、不知不識溢ふるる淚が、無心の顏に一滴……妹は目を覺ました。(完)

不著作者，骨仙譯，〈真心〉，《臺灣日日新報》，一九〇八年十月四日。

日曜欄

眞心

骨仙譯

昨日福岡署から、明日正午熊本着の列車で、大殺人犯者を護送すべしとの、電報が來た。熊本署の一警官は、犯人を護送するため福岡へ行つた。

四年前に、熊本有明町の或る家に強盗が入つて、家人を恐迫し、これを縛して、目ぼしいものを皆盗み去つたことがある。ところが蜘蛛の網を張つた樣な、機敏な警察の手を如何して逃げることが出來やう、二十四時間經たぬ間に、其の強盗は贓品を持つた儘捕縛された。が警察署へ引かる丶途中、縛された繩を切つて、警官の帶劍を奪ひさま、護送のその警官を切り殺して逃亡し、其後四年間と云ふものは、巧に踪跡をくらましてゐたのであつた。

其れから、熊本の一特務が福岡監獄へ行つた時、不圖勞役してゐる囚人の中に、四年以來、深く頭腦にた丶き込んで忘れることの出來ない顏を見付けた。彼は看守に「彼は何と云ふ名か」と聞いた。看守は「窃盗犯で、草部と云ふ者です」と答へた。

特務は其の男の近くへ行き

「貴樣の姓は草部ではないぞ、貴樣は熊本で殺人罪を[illegible]した、野村貞一だぞ。」

兇徒は遂に總べてを自白してしまつた。

＊　＊　＊

私は群衆に雜つて、停車場へ行き、其の列車の著くのを待つてゐた。私は、群衆が犯人を見たとき、必ず痛罵の聲と、暴力とが伴ふだらうと期待してゐた。殺された警官は非常に人望家であつたし、此の群衆の中には、彼の親戚の者も居るだらう、又熊本の市民は決して溫和しい市民では無いから、澤山の巡査が來て見張をしてゐるだらうとも思つてゐた。ところが、私の豫想は全く間違つてゐた。

列車は著いた――乘る人下る人の下駄の響、新聞や、ラムネを賣歩いてゐる小供の叫聲――例の通りに混雜し、やかましいてと甚だしい。柵の外で我等は殆んど五分間も待つてゐた。すると、警官に護られて頭を下げ、後手に縛られた、兇猛な顏付の犯人が出て來た。罪人と警官とは、柵の前に止まつた。そして、人々はそれを見やうと前に推し寄せた――靜かに推し寄せた。警官は大きな聲で

「杉原さん、杉原おきみさん。御出でゝすか」と呼んだ。

私の傍に立つてゐた、子を負ふた弱さうな小柄の女が「ハイ」と應へ、群衆を推し分けて前へ出て行つた。此女は殺された巡査の妻で、背の子は彼の遺子である。警官が手を擧げて衆を制すると、群衆は後ずさりし、罪人と警官の廻りに空地が出來た。其處へ女は子を負ふた儘、罪人に向會つて立つた。群衆は咳一つだにせぬ。

警官は何か其の女に向つてゞはなく、其の背の子に云ひ出した。聲は低くそして非常に明瞭りして、少し隔てゝゐる私にでもよく聞ゑる。

「坊ッちやん。此の人は四年前に御前の父上を殺した男だ。其の時には御前は未だ生れて居らなかつた。母さんの胎内に居たのだ。御前が御前を可愛がつて與れる父上のないのは、此の男の仕事だ。よく見て置きなさい(と云ひながら、彼は罪人の顋に手を掛けて、顏を無理に上向けさした。)なあよく見て置きなさい。恐いことはないからよく見て……見て置くのは御前が死んだ父上に對する義務だよ。」

母の肩から、小供は恐る〱大きく眼を見張つて見て、其れから泣き出した。涙が眼に溢れて來た。が尚は警官の言葉を守つて、じつと其の男を見詰めた。突向きがちの顏を見詰めてゐた。

群衆は石像の樣に靜かに立つてゐて、身動きもしない。

罪人の顔は、歪んで苦痛に堪へないやうであつたが、急に足枷のあるのも忘れて投げるやうに膝まずき、顔を土に埋めるやうにつけ、悔恨の涙に咽びながら、大聲をあげて泣いた。心から泣き出した。見てゐる人も思はず涙を催した。

「許して下さい、坊ちやん。恨があつてしたのぢやありません。逃げたい一心で前後を忘れ、到頭あんな事にして了つたのです。私が惡う御座いました。云ふに忍びぬ大惡を犯したのです。が、今は其れが爲めに死にゝ行くのです。私は死にたい、死ぬのが嬉れしい。ですから、何卒坊ちやん、後生ですから許して下さい。」

子供は未だ聲も立てず泣いてゐる。警官は、身を慄はしてゐる罪人を引き起した。

無言の群衆は右左に寄つて道をあけた。急に群衆は啜泣し初めた。石のやうに、情には動かされない巡査が通るときに、私は此れ迄人の見たことのないものを見た。自分も見たことのないもので、恐らく再び見ることの出來ないもの——巡査の眼に涙の宿つてゐるのを見た。（をはり）

モウパッサン作，若林青也譯，〈戀〉，《臺灣日日新報》，一九〇八年十二月十三日、廿日。

戀（一）

モウパツサン作
若林青也譯

新聞の雜報欄で私は情の活劇を讀だ――彼は女を殺して自分も死んだ、思ふに彼は女を愛して居たに相違ない。彼等男女の仲に纒綿つた事件の眞相は兎もあれ、單純三面記事として以外、私は深き感動に打たれるのだ、と云ふのは、私が青年時代の或時狩獵に行つたことがある、その時、戀てふ閃きを恰も羅馬古代に御空深く十字架が出現したと同樣、深く私の心に刻みつけられたその回想を端無くも喚起したからである。

抑も私は、飽く迄原始時代の人の本能と感情とを備へて生れ付いたので、夫れが世の教育によつて少しは調和されて居るとは云ふもの丶、それかあらぬか、狩獵と云ふものが馬鹿に好きなのだ。例へば鮮血淋漓たる動物を眺め、血糊に沾れた鳥などを弄くるのが何となく心ゆく樣に思はれる。

一年、晩秋の或る寒き日、黎明さる沼に鴨打ちに行かうとして從兄カール、デ、ラビイルを訪ふた。從兄は、髮の赤い、背丈の低い、髯蓬々の四十恰好の田紳式で、一口に云へば佛國特有の半無智風とでも云はうか、至極暢氣な面白い男だ。

半ば百姓風、半ばお屋敷風の家は、一筋の河が走つて居る廣い谿間に築かれて、右に左に。木立鬱葱たる小丘が遶つて居る。その木立は、恐らく佛國西國中に於ても珍らしい程深い森で、徐ろ太古幽寂の俤を留めて居る。わたり鳥旅より旅の途次、祖先傳來此處を避難所とでも心得て居るかのやうに、屹度一度は此處の木枝に羽を休めるので、時折鷲なども射留められる。

其の谿深く、小柴垣の牧場があつて、溝渠が引かれてある。其の溝渠の源をなして居る河は、稍々遠く去つて大きく沼と擴がる。其の沼こそ實に私共が今迄見た中では最も獵に好適な場所で、從兄の如きは、宛然公園で、もあるかのやうに頗る深い注意と興味とを持つて居る。無量恒河沙数の燈心草が覆ひかぶさつて居るから、若し夫れ平底の船に棹さして茫く漫々たる水の面を静に進めば、サラ〳〵と葉ずれの音、蘆や葭に舷を撫でられる。敏捷き魚は小草の間に遁れ、鵜は其の黒き頭を出したかと見る間に忽ち引き込めて了ふ。

元來私は、非常に水が好きだ。が、海は餘りに廣大に過ぎ、且つ活動的であるから云はゞ睥睨に苦るしむと云ふ感がある。之に比べて河は實に美だ、が、往者歸らずと云ふ風に滔々流れ過ぎて了ふ、獨り沼のみは爾うでない。不可知の水生動物を包含して、恰も其自身に生命ある別世界を成して居るかの如く、其處に住民あり、旅客ある。一度其の聲、其の囁きを思へば、何か夫れ以上の神秘を籠めて、不安、惑亂、さては恐怖を感ぜしめ得るであらう。

爾く水を以て覆はれた道の低き地面が、何故慄う恐怖、惑亂を感ぜしめるだらう。仔細はない、燈心草の葉ずれの音、時に鬼火の不思議を現じ、沈々たる夜氣に封じられて底深く默し、立ち迷ふ奇しき霧は夢の如く、過ぎ潑溂たる魚の音、さらぬだにぬい、たくる波の透り凄く、御空の雷、人の世の大砲よりも恐ろしく、ありとしある秘密、暗鬼、疑惧を籠めて、吾等の想像の奈落の底こそ斯もあらうかと思はれる時もある。まつた。此の神秘、此の沈默、はた、深き霧に浮き彫りされる此の光景以外、夫等に立ち逃れた或種の存在を感ずる。照る日の下に斯く停滞せる鈍き水、重き濕氣が爾う感ぜしむるのみでなく、蓋し創世の始めに於いて投げ込まれた生命の種が存在して居るのではあるまいか?!

さて私は夕方従兄の家に著いた、非常に凍る晩で、石をも砕くやうな厚い氷が凝つて居た。晩餐にと大きな室に案内される。其室の棚及び壁、天井等は鷹、蒼鷺、梟、鴫、禿鷲、さては隼などを剝製して、或は翅を擴げた儘、或は木枝などに留めつけられたのが、密と列べられてある。從兄は海豹皮の短い上衣を著て、これも寒國から來た異様な動物のやうな風采で、狩倉にと備へた數々の準備を私に聞かせた。

午前四時半には、兼ねて狩倉の見張りにと選んで置いた場所に到著する豫定を以て三時半に出發する手筈だ。其處には小さい乍ら切ても風防けに一寸とした小屋が築らへてあるから、多少の凌ぎは付かうが、一體夜明けの風程遣り切れぬものはない。宛然鋸で以て肉を引つ裂かれるか、蜂針でも植ゑつけられるやうで、冷りと太刀先で撫でられ、チクリと火に燃かれるやうな心地が仕て、全く堪つたものでない。

『恁麼凍る夜は俺らも未だ知らねえ。』と從兄は手を擦り乍ら『夕方六時には零點下十二度だつたぜ。』

夕餐も濟んで、愈々寢る段に成つたので、寢室に赫灼と燃ゑて居る暖爐に暖まり乍ら直ぐと良い心地で寢入つて了つた。

日曜欄

戀（下）

モウパッサン作
若林青也譯

三時頃從兄が私を起したので、見ると熊の皮で身を固めて居た。私も羊の皮を著て、さて私共は、沸え立つてゐる珈琲を二杯、後で火酒を一杯呷けて、下僕一人、獵犬二匹を具して愈よ出發したのである。

戶外へ出るや否や、惡寒の精汁を注ぎ込まれた樣に私は胴震ひした。得て然う云ふ夜は地球が死んだ樣に見ゆるもので、凍り着いた空氣は些の動搖なく、一足毎に神經を縫ひ貫められるやう。草も木も其の精髓を乾かされ、昆蟲更なり、小鳥は枝にも居耐らず、凍き地下に落ちて愈〳〵固くなつて死んで了ふのだ。

消ゆるべき寒月は、彼方山の端に凍られて、殆ど失神したもの、樣に、今し其の臨終の蒼白き光を投げて、冷露滴々、恰も此の嚴しい季候に麻痺された樣、さはれ、其れが最後の復活に輝く奇しき光とも見られて更に物凄い。

從兄も、私も、背を跼め、双手を衣嚢に鐵砲を小腋に挿んで一緒に列んで歩く。氷の河も滑らぬ樣、二つには跫音がせぬ樣私共の長靴は羊毛で包んである、獵犬は鼻息をぶつ〳〵と白く吐いて居る。

旋て沼の先端へ著いたので、枯草繁き杜の下徑となる。前にも云つた燈心草は此の小徑を埋めて、私共の肘に觸れてカサコソと音を立てる。で、又しても私は一種の感情に捕はれて、目路の限り此の枯草に包まれて居るのが、何だか屍骸にでも圍繞れて居るやうに胸を打たれた。風防けに建てた例の小屋へ出たので、早速内に這入つて、毛布を敷いて一休する。云ひ忘れて居たが、此の小屋は木で建てたのでもなく、柴で築つたのでもない、實は氷の塊で構造れて居るのだから、其の冷さつたら無いのである。さうなくとも沼吹く風は霜を植ゑて蒼穹見透しと云ふ小屋であるから、遂私は咳嗽つた。

『恁麼夜は餘程射留めて遣らなけや割に合はねえ。』と從兄は氣遣しさうに『風邪など引いちや可ねえせ。』と云つて、下僕に枯草を切つて來いと命じた。

で、小屋の中に穴を掘つて、旋て下僕が運んで來た枯草に火をかけると、炳乎と焔が湧いて、良く燃え出したので、暫時すると可惜瑠璃の柱が解けかける、丁度巖を絞る滴水哉――と云つた風。外に居た從兄が『出て見ろ、一寸出て見ろ。』と呼び立てるので、何事かと飛び出して見ると、焔に輝く圓錐狀の小屋は一光の宮かと照り映えて、爛たる影を氷の沼に寫して居た。其の中に二匹の獵犬は、希臘古代の彫刻の樣な奇妙な形相で蹲つて居た。

遽然、怪かる叫聲は私共の頭上を掠めて過ぎた。爐の火光に透かすまでもなく、其は野鳥の群だと知れた。始冬の曙光が地平線上に匂ふ際の凍て付けた空氣を切つて、叫聲を運ぶ翼音おどろに、暫し宇宙の魂魄爰に亂れ散つたかと凄じい。

『占め、占め、黎明だぞ。』と從兄は調子づいて來た。

空は正しく仄白う、野鳥の群は黑く流れて、灰を撒いたかと抹殺て失くなる。

火線が銃口から迸つた、ト從兄が發射したので、二匹の獵犬は跳り進む。いでや、御参なれ、鳥や逝き、發射や迅き、片々たる毛屑のやうな影を追うて、從兄打てば私が狙ひ、私が打てば從兄狙ふと云ふ風に、遮二無二亂射し出したので、獵犬は喘ぎ狂うて代る〲獲物を咬へて來る。中には未だ爛々眼を見開いて私を睨めて居るやうなのもゐつた。

旭日は全く山の端を出て、一碧快晴、輝き渉つた。夥多獲物を仕て最う歸らうかと思つて居ると、首を延べ翼を張つた双の鳥が、短兵急に私共の頭上を掠めて迅い。私は發射した。一射適中、足元近く其の一羽が墮落ちて來たので、見れば胸が銀色した小鴨だつた。

得ならぬ叫聲——短く繰返へす哀曲の樣な叫聲が、青空高く輪を描いて、伴侶離れた他の鳥は、私の手中に冷たく横つて居る其を眺めてとつ追ひつ。

從兄は折式に構へて臺尻を肩に當て、熱心に其呼吸を計り乍ら『恁うなりや最う遁がすものか。』と、全く從兄に狙はれたら百年め、如何なこと最う生命は此手の物だ。が、絶えず私共の頭上を回轉舞ひに、頼りなき孤獨の身を訴へる樣に、唸く樣な其の慟哭を續けて、いたましくも哀悼に彷徨ふのでゐつた。時に或は銃の擬勢に脅れて、遠く遁失せうともするけれど、又しても去りがてに其の伴侶に焦れ寄るので。

『其鳥を地下へ打ツ捨つて置け、さうすると彼鳥は打ち可い所へ來るだらう。』と從兄は云つた。

全く其の通り近づいて來た。あらゆる危險も此の惑溺した戀の爲めには、只管私が殺した其伴侶が戀しい計と近づいて來た從兄は發射した。凧の糸が切れた樣に黑點流れてバシャンと沼の方で音が仕た。旋て獵犬は其を持つて來た。

私は此の双鳥——最う冷たく成つた此の戀の屍骸を一つ嚢に納めて、其の夕方巴里に歸つた。（完）

モウバッサン作，西波生譯，〈春〉，《臺灣日日新報》，一九〇九年一月一日、三日、五日。

春（上）

モウバッサン作
西波生譯

初春の光が限なく此の下界を惠んで異れた其時から、眠つて居た樣な森羅萬象悉く眼を覺まして生々とした新綠の紗を被き、軟風徐に顏を撫でて肺臟を擽つて異れる樣なので、轉た野遊の觀光を憧憬せしめる。嚴しかつた冬枯の野も、見渡す限り青春の氣を溢らして、杜と云はす林と云はす、物皆活氣に滿ち〳〵て居る。

朝起た儘で窓から町を瞰下すと、敷波寄する甍に映ゐて漸次紫立つた空の彼方へ遲々たる春日がノット顏を出して、聲を自慢のカナリヤが浮かれ廻るのも見られる。戸口には今起きた許りと云ふ樣な女中が立つて居るのもある。街の何處かゝ喧噪して居る。其れも可い、之れも惡るくない、身も心も爽かに晴れ行く空と丁度一對。

何處と云ふ目的もなく彷徨ひ出た。逢ふ人毎に微笑を湛へて世は正に樂天の神の支配に歸した樣。朝化粧を凝らした妙齡の婦女は、三々伍々列を爲して蝶の飛ぶかと裳は輕い。

如何して來たか、何故來たか何時の間にかセイン川の畔に立つた。

幾艘かの小蒸氣船はサンヌチスとの間を往復して、孰れの船も乘客を滿載して居る、初春の太陽其れ自身は一向平氣だらうが、其の光に照されて恁う迄澤山の人が誘き出されたのだらう。私も勃々として遠出の念禁じ難く遂に小蒸氣に乘つて了つた。

私の隣家に娘がある。丁度偶然にも乘合

て私の前に座つて居る。身分は女工だが、海老茶趣味に富んだ良い女だ。浮りと輕く縮れて耳元迄垂れた毛が、微吹く風に飜られる度に雪の頸が仄かに匂うて、實際一瞥見た丈で恍惚となる樣な女だ。

私の眼の引力で女は私の方へ向いた。が直ぐと下を向いて、今にも破れ樣とする微笑を抑へて恰好の良い其の鼻頭をビクツカせて居る。稍々紅潮した其の面は日光を浴けて宛然薄絹に朧された花の樣、決して誇張でなく全く珍無類に綺麗だ。

靜な流は漸次廣くなつて、空氣は彌よ暖かくなる。

女が面を上げた時、私の眼と衝り視線が會つたので、莞爾した。人を魅する樣な其の魔力は、恐らく古往今來の詩人の夢想し、又あらゆる男が追求して止まぬところの其れだと思つた。否や思ふところではない全く醉つて了つた。女の耳へ私の想ひを囁かう爲めに寧そのこと此の腕を延ばして何處かへ拉し去らうか、とも衝動が起つた。

先づ何か話掛け樣と思つて居る矢先、誰か知ら私の肩に觸つた者があるので、驚いて振り向くと、老人か若いのか其の見當さへ付け難い樣な、而も至極平凡な容貌の男が、悲しさうに私を凝視て居る。

「話相手に成つて下さい。」と彼男は云つた。

私は思はず顔を顰めた。其れを見て取つた彼男は「貴下に是非必要なお話です。」と云ひ添へた。

●春（中）

モウパッサン作
西波生譯

私は立つて、彼男が掛けて居る側へ行つた。

「貴下よ、例へば時雨する、吹雪する冬が

來たら醫者は何と云ひます、風邪引かぬ樣氣管支炎に罹らぬ樣僂麻質斯にならぬ樣肋膜炎にならぬ樣暖かに仕てお出なさいと云ませう、注意深い貴下だから毛織物を重ねて厚い外套重い靴を著けるでせうが、空は霞に地は花に飾られた春が來たら如何でせう、此の柔かい軟風、心地の良い野の薫、溫暖と燃ゆる絲遊、之れが注意なさらぬと飛んでも無い間違ひの本となるのです、貴下よ、戀と云ふものに注意なさい警戒なさらぬと危險でごアすぞ、此の戀と云ふものの係蹄は貴下が行かれる何處にでも据ゑられてある、嚴峻な戀の武器は行ぐところの町々の角に待ち伏せ致して居りますぞ、火酒を呷るより肋膜炎に罹るより層一層危險です、アヽ貴下よ、戀を警戒なさい、戀を御要心なさい。」

「有仰るまでもありませぬ、春が來たら此の佛蘭西政府は戀を警戒せよ化粧の者に寄りつくなと公に掲示したら良しいでせう。」

「其處です貴下、政府は其麽ことを致す譯に行きませぬ、だから私が其の代理を務めますので今貴下は捕へられ樣と仕て居なさるから私は義務としても貴下を御救ひ申さずには居られませぬ。」

大した人もあるものだ、實に尊敬すべき行爲を敢てする人もあるもの哉と私は大に呆氣にとられた。

「御尤かは存ぜぬが何も貴下に關係した事ではなし餘計な干渉ではありますまいか。」

彼男は俄に飛び退く樣な姿勢を仕て

「アヽ貴下よ、貴下、人ありて危險な場所に臨みこれに惑溺せんとする樣を見ましたならば之を救ふのが同胞の義務でありませまいか、何も餘計な干渉を致す譯には御座らぬが、一通り私の物語を聞いて下さつたら恁麼干渉がましい眞似を致す譯がお解りなたらう。

左樣此物語の端緒は去年です、先づ其れより前に私は海軍局の屬官であることを申上げて置かねばなりませぬ。其の海軍局の主任と云ふ人が實に早や呆れた沒義道な方でありまして部下の者等は木片も同樣落度は無くも氣に喰はぬ者は早速オ免と來る風でありまして堪りませぬ、其は兎に角に致しまして役所の窓から小さい青空の一片が見えますので、恁う云ふ春季などは兎角雲井が戀しい小鳥も同然お恥かしい次第でありますが、書類箱の蔭に隱れて跪つたこともありました。

で御座いますから、今も申しました通り小意地の惡るい主任ではありますが、外方へ出たいの一念で、澁々乍ら主任の前へ罷り出まして

「恐れ入りますが少々加減が惡るう御座いますでお先へ御免を願ひます。」と申しますと、

「眞實とは受けとれぬが、併し歸つても可しい、お前の樣な屬官を持つた役所は事務が捗どらぬで困る。」と貴下、恁うではありましたが、其れにも構はず出て了ひました。

奈何なりませう、今更悔でも引變ないことでありますが、あの時主任が許して呉れなかつたらと、熟々今に成つて思ひ當ります

丁度今日の樣な上天氣でありまして同じく此のセン川の蒸氣に乘つて貴下、遠く向ふの景色だの、もつれ柳の綠の影などに心を澄まして居りましたが、丁度トロカデロに掛つた時でありました小包を小脇に挿んだ良い娘が私の向ふ側へ乘つたのです、氣候も良ければ女も良い、其の高い薫の一息でも堪つたものではありませぬ、爾來女と

云ふものは獨特な中毒劑を持つて居るものと見ゑまして乾酪の後へ葡萄酒でも飲だ樣な恁う味な心地をさせるもので御座ります。（中略）

セントロラードに着きますと女が上りますから私も蹤いて上りましたが（中略）其から二人は手を取り合ふ計りに致して森へ入りますと、春は未だ淺かつたとは申せ若葉に輝く鮮かな日光の色は織り布く草に波紋を描きまして眞に綠陰滿地とは之を申すのかと存じました。何處かでコロ〳〵と小鳥が囀つて居ます、小い蟲などが列々と木枝などを廻つて居ますので彼れも夫婦お揃かと思ひまして其の時計りは意味ある樣に存せられました。

特に又若葉の匂ひと申すものは人を醉はせますもので、まさか夫れが爲めでもありますまいが女は頓と威勢良く駈け出しまするので私も後から一緒に馳け出しまして御座ります。

春（下）

モウパッサン作
西　波　生譯

さう致して居りまする内にも、此の青空の屋根の大きい森を其の舞臺とでも心得ましたものか女は俚謠を謠ひ出しました、例のそらマセットとか申しますさうで餘り良い歌ではありませぬが、其の時の私は何んと詩的の上乘ではあるまいかと悦れしう御座りました。

女は疲れたと見ゑまして草の上に腰を下しました故私も其の足元の方へ腰を下しまして、其の可愛い小さな手を見ますると針狀の標を縮めて居ますので一寸其を弄つて見て

「之は勞苦神聖標だ。」と遂ひ囁きました。

「此の勞苦神聖標と云ふ意味を貴下知つて居て？」

御存じでもありませうが、恁麼ものを箝めて居ります女は極下等社會の野卑な方で御座いまして、大抵其の素行も修まつて居りませねば口も惡るいと云ふ風なので理想などとは頭から無いので御座ります。

其の時だからとて私は知つて居りましたので多少厭氣とまでは行きませぬが何だか變な心地が致しました故暫く無音で睨め合と云ふ恰好でありましたが、何と秋波と云ものは恐ろしいもので御座りませう、惱殺じ蠶食し魔醉されるもので御座ります、何と奥妙で且つ不可思議な默契が成り立たではありませんか、人は此間に互の心が通じ合ふものだとか申しますが、貴下、其れは嘘ですぞ、若しさう云ふ事が出來るものなら私だつて恁麼馬鹿は見ぬのでした。（中略）

戀は男が演藝者で女は其の勸進元の樣なものです、否や藝術家に對する商人の樣なものです。（中略）

何此の阿女は私を戀して居る樣に僞つたのに過ぎませぬが、凡夫の哀れは首つ丈迷ひまして三月目に結婚致しました。

其から後の經過は如何なりましたと思し召す、獨り住みの寂しい係類もない屬官が妻を持つたのですから或は人生の甘い味は之から知れるのだと云ふ人もあるかも判らぬが、實際持つて御覽なさい、朝から晩迄貴下ャ貴下ャと呼び通しにされるのは我慢も致しますが、譯の判らぬことに饒舌を幕無しに始めたり、炭屋が來れば其れと云ひ合つて見たり家內の些事を何に呉れとなく人足位に聞かせたり乃至は夫婦の祕密をも隣家の女中位に戯けて云つて見る、未だ堪らぬことがあります、マセットを一日中歌ひ通しにされるのは實に遣る瀬が無い程厭です、吳服屋でも來れば商人と內通に成つて亭主と談判を始めると云ふ調子、今も云つた勞苦神聖標など云ふ怪體ものを締めて居るに至つては實に其の迷信に呆れ返つて物も云へなからうじやありませんか、一生如何なことがありましても決してマセットなど謠ふものと結婚するものぢや御座りませぬ、淚が出る程此方は一生懸命で云ひ聞かせるのでありますが馬の耳に東風です。」と、此處まで言ひ續けて彼男は苦るしさうに言葉を切つた。

船は餘程進行で居た。

私は此の唐拍子もない露骨者に寧ろ憐愍の視線を向けた、何か一言二言云つて見やうと思つて居る間に船が止まつた即ちセントクロートに著いたのである。

女は立つて上り掛ける、歩き掛けに私に態々觸れる樣にして私の前を通る時閃と一瞥竊む樣に私を見て莞爾した。旋て女は棧橋へ上つたので私も續て出やうとすると、彼男は私の腕を取つて離さない、振り拂がうと身を捻ねると上衣の裾を取つて後方へ引つ張る。

「行つちや可ませぬ、お止しなさい」と、大きな聲で云つた、乘客は悉く私の方を見て嘘笑吹き出して居る、が併し彼男を怒鳴り付ける勇氣も出ないので唯茫然――內心沸ね返へつて突立て居ると、陸に上つた女は私が出て行かぬので恨めしさうに眺た意地惡者は揉手を仕乍ら、

「モシ貴下、非常に私はお盡し申したのです、貴下もさう思つてゐなければなりませぬ。」（完）

年玉

佛國　サアベスター原作
若林靑也抄譯

正月元日の丁度十二時頃扉を敲くものがあるから、誰かと思つて出て見ると、貧相な娘が挨拶した。ハテ面妖ナ誰だらう、娘は私を見て莞爾する。さうだ、彼娘だ、バレツトだ。未だ眞の嬰兒だつたが、生長盛りと云ふものは、三日見ぬ間の櫻とやら、最う妙齡の婦人に成り濟まして居る。

其の艶のない頰、其の痩せた姿、さうなくとも慘然な風采をして居るから、一向映ぬのない娘ではあるが、未だ汚と云ふもの〻影を潛めず、ひたぶる正直さうな其の初々しい顔には絶えず微笑を湛へて、口元の可愛いことゝ云つたら無いのである。云ふまでもなく美人ではない、が私は美人以上の美しさを感じた。

想ひ起す、去る年の或る祭日、軒毎の國旗は夕風に閃めき、燦たるイルミチーシヨンは虛空を燒いて、焔が散るかと勇ましい花火に連れ、足や宙なる群集の間に時ならぬ阿鼻叫喚の聲が起つた、すは事こそ御參なれ、地震雷火事親爺何かは知らぬが恐いもの見たさに駈けつけて見ると、上を下への大混雜、弱きは踏み潰され、强きは先を爭うて、芋を洗ふが如き凄じい中に、唯見る一人の少女が、息も絶え〳〵に救助を呼ぶのであつた。何の事はない、私は夢中で飛び込んだ。今思つても慄然とする、否や全く神業だつたらう、矢庭に群集を掻き分けて其の少女を拉し去つたのであつた。

爾來光陰流れて今日丁度二年目の元日迄娘に逢はなかつたから、私は最う殆んど忘れて了つて居た。が、娘は私を命の親とも感謝して居ればこそ恁うして年始にも來て吳れたのだらう、一株の蘭の滿開した一鉢を私への年玉だと持つて來て居るので、聞

サアベスター作，若林青也譯，〈年玉〉，《臺灣日日新報》，一九〇九年一月一日。

けば娘が辛抱と丹精とを凝して茅生から花を持たせたものださうだ。手内職にボール箱を張つて居るから、少さい土鉢ぐるみ其蘭を匆飾らしく手製の箱に容れてあつて、其箱が又唐草形の色紙で飾つてあるから、何か他に最う少し趣向があつたらうものをと可笑しかつた。と云つて何も之れが貶め娘の親切を輕く見るやうな私ではないのである。

今の今まで頻りに物思ひに耽つて居たので頭の中は鉛でも詰めた樣に鬱陶しくてならなかつたのが、此の思ひがけぬ娘から年玉を贈られたので、遠山霞が青嵐に吹き晴される樣にとみに輕くなつた。

座を据めて愉快な會話に移つた。最始は切り口上で唯諾々と答へて居る計りだつたが、慣れるにつれて寧ろ私の方が受太刀に立つて時々感投詞を話半ばに差し挿まずには居られなくなつた。

此の可憐な少女は聞くも氣の毒な生涯を送つて居るのだ、幼くて父母を喪ひ、病み耄けた祖母を頭に、いたいけな弟と妹とを加へて都合四人、孰れも尾羽打ち枯れた其の日暮を仕て居るので、弟ヘンリーが活版屋に通ふ傍ら、娘は今も云つたボール箱の内職を仕て辛くも一家を支へて行くのだ。此季の樣な冬が來れば炭もいる、着替の一枚も欲しい。が發育時代の食慾の興進は迚も庖丁が廻らぬのである。無論住居は屋根裏であるから、隙間洩る風計りでなく、雨さへ霰さへ無遠慮に吹込んで來るので、一束の薪位は宛然付木一本燃す位に消ねて了ふ。と云つてさう無闇に焚く譯に行かぬから、粘土製の火鉢一つを賴りに、其れで煮焚も遣ると云ふ具合で、祖母は近所の古道具屋に出て居るストーブを激く執心して何かにつけ愚痴を洩らすさうだが、今の身分で大枚二圓五十錢もするとか云ふ其麽品が買へる段でないから、凍ゑる迄は仕方ないと觀念して居るとの話で、氣の毒なは兎に角、恁う仕た人もある世の中に何も自分計り泣くにも當るまいと思つた。で、一寸思ひ浮んだ計畫もあるので、旁々家の樣子など訊いて居る内に、内職の問屋へ家中で年始に行く時間が來たとかで歸らねばならぬと云ふから、今晩私が訪ねやうと約束して送り出した。

窓の外へ例の草花を出すと、日光は其を歡迎する樣に美しく照した、空は綺麗に澄み切つて、元日や晴れて雀の物語とか云ふ句を宛ら小鳥は嬉れしさうに歌つて居る。私も無性に景氣づいて來たので、聲帶が破れる程大きく銅鐵聲を張り出して一つ唸つて見て、さて上著を著け帽子を被つて外出した。

元日も暮れた、近所の漆喰屋へ修繕に遣つた私の古ストーブが出來上つて來た、バレットを訪ふべき約束の時間も來たので、漆喰屋同道訪ねて行くと未だ年始回禮から歸つて居なかつた。丁度可い、留守の間に何もかも取り定めて置かう。漆喰屋に手傳はせて其を据ゑ付け、薪も買つて來た、何私は構はぬ、寒い晩は早く寢るか散歩するかすれば事が濟む譯だ、其れにしても早く方付けて置かぬと歸つて來た一家を駭かすことが出來ぬ、階子段に響く足音毎に胸が。どきめきして輕い武者振ひが起る。が最う大丈夫だ、ストーブは焔を吐いて來た、卓子の上には洋燈が輝いて居る、棚には油壺まで用意せられてある。漆喰屋は歸つて了つた。此の計畫が出來上る迄は成る可く遲く歸つて呉れゝば可いがと思つて居たが、さて愈よ慫う成つて見ると一刻も待ち遠うてならぬ。今か〳〵と待つこと凡そ小半時、小供の聲がした、一家は歸つて來たのだ、大きく小さく階子段に跫音が亂れて、旋てヘンリーは閾を排けて飛び込んで來たが、その刹那一家は申合せた樣に驚駭に立ち止まつた。

洋燈の光、ストーブの焔、其の間に私が手品師の樣な面構へで控へてゐるのだ、如何なことでも駭かざるを得まい。全く後退する程仰天したらう。がバレットは直ぐに私を判んだ。老耄した、祖母が階子段を上り終める迄には私の心を祖母に說明して、睫毛の露は感謝に輝いた。

私の手品は尚之れに止らぬ、妹か竈を開けた時燒きたての栗が出た、棚にある林檎酒は祖母が發見けた。私は薪の下から籠を取り出した。中にはバターの一皿と新しい卷麵卷とが入つて居た。

驚駭は嘆賞に代つた、生れて未だ慫麽御馳走は見たことがないと云つた風、旋て食卓が出る、子供等は布巾を掛けて旨さうに悅しさうに喰ひ出した。單に夕餉を奢つた丈で此の愉快を以て報せられる、私こそ實に感謝すべきだ。可笑しくもないのに一座どつと笑ひ崩れ、問ひもせぬのに突飛な返事をしたり、錯誤な疑問詞を連發したりして、歡樂此處に窮り一家は團欒の平和の色に滿ちて、果敢なき渠等の運命も暫し無限に架つた夢の浮橋に立つて、何もかも忘れて了つて居ると云ふ面色だ。思ふに之れ等の人は時々刻々に與へられる愉快を直ちに吾物として觀賞し得る實に幸福な人々で、寶の山を積んで居る人とて此の快樂は味はれまい。

時間は宛然瞬間のやうに經過して了つて

夜も漸く更けて來た。祖母は過去に於ける思ひ出を笑ひつ泣きつして語つて與れる。少さい妹は十八番の唱歌を聞かせて與れる弟は身活版屋であるから當時知名の文士を列擧して自分も其の校正を手傳はされると云つて自慢した。

去る程に皆にお別れを告けて、木枯荒む外方へ出たが、此の愉快な光景を考へて見ると堪らなく悦しい、涙が出る程笑いたい。今朝私は新年と云ふものは一體何の意味をなすものだらう、過去といふ海淵に冬年を葬つて了ふとを祝ふのだらうか、はた來ん年の吉凶をトする爲めだらうか、伏在する不可知の運命を辿り乍らお目出たいが聞いて呆れる、不相變が如何したのだ。膝小僧抱き寢の私の樣な三文々士の目から世間の正月の有樣を見ると、全く齒の根が存きさうだ。咄！阿呆らしいと思つたが、熟々世の中が解つて來た。理屈も何もない、味ふべきが世の中で、抑も觀すべきものでないのだ、人知れずこそ深山にも花が咲く、貧乏にも風流がある。解すべからざる世の中を厭に捻ねくつて拗ねなくとも、大に脂下つて乙う俗流を傲ねれば可い。何其れが超人と云ふものだ。

怎麼ことを考へ乍ら何時か家の前まで歩いて來た。丁度隣の素封家の馬車が歸つた所だ。恐らく夜會の戻りだらう、見ればハイカラな奥樣が「漸う〳〵」のと歸られた。「と熱病にうなされた樣な口吻で囁いた。併し、私は「餘り飽氣なく元日も更けた。」と娘の家を辭したとき思つた。（完）

チツケンス作，瀨野雨村譯，〈華華公子〉，《臺灣日日新報》，一九〇九年一月一日－二月七日。

華々公子（上）

瀨野雨村 譯

此一編はヂッケンス少壯時代の作で、稍古書きとも云つて宜しいが、さすがは後年大家となる人の作、輕妙の筆常人の到底企及し難い所がある、正月福笑ひの材料にとも思つて譯したが、譯文拙にして、原文の妙を充分に發揮し得なかつたのは遺憾此上ない、固有名詞や、口語、諺等の日本に通じ難きは成可く日本風に改めたから左樣御承知の上御覽を乞ふ

（一）

「あなた、此前の集會の晩にね、あの人が大層照子の機嫌を取つて居ましたよ」と杜戶夫人は、終日の町の勤務ですつかり疲れて歸り、今しも頭に絹の手巾を捲き付け、足を爐緣に載せて、ちび〳〵葡萄酒を飲んで居る良人に話しかけた。

「ほんに、それは〳〵大變に機嫌を取つてね、それで妾の思ふには、此方からも充分水を向けて、何時かは我宅にも招待するやうにしなくつてはいけませんわ」

杜戶氏は怪訝な顏をして

「それは誰れを」

「あら、いやですよ、判然てるくせに、そらあの黑い鬚を生やして、白い頸飾をつけて、つひ此頃會にはいつた、いつも娘達の噂になつてゐる、あの若い紳士でさわね、名は何だつけ、鞠さん何とかいつたね」

鞠さんは夫人の末の娘で、今しも金甕を編みながら、何うしたら顏つきを情深く見せられるだらうと、切りに苦心つて居たが、夫人に話しかけられて戀に惱める乙女のやうな溜息を一つ吐いて答へた

「須原春三さんと云つてよ」
「さう〳〵、さうだつた、須原春三、妾しはあんな上品な方見たことがないよ、あの方が過日の晩、立派な衣裳を著ていらつした風采と云つたら、まるで……」
「まるで華族の若様のやうでしたわ、高尚で、情深くつて」と鞠子孃は、さも、感嘆に堪へないといふ風で云ひたした、杜戶夫人は尙ほ言を續けて
「ねえ、あなた、照子もゝう二十八でしやう、早く何とかしなければなりませんわ」
杜戶照子孃は、短身い、どちらかと云へば肥つた方で、頰の赤い、氣心のよい孃さんであつた、緣邊はまだ分らないやうだが、是は決して此娘の熱心が足りないからと云ふわけではない、此處十年間は自分も隨分其方に浮身を窶し、杜戶氏夫婦も絕えず東京から流れ込むで來る若者は云ふに及ばず大森や品川の相應はしき人達には常に交際をやつて居るが、まだ是ぞといふ相遇もなく、杜戶孃の名は金の鯱鉾のやうに名高くなつた代りに、跳込む機會の無いのも亦それと同樣であつた。
「あの方なら屹度あなたのお氣に入りますよ、高尙ですから」といふ夫人に繼いで、鞠さんが
「それに氣が利て」と云ひ足をする
「そしてお談話の巧いことねえ」と照子孃も言を添へる
それから杜戶夫人は「これは良人切りですがね」と云つた樣な調子で良人に向ひ
「それにあの方は大層あなたに敬服して居るんですよ」と云ふと杜戶氏は俄かに咳拂

をして、眼を火の方に向けた
『屹度さうだわ、あの方はお父さんに交際して戴きたいと思つてるに相違ないわ』といふ鞠さんに應じて照子孃も
『それは必然さうだよ』と相槌打つた
『眞實にさ、それはあの方が内密で妾しにさう云つたんだよ』と夫人がまたも附加へると杜戸君も惡い心持はしないか『よし判明つた、では明日集會で遭つたら、我宅へ來るやうに云つて置かう、が、我宅が大森の柏邸だといふことを知つて居るだらうか』
『そりや知つて居ますとも、あなたが一頭立の馬車を持て居らつしやることも判然と御承知ですよ』
杜戸君は坐睡の身構をしながら
『では宜しい、後は私に任せて置きなさい、うむ、宜しい〳〵』

杜戸君は頭腦が全く商業で固められた人で其思念と云つたら何時でも汽船會社や、株式取引所や、銀行に限られて居る、以前は餘り人にも知られず、暮し向も富裕ではなかつたが、二三度投機が旨く中つて、俄かに紳士錄にも名を載せらるゝ身分となつた、資産が増加るに從つて、之れ等の人に有り勝な、自身や自身の家族に對する自惚が非常に強くなり、流行や、嗜好、其他種々な馬鹿氣たことまで凡て上流社會の人を模倣て、下卑たと思はれさうなことは疫病神よりも嫌であつた。
杜戸君は無學で高慢だから、從つて偏屈で執拗ではあるが、外見を張りたい爲、客を招待ことは中々好で、何時も上等の御馳走を出す、之も例の自慢と虚榮心の爲めであらうが、誰にも都合の惡い事ではなし、又

滋味いもの、嫌ひな人は世にないわけだから、杜戸家の宴會にはいつも客が大勢であつた。

杜戸君は客を招待にも、なるべく才智の高い人が好で、それはかやうな人達と談話を交へるのが、如何にも高大さうに見ゆるからである、併し君が稱して『狡猾い奴だ』といふ輩は先づ御免を蒙むる方で、多分これは子供等に對する親の義理合からであらうが、其點に於ては　人共實に安全なもので大切な親に苦慮をかけるやうなことは毛頭なかつた。兎に角杜戸氏一家の願望は自身等よりも一段上流の社會に知己を作り、交際を結びたいといふにあるのに、御自身等は其狹い周圍の外は些少も世間を御存じなしといふわけなので、誰でも名門華冑の人人に知己があるといふことを、信實しやかに云得たなら、それこそ杜戸家宴會の節、大森の柏邸の門を潜ることの出來る確實な通行券であつた。

須原春三が集會に現はれたのは、其常連中に少なからぬ驚きと好奇心とを起させた、何者だらう、見た所遠慮がちで、沈んで居る、牧　か知らん、それにしては舞踏が巧妙過ぎる、辯護士だらうか、法廷に呼ばれるのを見たことがない、又談話にも中々上品な詞を使ふし、澤山知つても居る、或は豪い外國紳士で、我國の事情、風俗、習慣を知り、且つは成る可く公けの舞踏會、宴會等に出席して、上流社會の風儀、若しくは、禮儀作法の磨き上た所を學ばんが爲め、態々此國に來て居るのではなからうか、否、語に些少も外國訛がない、それでは外科醫師か、雑誌の寄書家か、小説家か、でなくば畫工か、いや、どれも中つて居ないやうだ、『何にしても尋常者でない』とは衆口一致、之には一人も故障云ふものが無かつた、杜戸君は心に頷いて

「それには違ひない、我等の身分のよいのを續けて、特に機嫌を取るのでも判明る」

（二）

此會話のあつた次の夜は所謂『集會の晩』で二頭立ちの馬車は正九時に柏邸の門に來るやうとの命令が下つた、孃さん達は、造花の飾りを附けた淡青の綿子の衣裳で、次が杜戸夫人、是れ服裝は同じやうで、身軀の少し肥つた所は、姉娘の方を倍にしたやうに見受られた、それから長男の杜戸力造氏燕尾服を一著なし、妙に氣取つた所は中々見事な風采で、理想的の給仕は斯うもあらうかと思はれた、次は二男の頓馬君、之れは又一層立入つた服裝で、白襟青上衣、金ピカの鈕に、赤い時計の紐、見た所間の拔けた輕業師とより外は評しやうがない。一家の人々何れも華公子須原春三君の知己を辱うしやうといふ意氣込すさまじく、中にも照子孃は廿八歲にもなつて、今に夫を探して居らるゝ御婦人であつて見れば、充分可愛らしく、面白いやうに仕向らる、可きは勿論、母御の杜戸夫人も始終慈愛と微笑の滿ち〳〵た顏をして居られやうし、鞠子孃はまた金蘭滿か何かを出して、之に

歌でも詩でも書いて下さいと、高尚に持ちかけるに相違ない、杜戸氏に於ては、此際直ちに此豪い併し何人か判明らぬ貴公子に大森の柏邸に招待の光榮を與へるであらうし、鼻煙草と葉卷煙草といふ興味ある問題について、此人がどれ程の智識を有て居るかを確かめやうと心がけて居るのは、賢明なる頓君である、力造氏に至つては、元々嗜好、衣服、さては當世流行の風に關する事柄に就て、一家中の大立者で、日本橋の眞中に自己の住宅を有し、歌舞伎座へは、何時でも無錢で行れるし、衣服は月々の流行に五分でも後れたことなく、交際季節には毎週一度隅田川に家形船を浮べ、曾ては帝國ホテルに宿泊つて居た紳士の知己だと云ふ人とも親密な交際を結んだともある、此粹と通とを一身に背負て居る力造氏さへも、あの須原と云ふ男は、すてきに面白さうな奴だ、一番球突でも挑んでやらうかと思つて居る程である。

此光榮ある一家族が舞蹈室に入るや否や、眞先に其渴望したる目についたのは、何時見ても趣味の多い春三君で、額の眞中から綺麗に髮を分け、一の椅子に凭れて、何か高遠なる思索にでも耽つて居ると云ふ樣子で、ぢつと天井を見つめて居た。

「あなた、彼處へ居らつしやいましよ」と杜戸夫人は良人に耳語いた。

「まるでバイロンのやうだわ」と照子嬢が囁やくと、鞠子嬢も聲をひそめて

「モントゴメリーの樣な所もありますよ」

頓君もこゝぞと口を入れて

「郡司大尉の肖像のやうでもある」と云ふと

杜戸氏は忽ち「馬鹿云ふな」ときめつけた、

頓君は出るといつでも、此の通り叱られるのが常であるが、これは多分、頓君が所謂「狡猾い奴」にならぬやう、父の婆心からであらう、併しそれは入らぬ御心配で、我頓君の如きは其氣遣ひ更になしだ。

此時迄、見中に前の姿勢を保つて居た優な須原君は、家族の人々が悉く舞踏室にはいつてしまふと、つと立ち上つたが、其樣子が如何にも自然らしく驚きと喜びの情を表して居た、それから此上もなき懇な言を以て杜戸夫人を迎へ、有らん限りの愛嬌を娘さん方に振りまき、杜戸氏に對しては、殆んど跪拜せん計り恭しく腰をかゞめ、次に握手し、息子達の挨拶には、半ば莞ばしさうに、半ば恩に被せるらしく答禮した。一通りの挨拶が濟んだ後、春三君は更に恭しく腰をかゞめて、照子孃に向ひ

「杜戸孃、何とも恐れ入つた次第ですが、若し御相手が願はれますなら――」

照子孃はすました風で

「別にお約束申した方もありませんが、前程から幾人も」春三君は蜜柑の皮に滑つた三段目の塩谷殿のやうに情ないと云ふ顏つきをしたが

「ようございますよ」と照子孃が笑たので、春三君の顏色は驟雨に逢つた古帽子と同樣見る〳〵冴え返つた。

春三君が御相手の供をして、折から始まつた舞踏の仲間入りを爲に行くのを見送た杜戸氏は

「實に好紳士だ」と云つて喜んだ、力造君も

「いや、如何も行きとゞいたものだ」

出るといつも失策をやらかす頓君は、前にも懲りず、頷いて

「さやう、上等の人物だ、口前の巧いと競賣人も跣足だ」と云とお父さんが聲高く『馬鹿なことを云ふものでないと、前にも云つたぢやないか」と厳しく叱つたので、あはれや頓君は雨天の朝の牡鷄と云ふ見ぬで悄然てしまつた。

舞踏が一番濟んで、二人は嬉しさうに室内を逍遙しながら、春三君は諄々と話しを初めた

「照子孃、何といふ樂しさでせう、暗澹たる暴風雨や、有爲轉變定りなき、人生の苦も忘れて、よし、それは飛ぶより早き、又褪せ易く、消ぬ易き寸時にせよ、なつかしき、ゆかしき或る人と一所に、其人の怒りは私の最後に等しく、其人の冷情は私の心を狂はせ、其人の不實は我身の破滅、其人の眞情は私の極みなき喜び、ましてや其人の愛情を我物とすることの嬉しさは、最善最美の天の恵與とも思へる其人と斯く一所に、否、其人の御側に居ることを許されたる私の悦ばしさ、樂しさは、何と云つたらいゝでせう、之を云ひ表はす可き言葉がありません」

「まあ、何といふ情の深い方だらう」と思ひながら、照子孃は須原君の腕に一層重く倚りかゝつた

「ですが、もう止めませう、止めませう、私は何を云つたでせう、私抔がこんな愛情のことを云つたとて何になりませう」と恰も田舍演劇の好男子が爲るやうな調子で春三君は述べて來たが、ふいと言を止め

「照子孃、失禮な奴と思し召しませうが、私は貴孃に―」と云ひかゝると、照子孃は嬉しさに身も慄はれ、顔を眞赤にしながら

「お父樣に相談致しませんでは」

「お父樣もまさか御異存はありますまい」

「いゝゑ、あなたは眞實に父の氣質を御存知ないからです」實際照子孃は此事に關して、何も苦慮する程のことの無いのは、充分知つて居るが、それでは餘り呆氣がないので、ちよつと此會見の光景を小說らしくしやうと思つて、かく須原君の言を遮り止めた。

さしもの春三君少し驚いて
「私が貴孃に平野水の一杯を捧げるのを、よもや御父樣がいけないとは仰やりますまい」

「何だ、そんな事であつたのか」と照子孃は心中頗る失望に堪へなかつた。

宴會が終つてから、杜戸氏や令息達が須原君と立ち話しをして居る中に、杜戸氏は次の日曜日に大森の柏邸に於て、粗飯をさし上げたいと招待したが、春三君は恭しく謝意を表し、此光榮ある招待に應ずることになつた。

●華々公子（中の上）

ヂツケンス原作
瀨野雨村譯

（三）の上

娘賣り付の策戰に餘念なき杜戸君は、此の豪い新知己に鼻煙草の箱を差し出しながら、

「實の所を言せば、私などは此樣な集會に出ましても、柏邸の拙宅で、氣樂に―イヤ贅澤にとまをした方が適當かも知れません―氣樂にやつて居るのに比べると、其愉快は半分にも當りませぬ。イヤ、もう集會などと云ふものは老人には餘り向きませぬからナ、ハヽヽヽヽ」

哲學者氣取りの須原君はしかつめらしく

「如何にも。畢竟人間と云ふものが一體何でありませう、抑々人間なるものゝ特質は何でありますか」

杜戸君「成程、御尤」

須原君は倚續けて

「我等の知れる所に依れば、人間は生き且つ呼吸する、其他には欲求や、願望や、希望や、食慾やを有すると云ふことと」

力造君は「如何にも我心を得たり」と云ふ様に首肯て

「確かに左様です」

春三君は得意然と益々聲を張り上げ

「今まをす通り、我々の知る所は只「我々が存在す」と云ふ事だけです、然しです、我々は其處に止まらねばなりませぬ、即ち我々の智識はそこに限られて居るのです、我々の達し得る頂上は其處に止るのです、しかして我々の最終の目的も其處にあるのです、それ以上我々は果して何を知て居ますか」

「何にも知りません」と力造君は對へたが、成る程此對を爲すに力造君程適當な人は世にない、頓君も何か一言試みやうとしたが、早くも父君の怒つた目付を認めて、偷食をやつた小犬のやうに、尻尾を捲いて、こそこそと引き下つたのは、君の名譽にとつて大なる幸であつた。

一家の人々が、馬車に乗つて歸る途中、力造君は如何にも感心したと云ふ風で、

「あの須原といふ男は、實に驚くべき青年だ、學問も中々深いし、何でも能く物を知つて居る、それに言ひ表し方が如何にも旨い」

鞠子孃「妾は、身分のよい方が名を隱していらつしやるに、相違ないと思ひますわ」

頓君はおづ〳〵と口を出し

「大きな聲で、巧に話をするが、僕には何を云つてるのかさつぱり分らない」

「お前にも困つたものだ、いつになつたら物が分るやうになるだらう」と須原春三氏の談話を聞て、大に悟る所あつた杜戶君はつく〳〵嘆息した。照子孃も

「頓さんは、今晩よつ程、馬鹿氣た風をおしだつたわ」

「違ひない」、「困つたものだ」、「氣をおつけよ」などと四方から口々に攻立られ、哀れや、頓君出來るだけ小さくなつて、片隅にちゞこまつてしまつた。

其夜杜戶氏夫婦は、望ある娘の前途や、今後の計畫に就て長い間相談をした、照子孃はまた、今度愈々何爵樣の家にお嫁に行くやうになつたら、現在のお朋友に「遊びにお出でなさい」と勸めてもよからうかなどと、つまらぬ杞憂をして寢に就いたが、終夜身分を隱して居る華族樣や、大夜會や、駝鳥の羽根や、諸方からの祝ひ物や、須原春三君やの夢を見て天明に達した。

さて、日曜の朝になると茲に一の大疑問が家族の中に提出された、それは皆の待ち焦て居る春三君は、何に乘て來るだらうかと云ふ問題である、馬車を持てるだらうか、馬に騎て來るだらうか、それとも旅馬車か、其の他これに類する大切な疑問や、當推量で杜戶夫人と令孃方は午前中を夢中に暮した。

杜戶君は又夫人を捉へて、頻りに不平を竝べて居る、

「眞實に困るな。今日の饗應にお前の兄さんが、—あの下品な人が、—自分勝手にやつて來ると云ふんだからな。今日は須原君が來るので、洞井の外は態と何人も招ない

ことにしたのに。お前のまへだが、あの兄さんと來ちや實に堪らんよ、腹までが町人だからね、紳士の態度と云つちや微塵もないからね、珍客の前で、店のことなぞ、べらべら饒舌られてごらん、一萬圓貫つても、やり切れないぢやないか、あの人が氣が利て居て、家の耻になるやうなことは隱して呉れるやうだとよいけれど、どう云ふもんだか、あの人は自分の賤しい商賣が馬鹿に好で、態々人に吹聴するんだからな」

今此話題に上つて居る人は、原戸利平と云ふ、大きな雜貨商で、極俗な、高尚なぞと云ふ心は更になく、常に自分は自分の商賣を決して嫌はぬと公言して居る『己の商賣で、己が儲けるんだ、誰に知れたつて關心ふもんけね。』

青眼鏡をかけた、小さな、そゝつかしい男か、室にはいつて來た、杜戸氏は直ちに迎へて、

『ヤ、洞井君、能うこそ、手紙を見ましたか』

『ハイ、拜見しました、それで、此通り參堂―』

『ア、さうでしたか、時に君、君は中々交際が廣いから、此須原君の名も知つちや居ませんか』

洞井と云ふは、交際社會でちよい〳〵顏を見る人で、非常に見聞の廣い、自分では誰でも知つて居ると云ふが、其實誰も知つて居ない、豪い人の話は何でも熱心に聞きたがる杜戸一家には、特に珍重がられて居る當世紳士の一人である、洞井君は杜戸一家が、如何な人達だと云ふことを充分知つて居るので、さらでだも自身の知己の多いてとを吹きたがる、此人の癖を此家では無上に増長さして居る、併し此人の法螺の吹き

方は一種特別で、決して眞つ向からわびせかけるやうなことはせぬ、事實の中にちよいちよい交てやるので、反つて功能が多い。それに此人は自分の事は全く捨てゝ居ると云ふ風なので、これも「彼奴は自分の事ばかり吹聽して居る」と人々から思はれる心配がない。

洞井君は杜戸氏の問を受けて、さも勿體らしく聲を低うし、

「イヤ、存知ません、さう云ふ名では、併し知つてる人に相違ありません、身丈の高い人ですか」

照子孃「中脊ですわ」

「髪の黒い」と洞井君は危い探險を試みた、照子孃は熱心に、

「さうですよ」

「鼻は扁い方で」

「イヽエ高いのよ」と照子孃は少し憤慨の氣味。こいつ失策たと思つたが、さすがは洞井君、巧に糊塗して

「僕は高いとまうしませんでしたかね、それから華奢な、若い人でせう」

「さうですとも」

「そして、非常に愛嬌のある」

「さうですよ、貴方、知つていらつしやるに相違ありませんわ」と家族一同は云つた、杜戸氏も得意然と

「名のある人なら、君が知らないことはないと思つたよ、一體何人だらうね」

洞井君は、ちよつと默想する體であつたが、耳語ばかりに聲を潜めて

「さわ、貴君のお話しの樣ですと、公爵東花園春若麿君に能く似て居るやうですが、此人なら非常な才子で、少し奇癖のある方ですから、何か思ふ仔細があつて、暫く名を變て居られるかも知れません」

之を聞た照子孃の胸は自然と轟いた、あの人が眞實に公爵東花園春若麿といふ人だらうか、何といふよい名だらう、白い繻子のリボンで結んだ、二枚の光澤のいゝ名刺に美しく彫りつけたら如何だらう「東花園公爵夫人」、思ふた計りで嬉しさが込み上げる。

日曜欄

華々公子（中の下）

ヂッケンス原作
瀬野雨村譯

（三）の下

杜戸氏は時計を出して見たが

『ヤ、もう五分で五時だ、どうか我々を失望させるやうなことにならなきやよいが』

折から高く表戸を敲く音が聞えたので、照子孃は覺えず叫んだ、

『入つしやいましたよ』

すると皆は、すました顔をして、何人が入て來ても「我れ關せず焉」といふ風をしやうと努めたが、これは待かねて居る人が來たときに、誰れも能くやることで。ヤ、戸が開いた、家僕は恭しく案內して

『原戸樣が、お出になりました』

『チヨッ』と杜戸氏は舌を皷したが、さりげなく出向へて、

『これは〳〵原戸さん、何か珍談でもありますかな』

知らぬが佛の雜貨商君は、例に依て正直な粗朴な風で、

『イヤ、もう別に、これと云つて己が知つてる事もねえが。ヤア、娘つ子達も、息子方も如何だね。これは洞井さん、暫くでが

したな』

頓君は窓から顔を出して居たが、俄に頓興な聲が出して叫んだ、

『ヤ、須原君がやつて來る、素敵な黒馬に騎て』

見ると成る程、春三君が大きな黒馬に乘つて居る、飛んだり、跳ねたり、手綱を引つ張たり、後へそつ返つたり、附加に、例の通り鼻息を荒くするやら、後足にて棒立に立つやら、蹴飛ねすやら、道化の曲馬師よろしくと云ふ體で、暫時わがいた後、馬は門から凡そ半町はかりの所で、やつヽ止つた、そこで大汗になつた春三君も馬を下て杜戸家の馬丁に預け、悠然と入て來た。それから紹介も形の通り濟んで、洞井君は青眼鏡の後から、さも勿體らしく春三君を見て居る、春三君は又何とも云へぬ眼つきをして照子孃の顔を睥睨ると、照子孃の方でも情の充滿た眼元で見返した。

『あの方は全く東花園公爵様とやらですか、名は何とか云ひましたつけね』と杜戸夫人は食堂の方へ、自分を扶けて伴れ行く洞井君に聞いた、

『さあ、全くさやうーでもないやうで』と物識先生の答辯、頗る要領を得ぬので、復た問ひ返した、

『そんなら何と云ふ方ですか』

『お靜かに』と洞井君は其名は能く判明つて居るが、國家の大事件につき、明言し兼ぬると云ふ樣な、非常に嚴粛な態度で夫人を制した。或は朝廷の大臣が、民情を探らんが爲め、態と身をやつして居るのかも知れん、年の若い、當世風の水戸黄門卿と云ふ格で。

杜戸夫人は頗る上機嫌で、

「須原さん、どうぞ、婦人方を分けて下さい、治助や、照子と鞠さんの間に須原様の椅子を据ゑてお呉れ」

治助と云ふは、平常杜戸家の馬丁と園丁とを兼務して居る男で、今日は此家の大家たるとを須原氏に覺らせるの要があるので、著つけない禮服を無理に著せられ、第二の從僕と化して此處に立ち働いて居る。（未完）

日曜欄

華々公子（下の上）

ヂッケンス原作
瀬野雨村譯

御馳走は例に依て上等だし、春三君は照子嬢の機嫌を取るに汲々として居るし、いづれも御機嫌頗る斜ならずであつたが、獨り杜戸氏は義兄原戸君の氣質を知つて居るので、此の場合例の下卑たことでも言ひ出して、取返しのつかぬ恥辱を自分等一家に與へはしまいかと、人知れぬ苦みに心を惱まして居たのは誠にお氣の毒な次第であつた

「洞井君、君は近頃、君の朋友の島田三郎氏に逢つたかね」と杜戸氏は、こんな名士の名を擧げたら、春三君が如何な容子をするだらうと、頻りに横目で其顔を見ながら云つた、

「イヤ、此頃さつぱり逢ひませんが、一昨日早稲田の伯爵にお目にかゝりました」

「ア、さうか、伯にもお變りないだらうね」と杜戸氏は、さも伯と懇意して居るかのやうな調子で云つたが、其實伯には寫眞でお目にかゝつた位が關の山であるのは云ふまでもない、

「ハ、相變らず御壯健で、種々御話しを承

はりました、いつお逢ひ申しても氣のいゝ、お方で、私も格別昵懇にして戴いて居るんですが、思ふやうに長く止まつてお話しするとり出來なかつたのは實に遺憾でした、丁度有名な銀行家で、今度市から議員に選出された友人の宅に行く所だつたもんですから」

主人は、さも大仰に

「アヽ、あの人か、あの人なら僕も知つて居るが、中々盛んに商業をやつて居られるな」と云つたが、實は主人も何人のことだか知らないのは、洞井君と同様であつた。問題が頗る主人の心配の種に近づいて來た

原戸氏は食卓の中央から口を入れ、

「商賣と云へば、杜戸さん、お前が初めの投機を中てから以來知己となつた、あの紳士な、あの紳士が過日私の店に來て——」

「原戸さん、〱、御面倒ですが、ちよつと其ポテトーを』と主人は話しが火の手を揚げないうちに遮止めやうと慌てゝ邪魔をした。妹婿の目的が那邊にあるか、更に氣のつかぬ雜貨店君は少しも頓着なく

「ハイ。其紳士が飾りつ氣もなく云ふにはな——」

杜戸氏はこゝを先途と遮り止め

「原戸さん、どうか馬鈴薯を此方へ」

罪作りな原戸君は、眞面目に馬鈴薯を主人に渡して、尚も言を續け

「その紳士が云ふにはな、お前の商賣はどんな工合にやるかつて。そこで私も斷言せ斯う云ふたじや、——お前も知つてるだらう、己のやり方は、自分で自分の家業を嫌ふやうなことは決して無いが、家業の方で己を嫌はないやうにしていもんだつて、——かう云ふたのじや、ハヽヽヽ」

主人は益々慌てたが、其狼狽を隠さんと
「須原さん、葡萄酒を一杯如何です」

「誠に結構で」

主人「イヤ、能うてこそお出で下すつた」

須原君「有り難う」

「先日は、人間の天性について御高説を承はつたが、實に御名論で、感服の外はありません」と一には此新知己の説話の巧妙いことを人々に知らせ、二には是で雑貨商君の話しを打消さうと云ふ考で、主人は改めて斯く須原君に話しかけた。力造君も其尾に附いて、

「僕も大に感服しました」

須原君が上品に頭を下げて、謝意を表すると、今度は杜戸夫人が口を開き
「須原さん、妾しは婦人に就での貴方の御意見を伺ひたうございますが、」と云つたので、令嬢方は思はず口を掩うて「オホヽヽヽ、」と笑ひ出した、春三君は反身になり
「さやう、抑々男子は第二の極樂とも云ふべき、美麗はしく、和暢き花園の中に居ても、又此土よりも一層荒涼寂寞たる、否一層平凡無味なる地に居ても、はては如何なる場處、如何なる境遇に在りても、即ちかの寒帶地方の肌骨も裂くが如き凛冽たる寒風の下、若しくは赤道直下の炎熱燒くが如き太陽に照されて居ても、男子は女子なくては全く孤獨のものでありませう」

杜戸夫人「眞實に、正しい、結構な御意見ですわ、それを伺うて妾しも大層嬉しく存じます」

「妾しも」と照子嬢が満開の牡丹のやうな眞赤な顔をして云ひ足したので、春三君は光榮身に餘ると云ふ樣子で、得々と一座を

見廻した、

「私の意見では」と原戸氏が云かゝると、杜戸君は其先を云はせては一大事と云ふ樣子で、假かに言を入れ

「原戸さん、貴兄の御仰やることは分つて居ますが、私には同意出來ません」とやつたので、雜貨商君は驚いて目を圓くし

「エ、何でがすと」

杜戸氏は實際相手の說に斷然反對すると云ふ口吻で

「殘念ながら、貴兄とは說が合ひません、イヤ、亂暴な議論だと思つて居る、貴兄の御說には如何しても御同意出來ません」

原戸君は徐々驚き

「私しはまだ何とも云やしないがな、私の云はうと思ふのは——」

杜戸氏は愈々強硬い態度を示し

「イヤ、何と御仰つても私は信服しませぬ、

云はうと思ふのは——」

杜戸氏は愈々強硬い態度を示し

「イヤ、何と御仰つても私は信服しませぬ、

斷じて」何が何やら、さつぱり分らぬ父の攻擊に引き續いて、力造君も口を開き、

「そして、僕は又須原君のお說にも全然同意することは出來ませぬ」

春三君は家族の婦人連が、いづれも熱心に自己の說を傾聽して居るのを見て、益々學者氣取で、滔々と論じだした、

「ナニ、反對ですと、然らばです、抑々結果なるものは原因に從つて來るものですか、將たまた原因なるものが結果に先つて來るものですか」

洞井君は大贊成だと云ふ調子で

「それが、論點です」

杜戸氏「確かに左樣です」

春三君は愈々圓に乘り

「若し果して結果が源因に從つて來るもので、源因は結果に先つて來るものであるならば、僕は失禮ながら、貴君の說は誤まつて居るものと斷言するに躊躇致しませぬ」

階級主義の洞井は之に應じて

「それに相違ありませぬ」

須原君「少くとも、僕はこれが論理的結論の當を得たものと思ひますが」

洞井は再び之に相槌うち

「もはや寸分の疑點もありません、それで此議論は結著したと云ふものです」

力濟君も詮方なく

「或はさうかも知れません、僕は今迄そこに氣がつかなかつたのです」

雜貨商君は吞込めぬ顏付で

「何だかさつぱり解らぬが、それでいゝのだらう」

（未完）

●華々公子（下）の中

ヂツケンス原作
瀨野雨村譯

杜戸夫人は令孃方ト食堂を引揚てから、二人に向つて小聲で

「眞實に怜悧な方だことねエ」

令孃達も之に應じて

「あの方は何でも世の中のことを判然と知つて居らつしやるに相違ありませんよ、御話しがまるで預言のやうですもの。」

後に取り殘された紳士連の間には、暫時談話が途切れたが、いづれも前の高尙幽玄なる微妙の議論に氣を吞まれたかのやうに、兆問頗る眞面目な顏つきをして居つた。就中洞井君は此處で須原春三氏の實際何者で、又何をやつて居る人であるかを看破つてやらうと云ふ決心で、先づ口を開いた

「失禮ですが、須原さん、貴君は法律を御

研究になつたお方とお見受け申しますが、實は私も一度之に志した事もございますので、今でも辯護士中の錚々たる人々とは大概知己です」

澁三君はちよつと躊躇して

「ハイ、イヤ、全くさやう：・でもないので」

洞井君は愈々謙遜り

「併し貴君は、確かに其仲間と永く交際して御出でなすつたお方と思ひますが、間違ひましたか」

須原君　やあ、さうです」

これで洞井君は此人の身分及職業を充分看破つてしまつて、此問題に於後の斷案を與へた「須原森三氏は確かに辯護士になりかけて居る、身分のいゝ若紳士に相違ない」頓君は此時初めて口を開る

「僕は辯護士になりたくはありません」と云つて、何人か自分の辭に應じて呉れるものはないかと、食卓を見廻したが、誰れも返事が無い、そこで頓君は思切つても一度、

「僕は辯護士抔の帽子を被りたくはありません」

杜戸氏は叱るやうな口調で

「これ、そんな馬鹿なことを云ふものでない、お前などは皆様のお話を靜かに承はつて、もつと愉快にならなくてはいけない」

頓君「ハイ」

忽ち閉口してしまつたが、可哀想に、頓君は先つき午後五時十五分に「ビーフをモ一切下さい」と、云つた切り、今八時半なる迄一度も口を開かなかつたので。

「いゝよ、頓、氣にかけるな、己も貴様に同感だ、辯護士などの帽子は些も被りたくねゑ、それよりも前掛の方がいくらいゝか」と好人物の叔父さんが云ひかけると、杜戸氏は激しく咳拂をして、其先きを打消さう

と試みた、

原戸君「もし皆が、自己の家業に身を入れねば――」

杜戸氏の豪擲は十倍激しくなつて、さしもの原戸君驚いて、遂には自分が何と云ふつもりであつたか忘れてしまふまで永く噤いた。洞井は再び春三君に向ひ

「では、須原さん、貴君はもしや日本橋に住つて居らるゝ、寺田氏を御存知ではありませんか」

「ハイ、此正月名刺交換會で初めてお目に掛りました、其後も一度御用を承はつた事が」と云ひかけて、ハッと氣がつき、俄かに言を止めて顔を赤くした。併し是等の擧動に少しも氣のつかぬ洞井君は、深き尊敬の樣子を示し

「あの方の御用を爲さるとの出來たのは、實に貴君の御幸福です」

それから皆が打連て座敷の方へ行く時、洞井は内密に主人に耳語た

「如何も何人だか判りませんが、何でも身分の高い人で、法律に關係してるに相違ありません」

杜戸君も首肯いて

「さうだらう」

後は如何にも樂しく、和氣藹々たる中に其夜が過された、殊に毛蟲の原戸君がグッスリ眠込んでしまひ、もはや心配の種が無くなつたので、主人の愉悅は察するに難からずである、其中に照子孃は得意の音樂を奏して非常の喝采を博し、それから須原君と力造は聲が能く合ふと云ふことが分つて、春三君の補助に依り、幾番となく合唱が試みられた、元より春三君は音樂の耳が無いといふ、些少の缺點がある上に、樂譜などには更に頓著せぬと云ふ風なので、其合唱は頗

る奇々妙々のものであつたが、それにも拘らず、いづれも大滿足で、樂しく、面白く時を過し、十二時過ぐる頃になつて、須原君はもはや歸宅せねばならないと、かの非式用の馬車馬とも云つべき駿足を馬丁に牽出さして貰つた、すると杜戸夫人は忽ち一案を捻出して、

「須原さん、貴方は明晩私共の仲間に加はつては下さりますまいか、皆で演劇にまゐりたいと思つて居ますが」

須原君は恭しく頭を下げて、「それでは、明晩四十八番の桟敷でお待受致しませう」と約束した。照子孃は更におまねる様な調子で

「妾達は明朝おッ母さんと方々へ買物に行んですけれども、貴君は……まあ朝だけは堪忍して上げませう、殿方は皆買物に行くのを大變お嫌ひなさるからオホホ……」

春三君は再び腰をかゞめ、「お伴致したいは山々ですが、朝の間は種々大事な用事がありますので」とお詫を申し上げた、洞井君は仔細らしく杜戸氏の側により

「朝は執務時間です」（未完）

日曜欄

華々公子（下）の下

ヂッケンス原作

瀬野雨村譯

翌日十二時に、一臺の輕い馬車が柏邸の門前に牽き出された、これは今日の遠征に夫人や令孃方を運ぶ爲で。夫人の心算では、先づ馬車を朋友の宅へ驅つて、其處に帽子や裝飾品の入れてある紙盒を預け、それから晩餐を濟し、演劇行の化粧をする筈であ

つた、それで當日第一の急務たる買物をせんが爲め、先づ神田のさる商店へ赴き、それから日本橋、京橋、遂には芝の露月町や其他普通の人は名も聞いたことのない種々の場所に出掛けた、何處にも思はしき品がないので、其間令孃方は須原春三君の評判や、たつた五十錢の儉約の爲め、こんな遠方へ伴れて來たお母さんの攻撃や、「アヽ何時になつたら行くべき所に著くだらう」との嘆息やに退屈を紛らして居た。馬車は軈てとある薄汚ない、貧小な吳服店の前に止つた、店前には、種々の端切がつり下げてあり、棚には一反三圓五十錢で買はれるお召の上等なのから、五六十錢代の女頸巻に至るまで、種々塵にまみれて列んで居る、其種類は大凡三十五萬種もあるさうで、又此店は東京の吳服屋中最も正直で、最も多くの品物を備へ、剩さへ實價五割の大割引で販賣して居るさうな、元よりこれは此店の主人が云ふことだから、決して間違はあるまい

「マー、おつ母さんたら、こんな處へ伴れて來てさ、もし須原さんにでも見つかつたら如何しやう」と照子孃が云ふと、鞠さんも後前見廻し

「吳服にさ」

「入らつしやい、サ、どうかお掛け下さい、何を差上げましやうと髮を綺麗に分け、思ひ切つて高い領子をつけた、何處やらの油繪展覽會で見た、拙劣な「紳士の肖像」のやうな男が、ピョコ〳〵頭を下げて、挨拶をすると村戶夫人は應揚に貴夫人の態度を示し

「緞子を少し見せて下さい」

「ハイ、只今、オイ中村君何處へ行つた」

すると店の奧の方で

「ヘイ、此處に居ます」

「急いで來て吳れ、君は急用のときに何時

居ないので困る」

小首を喰つて、中村君は、身輕に帳場の机を跳越え、ツと新客の前に現はれたが、これを見た杜戸夫人は思はず「オヤ」と微かな叫び聲を洩らした。照子孃は身を屈めて、令姉と話しをして居たので、氣が付かなかつたが、不圖顏を擧げると、ヤ、夢か、現か、目に入るは紛ふ方なき須原春三其儘の人。

後には何が起つたか、チと陳腐いが、云はぬが花で…………として置かう。かの不思議な、哲學者めいた、小說の主人公のやうな心理學者の須原君―照子孃の目には業平と源氏の君とを搗交で、今樣にしたやうな、是れ迄小說や、夢にはお目にかゝつたこともあるが、現に見やうとは思はなかつた、華公子とも都雅男とも譬へがたない其人が俄然、貧小な安店の、しかも開店以來三週間も經たない、何時ぐわらりと行くか知れぬ樣な、危險な商店の番頭さん中村某と云ふ、詰らぬ男に變つてしまつた、この不意の出會の爲、これ迄柏邸の立者として、一家の愛敬を一身に集めて居た男が、慌て、消え失せた有樣は、偸盗猫が後足に藥罐を引つかけて逃げ行く姿に似て居たと云つたら丁度よからう、隨つて杜戸一家の希望も或る會社の總會の席のレモン入りの氷と一般、直に消え失せてしまつたのは云ふまでもない。

此惧ろしい朝の出來事の起つた後、はや柏邸の庭園には雛菊が三度花を附け、大森の梅林には鶯が三度春を囀つた：然し杜戸家の令孃方にはまだ良人が無い、殊に照子孃の方は其望なきこと、前よりも甚しいが、洞井君の名聲は愈々其頂點に達し、杜戸一家が華族社會の人々を有難がり、下賤のことを嫌ふのは今も同樣である、否以前よりも一層甚だしい。（完）

シーランドロフ・リナフィールド作，骨仙譯，〈醫者の妻〉，《臺灣日日新報》，一九一一年九月五日－九月十四日。

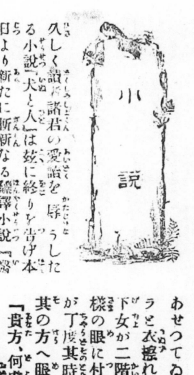

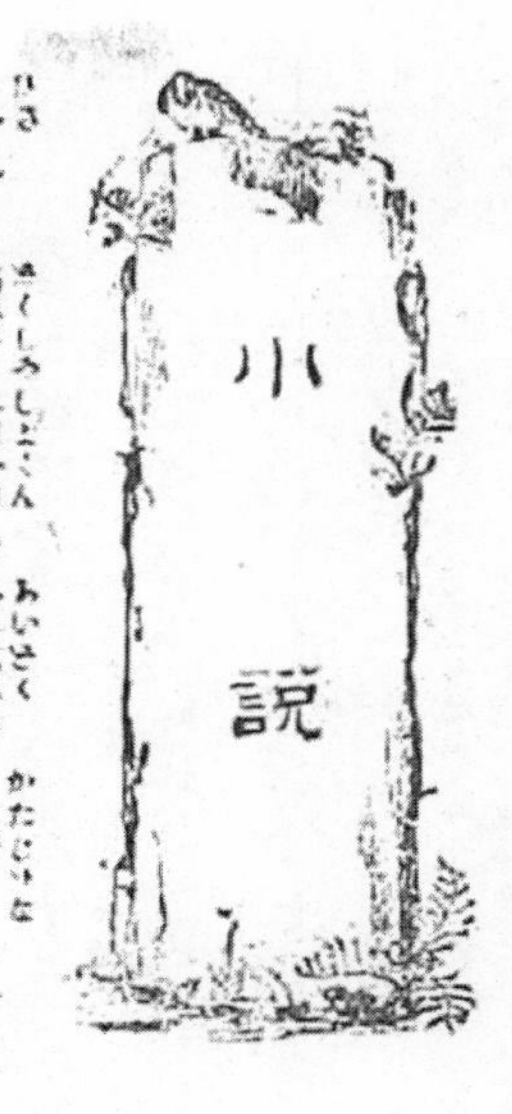

久しく讀者諸君の愛讀を辱うしたる小説「犬と人」は玆に終りを告げ本日より新たに斬新なる飜譯小説『醫者の妻』を掲載するとゝせり本著は短篇に付其完了に引續き更に文學士高田梨雨氏の飜案に成れる極めて清新なる小説を掲載すべし。

醫者の妻

（一）　骨仙譯

バーナビーが防水衣を着込まうと、あせつてゐるとドラは客間からサラサラと衣擦れの音をさせて入つて來た。下女が二階から下りて來ると直ぐに奥樣の眼に付いて御主人の事を問はれたが丁度其時御主人の聲が聞こえたので其の方へ眼を注いだ。

『貴方、何處へ入らつしやるんです？』とドラは驚いたと云つたやうな樣子をして聞いた。

バーナビーは輕く、

『診察に出るんだが困つたもんだね、こんなに降つては。併し此れが務めだからね。』

ドラは自分の肩……正裝の網飾りをすいて白く光てゐる肩……越しに、下女が聞える所に居るか居らんか確め

るために覗いて、其れから醫師の傍に寄つて眞面目に防水衣の釦鈕を外しながら、

「今晩は貴方出てはいけませんよ。」ときつぱり云つた。

バーナビーはドラの手を柔かく握つて、にこ〲しながら自分の傍から離して、

「義務だから仕方がない。」と云つた。

「義務ですつて！オヤ〲何時でも引つ切りなしにですね。ほんとうに嫌やになつて了ひますよ。」其の言葉は顏に赤い怒の色が顯はれるやうに口からひよつくり出た。

「御前…………。」笑談の樣に取り合はすにゐる。

ドラは手を振り離して兩手をしつかり組み合せて吐息をしながら、

「私は最早義務に倦いて了いましたよ。貴方には私は棄てゝ置いていゝんですか？貴方の御友達は如何でもよろしいんですか？知りもせん人が呼びに來ると云ふので私を棄てゝ置くんですの！神樣の前で誓ふた事を御忘れなすつて…………。」

「對手が病人だからな……。」とバーナビーは困り切つて呆然とした顏付をすると、

「病氣の時でも健康な時でも同じ事ですよ。貴方には他人の方がよいんですね！全くの知らぬ人でも貴方には醫者と云ふだけで自分の利益にさへなれば其方へ行くのね。如何な時でも如何な事があつても貴方さへ面白ければ私は

如何なつてもよろしいのですか。」其れから急に調子と態度とを代へイ泣くやうに
「ねー貴方、今度だけは止して下さいね……。御願ですから、貴方。」

「其れは出來んよ。」と澁々云つてドラの後ろへ廻つて帽子を取つて、

「外の時なら又と云ふこともあるが今日のは是非共行かなきやならんのだから。」

「今日は是非止めて下さいね。私と一所に何處かへ行くと云うて診斷を止めた事は此れ迄有りますか？只の一度だつて有りませんでしやう。貴方には下女と私とは同じなのですの？」と攻めかけた。

「馬鹿な、つまらんことを云ふんぢやない。」と手袋を嵌めながら睨んで、

「醫師の生活は此んなものさ。義務と快樂とは一緒にならんからな。」

「ですけれども今度だけですよ。本當に今度だけですよ。貴方……。」とドラは聲まで荒々しい。

バーナビーは戸口の戸を推し開けて其の短かい道の端れの門柱の上に輝いてゐる赤いランプを面白ろさうに指して。

「ドラ、あれを見なさい」と後戻りなしてドラの手を引つぱりながら眞面目な調子になつて問ふた。

「見えるかね？して其譯が分るかね？あの赤いランプは、苦痛の海に難破しかけてゐる身體の船には燈臺なのだ。其れでも私は御前や御前の御客達と樂しく御飯を食ふことが出來るだらうか

？苦痛の信號が見ゐる時、救けて呉れと懸命に呼ぶ聲が自分の耳に聞えてゐるのに其んなことが出來るかね？海岸監視人や救助船に乘り組む役目の人が溺死の人を救はねばならぬ義務が眼の前に有るのを棄てゝ、置いて、火の傍で自分勝手に遊んでゐたら、御前は何と云ふ？」

小說

醫者の妻

（二）

骨仙譯

ドラは手を振り離して戸口へ走つて行つて遠くの方で幽かに、じとじとと降る雨の中に輝いてゐる他所の赤いランプを指して。

「あれを御覽なさい。」と云つた。

「あれはお家のではない。」と靜かにドラが雨に濡ぬやうに内に引き入れた。

「では、私は如何でもいゝんですか？」と痛々しげに他所を向いた。

「御前は醫師の家内だ。」

「家内……妻ぢやないんでしやう、下女でしやう？」良人の方を向いて侮つたらしい調子で云ふた。

「ドラ、御前の云ふことは少しも道理が立つて居らない。誰でも義務のない人はない、御前には御前の盡すべきことがある筈だ。其して其の務を輕んじたり怠つたりすれば其れで御前も御終だ。」

「私の義務は貴方に對してだけですの

よ。」と俯つたやうに頭を下げながら、「―其れに貴方は誰れでも他所の人には務めて……私は棄てゝ置いて。」

女は客間に急いで行つてしまつた。男はがつかりした樣に突立つて、女を見送つてゐる。すると低いがや〳〵した人の聲が耳に漂うて來る。ドラが戸を開けると快活な賑やかな室内が一寸見えたが女は直ぐに戸を閉めて兩方の交通を絶つて了つた。

バーナビーは長大息して廊下から、濕め〳〵した暗黑の街路を見通した。雨は絲々と降つて空氣を冷たくする。怖ろしい夜だと思うてバーナビーは神經質らしく口髭をひねつて居た。彼は午食を食つた儘で何も食たくない悲して終日氣が沈んだやうに感じてゐた。

彼は赤い洋燈の光を見て頭を上げ咽喉からぐうと何か吐き出して、其して肩を平均して雨に濡れた戸口に大跨に歩いた。

本家の横から馬車の車輪が響いて來たので彼は腕を延ばして戸を開けやうとしたが直ぐに止めて廊下へ後戻りした。

ピカピカ光る馬車が近寄つて來るので彼は大きな聲で馭者に、

「一寸待つて呉れ、ウイルソン。」と云ひ殘して大跨で客間へ入つて行つた。

「私は外出しなければならないので、」と意味のある眼を客に注ぎながら輕く云ふた。「困つたことで、實に失禮な譯ですが、皆樣。……ドラ、一寸話があるから……。」と再び廊下へ引き歸した。

ドラの眼は「不思議」と云ふ光をさせてゐた。で立ち上つて客に済みません済みませんと云ひながら、衣音サラサラと、バーナビーの傍へ來た。バーナビーは、女が戸を閉めた時眞面目な顔をして、にこ〳〵しながら低い聲で、

「接吻……」

「エー、何……………？」

「接吻……」ドラの肩に懸ろく片手をのせて又も繰り返へして云ふた。

「其れ……其れだけ？」と云つてドラはついと行つて了つた。はつとバーナビーは閉まつた戸を睨め付けてゐた。彼はぐづ〳〵と手を差し出して取手に觸れやうとしたが、後ろ向いて相不變肩を平均しながら、待つてゐる馬車の方へ走し出した。

「オイ、ウイルソン、さあ行かう。酷い晩だなあ。ミエブリー、クロス迄行かねばならないのだ。い丶かね！」

「よろしう御座ります。」と馭者は熱心に馬車から片足踏み出して云ふた。

「よし。」

バーナビーは急いで乘り込んで毛布を胸から膝へ掛けて其して馬車を朧々した田舎の方へ走らした。

暗い晩だ。馬鹿に暗い晩だ。其してドラは接吻を拒んだ。

小説

醫者の妻

骨仙 譯

(二)

重い雨はランプの強い光に照らされて彼の前途に白い窓掛の樣なものを掛けて其して痛々しく彼の顏を叩いた。診察に行く患者は今年中は到底生きることは出來ない。

バーナビーは直きに田舍道へ出た。暗い生垣の間を、まつしぐらに楔を打ち込むやうに兩側に倒しながら馬車を走らした。車輪が投ね上げる泥水のはねが紙を裂くやうな音をさせて、馬車のきしる音は其の中に埋つて了つた。

火の點つた小屋や霧の卷き上る姿に似た高い森の小道の間を疾驅して、坂を下りて、角を廻つた。此處へ來ると冷たい雨が耳に吹き込んで來た。首とカラとの間に洪水を起して、ポト〳〵と水が流れ落ちた。

車を螺旋形の坂道を上ぼして了ふと急に眩暈を感じた。——此れで今日は二度目だ。——が輕かつたので、丁度よい工合に癒つて草道を避けることが出來た。暫らくして彼は馬車を木垣の傍に止めた。其の後方には長い低い小屋が聯つて二ッの窓が光つてゐた。

彼はヒヨロ〳〵と下りた、其して水溜りに入つて小さい門を推し開けて狹い道を、手袋を外づしながら、靜に歩いて行つた。一度はゆるくよろめいて軽い濕ばい土に脚踝まで入れながら菜畑を歩いた。すると急に入口の戸が開いて、小身の老婦人が凋びた手をかざして彼を見た。

「マリデー夫人、來ましたよ。」と耳の遠い夫人に聞えるやうに大聲で云ふ。

「有りがたう御座います。」と口の中でむにや／＼云うて火の點いてゐる臺所へ引つ込んだ。「主人はね、六時頃から大變惡うなりましてね……。」と彼が入ると同時に戸を閉めて裾を前の方で摑んで急な狹い階段を案內した。「貴方を主人は隨分待ち兼ねてゐるんですの。」と云ひ足した。

バーナビーは階段の下に立つて防水衣を默て脫いだ。マリデー夫人に聞えるやうに云ふのは大分困難であつた。

――其れから三段を一足跳びに二階へ上つて天井の低い蠟燭の點つた寢室に入つた。重寢臺の上に小さい窓の方を向いて瘦、せた窶れた黃色い老人が弱々しう、もがいては、呻つてゐた。

バーナビーは寢臺の端に坐つて、窶れた手を握つて。

「大分弱つたね。如何だね？併し御心配は御無用、もう大丈夫だ、私が附いてゐるから。」

握られた手はバーナビーの手をしつかり抑へたが老人は一言も云はなかつた。

「今週だけで三度目ですよ。其れも酷いのをですよ。」とバーナビーがポケツトに入れて來た箱から注射器を取り出してゐると又老婦人が口の中でむにやむにや云ふた。

小説

醫者の妻

（四）

骨仙 譯

バーナビーは立ち上つた。マリデーの顔は快くなるのを期待して苦痛の色が稍々薄らいだ。

「私を呼びに寄越したから大變よかつた。明日は何か藥を持たせて上げませう。」と手洗盞へ行つて、針を水瓶の中につけながら云つた。

バーナビーは「さよなら」と心地よく云うて、階下へ下りて行かうとすると老人は默つて寂みしく笑つた。

マリデー夫人は燈の點いてゐる臺所へ、倒れるやうに急いで行つた。バーナビーは廊下で防水衣を著やうとしてゐた。老夫人は古い針箱の引出しを探して金の入れてある小さい煙草の箱を出して、其中から三枚の內で一番光つてゐる半クラウンの金貨を選つてバーナビーの處へ走しつて行つて其れを握らした。

「如何も有り難う御座いました、此の雨の中を御出で下さいまして。」とむにや付いた。

「有りがたう、又此んな事が起つたら私を呼ぶのを忘れてはゐけませんよ……其して……。」

「其して？」

彼は身體を屈げて、大きく聾つたい耳に口をつけて、

「此んな事が又起つたら私を呼びに使

御出しなさい。」とゆつくり明平と、

「あの苦痛は隨分苦しいんだからね…

「道は遠いし、其の上、使に行く人は無しね……。」と呆然と顏を覗き込みながら云つた。

「併し其んなときには小供を雇つて野原を突つ切つて來れば……」

「ゑー？」

「あのね、子供を雇つて、野原を突つ切つてね……。」

「來て呉れませんよ。他人の苦しみなんかは知らん顏ですもの。」

「でも、小供に金を遣れば……。」

「ゑー。耳が遠いのでね……。」

「子供には私に呉れる半クラウンの中から一シリング遣ればよろしい。」

「解りました。其れなら來るで[illegible]やう……。」

「來るよ、必度來るよ。—さよなら—」

「さよなら、有り難う御座いました。御休みなさいませ。如何も御苦勞樣で御座いました。」

老夫人は醫師が狹い道を下りて馬車に乘り込むを見送つてゐたが、一しきり風が吹いて大粒の雨がばら〳〵と顏にかゝつたので、[illegible]を引いて戶を閉めた。

＊　＊　＊　＊　＊　＊

バーナビーは漸く其處を出發した。

小説

醫者の妻

骨仙 譯

（五）

電鈴は激しく鳴つた。ドラは眼を開けずに寢たまゝ身動きをしたゞけであつたが……其れでも餘り連續して鳴るので遂に眼を開けて片肘立てた儘、「又だね……義務――。」と澁面した其して電鈴の音が止んだので暫く耳を澄ましてゐた。

「貴方、あの音が聞えて？」と辛抱し切れずに云つて又もや枕をなした。でも彼女の頰が、まだ温かい布に觸つたかと思ふと急に起き上つた。其の譯は、自分の問ふたことに夫が答へもせず、動く氣配もないのと、自分が床に入つた時にはバーナビーは未だ歸つて居らなかつたと云ふことを思ひ出したためで。

夫の寢てゐる筈の側に身體をのして卓子の上にある小さい電氣仕掛の時計の電流変換器をひねつた。

「二時……。」驚いてドラは聲を上た。バーナビーは一度歸つて又呼ばれて出て行つたのぢやないかとも思はれる。床の上を見廻はして夫の横になつた形跡のないので幾分か氣の靜になつて、

「御氣の毒ね――。」同情に堪へんと云つたやうな口調で云つた。

電鈴が再び高く鳴り響いた、ドラは床から出て街路への戸口と通じてゐる

通話管に近附いた。

「八時少し過ぎから二時迄として六時間……此んなに長い筈はないのに。」

恐怖は不意にドラを一掴みにして开して百の恐ろしい考を展開さしてドラの心に冷やつとした痛みを與へた。通話管の栓を拔いて口を附けて、

「モシ、モシ、……ハー……オヤ……オヤ、……マー、……」とひよろめきながら兩手で頬を叩いて、聲さへ喘ぎ出した。

ドラは窓の處へ走り寄つて窓掛を推し分けて肩から後ろへ投げ返し、盲人探りに鐶を外づして窓硝子を開けた。窓に倚れて氣でも狂れたやうな聲をして「ヒ……、あれ……馬鹿ね……聞こえませんの……」

使の者は道を後ずさりしてドラを見上げ、

「御覧……」と指で示したが、向ふの赤いランプが見えましやう、早く行て、グレースドン先生にバーナビーが酷い目に逢つてゐますから是非一緒に來て下さいつて。早くよ。」

其の人は門の外へ走しつて出たが直きに歸つて來て「何處にも赤いランプは見えませんが。」と云ふた。

「其れでは消ねたのですよ。それ彼處ですの、彼處よ。眞鍮の門表を目的てに探しなさい。早く……。」と叫ぶやうに云うて、ドラは部屋に戻つて今にも溺れんとする人のやうに、すゝり泣きながら著物を著やうとした。开して[illegible]絡ちない内に寢室に鍵を掛けてから上

り口へ走つて出で、下女を呼んでは自分の呼び聲が此の大事の際に一向他人の注意を惹かないと思つて、堪へ難いやうに足ずりをした。遂に下女が睡むさうな聲で返事をしたのを聞いて、

「あの、御主人が酷い眼に御遇ひになつたの。皆起きなさい。部屋を一間空けて、ちやんとして置くんですよ。御主人を連れて御歸りするからね。皆準備をして置きなさいよ。……火も御湯も……もつとしつかりしなさいよ。」

不圖、バーナビーは死にやしないだらうかなぞと思つて震へながら部屋へ戻つて、直ぐ簞笥から頭巾の附いた着物を出して階下に急いだ。

バーナビーが歸るために錠を下ろしてない門の戸を開けると其處へ使の者が走じつて歸つた。

「誰も返事しません。呼鈴を鳴らしたり戸を破ぶれる程叩きましたが駄目です。」息も繼がずに云つた。

「困つたわねー。」とドラは云ひながら男を推しのけて足早やに道へ出ると其の男は後から附いて行つた。

「先様が御目覺めになる迄戻るのぢやなかつたのに。」

小説

醫者の妻（六）

骨仙譯

醫師グレースドンと書いた看板の掛つてゐる門の戸を推し開けて女は馬車寄せの處まで行つて、黒い窓を見上げた。

『最一度、電鈴を御鳴らしなさい。戸を叩いて御覽、戸を……。』

ドラは身體中を震はしながら窓から明るい光が見ゑ出すのを待つてゐた。

『戸をたて續けに叩いて電鈴を鳴らすんですよ。』

其の醫師の寢てゐるらしい部屋の窓が充分見ゑるやうに一歩退くと、ぐたぐたと動く石を踏んだ。

すると不意にドラは其の石を掴んで窓に投げ附けた。

ガラスの破れる、けたゝましい音がすると同時に、其の部屋から物怖ぢた女の叫聲と、どた〳〵する雜音とが聞ゑ出した。

『最一度、電鈴を鳴らして御覽、戸を叩いて御覽なさい。』足を踏み付け踏み付けながら、もどかしさうにドラは云ふた。

と、其の時に窓は開かれて、男の太い聲が怒つて響いた。

『何だ、何事だ？』

『先生、先生、良人のバーナビーが災難に出遇つたのです。早く來て下さい良人はターンパイクの邊で道の傍に倒れて居ますから。』

「あー、奥樣ですか？左樣ですね？」

「さうです。早くね……。」

「おや、直ぐ行きます。」と窓から身體を引つ込めた。

「有り難いこと。本當に有り難いこと！」と早口につぶやいて馬車寄せから濕つた道へ出た。其處で放心したやうに、彼方此方見て立ち止つてゐたが、フト思ひ附いたやうに「馬車寄せ」に走しり込んで、使の者に、

「先生の自動車は彼處にしまつてあるの。ひよつとしたら其れを如何かして外へ出して置けば其れだけ時間が省ける譯ね。さあ一緒に入らつしやいよ。

[illegible]所で斷舍は閉まつてゐた。[illegible]は附[illegible]手で錠を[illegible]つて[illegible]て見た。


一駄目、だめ[illegible]、其んな事したつて開きません。門かしてゐるんです。」

使に來た男は不意と面白い氣分になつて、かう呟いた。

「死ぬか生きるかと云ふやうな急な時に間に合ふやうに、もつと開け易うして置けばよいのに――。」ドラは此んな事を激したやうな口調で云つて、又もや戸をゆすつた。

「宜いですよ。奥さん。私が今直ぐ出しますから。」

女は吃驚して振り返へると、影のやうなものが自分に近寄つて、盲人探りに戸の錠に鍵を合はさうとした。

パツト火が附いた。其してドラはグレースドンが、顏がすれ〳〵になる位の處に立つてゐたのが見えた。彼はド

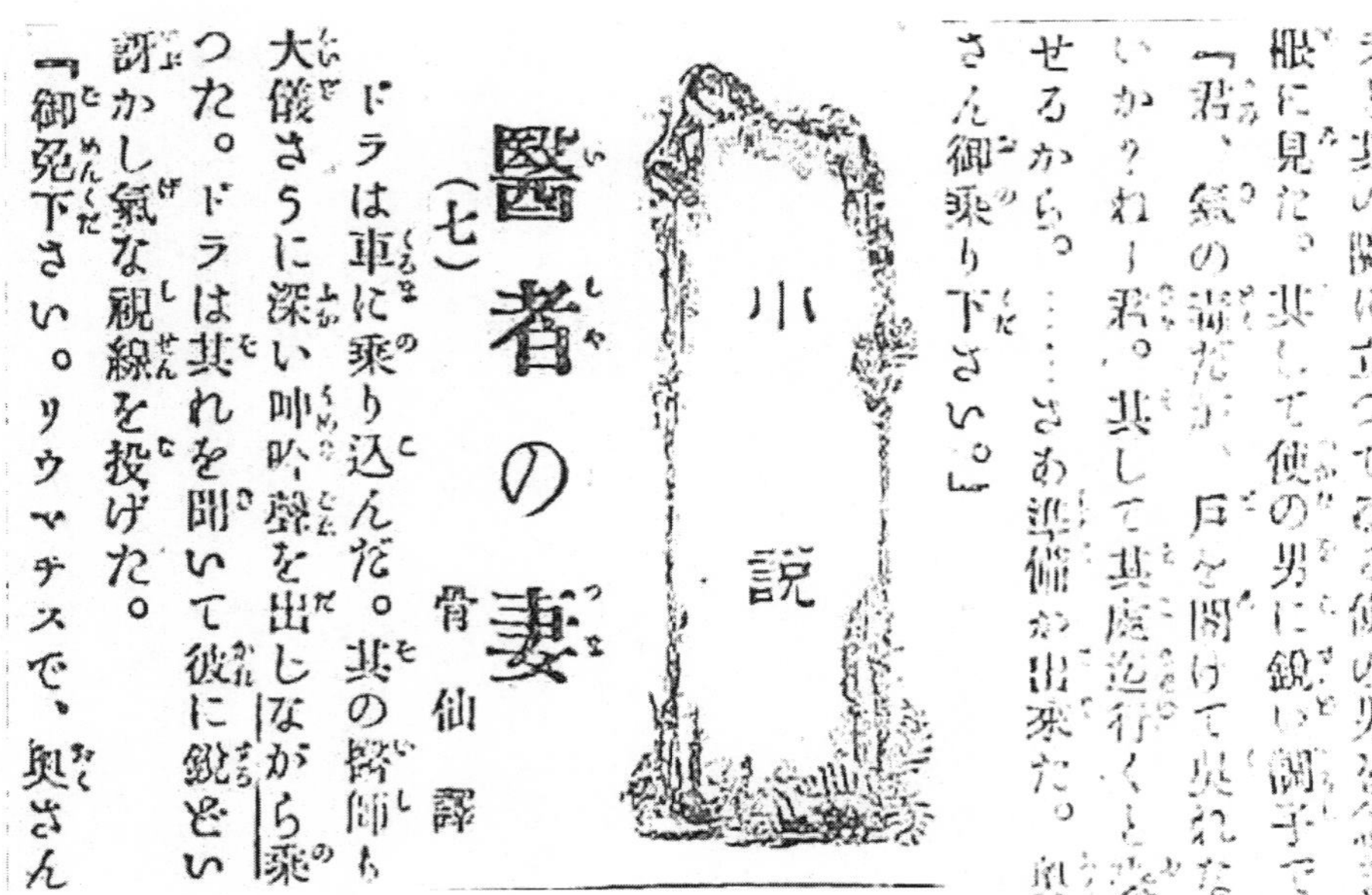

ラと其の隣に立つてゐる使の男を急き眼に見た。其して使の男に鋭い調子で「君、綴の端だが、戸を開けて見れないか？ね―君。其して其處迄行くと乘せるから。……さあ準備が出來た。奥さん御乘り下さい。」

醫者の妻

（七）

骨仙 譯

ドラは車に乘り込んだ。其の醫師も大儀さうに深い呻吟聲を出しながら乘つた。ドラは其れを聞いて彼に鋭どい訝かし氣な視線を投げた。

「御免下さい。リウマチスで、奥さん

此の五日ばかり寢付いてゐましたので其れに今晩迄と云ふものは殆んど一睡もしませんのでね……。處で一體其の災難と云ふのは如何して起つたのですかね？」と云ひながら彼は車を徐々と馬車寄せを離れさして、門の戸の處で待てゐる男を乘せて其から出發した。

「丁度廻り角で廻り損なつたらしいのです。其して馬車を右に廻はさうとして堤防に乘り上げて遂に轉覆したのです。市場へ出す野菜を積んだ荷馬車がヒッブリーの方から來ると、先生が車の下敷になつて呻吟つてゐるのを發見けたので私等は力を併せて上になつてゐる車を傍へやつたのです。併し先生は手當をする迄其儘にして置いた方がよからうと思ひまして動かさずに置ました。」使の男は醫師の後方の自分の席から立ち上つて其して大聲で云つた。

『で君は其の市場へ行く馬車で來たんですね。左樣でしやう？』グレースドンは肩越しに怒鳴つた。

『左樣です。』

『ふん……。一時間に三哩か？左樣でしやうね。怪我人を其處へ置いて醫師を呼びにキャベージを積んだ荷馬車に乘つてのろ／＼と來たんだね。其んな氣の長いことで、よく身體が菜葉のやうに青く染まらなんだ事だ、此れが第一不思議だ。』

『他に方法が解らなかつたものですから。』と佛頂面して自分の席に座り込んだ。

『ふん、足は何のために有るんだ？走るべき時にキャベージの上になんか座り込んでさ……。』グレースドンはさも荒々しく咎めて其れからドラの方を向いて、

『奧さん、元氣を出しなさいよ。もう直きですから……。』

其れから幾分時經つて角を迴ると、道が二三の人に衝き當たらないやうに兩方の制動器を抑へなければならなかつた。ドラは席を立つた、するとバーナビーが乘つて來た馬車が道の一側に在るのが見えたので、

『何處に御座つしやるの？何處に。』と飛び下りざま叫んだ。

小説

醫者の妻

（八）　骨仙譯

バーナビーは道側に防水衣を下に敷いて皺くちやになつた上著を被て横になつてゐた。其の傍には提灯が一つ寂しさうに光つてゐた。

「あゝ、死んで了つて！……」とドラは疲労のためにばたりと倒れて男から一歩程を離れた處に座り込んだ。

「いや、其んなことはない。」とグレードンは、ぶつきら棒うに云つた。

女は起たうと努めて、バーナビーの手を摑んで自分の身體を屈めた儘で無言に彼の方へ寄らうとした。

「しつかりして[illegible]……其んなことをしては[illegible]掛けます……暫時彼方へ行つて下さい。何時[illegible]の足が診ますかい。」

ドラは弱々しげに身を引いた。其して馬車の足蹈に腰を下ろして緊張を吸込みさま、グレースドンの一擧一動を見詰めてゐた。醫師が再び立ち上つたのを見て、

「死ぬでしやうか、其れとも大丈夫でしやうか？」と息をつまらせて、ときまき云つた。

「死ぬ――。私は此れよりも餘程難かしい病人でさえ助けた經驗が有ます。確かに助けて見せます。」醫師はも[illegible]かしさうに見えた。

「如何も有り難う御座います。グレー

メドン先生……。」女はしやくり上げては、醫師の腕を握つて氣でも狂はんばかりに、肩の邊を撫でてゐる。

「連れて歸らなければならない。」と云つて二人の方へ向ひてバーナビーを防水衣に包んだ儘かき上げて車の中へ移すことを命じた。

斯くしてバーナビーは自宅へ連れて戻られたのだ。

彼が目を開いて自分の周圍を認識するやうになつたのは、其の次の日の正午少し前であつた。

部屋が薄暗いので彼の傍に固くなつて附添うてゐるドラには、此の變化は見えなかつた。

彼も暫時はドラを認めなかつた。眼を開けて天井を見詰めた儘で、頭の中に過去の出來事と現在の自分の位置を了解出來るやうに、順序よく竝べて見た。するとドラが頭を少し前に動かして、身體と窓とが一線になつたので、黑い半身像がバーナビーの眼の一隅に寫つた。

「接吻して呉れ。」と私語いた。其してドラが音もさせず靜かに立ち上つて、ためらひながら接吻をすると、彼は再び熟睡に落入つた。

醫者の妻

（九）

骨仙 譯

其日遲くグレースドン醫師は二度目の訪問をした。其して一人の看護婦を連て來て、ドラに替らんとを求めた。

「一軒の家に患者が一名あれば其れだけで充分です。奥さん、貴女は御寢みなさい。うんと腹一杯寢た方がいゝですよ、もう大丈夫ですから。」

ドラは其れを辭して看護を續けやうとしたが許されない。止むを得ずバーナビーが正氣附いてから接吻したのをせめての心遣りに、心配と煩悶とに勞れ果てた身體を寢臺の上に横たへて、何時とも知らず、よく寢入つた。

ドラは强い疑惑の念に襲はれて眼を覺まして、著物を引つかけるや否や、バーナビーの部屋に行つた。

戸の處まで行くと吃驚して石像のやうに立ち止まつた。バーナビーは低い調子で連絡のない矛盾した譫言を云ふてゐた、其して看護婦は知らぬ顔で、向の隅の安樂椅子に腰を掛けてゐた。

「看護婦さん、何故譫言を云ふのを私に知らして下さらんの？」

「奥さん、此れは何でもないんで御座います、先生が斯うなつて[illegible]したので」と小さい聲で云ふ。

「何でもない」直ぐ先生を呼んで來て

下さい！」

「本當に吃驚する程のことぢやないんです、自然に斯うなるんですの、其してグレースドン先生が仰しやつたのに今晩は止むを得ない時の外は呼びに來ないで呉れつて。――もう三時ですよ――」と看護婦は強硬に反抗する。

「――其れならサーチヤード、ロードのオスボーン先生を呼びませう」とドラは尚も強情を張り通さうとする。

「併し奥さん、オスボーン先生はグレースドン先生が御頼みにならなければ決して御出でになりません、――其れが醫師仲間の規則ですから。」

ドラは默つて自分の部屋に戻つて、暫時すると、こつそり階下へ下りてグレースドン先生を呼びに出た。電鈴を鳴らしても何處か狂ひがあると見えて利かない。戸を叩いても反響がない。内側の戸が閉めてあつて、叩いても二階には通じない。幾度も戸を叩いた。電鈴のボタンをしきりなしに壓へてゐるが返事がない。

ドラはグレースドンを眼覺すことの出來ないので腹立てゝ見たが直ぐに恥かしい樣な氣になつた、何となく、臆面もなく戸を叩くのが濟まんやうな氣になつた。其れでなければドラはオスボーン先生を叩き起こして、職務上の規則を破らしたかも知れない、――かう云ふ場合には彼は拒み得ないことを知つて居たから――。

バーナビーの遺言を云ふのは彼の現在の位置から見ては自然のことで、別に赴く要はないと云つた看護婦の言葉を思ひ出した。グレースドンは其れを豫測してゐた。其れでドラは其の際グレースドンに逢へないことを氣に掛けてゐたもの丶、併し彼の診斷と其の熟練とには非常な信用を拂つてゐた。で、ためらひながら家に歸つた。バーナビーは丁度安靜に熟睡してゐた。

其の翌日ドラはグレースドンに其の事を話して、良心の苦痛を逃れやうとした。彼は其れを氣の毒に思つて、

「電鈴のいたんで居ることは知つてゐたし。其れに下女に言附けて内側の戸を開けて置くやうに命じたのです。御氣の毒でしたな。併し別に病人に取つては如何と云ふ程のこともなかつたのですからね、病人も今朝は大變よいやうです。一二週間の内には立派に癒して見せます。」

バーナビーの經過は大層よい。グレースドン先生が歸つてから、ドラは看護婦を呼んで自分が交替するから寢よと命じた。バーナビーはドラが自分の傍に腰を下ろしてゐるのを見て、非常に心持よく感じて笑ふた。其してドラの手を握らうとして弱々しい手を差し延べた。が併し彼はドラの顏を見て考へるだけで滿足して、長い間は何とも云はなかつた。

「御前、さぞ吃驚したらうね？」と遂に口を切つた。

「否ー、此れが初めての苦勞ですもの私は……」と云つて痙攣つたやうに夫の手を握りしめた。

「其れで御前にグレースドン先生の赤いランプを目當てに走り込んで窓硝子をこはしたんだね？」と笑ひながら問ふた。

「否ー、左樣なの」と小聲で云つて頭をうなだれた。

「では、先生に御禮を申上げなさいよ」

「私は醫師の家庭にならずに矢張り醫師の妻になれたのが嬉しいんですの。是れから決して我儘は申しませんから許して下さいね」と早口に云つて嬉しさうに夫の腕に抱かれた。

（シー、リンドルソ、リサフイールド作）

ホーワン氏作，瀨野雨村譯，〈運命〉，《臺灣日日新報》，一九一三年一月六日、七日。

運命（上）

ホーワン氏原作
丁東譯

吾々は生涯の運命に關はる大事でさへ其を知ることの出來るのは僅かの部分で、時には少しも知らずに過ることも少なくない。實際形を顯はさない事や影のみ認めらるゝ事や、其他鼻先にぶら下て居て知れない事なぞが何の位あるか知れない。若し此の移り變りと出來事とを、皆知る事が出來たならば、生存と云ふものは、希望が多くなつたり、恐怖が滿ちたり、忽ち喜び、忽ち失望するといふ風に、一日でも眞の平和を樂しむ時間といふものは無いことになるだらう。

昨年は丁度今此の甲午の隱れたる歷史に見ることが出來る。

甲午は今年取て十五歲の少年、漸く小學校を卒業したばかり、ボストンで雜貨商を爲てる叔父の許より見習として呼ばれたので、今日は日の出に古鄉を出發して、ボツ／＼ボストン街道を辿るのであつた。

正午に近き炎天の日光は、焔の如く照りつけるので、汗もタク／＼半日の程に疲れて、甲午は暫く涼を入るべくとある樹陰にと腰を下した。楓のこんもりした茂りは、よく日を遮つて、此所僅かの所、風も冷りて戰ぐのである。が殊に草叢にある清水は、特に甲午の爲に湧いたかの如く思はれた。

誰にも許さぬ處女の如、清き泉に彼は

心ゆくばかり接吻をしたが、軈て著換の襯衣とズボンを縞の風呂敷に包んだのを枕にして、後の崖に身を凭せて蘇生た樣に、フーと一息つくのである。昨日の雨で、路の塵も起らず、青々とした草の褥は、寧ろ家の寢床よりもよく少年に適して見ゆる、淸水は潺々と彼の傍を流れうねつて、樹木の繁る樣な翠は空の靑きを蔽うて、時々颯さうに遠浪の如き音を立てゝる。甲午は心もすくばかり恍惚と何時か眠に落ちた。

彼は樹陰で前後も知らず鼾をかいて居るが、世間は活動の眞盛て、彼方に往く人、此方に來る人、騎馬の人、物負ふ人、馬車荷車と種々道に斷ね間なく去來を織つてる。急用があるのであらう側見もせずに通て行く。路傍で寢てる

どこの騒ぎでない、と云つた樣にサッサと過ぎて行く。乞食見た樣によく寢られたもんだと、餘計な惡口いうて通て行くのである。中にも一人中年の婦人ヒヨイト樹陰に入て來て、甲午の氣樂さうに寢てるのを何か道う說敎しさうな風でジーと見てたが、是も晩の說敎に大酒呑みが路傍で醉伏してた恐ろしい實例に此の寢てる甲午を取て行て仕まふのであつた。

笑はれても、褒められても、罵られても嘲けられても、寢てる甲午には何もない。

折しも綺麗な二頭曳の馬車が通りかゝつた。軸の楔が取れて輪が抜さうになつたので、今やボストンに歸らうとする馬車の主は、馭車が手入れする暫くの間涼を入れ樣とてか、此の樹陰にと

入つて來た。少年が寢てるので一寸驚いたが、其眠りを覺さない樣に紳士は痛風の足を出來る丈靜かに、夫人は絹の裾が音しない樣に、そつと進み倚て

由を覺すのをひどく氣にしてる。

『よく睡つて居るわい』

紳士は私語いた。

『何處から斯んな易々とした呼吸が出來るんだらう、……己も體が丈夫で心配もなく、藥を用ゐないで、こんな氣樂に睡ることが出來たならば、收入の半分を割いてもよいがな……』

『さうですね』

夫人も見とれて應へる。

『何程壯健でも年には勝てませんですが……、モ一一度こんな氣樂になつて見たいたつて、モー駄目ですね……！』

といつて羨しさうに餘念なく無心に寢てる少年を觀て居ながら木の間を洩る日光がチラ〳〵少年の顔を照らすので、夫人は樹の枝を一寸折り重ねて之を蓋うてやるのであつた。何かから自分の子供の世話してるのであるかの如く感じをしつゝ。

『ほんに神樣が此の子供を授けて下すつたのではないでしやうか？』

夫人は私語いた。

『何だか亡くなつた息子にソックリぢやありませんか、貴郞起して見ませうか？』

『何故』

紳士は少し急き込んでいふ。

『何な性質か分らないじやないか！』

『ですけれどもねー彼の罪のない寢顔を御覽なさいな』

夫人も同じ調子で應へる。

こんな私語が取り換されたのであつたが、睡りの主は何にも知らずに、現在目

の前に、大資産が降て湧いてるのに氣も附かない。

紳士は大事の一人息子を亡くしてから相續者がないので、遠縁のものに相續されるのを常に物足らぬ思をなして居るのであるが、人は何かするとかういふ場合に、妙に頑なをふ息子に倣て氣に入たものが見つかると、直に自分の子にもして見たい樣な氣になるもので、今無心に寢てる甲午は就ちそれなのである。

「起して見ませうか……?」

夫人は勸める樣に繰り返した。

折しも突として後から。

「へー御車が出來ました」

と馭車が告て來たので、老夫婦は氣が附いた樣に踵を轉した、今更ながら妙な考が起きたのを互に怪みつゝ、やをらと計り馬車に入つた。心は何時か不幸の人の爲に養育院を起す計畫を考へてる。

甲午は猶ほも快き眠りを續けてる。

運……命……(下)

ホーワン氏原作

丁東譯

馬車が未だ一二里も行かないと思ふ頃美しき一人の乙女が足早に歩て來た。息づかひも急しく、小さき胸には波を打たしてる、運動の結果靴の紐が解けると同じ樣に、乙女は帶?が(いふも變だが)弛んで來たので、樹陰へと入て來たのである。見ると泉の傍に少年が寢てるので、折りも折り、思はず顔を赤めるのであつた。恰度紳士の寢室へ侵入して來たかの如く思はれて……。

趾先でソット出様としたが、危い事には一疋の蜂、始めは彼方此方にブンブン音を立てゝ飛んで居たが、遂に寢てる甲午の瞼に止らうとしてる。

蜂に刺されると、時には死ぬこともあると聞いてる乙女は、此際猶豫もならず、手巾で追つて之を樹外に拂うた。

何となく心咎める思ひしながらも、乙女は少年の顏をチョイ〳〵偸み見るのである。

「まあー可愛らしいこと……」

乙女は心に囁いてほんのり紅に顏を染めた。

鼻先にぶら下てる此の甘き幸を、甲午は夢に見てるだらうか、之の美しき幸福も又間もなく彼方に往いて仕まうのに、夫も氣が附かないのだらうか、甲午の寢顏は少しも歡喜の色も表はして居らない。

猥らな考は少しもない、乙女は年頃の美しき心から何となく、妄はしく戀ひしき思ひするので。

何かう手に手を取て遊びたい樣な、胸と胸を一にして見たい樣な、心の底から語合うて見たい樣な……、小さき胸は湧き來る思の泉に溢れて、顏を紅に染めた儘暫くはボーと見とれるのであつた。

之も通り過ぎて仕舞ふだらうが、甲午の生涯に於てこんな艷めき幸は二度と再び廻て來ないだらうに。

「よくまあ寐てること」

乙女は囁いたが、軈て殘り惜しげに此所を立ち去つた。

乙女の父といふのは、此の近き田舍で佳なる豐な商人で、丁度甲午の樣な少年を掩してるのである。

若し甲午が之の乙女と道連となつたならば、必ず乙女の父の書記に用ゐられて、ゆく〳〵は其資産と併せて花の如き乙女を贏ち得たであらう。

實際甲午は再度好運の手に觸れてるの、である、蜂は乙女の著物をして、寢てる甲午に觸れしめたのであるが、彼の・眠は遂に之を受けなかつた。

乙女が立去ると、軈て二人の大漢が入て來た。見るから不逞の顏は、汚き帽子で額を斜に深く〳〵蔽うてる、垢じみてぼろ〳〵な著物を著けて、目つきが險しくて、擧動は何となく落ち著かない。い職で知らる此の二人は、惡事と名の附く事は何な事でもする根徒で何かの合間一寸此の樹陰で、一賭博試みやうと立寄つたのである。

「何だあの枕にしてる包みを見ねエ」

一人は無言で首背いて、靜かに〳〵といつた樣に、目指する……、指を一寸輪にして。

「レコは襯衣の中にあるか、ズボンの中にあるか、一つ酒一升の賭仕樣じやないか……」

「併し奴さん目を覺したら何する……、？」

胴衣を脱いで、隱しの小刀の柄を指して點頭いた。

「オーそれがあるのか……」

かくて一人はそつと甲午の傍へ進み倚て、小刀を胸に擬すると、他の一人は枕にしてる包みを取らうとする何ともいへない、獰惡な恐ろしい凄みを帶びた二ツの面が、今や哀れな小さき犧牲の上を蔽うて、虎の前に置かれた羊より猶危く見ゑた。

甲午は矢張り母の懐に抱かれたよりはな位安らかに眠てるのである。

折しもあれ一疋の狗が地を嗅ぎつゝ樹陰へ入て來た。怪しさうに一人々々眺めては、寢てる少年を眺め地を嗅ぎながら泉の縁へ來て舌を浸した。

「シユーッ」一人が叱する。

「オイ仕事は出來ないぜ、狗の主が來る樣だから」

「エー嚢いま〳〵しい、仕方がない一杯引かけて出掛ると仕樣」

小刀を持てる一人は、其を隠しに押込んで、今度はピストルを引き出した。ピストルといつても人を打ち殺すのではなくて、酒を入れて置く水筒の樣なものである。互に之をあほつたが、何時か心も浮いて、何も彼も忘れた樣になつて、此を出で立た。

「エー コオ、待てつてことよ、べら棒め何をそんなに急ぎやがるんだい、精姫でも待てるじやあるまいし。」

「あはゝゝ、仕事が出來なかつたつてまあ怒るなよ、なーにまだうまい事は澤山あらあな、併し飛んだ狂言だッた、はゝ〳〵〳〵」

こんな騒も、別れ〳〵に彼方へ消えて行つたのであるが、危かりし此の事は此に記された外、誰一人知るものはない、又想像するものもあるまい、當人は何ぞ更夢にも知らず安き眠を續けてる。併し時が進むに從つて初め程ではない、時々體を動かす、唇をモガ〳〵させる、ウニヤ〳〵分らぬ事をもいふ。がら〳〵と非常の音をたて、一輛の乘合馬車が駈て來た。甲午も遂に其響に夢を破られた、全く目覺めると繼いで飛び上つた。

「オイ馬車屋さん〳〵乘てくれんか」

彼は叫んで追ひ掛た。

「上の方でよいなら御乗りなさい」

馬車屋は車を止めて答へる。

今は甲午は車中の人で、見るものもあくろく目に止らぬ位、ひた走りにポストンの方へと運ばれて行くのである。

彼は清水の側で、一大財産が投げ與へられ様とした事を知らない。

戀の甘き私語を注がれた事も知らない死の手が彼の胸を赤けに染め様としたことも知らない。

彼は唯一時横になつたといふ事しか知つてないのである。

寢ても、起きても、吾々は身上其他出來事に關しては、知らない限り何事も起てない様に思てるのであるが、實際吾々の前途には目に見ゑない、豫則の出來ない、想像にもつかない事が、常に何の位斷續して横はつてるか知れない。

併し又之と同時に或物はよく先見され豫期される様に、充分規則的になつてるので神の攝理は、よくしたもので、人世は其處に妙趣があり、價値があるのではあるまいか。猶頓の富を積んでも榮花の榮と觀せらるべく、一瓢の飲は勿論。夕顔棚の下涼みにも樂はあると觀せらるゝので失敗には希望を與へられ、希望には光明を與へられるのも、又是ではあるまいか。(完)

メリメ作，根津令一譯，〈漂浪者〉，《臺灣遞信協會雜誌》，第五十九期，一九二四年八月十七日，頁一四二－一五三。

漂浪者

根津令一譯

寂然とした小屋の中に、一人の老人が寢ないでゐる。榾を前に腰を下し、餘燼に身を翳しながら、荒原に夜霧の下りて擴るのを眺めてゐる。彼の娘は、荒涼たる原野に出て行つた。自由なる娘は、唯氣儘のみを知る許り。やがて戻つて來るだらうが……………然し、今は夜も更け、既に月は、地平線を罩むる露の中に沈み果てゝ了つた。ザンフィラ（娘の名）は未だ戻つて來ない。待ち呆けてゐる老人の晩食は冷くなつてゐる。

娘は戻つて來た。彼女に附隨つて、外、草原に一人の若者が立つてゐる。見知らぬ者である。

娘は云ふ。

――父さん。お客さんをお連れしましたは。原の彼方で、遭ひましたの。夜も更けてゐますから、お泊めしようと思つてお連れしました。あの人も私達と同じく、放浪したいのですつて。眞實にですつてその上私には良いお友達でせう。お名前はアレコと仰しやつて、何處までも私達と一緒に行く相ですよ。

老人――よし／＼。まあ明日迄小屋に泊つて行きなさい。お望みなら、もつと永逗留しても宜しい。お宿もお貸しゝますし、パンも私達のをお分ちしませう、まあ、私達の仲間の一人となつてね。そうしてる間には私達の様な生活にも馴れて來漂浪の生活にも、困苦缺乏にも、その上自由なる一生にも親しみが出て來るものですよ。明日は夜明けに、三人一緒に車で發つとせう。何か仕事を選んで、鍛冶をするとか或は、村から村へと、熊を連れて唄ひ流すか、何か仕事をすることですよ。

アレコ――止まつて、一緒に居ります。

ザンフィラ――あの人は、私の者よ、誰が私から引き離せるものですか？　あら、遅いこと。新月が見えなくなりましたわ。夜霧が一面に野を蔽ふてゐます。私の眼が、獨りでに閉くること。

日は高く昇つてゐる。老人は、徐々と、物音さへない小屋を見て廻つてゐる。

――お起き、ザンフィラ。お陽樣はもう高く上つてるよ。これさ、お起き、客人、もう時間ですぞ。

さあ〱。起きた〱。忘者の床から出ること〱。

若者は沈んだ眼眸を人氣ない荒野に廻らしてゐる。彼は、身に迫る哀愁を何故と語ることが出來ない黑い瞳の美しいヂンフイラが、身の側に居つても。今は、身は自由であり、眼前に世はある。頭の上には、眞晝の光輝の間に、陽は燦々と照つてゐる。何故か、若者の胸が結ぼれて解けない！人知れない如何な憂愁が、彼の身を惱ましてゐるのであらうか？

「神の小鳥は、心惱も、勞働も知らぬ。丈夫な、堅固な床を作るにさへ疲勞を覺ゆるとは！夜は長く、寢床には木の繁茂にて事足りる、陽よ、輝いて昇り來い。小鳥は神の御聲を聽き、羽毛を搖して、歌を唱ふ。

自然の中にて艶麗なる春も暮れ、夏、酷熱をも伴ひて來る。秋は、霧と寒冷を從へ來る。人生の悲哀さよ。されど、遙かなる國へ、青き海を越え、溫暖の地へ、小鳥は、春の再び廻り來る迄、飛び去つて行く。」

彼は、心ない小鳥であり、漂浪へる流謫人である。定まつた住居もない。慣習さへない。總て、定まつてるものはない。到る處一夜の假の宿がある。神慮にて、一日を送つてゐる、生活の働は心の靜穩を亂さない。光榮の歡喜が、時に眼に輝くが、遠く遙かに星の様である。過去の榮耀と快樂を想ひ出して見る。又折々、頭の上で、雷鳴が轟く、しかし、澄み渡つた空の下に眠つてゐる様に、嵐の吹くのに無心でゐる。盲の如く、アレコは一生を送り、盲の運命の惡戲を忘れてゐる。神よ。こんな純心な心境に如何な情熱があつたらう。苛責に惱んでゐる胸中に、こんなに湧き起つたことだらう。既に、擲つてから久しく……永久にであらうか？何時かは又再び醒めはしまいか？――彼、どう思つてゐるだらうか？

ザンフイラ――あなたが永久に去つて來たものが、殘り惜しくありませんか、ね、あなた。

アレコ――去つて來たもの！

ザンフイラ――家の人達や、町や…………

アレコ――殘り惜しいのかといふのか？お汝は、窒息る樣な町の奴隷になれといふのか！そこでは、朝の爽かな空氣さへ呼吸へない、又牧場の春の香りも望めない、思ふのさへ恥しいよ。考へること……そんな事を考へないことにしよう。自由を賣買する。偶像の膝下に身を這はして、金錢や、束縛を乞ひ求めてゐる。それに、去つて來たものだといふのか？總ての曲直に迷つた偏見、そんなものは心置きなく捨て去る。

ザンフイラ――でもね！そこには立派な家があります。色とりどりの敷物や、緒帶がある、賑かな祭禮……………女の着物、まあなんて澤山あることでせう。

アレコ――町の樂といへば、騷音きりだ、愛もなければ眞の歡喜悅樂はない。女…………そう、お前の方が餘程優越つてゐるよ、眞珠や、首飾や、飾身具で飾り立てゝゐないお前の方がづつと良い。ほんとだ。私の唯一つの望は、お前の愛を、平和を、そして合意の上の隱遁生活をすることだ。

老人――物持の中に育つた身であつて、あんたは私達を愛して下さるな。一度贅澤をした者には。身の自由には馴れぬものです。私仲間では、こんな話をしますよ。こゝに南方の人が、王樣に追放されて、流謫の身となつた。その名前も、珍らしかつたものですから記憶てゐたがね、今はとんと忘れて了ふたよ。年は老つてゐたが、心は未だ若くて幸運を獲つてゐたんですよ。歌の天分があつて、その聲は河の流離の様であつた。皆に好かれてね、ダニューブの河畔に住んでゐたが、悪事もせず、話をしては、年寄小兒を悦せてゐた。子供のやうで、臆病で身体も弱く何も出來なんだよ。だから、御物や魚を分けてやり、そして河に氷の張る頃、風が劇しく吹く時分になると、温かな羊毛で、柔かな寢床を作つてやるんでした。でも、少しも、おしつまつた生活を好かんでな顔色蒼白めて憔悴してゐた。いつもの癖の様に神様のお怒が解けないで、まだ私のした過失をお責めなさつてゐると云つてゐましたよ。

何時も、怒の解ける日を待ち暮してゐましたがな、どうして、仲々解けなかつたのですよ、絶えず身を歎いて、ダニューブの河邊を漂浪ひ、遙かの故國を想つては、涙を流してゐましたが、死ぬとき、骨を南の國へ運んで呉れと云ひ遺して置きましたよ。流された土地に安息を得られなかつたのでせう。

アレコ――神の子の運命は、皆こんなものか。羅馬、世界の盟主だ、戀の歌ひ手、神々の禮讃者、光榮とは何物か敎へて呉れ。墓下よりの反響、歎稱の叫び、時代より時代へ傳はる人の噂、或は煤つた庵の中にて、莞くれた放浪者の物語る話であるのか。

二年は流るゝ様に過ぎ去る。

春の陽の光を背に浴びて、老人は日和暖をしてゐる。搖籃の前で、彼の娘は戀歌を口誦ぶ、アレコは聴ひて、顔色を變へる。

ザンフイラ――古い嫉妬よ、狂つた嫉妬、切るならお切り、燒くならお燒き、身は確い火に燒かれようと、切られよと。好かぬそなたよ。私しや、嫌よ、好いたお方がありまする。愛し愛され死にまするアレコ――止めろ。氣持が惡くなる。私はそんな下卑な歌は嫌だ。

ザンフイラ――お嫌！仕方がないわ、慰みに歌つてるのよ。

（彼女は歌ふ）

「切るならお切り、燒くならお燒き、云ふまいぞ。古い嫉妬よ。狂ふた嫉妬、好いたお方は誰だやら

「春にもました爽さ、夏の日よりも熱はある。身こそ若いが、膽太く、まして好かるゝ身の上ぢや。

「好いた汝が寢る時は、ねんねも云つて上げたやら！。そなたの白毛も二人して共に笑つて寐したろ。

アレコ――沈默れ、ザンフイラー!!、もう澤山だ。

ザンフイラ――あら、あなたにと思つてるのね。

アレコ――ザンフイラ――。

ザンフイラ――さんざお怒りなさい。私は私で歌ひますわ。

（折り返しを歌ひつゝ外に出る）

老人――さうそ、思ひ出したよ。この歌が出來たのは、私の若い頃でな、人が皆歌つては、嘲笑ひ合つたものだよ、冬の或る晩、カグールの草原に露營したことがあつたが、あゝあの時嬉遊で私の娘を慰しながら、可愛想なマリウラが歌つたつけが。過ぎ去つた昔の事は、一時間、一時間、私の頭の中で亂雜になつて了ふは。この歌も、記憶てゐられないで、二度と思ひ出せはすまいな。

寂然としてゐる。夜である。月は南の方の蒼天に、輝いてゐる。ザンフイラは老人を搖り起す。

——父さん！アレコが恐ろしがつてゐます。聽いて御覽なさい。寢苦し相に、口吃言云つたり又呻つてゐますよ。

老人——恐さんがいゝよ。靜におし。午滿時に、親しい人の魂がやつて來て、寢てる人の咽喉を絞るつて、路西亜人は云ひ傳へてゐるよ。夜明けには、退なくなるだらう。まあ私の側にゐなさい。

ザンフイラ——父さん何か話してゐますよ。ザンフイラつと——し、私を呼んでゐますわ。

老人——夢の中でさへも、お前を探してゐるのだよ。あれには、生命よりかお前の方が可愛いゝのだ

ザンフイラ——あの人が私を愛して下さるのは、嫌になつて來たわ。倦きく／＼したこと。私は分れたいのです………しつ！、聽いてごらんなさい。別の名前を云つてます。

老人——なんて呼んで居る。

ザンフイラ——息が切れる樣に苦しいのね。！齒ぎしりしてゐる………恐ろしいわ、私、皆を起しますわ。

老人——そんなことをしたつて無駄だ。夜の精の邪魔をするものぢやないよ。自然に、去つて了ふよ

ザンフイラ——身悶してゐる。身を起した、私の名を呼んでゐる。あら起きたわ。私行きます。お休みなさい。

アレコ——どこへ行つてた。

ザンフイラ——父さんのお側に行つてゐましたわ。今、あなた夜の精に苦められてゐたのよ。夢見ながら、あなたの魂が苛責を受けたわ。あなた私が恐ろしかつたのね。息切れしたり、齒ぎしりしたりして、私の名を呼んでゐたわ。

アレコ――私は夢にお前を見た。二人の間だつたと思ふが…………恐ろしい夢だつた。

ザンフィラ――そんな夢ありはしないわ、眞實のことゝ思はないわ。

アレコ――あゝ、夢想も、樂しい誓約も、いつも又お前の心も總て私は信じない。

老人――どうしたんだ、若い身で、いつも歎息してゐるのは。こゝでは。人々は自由である。空は澄み亙つてる。女は美を誇つてるに、泣んぢやない。お前が苦しめば私も滅切り衰へるよ。

アレコ――あれはもう私を愛してゐない！。

老人くよ〳〵しなさんなよ。子供らしい。お前の悲愁むのは理由が分らぬ。愛することは。お前には苦悶や惱みの種だよ。御覽ん。この靑天井に。陽は思ふまゝに、漂ふてる。そして總ての自然物に光を投げてゐる。雲間から光が洩れる。雲を照して燦と輝く、そして、空を渡つて、永く止まらない。誰が空にこんな位置を定めたかい？誰がそこに止まれと命じたかな？誰が若い娘の胸に「愛するな、決して變へるまいぞ」と云ふこが出來るかな？…………くよ〳〵しなさんな。

アレコ――以前は、あれはどんなに私を愛してたことだらう。一夜野中に宿つた時、あれはどんなに優しく身を寄せかけたことだらう。又、どんなに夜が早く明けると思つたことだらう。あれは、子供の樣にはしやいで、私の耳下で、もご〳〵言つたり、接吻したりして、あれは私を浮々させて吳れたが！不實な奴だもう私を愛してゐぬのだ。

老人――まあ、私の身の上話を話すから、聽くがいゝ、以前のことだ。モスコー人が未だダニューブ河に來ない頃のことだがな、――當時スルタンの名には、皆身振して恐ろしがつてたものだよ。なにしろパシヤが、ブーヂヤクを統治てゐたのだから。私は年が若く、歡喜に心は浮立つてゐたものだ。私は少しも惱といふものがなかつた。私の美型運の中に一人——私にとつては、まあ太陽の樣な女だつたよ。後には私の妻となつた。あゝ私の青年時代(わかいじだい)は、尻を延いて飛ぶ星の樣に間もなく過ぎ去つたわい、しかし更に早く戀愛(こひ)の時代が過ぎたのだ。私の妻のマリウラは一年の間私を愛して與れたのだ。

何時のことだつたか、それから後、カグール河で見なれぬ一群の人々に出遭つたのだ。ジツプシーだつたよ。山麓の私の小屋の近くに、小屋を建てた。二晩、一處に居たが、三晩目に立ち去つたよ………マリウラも一緒に………私は朝まで何事もなく睡つゞけて朝方目を醒した時には妻は居なつかつた。私は探した。私は呼び廻つた。行先さへ知れなかつた。娘のザンフイラは泣く。私も共に涙に暮れて了つたよ。

その日からといふものは、私にはこの世の娘と云ふ娘は價値もなくなつて、そん中から配偶(つれあひ)を探すこともせないで唯淋(さび)しく獨り居るときでも、誰にも淋しみを語らずゐたよ。

アレコ——何故直ぐ後を追つて行かなかつたのですか？妻を誘拐した奴、又、歎き去つた妻に、何故一刀報いなかつたのですか？

老人——何故だつて？青年時代には、鳥よりも氣儘ぢやないかな？どんな力が愛を止めうるのかな考へてごらん、快樂は、一人一人順繰にり廻つて來るものでな。一度味つた者は、二度と得られるものぢやないわ。

アレコ——私はそんなものぢやない。私は、爭はないで私の權利を放擲はしない。少くとも、復讐の悅(よろこび)は味ふ。いや！私は海邊で底ない淵の傍に眠入つてる敵に出遭つた、そして、奈落の底に敵を蹴込めなかつたらば、私は神に見捨てられたのだ！幸と、敵を波濤の中に突落して、敵が目が醒めたときの驚きと恐怖、そして、その苦悶を樂しめられたら私は確に神に感謝する又永く敵が墜ち込む水音が耳朶に殘つて愉快と微笑の想ひ出となつたならば……。　神の惠だ。

若いジプシーの男――もう一遍、一遍でよいから接吻さして下さい。

ザンフイラ――お別としませう。私の夫は、嫉妬深くつて、氣が荒いのよ。

若いジプシー男――一遍でよいですよ。お別のために、長い接吻を…………

ザンフイラ――お別しませう。夫が來るかも知れませんわ。

若いジプシー男――何時又合へるでしようね？

ザンフイラ――今晩、月が沈む頃、あすこの墓場の側でお逢しませう。

若いジプシー男――噓ぢやないですか！來ないのでせう。

ザンフイラ――行つてごらんなさい。きつと行つてゐますから。

アレコは寢てゐる。不安な夢に惱まされてゐる。叫びながら起き上る。嫉妬に驅られて、手を擴げたが、冷く夜具を掴む。妻は居ない。よろ〳〵と立上る。寂然としてゐる。身を打ち振はせ、戰慄して眞赤になる。小屋から出て、車の周圍を驅け廻る。音もない。妻の返事もない。外は闇で月は霧の中に沈んでゐる。星の瞬く光が路の上で光る。アレコは足跡を見つけ出した。ワラガンの方に向つて行く。身を急がせる。小路の側の白い墓の邊。悽慘な豫感が身に迫る。油〳〵歩を運ぶ脣は振へ、膝はわなゝく。彼は進む…………夢か？彼の側に、影二つ。墓の上で、語り合ふ囁き聲が聞へる。

第一聲──お別しませう。

第二聲──まだ、いゝぢやないですか？

第一聲──いゝえ、いけません。さあお別しませう。

第二聲──夜が明ける迄、

第一聲──心配ですわ。

第二聲──びく〳〵してるね。一寸！。

第一聲──困るね。

第二聲──一寸待つて下さい。

第一聲──夫が眼を醒して私が居なかつたらどうしませう。…………

アレコ──起きてるぞ。何處へ行く。二人共止れ。よくもこんな墓の上に居たな。

ザンフイラ──お逃げなさい。

アレコ──止れ。何處へ行く。此奴（こやつ）！待て！こら──！

ザンフイラ──あなた──！

若いジプシーの男──ウム、苦しい──！

ザンフイラ──あなた、殺しちや！あら？。血塗（まみ）れ！どうしたんでせう。

アレコ──なんでもない。これで愛を確（たしか）に手にしたぞ。

ザンフイラ──よくてよ。私、あなたを怖（こわい）なんか思ひはしません。なんです。あなたの脅迫が、人殺しい──！

アレコ——（彼女を突きながら）一緒に死ぬさ。

ザンフイラ——死んでも、愛してるわ。

東の方が、漸く白む。地上には、アレコが血塗れになつて、片手に刀を持ち、墓の石の上に座つてゐる。足の傍に、死体二個！彼の顔は恐怖で真青である。

「メリメ著作集より」

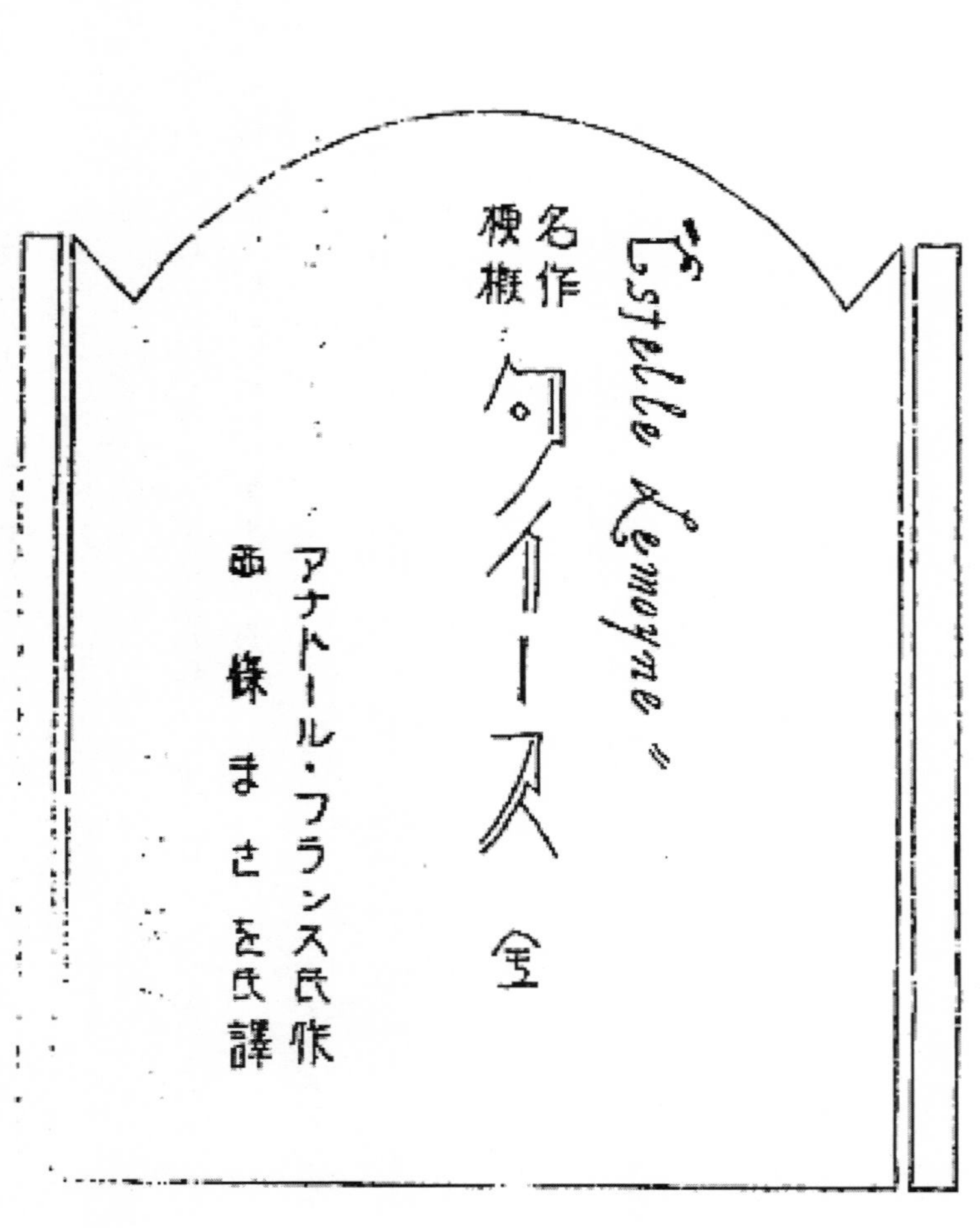

アナトール・フランスオ作，西條まさを譯，〈タイ—ス〉，《文藝櫻草》，第一期，一九二五年一月一日，頁一一一—一二二。

タイースはアナトオル・フランスの代表的作品[illegible]アナトオル・フランソア・チボールと云ひ一八四四年に生れた。佛文壇に於ける自然主義以後の第一人者であり、詩人として又評論家として古典に對する造詣深く縱横の機智と偉大なる想像力を有し現代稀に見る大家であつたが惜しい哉最近八十の高齢で没した。タイースは彼の流麗な皮肉に富んだ文章で作りあげた宝石にもましい傑作である。

I

羅馬の昔である。エジプト、ニールの沿岸には十字架をかけた少さな小屋が立並んでそこには禁慾の生活を送る僧侶がすんでいた。その僧侶の中にパフニウスと云ふ、えらい僧があつた。或日のことであつた彼はなつかしき故郷のアレキサンドリーにある華かな劇場でタイースと云ふ豊満な肉体の持主が踊り狂ふのを見たことを思ひだした。タイスは観衆の前で恐れる様子もなく、人間にとつて最も激しく、且つ抑へがたい熱情からくるある動作を思ひ出させるやうな所作を巧妙すぎる程整つた身振りで演じ彼はこのタイースを、汚れた生活から助けて神の御手にすがらせようとした。で彼はパルモンと云ふ隠者を尋ねた。そして自分のけだかき決心を語つて賛成を受けようとした。パルモンは口数少なに魔をすてゝ砂漠へ出た僧侶は駄目だと諫める。彼は内々として帰つて行く、が遂に彼は神の為にタイースを救ふのだと決心して彼の弟子を後に長い旅に出た。彼はその途中色々の者にあつた。彼はやがて昔友達のニシヤスをおとずれ、パルモンに話したように自分の決心をうちあけた。ニシヤスは「ヴイナスの神を怒らせてもこゆくないか」ととめる。が彼は自分の決心をまげず、ある日タイースの劇を見に行つた。タイースは嫌か上にも躍り狂ふ。そして無数の観客はワア〳〵とさやぎ廻つた。彼パフニウスは丘上にて、これら群集の者共に強くひゞくように大声でさけんだ。「異教徒よ、悪魔を禮讃する卑しき者達よ―」そして彼は意を強くして、この女を悪魔の生活から救ふべくニンフの洞をおとづれた。

2

タイースと云ふ女は貪慾な父母の経営するハァーに生れた。彼は少さい時から水夫達の卑猥な言を聞たり血の刀がとれでゆく恐ろしいこのバーに成長した。この叫喚の中にアーメスと云ふ善良なる奴隷はタイースを抱いて我が子のようにそだてゝきた。このアーメスは熱烈なクリスチャンだった。そして彼は毎日のようにこの可憐なタイースにクリスト様のお話を聞かせた。そして復活祭のある週の夜彼女をつれてアーメスは暗い無気味な夜を走った。そして秘密に洗礼を受けさせた。これらのことがある中に主人の嫌疑と異教徒の憎悪の為にアーメスは十字架上の露と消えた。タイースは此を見て善良なる人間になるには恐ろしい苦難を忍ばなければならぬものだと云ふことを感じた。それはタイースがいつもよりひどくなじりつけられて消然と野にうづくまっていた時であった。モーロスと云ふ踊りの老婆がやって来て彼女をそそのかして旅藝人の群に投ぜしめた。そしてきれいなむすをうつくしきタイースに踊りを仕込んだ。そして宴会の席へダンシング・ガールとして出かしめた。タイースはそして芸の恋の価値も不く知らずに、木立の蔭で誰にも自分の身を任すことを許した。其の内に彼女は若さと快樂の漲つた總督の息子と一緒にくらしたこともあつた。間もなく彼女の姿はこの總督の息子のところから消えて、裸体の歌ひ女が踊り狂ふ殿堂や娼婦がさゞめき[illegible]くオロンの森にあらはれた。さうかうしてゐる中に彼女はアレキサンドリーの舞台に出た。そして快樂の爲に生活してゐるアレキサンドリーの市民を喜ばしめた。その中に彼女はパフニュースの友であつたニシアスを知つた。「私は貴方のやうな希望も恐れも持たない人を羨みます」と彼女は呟いて時々むづかしい哲學の書を繙いたりした。そうすると傲慢な彼女も年少の頃を思ひ出し父母に背いたことを嘆き悲しんだりした。そしてコンスタンタン皇帝がキリスト教徒の平和を確立して以來アーメスの靈が人々に認められた時、「富よりも快樂よりも、もつと價値ある此の知れないものは？」とそのつめたい墓に接吻をしたこともあつた。が子の神秘的な夜があけると彼女は淫蕩な火をたきつけ、美しい肉体をハイヤシンスの床にしどけなく投げ[illegible]して[illegible]つ[illegible]

眼を燦爛と輝かした。ニンフの洞と云ふは彼女があらゆる栄華の奢りを極めた立派な棲家だつた。そこにパフニウスは入つて来たのだ。彼はタイースに神の道に入れば永遠に不死だと云つた。タイースはこのパフニウスを憎まなかつた。彼女はパフニウスが不死の法を知つてゐる仙人だと思つた。そこで彼女はに身を与へようと思つた。そして彼を恐れるやうな気ながらあとずさりして洞の奥の寝台の傍にゆき、その端に腰かけた。それから器用に着物を胸の方にかき上げ、ぢつとして繁りこんで眼を伏せて待つてゐた。長いまつ毛はふくよかな頬の上にやはらかな影を落し、彼女の動作の悉くは羞恥を物語つてゐた。あらわになつた足は静にゆらぎ、彼女の姿は丁度川岸に坐つて物思ふ少女のやうであつた。けれどもパフニウスは彼女をヂッと眺めたまゝ動かなかつた。彼は心をこらへた。膝は無暗にすくみさうになり、視力はなくなつた。彼はイエス・クリストが彼女を見せまいとして自分の眼をかくしたまふたのだと思つた。そこで重々しく若しお前が俺のものになるならば一本神の前にそれがかくされてゐると思ふのか？」と云つた。彼女は頭をふる。そして呟く「神？誰が神にこのニンフの洞を蔑視させるのです。若し私達が神を汚すなら神は去つてしまはれるのですか？神が私達をつくられたのですもの。つくられたまゝ、又つくられた本[illegible]に従つて生きてゐる私達を神はお怒りになることは出来ないです。神が決して持たなかつた考まで人々は神に帰してしまひます。貴方は神の本質を御存知なのですか？」こゝで彼パフニウスは私はアンチノエの僧正パフニウスだと名乗る。それを聞くとタイースは青くなつて泣く「去つて下さい！」彼女はさめぐと真珠の涙をながす。パフニウスはこの娼婦に唇をあたへた。そして彼女を「ケーザルの娘アルビナの処へ」と海近い尼寺へつれてゆく。罪過の道具は凡て焼き払はれた。「タイス、お前がふれた切のものは魂までも火に焼きつくされねばならないのだ。あの小波ぶりも尚数多い接吻を見たこれらの薄絹は……おゝ急げもつと炬火を投げよ。タイース、お前は奴隷の[illegible]をきるれた、そしてその汚れた装飾[illegible]紅なのように、パフニウスは叫ぶ。これら多くの宝が――象牙、首飾、長椅子、七弦、神像――灰になるのを見て商人共は「タイースは我々のパンを奪ってゆく」と叫んだ。二人は旅に出た。行く道々。パフニウスは聖い心の下からはこのタイースがニシアスを寝所に迎へたことがあるのだと思ふと血がわき胸が張りさけるばかりだった。アルビナはタイースが来たのを喜んで迎へた。パフニウスは濕った土と唾液と自分の髪を一本まぜて戸の隙にぬった。そして室の中には床とテーブルと水瓮の一箇があるばかりで、こゝにタイースは入れられたのだった。パフニウスは窓に近づきタイースを眺めて叫んだ「生命の小道を歩む彼女は、何と愛すべきだろう！　何とあの足は美はしく、あの顔は輝しいことだろう！」

3―

パフニウスは砂漠へ帰って来た。弟子達は歓喜して彼を迎へるっそして口々に汚れたタイースを救ったパフニウスをたゝえた。フラヴィヤンと云ふ弟子の如きは即興の讃美歌を歌って恵まれたる日よ、いまわれ等の父は帰れり！新たなる功績を負ひて彼は帰れり！」が然し彼はニンフの洞で見たより以上のタイースを夢見て眠られなかった。「私のしたことは神の栄光のためだった……我が魂よ、何故お前は悲しいのか。そして私の身体で騒ぎ立てるのか！」彼は嘆息する。恐ろしい夢の汚れを浄め醜悪な考へを免れる為に彼はパルモン老人を訪れた。

そして砂漠の果まで歩いて行った。そして彼は邪教徒の寺へ行き壁の柱の中にたった一つ石の載ってないのを見出すとその上に座って神に祈った。ニール一帯の村人は安息日に此の難行者を見に来た。彼の弟子もやって来た。「私を愛しぶさい。貴方を惱ます愛情を私の胸にすっかりお灑ぎなさい。……」

夢かうつゝかタイースの幻影は彼に囁く。

「タイースが今死にかゝっている！」彼はどこからかそれを聞くと大急ぎでアルビナの小屋へはせつけた。タイースは無花果の樹影の寝床に腕を組み合せて眞白になっていた。「タイース、タイースー」彼は叫んだ。タイースは頭をあげて「まや貴方……たか！・神父さま、私は本当の愛に生きるようになつたのです！」と云つた。雄鳥が悲しく鳴いた。讃美歌にまざつてパフニウスは泣いた。

『わが汚れを洗ひ去り、
われを清めよ、
われ己が不義を知り、
わが罪はをやみなく
わが前に現はるればなり、』

タイースは悠然として立上つた。紫色の眼があいた。そして遠く小山を指さして叫んだ

「あすこに永遠の朝の薔薇の花が！」

「おゝ死んではいけない。俺はお前を愛するんだ。お聞き、俺はお前を欺いたのだ。俺は気狂ひなのだ。神も天国もそんなものはみんな何でもありはしない。此の世に生存するものゝ愛より外に真実のものは何もありはしない。俺はお前を愛してゐる！死んぢやいけない。おいで、俺と一緒に逃げよう。わしが

抱いてずつと遠くへ行かう。おいで愛し合はう「私は生きたい」と云つておくれ。タイース、タイース」彼は女を腕に抱いた。彼女は、

「天国が近づいた……神様が見えた。」と頭を枕上へ落した。絶望的の煩悩に包まれた。パフニウスは情慾や激怒や愛のからみあつた狂ほしさで彼女に貪りついた。アルビナは叫んだ！

「行け！呪はれ者め」そしてアルビナはやさしく其の指をタイースの眼の上に置いた。パフニウスは炎のやうに燃えたつばかりの眼をして地が自分の足許に破れ割けてゆくように感じたうようくとあとずさつた。処女達はザカリ！の讃美で、と唄つてゐた。

主にほまれあれ、イスラエルの神よ、

不意に歌声は彼女等の喉につかえてしまつた。彼女達はパフニウスの顔を見て驚いて叫びながら逃げた。

「あゝ悪魔、吸血鬼！鬼！鬼！」

彼は自分の手で顔をなでながら自分の醜さを[illegible]た程恐ろしくなつた。

———

× × × × × × ×

これが全篇の梗概である。非常な大作であるから縮めるには苦心した。私の下手な手ではアナトオール、フランスのこの名作を傷けることは甚しいが讀者よ、紙面の都合上、もっと多く描寫することが出来なかった。が貧しさの梗概だけでも諸君が一讀されて、別にアナトオール、フランスの作品に親しむ讀者を多くされたら私にとって否アナトオール・フランスにとって嬉しいことである。次輯からはもっと簡潔な筆で行き、あらゆる作を紹介したい。（一九二四、一二、九夜）

ポッカチーオ作，陳是晶譯，〈ミランの女〉，《臺灣日日新報》，一九二八年十月十五。

ミランの女

陳是晶譯

ガルフアドと云ふ獨逸人の商人がミランに住んで居た。よい人物で、多くの獨逸人の爲にその務めに相應しい者であつた。彼は大變に支拂にはきちん／＼して居たもんだから、大勢な商人はどんな時でも亦どんな大金でも極く僅かな利益で彼に貸すのであつた。

さて、彼はアムブローチヤと云ふ婦人に戀慕した。その婦人は、彼の古い友人で相當な金持のゴースパルロの細君であつた。此の事を彼女の夫にも他人にも氣附かれない樣に用心して彼は或日、機會を捉へて自分の思ひを打開けた。すると彼女は、二箇の條件を附けて承諾した。第一には秘密にする事、第二には、恰度二百フロリンの金が欲しかつたからその金を與れる樣にとの事であつた。ガルフアド、は愛が怒りと侮蔑に變つた程に此の汚貪に腹が立つた。それで彼は陥入れてやらうと決心した彼は、どんな時でも彼女の望む事なら何んでもして上げる事、その金の欲しい時は知らせて與れる樣に、又金を持つて行く時は友人を唯一人連れて行く等を云つた。その友人は凡ゆる場合彼の友人であつて゛絶對に信用の置ける人間であると。其處で彼女は滿足して、夫が幾日か家を留守にして近日ジエノアへ行く事を知らせた。そして夫が起つたら直ぐ知らせると云つた。

話變つて、ガルフアドは、彼女の夫なるゴースパルロの處へ行つて斯う言つた。

『或る事で二百フロリンばかり入用になつたんです。先きに貸して吳れたら充分御禮をしますがね。』

ゴースパルロはそれを承知した。

彼女の言つた譯に夫のゴースパルロは二三日後にジエノアへ出發した。彼女は直ちに、ガルフアドに來る樣にそして二百フロリンの金を持つて來る樣にと言傳をした。

言葉に從つて彼は、友人と共に彼女の家に行つた。一番始めに彼は友人の前でその金を渡しながら言つた。

『奧さん、この金をとつておいて御主人がお歸りになつたらお渡し下さい。』

彼女はそれを受取つた。しかし何故彼がこんな言ひ方をしたかを考へずに、多分、彼が友人に事情を知らせたくない爲めにそう言つたのだらうと考へた。

『よろしうございます。一寸見せて下さい。』

机の上に出して見たが、確かに二百フロリンあつた。內心滿足してそれをしまひ込んだ。そして、彼を部屋へ連れ込んだ。彼は彼女の夫のジェノアに行つてる留守中に訪問しつゞけた。

夫が歸つてからガルフアードは、もう一度その家へ行つた。彼女のきこえる所で、その夫に言つた。

「お貸し下さつたお金は入用がなくなりましたので、直ぐあなたの奥さんにお還しゝました。帳面から抹消して下さい。」

ゴースパルロは振り向いて、彼女に受取つたかどうかと尋ねた。彼女は證據があるのを考へて、どうしてそれを否定すべきかを知らなかつた。

「えゝ、貰ひましたわ。あなたにお話しするのを忘れました。」

彼は答へた。

「では、滿足です。さよなら——あなたの勘定は濟みました。」

（ボツカチオ）

スターリング・グリーソン作，もり隆三譯，〈科學小說　ラヂオ火刑〉，《臺灣遞信協會雜誌》，第九十六期，一九二九年十一月，頁八六－九五。

科學小說　ラヂオ火刑

スターリング、グリーソン作
もり　隆　三　譯

米國ハロルド●デア活動寫眞撮影所の素晴しい戸内ステージの上では武裝した騎士、豪華な服裝を纏つた貴婦人、紳士、自由民、農奴其他あらゆる階級に扮した人達が右往左往して、今しもハロルド●デアの最新式トーキー撮影機が活動し始めてゐた。鎧を着け手にメガホンを持つたハロルド●デアは大きな移動舞臺の上で大戰爭の場面に準備中の監督達を指揮してゐた。

「デアさん」と誰かが呼んだ。

振返へると騎士に扮した男が移動舞臺の傍に立つてゐた、彼の顔は騎士の着る甲冑の庇で隱されてゐた、デアは彼の差出した紙片を開いてみた。

——妾ひとりで至急御目にかかりたいの、此方に從いていらつしやいませ、グロリア嬢——

デアは主監督に

「一寸歸る用がある、撮影は進めて呉れ給へ」と云つて、彼は振返つて鎧をガチャガチャ鳴らしながら使に從いていつた。

彼は實際當惑した、これは唯事ではなかつたから、グロリアはよくカメラの前で彼の相手役になつた－－ファンは又彼の私生活の相手役でもあらうと噂した－－は決してこんな遣方で彼を呼んだ事はなかつた、一體どうしたのだ？

使の男に從いて事務所の建物の一番端にあたる室に連れて來られて、彼は愈々判らなくなつてしまつた。

此處には彼の所有する放送局、ＷＲＯＴの放送室と機器が裝備されてゐた。

「操縱室」と印された扉の前で使は止つた。此室内にＷＲＯＴの裝置の主要部分が備へられてゐた、彼は不審に思ひながら使の男をと見ると

「グロリアは此室にゐますよ」と云つた。

何氣なくデアは引手に手袋の儘手を掛けて丁寧に扉を開けた、成程そこにはグロリアが椅子に腰掛けてはゐたが、顏は恐怖に蒼ざめて震へてゐた、彼は室の中につか〳〵と這入つて行つた。

忽ち、彼の頭上にピカリ閃光が立つたので、彼は腕を上げようとしたが、其手は兩脇に縛られてしまつた。彼は顎までもある高い圓筒の中に入れられたのだつた。椅子にはグロリアンがチッとしてゐた、室の反對側に脊の高い、頭髮の黑い、獰猛な面構への男が、手に兇器を持つて立つてゐた。

グロリアが叫び聲を擧げると、黑のダンディ●デアボロは大股に歩いていつて、彼女を縛つてしまつた。

「猿轡を嵌めろ！」と相棒に云ひつけた。

惡相の男が、厚い猿轡を口に嵌つかと當て、手足も椅子に縛りつけてしまつた。

「ダンディ●デアボロ何故こんな酷い事をするのだ？」彼は捕縛者の意圖が計りかねた。

「譯を云つて聞かさう、君は永い間僕を侮蔑して來た、その御禮だ。」

手に猿轡をもつて、彼は此無援の勇士の傍に來た、ハロルドは突然自分の體を前に投げ倒した、彼はよろめいた——三人の偏强の手下が、圓筒の倒れるのを捕へ、元に立て直した、彼等はデアの冑を脱がせて、しつかりと猿轡を食はせ、又冑を嵌めた。

デアボロは嘲笑ひながら
「おい、長い間僕の仕事の妨害をした總勘定だ、君はいつもカメラの前で僕を追越したからつて、他の事でまで僕に勝越さにあならぬと考へてござるが、ハロルドそれあ間違つてる、君の生涯の、恐らくはおしまひの、唯今ちやあ、勝は僕にあるんだよ！」

デアボロは包から大きく卷いた、重い、撓げ易い銅製のリボン線を取出してその一端をハロルドを入れた圓筒の端の括り付けに結んだ、デアが見下すと頑丈な絶縁された電線が何回となくグル〳〵圓筒に捲かれてあつた。

デアボロは電線の一端を解いてそれを圓筒からＷＲＯＴの送信配電器の計器の端子迄引延した、又他の一端を大きな送信線輪の一捲に接いた。

デアボロは尚も嘲り續けた、

「ハロルドデア、定めし不思議で御座んせう。君は今電線の大きな線線——インダクタンスー

——の中にゐなさる、インダクタンスはWROTの恐ろしい送信機に接續されてゐるんだ、まあ君の聰明な頭に、線輪の現象について思ひ出して貰はう、ある導體が電流の通つてる線輪の電場の中に置かれたら、電流が導體に誘導する位御承知だらう、此の導體の抵抗の爲に、誘導された勢力は熱に變じてしまふ、此熱現象は電流の周波數を增加するに從ひ顯著なのだ、だから、此の線輪に非常な高周波の强電流を與へりあ導體に生ずる熱は大したものだつて事は判るだらう、此現象は眞空中の高周波電流の作用で金屬も熔解される高周波爐の原理なんだ。

ハロルドデア、君は今云つた樣な線輪の磁場内にゐるんだ、で、君の身體は良導體でなくても、君の銅製の鎧、背は完全な導體に違ひない。

おい、常勝軍、鎧を着て生きながら燒かれてしまふんだぜ、僕達二人、グロリア嬢と僕とは君を置きざりにしてしまふのだ、この美人はかつて僕の申出を斷つたのを悔むでゐるに相違ない。よつく覺えてゐるよ、僕達が一處にロケーションに出掛けた折、僕と君とがグロリアに、晝のランチをお分しませうと云つた時、彼女は僕の挾めた心一杯のチーズのサンドウイッチを斷つて、君の手渡した燒肉の一方を受取つたものだ。さうなんだ、僕が燒肉を挾めたら彼女は受取つたに違ひなかつたんだ、だから僕のラヂオ周波爐の助で、君は一方の大きな燒肉になるべきなんだ。」

彼はこんな戰慄すべき事を云ひながら、送信配電盤に步み寄り、送信機がアンテナと絕縁されてゐるのを確めた、眞空管はさつきから点火されてゐた、彼はスヰッチを入れた、大きな此室の遙か彼方の隅に、巨大な電動機がブン〱唸り始めた、デアボロはプレート供給電壓の讀みを見て取つた、彼はそれが最大値に達するのを待つてゐた、やがて彼は徐々に大きなファイバア製の微細な調整用の主同調蓄電器の把手を廻し始めた。

各計器は動き出した彼は抵抗器を制御し、色々他の調整器をコントロールして、漸次にラヂオ周波回路を同調狀態に導いた、大きなラヂオ周波電流計は出力が増加するにつれ上つていつた。

鎧の中でハロルド・デアは頭髮が次第に起き上り、終には一方の端に附着しさうに感じられた、彼の皮膚はヒリ〱とした、鎧の段々熱くなるのが感ぜられ、その刺戟は耐へ難くなつて來た。

デアポロはバーニアコンデンサーを一振りした、さうしてヒラメント抵抗器は最高迄上げられた、メーターは跳び上つた、デアは一段に熱くなるのが感じられた。微かに、パチ〱と音がして、コイルの捲かれた筒から火煙りが起つた。

グロリアは眼をつむつた、デアは彼女に氣を取直す樣、目配せした、彼女はその美しい目で、デアポロの方へ哀願を込めてチラリとみやつた、が、化石した惡魔心の彼にはこんな哀れな訴も駄目だつた、彼女の眼は涙一杯になつた。

鎧は次第に耐へなくなつて、デアの着物は焦げてゐた、頭の甲冑は今にも爆發しさうだつた、鎧の繼ぎ目は膨脹するに連れてパチパチと鳴つた、一抹の煙が冑の内側から起つた、冑の底の隙間から出て來た。

グロリヤは此有樣を見て我身の事の樣に苦しんだ——叫ぼうにも締め付けた猿轡で聲が出なか

つた——彼女は氣絕してしまつた。

が、かゝる恐るべき、試練と拷問の間にあつて、不屈のハロルド●デアは始終冷靜な頭腦を保持してゐた、彼はグロリアが氣絕して、苦しんでゐないのを見て僅に安堵した。

あらゆる手段が彼の頭腦に閃めいた。所詮自分では逃れ様がなかつた、假令救助を求めても、留守中も撮影を進めよと云ひ付けておいた仲間の誰かが早速助けには來て吳れさうもなかつた。

鎖は最早耐へられぬ程熱かつた、彼は自分の居場所を動かさうとして數時位は、わづかに腕を前後に動かせる事が判つたので、絕望的に腕を振つて見た。

送信配電盤を見て、彼の眼はその指針に吸付られた、針は調子よく左右に振れてゐるのではないか！　彼はその動きを數へた、次第にそれは自分の腕の運動に一致する事がわかつて來たので、色々その理由を探究した。

腕の位置を動かすと巨大な送信機の或る回路に流れる多量の電流に影響する樣子だつた、何故？　やつと譯がわかつた、彼の心の希望が湧いて來た、腕を動かしたのは無意味ではなかつた、愼重な考で彼は勢ひよく重い鎖を付けた不恰好な腕を振つた。

×　×　×

此筋のラヂオ掛の自働車が聖林の大通りを徐行で巡回してゐた、その車內にはラヂオの檢査官メッツッが精確な受信機を設備した席に就いてゐた、彼は此界隈の諸種の小放送局に關して、申告が出てゐたので、各局の割當で波長を校正してゐた。

彼がダイヤルの度盛を下げると、大電力放送局の搬送波の如き癇高い音がビューーと昂じて來た、彼は傾聽した、其音調は不安定なばかりでなく、音色にも變動のある實に奇怪な音だつた。斯る行爲は如何にして起るか、メリッツ檢査官はグッと口をヒン曲げた。何處か大電力局の技師が調整しながら惡戯してゐるのだつた。

正に斯る行爲はラヂオ取締條令の「無用ノ發振又ハ故意ノ妨害ノ禁止」に抵觸する行爲だつた。

しかし此れは實に奇妙な電波だつた、彼は符號の強弱を測定する可聽計を接續した、指針は目盛を過ぎて急激に左右に振動した。

もどかし氣に檢査官は指針の止まるのを待つてゐた、が、針は止まらなかつた、彼の頭は機械的に指針の震動を大陸符號に飜譯しようと努め始めた。

メリッツ檢査官は吸聽した、三回の短い振動と、三回の長い振動、三回の短い振動――SOS！　彼は鉛筆を握つた。

「SOS　SOS　SOS　WROT局ノ　ハロルド●デアナリ　SOS　SOS　SOS　デアナリSOS救助ヲ乞フ………」

メリッツ檢査官は猶豫もあらせず、窓を開けて、運轉臺に飛込み様

「デア撮影所へ――その近所で徐行だ！」

大型自働車は前方へ跳んだ、交通の激しい中を凄じいサイレンを響かせながら、呼氣の催しさうなスピードで以て、繁忙な交叉點を横斷し、不注意なドライブの車や、散歩人をスレ〳〵に

外し、町角を急角度で折れた。

メリッツ検査官は運轉手の傍に坐り仕事の手順を書いてゐた、前方にデア・スタヂオの巨大な設備の壁面が見え出した、彼はサイレンを止めさせた、車體は傾斜して本館に通ずる車道に這入つた、門衛の警官は讀みさしの新聞紙を取落し、寛りと掛けて居た椅子から立上つて、横に身を躱した。

大型自働車は止まりもせず門に張渡してあつた鎖に一氣に衝突して之を切斷し、本館に通ずる砂利道へと徐行した、門衛の警官は走りながら車のあとに續いた。

「來て呉れ給へ！　加勢が欲しいんだ」―メリッツ検査官が叫んだ。

検査官の鋭い眼はそこに通ずる路で放送室を見付けた、廊下を通つて彼等は疾走した、建物の末端の室は「操縦室」と書いてあつた、メリッツ検査官は重い軍用短銃に手を掛けた、續く面々も各々引金に指を掛けて、密かに三人は廊下に忍びより「操縦室」の扉の外で立止つた。

微かな電動機の唸りが聞えて來た。

「用意！」―メリッツが叫んだ、突如、彼は扉を開いた、アッと黒髮の首領が振り向くと、三個の物凄いピストルに包圍されてしまつた、機械的に彼は手を擧げた。

メリッツはあたりを見廻して、デアを發見した、一目で彼は情況を觀て取つた、勇敢な英雄は氣息奄々たる有様であつた。

メリッツは素早くピストルを擧げて引金を引き、デアボロが張つたラヂオ波の假線を支へた絕緣物を射つた、裸のリボン形銅線は重いパス用の針金を横切つて落下した。

眩む様な綠色の大電弧が光つて、長いリボン線は捻むで二部に溶解した。

檢査官は配電盤の前に行つて電動機のスヰッチを切つた、巨大な送信機は休止した、メリッツは消火器の腕金を採つて、デアの錠の上に液を放出せしめた、ジューといつて蒸氣が立つたが直ぐ靜まつた、ハロルドは眼を開いた。

「どうした譯なんです?」メリッツが訊問した、彼と巡査とは、デアの頭上に被さつた長いインダクタンスを除けて、俳優用の錠を脫がせ始めた、

「私は實に此樣な大した光栄に値する行為は致した覺が御座いませんのです」とハロルド●デアは憐み深く答へた。

「私の錠がインダクタンスの中の傳導性のものであるから、何とか錠が動けば二個の回路の關係が變化し、延いてはコイルの接點を變化すると云ふ事に思ひ付きました、そこで私の腕を動かせば、私は送信機に同調と非同調を與へる事が出來ます、誰かが聽取してゐて吳れればと念じながら私は大陸符號で信號しました」

「それは賢明な方策でした」と檢査官は讃めた、終にデアは死の錠を脫いだ、次の瞬間彼は美人グッリアの傍で、彼女を椅子に縛り付けてゐた殘酷な紐を切つた。彼は優しく彼女を起して、薔薇の蕾の樣な口から猿轡を取つた、彼女の眼瞼がピクピク動いた、

「グッリア」と彼が呼んだ、

彼女は眼を開け、危げに自分で立上り、あたりを見廻し、よろめいた、デアは彼の强い優しい腕で彼女を抱へた。

ダンディ●デアボロは齒をバリバリ鳴らし

「又やり仕損じてしまつた」と呟いた。

デアは眞正面から彼を見凝めながら

「そうだ、又失敗だつたネ、まさにやり損ひだつた。」

さうして潔白なハロルド●デアとかの美人とは更らに輝かしい前途に向け進んでいつた。

——終——

グリーソン作，りうぞう譯，〈科學小說　ゑあ・めいる事件〉，《臺灣遞信協會雜誌》，第九十八期，一九三一年一月，頁九二－一〇六。

科學小說　ゑあ・めいる事件

グリーソン作
りうぞう譯

——ロッキー山嶮上に擴がつた墨の樣な夜空を破つて、微かな唸りと鮮明な光芒を發しながら彗星が出現した。——

世界で屈指の快速空中輸送會社の首席操縱士ジョン・メッル氏は此彗星に乘つて星くずの間を分け此處迄飛んで來たのであつた。

彼の兩脇の彗星の突端は唸り、廻轉中のモーターの二本の排氣パイプからは青い焔が噴出して光芒を曳いてゐた。が然し周圍は眞黑咫尺をも辨せなかつた。

數十分間メッル氏はぬば玉の闇に點滅する微少青色彗星の如き飛行を續けて來た、彼は然し航路から機體の幅程も外れさせない自信があつた、又此「快速空輸」では金力で購入し得る最善の裝置を使用してゐたから此自信が外れた事はなかつた。

未だ此れは最も勇敢な操縱士たちの冒險ではあつたけれど、今迄航空輸送は許す限り夜間飛行によるのが安全とされた、此の安全なる最大理由は二條放射式ラヂオビーコンを使用するからであつた、此の方式が運用さるる時は輸送機は精確に、列車が鐵路を辿る如く其の航路を進

93

行し得た、此ラヂオビーコンは仕極簡單な機構で、二個のラヂオ送信機が航路に向つて並行して電波を射出し操縱士は特種の受信機を有し、又送信機は同一波長が發射さるる樣運用される、が一臺よりは短點のみを他の一臺よりは長點のみが豫定せられた長さと速度で發射される、操縱士が精確に二種のビーム波の中間を飛行中の時は彼の受信機は二種の電波より均しき衝擊を受け――短點と長點が重複し連續音を發する樣電鍵が操作される――で此れが普通の中介電鍵を働作せしめて受信機盤中央の白光燈を點火する、が機體がその航路から外れた場合には、一方のビーム波がより强勢に受信される、そこで短點又は長點の周波數に同調せられた特殊の中介電鍵が働作し綠又は赤色燈を點火し操縱士にその誤謬を指示する。

このラヂオビーコンが設備されてより「快速空輸」の飛機は一臺もその航路から外れた事がなかつた、たつた一度だけ或る一機が遲延して到着した。操縱士がハンカチフを落しそれを拾ひに不時着陸を行つたからであつた、此の規則違反の廉で彼は卽刻休職になつた、かゝる機敏な處置が「快速空輸」の評判をよくし、その眞價を認められ益々航空輸送の契約が希望さるるに到つた。

その剛毅さに鳴るメッル操縱士と雖も決して眼界に現れた微光を喜ばぬ譯ではなかつた。眞正面に前面のプロペラの回轉に妨げられながらも光が閃めいて見えた、メッル氏は光を確めるべく身を屈めた、やがて彼は機首を下げ、これらの大探照燈の光の中に着陸するであらう、人々は迅速に輸送行囊を待たせてあるトラックに積込み汽船まで運ばせる、解放された彼は疲れ切つた體を休めるべく彼を待つ家族の許に歸りつくであらう。

一再となく此ラヂオビーコンは彼を矢の如く眞つ直ぐにホリウッドとスヰート●レーク間八〇〇哩の山脈と砂漠の間を誘導した。

閃めいて見えた光は近づくにつれて二個の光柱に分れた、彼は多數の光の中に着陸場を見出した、そこにはスヰート●レークの頭字「SL」と小電燈で形付けた文字が讀まれた。

メッル氏は着陸方向を示す大電光の矢印を認むため旋回をつゞけやがて矢の方向に機首を下げた。汽笛の汽辨を開いて不燃瓦斯を排除すると張金が鳴り、短い唸音が斷續した、メッル氏は彼の機體をピタリとラインの上に休ませた、待つてゐたトラックは機體の横側に來て三名の掛員が機體の仕切つた中から行嚢を投出した、メッル氏は飛行服のカラを肩の上に折曲げ、塵除眼鏡を頭上に押しやり、坐席からヒラリ飛び下り、いやな自動車の暗い内部を覗き込んだ。

時。

「手を擧げろ!」

× × ×

「快速空輸」の西部終點たるバンディ飛行場には不安な空氣が充ち滿ちてゐた、スヰート●レークから正午着の夜間輸送機が豫定より一〇分を經過したが到着せぬと云ふ鶩くべき報らせだつた、「快速空輸」の名聲は今や賭物の對照にすら上つてゐた、何事が起つたと云ふのだ?

メッル氏はバンディ飛行場をクロノメターの示す精確時に出發し、シアーラ高山の山巓にあるウォルフブリッヂ見張所からは豫定表に先立つ事二分、八時八分に「夜眼鏡」を使用せずとも乘組員のそれと知られた程、低空を飛行し去つたと報告して來てゐる、それから以後音沙汰がない、メッル氏は八〇〇哩の航程を一五六分で飛んでゐる、未だ曾てかゝる一〇分間と云ふ永い時分を遲延した例はなかつた。

斯の如き首席操縱士の怠慢は暗い影を投げ、何か事件が起つたとすればそれは極つて突發事件に違ひない、さもなくば何故操縱士は「快速空輸」の總ての飛機に裝置された自動遭難信號を發しなかつたか？

彼は嶺か絕壁或は砂漠かサルヒヤの茂みの中に迷つて墜落したのではないか、モーターの故障に前進の危險なため引返したのではないか、又は此信賴された操縱士が重要行李を以て逃亡したのではないか、時は刻々に遷る、バンディとスキート●レーク飛行場で待つ人々には一分間が一時間にも思へてならなかつた。

午前二時一三分、立派な高速度の自動車がその堂々たる乘客を格納庫の靑白い光の中に吐き出した。不意に睡眠を破つて今夜の輸送機は延着だと聞かされてから三〇分後「快速空輸」の社長であり、大株主であるアルフレッド●ネバル氏は急がしさに喘ぎながら格納庫の一隅のあかあかと光を點じた事務室に馳せ込んだ。喘ぎながら彼は

「未だ着かないのか？」と訊ねた。

無線技士は頭を振つた、此間遲々たる飛機の行方は不明とすれば益々不明であり、メッル氏が墜落したとすれば益々それは「死」が確信された、ネバラ氏が云つた。

「吾々せひ打合せなければならぬ、モーゼル大尉と重役會の連中を呼んで貰ひたい。」

ホリウッドのあらゆる方面から役員達が集合し始めた、祕書役は彼の經營する街自動車で來た

り、乘合自動車は重役の一團を吐き出し、出納役は自家用武裝自動車でそれ〴〵到着した、ネバル氏はわづかに殘つてゐる頭髮を引張るのを止めて、一枚の板を二個の空箱に乘せた卽席のテーブルの周りに重役達を並ばせた。

そこで携燈の光によりながら汗をかいた社長は戰慄すべき騷動の次第を語つた。

――不屈の操縱士が勇敢に自然に對し凄じき爭鬪を續けてゐることの話、或は良心と野望との精神的苦鬪を續けさせる試鍊と誘惑の話、かいつまんで彼は「快速空輸」が今日一般公衆の間に九九・九九九パーセントの信賴度を得てゐる現狀を述べ、現在では社運はその最高點に到達してゐると云つた、最も信用を博し有名で德義心に厚く、親切で同時に世界で最も正直な人が「快速空輸」を贔負にし彼の保護を與へる事になつたと云ふ事、卽ち偉人ならぬ有名な活動俳優であり製作者のハロルド・デア氏が彼の最近の超特作の配達方を「快速空輸」に指定した事であつた、此の事實は全大衆に此會社を廣告するに最も有効であつた、全社會は注視してゐる、この成功は「快輸空輸」の幸運と未來さを約束し、失敗は不幸を指示する。

「さて諸君！」社長は決論した、彼は昂奮してピストルの引金を彈いた樣に破目板を敲きながら

「『快速空輸』は失敗だ、そうだ、吾々は緣起もなく破產だ、吾々は終に貴重のフイルムを遲らせてしまつた、再びはフイルムは我手に戻らぬであらう」

「已にメッル操縱士は三時間遲延してゐる、諸君、此の事實は彼が着陸してゐる事を示す、彼の飛機は到着時を經過して後、尙二時間も滯空し得る瓦斯を積込んではゐない、であるから

私は躊躇なく何事か不正が行はれてゐると斷言し得る、とすれば諸君、何事か對策が講ぜられねばならぬ、諸君は各自の義務を御承知の筈だ、それを實行して戴く！」

× × ×

朝霧を透して太陽がスイート●レーク飛行場始つて以來の多數の飛機が線上に整列してゐるのを見せた。

飛行指揮官であり、此會社の一般監督者であるモーゼル大尉はそれらの飛機に失踪飛機を探索させるべくバンディ飛行場から急いでゐた、彼は眼下に迫つてゐる朝霧を懸念してゐたが、太陽が之れを散らし始めた、彼は無線技士に飛機の總出動を傳へた、技士は電鍵をカチカチとならした、スイート●レーク飛行場では腕を振つて一人が合圖をした、二十幾の待ち構へた飛機は一勢に起動を開始した、飛機の書き出す長い線が空中に引かれて、やがて眼界から沒した、死の如き靜けさがスイート●レーク飛行場をズッと襲つた。

數十分間綿密な探索が續けられて、失踪機は到底發見されぬ事が明白になつた、ネバラ社長はバンディ飛行場の事務室を歩きながら狂氣じみて來た、彼はその組織方法の失敗を供述するのを怖れ、その豁達を以て知られてゐるハロルド●デア氏が彼の寛容な心に此の事件を忘れて與れるとしても「快速空輸」の名聲は一たまりもなく地に墜ちてしまふであらう、不合理な大衆の心には一回の失敗の前には數百回の飛行の成功を考へては具れないだらう、彼は始は熱心に報知を與んでゐたが、今はこれ以上報知を聞くのを怖れた、失踪機が發見されざる限り「快速空輸」は沒落に直面しなければならぬ。

不安に從へる心で彼は無線技士がたゝき始めた通信のタイプライターの音を聞いた、人の肩越しに彼は紙上に綴られゆく語葉を見凝めた。

「ウォルフブリッヂ見張所ニハ失踪機ノ影ダニナシ　　モゼール」

ネバラ氏は電話機に近づきながら

「引返す樣に云つて呉れ給へ」

もう何も迷ふ事はいらない、ハロルド●デア氏に通知しなければならぬ、速記者、秘書其他多くの活動俳優の手を經てハロルド●デア氏に電話がかゝつてゐると傳へられた。アルフレッド●ネバラ氏は電話の呼出が性急である事で知られてゐた、ハロルドはすぐ受話機を取上げた、彼の顏は報知を聞くにつれ蒼くなつていつた、ハロルドは元氣づけて云つた。

「ネバルさん失踪機に就いてはそう御心配なさるに及びませんよ、私は二條放射ラヂオビーコンの價値を信賴していますよ、御社の操縱士と飛機が優秀な事も承知してゐます、私はこれは不運と云ふよりもつと深い何物かがあると思ひます、ネバラさん貴方は御存知ないでせうが、私に危害を加ふるために天地をも動かさうとしてる人々がゐるのです、彼等は私を倒す最善の手段たるフイルムの配達を不能に陷らせる事を早速實行したのに相違ありません、これからさき、岩石や山脈の上の廣汎なる探索は無用だと思ひます、まあ此考へが正當だとしますると、此の事件の途中に誰か不良の徒がゐて、又しても斯樣な掠奪を繰返すに違ひありません、支配人に命令して夜中輸送飛行は私がそこに行く迄中止させて下さい。

「いゝえネバラさんその陰謀フイルムは地下のフイルム貯藏室に藏つてあるのです、複寫した陽畫フィルムを今日の午后便に積める樣用意しませう、御心配下さいますな、私は「快速空輸」を少しも非難致しません、斯る事件は單なる突發的のものぢやないです、貴社の飛機はあの航路を每日幾月間も無事故で飛んでゐます、何故特に今日に限つてこんな事故が起きたのでせう、あのフィルムの航空輸送のニュスは廣く知れ渉つてゐます、今全市の劇場では飛機にフイルムを積込む實況を上映しようとしてゐます——他人の惡行を考へたくはないのですが、私の製作するフィルムと私個人とに敵對し、吾々が大衆により良き作品を提供せんとの希望の實現を喜ばない一人の相手を知つてゐます、私は不正な行爲が遂行せられたものとして直に對策を講じなければなりません。」

北朝机に就く前ハロルド●デアは三通の特別緊急注文の背面を彼のフィルム現像工場、行强製造者と或る化學藥品供給所に送つた。

× × ×

バンディ飛行場から北日の午后夜中輸送機が高名のハロルド●デア氏を第二坐席に同乘せしめて出發した事は「快速空輸」にとつて空前の名譽であつた、二條放射ラヂオビーコンに依る處女飛行の際もかゝる胸をとゞろかす樣な期待は抱かれなかつたものだ。が分が積つて時となるにつれ何等異常がないので機上の緊張の度は弛められた、ウオルフブリッヂ飛行場は數時間前に通過した、やがつて地平線上に白光が見え始めた、それははたしてスイート●レーク飛行場だつただらうか？

× × ×

ハロルド●デアの腕時計は一一時四八分だつた、早着陸ならクレイグ操縦士は正確に速力を測らなかつたのだ。

白光の近づくにつれ探照燈の光となつて耀いた、機首は下げられ大きな螺線を描いた、デアは機體の横側から「SL」と燈光で輪郭が書かれた文字を見た、飛機は傍の貨物自動車の待つてゐる線上に停止した、クレイング操縦士はスキッチを切り、機關は休止した、彼は笑顔を向けて

「スキート●レークに着きました」

ハロルドは護除眼鏡を外して

「これは早すぎるぢやないですか」と訊いた、がクレイグの顔の笑ひは消えなかつた、ハロルドは振返つた、

「いゝや、ハロルド●デア君は頂度いい時に着いたんだ」

がつしりした機體の影で良くない面付の男が蔑笑つてゐた、

「矢つ張り思つてた通りだ、ダンデイ●デアボロだ！」

「アハヽヽ、今日は幸運が僕等に笑ひかけてゐる、これは大した收穫だ、結局高慢な英雄の君は我手に在り矣だ、今度は形勢が變つたぞ、多數の映畫では僕の爪を避けもしたらう、が此の君の生涯のエピソートの中では勝は僕のものなのだ、以後君の無意味な舞踏はきつと作り笑ひの婦人や感傷的な男達に稱讃されないだらう、終局は僕のものだ、慄へてる高慢ちきな英雄様、君はダンデイ●デアボロの努力に無頓着でしたよ。」

が、勇敢なハロルド●デアは筋一つ動かさなかつた、

「デアボロ、未だおしまひぢやないよ、この事件もあらゆる他の事件も勝利は正義側に來るのだ、君は自身を欺いてるのだ、」

デアボロは二人を取圍いてゐた手下を呼んで鼻先で笑ひながら云ひ付けた、

「この紳士達に客間を御覽に入れろ、」

手下達のピストルの銃口に突かれながら、ハロルドとクレイグ操縦士は地上で見ると單に天幕で覆はれて一時的の組立らしい、格納庫横の仮小屋に導かれた、彼等は無理に椅子に壓付けられ、手荒く縛られてしまつた、そこに行嚢が持込まれ隅にはうり出された。デアボロが命じた。

「さてと、猿轡と爆彈を持つて來い、御客樣の機嫌をうかがはう、」

クレイグ操縦士は剛毅であつたが、日焦した上衣を着て狩くなつてゐた、が勇敢なハロルド●デアは顔色すら變へなかつた、彼はからかひながら

「ほう、ダンディ●デアボロ、君は自己を欺いてゐるよ、君の勝利が完成する前にそこにある行嚢を開けて中のフイルムを調べて見るがいゝよ、」

怪しみながらデアボロは手下に云ひ付けた

「鍵を出して行嚢を開けろ」

ハロルドの眼は耀いた、デアボロは手をポケットに入れろと命じた、小さな鍵がデアボロの足元に投げ出された。

「何も恐がる事はないよ、自分で開け給へ」
慄へる手先でデアボロは行嚢の一つの錠を開けた、ハロルドが注意した。
「中の紐をほどいて見給へ」
デアボロは手を行嚢に突込んでフイルム一卷を入るべき封蝋を施した金属箱を引出した、
彼は怒りながら
「口論をして時間が延したいのだな、おい客人をもつとしつかり縛れ、」
が、ハロルドは愚弄した樣な笑を見せて體を前に曲げ
「ダンデイ・デアボロ、その行嚢にはみんなフイルムが這入つてる事は確實だね、」
「みんな隨分重いや、」
彼はも一つの行嚢を開いた、これも又フイルムが這入つてゐた、そこで第三の嚢に鍵を當て
て、くゝり紐を引いた。
ソツとハロルドは顏を橫に曲げて、鼻を強く毛皮の上着に押當て、目を閉ぢた。
硝子管が微かに鳴つて、何か低く噴出する音が聞えた。
デアボロは聲をあげた、
「何んて馬鹿氣た事だ、」
彼は行嚢の中から上部に細小の硝子管を付けた瓶の樣な圓筒型の金屬罐を引出した、引紐は直
ちに罐の小硝子管の周りにくゝられた、デアボロは行嚢の中に手を突込んだ、罐は硬線を曲げ
て行嚢の中に縛り付けられ、その下にフイルムの罐があつた、

「フィルムはみんな此中にあるのだな」

デアボロが云つた、が彼の聲はかすれてゐた、ハロルドは横目でチラリと彼を見た、惡漢の眼の二條の涙線から涙が溢れ出し、苦しげな顔付だつた、ハロルドはクスリと笑ひながら訊ねた。

「どうしたんだ、デアボロ、君はとうとう惡事を働いた生涯を思ひ此犯罪を後悔してるのかね、」

兇惡な男が心から後悔して無技巧な素直さで泣いてでもゐる様な有様は無數のフィルムも現出し難きオドケた光景であつた。

デアボロは心臓が破けさうにすゝり上げてゐた、彼等の首魁がその過去に後悔してゐる有様に打たれたもの丶如く手下達も泣き始めた、

クレイグ操縦士すら同情に耐へぬもの丶様に涙をボロ〱落した、ハロルド●デアは手下の一人が手に銃を持つて入口に坐つたのを横目で見た、涙が磨かれた銃身の上に落ちた、その男の肩は喘ぎ銃は揺れた、頭は無意識にうなづきながら下つていつた。

直ちにハロルドは眼をしつかと閉ぢて、縛られた椅子ごと戸口の男目がけて身を投げた、音たてゝこの塊は戸外に轉び出でた、椅子は壊れ、デアの手先は自由になつた。

目の眩んでゐる手下が動けぬ間にハロルドは彼に綱をかけて縛り上げた、彼はハンカチフを顔にあて鼻と特に目を覆つた、そこで室内に飛び込み、クレイグ操縦士を曳き出し、小ポケット用香水吹で氣付薬を彼の顔に吹きつけてやつた。

「早く應援して與れ給へ」彼は促した。

やがて、デアボロとその手下逹は地上に手足を縛して坐らされた、寛大なハロルドはダンデイ●デアボロが被害者に危害を加ふべく所持してゐた兇器を用ひようとはしなかつた。

霧吹器から出る氣付藥に捕虜は回復してお互に瞬きした、

「僕逹は假令吾々のと、デアボロの二泳で飛ぶとしても此の四名を卽刻運び去る事は不可能だ、そのラヂオアンテナの引込んである室を調べて貰ひたい、そこに送信機があるかどうか確めて戴きたい」

クレイグ操縦士は室に這入つて行つた、

「！」

弱つて腕をグラリと垂れた男が現れた、彼は「快速空輪」の制服を纒つてゐた、綱の切れが腕からブラリ下つてゐた、

「メッル操縦士だ！到々君を見付け出したね」ハロルド●デアが叫んだ、

「『遅れてもやらぬよりいゝ』だからね」云はれてメッル氏はニヤリ笑ひながら
「私は戸外の騒動を聞いて、デアボロの計畫に何か起つたと想定したのだ、私は『涙瓦斯』の臭氣が起つて眼を刺戟する時、小さな歡びの聲を上げたのです、クレイグが今スイート●レーク飛行場に救助を求めてゐますよ」

これを聞いてダンデイ●デアボロは切齒した、

「恐らく君は僕が失敗したと考へてるだらう、が憶えておれ、ハロルド●デアー、最後の勝利は

こちらのものだ」彼はあざ笑つた、がこの笑は空虚な響をもつてゐた、彼は敗れたのを知つてゐた。

敗けた敵に視線を呉れずに、ハロルドが答へた、

「ダンディ●デアボロ、僕の評判が社會に擴がる時には君は尚一層米國空中輸送の掠奪者として評判されよう、多數の映畫作成にも君は落伍し、今日の僕の生命を奪ふ計畫も水泡に歸した、最後に君に敎へてをく、悔い改めなき邪惡は罰せらるべきだと、君は聯邦裁判所で此の犯罪に答申すべきだ、君は此れ迄に改心の堅い誓を立てゝ僕を欺いて來たから最早法律の斟酌を加へる餘地はなくなつた、今君の計畫は全然失敗に歸してゐる、吾々がスイート●レークからの飛機を待つてゐる間に、如何にして二條放射ラヂオビーコンがあるにも拘らず、此の僞の着陸場に輸送機を呼び寄せたか、すつかり有りの儘語るべきだ。」

「ハロルド●デア餘りに自己を買ひ被るな終局は未だしだ、法律には多數の逃げ道があるよ、此の事件はすぐ新聞に掲載されよう、御承知の通り、二條放射ビーコンは飛行機が正航路を飛行中は白色灯が點火する、通路の左側にそれゝば赤色灯の右側の場合は綠色灯が點火する、斯くて飛行機は鐵路を辿る列車の如く二條の眞直な路の中間を航行する、

「僕の發明品は列車の轉換器の如く動作する、バンディ飛行場とスイート●レークからほゞ等距離の地點に夜間空中からはスイート●レークに酷似せる此處を選定し、「快速空輸」のスイート●レークに裝置せるビーコンに重なる如きラヂオ●ビーコンを備へ付け、スイート●レークと同期の方式に調整した、空中線はスイート●レークから二三哩距つた地點に「快速空輸」の

ビーコンと交錯して架けられてある、そこに僕の用ひた轍叉のないスヰッチがある、輸送機が此交切點を通過する時は、その表示計は最初赤色を次に綠色を表示する、が飛機がその上を通過し、航路を變更する機會になるや否やスヰッチは交叉される、必要なのは飛機を吾々のビーコンに轉換せしめるスヰッチ機關だつた、だから僕は飛機に送信機を設備し正確にスイート●レークのビーコン波と同期になる如く調整して、夜間輸送に遲れぬ樣送信した、正確な計算の結果吾々は輸送機とすれずれに飛機の放出する焔に氣付かれぬ樣飛行しつゝ望遠鏡で輸送機を監視した、

「譯つたね、吾々の飛機の送信機から一色の無指向性電波をスイート●レークのビーコン波の一方の放射波に合調して發信すると、その一方の放射波は强勢になり、輸送機の中介電鍵に赤色灯を示す樣になる、こゝで操縱士が此の一寸眞らしき僞瞞にかゝつて逆つた方向に舵を向け直す、すると操縱士は此のビーコンに從つて逆つた飛行場に正しく舵を下げ、着陸して吾々に捕へらるゝ迄その誤謬に氣付かないのだ。」

「成程中々考へた策略だな、まことによき終局に値するよ、君の小さな邪道がこんな結果になつた、君の行爲は社會全般に知れ渉らう、僕はかゝる計畫を案出した狡猾な頭腦に驚歎するが正しき立場から數萬の活動ファン達が熱心に期待する映畫を延期されたのだから、正義の失敗を讃める事は出來ない。」

やがて、地上燈の光の中に三機體が着陸した、その胴體には「快速空輸」のマークが浮き出てゐた、二名の撮影技師は跳び下り撮影機を曳きずりながら馳せ來つた、

「來い、ダンディ●デァボロ」捕虜達は自分で立上つた。デァは撮影機に顏を向けた、世界的に有名なにこやかな笑を浮べて…………。

オゥ・ヘンリー作，M・U・生譯，〈自動車待たせて〉，《臺灣鐵道》，第二二九期，一九三一年七月七日，頁一〇六－一一五。

オウ・ヘンリー

M・U・生

世間には斯う云ふ人がよくあるものだ、盃に御酒を注いでもらひながらそれを皆飲まず氣前よく中味を打捨て、さてありがたうと相手に差したり又卷煙草を吸ふのに一本の半分も殘したまゝ惜しい煙の尾を引かせて投げ捨て、得々たりと云つた樣な人だ。斯んなことは決して酒や煙草に限つたことはない私達が日常の行爲を見て居ると之に類したことが數限りなく眼に觸れ耳に聞える。是等はまことに情ないことどもではないかと思はれてならぬ。今日の經濟社會では私達の大部分は或は精神的に或は肉體的に日夜勞働に從事して何か知ら生産事業に勤しむ。そして何も趣味や道樂に働いて居るのではない。生産の目的は要するに有意義なる消費にあつて存する。盃底に止る一滴の酒、吸口の尖端に殘る寸分の煙草と雖も一として私達の尊い生産品たらざるはない。世に天物冒瀆は罪惡とせられる。果して正しとすれば天物に人工を加へた物の冒瀆は何を以て呼ばるべきだらうか。思うて此處に至る時徒に外面や體裁を裝うてあたら物の持つ全效用を利用せずして省ぬ輩の多きまことに不快とせねばならぬ。

由來私の家は貧乏を以て鳴つた。而して現在亦然り、將來と雖も榮ある此の傳統を捨て度からず希つて居る。從つて私など子供の時、飯粒一つ粗末にしても百姓の辛苦な合の手にして眼の玉が飛び出す程親父に叱られたものだ、今から考へたら決して意義なしとは言へぬと時々感心して居るのである。

扨て私は教習所時代二年の間には色々と教科書を買はせられたが學校なんて云ふ所は自分で勉强すれば得をする即

107——オウ・ヘンリー

ちエラクなれる、然らざれば之程時間と金との不經濟になる所はない、教科書なんてものは終りまで講義してもらへるものはザット半分と見て宜しく後の半科目は一寸手をつけて貰つただけで學期が終ると云つた調子だ。後は自分でコツコツやらなければ何にもならぬしかしそれが本當かも知れぬ。

話が一寸逸れかけたが其の一寸手をつけて貰つた本の一つに英語の教科書だつたが「Selections from O. Henry」つて奴がある。定價金六十五錢だつた。もう卒業間際に買つたので殆ど讀まずに爾來數年間本箱の底に燻つて居たんだが最近に至つて先刻の理窟に到達して又候引張り出して讀んで見ることにした。金六十五錢の此の本と雖も其の內容を成す作者オウ・ヘンリーの著作、紙の原料から製紙工程印刷工程乃至は製本、裝訂、輸送、販賣と云ふ風に私の手に入るまでの過程及人々の費した犠牲などを考へる時之が持つ效用の百パーセントの利用は卽ち私の當然爲さねばならぬ義務だと考へたのである。

其處で寸暇を利用して未だ習つて居ない所々を譯して見ることにしたのであるが私は申すまでも無く一介の鐵道人、外國語を譯して發表するなんて云ふ樣な大それた柄でないこと勿論だ。此んなものを書いて紙面を塞ぐのは內心まことに恥しく思ふ。從つて人に讀んで貰はふとは毛頭思つて居ない。思ふこと言はぬ爲に腹ふくれるのが嫌さに書くだけだと云ふのが私の心境なのである。人が讀まうが讀むまいがそんなことは如何でも好い。己の利己心の滿足、是が打明けた話なんだが各個人をして其の利己心の赴く所に向はしめよてふアダム・スミスの學說は其の眞なる部分に關する限り其の適要範圍を必ずしも經濟學にのみ限る必要はないだらう。

此處で此の短篇集の作者オウ・ヘンリーについて一寸說明しやう。オウ・ヘンリーと云ふのは實はペンネイムで彼は本名をウヰリアム・シドニー・ポーター William Sydney Porter と云つて一八六二年に生れ一九一〇年に死んで居る。四十歲になつてからニューヨークで短篇小說を書く樣になつたんだが其の半生は隨分と變化に富む。十五歲から藥屋を開いてる叔父の家に厄介になり之を手傳ひ、二十歲の時にテキサスの牧場にしばらく病を養つて居たが後に商店、銀行、會社等に勤めた。其の內不圖したことから銀行の金を使ひ込み其の罪を免れやうとして遠く南米に逃れた。留ること約一年、妻が病氣だとの報に接し又テキサスに歸り已むなく罪に服することになり、五年間と云ふものを獄中に過したのであつた。

彼オウ・ヘンリーの人氣は話の筋の運び方の巧みさと潑溂たる俗語の配使とに依つて異彩づけられた短篇に基く。之を外國語に譯しては言葉使ひの面白味と云ふもの、失はれるのが他の人の作品の場合より一層甚しいのであるが、それでも落語めいた話の落を讀むだけで我々の心を充分に捉へ得る。彼の斯の作風の由て來る所は彼の前半生の體驗とそれからフランク・ノリス Franck Norris（一八七〇——一九〇二）の謂つた「現代の作家は普通の人間 Plain people を理解し普通の人間に分る樣に簡明に語らなければならない。而らざれば失敗に了る」つて言葉をよく理解して居たことに存するのであらう。前置は之だけにして次に最初に手をつけた奴を書かせて貰ふことにする。

自動車待たせて（街の聲より）

其の日も漸くたそがれ初めた頃だつた。あの靜かな細やかな公園の、誰も通らない靜かな片隅に彼女はヒヨツクり現はれた。彼女はとあるベンチに腰掛けて本を讀み出した。夕刊が出るまでまだ三十分もあつたんだから。

一寸茲で說明しなければならぬ。彼女は灰色の着物を着て居た。其のスタイルの申分のないことと、着こなしの素適さとは其の色の柔和に依つて更に奧ゆかしさを加へて居た。目の稍大きなヴエールが彼女のターバン帽と顏まで蔽うて居た。が彼女の落着きのある而も氣取つた風のない美しさはそれを通じて輝いてるかに見えた。彼女は昨日も同じ時刻に此處に居た。其の前の日にも居た。そして一人だけこれを知つてる男があつたのだ。

其の若い男は支那人張りに御供物を燃やしてまで運命の神樣に信神しながら今日も其のベンチの近くをブラ附いて居たのであつた。彼の信神は遂に酬いられた。彼の女が其の讀んで居た本のページをめくる拍子にどう辷らかせたのか其の本が一間ばかりも飛んだのである。

其の男はスワとばかり其れを拾ひ上げ、いとも丁寧に所有者たる彼女に捧げた。丁度公園や何かでよく見られる樣に、何と云ふかそれは何かの望みと共にする婦人に對する慇懃さ——邂逅の御巡りに對する尊敬で以て練られた——がゴッチヤになつた樣な態度だ。そして男は其の成功をあやぶみながら恐る〳〵、でも快活相に一寸言葉を掛けて見た。お天氣を主題に取扱つた積りだが全く辻褄の合はない話しつ振りだ。そんなトピックでは大概大した幸福を招來しないんだが、やつと言ひ終ると男は息を靜めて思召の程を待つたのである。

女はジロジロと頭の先から足の先まで男を監察する。着物は平生着ながら一寸小綺麗な、そして表情の點では別に取り立て、變らない彼だ。

「モシあなた、よかつたら此處へ御掛けになつて好いですよ、ホント私はそれが好きなの、もう暗くて讀むのも嫌になつたから話しませうよ」

女の聲は實に落ち著きのあるコントラルトーだつた。運の女神に見込まれた此の男は女の側へソツと腰を卸した。

彼は公園議長の開會の辭よろしくもう其の公式の樣なお定り文句を始めた。

「あなたは私が今までお見受け申した婦人の中でついぞ見たことのない程にお美しい方で御座いますネ、私は昨日もお見受けしたのですがあのアラビアンナイトに出て來るアラディンズランプに中てられた樣に、あなたの美しい輝かしさに打ち負かされてゐた男があつたことをもしや御存じ御座いませんでせうか、ネ忍冬さん、どうぞさう呼ばせて下さい」

「一體あなたは何誰ですか」

「…………」

「私は之でも淑女なんですよ、此んな間違はあなた方の仲間では先づ有り勝ちなんでせうから、今度だけは別に咎めは致しませんがネ、私がお掛けと言つたのが惡けりやネ、それで私を「忍冬」なんて呼ぶ樣な失禮をなさるなら先刻の言葉は取消しますわ」

女の言葉は氷よりも冷く響いた。

彼の表情は滿足の色からさめて見る〳〵後悔と恐縮のそ

れに蹤つて行つた。

「イヤ本當にどうも相濟みませんで御座いました、イヤ如何致しまして……全く私が悪う御座いました。實はその私の言つたのは……決して、エ・その公園には隨分婦人の方が居ますので、勿論あなたが御存知の筈がないので……エ——しかし其の——」

彼の言葉は哭願でもしてる樣だつた

「どうかもうそんな話は止して下さい。私勿論分つてゐますわ、それよりかあの通りを御覧よ、何處も彼處も人通りで一杯ですのね、あんな人達は何處へ行くんでせうね。何だつてあんなにせはしなくするのか知ら、一體あんな人達は幸福なのか知ら」

彼は俄に其のコケテヰッシュな態度を棄てゝ居た。彼の役割はもう受身だつた。しかし彼自身にも其の先どんな役割を演ずるんだか分らなくなつてしまつた。唯女の現在の心持を想像に描きながら彼は言ふ。

「さうで御座いますね、あんな人達を斯うして眺めてゐると隨分面白いでせうね。恰度それは人生を描いた立派なドラマです。或者はサパーに、そして或るものは——その——又他の場所へとですね、あの人達の經歴でも考へると面白いでせうね。」

「イ、エ私はそんなこと嫌です。私はそんなに物を穿鑿し度かありませんね、私か此處へ來て腰掛けてるのはね、斯うしなきや下層の人達の偉大な心臓の鼓動の響に接しられないからなのです。私の大部分の生活は其の響の聞えない所に投げ込まれてゐるんです。あなたは私があなたに話しかけた理由が御分りになるでせう、あの何誰か知りませんが……」

「エ、、パーケンスタッカー」

彼はさう云つて自分の名を聞かせた、それからの彼は又熱と希望とに輝いたかの樣だつた。彼女が其の名を言ふかとでも考へたのだ。

しかし彼女はそれは言はずにほつそりとした指を揚げて微笑しながら

「イ、エあなたも御存知でせうが人の名とか其の肖像なんてものは印刷になつたら最後なか／＼すたらないものなのね、だから私は斯うして女中の帽子にヴエールを被つて微行してるんですがね、運轉手がどうも私の眼を掠めては見結めるんですよ。あなたにだけ打明けて御話しますがね、イエルサレム神殿の至聖所に名前が五つ六つあるんですがね、私の生れは其の名家の一なんですよ、ねスタッケンボットさん」

「イエ、パーケンスタッカーです」

名前を訂正するのもおず〳〵だ

「ハーハー、パーケンスタッカーさんでしたね、それで私があなたに話しかけたのはあの不快な外觀的な富に依つて汚されたり又社會の上層階級と自惚れたりしない本當の自然な方と一度だけお話がして見たかつたのです、アーア、あなたは私がそんな詰らないもの……金―金なんどにはもう倦き〳〵して居るのがお分りになりませんかね、そして型にはまつた繰人形の樣にダンスする私の友達なんどに嫌氣が差したのにね、歡樂、寶石、旅行、社交、斯うした凡ゆる贅澤な生活がもう嫌になつちやつたんですもの。」

言はふか言ふまいか躊躇しながらも彼は言ふ

「しかし私なんざあいつも思つて居りますがね、金つてものは確かに悪るか無いものですとね」

「そりや相當な生活に必要なだけはね、それつ位は要りますがね、しかし何百萬弗なんて持ちますとそれは全く……」

其の言葉の結末は言はないで彼女はうるささうな顔付をする。

「何物でも飽く程あると全く單調と云ひますか實に嫌なものですよ、有り餘つた財産で以て派手に粉飾された「ドライヴ」「午餐會」「觀劇」「舞踏會」「晩餐會」なんてものはね、時によると三鞭酒のグラスに入れた氷のチリンと云ふ音を聞いてさへ狂はしい樣な氣分に追ひ詰められる樣なこともあるんですの」

彼パーケンスタッカー氏は今は矢鱈に嬉しくなつたのである

「私は富裕にして社交界に出入する上層階級の生活に就いて聞いたり讀んだりすることは昔から隨分好きなん

で、一寸デモ紳とでも申しますかね、しかし此の際私の智識を幾分でも正確にして置き度いのですが、あの一三鞭はですね、あれはグラスに入れてから冷すんで無くて堤のまゝで冷すのではありませんのでせうか、私は今までそんなに思つて居たんで御座いますか。」

彼女は心から面白さうにカラ〳〵と笑ふ。そして甘えた樣な口調で說明する。

「よく覺えてらつしやいよ、ね、私達の樣な有閑階級は慣例だとか前からの禮式などを破つてそれで快樂として居るのです。今の話でもさうなの、三鞭に氷を打ち込むなんて全くの物好きからですよ、是はタータリー公が招待された時ウォルドーフの晩餐會で始めて行つたのが流行したんです。だから又此の次に何かが流行したら此んなことは直ぐに廢るでせうよ、此の間のマヂスンアヴエニユーの晩餐會でも皆んなの皿の側に綠色のキッドの手袋が添へてありましたが、オリーヴを頂く時に箝めるんで此れなんかもさうですね」

「ア、さうですか、よく分りました。全くさう云ふ人樣の間の御趣味は吾々共には一向に分りませんですからね」

彼の言葉は矢張り卑下して居た。彼女は彼の貧民的告白を一寸頭を下の方へ動かすことに依つて肯づきながら又續けた。

「時々私は斯んなことを考へて見ることが御座いますわ、若し私が戀と云ふものをするとすればそれは社會的地位の先づ低い方とですわ、私實際遊食階級は嫌ですのさうですね。勞働者、と云つた樣な人とでせうね、しかし駄目です、階級制度とそして財產とから來る忌はしい束縛はきつと私の自由を許さないでせう、實は私今二人から申込まれてゐるんです、一人は獨逸のある公國の太公なんですの、私はあの人には以前にワイフがあつたか或はウッカリすると今でもありやあしないかと思つてるんです。勿論彼の不身持と殘酷さとで狂になつては居ませうがね、今一人の方は英國の或る侯爵なんですがね、とても冷淡でお負に慾つぽい方だ相ですから私は醋い方でも太公の方が好いと思いますの。

ア、何んで私は此んなことをあなたに言はなきやならないのか知ら、ねパッケンスタッカーさん」

「イヤ、パーケンスタッカーです」

矢張り大ッぴらには言へず口の中で訂正する。

「イヤどうも恐縮で御座います。私が斯んなにあなたから信じて頂くことをどれ位光榮に思つてるかあなたには御分りにならないでせうね」

彼女は貴婦人然として靜かな無表情な眼付きで以て彼をジロ／＼と眺めて口を開いた。

「あなたは如何な御商賣なんですの」

「ハイ、それはとても卑い商賣なんです。が私は何時かは一應の者にはなる積りでは居るんです。それからあなたの先刻の御言葉は本當なのですか、イヤ地位の無い男でも愛すると仰つしやつたですね、あれは眞面目な御言葉なんで御座いますか」

「勿論さうです。しかし私はすれば出來ると申し上げたんですよ。御承知の通りあの太公とそれから侯爵が居るんですからね。しかしながら私が斯くあつて欲しいと思ふ條件を備へてさへ居れば何だつて職業に貴賤はないと思ひますわ。」

パーケンスタッカー氏は遂に決心して叫ぶ樣に言つた。

「私はレストランに働いてるんです」

之を聞くと何故か女は一寸身を引く樣にして哀願する樣に訝ね込むだ。

「ウエイターではないんでせうね、成程勞働は神聖ですしかし——ね、ヴアレーや何かの樣に——人樣の給仕ではね——」

「帳場です。向ふに見えるでせう、あのレストランの帳場なんです」

公園の向ふ側との境界をなして居る通りの、彼等の恰度眞前にギラ／＼光る電光看板には鮮やかに

「レストラン」とあつた。

女は色々の意匠を飾りつけた左手の腕環の中へ嵌め込んだ小さな時計を一寸見て急に周章て丶立ち上つた。そして腰の所に吊つてた小さい手提の中へ本を捻ぢ込んだがそれは本を入れるには餘り小さかつた。

「あなたは今頃それでは何故店に居ないで此んな所に居

るのですか」

女は尋ねた

「私は今日は夜の番なのでまだ一時間もあるんです。で如何でせうか、又御會ひ出來ませんでせうか知ら」

男は言つた

「エ、それは分りませんわ、しかし恐らくもう此んな物好きな慰みは再び私の心を捉へないかも知れませんね、ア、私もう早く行かなきや、毎夜のことながら晩餐會と御芝居のボックスが待つてゐるわ、あなたが此處へいらつしやる時公園の上手のあの角の所に自動車が居たのを御覧になりませんでしたか、あのボディーの白いの」

「ラニングギアーの赤いのですね？」

男は思に沈んだ眉を顰めて問ひ返した。

「エ、私は何時でもあの車なんですの、ピエロがあの中で待つてゐるのよ。私が向ひのデパートで買物をしてると思ひながらね運轉手までにも嘘をつかなきやならない程束縛された私達の生活です。全く考へて見て下さいね。ではグッドナイト」

「だつてもう眞暗ぢや御座いませんか、公園なんて所には隨分酷い男が居ますからね、私御一所に——如何でせっか」

パーケンスタッカー氏が云ふ、女は斷然

「イ、エ、是ッぱちでも私の心を御察しでしたら私が立つてから十分間此のベンチにじつとして、頂戴、別にあなたを御咎めする釋ぢやないんですけどあなたも恐らく御存知でせうが自家用には大概持主の頭文字が書いてありますからね、ではも一度グッドナイト」

黄昏を衝いて女は素早くしかし其の威容は失はず去つて行つた。公園の端つほのペーヴメントまで行つてから上手に曲りペーヴメントに沿つて自動車の待つてる角の所まで歩く其の女のフォームの優美さを彼はじつと見守つて居たが彼は遂に女の命令を裏切つた。躊躇しながらも女の跡を見失はない樣に公園の雜木の間を縫つた。自動車のそばまで行つた彼女は其の眼を一寸車の方へ向けたまゝ之には乘らないで行き過ぎて道路を横切つて歩き續ける。追つて來た彼は其の自動車の蔭に立つて女の行動にじつと眼を瞠る女は更に公園の反對側の步道を下手に步いて行つてギラ／＼看板の光つてる例のレストランへ入つて了つたではないか。それは白ペイントとガラスとばかりで建てた樣なあくどい程眼を射る建築だ。簡單に極くアンチョクに食はせる所なんである。女はレストランの雇人部屋へ入つて又直ぐ例の帽子とヴエールを脱いで出て來た。帳場のデスクが正面に見えてる。赤ら髮の若い女が踏臺の上に立つて居たが時計の針をグッと睨む樣に見てから其れを降りた、そして其の女が代りに登つた。

彼の若い男は兩手をポケットに捻じ込んで元と來た步道を引摺る樣に引返した。角の所で小さい紙表紙の本が足に引かゝつた。そして芝生の所まで一寸蹴飛ばした。繪のついた表紙を見るとそれは先刻女が讀んでた本なのだ。彼は無性に其れを拾ひ上げて見た。ステイーヴンスンて著者名で「ニューアレイビアンナイト」とあつた。草の上へ又ポトりとそれを落してしばらくは無意識にブラ／＼其邊を步いて、其の自動車に乘り込んだクッションに凭りかゝつて運轉手にたゞ二言「クラブ•ヘンリ」

オー・ヘンリー作，セイズ・ソナタ譯，〈クリスマス・プレゼント〉，《臺灣鐵道》，第二二九期，一九三一年七月七日，頁一一六—一二一。

クリスマス・プレゼント

オー・ヘンリー原作
セイズ・ソナタ譯

たつた一弗と八十七仙ぽつちっ。後にも先にも、これだけつきり。しかも其の中六十仙は銅錢——野菜屋や肉屋や雜貨屋が、餘りの事に顏負けして、ふくれつ面をする所まで値切り倒して、一仙二仙と、吝嗇に近い程の儉約をして溜えた銅錢である。先刻からもう三度も數へて見た新妻の「デラ」である。だが矢張り一弗と八十七仙。何と言ふ事だらう、明日はクリスマスだと言ふのに。

餘りの情無さにデラはベッドー薄汚れた——に身を投げ出して泣いたものである。だつてさうするより外にどうしやうもなかつたから——「ほんとうに世の中なんて、どうしてこんなに悲しい事ばかりなんだらう。笑つて暮す時なんて一生の中のほんの小部分だわ」なんて、考へて見たりし乍ら、すゝり上げてゐるデラである。

かうしてこの家のマダムが、肩をふるはせてゐる間に、ちよつと讀者と一緒に彼女の住居を拜見させて貰ひませうか。家具付で一週八弗の借家。失禮乍ら、餘り住み心地のよささうでもない住宅である。玄關には、郵便屋さんでも氣がつきさうにもない郵便受と、もの、役にも立つべくも覺えぬ呼鈴。だが標札だけはまだ比較的に新しく「チエイムス・デリンガム、ヤング。」以前景氣のいゝ時分、一週三十弗もとつてゐた頃は、標札の文字までが、長閑に輝いて見えたものだが、減俸で一週二十弗也の今日此頃、デリンガムの文字まで、くすんで生氣なく見える事である。だが御主人の、チエイムス・デリンガム・ヤング氏にして見れば、家位少々薄ぎたなくつても、チム！と亭主に噛りついて來る愛妻デラの、火のやうな接吻が、いつも歸りを待つてゐると思ふだけでも、一〇〇パーセント、愛の巣であるんである。

やがての事に泪を收めたデラは、窓の側に立つて行つて、見るともなく外を眺める。灰色の裏庭の灰色の生垣を灰色の猫が歩いて行くのが、ダルク目にうつる。明日はクリスマスなんである。だのに彼女には一弗と八十七仙しきやありやしない。たつたこれつぽつちで、愛しい夫に何を、クリスマスプレゼントに買つて上げられやう。だがこれだけだつて毎日毎日、爪で火を點すやうにして一仙二仙と溜めたお金なのである。週二十弗の給料では、之以上どうもなりやうがないのである——毎週々々赤字が出る始末だもの。あーあ、たつた一弗と八十七仙で何を買つて上げやう。愛しい夫。私のヂム。何かよい物を買つて上げたい。立派な珍らしいものがよいわ。何か一寸したもので、上品なものが、そしてヂムがつけたら品のよく見えるものがいゝわ。

室の窓と窓との中間に姿見がある。多分皆さんの中には、週八弗の借家の姿見が、どんなに素晴しいものであるか御存知の方もゐられませうが、極痩形で敏捷な方ならば、敏活に、上から下まで、サツト手早く寫して見た上で、辛じて自分の容姿についての概括的な認識が得られようと言ふ、誠にもつて幅の手狭な、甚だ結構なものであるんである。だがデラは、キヤシヤなスラツとした身體付だつたから、充分この姿見で間に合はせてゐたものである。で突然窓側から身を離して姿見の前に立つた彼女。段々と輝きを増して來る彼女の瞳、見る／＼中に蒼白に變じて行く彼女の顔色。素早く手を上げると、髮を——たつぷりとある金髮を——さつと解いて、床にも屆けと垂らした彼女何を考へ付いたのだらう。

扨このデリンガム家には、夫婦が大きな誇としてゐる財産が二つある。其の一は夫のジムの金側の時計。嘗ては父が誇りであり、又祖父のそれでもあつた所の、父祖傳來の金側時計なのである。他の一は、妻デラの金髮である。デラにとつてはその金髮こそ、女王の寶玉にも比すべき唯一の裝飾品であり、ヂムにとつてはその時計こそ實に帝王の國寶にも例ふべき貴重品であつた。

今デラの美しい金髮は、まるで金色の水の瀑の様に波立ち輝いて垂れ下つてゐる。肩を埋め、腰を蔽うて膝の下まで、恰度褐色の着物を纏うたやうに垂れ下つてゐる。悩ましげに飽かず鏡の中の自分の髮に見入つてゐる彼女。やがて石像のやうに鏡に向つて身動きもしない彼女の瞼から、色あせた絨氈の上に、ポタリ！と一滴二滴、大粒の泪が。何を決心したんだらう？

古い焦茶のヂヤケツを素早く身につけ、古い帽子をかぶると見る間に、スカートの裾をひるがへして室を飛び出した彼女は、轉ぶやうに一氣に梯子段を飛び降りると街頭へ！　やがて彼女が足を停めた店の看板には赤い字で『頭髮商、マダム・ソフロニー。』息切れで肩をそして胸を波打たせ乍ら、努めて落付かうとするデラ。豚のやうに白太りの冷血らしいマダム・ソフロニー。

『あの――髮を、妾の髮を、買つて戴けませうか』とデラ。

『髮はいたゞきますが――』ぶつきら棒な、無愛想な返事である。『――帽子をおとりになつて一度拜見させて頂きませう』

でサツト波立ち落ちる金色の瀑布。

『二十弗では如何で？』

慣れた手付で髮を束にし乍らマダム・ソフロニー。

『すぐにお金をいたゞきませう』とデラ。

ＯＨ！　かくて次の二時間と言ふものは、まるで薔薇色の羽毛が生えたやうに飛び廻る彼女を吾々は發見するのである。勿論夫『ヂム』へのプレゼントを物色して店から店へ。

遂に彼女は發見した。これこそ夫ヂムの爲にのみ作られた物に違ひない。も一つと言ふてこんな品は手に入らないだらう。俗悪な、きざな裝飾品の多い中で之は又何と言ふ素晴しい白金の鎖だらう。この意匠の素的さ、高雅さ、まるで純潔な處女のやうだわ。この鎖を見た瞬間、彼女は之こそヂムの持物として最もふさはしいものであると考へた。まるでヂム自身のやうである――おとなしやかで立派で。

二十一弗がその鎖の代價だつた。で殘金の八十七仙を握つて家路に急ぐ彼女。『この鎖をヂムのあの時計につけさへすれば、どんな人中でも威張つて時計を引き出せると言ふものだ。不體裁な革などつけてゐた今までのやうに、人に隠れてこつそりと時計を見るなんて肩身のせまい思をする必要がなくなるわ。』

だが家についた時、まるで憑かれでもしてゐたやうな昂奮も、薔薇を剝がすやうに、徐々に靜まつて來るんだつた。流石に氣にかゝるのは髪の事だつた。彼女はアイロンを取上げると髪の手入れにかゝつたものである――いつも髪の手入れと來ると實に全く一騒動なのであるが。四十分もすると、すつかり出來上つた。彼女の髪は「おかつぱ」が美しく波打つて、まるで悪戯盛りの女學生のやうに見えるのだつた。やゝ久しく、注意深く、批判的態度で鏡の中の自分の髪に見入つてゐた彼女は、まるで自分自身に言ひ聞かせるやうに、獨言したものである『こんな姿をヂムに見せたら、ほんたうに一目見て妾を殺してしまふかも知れない。それとも妾をまるでコネー島のコーラス、ガールのやうだと言ふだらう。だつて外にどうしやうもなかつたんだもの――さうだわ一弗と八十七仙ぽつちでは、どうしやうもなかつたんだもの！』

七時になるとコーヒの用意が出來た。フライパンもストーブで熱くなつて肉片の料理を待ち侘びてゐる。

ヂムは直き歸つて來た。デラは鎖を手の中で二つ折にして、いつもヂムが這入つて來るドアの近くのテーブルの隅の所に腰を下した。だが彼の足音が段々近づいて、愈々梯子段の第一段を彼の足が踏み出した時、彼女の顏色は一瞬蒼白とならざるを得なかつた。彼女はどんな些細な事でもいつも心の内でお祈りをする癖がある。で今も彼女は胸中で手を合はせたものである『神よ！　彼をして、今も尚私が美しいと思はしめ給へ！。』

ドアが開いてヂムが這入つて來た。痩せて氣重さうな男。哀れな男よ！　未だ二十二才の若さでしかも世帶の重荷を背負つてゐるとは！　着古したオーバーを着て、手袋も嵌めずに。

一歩室内に踏み込んだヂムの足はその儘其處に釘付にされた。まるで鶉の匂を嗅いだ獵犬セッターのやうに。何とも知れない顏色をしてぢつと妻を見つめてゐる彼。何とも言ひ知れない目色――怒りの表情でもない、驚きのそれでもない、不承知でもなければ、恐怖でもない。彼女が豫期してゐた感情とはまるで違つた表情で、彼女を、穴のあく程見つめてゐる彼である。

堪えきれなくなつてデラはテーブルを離れるとふら／＼と彼に近づいた。

『ネ貴郎、ヂム、そんな顔をして妾を見ちや嫌よ。妾髮を切つて賣つちやつたの。だつて妾貴郎にプレゼントもせずにクリスマスを過されないんだもの。又すぐ延びるわヨ。ネ心配しないでもいゝのよネ。妾どうしても切らねばならなかつたの。でも妾の髮は斷然早く長くなつてよ。ネだから言つて頂戴『クリスマスお目出度う』とつネそして樂しく愉快になつて頂戴。妾とても／＼素晴しい贈物をあげてよ、何だかわかつて？』

『髮を——髮を——切つたんだつて』

壓しつぶされたやうな聲がヂムの口唇を洩れた。どうしても信じられないと言ふ風に。

『えゝ、切つて賣つたのよ、こんなにしちや貴郎お嫌ひ？髮位なくつたつて妾は妾よ。ネ、さうぢやなくつて？』

ヂムは夢でも見てゐるんではないかと思ひ乍ら不思議さうに室内を見廻はした。そしてまるで白痴になつたやうに言ふのだつた。

『お前は髮がなくなつたんだつて？』

『さうよ、切つて賣つちやつたのよ。さがしたつて駄目よ。ネ今夜はクリスマスの前宵ぢやないの、だから怒らないでネ・だつて貴郎の爲に切つたんだも。あたしの髮の毛は數へる事が出來るかも知れないけど——彼女は突然湧き上つて來る甘い感情に浸り乍ら——妾の貴郎に對する愛情は誰だつて量る事は出來やしないわ。だから機嫌を直してネ。サア御飯にしませうネ。』

ハッと吾に返つたヂムはいきなり妻を力一杯抱きしめたのだつた。ヂムはオーバのポケットから一つの小さい箱を取出してテーブルの上に投げ出した。

『妻、誤解しないでおくれ、俺ア お前が髮を切つたからつて決してお前が嫌ひになつたんぢやないんだよ。がまあその包を解いて御覽。俺が先刻からとつた態度がよくわかるから。』

白魚のやうな指先で、クル〳〵と小器用に包の紐を解いた時、我知らず喜びの叫び聲がデルの口唇をついて出た。が次の瞬間、ヒステリカルに身を揉んで、必死になつて慰める夫の聲も耳に入らばこそ、よよとばかりに泣き崩れたデルである。と言ふのは、其處に、その箱の中にあつたものは、何と皆さん、實に、櫛であつたのだ。久しい間デルが大通りの飾窓で、ほしい〳〵と思ひ焦れてゐた一揃ひの櫛であらうとは。見事な鼈甲製のしかも寶石で縁どつた――美しい金髪に挿したならまあどんなによく似合ふ事だらう。あんなに欲しかつたその櫛が、髮のなくなつた今自分のものにならうとは。

だが、やがて、その櫛を胸に抱きしめて彼女は、泣き濡れた目を上げて、微笑んで言ふのだつた。

『妾の髮は直き長くなるわ、貴郎!』

と、毛を燒かれた猫のやうに、突然飛び上つた彼女。OH! まだ、ヂムは、妾の美しい贈物を知らなかつたつけ!

彼女は、それを彼の目の前に、兩の掌に載せて差出した。

その黄金屬の鎖はまるで彼女の輝やかしい熱情を反射してゐるかの樣に、燦と輝いてゐた。

『シークでせう貴郎? 妾町中捜し廻つたのよ。これさへつければ、一日に百遍だつて堂々と時計を引出して時間が見られるわよ。一寸時計をかして御覽、よく似合ふかつけて見るわ。』

所が妻の言葉に從はないで、ベッドの上に、兩手を枕に寢轉んだヂムは、微笑し乍ら言ふんだつた。

『おいデル、クリスマス・プレゼントは今暫く延期しやうぢやないか。たつた今使ふには餘りに勿體な過ぎるやうだ。俺はお前に櫛を買つてやらうと思ふて實はあの時計を賣つちやつたのさ。さあ、御飯にしやうや』

――一九三一・六・一――

オゥ・ヘンリー作，M・U・生譯，〈巡查と讚美歌〉，《臺灣鐵道》，第二三〇期，一九三一年八月三日，頁一二二―一二五；第二三一期，一九三一年九月一日，頁一二一―一二七。

オウ・ヘンリー（其の二）

巡查と讚美歌（「大ニューヨーク」より）

M・U・生

ソーピーはマヂスン公園なる彼のベンチの上で心安からずモヂ／＼してゐるのである。夜など雁がねの鳴き聲が聞え始める時、又海豹毛皮の上衣をまだ持たぬ御婦人連が彼女達のハズ共に頗る御親切味を増し始める時、而して又、彼ソーピーが公園なる彼のベンチの上で不安氣に蠢動し始めた時、賢明なる讀者諸氏は冬の目近かに來れることに心附かれるだらう。

一枚の枯葉がソーピーの膝の上にヒラ／＼と落ちて來た。それは霜公の訪問の名刺だつた。彼霜公は此のマヂスン公園の御常連にはいと親切な奴で、毎年彼の來訪を明確に豫告して呉れることを忘れない。四つ辻にあつて彼は靑天井諸氏の小間使たる北風に彼の名刺を託するのである。此の公園の住人は此の通告に基いて其れ／＼仕度に取りかゝることが出來ると云ふ譯である。

此の時に來り迫らむとする嚴冬に備へる爲めの單獨制度入委員會に彼自身を早變りせしめねばならない時期の既に到逹したことをソーピーも亦感附いたので、さてこそ彼はベンチの上で不安氣にうごめき始めたのであつた。

ソーピーの大望たる避寒は必ずしも高級なるそれとは言ひ難いこと勿論である。地中海に於ける船遊び、ネープル灣巡航に夢の如き南國情調、斯う言つた分子は到底彼の望み得可き所では無かつた。三箇月間ばかり例の島（ブラックウエル島、監獄病院の設備あり）で暮させてもらうことが彼の唯一の望なのであつた。此の島に於ける間違のない保障附の食卓と寢臺、意氣投合した仲間連れ、寒い北風とそれから靑服（向ふの看視は靑い服を着てゐるらしい。未だ行つたことはないから事實かどうかは知らないが）との心配のない三箇月の生活を想像する時、それはソーピーにとつては望み得べき凡ゆる理想郷のエッセンスであるかに思はれた。

此の數年間と言ふもの彼のブラックウエルの監獄病院は實に彼得意の避寒地だつたのである。恰も彼より富めるニューヨーク人士がフロリダのパームビーチだとかゼノア灣の沿岸なるリヴィエラ地方などに行く切符を買つた如く、ソーピー亦其の例年の島に赴く可く小仕掛ながら御出掛けの用意を整へた。そして時は來た。其の出發の前夜、彼は三枚の日曜新聞をうまく使つて一枚は上衣の下側に敷き、一枚は足首のあたりをまとひ、そして最後の一枚を膝の所にかぶせ此の古い公園の噴水の側にある彼のベンチに橫たはつて寢たのであるが、其の新聞紙も最早やヒシノ〵と迫る寒さを擊退する力はなかつた。それ故に例の島が彼にとつては、たまらなく戀しくなり眼にちらついて仕樣がない。彼は此の都市の食ひはぐれ者に對して所謂「慈善」なる名に於てなされる所の諸の給與なんてものにはまるで眼をくれないのである。彼ソーピーの意見に從へばそんな「慈善事業」なんてものより「法律」の方が何んぼ有難味があるか知れなかつた。それや、ニューヨーク市には市の設備として慈善的な永久施設があることはある。而して彼はそれに依つて頗るシンプルな生活ではあるがそれ相當な寢床と食卓とを享樂することは出來る。しかしながら慈善事業による救恤はソーピーの精神的なプラウドの一つを傷けること夥しいものがある。

慈善の手を經て與へられる恩惠に對しては成程金錢で以て支拂をする必要こそなけれ、精神的な屈辱は到底免れる事は出來ない。月に叢雲花に風で、一夜の寢臺を惠まれるにも面倒臭い風呂に入つてからで無きや寢かせてもらへず、一塊のパンをもらふにも一々私生活の內情を糾されると云ふ樣な苦勞を伴ふ。だからその「法律」の御客樣になる方が餘つぽどましなのである。規則づくめに取扱はれこそすれ、吾々紳士の私的の事情に迄立ち入つて煩さくかれ之と干涉はしないからだ。

斯くて例の島渡りを決心したソーピーは早速其の希望實現に取りかゝつた。其の方法に至つては二三手易い途があつたが先づ差當り一番氣持ちよくて樂なのは、或る高いレストランで美味い料理を鱈腹食つてからいざ勘定と來た際に無一文なりと表明する、そして靜かに四の五の言はずに警官に引渡してもらふと云ふ寸法だ。さうすれば後はそのお上が宜しくやつて吳れ樣と云ふものだ。

扨てソーピーは公園をブラリと出てブロードウヱイと第五街の通りとが合流してる所のなめらかなアスファルトを横切つた。ブロードウヱイを上の方へ曲つて或る立派なカフヱーの前に立止つた。それは毎夜極上等の酒と、お蠶づくめの女給さんが集められてゐる所なのである。

ソーピーは彼のチヨツキの一番下のボタンから上の部分については可成りの自信があつた。顏は綺麗に剃つてるし、上衣は上等だし、ネクタイは感謝日（米國にて通常十一月の最後の木曜）に女宣敎師からもらつた黑いさつぱりした奴だつたから。だから若し彼が此のレストランに入つてテーブルの前に坐りさへすれば成功は疑もなく彼のものだつたにちがひないのであつた。彼の身體のテーブルから上に出てゐる部分は決してウヱイターの不審を生ぜしむるものでは無かつたのである。ソーピーは考へた。牡鴨の燒いた奴、さうだ此が手頃だね。それに白葡萄酒一杯、それからカマンバールチーズ、デミターゼと葉卷一本。葉卷には一弗あれば澤山だらう。全部を勘定した所で知れたものだ。まさか此處の親父がカン〱になつて怒る程高いものにはならないだらう。而も是だけ食はせてもらへばあの島まで位のお腹は充分で幸福な旅行が出來るだらう。

所が、ソーピーがレストランの敷居を一歩入つた時に給仕頭の眼は早くも彼のボロ〱のズボンとデカタン式の靴に注がれた。間もなく頑強な腕節が飛んで來て物をも言はずに彼を道路へ突き出した。そして狙はれた彼の牡鴨の果敢なき運命は玆に危ふく助かつた譯なのである。

ソーピーは再びブロードウエイへ出て來た。彼の切望する島への道は今やエピキユラス派の想像する樣な坦々たるものでは無いかに見えた。彼は牢獄行きの他の方法を考へ出さねばならなくなつたのである。

六丁目の角の所に電燈と板ガラスと、其の中に押しならべられた立派な陶磁器とで出來上つた商店の飾り窓が見える。ソーピーは今度は何思つたか丸石を取つて此のガラス目懸けて力一杯投げつけた。巡査さんを先頭に澤山の人々がたちまち驅け集つた。ソーピーはと見ると之はしたり兩手をポケットに突込んで何食はぬ顏して突立つたまゝ、お巡りの着て居る上衣の眞鍮のボタンを微笑んで見てゐるのである。

「何處へ行きあがつたッ、壞した奴は」

警官は昂奮して質した。

「私が此の事件に何か關係があるとはお氣附きになりませんかネー」

彼は決して皮肉の積りでも何でもなく恰ど幸運を祝ひでもする樣に友情味タップリに斯う言つた。

しかしながら巡査の判斷はソーピーを單に事件の手掛りとして受け容れることさへも拒んだ。而り飾り窓破壞犯人は法律の行使者と相談する爲めに其の現場に止まつてゐるなんてことは決してないものである。彼等は勿論直ちに逃走する。その警官は恰度其の時自動車をキャッチする爲めに向ふへ一目散に走つてゐる者があるのを見附けた。時を移さず彼は棒を拔き放つて其の跡を追うて走つてしまつた。再び失敗の憂目に逢つたソーピーは心中甚だ納まらずブラリ〳〵と又歩き出した。（つゞく）

オウ・ヘンリー（其の二の2）　M・U・生

巡査と讃美歌（「大ニューヨーク」より）（承前）

前號の梗概　ソーピーはマヂスン公園の一ベンチに巣喰ふ一人のルンペンだつた。枯葉を誘ふうすら寒い北風は彼の最も嫌ひな冬が目近かに迫つたことを知らせた。其處で彼も亦此の冬を如何にして切り拔く可きかについて深甚の考慮を拂つた揚句は結局例年の恒例に依りブラックウエル島なる監獄病院の御厄介になることに定めた。扨て其の島行きの方法として種々考案して見た末一番手輕な手段として無錢飲食で警官に擧げて貰はうと決心した。善は急げと早速彼はブラリと公園を後にしてブロードウエーの或る立派なカッフエーの前まで來た、やつと決心して彼は其のカッフエーに一歩足を踏み入れた所が破れた靴とボロボロのズボンとを見られて其のまゝ突き出されてしまつた。第一回目の失敗である。彼は稍々失望しながらトボ〳〵歩く内或る店のショウウヰンドーの前に來た、何思つたか彼は石コロを二つ三つ拾ひ樣其のガラス目懸けて投げつけた。警官は彌次馬の先頭に立つて駈けつけた。彼は今度こそは何とかして貰らはうと思つて逃げもかくれもせずズボンのポケットに兩手を突込んだまゝ平然として突立つて居た。それが却つて禍してか何と云つても警官は彼を犯人と思つて呉れず、向うの方を電車に乘らうとして走る男を見るや否や素早く其の後を追駈けて行つて了つたのである。彼たるもの最早斯うなつては例の島への御避寒もさう手易く行けるものぢやないナと稍御悲觀の態。

通りの向ッ側に餘り堂々たりとは云へない程度のレストランがあつた。懐中必ずしも高温ならぬ連中に腹一杯食はせる所なのである。食器類が分厚でゴタ〳〵してるのと其のスープとテーブル布巾が一樣に薄いので知られてる。如何見ても御咎めあり相な靴、そして主人公の懐具合をさらけ出してる樣なそのズボンではあつたが彼は此の度は無事に此處に入ることを得た。とあるテーブルに陣取つた彼は先づビーフステーキ、それからフラップヂャックス、それからドーナッツとパイ、此れだけを平げてしまつてさてウエイターに向つて金と云ふものは今の彼には一文だつて持合せがないんだつてことを表明したのであるそして言つた。

「サア、愚図々々するこたアねえ、早いとこお巡りを呼んで貰はう、紳士を待たせるなあ良くないんだぜ」

「何にッ、手前等にお巡りなんて呼ぶこたあ無いや」

ウエイターの聲はバターケーキの如く其の眼はマンハックンコックテールに入れた櫻んぼの樣だ。

「ヤーイ、コンよ、一寸來ねえかよ」

そこで二人のウエイター達は手際よく彼の左の耳の上邊りをイヤと云ふ程硬いペイヴメントの上へ叩きつけた。やつと彼は大工の折り差を擴げる樣な恰好で起き上つて着物の埃を拂つた。警察行きなんて今の彼にはたゞ薔薇色に映る夢としか思はれなくなつた。憧れの島路は今は隨分遠いものゝ如く思はれるのであつた。二軒先きの藥屋の前に一人の巡査が之を見てゐたんだが唯カラ〱と笑つて向かふへ行つてしまつた。

ものの五丁程もブラ〱歩いた時彼は又候逮捕方を懇願することを彼の勇氣は許した。しかし今度だけは彼をして「上々吉」を叫ばしむるに充分なチャンスではあつたのである。情景は斯うだ、氣持よい身なりの人品卑しからぬ一人の若い婦人、それがショウウヰンドウの前に立つて、其の中に陳列してある髭剃り用のコップとそれからインクスタンドに深甚なる關心を以て見入つてゐる。そして其のショウウヰンドウより二ヤードの距離に威容堂々たる警官が水道栓に凭りかかつて立つてゐるのである。

相手から徹底的に嫌がられ叱はしき肘鐵を喰ひつゝも尚且つ執拗につきまとう不良性エロ男、そう云つた樣な役目を演じてやらうと云ふのがソーピーのデザインなのである。彼の目をつけた相手の婦の閑雅にしていと嫋やかな其の容姿と、官命の重き、熱火と雖も我往かむ底の職務に忠實なる警官の目前に於ける存在とは彼をして今に我が腕が快き警官の捕縄感じ、やがては島の避寒地にありつく可きや火を見るよりも明なりと信ぜしめたのも亦極めて自然であつたと謂ひ得る。

ソーピーは例のネクタイを緊め直し、奥の方へ引込んだカフスを引張り出し、歪んだ帽子を體裁よくつくろつたりして行儀を整へてから其の若い婦人の方へと躙り寄る、而して猛烈なる秋の波を彼女へ差し向けつゝ、或は咳拂ひをしたり、微笑を泛り、作り笑ひをする、斯んなにして彼は其の役目の要求する凡ゆる圖々しさ、野卑さを臆面なく演じた。其の傍彼は横目で時々警官の様子を窺ふのであるが、彼はジーッと眼を据へて彼を見守つてゐるだけである。彼女は二三歩向ふへ退いて尚も一心に例の齒刷コップに見入つてゐる。ソーピーは大膽に其の方へ又歩み寄つて行つてから、帽子を脱いで遂に言葉を掛けた。

「ヤア、お出でたネ、ベデリヤの君、如何だネ、僕ん所へ行つて遊ばねえかい君？」

警官は矢張りじつと見てる、女は唯默つて手でうなづくより他なかつた。而してソーピーはもう樂土の島への道中にあるが如く感じつゝあつた。彼は早や島の囚徒部屋の心地よい温かみを頭に描いてゐるのである。扨て其の若き婦人は彼の方へ向き直つて片方の手を差し延べてソーピーの上衣の裾を捉へて、嬉しげに言ふ。

「本當でせうネ、マイクさん、そしてウンと泡の噴く奴を奢つて貰ひませうネ、私ネ、もつと早く返事をするんだつたんだけど、ソレ警官がジツと視てたからネー」

樫の木にピタリとへばり著いた常春藤宜しく抱擁せんばかりに二人で寄り添ひながらソーピーは警官の前を通り過ぎたんだが警官は唯苦蟲を嚙みつぶした様な顔をしてゐるだけだつた。結局又彼は無罪に處せられたのだつた。

次の街角まで來た時彼は突然もう用のない彼のお連れを振り拂ひ様一目散に逃げて行つた。そして又立止つた。其處は夜などになると明く賑ふ街通り、輕快な行人、甘き戀の私語或は朗快な劇詩の行進、なんてものが見られる歡樂の巷であつた。毛皮にくるまつた淑女、温い外套をまとへる紳士達が冬らしい空氣を吸うて嬉しげに動いてゐるのである。何だか魔が差して此の俺に「捉はれる」と云ふことに對して免疫性を與へたんだナーと云つた風な考へが突然ソーピーの心に浮んだ。果して通りとすると彼は聊か恐慌を感ぜぬ釋に行かない。溺るる者は藁をも摑む。照明眩ゆいばかりの或る劇場の前で悠然邊りを巡邏する警官にフト出會したソーピーは一つ此の邊で暴行でも働いてやらうと考へたのである。

ソーピーは歩道に突立つて醉拂ひの樣な釋の分らぬことを有りつたけの嗄れ聲を張り上げて怒鳴り始めた。彼は躍つた。跳ねた。吼えた。夢中に喋つた。そして邊りの空氣は忽ちにして攪き亂された。

警官は手に例のクラブを振りまはしながら一人の見物に向つて言つた。

「イヤ、君、之はエールを歌つてるんです。今日彼等はハートフォード大學を零敗させたもんだからネ、少々矢釜しいけど別に危なかあないんです、我々は放任して置けつて訓令を受けてるんです」

一再ならず失望に沈ませられたソーピーは何の效も無い彼の暴行をもう止めて了つた。警官たるもの、遂に彼には手を觸れないのであらうか、?彼の想像ではあの島は結局永久に達し得られぬ彼のギリシャのアーカディアであるかの如くに思はれた。彼は今更風の冷たさを覺へながら其の薄つぺラな上衣のボタンを掛けた。

一人の風采卑しからぬ紳士が煙草屋の店頭に立つて上からブラ下がつてる點け火の側で葉卷に火を點けて居た。其の紳士は煙草屋に入りしな其の入口の所へ彼の絹張りの蝙蝠傘を立てかけて置いたのであつた。ソーピーは其處へ一寸足を踏み入れて其の洋傘を失敬して極々緩速度に引返した。點け火の側の紳士は之を見て周章て、飛んで出て來た。

「ア、モシ、私の蝙蝠ですが」彼はけはしく言つた。

「ア、ン、そうかい?」小さな竊盜犯を犯した上にまだ人を喰つた樣にソーピーは鼻で返事した。

「よし、それぢや君如何して警官を呼ばねえんだい?僕あ之を盜んだんだよ、君の蝙蝠をサ!何故早くお巡りを呼ばねえんだよ?向ふの角に一人突立つてるぢやねえかよ」

すると其の蝙蝠の持主は歩度を緩めた。ソーピーも仕方ないから又歩度を緩めた。幸運は又しても彼の味方でないかの樣な不愉快な豫感に彼は打たれた。例の警官は此の御兩人を妙な顏で眺めてゐるばかりだつた。

「ウン、勿論サ」と例の蝙蝠の紳士「だが併し、それは——そうだ、如何して此んな間違になつたのかナー、私——若し貴君の蝙蝠でしたら、どうか不惡、——實あ、私今朝レストランで拾つたんです——まこと貴君のでしたら——ア、如何しやう——何卒か一つ御勘辨を——」

「冗談ぢやねえ、俺んに定つてらあな」ソーピー今は吐き出す樣に怒鳴りつけた。

其の蝙蝠の前主は其處で退却。そして警官は咄嗟や市街電車の二三間前を横切らうとする金髪白皙、夜會服の一美人を助ける爲めに其の方へ走つて行つて了つた。

改良工事で掘り返された道を東の方へソーピーは歩いた。ソーピーは其の蝙蝠を荒々しく掘り割の中へ投げ捨てた。ヘルメットとクラブとに身を固めた彼ら警察共に對して彼はブツ〱不平を鳴らさざるを得なかつた、彼は警察共に捕へてもらひ度い心で一杯なのに彼等は彼を神聖にして犯す可からざる王樣とでも思つて居るかに見えた。

そうこうする内にソーピーは或る通筋に出た。東に通じて居て其の先は街の輝かしさや賑かさは餘りパツとした方ではない處だつた。彼は其處に立つてじつとマヂスン公園の方角を眺め入つた。彼は今はもう家に歸りたいと云ふ心で一杯だつたのだ。それが例の公園のベンチなることに於ては舊に變りはないのではあつたけれ共。

所がしばらく行く内に、とある物靜かな街角の所でソーピーはツと立止つた。其處には古ぼけた破風作りの危なげな一寸奇異な感じのする敎會堂が立つてゐた。其の紫のスティンドグラスの窓を通して和やかな光が漏れて來る、きつとオーガニストが次の日曜日の讃美歌の練習にオルガンのキーに指を走らせてゐたのであらう。妙なる樂の音が靜かに〱ソーピーの耳へ流れ込んで來るのであつた。彼は何物かに魅せられた人の樣に何時の間にか無意識に會堂の柵の渦卷に取つついてゐた。

空には澄みきつた眞如の月が微笑んで居た、通りの人馬はも早數多くなかつた、雀供は軒の下で眠むた相な聲をあげてゐるだけだつた。——此處しばらくは人里遠き村の教會とでも謂ひ度い樣なシーンである。オーガニストによつて奏でられる讃美歌の流れはソーピーをして會堂の柵に益々固くしがみつかしめて離さなかつた。彼もありし日、母の愛、薔薇の樂しさ、明るい希望、涙ぐましい友情、心事とカラーとの潔白さ——斯う言つた樣なものを彼の生活内容に見出し得た時代に彼のよく歌つたことのある其の讃美歌だつたんだもの。

ソーピーの今の鈍敏にして豐富な感受性と此の古風な教會堂から來る力強い感化力とは突として彼の心境に驚く可き變化を與へた。

彼が沈み込んだ此の奈落の淵、打つ壞されて行く彼の毎日の時間、無價値な願ひ、死の如き希望、打ち棄てられた彼の才能そして彼をして斯くならしめた唾棄すべき其の動機——斯うしたことを思ふ時彼はもう恐ろしさで一杯になつてしまつたのである。

思うて此處に到つた彼の心は慄然として我に返つた。瞬間的にして強力なる衝動は彼をして絶望的なる彼の運命と斷然起つて戰ふ可く決心せしめた。泥水の中から彼自身を引張り出さうとするのだ、再び眞人間にならうとするのだ、而して彼を捉へて離さない所の憎む可き惡鬼を征服しやうとするのである。時は未だ斷じて遲くない、彼は未だ若かつた。彼も一度は抱いたことのある大望を再び呼び起しそして今度は絶對に躓くことなく只管目的に向つて突進せんとするのである。彼の莊重にして而も甘味なオルガンの響は遂に彼の心中に斯くの如き大革命を惹起したのであつた。サア明日にも活動其の物の樣な市況に躍る下町へ出て行つて職を見附けやう。或る毛皮輸入商だつたか俺に運轉手になれと云つたことがある、さうだ明日あの人を探しあてて何かさせて貰はう、そして俺は兎に角一廉の男にならなくつちやあ、さうして俺はー——」。

と、彼の腕を誰か掴んだ奴があつた。キョトキョト見廻したソーピーは其處に廣い顔の警官を見た。

「何してるんだ、此んな所で?」警官は質した。

「イヱ別に何も」ソーピーは答へた。

「チャー、一寸本署へ來い」警官は言つた。

そして其の翌朝、警察裁判廷での宣告、

「島で三箇月」。（矢ッ張り法は死物か………筆者）

モダーン語集

關係集會の席上で「エロ」とか「グロ」とか「ナンセンス」とかの意味を問ふて社會學テストをやつた茶目があるとかないとか。新しい言葉を知ることは時代精神を知ることだつてことになると意味位知つてゐても毒にはならない。以下號毎に條目を利用して解說を揭げることゝする。

◇　◇　◇

アーケード（英 Arcade）商店街、仲店街。淺草の仲店式のもの。臺北で云ふなら西門市場の仲店などそれであらう。

アーベント（獨 Abend）夕、夕べ。「陳腐のアーベント」と云ふ方がモダンである。

アイ、ダブリユー、ダブリユー（英 I. W. W.）米國に於けるサンヂカリズムを奉ずる勞働團體で Industrial Worker of the World（世界產業勞働者同盟）の頭文字をとつたもの。歐州大戰參加に絕對反對を主張したため、その幹部は暗殺或は投獄されて、現在はあまり勢力がないが最も過激な思想を有する勞働團體である。

アイドル・システム（英 Idle-system）無報酬制度。材料の關係又は天候其の他の都合で仕事がない時、職工を解雇することなく、共存共榮の精神に則つて、其の仕事の時間に應じて日給を仕拂ひ、全然仕事のない時でも定給の最低七割は支拂ふ制度。

ヱドガー・アラン・ボー作，セイズ・ソナタ譯，〈盗まれた手紙〉，《臺灣鐵道》，第二三〇期，一九三一年八月三日，頁一一二—一一二一；第二三一期，一九三一年九月一日，頁一一〇—一一二〇。

盗まれた手紙

ヱドガー・アラン・ポー原作
セイズ・ソナタ譯

御承知の通りポーは現代探偵小説の鼻祖と言はれてゐる詩人であつて、彼の作品中でも特に「モルグ街の殺人」と木篇とは最もポプユラーなものである。コーナン・ドイルのシャーロック・ホームズのやうに江戸川亂歩の明智小五郎のやうにポーはデユパンと言ふ立物をして事件を快刀亂麻的に解決せしめてゐる。難解を以て鳴るポーの文章が譯者如き若輩の手に負へるものでない事は萬々承知の上でペンをとつたものである。誤譯があれば御叱正が願はしい。

容智にとつて過度の聰明程嫌惡すべきものはない————セネカ

一八一年の秋のある風の烈しい宵、僕は畏友シー・オーグユスト・デユパンと二人で、巴里市フオーブール、サン・ゼルマンのデユノー街三十三番地の四階にある同君の小奇麗な書齋で、靜かにミアシヤム(海泡石の煙管とある)を燻らし乍ら默想を樂しんでゐた。もの丶一時間位も—少なくとも—二人とも深い沈默に陷つてゐたらうか。だから若し誰か何にも知らない人が突然この室に這入つて來たとしたら、部屋一杯に渦を卷いてゐる煙を見て、きつと二人とも夢中になつて煙草ばかり喫つてゐたんだらうと思ふたかも知れない。だが實は僕は、その宵の口に二人の間で議論の的となつたある問題について頭をひねつてゐたのでした。その問題と言ふのは例のモルグ街の事件つまりマリー・ローゼ殺しの不可解な事件なんです。と丁度その時、吾々の古い馴染の、パリ警視廳のG總監が這入つて來たんでした。

そのＧと言ふ男は警察人特有のあの狡猾さを多分に持つた卑劣な男ではあつたんですが、半面多少は話せる點もあつたし、それに全く幾年振りと言ふ久々の對面でもあつたので吾々としても心から彼の來訪を喜んで迎へたのでした。それでデュパンが立上つてランプに灯を入れやうとしたのでしたが—實はその時まで、灯もつけずに坐つてゐたのでした—Ｇ君の來訪の目的と言ふのが或困難な事件についてデュパンの卓見が聞き度いとの事だつたので、そう云ふ問題なら暗闇の中の方が却つてい丶だらうと言ふので、そのま丶話を進める事にしたのでした。

『實はこの事件も頗る怪奇な事件でしてね』

と總監は初めた。所でこの總監と來ると、自分の頭腦で解決不可能な事はすべて怪奇と言ふ癖があつて、從つて彼の論法からすると、彼自身はまるで、怪奇な事件のみの中で生活してゐるやうなものでした。

『ハハン、なる程』

彼に椅子をすゝめ乍らデュパンが答へた。

『で一體その怪奇な事件と言ふのは何ですかね。まさか又殺人事件なんて血腥いのぢやないでせうな』

と僕も口を挾んだのでした。

『いや〳〵そんな種類の事件ぢやないんです。いや全く極簡單な出來事なんですがね。で吾々の方でも充分解決し得るとは確信してゐるんですがね。所が馬鹿に怪奇な事件なものですからデュパン君が、きつと興味を持たれるに違ひないと思ひましてね』

『すると單純にしてしかも怪奇と言ふ譯ですね』

とデュパンは相變らず重い口調でした。

『いや全くその通りなんです。しかし正確にはそのどちらでもないんですね。實の所全く吾々は手古摺つてゐるんです。事態が極簡單だのに、全々吾々の手に負へんのですからね』。

『つまり餘りに單純すぎて解決がつかないのでせう』

とデュパンは眞面目に言つた。

『ハッハッハ、デュパン君には勝てないね』

と總監は哄笑したものでした。だがデュパンは相變らず眉毛も動かさず重々しい表情で續けるんでした。

『多分、不可解と言ふのは明白過ぎるんでせう』

『御冗談でせう、ハッハ餘り笑はせないで下さい』

『いや、明白過ぎて却つて失敗するんですよ』

『ハッハッハ、貴君にかかつちやかなひませんね』

總監は可笑しさに堪へないやうに哄笑したのでした。がデュパンは何處までも眞面目でした。

『で結局その事件と言ふのは何ですか』

と僕が口を入れた。すると總監は煙草を、深くゆつくりと一服考へ深さうに喫つてから話し出したものである。

『ぢやお話しませう。極簡單に。だがその前に一言、この事件は絶對祕密を要するものであつて萬一他に洩れるやうな事があると僕の地位にも拘はる程の重大事件であると言ふ事を御注意願ひたいんです』

『ひどくむつかしいんですね』と僕。デュパンも傍から幾分皮肉にやつたものです。

『無理に聞かせて貰はなくつてもいゝんだが』

で總監は多少狼狽して說明に入つたのでした。

『まあそう言はずに聞いて呉れ給へ。實は僕は「さる高貴の方」から、宮廷に於てある書類が盗まれたと言ふ情報に接したのです。でそれを盗んだ人はわかつてゐるんです。之はもう疑ふ餘地もない事なんです。と言ふのは彼は——その犯人がーそれを盗む所を見られてゐるんです。それからその書類がまだ盗んだ人の手許にある事もわかつてゐるんです』

『犯人の手許にあると言ふ事はどうしてわかつてるんですかね』とデュパンが訊いた。

『それはその書類の性質上推定し得るんです。つまりその書類が盗んだ人の手を離れる場合に必然的に生じなければならない所のある反應がまだ現はれないんです』

『も少し判然願ひたいですね』と僕。

『よろしい、では思ひ切つて言ひませう。その書類と言ふのは、ある方面に於て、その書類の所有者に絶大な權力を與へる、と言ふ種類のものであるんです』

總監は好んで外交官のやうな言葉遣ひをするのが癖でした。

『まだぴつたりと來ないが』とデュパンが洩らした。

『つまり、その書類が第三者ーその方の氏名は一寸洩らし兼ねるがーに曝露した場合には、『さる高貴な方』の名譽に關する由々しき問題となる。その爲に、この書類の所有者は、『さる高貴な方』に對して極めて優越的な立場に立つ事となり、「さる高貴な方」の名譽と平和と言ふものが甚だしく危殆に瀕すると言ふ事となる』

『しかし』僕が口を出した『その優越的の立場に立つと言ふ事も、その犯人にとつて、「さる高貴な方」が犯人を知つてゐると言ふ事が、わかつてゐなければ駄目でせう、誰が敢てー』

『いやその犯人と言ふのはD大臣なんですよ、D大臣と言へば强者ですからね。その盗み方なぞも實に大膽且巧妙だつたんですね。でその問題の書類と言ふのは打明けて言へば手紙ですがね、盗まれた方ー「さる高貴な方」が唯一人で宮廷の婦人私室にゐられた時に受取られたものです、ー(ここで吾等は「さる高貴な方」が女性である事を推定し得るー筆者)ーそしてそれを讀んでゐられた時に、突然他の高貴な方がその室に這入つて來られたんですが、御婦人にして見るとその手紙は特にその方に見られてはならぬものであつた爲、手早く曳出しに藏はうとされたんだつたが間に合はなかつた。

で已むなくそのまゝ卓子の上に置いたのでしたが宛名が上向きになつてゐたきりで内容は曝け出されてなかつた爲に、格別氣づかれずに濟んだのだつた。丁度この機會にD大臣が這入つて來たんでしたが、彼の鋭い眼光は直ちにその手紙を發見し、その筆蹟によつて差出人を判定し、そしてその宛名の人—「さる高貴な方」の狼狽の樣を觀察して、遂に一切の祕密を洞察してしまつたものです。で彼の癖である、少しせか〳〵した調子で要件を話して後、問題の手紙によく似た手紙を取出して尤もらしく讀むやうに裝ふてからそれを例の手紙に接近した位置に置いたんです。それから十五分間ばかり雜談に過して扨お暇の時に、自分の手紙は殘しておいて問題の手紙を持つて出て來たんです。でその正當の持主—「さる高貴な方」はそれにはお氣が付いてゐられたのではあるが、咎め立てしては、すぐ側にゐられる他の高貴な方にその手紙の內容が曝露する惧があるので、已むなく見逃がされたと言ふわけなんです。』

そこでデュパンが僕に向つて言つた。

『これで委細判明つてわけだね』

『それで、かうして手に入れた特權を、彼は過去數箇月の間政治的の目的に、極めて危險な範圍にまで、行使してゐるんです。盜まれた方は至急その手紙を奪還する必要に迫られて焦慮してゐられるが公的手段に訴へられない。でまあ遂に僕の方へ持つてこられたと言ふわけですよ』

デュパンは、まるで煙の渦中から、言つたものでした。

『いや炯眼ですよ、全く、君を選んだのは。君より聰明な人なんて一寸見當りませんからな。—いや想像も出來ないですからね。』

『いやそう言はれると恐縮ですが、だが幾分さう言ふ點も考慮されたらしいんです』

と總監はいゝ氣持にしよつてゐました。で僕が言つた。

『貴君の言はれる通りその手紙がまだ大臣の手許にあると言ふ事は確かですね。その手紙を持つてゐなければ特權がなくなるわけですからね』

『さうです、でこの推論に基づいて僕は行動したんです。先づ第一の手段は大臣の官邸を徹底的に捜査すると言ふ事でした。がこの捜査には大臣に知られないやうに遂行せなければならないと言ふ難關があつたのです。と言ふのは迂濶な失態を演じて萬一彼に感付かれでもしては大變ですからね』

『しかしさう言ふ方面になると貴君方は手に入つたものでせう。パリ警視廳は從來、もつと困難な密偵でも苦もなくやつてのけてゐるぢやありませんが』

『全くその通りです。それでまあ僕は失望しなかつたのです。それに都合のよい事には大臣には屡々、夜、家を明ける癖があるんです。それに彼の使用人も大して數多くはゐないし、彼等の寢る所は主人の居間から遠く離れてゐるし猶又ネーブルス人が多い爲大低一杯ひつかけて就床すると言ふやうなわけでしてね。御承知の通り私はパリ中の部屋と言ふ部屋の合鍵を持つてゐます。それで過去三箇月間と言ふもの、殆んど毎夜〱僕自身D大臣官邸の捜査をやつて見たんです。一つには僕の名譽にも關する事であり、打明けた所報酬も隨分とたんまりあるんですからね。だが僕の三箇月間の不眠不休の努力も無駄でした。僕としては苟も手紙の隱し得ると思はれる所はどんな微細な場所でも凡そ屋敷中限なく探索した積りなんだが、どうしてもわからないです。で僕の見込違ひぢやないかと思ふて官邸の捜査は一旦打切りとしたんです、それにもう官邸には捜索の餘地もありませんしね』

『それや君その手紙をD大臣が持つて居る事はたしかで疑ふ餘地はないかも知れないが、何もその手紙を官邸外に隱せないつて理窟はないんだからね』と僕も意見を開陳したものでした。

するとデュパンが口を開いた。

『いや、それは恐らく不可能だらう。宮廷に於ける昨今の險悪な雲行から見て、又D大臣が關聯してゐると見られてゐる策謀の狀況から押して、その手紙は緊急的必要に迫られてゐる。いざと言へば直ちに引出し得る狀態に常に置いておく必要に迫られてゐる』

『いざと言へばすぐ間に合ふやうにですつて?』

と僕は反問した。

『そうさ。いざと言ふ場合に間に合はなくては全々無效だからね』とデュパンの答は明快だつた。

『そうだ。すれば手紙は官邸にあるに違ひないと言ふ事になる。まさか大臣自ら携帶してゐると言ふ事もあり得まいから』と僕は論斷した。

『その點はたしかです。實はD大臣を途上に待受けて徹底的に調査した事が二度もあるんです』

と、總監はむしろその敏腕を誇りたげに僕の推論を裏書きしたものだつた。がデュパンは

『しかし君も亦馬鹿げた事をやつてのけたものだね。D大臣だつて一〇〇%馬鹿でもない限り、一度や二度は臨検されるだらう位の事はちやんと豫期して居つたらうさ』で總監は多少鼻白んだものでしたが、

『それや一〇〇パーセント馬鹿ではないかも知れませんが、彼は詩人ですからね。詩人なんて馬鹿と一足違ひですからね。』

と仲々負けてはゐなかつた。

『いやなる程』デュパンは言つた。ミアシャムを一服深く喫ひ込んでプット吹き出し乍ら『所で俺も下手な詩をちよいよい作るんだけれど』

其處で僕が話を元の軌道に戻したんでした。

『とにかく、君の捜査の模樣を詳しく說明して下さいませんか』

以下僕と總監との問答にはまるで無關心に—僕にはさう思はれた—デュパンはミアシャムを燻らしながら默想を續けてゐました。

『つまり一言にすれば、充分の時間を費して、徹底的に搜査し盡したと云ふ事です。目星しい見出しと言ふ見出しは殘す所なく調べました。御承知の通り腕利きの警官に對しては、祕密の見出しなんて何の威力もないんですからね。祕密の見出しを作つてそれで逃げおうせやうなんて愚の骨頂ですよ。で各室毎にかなりの搜査箇所があつたわけですが、吾々は極微細な點まで細心の注意を拂つて檢査したんです。椅子のクッションも御存知の長い鋭い針で、さし通して探つて見たし、テーブルの脚さへ離して見ると言ふ風に』

『テーブルの脚なんか何故離すんですか』

『テーブルの脚に限りませんがね、よく、調度品の接合部を解體して隱匿場所を作るのが定石でしてね。つまりテーブルの脚の上部に穴を穿つて、その中に品物を隱しておいてから上の板を嵌込むと言ふ具合にやるんですよ。ボタンだとかベッドの脚なんかもよくこの手で利用されるんです』

『しかしそんな穴は、叩いて見て音でわかりませんか』

『駄目ですね。品物を隱す場合に、その品物の周圍に綿で完全に詰をするんですからね。それに僕の場合には音を立てずに、潜行の必要があつたものですからね』

『しかしそんな方法で、隱匿の可能性のある調度品全部について、解體すると言ふ事は不可能でせう。例へば手紙なんて、編針位の大きさに縮しつめて卷く事も出來ますからね。さうやつて椅子の桟にでも嵌め込めば、金輪際わかりつこはないでせう』

『いや大丈夫です、吾々は官邸中の椅子は全部桟まで調べました。椅子所か、調度品全部に亙つて接ぎ目と言ふ接ぎ目は全部精巧な顯微鏡によつて精査しました。殊に最近解體したと思はれるやうな、形跡のある點は特に徹底的に探つて見たんです。膠著(ニカワ)の不自然な所、極微細な接目の狂ひさへ見逃さなかつた積りです』

『では姿見も鏡をはぐつて見たんですね？ベッドも？カーテンも？敷物も？』

『やりましたとも。でかうして調度品全部精査した後次には、邸宅そのものについて探索しました。吾々は邸宅を數箇の區劃に分割してやつて行きました。それから屋敷內も、兩隣二軒一緒に、各平方呎毎に顯微鏡で調べたんです』

『兩隣まで!!隨分と骨だつたでせうね』

『全くひどかつたです。だが報酬はたんまりあるんですからね』

『家の周圍の地面は？』

『地面はみんな煉瓦を上げました。それは比較的に容易でした。吾々は煉瓦と煉瓦との間に生えてゐた苔を檢査しましたが最近に手を入れた形跡は皆無でした』

『勿論書物も調べたでせうね。書齋の本の間なんかも？』

『巾すまでもない事です。包みと言ふ包みはすつかり開いて見ましたし書物なんかも唯單に一册々々振つて見るだけでなく――よくそれをやる警官がありますが――一頁々々繰つて見たんです。それから本カバーも精細な物指でその厚さを調べ尙念の爲顯微鏡でやつて見ました。製本の新しいものは特に念入りに精査しましたし、最近に製本屋から來たばかりらしい五、六册は注意深く針で探つて見ました』

『敷物の下の床は？』

『すつかり敷物を剝つて顯微鏡で檢べました』

『壁紙も？』

『え丶、やりましたとも』

『地下室も？』

『モチ』

『さうすると貴君の見込み違ひらしいですね。その手紙は官邸にありさうもないやうですね』

『で、僕もさうぢやないかと思ふてゐるんですがね――』

此處で總監はデュバンの方を振向いて

『所でデュパン君はどう推斷するかね？一つ卓見を洩して貰へまいかね』

で今まで靜かに例の「沈默の推理」――嘗てデュバンの沈默の推理が解決し得なかつた事件が起つた事はないのだが――に耽つてゐたデュバンは相變らず重々しい口調で、ぶつきら棒に、事もなげに答へたのでした。

『もう一度官邸を搜し直すんだね』

『それは絶對に不必要だと思ふんだがね。その手紙が官邸にないと言ふ事は吾々が呼吸する事よりも明白な事實だと確信してゐるんだがね』と總監は以ての外だと言ふやうに反駁したものでした。

『だが僕としては、官邸の再搜査と言ふ言葉より外に助言はないね』とデュバンは相變らず取つく島もなかつた『所でその手紙の明細は正確に調査してあるんだらうね』

『――』

總監は手帳を出して、その盗まれた手紙の內容外觀を詳細說明したものでしたが、それが終ると、頗る意氣銷沈の態で暇を告げたんでした。いや全く僕もデュバンもあんなにまで落膽した彼を見たのは初めてでした。

盗まれた手紙（二）

エドガー・アラン・ポー原作
セイズ・ソナタ譯

前號梗概——一八—年秋、佛蘭西の宮廷で、さる高貴な方の手許から極めて重要な手紙が盗まれた。その手紙は政治上由々しき權力をその所持人に與へると言ふ種類のものである、そしてその手紙を偸んだ人はD大臣である事がわかつてゐるし、猶又その手紙を盗に利用して權謀を恣にしてゐる點より見て、まだ現にD大臣の手許にある事も疑のない事である。さる高貴な方から秘命を受けた巴里警視廳のG總監がD大臣の官邸を隈なく精査したんだがどうしても發見出來ない爲に他に隱匿したのではないかとの疑を抱き遂にデュパンを訪問してその助言を乞ふたのであるが、デュパンはその手紙の隱匿場所は官邸外になき旨を主張し「官邸の再搜査以外に方針なし」と斷言する。G總監は悄然とデュパンの許を辭し去つたものである。

× × × ×

それからもの丶、一箇月も經たない中に、僕等は再び總監の訪問を受けたのでした。吾々はと言ふと例によつて例の通り相變らずでした。彼は椅子にかけるとパイプを取出し世間話に入つたものです。で遂に僕が口を切りました。

『それはそうと、例の一件物—盗まれた手紙事件は其後どうなつたんだい？どうしてもD大臣には歯が立たないつて所が闘是ぢやないのかい？』

『いや全く驚いまいましい野郎でさ。實はデュパン君の御忠告に從つて再調査をやつて見たんだが徒勞でしたよ。多分骨折り損だとは思つたんでしたがね』

デュパンは訊いたものでした。

『所で報酬は幾何程だと言つたつけな?』

『たんまりとあるんですがね—はつきり幾何とは一寸言ひたくないんです。だがその手紙を僕に持つて來て吳れる人があれば、五萬フランだけ僕からお禮してもよいと思つてゐる—と言ふ事だけ言つておきませう。全くの所、その手紙は日一日と重要性が增して來てゐるものですからね。最近報酬が倍加されたんですよ。だが假令それが三倍にされたつて僕としてはもうこれ以上外に手のつけやうもないんです』

『だがしかし』デュパンはミアシアムを喫ひ乍ら悧げに言つたものでした。『僕は思ふんだがね—實際—君はこの事件にまだ全力を傾倒しとらんよ。も少し何とか外によい工夫が考へ付きそうなものだと思ふんだがね。如何だい?』

『どうして?どう言ふ風に?』

『だつて—この事件について君、顧問を何故傭はないんだい?、君は「アバーニシー」の話を知つてるかい?』

『知らないね、がそれがどうしたんですね』

『いや、かうなんだよ、ある時、金持の癖にひどく吝嗇な男があつたんだね。でその男は無料で自分の病氣を名醫「アバーニシー」に診察させやうとして、ある工夫を考案したんだね。である會合の時に、日常の會話に事寄せて、自分の病狀をさりげなく知らせて、そして醫者としての處法を訊き出さうとしたんだ。それで、その男は、

「で、その人の症狀はかくかくであるとする、で彼は一體如何なる方法をとれば一番よいと思ひますか?」

とさぐりを入れたものさ。所が、「アバーニシー」の答と言ふのは、い、かい、

「それや君、醫者の診察を受けるのが一番さ」』

そこで總監は少し不安そうに

『いや、しかし、だから僕も實は顧問になつて呉れる人を求めてゐるんです。相當報酬も出さうと思ふてゐるんです。それでこの事件について僕に援助を與へて呉れる人には、五萬フランまで出さうと、眞實、考へてゐるんですよ』

『そんなら君』——とデュパンは曳出しの中から小切手帳を取り出し乍ら言つたものでした——『その金額だけこの小切手帳に記入して呉れ給へ。で君がそれに署名するのと引替に僕は例の手紙を君に手渡さうぢやないか』

僕は全く飛び上る程驚いたのでした。だが僕にもまして驚いたのは總監でした。まるで電氣にでも打たれたやうに、暫くは物も言はずに石像のやうに突立つたまゝでした——ポカンと口を開いて、今にも目玉が飛び出しはせんかと思はれる程目を見開いたまゝ。や、あつてやつと吾に返つた總監はペンを取上げて、紙を見つめたまゝ少時躊躇つてゐたが、やがて金額を記入して署名すると、それをデュパンに差出したものでした。デュパンはそれを注意深く檢めてポケットに藏ふと、手文庫の鍵をあけて取出した手紙を總監に手渡したのでした。總監は喜びとも悲しさともつかぬ混亂した表情で、まるで摑むやうにその手紙を受取るとブル〳〵慄える手で開封し、その内容を素早く一瞥するや否やまるで轉ぶやうに扉にたどりついて、奔馬のやうに驅出して行つたものでした。

× × ×

總監が去つて後、僕の偉友はおもむろに說明を初めたものでした。

『パリ警視廳は非常に敏腕である。彼等は堅忍不拔、怜悧にして明晰であり、その他あらゆる必要な專門的智識に通曉してゐる。最初G總監がD大臣邸の捜査の模樣を話した時僕は、彼等の搜査が、彼等としては、及ばざるなき點にまで完全に行はれた事を確信した』

『彼等としては？』

『そうだ』デュパンは續けた。『選ばれた手段は、彼等の最上の手段であつたのみならず又遺憾なく完全に遂行された。だから若し彼等の探査圏内にその手紙が隠されてゐたなら、彼等は問題なくそれを發見し得ただらう』

私は思はず笑つたものだつた──だが彼は頗る眞劍に言つてるやうでした。

『そこで手段が悪かつたのでもなく、遂行上にも遺憾はなかつた。彼等の缺點はその手段を場合と人に對して適用を誤つた點にある。つまり總監について言ふと、相當に智識も豐富であり、優れた智能を持つてゐるんであるが餘りに杓子定規的であつて融通が利かない。それで彼は、屢々餘りに推理が深過ぎたり又推理が足りなかつたりしてよくわけもない事件に失敗する。そして彼よりは小學校の兒童の方がよき推理家である事がよくある。何でも八年程前の頃、「丁か半か」の遊戯の馬鹿に上手な小供がゐて評判になつた事があつたのを覺えてゐる。この遊戯と言ふのは彈石で遊ぶのであつて、一人が彈石を若干個手に持つてゐて、相手にその數が丁か半か言ひ當てさせるのである。でうまく言當てれば勝ちであつて相手から一個とる。當て損へば一個とられるのである。でその小供は學校中の彈石をみんな勝つて終つたと言ふわけである。勿論その小供は一つの祕策を持つてゐた。その祕策と言ふのは何もむづかしい事ではなく、唯相手の小供の智能の程度を觀察し推量すればよいのである。例へば非常に頭腦の惡い子供が相手であつて、石を握つて「丁か半か」と來た場合には、最初の一回は先づ「丁」と行く、所が握つた數が半であつて負けたとする。だが二回目からは決して負けない。何故と言ふとその小供は心中で次のやうに推理するからである。乃ち「こいつ少々足りないから今度は、半を握りかへて丁と來るに違ひない精々頭腦をしぼつて考へても半を丁にかへる位が積の山だらう」と。それで今度も「丁」と行く。それで勝つ。で、も少し悧口な子供が相手の場合にはやはり最初の一回は試みて見て、次回からは相手の裏を行く。でこの推理の方法を知らない他の小供等は彼を幸運だと簡單に片付ける。だが果して根本の問題は何だらうか？』

『それは單に、相手方の心になる。つまり相手方と同じ程度の頭腦になつて考へて見る。と言ふ事に過ぎないのぢやないですか？』

『全くその通りだよ。でその小供に、「他の小供の心を推量するにはどうしたら一番よいか」と聞いて見たんだが、その答と言ふのは「相手の頭腦の程度だとか、今何を考へてゐるかと言ふ事を知らうと思へば、相手方の表情を出來るだけ微細に眞似て見るんです。そして相手方と同じやうな姿態でおなじやうな表情をし乍ら、靜に自分の心や頭に浮んで來る感じや考を待つんです」と言ふんだ。で、『ラ・ブルユイエール』にしても又、『マキアベリ』や『カムパネラ』等と言ふ偉人たちの叢むつかしい理論も、結局この小供のやり方に毛の生えたものに過ぎないだらうと思ふんだ』

『だが、その相手方の頭になつて考へる、つまり相手方の智能の程度に自分の智能をうまく合はせる爲には、先づ相手方の智能の程度を適確に推察測量すると言ふ事が第一問題ですね』

『全くその通りだ。相手方の智能の程度の推測が適確であつて初めて、相手方の智能の程度に於て推理する事が出來るんだからね。それで總監及幕僚は第一は相手の心になつてつまり犯人の智能の程度に於て推理して見ると言ふ點に於て失敗し、第二に、相手の――犯人の頭腦の程度の推測が不正確であつたと言ふ點――否むしろ、殊に、犯人の智能程度なんて考へても見なかつたと言ふ點に於て失敗してゐる。彼等は唯自分等の頭腦で推理し、隱匿物を搜査するにも、自分等の隱しさうな場所ばかり搜査してゐるんだ。で犯人の智能程度と彼等のそれとが偶然相等しいやうな場合には、この方法で成功するんだけれども、犯人の智能が彼等のそれと全々その程度を異にするやうな場合には必然的に大失態を演ずるのさ。そして、犯人の智能程度の方が彼等のそれよりも、遙かに高い場合が常態であつて、低い場合なんて稀なんだからね。彼等にはその犯罪搜査上の方針に變化と言ふものがないんだ。事件が突發して、特種の報酬があると言ふ場合彼等は、その事件に適切な特定の方針も立てずに、唯その常套手段を、少し念入りに、遂行すると言ふに過ぎない。例へば今度のD大臣の事件にしても、何等特別の搜査方針によつて活動したのではなかつたではないか？この事件に特別の確固たる推理の上に組立てられた、科學的の根據ある搜査方針に基づく事なく、唯盲目的に、針で探つて見たり、調度品を馬鹿丁寧に解體して見たり、顯微鏡をいぢくつて見たりした所が、何になるものか？何箇月かゝつてやつた所が依然として今迄通りの常套手段を唯飛念入りに繰返すと言ふだけの事ではないか。まるで彼等は、頭から、人間なら誰でも皆、手紙は椅子の脚に穿つた穴の中や、そのやうな所ばかりにしか隱匿しない、と極めてかゝつてゐるらしい。こんな捜査方法なんてものは、普通一般の事件に、普通一般人の場合に、採用さるべきものではないか。と言ふのは、かゝる捜査法なんて、隱匿事件なら誰しもいの一番に考へ得べき事であり、又考へつく事である。だから、かゝる場合には唯相當の注意力と忍耐力と、決心とさへあれば誰だつて隱匿物は發見し得る筈のものである。でよくわかつた事と思ふが、例の盜まれた手紙が、總監の搜査の範圍内に隱匿されてゐたなら、と言ふのは隱匿の方法が、總監の考へてゐるやうな方法であつたならば―つまり犯人の頭腦程度が總監のそれと等しかつたならば―その發見は實に容易だつたらう。と言ふんです。所が吾等の總監は物の見事に背負投けを喰つたのである。ではどうして、かうも見事に、やられたかと言ふと、總監がＤ大臣を馬鹿にしてかゝつたと言ふ事が、そもそもの失敗の根源だつたんです。と言ふのはＤ大臣は詩人として有名な人であるからの事で、「馬鹿は皆詩人なり」てのが總監の持論なんですからね。所で「馬鹿は皆詩人なり」と言ふた所が「詩人は皆馬鹿なり」とは限りませんからね。つまり「逆は必らずしも眞ならず」でね。」

「がしかし彼はほんとうに詩人ですか？何でも兄弟が二人あつて二人とも文藝方面で有名なのは知つてゐますが、たしかＤ大臣は微分學に造脂が深いんぢやないですか？、彼は數學者でせう？詩人ぢやないですよ」

「君は知らないんだよ。僕はよく知つてゐる。彼は數學者であり、詩人でもある。詩人であり數學者である爲にこそ、素敏しい推理をするんだ。數學者だけに過ぎないなら、かうも手際よく總監を面喰はす事は出來なかつたに違ひない」

「君は妙な事を言ふね。まるで世間一般の考へ方とはロジックが反對ぢやないか。數學的推理こそ最も卓越せるものであると言ふ長い間の世論も、ぢや君の論法で行くと全々零に等しいわけだね」―

『「俗説や世論なんて愚の骨頂である、何となれば餘り板につきすぎて適應性がないから」と「シャムフォール」は警句を吐いてゐるからね。つまり數學者なんて糞理窟ばかりで變通自在つて所がないんだからね』

『えらい又數學者を目の敵にするんだね』

『僕は數學的研究から抽出された推理には賛成出來ない。數學なんてのは形と分量との科學である。數學的推理は單に形や分量に關する觀察にのみ適用さるべきものである。單純な數學上の眞理をそのまゝ一般的の眞理だなんて早合點する所にそもそもの間違がある。所がこの間違が實に廣汎に世間では平氣でそのまゝ受け入れられてゐるんだから全くやり切れない。數學的の定理なんてものは一般的の定理では決してあり得ないんだ。』

で僕が笑ふてゐると、彼は續けるのだつた。

『で、若しD大臣が單に數學者に過ぎなかつたらG總監は私にこの小切手を與へる必要はなかつただらう。だが私は、彼が同時に詩人である事を知つてゐた。私は又彼を廷臣として知つて居るし又大膽な陰謀家としても知つてゐた。でかゝる人は必らず警察の常套手段には通曉してゐるに違ひないと私は考へたんだ。彼は途上で待受けて調査される事もちやんと豫想してゐた、だから決して尻尾は出さなかつた。彼は自分の邸宅の潜行的捜査だつてちやんと豫想してゐたに違ひない。G總監が天佑と喜んだD大臣の夜分よく家を空ける癖さへ、僕は、一種の策略—わざとさうする事によつて彼等に充分捜査の時間を與へて、その手紙が邸にはないと言ふ事實を一日も早く知らしめやうと言ふ策略ではなかつたかと睨んでゐる。のみならず彼等の捜査方法なんてものもきつと大臣の頭の中にあつたに違ひない。だからこそ、普通隠匿に役立ちさうな場所はすべて避けたんだと思ふ。彼の邸のどんな微細な場所だつてきつと彼等に、まるで明放しの押入れと同じ程度に掻き廻はされるに違ひない位の事は先刻御存知だつたらうと思ふ、だから、彼等の捜査方法の裏を行つて、極簡單にあつさりと「單純」と言ふ逆手に出るに違ひないと考へたんだ。君は覺えてゐるかも知れない、最初僕がこの點を強調して、この事件が餘り「單純」すぎる爲に却つて解決がつかないんだと言ふ事を總監に呈言した時に、總監が餘りにも向ふ見ずに自分の推理の淺薄さを遺憾なく曝露して、勇敢にも嘲笑した事を』

『うん、よく覺えてゐるよ。僕は、彼が痙攣を起したのではないかと思つた位だつたよ』

『所で君は道を歩いて居て、街路の上に大きく書いてある街の名と、ショウウインドウと、どちらが人目を惹くと思ふかい』

『僕はそんな事ア考へた事がないね』

『では、此處に、「地圖遊び」と言ふ遊戲があるんだ。一人が、山を川や國の名を言ふて、他の一人がそれを地圖の上でさがすのだ。所で、まだ素人の者は、なるべく小さい文字で隅の方に書いてある名を言ふて相手を困らせてやらうと考へるものなのだが玄人になると地圖全般に跨つてゐるやうな大きな名を言ふ。するとこんな餘り大きな文字で書いてある名なんてものは、その字體が餘りに明白すぎる爲に却つて人間の注意の網の目から洩れ落ちてしまつて氣がつかないものである。此處で物理的原理が常に心裡的のそれと一致しないと言ふ事が判るのであつて、自明すぎる爲に却つて注意を逃れると言ふ結果になる。で手紙は常に手許に置く必要があり、と言ふて邸宅には隱匿すべき場所がないと言ふ事になれば、必らずや大膽なD大臣は、以上の理によつて、「隱匿せざる隱匿」と言ふ素晴しくも賢明な手段に出るだらう。つまり普通隱し場所とならないやうな所を選んで隱すだらう、大切な手紙を鼻の先にぶら下げておかうとは「お釋迦樣でも御存知あるまい」と言ふ寸法で下手に隱すよりもむしろ堂々曝け出しておく方法をとるに違ひないとの結論に到達したんだ。』

『で以上のやうな推理の下に僕は綠の眼鏡をかけて突然D大臣をその邸宅に訪れたんだつた。彼は例によつて、のらくらして如何にも無聊に苦しんでゐる樣を裝つてゐた。だが、誰も見てゐない時の彼は、恐らく現代生きてゐる人間の中で最も能率的な精力家であると言ふ事は疾くに承知の僕である。で僕も、負けない氣で、目が惡くつて眼鏡をかけなければならない不自由さをくど〳〵と愚痴つたものだ—實はその眼鏡の下から部屋中を注意深く探索し乍ら—そしていかにも話に夢中になつてゐるやうに裝ひ乍らね。』

『私は彼が腰かけてゐる近くにある大きな机の上に注意を集中したが机の上には二三冊の書物と種々の書類が雜然と載せてあるきりで目的の手紙らしいものはなかつた。で目を轉じてずつと部屋中を見廻し乍ら注意深く視察してゐる中私の目は、マントルピースの中頃にある小さい眞鍮の握りから垂れて下つてゐる汚れた青色のリボンの個に、ぶらりと下つてゐる古ぼけた狀差の上に落ちた。でこの狀差—三つか四つの欄に仕切られてゐた—に五六枚の名刺とたつた一つぽつんと封筒とが差してあつた。その手紙と言ふのは、ひどく汚れて、皺くちやになつてゐて、おまけに、眞中所から殆んど二つに引裂かれてゐた—恰も、最初引き裂いて捨てやうとしてやつたんだが途中で氣が變つてやめて狀差しに突込んだと言ふ體だつた。大きな黒い封蠟をして、D大臣の署名が麗々しく書いてあつて、小形の女文字でD大臣自身に宛てたものであつた。』

『一目見た時、何となく、之が問題の手紙に違ひないと直感した。全くそれはあらゆる點に於て總監が示した明細とはその外見を異にしてゐた、總監の話では、封蠟は小さく紅でS公爵の署名があると言ふに對し、この手紙の封蠟は黒く大でD大臣自身の署名がある。又總監の話では、宛名は「さる高貴な方」であると言ふたがこの手紙はD大臣自身に宛てたものである。たゞ大きさだけが一致してゐた。だが何と言ふても根本的の差異は、甚だしく汚れてゐると言ふ點だつた。潔癖なD大臣の性格に矛盾して、いかにもその手紙が無價値である事を殊更誇示するかのやうに、ひどく汚れて殆んど破れそうになつてゐたと言ふ事と、それが餘りに殊更人目につき易い場所に曝け出されてゐた事とが、僕が前述した結論を裏書きするやうで、強く僕の猜疑心をそゝるのであつた。』

『僕はなるべく訪問を長びかすやうに工夫した。そして彼が興味を持ちさうな話題を選んで盛に議論を戦はせ乍ら、絶えずその手紙に注意する事を忘れなかつた。そして僕はその手紙の外觀並に狀差の中に於ける位置等を記憶しておかうと努力してゐたんだが、その中に大發見をした爲に私が今まで抱いてゐた疑念を跡方もなく氷解さす事が出來たんだ。と言ふのは、よく觀察して見ると、その手紙の封筒の端の方が恰度折型のついた固い質の紙を反對の方に折疊む際に生ずる樣な狀態に摺れ痛んでゐたのが目についたんだ。もうこの發見で充分だつた。つまり例の手紙の封筒を、すつかりその儘裏返しにして、宛名を書き直し、封をし直したに違ひないんだ。で早速議論をいゝ加減に切上げて退出したものさ―わざと金の煙草入を卓子の上に置忘れてね。』

『翌朝、忘れた煙草入を取りに再び訪問した。そして熱心に前日の議論の續きをやり初めた。で非常に熱心に論じ合つてゐた時、突然、窓の下の街路で、ピストルの音らしい響がしたと思ふと續いて恐怖に滿ちた叫聲や群集の喚聲が聞えた。D大臣は窓に走り寄つて、明け放しざま窓から身を乘り出したものである。その時に例の狀差につと寄つた僕は手早く例の手紙をポケットに藏ふと、その後へ、その手紙とす分違はぬ樣に豫め作成しておいた他の手紙を差込んでおいたのだつた。』

『その街上の騷動と言ふのは、拳銃を持つた男の狂人的發作が惹起したものだつた。その男は女や小供の群に向つて發砲したんだつた。實彈は入つてはゐなかつたんだつたが、兎に角公の秩序を紊すと言ふので引張られたんだつた。でその男が拘束されるとD大臣は窓邊から戻つて來た。早速僕は議論の續きを取上げたものだ。そして暫くしてから退出した。勿論その似非狂人は僕が依賴して一狂言打つて貰つたのだつた。』

『だが何も、類似の手紙とすりかへなくつたつて最初訪問した時、公然其を沒收して歸つてくればよかつたぢやないですか』と私。

『いやＤ大臣は亂暴なそして强い男だからね。それに彼の邸宅にだつてちやんと護衛も居つたらうしね、もし君の言の通りの行動に出てゐたとしたら、生きて大臣の面前を立去れなかつただらう。僕と仲好の巴里市民は、その時以後僕についての消息が聞かれなくなつてゐただらう。しかし僕としては、かう言ふ事情とは別に又一個の目的もなくはなかつたんだがね。と言ふのは君も僕の政治的の立場はよく知つてゐるだらう。つまりこの事件に於て、その「さる高貴な方」の肩を持つたわけさ。つまり過去十八箇月の間、彼女を堪えず制えてゐたＤ大臣が、今や形勢は逆轉して彼女の掌中にあると言ふわけさ。だがその替玉の手紙を差込んでおけば、今も猶その手紙が自分の手にあるものと思ふから從前通りの態度を續けるだらう。で取りも直さず自ら墓穴を掘つて政界から失脚する事になるつてわけさ。だが僕としては彼の沒落に一掬の同情の淚も催さない、否むしろ憐憫の情さへ持合はさない。彼は恐るべき化物だ。節義なき天才である。しかし彼が總監の所謂「さる高貴な方」に手ひどくやられて、已むなく僕が殘して來た手紙を取出して見る時の彼の氣持は、果してどんなだらうか知りたいと思ふよ。』

『どうして？、何かその中に入れておいたんかい。』

『だつて白紙を入れておくと言ふ事も餘り侮辱するやうでいけないと思はれたものだからね、實は、曾て彼は「ウィーン」で僕をひどい目に會はせた事があるんだが、僕は其の時「この事はきつと覺えておくから」と答へて、笑つて濟ました事があるんだ。で彼にした所が、兄事に彼の裏を搔いた男がどんな男か知りたいと言ふ好奇心位は持合はせてゐるだらうから、全々何の手懸りもなくしておくと言ふのも氣の毒だと思ふてね、彼は僕の筆蹟をよく知つてゐるのを幸ひ、白紙の最中頃に有名な「クレビロン」の詩の一節を書きつけておいたものさ。』

『惡魔ならで　誰ぞ企てむ
けに怖ろしき　陰謀かな』

――完――

アナトール・フランス作，河合三郎譯，〈リリスの娘〉，《翔風》，第十期，一九三二年一月廿五日，頁六一—七四。

リリスの娘

アナトール・フランス作
河合三郎譯

巴里を出發(タツ)たのは夜遲くだつた。雪の深い靜かな長い夜を私は客車の一隅で明さねばならなかつた。苛立たしい氣持ちで六時間といふ間を×停車場に佗び疲れて過した後やつと午過ぎになつて便乘させて貰つたのはアルティーグ行きの青物運搬に使用するガタ馬車だつた。ずつと以前私がこゝを通つた時分には、その田舍道の兩側の畦(ウネ)が陽光の中で規則正しい明暗の縞を作つてゐたのだつたのに、今は見渡す限り重苦しい雪のヴェールで覆はれて了つて黝い唐几とした葡萄の蔓のからみ合つてゐるのが唯一の地上の風物だつた。御者が勞はるやうに老馬に鞭をくれた。私達は無限の靜けさの中をはしつた。靜けさを破るものとては唯、時折り思ひ出したやうに、それも寒さと飢えとの悲しみの餘り滅入り相になく小禽の哀叫だけだつた。

私は心の内に祈らずには居られなかつた。

「神よ、慈悲に滿てる天主よ、自暴と數々の罪業とより私を救ひ給へ、天主戒め給ふ罪科を私に犯さざらしめ給へ。」

やがて光彩を納め切つた夕陽は血の滴るやうな眞赤な象影(カゲ)を地平線に沒した。この聖なる主、聖なるキャルヴァリの犧牲者とも云ふべきものを見たとき私は心の中にわづか乍ら希望(ノゾミ)らしいものの湧いて來るのを感じた。

轍の雪を咬む音が絶えず聞えて來る。

御納戸色に淀んだ靄の中に幻の如く突つ立つてゐるアルティーグの尖塔を鞭尖で示し乍ら御者が言つた。

「確かお前さま、あそこの會堂の前でお止めになるやうに仰言いましたが、牧師さまを御存じなのですか。」

「エ、小さい時分から知つてゐます。私が學校へ通學(アガ)つてゐた頃、あの方は私を教へて下すつたことがあるのです。」

「あのお方のことなら生徒の信望(ウケ)もよかつたでせうな。」

「あのサフラクさんは、それは出來たのですよ、その上、品行の方も隨分愼んで居られました。」

「皆さまさう仰言いますが、又別の取沙汰もあるやうでムいます。」

「といふと?」

「いや、なに奴等のさがない口から出ますことで氣に留めなさるにも及びませんが。」

「全體どんな噂なんです。」

「ヘイ、實の所、あのお方が密々(ナイナイ)巫呪をなさるといふんでござんすよ。」

「馬鹿々々しい。」

「それだけじやないんです、マアマア、申し上げますまい。然しサフラクさんが密呪などなさらないなら、何故、あお澤山の本をお讀みになるのでせう。」

この時馬車が會堂の前に着いた。私は爺さんを殘して牧師の召使に跟(ツ)いて入つていつた。召使は私を主人の部屋に通した。部屋では食卓が用意されてゐた。

私は一目でサフラク氏が三年前に會つた時分とはすつかり變つたなと思つた。あの高かつた丈(セイ)は屈み全體が弱り切つてゐた。眼が肉の削(ソ)げた顔の中で射るやうに光つて見えた。鼻もその僞か幾分長く突き出して引ッつつた唇の上まで垂れ下つたかたちだつた。

私は彼の腕の中へ躍び込んだ、涙が止めどもなくこみ上げて來るのだつた。

「神父さま。私は罪を犯したのです、私は片時も神父さまの高い智識の御啓示、親身の慈しみから離れることは出來ません、私の心の無明(ムメウ)をお啓(ヒラ)き下さい。」

彼は確乎(シツカリ)と私を抱き締めて親愛な微笑をさへ漂はせてゐるのだつた。ああ、その微笑こそ私がまだ幼なかつた頃、絶大の信頼を與へてくれたもの、温情に溢れたものだつた。彼は私を抱擁する手を緩めて顔を遠ざけた、――もつと私をよく見やうとする面持ちで。

「よう來てくれましたのう。」

彼は自分のお國風にかう挨拶した。といふのはサフラク氏はその人の温容で香高き人柄そのままとも云ふべきギヤロンヌ岸のさる名の知れた葡萄酒醸造業の家庭に育つたのだつた。

ボルドー、ボワティエール、パリなど諸々の大學で哲學を講じて英才を謳はれた後、彼の望んだものと言へば、生れた土地での、質素な牧師としての報酬と、其處で死ぬことだつた。

彼は現在一介の牧師としてアルティーグに六年間仕まつてゐる。この名もない村で彼は地上の最もささやかな敬虔と最も透徹した叡智とを人々に授けてゐる。

「お前のこちらへ來るといふ通知がどんなにわしを喜ばせたことか、お前が昔の誼を忘れなかつたのを思ふと。」

私は彼の足許に跪いて吃り乍ら言つた。

「お赦し下さい……」

彼は皆まで言はせずに毅然と、而も物和らいだ態度で言つた。

「アリー、其の事は明日にも緩り聴かうよ、それより先づ身體を暖めてお腹を拵へるのだ。さ、晩餐にしよう。」

給仕の老婆がスープを運んで來た。皿から立ち昇る湯氣の圓柱が激しく食欲を唆つた。老婆は銀髪に頭布(ヅキン)を被つてゐた。その皺の寄つた顔には出生(ウマレ)を物語る品のよさと老衰から來た醜さとが強く反撥(パツ)し合つてゐた。

この聖らかな侘び住まひ、梢のくばつてゐる爐邊から醸し出される安直な雰圍氣、眞白な卓子(テーブル)掛け、葡萄酒、暖い食物といつたものが次第に困惑した私の心を和らげていつた。

食事を攝つてゐる間、私はこの牧師の爐邊を訪れたのが悔恨の殘滓を悔悟の朝露におき代へるためだつたことさへも忘れ勝ちだつた。

サフラク氏は私達の哲學を受持たれてゐた大學時代を回想するやうに話しかけた。

「ナァ、アリー。お前はわしの一番よい生徒だつた。お前の俊敏な頭腦はいつだつてわしの思想を拔いてをつた。そのためわしは一遍にお前が好きになつたやうなものだ。わしは亦お前の基督教徒としての剛敢さに敬服してをつた。不信が飽くまで鐵面皮を振舞はうとしても信仰は小揺ぎ一つするものではない。教會は今小山羊で一杯じや。所でわしの要望するものは獅子の出現、一切の科學を超越する獅子王の大智識を下し給ふものを………、眞理は太陽の如く現存する、それを見極めるには鷲の眼が入用とは思はぬかの。」

「おゝ、サフラクさん。あなたこそ一切の問題にその烱眼を差し向けて餘す處のない方です、私はよく存じてゐます。あなたの聖らかな御性情に常々心服してゐる御同職の方々さへ、屡々の御高見には慫喚させられてをりました。あなたは新らしい思想に毛嫌ひや怖れをお持ちになつたこともなく、色々な世界での因果應報の糾纏を究め知らうとなさるやうに思はれました。」

彼の眼は輝き出した。

「臆病者共がわしの讀んでゐる本を眺めたら何んと言ふだらう。わしは思索する、わしはこの美しい空の下で仕事をする、神の特に愛で作り給ふた地上で。お前も知る通りわしにはヘブライ語、アラビヤ語、ペルシヤ語、それから少し許りヒンヅー語の智識がある。此處へ古文書の詰つた文庫を持つて來たことも御承知の通りだ。わしは未開な東の國々の言葉や語り傳へを熱心に研究して來た。此の難業は無駄に終るとは思はれない。

わしの『始原』に關した著作も近々上梓し度い。敬虔の至らない今日の亞流共が失敗に終るものとのみ考へてゐる聖書の革命的な新解釋をわしは試みてゐる。神は遂に科學と宗教との和解をお許しになつた。わしは次の樣な前提の下に研究を進めて今度の和解に到達することが出來た。つまり聖靈によつて活づけられた聖書は唯一つの眞理しか含んでをらぬ、聖書の唯一つの眞理といふのは人類を救ふ念願、それ以外に何もない。これは無邊無量、同時に單純極まる便法だ。一旦墮落したものがこの便法にすがる、これが濫りない人間の歴史なのだ。全きもの、寸分も揺ぎないもの、精神的な懷疑を許さぬものだ。神の存在を疑ふ科學が營々の裡に冥利を垂れ給ふ神の前に勝利の塔を築かうなど思ひもよらぬわい。わしが眞理だといふのはこゝの處だよ——聖書は決して法螺吹きではなかつた、一度だつて聖書が總ての啓示を約束したことはなかつたではないか。で、わしの新らしい解釋は斯うなのだ。地質學、考古學、東洋の天地開闢說、ヘテ人、スメリヤ人の遺物、タルムドに現在傳へられてゐるカルデヤ人、バビロニヤ人の口碑などを綜合して見てどうも『アダム前人』の存在を疑へぬのでの。創生記の作者が何故この事に觸れなかつたかと言ふにアダムの子孫を救ふのに『アダム前人』の存在は不都合だつたのだよ。」

彼はこゝまで言ひ終つて言葉を切つた。やがて如何にも信仰的な厳粛な態度で低聲に語り出した。

「このわし、マルシャル・サフラクは到底牧師などいふ柄ではない人間、一個の地質學徒として、又敬虔なる神の子としてひたすら聖母教會のお力を信じてをる。そのわしが如何なる犧牲を拂ふても確信を以て斷言し度い一事がある。——羅馬法王及びその宗教會議の神聖にかけても——他でもない、アダムに二人の妻があつた事、しかもイヴはアダムの第二夫人だつたことだ。」

此等の異常な物語は次第々々に私を幻想の世界へ導き、たゞならぬ興味を覺えさせた。だからサフラク氏が肘を卓に衝いて次のやうに語り出した時は何か落膽(ガッカリ)した氣持ちにさせられた。

「この位でやめにして置かうな、他日(イツカ)わしの發表を御覽なさることだらうし、さうすればこの邊の曲折は自然と分明する譯だからの。わしとしては嚴しい大僧正の御教則に從はねばならぬし、又其の人の御裁可を俟つのでなければ發表してはならないのだ。草稿は今大僧正の手許にある。わしは悲觀はしない。認可書は屹度貰へる、いやさう信じてよい理由(ワケ)は充分あるよ、マアこれをお食(アガ)り。敎區(ココ)の山から獲られたマッシュルーム、これは自慢の生葡萄酒、全く此處は神の幸はひ給へる第二番目の土地じや。そして第一番目といふのが全くのイメージ、夢で見る世界であつて見れば……」

この頃から兩人の會話はやうやく身邊的なものとなつて、互の共通した回想の上にのびて行つた。

「さうだ、お前は確かにわしの愛弟子だつた。よし神のお裁きが一歩たりと公平の埒を出ないものにしても、お前を特別に愛した事に對して御神恚(オイカリ)があるとは思はれない。わしは最初からお前の身内(ミウチ)にヒューマンなもの、基督敎的なものの芽萠えを見て取つてをつた。お前の色々な缺點に滿更氣付かぬではなかつた。――優柔不斷だつたこと、移り氣だつたこと、物に動じ易かつたこと、いつも激情が靈の中に潛み乍らブス〱と音を立てて燃えてゐるといつた性質(タチ)のお前だつた。わしはその焦燥の故にお前を愛してゐた。他の或る生徒を正反對な性格の故に好いてゐたと同樣。わしは實際パウル・デルヴィーを好いてをつた。あの一本氣で愚直に近い生活態度は……。」

パウル・デルヴィーの名を聞いて私の顏色はサッと赧(アカ)らみ次第に蒼白んでいつた。やつとのことで叫び聲を發するのを抑へて何か言はうとしたのだが、舌が硬ばつて何も言へなかつた。サフラク氏はそれには氣付かぬらしかつた。

「確かあれはお前とは一番親密だつたと思ふのだが其の後も友情を續けてをるのだらうな。あれは外交官志望でそちらの方面に進んでいつたが、相當囑望されてをるらしいわい。まあお前にとつても肝膽を照らしあふべき人物とわしは信じてをる。」

「神父さま、明日パウル・デルヴィーと今一人の人についてお話し度いのです。」

私は一生懸命でやつとこれだけ言へたのだつた。

サフラク氏はおやすみを言つて私の手を固く握り締めた。二人は別々に、私は自分にあてがはれた部屋に退いた。ベッドにはフランドの香が咽るやうに瀰漫してゐた。私は少年時代の思ひ出に恍惚となつた。學校の禮拜堂で額づき乍らも心は頻りにブロンドの女達の一杯居るギャラリーの上を馳せてゐた私だつた、又雲間から小聲で囁くのを聞いたことがあつたやうにも思つた。――「アリー、お前は女達を一人殘らず女神だと信じてゐる、女達、ギャラリーの女達、お前は彼女達の心の中に女神を夢みてゐるに相異ない。……だ……が……」と。

私はいつか深い眠に落ちて了つた。翌朝目が覺めてみるとサフラク氏は既にベッドの傍に立つてゐて言ふのだつた。

「サ、アリー、來てわしがお前の爲に營む彌撒をお聽き、その後でお前の告白を聽かう。」

このアルティーグの教會堂は十二世紀頃まではアキタニヤに於て隨分、土地の人々の尊崇をうけたノルマン風の小さなものだつた。それ以來荒廢に委せてあつたものを二十年程前に修復して昔無かつた鐘塔を建て増し、何うにか會堂の體裁だけは具へたのだつた。兎に角富裕でないことがこの會堂の純潔を維持して來たと言つてよかつた。私はお祈りを濟せてから彼に續いて離れの方へ行つた。そこでパンにミルクの輕い朝食を攝つた後サフラク氏の部屋へ入つた。彼は爐端に椅子を引き寄せて私に掛けさせ、自分もすぐ脇に座を占めてから告白を促すやうに私の方を見た。外は雪だつた。私は次のやうに語りはじめた。

「神父さま、あなたの御膝許を離れてから社會に飛込んで早十年にもなります。――昔の儘の信實を失くさないで、然し、ア、あの頃の純情は、過ぎ去つた私の生活は只今言ふことを許されません。あなたは私の精神上の案內者、そして又私の靈の唯だ一つの安息所です。今私は自分の生活を根ぐるみ震撼させた出來事をお話ししなければなりません。

　昨年のことです。家の者達が頻りに私の結婚を急ぎました。私も無下には反對し度くありませんでした。私のために選ばれたその婦人といふのは常々兩親の考へてゐる一切の條件を具へてをると言つてすすめるのでした。その上彼女は心から愛することが出來ると思はれるほど美しかつたのです。求婚が容れられて私達は許婚の間柄となりました。パウル・デルヴィーのコンスタンチノープルから巴里へ歸還してゐる事を知らせた手紙を受取つた時にはまだ私達二人の生活の幸福と平和に何の疑ふこともありませんでした。その文面では彼は非常に私に會ひたがつてゐる樣子でした。私は早速彼の處へ行つて私達の結婚を報告しました。彼はそのことを心から喜んで。

『オイ君、君の幸福を共共に祝さうよ』と言つてくれた程でした。私は彼に立會ひ人になつてもらふやうに賴みました。勿論快く承知してくれました。結婚式は四月十五日に行ふやうに彼と二人で決めたのでした。彼は六月の始めに彼地へ歸還してをればよかつたのです。

『何んて仕合せなんだらう、君が歸りあはせてくれるなんて。』斯う私が言ひますと彼は悲哀と喜びの交錯した笑ひを見せて言ふのでした。

『僕が、オト、この僕が………。』

『そして僕はどうすればよいのだ！僕は氣が狂ひさうだ。女、アリー、僕は片足で天國を歩み片足で地獄を歩まされてゐるのだ。罪惡で購ひ得た幸福、僕には何と言つてよいのか分らぬ、僕は裏切られたのだ。その上君の戀まで蹂なしにしたのだ。僕は行つて了はう――遠い彼方――コンスタンチノープルへ。』

　パウルは女の人の入つて來る氣配がしたのでやつと言ふのを止めました。意外にもそれは彼女だつたのです。長い水色のペニョワールを着たいつもの彼女だつたのです。しかし彼女の驚愕と狼狽とを、その場の有樣を、言葉でお傳へすることはとても出來ません。お話の筋を進める爲に唯『彼女はぎごちない表情をしてゐました』とだけ申しておきます。

私は、何かの拍子に閃光を放つかと思はれる彼女の瞳の中に、謎を含むやうな唇の端に、張り切つた薔色の皮膚の下に、しなやかな肉體の律動の底に、輕快な歩調、見えない翼を持つた露な腕の背後に、それから火のやうなきついあの氣象の內にまで何か異形のものを感じないでは居られませんでした。正に女以上のもの、名狀出來ないものを。私は一切の彼女でないものを激しく憎惡する怪しい情念に惱されました。パウルは彼女の入つて來たのに一寸眉を顰めたのでしたけれど、すぐ元の快活な調子に歸つて彼女に言ひ掛けました。

『レーラ、僕の一番親しい友人を紹介しよう』レーラはそれに斯う答へたのでした。

『この方でしたら、わたし存じてをりますわ』初めて會つた者同士の會話としては訝しい限りでしたが、兩人の上づつた聲はもつともつと樣子の變つたものでした。硝子窓がものを言ふとしたら斯んな聲も出しませうけれど。

『アリー君は六週間先きで結婚をなさるのだつて』パウルがさう言ひますと彼女は悲しさうな眼付きで私を見ました。その眼は明に否といつてゐたのです。私は居堪らなくなつて外へ飛び出し、終日街をさまよひ續けました。空虛な胸を抱いて、日暮方花賣場の前に佇んでゐる自分を見出したのでした。私のフィヤンセ！　私は彼女に贈るリラの花を買ふため賣場の中へ入つて花を取り上げたとき、自分の手から花を捥ぎ取らうとする華奢な手に氣付きました。短い銀鼠の肌着の上から同じ色のジヤケツを羽織つて無緣の闘帽を被つたレーラが顏をそむけて微笑し乍ら其處に立つてゐるのでした。このパリジェーヌ好みの外出着は彼女には非常に不調和な一種の道化をさへ感じさせるものでした。私は其處から連れだつて出ようとすると彼女は素早く人込と乘物の雜踏の中に姿を消して了つたのでした。其の夜以來私は自殺を思ひ續けたのです。二三度パウルの家を訪ねましたけれどレーラは再び見掛けることは出來ませんでした。彼はその度毎に昔に變らぬ友情で私を迎へてくれるのでした。しかし彼女のことについては何一つ話して吳れやうとはしません。氣まづい思ひで會つて、それでゐて一人になると決つて悲哀を感じてゐました。最後に私が訪ねていつたとき召使の男は私に言ひました。

『バウルさんは留守でムいます。でもあなたのお目にかからうとなすつていらつしやるのは奥様でせう』と、この男の口から出たこれだけの言葉にさへ私は胸の轟ろくのを覺えました。やがて私は濃黄色の服の下から小さな足を覗かせて寢椅子に半ば倚りかかつてゐる彼女を客間に見出すことが出來ました。彼女の肉體から放散される高貴な沒薬の香は人々を愛慾と淫蕩に醉はせずにはおきません。私はあらゆる東洋の香料を一度に嗅がされた思ひでした。

彼女は屹度此の世のものではないのです。人間的なものを彼女の内に見出すことは出來ないのです。蠱惑的な同時に何人も冒すことの出來ないものを藏した彼女の表情には些の感動――よいとか惡いとか言つた――をも現はすことはありませんでした。

彼女は疑もなく私の懊惱にそれと氣付いてゐたのです。谷間の流れのやうに澄んだ聲で囁くのでした。

『何があなたを惱ませますの。』

私は彼女の足下に涙を滂して哀訴しました。

『あなたを愛してゐる、氣も狂ふばかり。』

彼女は腕を擴げて肉慾に眼を輝かせながら私を確乎と抱擁しました。そして耳のそばで言ひしました。

『以前は、ちつともそんなこと仰言いませんでしたわね。』

萬事を絶した瞬間、私はレーラを抱擁してゐる。私達二人は昇天し、天一杯に滿盈したかと思はれました。私自身アポロに成り遂せて、地上の一切の美、自然の調和を自分のものにすることが出來たのでした。星といふ星、花といふ花、唄ふ森、川、深い海。私は接吻の中に………。」

今迄我慢して聞いてゐたサフラク氏は、この時爐の邊に立ちはだかつて法衣を脛の處まで捲り上げ、脚に暖を取り乍ら箆みに近い語氣で言つた。

「とんでもないことだ、神を瀆すといふものだ。自分の犯した罪を悔ひないのみか、そのやうなたはけたことを臆面も無う言ひ立てるなんて。この上お前の言ふ告白を聞くことは出來ぬぞ。」

私は泣いてお宥しを乞ふた。お怒が解けて私は告白を續けた。

「神父さま、私はレーラと別れてから後悔で一杯でした。しかしすぐ其の翌日、彼女は私の所へやつて來ました。怡樂と惱苦の相剋する生活が始められました。私はパウルを裏切つておき乍ら彼を羨ますには居られなかつたのでした。夜も晝も何物かに追はれる心持ちでした。嫉妬は私をこの上もなく卑屈にしました。自分でもこれ程荒み切つたさもしい男は二人とはあるまいと思つた位です。レーラは私を慰めておき乍ら折に觸れ私がパウルを裏切つてゐるのを酷く輕蔑するのでした。その上彼女の遣る事は一一腑に落ちかねたのです。彼女は自分から許しておいた戀に素知らぬ樣子なのです。私は愛慾の猛毒に身を溺らせてゆく自分を何うすることも出來ませんでした。彼女を失ふ事を考へては最早身慄しないではゐられませんでした。

レーラは私達のよく謂ふ道德觀念といふものは丸ツ切り持ち合せてませんでした。といつても別に彼女は沒義道だとかおばすれといつた性質(タチ)ではなく、反對に至つて淑やかな憐心のある女でした。又彼女は全く理智に缺けてゐるといふのでもありませんでした。唯私達のと共通しない丈けなのでした。彼女は口數を利かない女でした。彼女の過去について尋ねようとしても無駄でした。彼女は私達の知つてゐる事については何一つ答へることが出來ないで、私達のちつとも知らない色んなことを知つてゐました。東の方の國で敎育されたといつてヒンヅー語やペルシヤ語を上手に話しました。氣が向けば抑揚の少ない典雅な調子でそれらの言葉を繰返して喜んでゐるといふ風でした。彼女が『うるはしき黎明』について語るのを聞けば如何な人だつて『あなたは世界の若かつた時分から生きておいでになるのですか』と聞いて見たくなるでせう。私も一度さうした事がありました。が『わたし、もう隨分年とつてますの』と言つて微笑するだけでした。」

先程から身體を前にのめらせて私の語るのを貪るやうに聞き初めたサフラク氏は頻りに先を急ぐ樣子だつた。

「神父さま、レーラに私は幾度も彼女の宗敎のことを尋ねて見ましたが彼女の答へはきまつて『何もムいませんわ、宗教なんか持たなくたつて、でもわたしの母も姉達も皆ちやんと神の娘なんですもの、別に神樣にお誓を立てたのではムいませんけれど。』と斯うなんです。彼女は母の形見だと言つて紅色の粘土を象嵌した護守符を頸に下げてゐました。」

こゝまで私が話して來るとサフラク氏は昂奮に身體を顫はせ乍ら私の腕を把んで叫んだ。

「彼女は眞のことを言つた迄だつたのだ。わしには漸く分つて來たよ。アリー、その女の素性も瞭然しさうだ、やつ張り唯の女ではなかつたのだ。お前の豫感は間違つてはゐなかつたのだよ。早く先をお話し。」

「神父樣、先立つてお話することはもう大概お終ひなのです。アヽ、私はレーラへの戀情ばつかりに心から誓つた信義をブチ壞してしまつたのです。たつた一人の親友を裏切つてしまつたのです。レーラの不實を知つたパウルは悲しみの極氣が狂つてしまひました。パウルに死を迫られた彼女は靜かに斯う答へただけでした。

『わたしをお殺しなさい。死んでゆく事―それはわたしにとつて望ましいことです。でも自分の手で遣ること はどうしても出來ませんわ』と。

六ケ月間彼女は私にすべてのものを許與しました。六月目の或る朝彼女はペルシヤに歸つて了つてもう二度とお目にはかゝれないと言ひ出しました。それを聞いた私は泣き狂つて彼女を罵りました。實際私は『今迄お前が私を愛してゐるやうなことを言つたのは皆僞だつたのだ！ 決してお前は私を愛してはゐてくれなかつたのだ』とまで言つたのでした。が彼女はおだやかに、『イイエ、なぜそんな事を仰言るの、わたしの仕打ちが非道いとでも仰言るの、マア、お別れしますわ、左樣なら。』といつただけで私から去つて行つたのです。

二日間昂奮と昏睡との異常な隔番狀態が續いた後、漸く意識を取戻した私の頭に先づ浮んで來たものは救はれたい氣持でした。此處へこんなに急いでやつて來たのも全くその爲だつたのです。神父さま、私をお救ひ下さい。私を、穢れた私の靈を清めて下さい。私の心臟に力を加へて下さい。私には彼女への愛着を忘れ去ることが出來ないのです。」

私の長々しい告白は終つた。額に手をあてがつて一心に考へ續けてゐたサフラク氏はやがて口を開いた。

「よう聞かせてくれた。それでわしの創見がいよいよ動かすことの出來ぬものとなつた。お前の告白は虛見禁(ソラミエ)ばかりの現代懷疑派共を狼狽させるに充分じや。わしの言ふ處を心をとめて聽いてくれ。わし等は創生期の人々がそうであつたやうに顏發する奇蹟の中に生活してゐる。これは今も昔も變りがない。昨夜も一寸話したことだがアダムには聖書に記載されてゐたやうに頼い第一夫人があつたのじや。名前はリリスといふのでの、アダムの肋骨から生れてをらぬ。アダム同樣このわし等の踏んでをる諸土から生れてをるからアダムとは血緣がない譯だ。リリスは遊びに現(ウツツ)を拔してをつたアダムを置いたままペルシヤへ逃げて了つたのだよ。今日でこそペルシヤ人が定住(スマ)うてをるがその時分にはわし等アダムの末裔よりはずつと聰明で美しかつた『アダム前人』が住んでをつた。そう云ふ譯でわし等の父と共謀(グル)になつて禁斷の木の實を偸み食ひなどしないで濟んだよ。お蔭で破戒の皮切りもせず、イヴとその後裔である女房共に向つて發せられる惡口を他人(ヒト)事顔に一人いい娘(コ)で通せたのだ。リリスは悲しみも知らぬ、死も知らぬ、救はれる心配もない、善もない、惡もない。リリスが何をしやうと德ともならなければ罪ともならない。リリスの閨房から生れた娘達も當然神の御利益には與れない。その代り罰も當らない不死身を受け繼いでをる。何をしようと何を考へようと御勝手なのは言ふまでもない。處でお前を墮落させたレーラといふ女はリリスの娘の一人に違ひないとわしは思ふのだよ。それも確かな證據があつてのことだがの。」

彼は姑く言ふのをやめ、ポケツトから一枚の紙片を取り出して示した。

「昨夜隨分遲く、さう、お前におやすみを言うてから餘程して、雪のため遲れた郵便配達夫がこんないまいましい手紙を投げ込んで行つたよ。この通り助任司祭長(ヴィクワール)からのものじや。わしの書いたものが大僧正の御惱の種で、カルメルの山の聖母マリヤさまの御祭典を怡(タノ)しんで期待して居られた大僧正の氣色を損じたと云うて寄越した。加之あの本は愚にもつかぬ理屈と偏見とで滿たされてをるので神學の權威達から散々な惡評をかつてをるのだとよ。大僧正には斯う云ふ不穩なものは折角の御勢作ら受付けることは出來ないと仰言るのだ。それでわしは折返してお前からの話を大僧正に書き送らうと思うてをる。大僧正もこれでリリスの嚴存とわしの考が虛妄でなかつた事を分つてくれるであらう。」

私はこゝでサフラク氏に見てもらひたい物があると申し出た。

「神父さま、彼女が去つて行くとき形見にといつて私に呉れた黑紗です。私には判讀出來ない奕允とした文字がすかしになつてゐますが多分護守符(マモリフダ)の類でせう。」

サフラク氏が私の取り出した黑紗をあかりにすかして仔細に改めた後言つた。

「これはペルシャの隆盛期の言葉で書いてある。何でもないことだがお前には讀めまいよ、譯して見ようかの。」

リリスの娘レーラの願

神よ、あなたの娘に死をお與へ下さい。又神よ、あなたの娘に悔恨をお與へ下さい。

神よ、あなたの娘をイヴの娘等と同じものにお作り下さいますことを。

ロバート・トレソール等作，譯者不詳，〈小供二題〉，《翔風》，第十期，一九三二年一月廿五日，頁七五ー八四。

小供二題

勞働者の家庭生活

（「襤褸ズボンの博愛主義者」より）

ロバート・トレソール

「お聽きよ！」と母親は指を高く差し伸べながら言つた。「お父ちやんだ！」と叫ぶなりフランキーは戸口の方に突き進み、さつとドアを開けた。

フランキーは廊下を走つて行つて階段のドアを開けた。オウインは恰度階段の最後の階梯を昇り詰めたところだつた。

「なんだつてあなたは何時もいつも、そんなにのろのろと昇つて來るんです？」彼が階段を昇り疲れて部屋に入り、手近の椅子に喘ぎながら身を沈めたとき、彼の妻は咎め立てするやうに我鳴り立てた。

「俺は、いつ――も――忘れる――んでな。」幾分落着いてから彼は答へた。

憔悴して物凄いまでに蒼白な顏をし、雨のぐつしより滲み通つた服から水滴を垂らしながら、椅子に身を反らせたときのオウインは慄つとする程の風態だつた。

母が凝つと父を視てゐた恐駭の樣子をフランキーは子供らしい恐怖の念をもつて注意してゐた。

「お父さんはいつもさうですね。」フランキーは啜泣きながら言つた。「お父さんが氣をお付けになるまでには、お母さんは同じことを幾度もいくども、どれほど言はなければならないの？」

「分かつたよ、坊や。」と言ひながらオウィンは子供を引き寄せて縮毛の頭に接吻した。「さあフランキー、お父さんはなあ、上衣の下にお前の好きなものを持つてきたが、なんだか當ててごらん。」

「小猫だい！」 叫びながらフランキーは上衣の下に隠れてゐた小猫を引きづり出した。「眞黑だ。これはきつとペルシヤ猫の混血(あいのこ)だね。恰度欲しかつたものだい。」

ミルクをつけたパンの載つた皿を當てがはれた小猫と、フランキーが戯れてゐる間に、オウィンは寢室に入つて乾いた服と着換へてゐた……。

子供が床に入つてしまうと、オウィンは隙間風の入る部屋のテーブルに物思ひながら獨り坐つてゐた。

燃えてゐる火はあつたが、屋根裏の部屋なので寒さはひどかつた。風は破風のあたりに咆哮し今にも地上に投げ倒さんばかりに家を搖ぶつてゐた。

ぼんやりと燈火を見詰めながら彼は將來の事を考へた。

數年前までは未來には、素晴らしくも又神秘的に何かいゝ事があるやうに思はれたのだが、今夜はそんな幻覺は感じられなかつた。やがて來る時も過去の經歴と同樣なものであることを彼は知つたからである。彼は今後とも仕事はし續けるであらう。然し彼の家族三人は生活の必需品も殆んど無いまゝでやつて行かなければならないであらう。が一旦仕事がなくなつた日には皆んな餓死するばかりだ。

善かれ惡しかれ――ほんの二、三年しか壽命の持てないことを知つてゐた彼は、自分自身の事は大して氣にも留めなかつた。譬へ充分な食物や衣服が手に入り、自分の身をいろいろと氣にして見ても二、三年より長くは生きられないのだ。だが愈々の時が來たら、家族はどうなるのだ？

子供がもつと丈夫であり、粗暴であり、利己的であつてくれたら幾分の希望がないではない。この世で成功する爲には慘忍であり、利己的で不人情なのが必要だ。さうして他人を押し退け他人の不幸に乘ずることだ。

オウィンは立ち上がり、何か恐怖の念に打ちひしがれたやうに部屋の中を歩き廻つた。やがて彼は火の傍に戻つて、乾かしておいた衣服を取り片付け出した。長靴は火の近くに置きすぎたので早く乾ききつて一方の靴底が上の方から離れてゐた。この靴をどうにか繕ひ、衣服のまだ乾かない部分を火の方に向けたとき、彼は上衣のポケツトに入れておいた新聞に目が留まつた。喜びの聲を上げて彼はそれを引き出した。其處には彼の氣を紛らはすやうな記事もあつた。然し頁をめくるや彼の注意は第一欄の目立たしい見出しに釘付けられた。——戰慄す可き家庭悲劇。妻と二兒殺さる。加害者は自殺す。

これは貧困故の有り觸れた犯罪の一つだつた。夫は長いこと職にあぶれてゐた爲、彼の家族の者は家具や持物を全部質に入れたり、賣つたりしてしまつた。斯うして得た金でさへも遂には盡き果ててしまつたに相違ない。さうした或日隣近所の人々は、その家の鎧戸が下りたまゝになつて、異樣な靜けさが漂つてゐるのに氣が付いた。警官が臨檢した時には、二階の部屋のベツトの上に喉をかき切られ妻と二兒の屍體が並んで横たはり、ベツトには血汐が流れてゐた。その部屋には寢臺架もなければ家具一つなかつた。たゞ藁蒲團と、ぼろぼろの衣服と毛布だけが床の上にあつただけだ。夫の死體は臺所で發見されたが、咽喉の氣味惡い傷口から出た血のまつたゞ中に顔を床につけ、兩手を伸ばして倒れてゐた。喉は右手に掴んだ剃刀で切られた事は明かだつた。

食物の一片すら見出されなかつた。血に汚された一枚の紙が臺所の壁の釘にさし通してあつた。それには鉛筆で、

これは俺の罪ではないのだ。社會の罪だ。

と書いてあつた。

新聞の報導は更に、この殺人行爲は、犯人の過去に於ける苦惱によつて引き起された一時的發狂の發作によつて犯された

に相違ないと說明してゐた。

「發狂！」とオウィンはこの簡潔な斷定を讀んだとき叫んだ。「發狂！ さうだ。もしその男が家族の者を殺さずにゐたら、きつと發狂して居つたらう。」

家族の者を引裂いて後々まで苦しめるよりは眠らせた方がどれだけ賢明であり、親切であつたか知れないのだ。と同時に犯人がなぜ、そんな方法を採つて他の幾多のもつと綺麗でもあり、容易で、苦痛の少い方法を顧なかつたかは、不思議にも思はれた。

飲まうと思へば毒藥だつてあつたのだ。勿論毒藥を手に入れるには相當骨は折れるのだが。然し非常な苦痛を伴ふ毒藥を用ゐることは注意しなければならないであらう。

オウィンは書棚の方に歩み寄つて「普通藥百科字典」を取り出した。この本は古いものでどちらかと言へば時代後れの代物ではあつたが、彼の要求に役立つ事が書いてあるやうに思はれたので。欲しいと思へば誰にでも手輕に手に入る毒藥が非常に澤山あるのを見て驚いた。然もその毒藥は間違なく速に又苦痛なしに效果を現はすことは充分に信用がおけた。然もそれは買ふ必要すらないのだつた。誰でも路傍の籬や野原から集められるものであつた。

こんな事を考へれば考へるほど、剃刀などと言ふ間の拔けた方法が廣く行はれてゐるのが、彼には不思議に思はれて來るのであつた。絞殺や縊死でさへ剃刀よりは增しだつたらう。勿論彼等の住ひの平屋では縊死は一寸やり惱くはあつたらうが。と言ふのは紐を吊す梁も桷も何もないのだから。それにしても、もつと大きな釘か鈎を壁に打ち込むことは出來たであらうに。さう言へばドアには衣服懸の鈎がちやんとあつたのだ。彼にはこの方法が毒藥よりも一層優れたもののやうに考へられてきた。彼は何か目新しい遊戯をフランキーに見せてやるやうな素振をすることも出來よう。さうすれば子供は抵抗などしないだらうし、二三分すれば萬事上首尾に行くと言ふものだ。

彼は本を投げ出して兩手を耳に押しあてた。彼は死の苦痛の跪きの眞中に、ドアの鏡板を子供が手と足で叩いてゐるのが聞こえたやうな氣がした。

彼の兩腕がだらりと力無く體側に垂れ下がつたとき、彼はフランキーが呼んでゐるのではないかと思つた。

「お父ちやん！　お父ちやん！」

オウインはドアを開けた。

「お父さんを呼んだかえ、フランキー？」

「うん、長いこと呼んで居たんだよ。」

「何か欲しいのかい？」

「お父さん、こつちへおいで。いゝ事を聞かせて上げるよ。」

「いゝ事つて何んだい？　お前はもうずつと前に寢てしまつたと思つてゐたんだよ。」とオウインは、子供が部屋に入つてきたときに言つた。

「その事だよ、言ひ度かつたのは。小猫はぐつすり寢ちやつたが、坊はどうしても寢られなかつたんだ。勘定したり何かして、いろいろやつたがちつとも駄目だつた。坊は考へたんだよ、お父さんに傍にきて貰つて、一寸の間手を握らせて貰つたら、寢られるだらうと思つて、一つ訊いて見ようと思つたんだ。」

子供はオウインの頸に兩腕を卷いて確つかりと抱いた。

「あゝ、お父ちやん、坊はお父さん大好きだい！」とフランキーは言つた。「坊はお父さんが大好きだ、死ぬまでぎゆつと抱けるんだい。」

「そんなに力を入れて抱いちや殺されてしまうよ。」

頸に巻いた腕を緩めてフランキーは優しく笑つた。

「お父さんが好きだつて事を、こんな風にしてやつて見せるのは可笑しかないかな。お父ちやん？　抱きしめて殺すつてのは？」

「さうだな、可笑しいよ。」と彼は子供の肩を夜具で包みながら囈言で答へた。「だが、もう何も言はずに、お父さんの手をとつて眠るやうにするんだよ。」

フランキーは父の手をとり、時々それに接吻しては、物静にそこに横になつてゐたが、間もなく眠りに陷ちた………。

オウインは風の咆りや、屋根に重々しく降り濺ぐ雨の響を聽きながら臥してゐた。然し彼を眠らせなかつたのは暴風雨だけではなかつた。夜中彼の想ひは台所の壁の上にかけられた血に汚れた一片の紙に書かれた言葉に附纏はれてゐた——**これは俺の罪ではないのだ。社會の罪だ。**

譯者註、ロバート•トレソールは英國に生れペンキ職人として貧しき一生を送つた人。この作は彼の死後（一九一四年）に出版された。

獸　性

（抜　萃）

ベン・ビー・リンジイ

ハーヴィー・ジエー・オーヒギンズ

とゞの詰りがその翌日、私が新聞の第一面を讀んだとき、はつと息の根も止まりさうになつた記事となつて現はれたのだ。記事と言ふのはその町の人々の言葉でもあつたし、又そこの警務委員の語つた言葉であつた事も確だ。フランク・アダムス氏は無分別にも高い聲で新聞記者達に物語つたのであつた。子供は嘘吐きで、私は「氣が狂つて」居り、監獄の中の狀態は出來るだけよくしてあるのだと公言した。この返答こそは正に我々の望んでゐたものであつたのだ。私は調査を要求した。督務委員は私の要求を認めてくれたやうではあつたが、調査の日附は何等定めてはくれなかつた。我々は卽座に日を定めた――裁判所の私の部屋で次の木曜の午後二時に――そこで私はピーボディー訴訟審理官、ライト市長及び市の有力な十五名の牧師と、それに督務委員並びに市參事會員數名とに來て貰ふことにした。

木曜日の朝、親しくしてゐた奉行官代理から、私が前々から監獄の犧牲者として知つてゐた多くの子供達に送附するように命じておいた呼出狀がその儘になつてゐたことを聞かされて――私は身慄ひした。私には一人として證人が來ないことになつたのだ。然も三時間の後には尋問が開始される手筈になつてゐた。私は奉行官代理に助力を哀願した。すると彼はその少年達を集めるには少くとも二日位はかけないと駄目だらうと言つた。「ちや仕方がない。」と私は言つた。「どうか後生だからミキーを私のところへ寄こして貰ひたい。」

ミキー？　さうだ、ミキーは「町で一番惡い子供」としての評判をとつてゐた。町で一番惡い子供として、彼の寫眞が以前新聞に載せられた事があつた――肩越しにはお氣に入りの被告席が見え、にたにた笑つた口には橫ざまにシガレットを銜へ、肩のズボン吊の下に拇指を突込み、冷然とした若い惡魔のやうに兩脚を組合はせた姿。彼はこれまで遊惰の廉で一度ならず私の前に伴れて來られたことがあつた。私は裁判所の監督の下に、新聞賣子組合を組織しようとする試に彼を使用してきた。且つ彼は獄吏に毆られた多くの少年の中の一人であつたので、私が彼を辯護した事を感謝してゐた。

奉行官が彼を私の前に伴れて來ると間もなく正午だつた。「ミキー」と私は言つた。「俺は困つたことが出來たのだがな。どうかしてお前は俺を救ひ出してくれなくちや不可ないぜ。俺がお前を助けてやつたことは知つてゐるだらう。」

「知つてゐるとも、裁判官。」と彼は言つた。「わたしやあんたの味方なんだ。どうしろつて言ふんですか？」

私は監獄に居つたことのある少年で、彼が集められるだけの少年が入用であることを彼に語つた。「それも二時までにはこの部屋に來てもらはなけりやならないのだ。お前に出來るかい？」

ミキーは汚れた小さな手を差出した。「出來るとも。心配しなさるなよ。裁判官。車を貸して下さい――それだけでいゝんだ。」

私は彼と一緒に外に出て一臺の自轉車を彼に渡してやつた。すると彼はそれに乘つて第十六街を舞ふやうにして走り去つた。彼の脚は非常に短かゝつたので、ペダルの下半分の廻轉には脚は殆んどそれに着いてはゐなかつた。私は自分の部屋に歸つてミキーの歸りを待つてゐた………。

午後二時も迫つてきたので、牧師達はぼつぼつと私の室に入つて席をとり、それぞれ用意し始めた。警務委員のウィルスン氏は同僚委員を代表してやつてきた。地方辯護士代理もやつてきた。市參事會幹部の委員長もきた。ライト市長もピーボディー訴訟審理官もやつてきた――が、少年達は一人もやつては來なかつた！　私は何んだか、或る可笑しな料理屋で一團の友人達に食事を註文しておいてから、ふと財布を置き忘れてきたのに氣の付いた男のやうな氣がしてならなかつた………。將に言ひ譯の言葉を喋らうとしたときだつた。私は興奮した小さな足が階段をばたばた昇つて來る音と、足を引摺る音と、ミキーの伴れた少年の一隊が控室の外に集つてゐる音とを耳にした。私はドアを押し開いた。「伴れてきましたよ、裁判官。」とミキーは叫んだ。

彼は少年達を伴れて來たのだ――凡そ二十人ばかりの少年を。ほつとして言葉もなく私は彼の肩を搖ぶつた。「わたしたちやあんたの味方になるんだ、ね裁判官。」と彼はにやにや笑つて言つた。

彼はこれまでに州の裁判所の內部を見た事のある小さな囚人達の中でも最惡の連中を知つてゐた。で、彼は自分が集めて來た仲間の內のピカ一を得意氣に指差した――それは「スキニー」と言つて未だ十代ではあつたが、二十二回！も監獄に入つたことのある少年だつた。「よろしい、」と私は彼等に言つた。「俺は君達を皆知つてゐるのでないが、ミキーの言葉を君等皆んなの言葉として聞くことにするよ。君達はみんな監獄に居たことがあつたのだから、監獄の中で君たちのやらなけりやならなかつた仕事――聞いたり見たりやつたりした汚い仕事は全部知つてゐるだらう。此處にゐる紳士たちにその事に就いて話して貰ひたいのだ。びくびくしなくともいゝ。こゝに居る人々は俺と同じやうに皆、君等の友人なんだ。監獄の中はひどい、と君らが俺に言つたことを警官達は嘘だと言つて信じないのだ。俺は君達に眞實の事を言つて貰ひたいのだ。たゞ有の儘をな。ミキー、このうちから擇り拔いて一人宛中に入れてくれ――お前が一番いゝと思ふ證人を眞先に。」

私は部屋に戻つた。「さて皆さん、用意が出來ました。」

私は大きなテーブルを前にして腰を下ろした。私の右には訴訟審理官、左には市長。テーブルの兩端には監督委員の委員長と警察委員のウイルスン。牧師は傍の椅子に着いた。(私は到底活字には組めないやうな甚(ひど)い陳述が出るかも知れないと思つたので新聞記者の列席を認めなかつた。)ミキーは最初の證人を室に入れた。

一人宛少年達が入つてきたとき、私は彼等に眞實を述べることを忘れないようにと注意し、臆せないようにと勇氣付け、氣安くなるようにと骨折つてやつた。私は先づ一人一人に幾度監獄に入つたことがあるか、又監獄の中で何を見たか等と言ふことを訊いた。さうして私は腰を据ゑて彼等に一份一什を語らせた。

少年達が物語つた事柄は、もし讀者が聞いたら駭の爲に頭髪が逆立つたでもあらう。始めて事の詳細を聞かされた三四の牧師の額は紅潮してきた。審問が續けられて行くにつれて、彼等の顔には汗が出てきた。或者は吃驚したやうに雀斑だらけの少年達を瞶めながら蒼白な顔して腰かけてゐた。少年達の小さな唇からは、彼等が知つてゐる限りの事を言はうとする子供らしい熱心さと共に、獸行の物語が語り出されて行つた。これは彼等の喋る態度がひどく無邪氣であり、大膽であつたので一層恐る可きもののやうに思はれたのだ。これを耳にしては大人でさへ泪せずには居られなかつた。其處に聽いてゐた幾人もの父親の眼からは、不慾に思ふ恥辱の涙が在々と出てゐた。ある少年などは、年上の囚人から爲された淺ましい猥褻行爲を語つたとき大聲で泣き崩れてしまつた。私は「調査委員」の一人が喰締ばつた顎の筋肉をぴくぴく動かしてゐるのを見た――彼等は喉に物を引懸けて、それを呑み込まうとでもしてゐるやうな樣子をしてゐた――自制の念を失ふまいと、目を背けるようにして床を見詰めてゐるのが見えた。警務委員のウィルスンは一番目の少年を餘り嚴格に調べすぎたため、少年の赤裸な返答は却つて一層惡い事態を暴露させてしまつた。少年達は斯うして一人づゝ全部調べられた。やがて天主教牧師のオーライアン教父は叫び聲を上げた。「おゝ神樣！　もう澤山だ！」ピーボディー訴訟審理官は嗄れた聲で言つた。「わしは抑々こんな忌はしい不倫があらうとは思はなかつた！」或る者は「慴る可きことだ――あゝ慴る可きことだ！」と呻くやうに言つた。

「皆さん」と私は言つた。「過去五年間に、このやうな監獄に送られこんな事をやらされてきた少年はデンヴァーに二千人以上もあつたのです。どうです、皆さんはこの狀態をこのまゝ、ちつとでも長引かせておいた方がいゝとお考へになるのですか？」

ピーボディー訴訟審理官は立ち上がつた。「否。」と彼は言つた。「不可ない。これまで、わしはこんな赤ん坊連中の口から、今日聞かされたやうな甚い腐敗――悖德――醜汚を未だ聞いたことはなかつた。わしの爲し得る處致としては、リンジィ判事が斯の如き戰慄す可き狀態を打破しようとして議會を通さうと努力してゐる立法案に署名することより重大なことは何もないのだ。――又わしのやれることでは、さうすることが最上の悅びでもあるのだ。もしも、」と彼は警務委員の方に向いて言つた。「リンジイ判事は『氣が狂つて』ゐるならわしも狂人の仲間入りをして、リンジーの名の次に自分の名を書き連ねて欲しいものだ。こゝにゐる子供達を『嘘吐き』だと言ふ者があるならば、その人こそ眞實の嘘吐きなのだ！」

ちえつ！「調査委員」は廢止され、少年達はがやがやと出て行つた。牧師達は二時間と言ふもの私の戰慄の部屋で言葉もなく默々と聽かされた戰慄を述べたてる爲に各自の說教壇に歸つて行つた。彼等の說教は大きな物凄い見出しの下に、諸新聞に掲載せられた。翌週の終りまでに、我々の少年裁判所の立法案は議會を通過し、コロラドに於ける法律の設定を見た。

譯者註、ベン・ビー・リンジイは「少年の判事」と呼ばれ、友愛結婚の著者。

（1931・OCT・25）

オゥ。ヘンリー作，M・U・生譯，〈宣告の衝撃〉，《臺灣鐵道》，第二三七期，一九三二年三月一日，頁九七－一〇八。

オウ・ヘンリー（其の三）

宣告の衝撃（「都の辭」より）

M・U・生

公園貴族つてものがある、いや公園だけを主宰するんぢやない、公園を自分等のアパートとしてゐる宿無し連中をも主宰するんだ――――ヴァランスは其れを知つてゐたと云ふよりもむしろ感じて居た方だつたんだが、彼が彼の世界を脫け出して混亂の社會に放り出された時、彼の足は期せずして彼を眞直ぐにマヂスン公園に運んで行つたのだつた

舊式な女學生達の持つ澁つぽさと嚴格さと、そ云つた樣な空氣を若い五月の日は若芽ふく木々の間に息づいてゐた、ヴァランスは上衣のボタンを掛けて、たつた一本だけ殘つた其のシガレットに火を點けて、そして其處のベンチに腰を卸した、後にも先にも最後の千ペンスの內の其の最後の百ペンスも今は無くなつたことは、丁度自動車に乘ることを今日限り廢止せられた自轉車お巡りを憫ましたより以上に彼は約三分間其の最後の百ペンスを惜んで見た、そして彼はも一度彼のポケットの戶別調査をして見たが勿論一ペンスだつて出て來やう筈は無かつた、彼は其の朝彼のアパートを引拂けたのである、彼の家財道具は皆んな借金の抵當に取られて了つたし、彼の着物と云ふ着物は、今着てる奴の外はみな彼の下男への給金の滯りとして拂ひ下げられたのであつた、彼が腰を卸した時には、それこそ全市中何處に求めても彼の爲には一つのベッド、一尼の燒き蝦はおろか、一錢の電車賃、ボタン孔に飾る一本のカーネーションも無く、ただ友達の所へ押し掛けて居候するか、何か嘘の口實でも設けるかしなきやそんなものは差し當り得られ相も無かつたのだ、さてこそ彼は此の公園を選んだ譯なのである

そして凡ては皆、彼の叔父が彼を勘當して相續權を剝奪してしまつたからだつた、其れ以來、叔父は今までの每月の宛

行は勿論のこと何一つ惠んで呉れなくなつてしまつた、何故、此の叔父が此の甥に對して斯くも冷淡な振舞をしたのか？それは此の甥が或る少女のことに關して此の叔父の命令に服從しないからだつた、尤も此の少女と云ふのは此の話には出て來ない——だから、（女の話を聞いて）頭の髪の根元までブラッシをかける樣なお方には此れ以上もう讀んで貰ひ度くないんだが、——所で、此の叔父には別の系統で今一人の甥があつた、彼は一時は可愛がられもし、又彼の叔父の相續にと期待されて居たんだが、彼自身そんな希望もなく又美しい男でもなく大分以前に泥水稼業に打沈んだ、所が今日となつて彼に救ひの網は展げられた、即ち彼は再び其の叔父の後繼ぎとして呼びもどされた、それで彼ヴァランスはスッカリ世のドン底に落ちぶれてボロ〳〵連中に伍して此の小さな公園に住む樣になつたのである

其處に腰かけて、彼は背中をベンチの背に長くもたせかけながらシガレットの煙を自分の頭上に突出してゐる小枝に向つて笑ふ樣に吐きかけて居た、彼は斯うして突如とした彼のだゞッ子のために彼のやゝこしい生活の覊絆は打ち碎かれて全く自由な身とはなつたのだ、何だか蛛とする樣なむしろ喜ばしい樣な得意さだ、彼はパラシュートを切斷してフワリと中空にさ迷ひ出た氣球の乘り手の樣なセンセイションを正しく感得した

時刻は丁度十時少し前だ、此の公園のベンチには例のブラ〳〵者はまだ澤山は見つからない、彼等公園の住人達は秋空の寒さに對してはなか〳〵頑强な戰士なのだけれど、春初めの寒冷軍前部戰線の襲撃に際しては如何にも遲鈍な奴ではある

其の時、噴水のそばのベンチに居た奴が何思つたかムク〳〵と起き上つてからヴァランスの所へやつて來て彼のそばへ坐つた、彼は年寄りだか、そうでないのか、見ようによつて幾つにでも見える樣な男である、何れ安つぽい下宿からでも一寸朶をつままれ相な奴だ、剃刀と櫛とからは見離され、ただお酒にだけは腐れ緣がつながつて居やうか、彼は一寸マッチを貸せと云つたゞつまり此れが彼等公園ベンチ階級（原文には park benchers とあり、まことに痛切に吾々の心を捉へる

99——オウ・ヘンリー

『俺ァ今朝からたつた二つのブレッツエルとそれから林檎一つ喰つた切りなんだ、それで居てさ　明日になつたら君大枚三百萬弗の相續をしやうてんだよ』

オウ・ヘンリー——100

言葉と思ふ、斯かる名語に對するに此んな拙譯を以てすることは非常に不本意だが、適譯が考へ出せぬのをどうしやうもない）の間に於ける紹介の正式の型らしい、それから彼は語り出した

「君は此處の定連ではないんだネ、君の着物で直ぐ私はさう思つたんだが、なか〳〵うまく仕立て、あらァ」

彼は尚もヴァランスに向つて續けて言つた

「君は何處へかの途中此の公園を拔けやうとして一寸此處に憩んでたんだらう、まあ氣にしないで俺の話を聞いて吳れ、ァ、俺ァとう〳〵話を聞いて吳れる奴を一人つかまへた、俺ァ恐ろしい、どうも恐ろしい、俺ァ此の事について向うに居る二三人の破落戸共に話して見たんだ、所が奴等皆んな俺を氣違ひ扱ひにしやがるんだ、ナァ君、聞いて吳れ——俺ァ、今朝からたつた二つのプレッツエルとそれから林檎一つ食つた切りなんだ、それで居て、明日になつたら君大枚三百萬弗の相續をしやうつてんだよ、そうなりや、向うに自動車が取りまいてるレストランでの食事も俺にやちつと安過ぎるつてことになる譯さ、信じないだらうな君、信ずるかい」

「イヤ、君、ちつとも構はないよ」ヴァランスは笑つて言つた

「俺ァ、昨日其處で晝をすませたんだがネ、今夜は一杯五仙のコーヒーも飲み兼ねてるんだ」

「君あ、どうも俺達仲間の樣には見えないね、よし、當て、見やう、しかし俺だつて四五年前あたりまでは之で隨分と野心家だつたんだがなァ、所で、何が君を斯うならせたんだい」

「俺かい、ァ、俺ァ、失業しちやつたのさ」ヴァランスは言つた、と、彼は斯う續けて言つた

「全くクソ面白くもねえ下界だね、此の町つたら、今日は立派な瀨戸物でおまんまを頂いた明日は其のかけらで喰らなくつちやならねえんだからなァ、俺いらなんざァ、一人前以上の苦勞をさせられた方なんだよ、此の五年間と云ふもの、俺ァ乞食同樣なんだ、なァ、もとを言やァ俺だつて朝から晩まで何んにも仕つこなしでさ、それで居て毎日々々大平樂竝

べて育つて來たんだ——エ、イ構はねえ、君の前でしやべつちまはア、實は誰かに聞いて貰ひ度くて〳〵かなはねえんだ、ア、おッ恐ねえ、俺の名前はアイデと言ふんだ、斯う言つた所で、君ア信じもすまいけれど、あのボールディング老人ね、リヴアーサイド・ドライヴの百萬長者さ、あれや、俺の叔父なんだ、どうだい、信川出來るかい、イヤ、事實そうなんだ、一時は俺も彼の家に居たんだ、その時代にや、お金なんざア全く使ひ放題だつたんだがなア、オウ、所で君は、コーヒー二杯飮む金持つてるねえかい、エーと、君は何て名だつけね——」

「ドースンてんだ、だがね、お生憎樣だ、財政は目下全く文無し狀態なんだ」

アイデ氏はドン〳〵續けて言つた

「俺ア、此の一週間は、デイヴイジヨン街の或る石炭置場に住まつてたんだ、「瞬きモリス」で知られてる野郞と一諸に其處に居たんだ、他に、何處と言つて行く所が無かつたからね、所が君、今日ね、俺が外出中に、何かの書類をポッケットに入れた或る男が俺を訪ねて來た相だ、俺はそんなことちつとも知らねえだらう、何か拔目のねえ巡的だつたらうね、で俺は、晩まで歸らなかつたんだ、歸つて見ると一通の手紙が僕にと言つて置いてあつたよ、オイ、ドースン君、何だと思ふ、それは、下町の一流辯護士メッド氏からだつたんだ、アン街で、彼の大きな看板を見たことがあつたつけ、例のボールディングが又俺に彼の道樂息子になれと言ふんだ——再び彼の許へ歸つて彼の後取りになつて彼の財產を吹きまくれつてんだよ、俺ア、明日の十時に辯護士の事務所を訪問して正式相續の手續をすることになつてるんだ、ドースン君、三百萬弗の相續人だ、一年のお小使がザット一萬弗つて譯なんだ、だがね——どうも俺アオッ恐ねえ、ア、恐しい」

此の破落戶は斯う言ひ樣、何思つたか突立ち上つて、ソナワナ震へる兩腕を頭の上に持ち上げた、彼は息をつまらせてヒステリックな唸り聲をさへ出して來た

ヴアランスは驚いて彼の片腕を引ッ捉へて再びベンチに押しつけた

「靜かにしないかッ」彼は命令する樣に言つた、少しむかついた樣な調子をさへふくんで居た

「人が聞いたら、恰で財產を無くした人間の樣ぢやないか、之から一身代手に入らうと云ふのに、君何がそんなに怖いんだい」

アイデは、其のベンチの上に小さくなつてしまつて、ブル〳〵震へてゐる、そして、ヴァランスの袖に取り縋つて離さない、此の新米の勘當喰ひ(ヴァランスのこと)は、ブロードウェイから流れて來るだけしかない薄暗い明りを通してさへも或る種の不思議な恐怖を物語る冷汗の數滴を野郎の額の上に見ることが出來た

「ウワー、俺は、明朝までに、どうかなり相だ、何が起るか、俺にも分らないが、兎に角、何だか、あの身代が手に入らない樣なことになり相な氣がする、大きな樹が俺の上にのしか〵つて倒れるんぢやないかしら——イヤ、俺は自動車に轢き殺されるんだ、家の屋根から大きな石が落ちか〵るんだ、ア〵、何かあろ〳〵、俺ァ、今まで此んな恐しい思ひをしたこたァ知らねえ、俺ァ、此處の公園には朝飯を喰へる當ても無しに、そうだ百晩も、彫り物の樣に靜かに坐り通したこともあるんだ、だが、今は一寸話がちがうんだ、俺ァ、金がほしい、ドゥスン君、俺のお手手の指の間から、ザラリ〳〵と黃金のお錢が流れ落ちるそして音樂と、花と、立派なおべべにうづまつて、そして人樣がみんな俺にペコ〳〵とお辭儀をして呉れる——斯うなつたら俺ァ、神樣の樣に仕合せなんだがなァ、尾羽打ち枯して世間から引込んでる間ならそんなこと何でも構はねえ、襤褸を纏うて、空きつ腹を抱へながら此處に坐つて、噴水の躍る音を聞き、道行く馬車を眺めてゐても俺ァ滿足してたんだ、だがしかし、それがもう殆んど俺の手の屆く所まで來て轉がつてる今となつてはね、俺ァもう矢も楯もたまらねえ、今から十二時間が待てねえんだ、ドースン君、俺ァ、もうこたへられねえんだ、俺に降りか〵つて來るであらう恐ろしいことが十と二つあるんだ——俺ァ、盲になるかも知れねえ——心臟病にか〵るかも知れん——それまでに、此の世界の終りが來——」

果ては、頓狂聲を出して彼は又跳ね上つた、人々は各自のベンチに上つて見物し出した、ヴァランスは彼の腕を固く捉へた

「俺と一諸に來い、そして少し歩かう」彼は斯う言つて野郎を宥めたり賺したりして

「少し歩いて氣持を靜めろよ、手前見たいに、呶鳴したり、騒いたりするこたあねえぢやねえか、君ア、何うもなりやしないよ。今晩も何だ、何時もの晩と同じ樣に暮れるよ、心配すんない」

「ウンそうか」アイデは言ふ

「此奴、とても好きだ、ナイ、ドースン、俺と一諸に居て呉れろよ。しばらく、俺と一諸にそこいらうろつかう俺ア此んなにグラ〳〵したことはねえな、今まで俺も隨分えれえ目には遭つたがなア、所で、君ア、俺のこのおマンマの通行道へ何か入れて呉れられるかね、俺ア、之からお乞食に廻るには餘りに氣力が衰へ過ぎてるんだ」

ヴァランスは、棄てられ人同樣な彼の仲間を五丁目まで連れて行き、それから西に折れて三十丁目の通りをブロードウエイに向つた

「此處で一寸待つてろよ」靜かな物かげの所に彼を待たせて置いてヴァランスは知り合ひのホテルへ入つた、そして例のいつもの團々しい調子でバーの所まで歩いて行つた

「オイ、チミーさん、一寸可愛想な野郎が外に待つてるんだがね」彼はバーテンダーに向つて言つた

「彼奴(きやつ)ね、お腹が空いたつて言つてあがんだ、あんな野郎共に錢なんか遣つたらどんなことになるか位のこたア、君知つてるだらう、サンドウヰッチ一つ二つ作つてやつて呉くねえかい、俺ア、如何するか見てるが、諸更、棄てつちまいもすめえだらうて」

「勿論でさアなヴァランスさん、冗談ぢや御座んせんよ」バーテンダーは言つた

オウ・ヘンリー——104

『うめえ、俺ア今年になつて来だ始めてだ、こんなうめえのいただくなア、オイドースン、君も一ときれどうだい』

「あれだつて、滿更　伊達ぢやねえんで御座んすよ、全く人がひもじいのはよかァありませんからなァ」

彼はフリーランチの有合せをナプキンに包んで吳れた、ヴァランスは其の包みを手にして又彼の佇れの所へ歸つて來た之を見たアイデは眼を異樣に光らかし、飛びつく樣にそれをむさぼつて食ひ始めた

「うめえー、俺ァ今年になつて未だ初めてだ、此んなうめえのいただくなァ、オイ、ドースン、君も一きれ如何だい」彼はそう言つた

「イヤ、有り難う、俺ァ、まだお腹空いちや居ねえんだ」ヴァランスが言ふ。

「もう歸らうぢやないか公園へ」アイデが言つた、「此んな所でウロついてちや巡的が矢釜しい、俺ァ、殘つたハムとパンとは包んで置かう、明日の朝飯も之で心配要らねえと云ふもんサ、ァ、ァ、食つたく〱、隨分食つたナ、もう今日は之で澤山、こんなに食つたんぢやお腹壞しやしないかなァ、そうだなァ、俺が今晩の中に胃痙攣か何かで死ぬとすると、あのお金が手に入らねえと、オットットットいけねえ、危ねえ――明日辯護士に會ふまでまだざつと十一時間もあるんだからなァ、ドースン君、君居て吳れるだらうなァ、大丈夫かい、どうも俺は如何かなり相で仕樣がねえ、君も、行く所は何處もないんだらう、あんのかい」

「ノーく〱、無いよ何處も今夜は、君と一諸のベンチがあるだけぢやねえかよ」とヴァランスは答へた、アイデは

「君が、言つてることが本當だつたら、まあ、何だ、悲觀すんなよ、一日の內に持つて居た好い職業から逐ひ出された奴つてもなァ誰でも髮の手でも掻き毟しやくり度いもんではあるがね、」ヴァランスは稍微笑を浮べて

「それや、俺も先刻言つた通り、―(幾ら失業してても)―明日になつたらたんまり財産に有りつける樣な人間ならね、そら、可成り氣樂に落ちついても居られるがね」

「兎に角だね、人が何かを獲得する方法なんてものは考へて見ると隨分妙なもんだねえ、」アイデは斯う嫌に哲學的な考

築をするのであつた「オイ君ドースン、此處に君の場所があるよ、そら俺の隣りに、此處なら、街の光が眼にあたらないで好いよ、所でね、ドースン君、俺ア今度ア、やつて家へ入れて貰つたらね、親父にそ言つて誰かに一本書かせるよ、君の就職についてね、君は、今夜は隨分俺の爲になつて呉れたんだからなア、俺ア若し君と今日會はなんだら今晩どうなつてるか知れないね、きつと明日までが暮らされなかつたらうよ」

「イヤ有難う、君は如何して寝るんだい、此の上に横になるんか、それ共腰かけたまゝなのかい」ヴァランスは言つた、

それからヴァランスは立ち並ぶ樹々に交錯する枝の間を通して光る星を睨んだまゝ、幾時間も瞬き一つせずにゐた、そして南に向つて走る海の様なアスファルト道から叩き出される馬蹄の尖鋭な響に聴き入るのであつた、彼の意識こそはまだ明瞭ではあつたが、彼の感覺はもう眠つて居た、凡ゆる感情は根こそぎ引き抜かれて居た、悔恨も、恐怖も、苦痛も不快さも今の彼には何の感じも與へない、彼女のことを思ひ出して見ても、遙か何億里かに輝くあの星に住む人の持つ位の感じさへも最早や湧いて來なかつた、彼は彼の伴れの道化た様を思ひ出して見た、そして竊つと笑つて見たが決して可笑しさを感じたからではなかつた、やがて牛乳車の行列が其の騒音に騒く街の靜寂を破つて過ぎて行つた、其の頃ヴァランスは彼の不快なベンチの上で深い眠りに落ち入つた

翌朝十時、二人はアン街のメッド辯護士事務所の入口に立つて居た

此の時間が近づくにつれてアイデの筋肉は曾つて無い程ピリ／＼と打震へて居た、此の彼の前に彼が恐怖して止まぬ、危險の對象を置いて彼を去らうと云ふ決心はヴァランスにはどうしても出來なかつた

彼等がオフィスに入ると辯護士メッド氏は如何にも不思議な面持ちで二人を眺めた、彼はヴァランスとは舊友の間だつたんだ、メッド氏はヴァランスに一寸挨拶して血の氣を失つた顔をして豫期する危機を前にして手足をワナ／＼震はせて立つて居るアイデの方に向き直つた

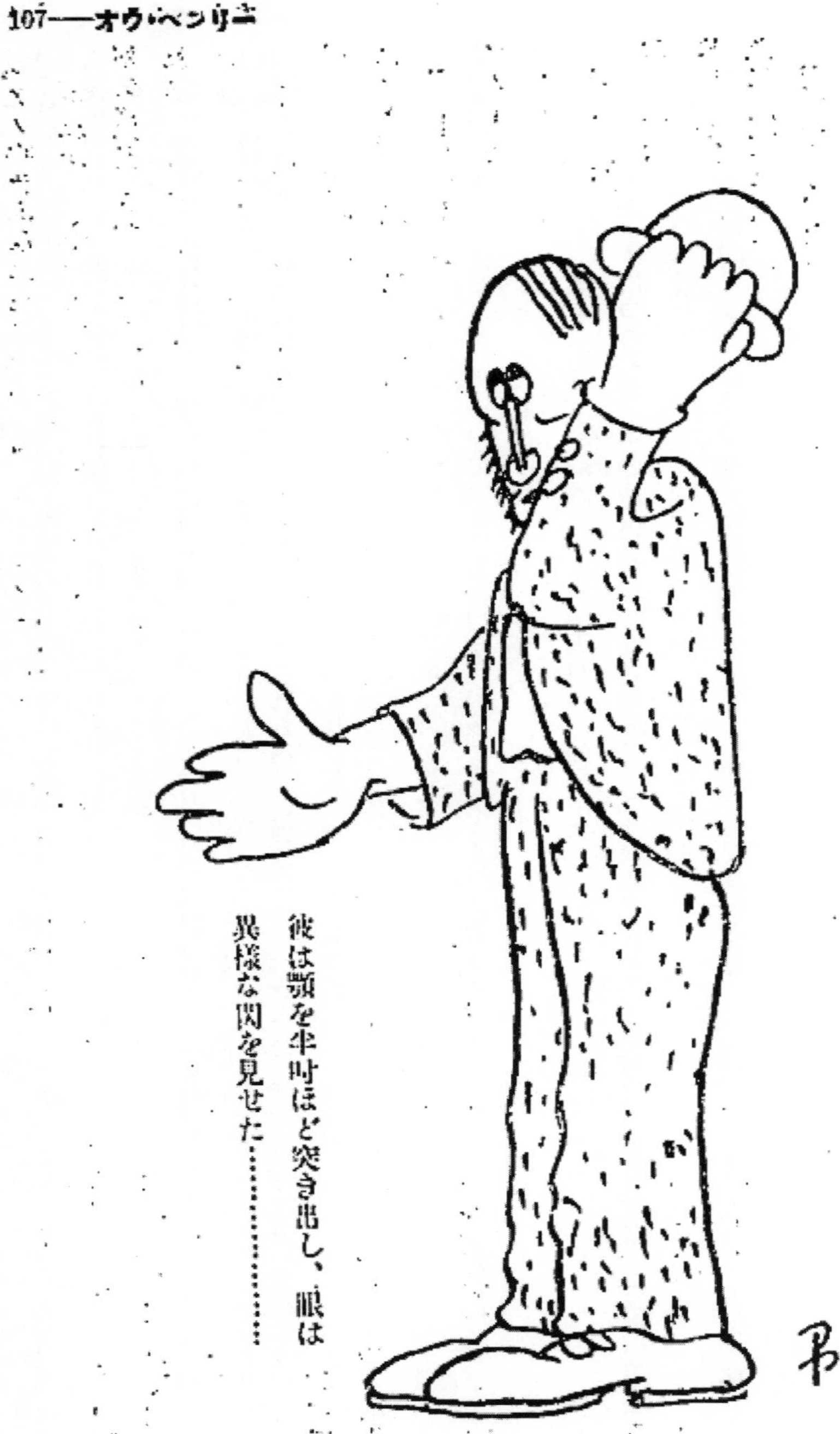
107——オウ・ヘンリー
彼は顎を半吋ほど突き出し、眼は異様な閃を見せた…………

オウ・ヘンリー——108

「アノ昨夜あなた宛で手紙を又一通發送した筈なんですが」辯護士は言つた

「それが何です、今朝分つたんですが、あなたは昨夜丁度御留守だつた相で御受取にならなかつたんですつてね、其の手紙の内容はざつと斯うなんです、ボールディング氏はあなたを相續人として呼び戻すと云ふことについて此の度考へ直されたんです、つまりそれを思ひ止まられたと云ふんです、そして氏とあなたとの關係はあれ以來のまゝ些の變更も生じないものであることを承知して貰ひ度いとまあ斯う云ふ譯なんです」

アイデの綻ひは忽ちにして靜止した、彼の顏は期せずして色を熄した、そして彼の背中は硬直した、彼は顎を半インチ程突き出し、眼は異樣な閃きを見せた、彼は片方の手でグチャ／＼になつた帽を後へ押し遣り、片方の手は指を硬く揃へたまゝ辯護士の前に差し擴げた、彼は、長いため息を一息ついた後氣味惡い容臉な笑を笑つた

「ボールディングの老耄れにさう言つて呉れ、馬鹿野郎！勝手に仕上れつ！とな」大聲にしかも明瞭にさう言つて彼はバツ／＼と大股に事務所を出て行つた

メッド辯護士は微笑みながら今度はヴァランスの方に向き直つて樂し相な口調で言つた

「あなたが御出でになつて非常に仕合せでした、あなたの叔父樣はあなたに直ぐに家へ戻る樣に希望してゐられます、叔父樣は、あなたをして斯くも早まつた行動に出るに到らしめた其の事情を今度よく御諒解になつたんです、それで叔父樣は、御自分の方からの切望として是非速かにあなたの凡ての——アッ、オーイ、誰か水水！」メッド辯護士の言葉が急に詰つて了つて彼の事務員を呼んだ

「水だ／＼、水一杯持つて來て呉れ、ヴァランスさんが氣絶したッ！」

（七・二・二稿）

バウル・ハイゼ作，黃木田兼二譯，〈男嫌ひ〉，《臺灣遞信協會雜誌》，第一二六期，一九三二年七月十七日，頁七九—八九

『男嫌ひ』

バウル・ハイゼ作
黃木田兼二譯

夜明にはまだ間があつた。

厚い灰色の雲がヴエスヴイオ山を覆ひ、ナポリの方迄のびて、海邊の町々を霞ませてゐた。

海は靜かだつた。が、漁師達はもう働いてゐた。

夜漁から歸つて小舟を砂の上に引上げてる者もあれば、繕をしたり、帆を調べたり、岩を掘つて拵へた格子付きの物置から舵や帆桁を出してる者もあつた。

「テケラや、クラトー教父樣がゐらしたよ。」老婆がそばで紡錘を廻してゐた孫娘に云つた。

「お舟にお乗りになつてるだらう? アントニノがカプリへお渡しするんだよ。」

彼女は背の低い優しげな僧に手で挨拶した。僧は小舟の中で黒い服を腰掛の上に擴げて落付いた處だつた。海邊にゐた人達は舟出する僧を、仕事の手を休めて見送つてゐた。僧は優しく頷いて挨拶した。

「天氣は大丈夫かな?」僧は心配さうにナポリの方を見やつて、こう問いた。

「太陽(ひ)はまだ出ません。」若者が答へた。

「霧は晴れますよ。教父樣。」

「では暑くならない間に着くやうにやつて下され。」

アントニノは長い櫂を取つて、舟を出さうとしたが、ふとソレントの町から海邊に通じる坂道を仰ぎ見た。すらりとした少女が石道を急いで駆け下りながら、布片で合圖をしてゐる。脇に小さい包を抱へ、著物は粗末だが頭をぐつと反して、額の上に捲いてゐる辮髪が、飾帶のやうによく似合つてゐた。

「何をお待ちじやな?」僧が聞いた。

「彼處へ誰かこの舟を指してやつて來ます。多分カプリへ行くのでせう。お許し下されば乘せて行きたいのですが――。」

この時少女は道の曲り角の壁の蔭から現れて來た。

「ラウレラじやないか? カプリへ何の用があるんだろう?」と僧は呟いた。少女は急ぎ歩で近寄つて來た。

「お早よう、男嫌ひさん!」居合せた若い漁師の二三人がから叫んだ。クラトーが居るので遠慮してのこと、さもなければ彼等はもつと何のかんのと云つたに違ひなかつた。

「お早よう、ラウレラ!」僧も叫んだ。「貴女もカプリへ行きなさるかな?」

「叔父様がお許し下さいませば。」

「アントニノに聞いてごらん。舟主なんだから。」

「半カルリンあるけど、」ラウレラは若い船頭の方を見もしないで云つた。「これで渡して呉れない?」

「そのお金は私より貴女の方が上手に使へるでせうよ。」若者も打切棒にかう云つて、オレンヂの這入つた籠を押しやつて坐る處を拵へた。

「あたし只じやいやです。」と少女は答へた。

「まあ良いからお乘り!」僧が云つた。「感心な若者で貴女の様な貧しい者からお金を取つて金持になりたくないんだよ。さ、お乘り!」かう云つて彼は手を差出した。「それ、貴女の坐り心地のいいやうに短衣を敷いて呉れたよ。私にはかう優しくはして呉れなかつたがな。ハハハ……まあ〱アントニノ、云譯には及ばないよ。」

ラウレラは、一言も云はずに短衣を押しのけて坐つた。若い船頭は何か口の中で呟いた。やがて小舟は入江を出ていつた。

「其の包の中は何じやな?」朝日を浴びて明るくなつた海上をゆく時、僧が聞いた。

「絹と撚糸でございます、教父樣。絹はカプリのリボンを拵へる女に、撚糸は他の女に賣るのでございます。」

「貴女はリボンを造る事も習つたんだらう？」

「はい、ですけれど又母の加減が悪うございまして、私は家を明ける事が出來ないのでございます。と云つて織器は買へませんし――。」

「又悪くおなりか！復活祭にお訪した時は、起きてゐなさつたになア。」

「春は母に一番悪い時なのでございます。あの大暴風雨がありました時からずつと床に就いて居ります。」

「聖母樣から神樣にお願ひして救くやうにお祈りを怠りなさるなよ。それはそうとラウレラ、貴女が海邊へ來なさつた時、皆が『お早よう、男嫌ひさん！』と云つたが、何故そう云はれるのかな？」

少女は暗色の顔をすつかり赧くした。が、その兩眼はきら〳〵光つてゐた。

「私が他の女のやうに踊つたり唄つたりしないものですから、私を嗤ふのでございます。私は何もあの人達に悪い事はしないのですから私がするやうにしておいて呉れゝばそれでいいのに――」

彼女は伏目になつて、美しいその大きな黒い瞳を隠さうとでもするやうに眉をひそめた。

舟は進んでゆく。太陽はもう山々の上に輝いてヴェスヴイオ山の頂は、まだ麓をめぐる雲の上に聳え、ソレント平原の家々は綠のオレンヂ園の處々に白く光つて見えてゐた。

「あの畫家からは何の音信もないかな？」と僧がまた訊いた。

「ラウレラ、貴女を欲しいと云つたナポリの人から？」

彼女は頭を振つた。

「あの人は貴女を描きたがつてゐたのに、何故斷つたのじやな？」

「何のためにあの方がそんな事を仕樣としたのでせう？私より奇麗な女がいくらも他に居るのに。もし描せでもしたら何をしたか知れませんわ。私を騙す事が出來たかも知れない、私の心を痛めるか、いゝえ、私を殺す事だつて出來たかも知れません――」

「そんな罪深い事を考へてはいけないよ。」僧は眞面目になつて云つた。

「神様の御意志がなければ髮毛一本だつて頭から落ちはしないではないか。そんな綿妾一枚で、その人が神様より强く成れるとでも思つてるのかな？　それにあの人が優しくして吳れた事だつて貴女にも僻つたらうに。」

「私は男が大嫌ひなのです。本當に！」彼女は反抗する樣に云つた。

「ほほお、願でもかけなすつたのかな？」

彼女は頭を振つた。

「あゝいふ名を云ふのはよくない事だが、みんなが貴女の意地張を惡く云ふのも無理ないかも知れないね。ラウレラ！　世の中つてものは自分一人きりでは生きてゆかれないものだよ。貴女やお母さんを批評しやうつて性のある男の手をみんな斷つてしまふと云ふのは。何か理由でもおありかな？」

彼女は懸命に漕いでゐる若者の方を、怖々と見やつた。若者は海面を見詰て、考込んで居るらしかつた。僧は少女の投げた一瞥を見て、耳を近寄せて傾けた。

「教父樣は私の父を御存じなかつたのですわねえ。」彼女は囁いた。そうして眼は暗く見えた。「教父樣は母の病氣が父の故だと云ふ事を御存じないのですわ。」

「それはどうした理由じやな？」

「父が母を責めたからでございます。手で打つたり、足で踏づけたりしたからでございます。父が晩く家へ歸つてひどく怒つた晩の事を、私は今でもよく覺えて居ります。母は何も云はずに父のするまゝになつて居りました。それでも父は母を打ちました。母が床に倒れたのを見ますと、父は急に母を抱き上げて接吻しました。その時から母はすつかり身體を惡くしてしまひました。父が亡くなつてから、もう隨分久しくなりますけど未に癒らないのです。若し母が早く死ぬ樣な事がありますれば、誰が殺したのか私はようく知つて居ります。」

僧は頭を振つて此の少女の云ふ事を何處迄尤もだと云つたものかと考へて居たが、とう〳〵彼は云つた。

「ラウレラ、お母さんが恕しなさつた樣に、貴女も恕しておあげ！　その悲しい時の事は何時迄も考へない方がいいよ。今に幸がみんなを忘れさせて吳れやうからね。」

「いいえ、教父樣、決して忘れませんわ。」彼女は身顫ひして云つた。

ですから私何時迄も處女でゐやうと思ふのでございます今誰かが私を打つたり接吻しやうとすれば、私にはそれを防ぐ事が出來ますけれど、母は父を愛したので防ぐ事が出來なかつたのでございます。ですから私は或る男を愛して、そのために病氣になつたり諦めなめに苦つたりしたくはないのでございます。」

倚は少女に云つて聞かすいい諺を澤山に考へたが、其處に居る若い船頭が、少女の話の內に、何か落ち付かない樣子を見せ出したので彼は默り込んでしまつた。

二時間の後、カプリの小さな港に着いた。アントニノは倚を舟から負つて砂の上へ恭々しく下した。ラウレラは彼が歸つて來て、渡して呉れるのを待たずに、スカートを撮摘んで、木靴と包を下げてぴしや〳〵と急いで走り上つてしまつた。

「私はカプリに泊るから。」教父は云つた。

「待つには及ばないよ。それからラウレラ、家へ歸つたらお母さんによろしくね。今週中にはお訪ねしやう。だが日の暮れない內に歸りなさるだらう？」

「序の舟がありましたら。」少女は濡れたスカートを絞りながら云つた。

「私も歸らなきやならない事を知つてるだらう？」アントニノが云つた。その言葉の樣に調子も冷たかつた。

「貴女を待つてます。夕方迄ね。來なけりや來なくつたつて構はないけど――」

「來なくちやいけないよ。ラウレラ！」倚が口を挾んだ。「お母さんを一晩でも一人でおいてはいけないよ。ではさよなら。アントニノさよなら！」

ラウレラは倚の手に接吻して、さよならと云つた。それは教父とアントニノとに分けられる筈であつたらうが、アントニノは教父の前で帽子を脫つて、ラウレラの方は見なかつた。

然し二人が步き出すと倚の方はちよつと見送つただけで、右手の丘を登つて行く少女の方へ、すぐと眼を轉じた。小走りに登つて行つたラウレラは息をつく樣にちよつと立止つて振りかへつた。

汀は足元に橫たはり、周圍には險しい岩が聳え、海は麗しい碧色である。偶然アントニノの視線と彼女のそれとが出合つた。すると二人とも狼狽てゝ眼をそらせた。

まだ正午(ひる)を一時間しか過ぎてゐなかつた。だが、アントニノはもう二時間餘りも海邊の居酒屋のベンチに腰かけてゐた。何か考へてる樣に五分毎に立上つては、町に通じる道を注意深く見やつてゐた。丁度女將(おかみ)が、カプリの本物の二本目を持つて來た時、左手の渚の砂をさく／＼云はせて、ラウレラがやつて來た。彼女はちよつと頭で挨拶して、どうしたものかと立止つた。

アントニノは急いで舟へ下りてゆくと索を解いて少女を待つた。少女は他の連れの來るのを待つかの樣に、あちこち見廻した。然し朝來た他の人達は、歸りにはもつと涼しい時を待つたのである。

アントニノは彼女を抱上げて子供の樣に舟へ運んでしまつた。少し漕ぐと彼等はもう沖に出てしまつた。

舳近くに腰かけて居た彼女は、布片からパンを出して食べはじめた。アントニノはそれを見ると朝オレンヂのいつぱい這入つてゐた籠からオレンヂを二つ出して云つた。

「パンに添へなさい。貴女のために取つておいたんじやないぜ。籠から舟の中へ轉げ落ちて居たのを、空の籠を舟に持つて歸つた時に見付けたんだから。」

「貴女がおあがんなさい。私はパンで澤山よ。」

「暑い時にはせい／＼するぜ。貴女は遠い處を歩いて來たんだらう？」

「上で水を一杯いただいたから、あたしもう元氣だわ。」

「御勝手に！」彼は籠の中へまた投げ込んだ。

沈默が續いた。海は鏡の樣に滑かで、船底でも殆んど音を立てなかつた。岩の孔に巣をくつてゐる白い海鳥も、音もなく、その獲物を漁りに出かけていつた。

「じやあ、お母さんに持つてつておあげ！」アントニノが又口をきゝ始めた。

「家にまだあるわ。なくなればあたしが買つて來るわ。」

「いいから持つてつておあげなさい、私(わたし)からあげるんだから。」

「母は貴方を知らなくつてよ。」

「そんなら貴女が、私(わたし)が誰だかを云へばいいじやないか。」

「あたしだつて、貴方を知らないわ。」

彼等は悄みきつた敵同志の樣に舟の中に座つて居た。二人の心臟は破れさうに動悸を打つて居た。

アントニノは顏を眞赤にして、飛沫が飛びかゝる程激しく漕いだ。その聲は時々怒つた樣に顫へた。彼女は氣の付かない風をして、舟緣から乘出して、指と指との間を海水に滑らせてゐた。燃えて居る頰に濡れた兩手を當てゝ、冷さうとしたけれど、なんにもならなかつた。

海の眞中だつた。遠くにも近くにも帆一つ見えなかつた。島は遙か彼方だし、海邊は遠く霧の中に横たはり、この深い寂しさを破る一羽の鷗も居なかつた。アントニーは周圍を見廻した。ある考へが胸に浮んだらしく、頰の紅味が不意になくなつて、彼は櫂を手から離した。ラウレラは彼を見た。緊張しては居たが、恐れては居なかつた。

「我慢出來ない。」若者は吐出す樣に云つた。

「貴女は私を知らないつて云ふんだね？　私が狂人の樣になつて、貴女の側を行過ぎたり、貴女に話がしたくてウロ〳〵してるのを貴女はもう隨分長い間見たじやないか。だのに貴女は、何時も私に背をむけてばかり居た。」

「貴方と何のお話をする事があつたでせう？」　彼女は云つた。

「そりや、貴方があたしと掛合はうとしてゐらした事はあたしも知つてたわ。でもあたし他人樣の噂にのぼりたくないわ。何故つてば、貴方を、いいえ、誰れをも良人にしたくないからですわ。」

「誰もだつて？　あの甚家を斷つたからそう云ふのかい？　なあに、あの頃は貴女はまだ子供だつた。今に寂しくなるだらう、そうすれば貴女の樣な突飛な女は一番先に來たものを探るんだ。」

「先の事なんか誰にも解からないわ。あたしだつてまだ考へを變へるかもしれないわ。だけどそれが貴方に何の關係があるの？」

「何の關係があるかつて？」　彼は怒つて櫂座から飛上つた。舟は激しく搖れた。

「私がどんなに、どんなに貴女を――　私より優しく貴女から遇らはれるものは叩き殺して與れるから！」

「お好な樣に！　いくら脅かされたつて、ちつとも怖くはないわ。」

「私は男だ！」　彼は云つた、その聲は嗄れて慄いた。

「貴女は私の掌の中あるんだ、私のからと云ふ事はどうでもしなきやならないんだ！」

彼は立上つて、彼女を両腕に抱いた。然しその瞬間、彼は右手をひつこめた。血が、―彼女がきつく噛みついたのである。

「貴方の仰言る事を、なんでもしなければならないんですつて？」彼女は叫んだ「貴方の掌の中にあるかどうかを見てごらんなさい！」

彼女は舟縁をとび越えて、暫く深みに消えた、浮き上つた彼女は脚も立てずに舟を離れ岸の方へ泳いでいつた。スカートはぴつたりとぴつゝいて、波に解かれた毛髪が首の上に重くたれてゐる。彼は不意の驚愕に茫然として居たが、暫くして櫂へとんでいつて、力をしぼつて彼女の後を漕いでいつた。舟底は彼の手から溺れる血で赤く染つていつた。彼はぢきにそばへ来た。

「おゝ、とんでもない！」彼が叫んだ。

「舟にお乗りなさい。私が莫迦だつた。私はすつかり逆上せてしまつて、何をしたか何を云つたのかわからなかつたんです。許して呉れなくつてもいい、ラツレラ！唯貴女の生命を。さ、お乗んなさい！」

彼女は黙つて泳ぎ続けた。

「お母さんの事を考へて下さい。もしも貴女が溺れたら、私は生きていられない。」

彼女は岸迄の距離を測つた。それから返事もしないで舟へ泳ぎ寄つて、両手で舟縁につかまつた。

彼が助け上げ様と立上つた時彼の短衣は、舟がラツレラの重みで片方に傾いたので海へ滑り落ちた。彼女が舟に乗ると彼は櫂を握つた。彼女は海水の滴るスカートをしぼらうとして舟底の血に氣が付いた。まるで傷などしてない様に漕いでゐる彼の手をちらと見て、彼女は自分の布片をさしだした。彼は頭を振つて、漕ぎ続けた。彼女は立上ると、彼のそばに寄つて布片で傷をかたく結んだ。そうして無理にその手から櫂を取ると、向ひ合せに腰かけて、血に染つた櫂をぢつと見つめ乍ら漕ぎ始めた。岸に近づいた時、夜漁に出かける漁師達の舟に会つた。彼等はアントニノに呼びかけ、ラツレラをからかつた。然し二人とも黙り込んでゐた。

家へ歸つたアントニノは、手に激しい痛みを覺えて、椅子に腰を下すと繃帶を解いた。抑へられて居た血がまた迸り出た。「彼女は正しかつたんだ。俺は狂人だつたんだ。」――彼は左手と口でどうにか繃帶をすると、ラツレラの布片を洗つて日向にひろげた。それからベツトへ身を投げて、眼を閉じた。

明るい月光と、手の痛みが彼を夢から醒ました。水で冷やそうと起上つた時、戶を叩く音が聞えた。戶を開けた彼の眼の前にラツレラが立つて居た。默つて彼女は部屋に這入つた。

「あの布片を取りに來たんでせう？」彼が云つた。

「明朝ギユツゼツペに、貴女の處へお屆けさせたのに。」

「いいえ。布片じやあないの。」彼女は早口に云つた。「血止藥を山へ取りに行つて來たの。はい！」彼女は持つて來た籠の蓋を取つた。

「有難う！、けど、もういゝんです。それよか此處で誰かに會つたらどうするんです。あの人達のお饒舌を知つてるでせう？」

「いいの。」彼女はあら／＼しく答へた。「手を見せて！藥草をつけてあげるから！」

「もう本當にいいんですよ。」

「そんなら、あたしに見せて、信じさせてちようだい。」

彼女は有無を云はさず手を掴んで繃帶をとつた。ひどい腫れを見ると、顫え上つて「まあ！」と叫んだ。

「少し腫れて居ますね。」彼が云つた。「でも朝になればひいてしまひますよ。」

彼女は傷を丁寧に洗つて藥になる葉をちぎつてのせた。これも彼女が持つて來た亞麻の細布で、上手に繃帶し終ると、彼は云つた。

「有難う！ それから、もう一つ私を喜ばして與れる氣があつたら、今日私があんな莫迦な考へに負けてしまつた事を忘れて下さい。私の云つた事も。

自分でもどうしてあんな事になつたかわからないんです。」

「いいえ、あたし貴方にお詫しなきやならないわ。」彼女は遮つた。「あたしが何もあゝしないで、もつとよくしてあげなければならなかつたんですわ。默つて居て貴方を怒らせたりして――それにこんな傷まで――」

「いいえ、それは當り前の事です。そうして私が正氣にかへる大事な時だつたんです。じやあもう歸つてお休みなさい。」彼は布片を彼女に渡した。

彼女は然し、胸の中で自分と戰つてゐるらしかつた。が、とう／＼口をきつた。

「貴方はあたしのために短衣をなくしてしまつたわ。オレンヂのお金が這入つて居たのをあたし知つて居ますわ。あたしにはそれだけ償ふ事出來ないの。でも銀の十字架を持つて來たの。これあの悲家の方が忘れていつたのよ。これをお賣りになればきつと二三ピアステルにはなると思ふわ。足りないところは、あたし、夜母が眠てから紡いで、お返ししますから許してちようだい。」

「そんな物いりませんよ。」

「いいえ。取つて下さらなきやいけないわ。」彼女は云つた。「其のお手では一週間以上も海へ行けませんもの。それに、あたし、これを二度と見たくないんですもの。」

「そんなら海へでもお投げなさい。」

「貴方にさしあげるんじやないのよ。貴方の正當な權利なのよ。」

「權利ですつて？私は貴女に何の權利もあるもんですか。」彼は彼女の籠にあの布片も、十字架も入れて蓋をした。

大粒の涙が彼女の頬を傳つた。

「どうしたんです？」彼は叫んだ。「頭から足の先迄顫へてるじやありませんか！」

「いいえ、なんでもないの。さよなら！」彼女はふら／＼戸の方へ歩いた。がとう／＼柱に額を壓し當てゝ聲をたてゝ激しく歔欷きだした。驚いて彼が彼女の後ろへ來た瞬間、彼女は不意に振返つて彼の首にかじりついた。

「もう我慢出來ないわ。」と叫んで彼女は彼を抱きしめた。「貴方が優しい言葉をかけて下さるのを、聞いてられないの。あたしを打つて、足で踏んで！それともあたしが惡い事ばかりしてしまつた今でも、まだあたしを愛してゐらつしやるなら、貴方のものにしてちようだい、そうして貴方のお好きな樣にして！　でも、でもあたしに今すぐ歸れとは仰言らないで！」――激しい新たな歔欷が彼女の言葉を絕つた。

「まだ貴女を愛して居るかつて？」彼は彼女を抱きしめて云つた。「何を云ふんです。貴女はこの小さな傷から私の心臓の血がみんな流れ出てしまつたとでも思ふんですか？」

「あたし、貴方を愛してゐます！」彼女は涙に濡れた眼で彼の顔を見つめながら云つた。「それを口に出すまいと長い事逆つて来たの。でも、もうだめ、我慢出來なくなつたんですもの。接吻してちようだい！　そうして『彼女(あれ)は俺に接吻した。ラウレラは自分の良人にしやうとする男の外には接吻しない』つて御自分の心に向つて仰言しやる事が出來ますやうに。」彼等の唇は三度も相合ふた。

「お休みなさい、貴方！　お手をお大事に。送つて下さらなくつてもいいの。貴方がこわいだけで、誰もこわくはないんですもの。」彼女はかう云つて暫くの後出ていつた。彼は長い間窓から海を見やつて居た。海の上の星がみんなゆれてるやうに思つた。

その後背の低いクラトー叔父は、ラウレラが長い間跪いて居た懺悔場から出て來た時、そつと微笑をかみ殺した。

「神様がかうも早く妙なこの娘を憫れに思召さうとは、誰が考へたらう？」彼は獨言ちた。

「私(わたし)に一日も早くラウレラの長男が、父の代りに海へ出る處を見せて下さいますように！　あゝ、あゝ、男嫌ひか！」

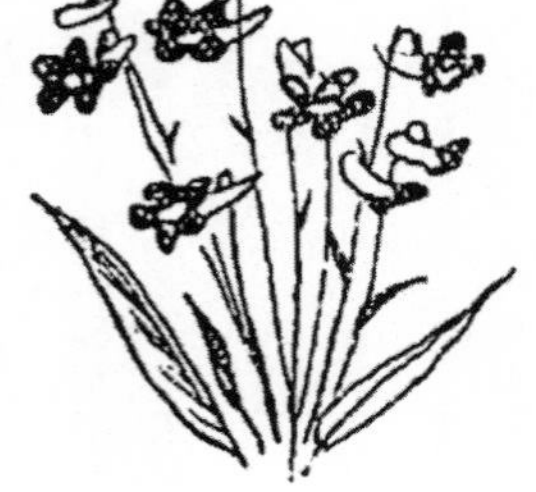

ベツドフオド・ジョーンズ作，越村生譯，〈短篇時事小說—罠〉，《臺灣警察時報》，第二〇三期，一九三二年十月一日，頁七二—七七；第二〇四期，一九三二年十一月一日，頁一〇三—一〇八。

ショート・ストリーズ誌所載、
ベツドフオード・ジョーンズ作

短篇時事小説「罠」(一)

越村生譯

本篇に現れる人物

ウイリヤムス　寧州の米國領事
オネル　米國の退役將校。目下四川省長の顧問、ゼネラル(中將)
バーケツト　同上
エミル・ショーヴエ　佛蘭西人。惡漢
蔣將軍　寧州縣知事
王省長　四川省々長
其の他支那將校兵士、村の人々多勢

(1)

寧州の米國領事は—實際は副領事だが—四十の坂を越えた苦勞性の男で—今し方縣知事公署の外門から刺を通じて、第二應接室に通され、イラ〈〜しながら待つて居る。數日前省政府の米國人顧問二人が、寧州に到着して此公署内に滯泊して居るので、其の人達に會ふ爲に、此處へやつて來たのである。

程なく二人の顧問が應接室に現れた。オネルは背の高い陸軍中將の正服を着けた處、一點非難のない軍人らしい男で、キリツと締つた顏に微笑を含んで居る。バーケツトの方はドツシリと頑强さうな體格で、見た眼にはオネルよりは重々しく威嚴がある。

「ヤー良く御出に成りましたね、ウイリヤムスさん」

とオネルは握手しながら

「此方はバーケツト將軍、私の仲間で、案内者で、相談對手而かも無二の親友です。煙草は如何ですか」

領事はその如才のないのに稍々驚いた面持である。

「飛行機で御出でになつた相ですね」

「エ、飛行機で無ければ到底今頃著がれないでせう。御當地の蔣將軍は王省長からの使者を喜ばれませんからね。然し蔣將軍の知らない間に私共は當地に參りました。尚ほ將軍に一兩日中に私共は會はうと考へてゐますがね」

「それは危險ですね」

領事は嚴肅な面持でさう云つた。

オネルの眼が異樣に光る。

「夫りや杞憂ですよ。で領事の御來訪の用向は必要な際に喜んで私共に援助を與へるとでも御話しにでせうな」

「イヤ違ひます」

とウイリヤムスは周章て、打消しながら、

「外國に雇はれて居る米國人は謂はゞ領事の保護を受く

る權利を放棄された譯ですからね。然し茲では寧ろ私の方から援助を御願したい位なんです」

「戯談ぢやない」とバーケツトは吐出すやうに「而かも私共が權利を棄てたと云ふなら」と語を接がうとしたがオネルの眼色で言葉を切る。

「私共で出來ることなら何でも致しますが、一體何事ですか」

とオネルは興味あり氣に尋ねる。ウイリヤムス領事は、

「寧州は四川省からチベツト及砂漠に通ずる貿易路を扼する山の町で、先日チベツト國境にある米國の博物探檢隊が、標本や古器其の他の品々を送つた來たのですが、蔣將軍の爲めにそれを横領されて終つたので、爾來私も努力してゐますが却々解放して吳れないのです」

「宜しい、やつて見ませう」とオネルは卽答する。「私共は王省長の全權を受けてゐますからね」

×

ウイリヤムス領事は此言葉に驚いた、

「だつて、一兵をも連れないで」

二人は突然ドツト笑つた、バーケツトは口を切る。

「私共は省城に行つて王省長に掛合つたので、省長も私共を惡魔の樣に毛嫌ひして、何とか片付けるつもりで、中將に任命し更に顧問の榮職を吳れ、一臺のフオツカー二人乘飛行機を吳れたんです。私共の使命は省内の各都市を歷訪して土匪の首領を說服して王省長の味方とするのです。で此地の蔣將軍の首には二萬元の賞與金が掛けてあります が、其の賞金の幾分かを旣に受けてます。出來るなら蔣を免職にしてやりたいのです」

此の言葉に領事はすつかり驚いた。と云ふのは、領事は極く眞面目で、戯談なんか判らない男であつたから。

「貴方がたは氣でも狂つてやしませんか。ダツテ私はそんな馬鹿氣た事を聞いた事がない。大體蔣と云ふ男は全然省長の家來ぢやない。彼は土匪で實力で此町を掠奪し、自分の兵力で此の町を守つてゐる。到底免職させるなんて出來ない事だ。其の上彼は命知らずです」

オネルは朗かに「まあ、旨くやつて見せますよ。勿論王省長の力は省城に限られてゐますがね、蔣の樣な土匪の首領が多勢居るが私共が甘く仕事を終れば、王の權勢は數倍加し財力は增す、失敗すれば王の邪魔者視してゐる私共猪武者二人と飛行機一臺フイにすれば宜しい譯ですからね」

領事は頗る眞劍な句調で「此の問題をそんなに輕く考へては不可ません。あの生命知らずの蔣を貴方方は知らないのです、それにあの男仲々利口ですからね」

「私達だつて利口サ」とオネルは皮肉る。

領事は尙も熱心に「然し、蔣は自己の面子を立てる爲め貴方連を此處に滯在せしめて置いても恐らく省長の權力を執行させせますまい。王省長は二度使者を當地に寄越しまし

たが、蔣は殺して終ひました。貴方方をも殺すでせう。外國人が嫌ひですからね」

オネルは極めて平氣に、

「御忠告難有う、檢探隊の荷物は必ず解放させます。御心配なく、然し代償は御拂ひになりませうね」

此代償の問題でウイリヤムス領事の顏色は一寸變る。

「イヤ、代償と云ふのは現金ぢやありません、ガソリンなんです」とオネルは笑ひながら、「米國産の眞正のガソリンをね、普通の値段で、何れも支那人の商人は依頼出來ませんから、フォッカー機には眞正品が必要です」

「宜しい」とウイリヤムス領事は稍々安堵の體。「新しいガソリンを所有してゐる男を知つてゐます。直ぐ此處に寄越しませう――二十分以内に、宜うムんすか」

「宜しい」

そこでウイリヤムス領事と握手をして此の公署を立去つた。二人はフォッカ機のある東門内の練兵場に赴き、オネルは約束のガソリンが到着するまで發動機を調べ、バーケツトは副官として蔣將軍から―實際は護衛監視の役でつけられた二人の大佐と雜談を交して居る。大佐と中將とは支那の土匪軍では蚤の樣に數が多いのだ。

オネルもバーケツトも此大膽な使命を帶びて一旦寗州に上陸した以上、何時恐るべき魔手が伸びるかは充分承知だが、其の意味で此一六勝負は實に痛快なのだ。然し蔣は此

使命を知つて居らない。オネルは支那で生れて、各地方語が判る上に、彼の愛蘭人の血を受けた豪膽さは如何なる危難時に於ても毫も變じない。一方バート、バーケツトは支那の國情や民情は餘り知らないが、大災厄を切拔ける丈の能力は持つて居る。

×

寗州に着陸後、彼等に取り幸だつたと云ふのは、蔣將軍が永い淫蕩生活から來た病氣から快癒した許りであつて、直ちに兩人に會見することが出來ない事である。彼等は直ちに割當てられた豪壯華麗な邸宅に落付いたもの丶、絕えず監視を受けてゐることは承知して居る。寗州は省城成都から程遠いので、蔣は絕體の專制君主として此地方に君臨して居た。名目上王省長の支配を受けるが、實際は他の土匪の首領と同樣、其の被支配權を否定し、其の支配權内に住する人民を、力を以て壓迫して居た。

二人の米國人は見た所何の屈託もなく、何の不安もない樣子で彼等の家に歸つた。戸を閉して二人丈になると早速假面を拔いだ。オネルは皮肉笑ひをしながら卷煙草に火を點ずる。

「旨く行つたねバーケツト」

「と云ふのはガソリンを補充して、何時でも逃げ出せると云ふ意味かね」

「イヤ、あのウイリヤムスと云ふ男が首を突込んだこと

さ。說明しない方がよい。あの男には大きく吹いて置けば宜いさ」。

と云ひながら、オネルは天井を注意深く見上げる、何處で此會話を盜み聞くものが潜んで居るか判らないからである。

數分間經つて一人の副官がやつて來て、戶口で直立不動の敬禮した後、蔣將軍が明日晝食後二人に面會することを告げた。更に寧州は今の處、スツカリ蔣の命令の儘なので其の欲する儘になること、王省長の外國人顧問も賓客であるので、蔣の所持品は凡て御自由に御使ひ下さい、此町で唯一臺の蔣の自動車も御使ひ下さいと云ふのだ。

「結構ですね」とオネルはキツパリ云つて「では半時間後、護衞一人に運轉手と云ふ位に—」

右の副官は丁寧に敬禮した上で、其の外二人を饗應する爲め如何なる御用でも爲すこと、例へばシヤムパンとか、夜會とか。オネルは之をキツパリ謝絕したので、副官は半時間後に自動車を廻すことを約して立去つた。

程經て自動車の用意が出來たと聞いて、二人は戶口を見ると、英國製の車で、前方の席には護衞一名と運轉手が居る。軈て車は警笛を鳴らしながら軍旗を立て、走り出した。日沒前の市中見物だ。武裝した護衞は別に彼等を監視してゐる風もなくて、單に暗殺や通行人の無禮な行爲もないかと警戒してゐる風である。

(2)

道はトテモ粗惡だが、蔣が自動車の爲めに數條の大通を造つた居る。東門を出てから、郊外の幾つかの神社佛閣を過ぎた。

「モウ話しても宜からう」とバーケツトは、「どうかね、途中で待伏せだの、小銃彈の御見舞ひやないかね」

「まだゝよ」。とオネルは前に坐つてる二人の支那人を硝子戶越しに顎で指しながら、

「次回に自動車で案內するときは、多勢の護衞が同行して適當の場所で俺達を車から投げ出して、勿論誤つて投り出すのさ。そして蔣派遣の暗殺者が俺達を片付けると云ふ寸法さ。然し第一に蔣は何で俺達が此處に來たことを知りたがつて居るのだらう」

オネルの考へでは蔣が自分達兩人を歡待して、結局護衞をつけず、突然に始末しようとするのだ。だから自分等の使命の危險さは依然滅じはしない。先づ機先を制して蔣を倒し、使命を遂げ夫れから逃走することを覺悟して居る。

日沒近く、車は小山の裾を廻つて可成廣い大通に出るとき城門が見え出した。車が急角度の所を廻ると、前方に多勢の人だかりで通り拔けが出來さうにもない。田舍車が二臺衝突したので道は百姓や、行商人、軍人や車でゴツタがへして居るのだ。

「ピストルの用意をしろ」とオネルは小聲で云ひながら

「之れが切札かも知れないぞ」

「第一に運轉手をやつゝけるんだ」とバーケットは答へた。

自動車の警笛が頻りに鳴らされ、護衛の兵は大聲で怒鳴つて見るもの、、車は何うしても停止せねばならない。直ぐ傍に四川省で乘物用として廣く用ひられて居る一輪手押車が一臺あつて、其の上には口髭をはやして頭の殆んど禿げた一人の小さな肥えた男が乘つて居て手にしたヘルメットで風を招いて居たが、自動車がピタリと止まつたのを見て急に頷いて車を飛び降り、自動車の側にやつて來た。

オネルは暗殺者が現れないかと群衆を物色して居たが、危險の虞がないと判つたので、件の白人が車に近附くのを見て車の窓を開けた。

「貴方樣」と其の小さな男は話しかけたが、其の話し具合、顏及態度で佛蘭西人だと判る。

「貴方樣は軍人さんで白人さん、何卒私を助けて下さい」

「一體何うしたんだい」

「私の娘が、貴方、私の娘が、可愛相なヴァイオレットがー」と突然泣き出す。「あの惡魔の畜生の將めが…」

「一體何を云つてゐるんだ」

とバーケットが訝しかりながら

「最初から詳しく話して御覽」

「私はエミル・ショーヴエと申します。貴方、私は山の間

に小さな銀山を經營してゐますが、町に住んで居て、一週間に一度二日間銀山に參ります。娘のヴァイオレットが一所に住んでゐますが、其の娘が何かと食物を調理して呉れますので、斯うした惡い氣候の土地でも生きてゐることが出來るのです。所が今日一人の下僕が銀山に馳けて來たので、一體何事が起つたのかと思ひますと、あの阿片に痲痺して、惡に浸み込んだ將軍が私を殺して終つたのです」

「御前は元氣で生きてるぢやないか」とオネル訝る。護衛は車を降りて、群衆の中に混つてゐる兵士達を怒鳴りつけて車の道を開けようと努めてゐる。運轉手は車上の二米國人と話しゝてゐる。外國人を時々盜見してゐるが、何を話してゐるか判らない風である。

「私の娘です」とショーヴエは悲し相に叫びながら、「將は二十人も妻妾を持つて居ながら、娘を連れて行つて終つたんです。貴方私を助けて下さい。貴方は紳士で、將軍の服裝を着て居らつしやいます。」

「宜しい」とオネルは卽答した。自動車の道が開いて、護衛が歸つて來たのを見て「一時間程經て公署に來て呉れ、例の古い師範學校さ。オネル將軍と云へば判る。出來る丈のことは何でもしよう」。

護衛は道が開けたので運轉手の傍に乘り込み車は動き出した。バーケットは皮肉に囁く。「一體俺達はあの男の爲め何ふ仕樣と云ふのだ。御前の得意の愛蘭式大膽さを發揮し

て良心を麻痺させるのか」

「まあ然う云つた風さ、俺達の仕事が譯なく出來れば、あの佛蘭西娘を助けることは世話がない。前の窓を開けて此二つの鳥が何を囀つて居るか、靜かに開けろ」

運轉手と護衛は熱心に面白さうな話に聽けつて居た。バーケツトは靜に身を起して前の硝子窓を開けると二人の話がハツキリ聞える。ゴツゴツした野卑な四川語でバーケツトには珍糞漢だが、オネルには良く判る。」運轉手は「あの外人は娘の親で、車の中の二人に例の件を話して居たのだ。蔣將軍は今晩夕食頃に其の家に車を廻せとの御話だが、今其の家には番兵が二人つけてある」

「二人丈け、娘と寳石を番するのに」と護衛は尋ねる。

「ウン、二人で結構さ。將軍は餘り多勢に此問題を知らせたくないのだ、娘を公署に移すまではね。明日だ相だ。將軍は二人の侍女をやつて娘に立派な化粧をさせて居る。今晩遲く例の酒宴が開かれる筈だ。二人の女が娘を監視し二人の兵が門を番すれば充分だよ」

「俺も其の番共に加へて異れぬかな。聞けば將軍があの春興殿で御泊りの晩は、番人は餘分の賞與が貰へるつてね。」

オネルは此話を熱心に聞いて居たが、靜に窓を締めた。恰度車は城門を入る所で、步哨や門衛が敬禮する。

「俺にはマルデ判らないが、君は何うかね」とバーケツトは尋ねるとオネルは唯頷いて、

「ヴァイオレット嬢の事さ。今春興殿に幽閉されて居る。門衛が二人、二人の侍女が將軍の他の妻妾から借りたらしい寳石で娘の御化粧中との事。今晩九時に蔣が結婚の爲め娘の所に行つて酒宴を開く相だ」

バーケツトの眼が異樣に光る「悪くないね、俺達が其の御殿に入れて接待委員の一人となれたらね」

「宜しい」とオネルは頷いて「先づ其の御殿の場所を見付けねばならぬ。名前からして、蔣が掠奪した庭のある小さな御寺らしいぞ。歸つたら御前は散步に行く風で、近くを探して、護衛なしで行けるか突留めるんだ」

「で君は何うするね」

「俺は蔣將軍を嚇かして春興殿行きを止めさせるのさ」

○牝犬を利用して賭博檢擧

大正五年九月のある日、香川縣三豐郡上高瀨村の田畑の中にある一軒家で、賭博が開帳されてゐたが、同家の前には一匹の牡犬が張番してゐて近づけなかつた。

檢擧に向つた警察官は、一策を案じ、牝犬を連れて同家に近づき、牝犬を放つたところ、牡犬はこれを見て、張番の役目を忘れて走り寄り、嬉々として戲れてゐた。警察官は、此の機を利用して難なく一味を逮捕し得た。

ショート・ストリーズ誌所載
ベッドフォード・ジョーンズ作

短篇時事小說「罠」(二)

越村生譯

×

太陽が西山に沒する頃彼等は公署に着いた。オネルはバーケットを殘して自分の室に入つて、秘書を呼ぶと、其の男は紙とペンとインキを手にして現れた。オネルは王省長の名で蔣に宛て米國人探檢隊に關して嚴重なる詰問書を認めた。曰く「直ちに此の探檢隊の盜つた品物を返還せざるに於ては、自ら其の責を負ふべく、本官は斷乎たる處置を採るべし。右は誤謬と解するを以て正義に基き、犯人を處罰すべし」と書いて署名し、驚いてゐる秘書に手交する。

「將軍樣は公署に居られません」

「夏殿に御出でだ。直ぐ此の手紙を送れ」

オネルは一人で煙草を喫ひながら、バーケットの歸りを待つた。件の手紙が蔣を激怒せしめる事をオネルは充分知つて居る。此激怒の結果が例の病氣に障るので醫者を呼ぶ。そして返書を認める頃にはマンマと自分達の計畫を終へて居ると云ふ寸法だ。

「或は蔣は間諜を用ひて俺達の計畫を察知してゐやしないだらうか」

其の時バーケットが歸つて來た。

「凡ては上首尾、誰も尾行しやしない。自由に四邊を徘徊出來る。蔣將軍は罠を掛て居る樣だが——」

「君はフォッカ機を見て來たのか」とオネルは尋ねる。

「其處に手拔かりがあるものか、俺達がフォッカ機を降りてから、チャント見張がつけてあるよ」

オネルーは手鞄の中から滿州の地圖を取出し机の上に披げた。夫れは支那製の地圖で歐米人の眼には異樣に感ぜられる。バーケットを招いて指を指しながら、

「此處が我々の居る師範學校で、之れが、蔣が今居る夏御殿だ。アッ。目付かつた。見ろ。之れが春豐殿だ。此處には觀音寺と記してあるが、庭もあるしね」

然し東門內の練兵場は此の家から近くはない。又春豐殿も相當遠くて町の住宅區域から、約一哩も離れた小山の上にある。然し東門には近い。

×

副官がやつて來て「夕飯の御用意は」と尋ねたとき、オネルは單に頷いのみであつたが十分も經たぬ內にドシ／＼幾つかの料理の皿が運ばれた。若しや毒が仕込んでありはしないかと思はれたが、まさか蔣が公署內で最初の晩餐で毒殺する程の男でもないと考へたので食事を執つた。食事中

夏御殿の所在を給仕人に尋ねると「最近修理された省長の古い別邸です」と答へる。

長い夕食が半分まで進んだときに副官がエミル・ショーヴエが參りましたと傳へる。オネルは中に入れる樣に命じた。間もなく例の佛蘭西人が室に現れた。副官が去り際にオネルは素早く其の腕時計を眺めた。

「七時十分だ。キッカリ八時に公署の外側で待つて呉れ。直樣此の室を立去るやうに」

ショーヴエは其の意味を解し兼ねたが、バーケットの眼の合圖を見て、挨拶して此の室を出て行つた。

「オネル、例の一件をやるのかね」

「夜逃げするのさ」

(3)

其の晩八時五分前に二人は其の邸を散歩に出ると云つて副官の隨行を拒んだ。門の所で步哨の正しい敬禮を受けて通りに出る。勿論二人共ピストルをポケットに潛まして。

「此處に着いたときは、天井や各手口に間諜が張り込んで居ると考へたが、見ろ、誰も尾行しないぢやないか、安心したまへ」

とバーケットが云ふ。

「イヤ、俺達は敵の罠の中にある樣な氣がする。今夜是非蔣に會つて、直談判の上、例の罰金を貰つて逃げ出さなきや、とても此處を逃げ出す見當がないよ」

「ウン、眞實だ」とバーケットは氣も輕く、「先づ彼奴を擲りつけて、叩きのめして、俺達の巢に歸る譯だね。旨く行くかね」

「行き相だ」とオネルは平氣。

然しオネルの心配はある。何となく危險の豫感がヒシヒシ胸に迫つた。斯う云つた風の心境はオネルには珍らしい事だ。卽ち、將軍が明日迄會見を避けてゐることが、直ぐさま此方から猛烈に攻擊せねばならぬ事を暗示して居る。然かも運命はエミル・ショーヴエの身代りとして自分の手にあるのだ。

正門を出て通りを進むと、程なく白服のショーヴエが暗い蔭から出て來た。

「貴方樣」

「ウン、御前の娘は何處に居るか知つてゐるかね」とバーケットは訊ねる。

「ハイ、私の一の乾兒が大きな庭のある寺の中に幽閉されてゐることを探知しましたので」

オネルは「聞けば二人の番兵が附いてゐる相な、外に二人の女が娘の監視に當つてゐる。そして蔣は今晩九時に娘の處へ行くつてね。俺達は今出掛る處だ、案内しろ」

ショーヴエは二人の先頭に立つて默つて進んだ。

可笑しいのは此のショーヴエの態度だとオネルは不思議がつた。普通ならショーヴエが默り込んでゐる筈がない。

自分の娘を助けられると云ふ喜悅に興奮してモツト喋べる筈だ。怪しいなとオネルは又考へる。

三人は足早に町を行く。運命は前方の門のない壁の中の入口に待ち構へてゐるのだ。其の入口を入ると間もなく樹に圍まれた小寺に着く。其の寺の門の所の兩側に番兵が一人宛立つて居た。

「左側の奴は君が、右側は俺が」とオネルは靜かに囁く。

「宜しい」と大きく點頭く。ショーヴエは汗ばんだ頰を撫でてゐるが、依然默り込んでゐる。

×

寺の入口に提灯が燈されて居たので、軍服を眺めた二人の番兵は嚴かに敬禮した。オネルは左側の番兵の側へツカツカと進んで行つて、横隔膜の處を矢庭に一撃した。不意の一打で番兵は苦しみながら手にした小銃を離して、グタグタとくづれる。顎をねらつた第二撃で番兵は全く氣を失つて終つた。

オネルは番兵の帶皮を解いて番兵の兩手兩足を縛りつける。バーケットの方は右側の番兵を兩手で咽喉を締め上げてゐる。丁度テリヤが鼠を掴まへる樣に。間もなく二つの人間が外壁の所にクツタリと横たへられた。オネルは黯いてる佛蘭西人に

「之れで宜しい。從いて來い」

三人は石を敷いた道を樹と庭で圍まれた石造の小寺に進

むだ。折しも滿月が漸く東の
したら月の光が下界を隅なく
が暗くて、樹の間に器の鳴聲
又もや何となく不安な豫感
は之を打拂つて計畫に耽る。
夏御殿に行く。蔣將軍と直談
る。それからフォッカー機が
我は惡くはないぞ。最初の計
待つ必要はない、進んで戰鬪
ショーヴエが先に進んで
れから二人を招く、三人は寺
など取り附けられた長さ三十
には金銀の刺繡したのや古い
カーテンがあつて、夫れを通
中央に低い臺座があつて上に
の室の唯一の燈だ。バーケッ
「君は左の方の室に、俺はた
る」と云つてショーヴエを連
ネルは又も惡感に襲はれたの
止め樣としたが、時既に遲し
兩側のカーテンがゆらぐと
出した數人の男。オネルはピ
に合はぬ、入口に多勢の靴の

臺尻で擲り倒されて、室の中央の臺座の所によろめくと見る間に提灯をヒックリ返したので、室は眞の暗。

殆んど一瞬時の出來事だ。荒々しい聲が四邊に反響して、誰かがマッチを擦つたらしい。提灯に火が入つた。十數人の將校兵士が居て、エミル、ショーヴェの姿が之に立ち混つて居て、バーケットの姿が臺座の傍に倒れて居る。一名の兵士が飛びかゝつて銃劍でバーケットを一刺にせんとしたとき、一人の將校が之を遮つたが、室の中にはオネルの影も形も見えない。

「庭だ、捜せ。そして表門を警戒しろ、遠くは行くまい」と懐中電燈を照しながら一人の將校が叫んだ。

騒ぎが靜まつて、臺座に載せられた提灯の光がボンヤリと四邊を照し出して居る。遠くの側面入口から背の高い威厳のある一人の男が現れた。蔣將軍だ。

「一人を逃がしたつて、馬鹿め」と蔣は怒鳴りながら、指揮官に向つて「直ぐ彼の男を見付けろ、サモないと御前は銃殺だ」。氣を失つて倒れて居るバーケットを見て

「此の男を縛り上げろ。今一人の男を捕へるまで、此の儘にして置け、明朝東門で二人を鏖殺にする、そして城壁に釘付けにするのだ」

士官は敬禮して部下を連れて去つた。部下の一人はバーケットを縛り二人は門の警護に向ふ。蔣將軍はショーヴェに向つて

「御手柄だつたね」。ショーヴェは口顎を弄りながら

「まあ如何にかね、で御約束の御金を」

蔣は暫く其の佛蘭人をヂット見つめて居た。蔣は背の高い細い男で、阿片の過食から頬は凹んで居る。軍服は勲章で目映ゆい位、手にはピストルを持つてゐる。

「サー金だ」と蔣は大きな札束をショーヴェに渡しながら

「間違はないか」

「何う致しまして、閣下、豫定の通り自動車が止まりました時例の話を二人の米人に聞せたのですよ。二人は運轉手と護衛の話を聞いて、マンマと罠に掛りましたね」

「然し御前が此二人を成都で見知つて居て密告に來て呉れた御蔭だよ」と蔣は云ひながら「まあ御前が俺に役に立つとは御前も考へなかつたらう。俺は御前の惡事の數々を知つてゐる」

ショヴェは此の言葉に蔣を見上げたが、其の顔は死人の様に青白く其の眼は恐怖で一杯であつた。口をポカンと開けて、

「私の惡事の數々ですつて」

「惡事の數々サ、上海では混合裁判所が御前を脅喝取財で有罪と宣告して居る。だのに御前は逃亡して密告した婦人を殺したと云ふではないか。其の點俺にとつては決して氣のおけない男ではないのだ」

手にしたピストルが鳴り響いて、ショーヴェは苦しみ乍

ら打倒れて間もなく絶命した。蔣はピストルを片付けて冷かに其の男に歩み寄り、先程の札束を取り戻し、二人の番兵に向つて

「此の男を門外に引き出せ」

と威丈高に命じた。蔣は曳かれて行く男の石疊にこぼれる血の滴を眺めながら其口元に冷かな笑を浮べた。札束を取り出し、外國銀行發行の相當巨額のものを指先で數へる

「二萬弗と云ふ大金を、あの馬鹿は俺がほんとにやるとでも考へて居たのか。此額の金は俺が鹽稅で三月も我慢せねばならぬものだ」

蔣はバーケットの方へ歩み寄る、其のポケットを探つたとき、不意にバーケットが眼を開いた。蔣は靜に笑ひ乍ら

「眼が覺めたかね。間もなく御前は躑殺の上、東門の壁に釘付けにされるんだ、之れが王省長が俺に一指も觸れられないと云ふ證據サ。俺は御前の使命を知つて居る。俺が彼奴の命に從ふとでも思つてゐるのか。そして彼奴の權力を承認しない場合俺に罰金を課せるとね。そいつは面白い」

蔣は可笑し相に笑ふ。

「で御前は省長の命令書を受けないつて、ぢや御前の連の男が受けて居る。ぢや俺は其の命令書を御前の上の方の壁に釘付けにしてやらう。まあ待ちな、其の内にね」

蔣は右手の戸の處へ歩を進めたが、留まつて卷煙草入を出しマッチを擦つて火を點じ、そして曾つて慈悲の神、觀音樣の像のあつた壁龕にかゝつた幕の近くに立つた。

絹の幕が揺ぐと見る間に一本の手がニユッと後から延びて蔣の帶皮を摑む、何か冷いものが蔣の首に觸れた。

「全くさうだ」とオネルの聲だ。四川語で「其の内にはね、全く其の内にはだね。靜かにしないと、御前の首を射飛ばすぞ」

蔣は全く靜かになる。

(4)

オネルの聲は冷かだ。「御前の首を射飛したい位だ。然し生かして使ふ用事がある。番兵に皆此處を去れと命令しろ、早く。」

二人の番兵は直ぐ呼び歸へされる。見た所蔣は幕を背に何事もなげに煙草を喫つてゐる。蔣の後の手が見えない。蔣が二三語命ずると將校が呼寄せられたが、敬禮して此室を出て行く。番兵も共に……。

「御前はあの男を明朝銃殺するだらう俺を逃がした罪で、それも彼奴の不運だ。オイ起きないか、バーケット」

「起きろ、御前の足は縛つてないぞ。此處まで歩いて來い、蔣將軍樣が繩を解いて下さる相だ。それ蔣のピストルを取れ」

バーケットは足元もヒヨロ〳〵立上る。眼の上から血が流れてゐる。蔣の前に來ると蔣は命ぜられるまゝに、手の繩を解いたので、バーケットは蔣のピストルを奪つた。

オネルは幕の後から飛び出して、將軍の驚く顏に爆笑をあびせる。

『まあ可哀相な小蛇さん、俺は省長から御前が命に從はぬ罰金として五千弗を貰へとの命を受けて居る。俺達二人を殺さうとしたのと、バーケツトに加へた損害の償ひに別に五千弗を要求する。バーケツト、俺が受取を書いてゐる間一寸蔣を捕へて居て呉れ」

バーケツトは大喜で命を奉ずる。オネルは提灯の傍で手早く一通を認め署名して蔣のポケツトに入れ、バーケツトが例の札束を手にしてゐるのを見て、

「バーケツト、其の札束をポケツトに入れて、片方の腕も捕へてゐろ、サー、蔣よ、良く聞け。俺達は之れから御前と一所に練兵場に行くが、御前が助けを呼ぶと御前の横腹に大穴をあけるぞ。解つたか」

「判つた」と唯一語、顏は死人の様に蒼白だ。

「温和しくして居ろ。俺達は別にお前に危害を加へないからね。サー行かう」

×

蔣は間もなく多くの將校兵士を連れて町を練兵場に迎る。兩手を組んで、道で會ふ多くの將校も凡て從いて來るやう命ぜられる。間もなく練兵場に着いて見ると、多くの將校連が凡て集つて居た。

蔣は傍へ聲で高級副官を迎へにやる。其の男が來ると蔣

は命令した。

「御前は直ちに公署に次の告示を出せ。俺を暗殺しようと云ふ王省長の使である一人の佛蘭西人を今晩處罰した。王省長は俺の敬愛する人だとね。サー飛行機の護衛を解け、俺は見送りをする。」

中天に輝く月は地上の凡てのものを照して居る。練兵場の中央に月光を受けて燦たるフォッカー機が休んで居て、其の羽には省長の氏名が記されて居る。三人は機に歩み寄つた。オネルは稍々笑を含んで、

「左様なら、蔣さん。貴方は却々人間らしい男だ。又御目に掛りませう」

ツカ〳〵機の方に進む。間もなく始動機に依つてエンジンが廻り初めた。

バーケツトは今は手の出し様のない蔣の耳元で「何卒御忘れなく。米國領事の爲め探險隊の品物を解放する樣に、明朝早速、取計つて呉れよ、若しやらなけりや、又歸つて來ますよ」

囁きながら、蔣の急所を厭と云ふ程蹴とばして機上に飛び乘る。機は輕く地上を離れた。理由を知らぬ一同はヤンヤと喝采するが、然し漸く立上つた蔣は、何うしても一同と共に喝采する氣にはなれなかつた。（終り）

アルフォンス・ドオデエ作，曾石火譯，〈賣家〉，《フォルモサ》，創刊號，一九三三年七月十五日，頁七一—七六。

賣　家

アルフォンス・ドオデエ作
曾　石　火　譯

大きな罅隙を開けて庭先の沙埃と路ばたの土くれとの混ざり合ふのに委せてゐた、繼ぎの惡い木戸の上にはずつと前から、盛夏の陽光に泰然とした姿を見せ、秋風には翻らせ放題搖らせ放題に釘づけられた貼札があつた、——「賣家」。これがまた、廢屋を言ひ觸らしてゐるやうなものであるが、それほど、あたりは、ひつそり閑としてゐた。

しかしながら、そこには誰かゞ住まつてゐた。壁とすれずれの煉瓦造の煙突から立ち上る薄青い炊煙が、世を避けた、あたかもこのほそぼそとした煙にも似て、つゝましやかな悲しい人の暮しを打ち明ける。それに、賣渡しや引越しに先立つてそれを告知する遺棄、空虚、混雜など爪の垢ほどもないどころか、がたぴしと顫へる戸板の間からも人は、そこに、きちんと整頓された小徑や手入れのかゝつた樹陰の亭、はては畠の傍の如露、小屋に凭れかゝつた植木道具などを見ることが出來る。これこそ紛れもない百姓小屋だ。それは小さな梯子によつて均衡を取つてる、裏側が南に當つてゐた。この側はまるで温室みたいなもので、梯子段には鐘形ガラス器が積み重ねられてる、空つぽのや、ひつくり返つたのや、ゼラニュムやヴェルヴェイヌを植はつて整然と列べられたのなど、暑い白砂の上には植木鉢がそこここに散らかつて見えた。しかも、二三本のすゞかけのきを除いては、その庭は隈なく日の光に開いてゐる。一寸見ては針金の尖に挿された扇子か果樹棚（エスパリエ）かにでも間違へられさうな多くの果樹が、サンサンと降る陽の光に胸を張り擴げて、葉はいくらか落ちかけてゐるが、たゞ一途に實のりを収める日を待ちあぐんでゐる姿勢だ。

そこには僞オランダ苺や大きな棒切れでつつかへた豌豆も

あつた。そしてこれらに取り圍まれながら、この秩序と靜謐との中を麥稈帽子を被つた老人がひとり、毎日、庭徑をぐるぐる歩き廻つては、夜が明けると水をやつたり枝を切つたり緣を刈込でやつたりしてゐた。この老人にとつて、この村には知り人がなく、村のタツタ一本のこの通りならどの門口にも停るパン屋の荷車を除けば、訪れる人とてはなかつた。

時たま通りすがりの人が、地味が肥えて見事な果樹園になれるといふこの坂の中腹の地所が欲しさに足を停めて、貼札を見ながら、ベルを鳴らした。最初はウンともスンともしない。ベルを鳴らし續けてゐると、庭の奧まつた方から木靴の音が輕やかに近づいて來る。すると、その老人は怒鳴りつけるやうな調子で、戸を細目に開けて、

——何の用事かね。

——この家は賣家なんですか。

——そうだ、と爺さんは精一杯の努力で答へる。そうだ——

——賣家だ、だが言つとくが、それとそ値が高えんだぜ——

そうして、すぐにも閉めようと待ち構へてゐる彼の手は、戸口を遮ぎつてしまふ。彼の眼は、そこを出て行け、と言つてゐる。それほど彼は怒氣を露はにしながら、そこに立ちつくして、まるで睨みたいな顔付で、菜床や砂利を敷きつめた小さな庭を眺めるのが常だ。

そんな時人々は、なんでキ印に關り合つたものだらう、手ばなさうとしない家を賣り物に、するなんて全く氣が知れない、などゝ自問しいしい、自分の道を通つて立ち去るのだつた。

この神秘は、私に解かれた。

ある日、その小さな家の前まで來かゝると、活氣のある聲や口角に泡を飛ばしてゐる氣配が聞こえて來た。

——(賣り飛ばしてよ、ねお父さん、賣らなくちやいやよ………お父さんはそう約束したんだもの……)

すると、老人の顫へ聲だ。

(お前たちはこのワシが、それを賣り讓つてるとでも思つてるのか………からさ、だから貼札を貼り出してあるぢやねふだか。)

これで呑み込めた。無理じひに、この心の一角を老人に處分させようとしてゐるのは、巴里の小賣商人の彼の息子であり、嫁たちであつた。だが、何故だらう。私には分らない。確かなことは、これでは何時まで經つても埒の明く氣遣が、

—小　　說—

ないと見てとつた彼らがこの日からといふものは、規則正しく日曜毎にやつて來て、この不幸な老人を惱まし、彼に約束の履行を迫るやうになつたことであつた。

土までが耕されたり種子を蒔かれたりすることを休めて憩ひに入る毎週の日曜の深い靜けさの中では、路ばたからでも私にはこれらの一伍一什が手にとるやうにはつきりと聞きとれた。

小賣商人たちは、酒を酌みながら、喋べつたり論じ合つたりした。投げつけた鐵環のやうな鋭い聲に混じつて、燻し銀の言葉は、カサカサに乾いて響いた。

夕方になると、みんなはそこを發つて歸つて行つた。爺さんは、彼らを逐ひ還へすために門外に出るが、通りの土を五歩と踏まない内に引き返へして、門内に飛び込むなり、もう一週間の猶豫を幸福に思ひながら、すぐと戸を閉め切つてしまふ。すると一週間の間、家はまたもとの靜けさに還る。陽に燒けた小さな庭の中からは、たゞ、砂が重々しい足どりで踏み碎かれ、引きづられる熊手でザハザハ鳴つてゐるのが聞こえるだけになる。

それでも一週間ごとに、老人の心は焦立ち煩惱は增して行つた。小賣商人たちは手を換へ、品を換へて見た。そして、幼い子供たちまでダシに使つて、老人をおびき出さうとした。

（ねえ、おぢいちやん、この家賣つてね、あたいたちと一緒に暮らして頂戴、ね、そしたらどんなに樂しいでせう……）

すると、隅々に傍白が始まり、庭徑の果てしない漫歩が續き、聲も高らかな胸算用がなされた。

ある時など、女の子の一人がかう叫んだのを私は聞いた。

（こんなバラック、百文にもならないわ……捨て値で賣り拂つちまひなさいよ

老人は一言も口に出さないで聽いてゐた。人は、あたかも、己に亡きものの數に入つたもののやうに彼について語り、己に塌倒せるもののやうにその家について語つた。

彼は、腰を弓に曲げて、眼に泪を湛えながらいつものやうに、通りすがりに刈り込むべき枝、手入れすべき果實を探しに、出て行つた。すると、人は感ずるのだつた、この一角の土にあまりに深く根を下した老人の生命は、そこを立ち去る力を持つ由もないことを。

眞實、どんなに人が口を酸つぱくして說いても、彼は常に

離別の瞬間に身じろぎしてゐた。青葉の季節を匂はせる果實——櫻んぼ、すぐりの實、キヤシ——の熟れる夏ともなれば、彼は、かう獨言ちるのた。

（取り入れまで待たう……そしたらすぐ賣り拂つちまふんだ。）

だが、取り入れがすみ、櫻んぼの季節が過ぎると、桃の、乾葡萄の順番が來る、乾葡萄の後には、美しいさんざし。これは雪の下から拾ひ集めるものだと言つてもいゝ。そうして、冬が見舞ふ。田園が陰鬱な雰圍氣に包まれて、庭は空つぽになる路を行く人もなければ、家を買はうといふものもない。日曜には、小賣商人たちさへもやつて來なくなる。種蒔きや果樹の手入れに備へる三月の偉大な休息のあひだ中、無用の貼札は路上の空間にぶらさがつて、風雨に弄らせてゐる。

老人があちゆる手を使つて買手を遠ざけて來たことを知つた息子たちは、しびれを切らして、たうとう、一大決心をした。嫁の一人が彼の傍に駐派されることになつた。それは、朝つぱらおめかしをして、裝つた優しさといひながら、感じのいゝ物腰と、商賣に慣れた人たちに見られるあの何かいふとすぐべこべこする愛嬌とを持つた、小柄な婦人であつた。通り一本をわが物顏に、彼女は、戸を大つぴらに開け放して、大つぴらに喋べりちらし、そこを通る人には誰彼の見さかひなく微笑みかける。それは、かう言ひたげな風情であつた。

（いらつしやいまし……どうぞ御覽下さいまし……この家は賣家でございます！）

可愛相に老人にとつては、もう一刻の猶豫もならなかつた。時をり、そこにゐる嫁を忘れようとして、彼は、四角の菜床を堀つては新規に種子を蒔き直して見るのだつた。死期の近づいた人が、その恐怖を胡麻化すために色んな計畫をしたがるのと同じように。

女小賣商人は、その都度彼の蹤をつけて五月蝿がらせた。

——（まあ、それ、どうするおつもり……また苦しい丹精の種を拵へるためなの）

老人は答へなかつた。彼は頑固に奇妙なつむじを曲げて、せつせと仕事に熱中した。

庭先をほつたらかすといふことは、已にいくらかそれを失ふことであり、それと離ればなれになる第一歩であつた。しかも庭徑には草一本もなかつた。薔薇の木に巣を喰ふ美食家もゐない。

待てども待てども、求める人は影を沒して見せなかつた。

恰度戰時のこととて、婦人はたゞ、空しく戸を開け放して往還にあだな微笑を投げかけるだけで、行き交ふもの家に這入るものとては、引越しの車や塵ほこりの外なにものもなかつた。

日増しに、女は、刺々しく嶮しくなつて行つた。巴里の商賣は彼女を必要としてゐた。彼女が壓しかぶせるやうに老人を非難し詰責し、あられもない場合を見せてやけに戸をぶつ叩いてゐたのを私は聞いた。老人は、背を弓にして、貼々と、育つてゆく小さな豌豆を見、貼札を眺めては、獨りで慰めてゐた。

それは、悠久に、同じ場所にあつた。

——「賣家」——

……今年も田舍に行つたが、私は、またその家を見た。だが、あゝ、そこには最早貼札がなかつた。ずたずたに引き裂かれたポスターは、黴びて、尙も壁に沿うて懸かつてゐたが、萬事休すだ、それはすでに賣り渡されてしまつた！　灰色の大きな正門の代りに、新しくペンキを塗りかへた圓るつこい破風のある綠色の戸が、格子の小さな隙間から庭園を覗かせるやうに開かれてゐた。

もとの果樹園は最早なくなつて、植込みや芝生や小瀧などの市民風（ブルヂョア）な布置と、上り口の前に吊り懸かつた金屬製の大きな球體に映つる諸もろの姿とが見えた。この球面では、庭徑の一本一本がきらびやかな花瓣の網になつてる、二つの大きな人體が、これみよがしに、ウンと誇張されて映つてゐた。汗びしよになつて田舍臭い椅子に納まり返つた赭ら顏の男。息を切らしてゐる異樣な女。

その女は、如露を振り廻はしながら叫んだ。——（バルサミンには十四スウも張つたのよう！）

人は柵を拵へ、板塀を造りかへた。まだペンキの匂の高いこの新裝の小さな一隅では、ピアノが、ありふれたカドリルや公衆舞踏會のポルカを唸つてゐた。それは聞く人をいらいらさせながら、路傍にまで落ちて來た。

七月のひどい埃、大きな花瓣や大きな婦人の陳列（タバブジユ）癖を外した取るにも足らないはしやぎやうなど、一緒くたになつて襲ふこれらの舞踏曲は、私の胸をぎゆつとしめつけた。

私は、あんなに幸福さうに、あんなにもの靜かに、そこいらを行つたり來たりしてゐた老人を想つた。この小さな家を賣つたお錢でぢやら〱鳴つてゐる新しい帳場で、嫁が凱歌をあげてゐる間にも、詰らなさゝうに、眼には泪をためて、おづおづと奥の部屋隅でブラリブラリしてゐる、植木屋の背を持つた、麥稈帽子の彼を想ひ浮べて見た。

（終り）

── 小　說 ──

臺灣の親愛なる兄弟姉妹よ！

我等は協力して文藝を創造して行かう！

排他、躊躇を棄てて勇敢に奮起せよ！

勝敗、褒貶は二の問題だ！

大いに春秋破邪の健筆を驅使せよ！

アンリ・ド・レニエ作，西川滿譯，〈舞踏會〉，《臺灣婦人界》，第一卷，第八期，一九三四年十二月十日，頁二〇一－二〇六。

藝術小說

舞踏會

佛國　アンリ・ド・レニエ　作

日本　西川　滿　譯

作者　アンリ・ド・レニエ氏

「やあ、よく會ひに來て下さいましたね。」

さう云ひ乍ら、フランソア・ベラグは、足をつつんでゐた膝かけを膝の上までひき上げた。そのやさしみのある、そしてまた魅きつけるやうな微笑は、彼の痩せた細面を若返らせてゐた。さて彼はそこへ座るようにと身振りで示してくれた。

そこで私は、與へられた椅子に腰を下し、しばらくの間は、このフランソア・ベラグを働きもせずぢつと眺めてゐた。すると突然、私は云ふに云はれぬ氣おくれを感じるのであつた。と云ふのは、私はこのベラグに對して、深い尊敬の念を持つてゐたからである。彼の作品は私にとつて大變親しみのあるものだつたし、それにこの私ときたら、彼の詩や物語の熱心なる讀者に他ならなかつたのだ。もしも一方ペラグの作品が、私に啓示を齎らし去つたとすれば、他方彼の生涯は、私に限りない感激の敎へを與へたものだと云つてもよからう。實際、またかつて文學に對する崇拜や尊敬が、この人の博學高尚なる精神によつてなされた以上の莊嚴さや自尊心をもつて實行された例は無かつたのである。

こんなわけで、ペラグは六十の歳になつても、大衆から認められもせず、孤獨で赤貧であつた。またこの事實あるが故に、私は彼の前に出てゆくと、どうにも抑へることの出來ない感激を覺えるのである。その感激、それには氏に對して内心恥しいな、と思ふ氣持さへまじつてゐた。さうだ。私は、私の質問に答へさすために、この大藝術家の生活を亂し、時を費やさすといふ事を恥ぢてゐたのだ。彼の下宿してゐるボオジオン街にある、あの古びた家の五階を昇らなければならなかつた時は、全く苦しかつた。この部屋に見られるあらゆるものは、この偉大なる作家、類稀なる詩人が、その生活から不似合な待遇を受けてゐることを、明らかに物語つてゐるのではなからうか。地味の現はれた壁、貧弱きはまる家具、ありふれた長椅子、彼の身體を包んでゐる擦切れた膝かけ、しかも、この人たるや、もつと好い着物をまとひ、もつと立派な館に住んでゐなければならぬ人ではないか。ああ、彼の思想の道具立と、彼の生活の醜態との間には、なんとまあひどい對照があるのだらう。

私が沈默をつづけてゐると、ペラグは私に云ふのだつた。

（さうさう、貴方はわたしの若い時代の出來事の中で、わたしの一生に深い影響を及ぼし、またわたし自身よく覺えてゐることを知りたいとおつしやつたんですね？）

彼は微笑を浮べ、鷹揚な、また親切な樣子で、コオクスの燃えてゐる火爐をたたいて灰をおとし、さて言葉をつづけるのであつた。

（その一寸した出來事といふのは、丁度わたしが十一か十二の歳頃に、わたしの生れたあの田舍の小さな町で起つたことなのです。實は數箇月ばかり前、その町に歸りましたが、この旅行の動機となつたのは、わたしの家族の年とつた女友だちが死んだからなのです。正直なところそんなことでもなければ、風景などを見るよりは、多くの本でも讀んでゐた方が、わたしの性に合つてゐるわけですからね。）

然しながら、生れ故郷の町に對しては心の中に楽しい想ひ出を持つてゐました。隨分長い間離れてゐた後で、久しぶりに町を見に歸るんですから……、わたしの心はこの思ひで躍つてゐました。とはいふもののまた一方、汽車がこの地方を横斷してもわたしを運んで行く間、幾分心配な氣持も抱いてをりました。わたしがいましてゐるのは隨分無茶な行ひではなからうか！ 時といふものは多くの幻をもつて過去を美しく彩るものなのだから、ことによつたら自分はいたましい幻滅の危険をあへて冒さうとしてゐるのではあるまいか。

《で、わたしはこんな危惧の念を抱いて　とにもかくにもクレルヴァルに着いたのですが、汽車から降りるや否や、もうわたしは後悔してしまひました。けれども今更引返すには遅すぎます。しかし、意を決して停車場の出口へ向ひました。すると、そこの歩道に沿うて、二三臺の乘合馬車が並んでをり、その中の一臺が忽ちにしてわたしの眼を魅きました。それは老いぼれた二頭の馬をつけた古風な馬車なのです。そしてその戸の上には《三鵜館》と書いてありました。この字を見ると、わたしはホッと安心した氣持になりました。この三鵜館、それからガタ馬車、これこそは昔のクレルヴァル町の全部だ。それがわたしを迎へに來てゐるのだ。わたしはこの馭者を抱きしめたいやうな氣持にさへなつて、旅行鞄を彼に托しました。》

フランソア・ベラグは一寸口をつぐみ、また語りつづけた。

《鞄は荷物をあづけて、徒歩でクレルヴァルの町に入りたいと思つたのです。この最初の印象を充分に味はふために——。歩いてゆくにつれて、わたしは在りし日のクレルヴァルの町を再び見出すことが出來ました。多くの町々はその樣子をしばしば變へるものだが、この町だけは少しも變つてゐない。あの街も、教會や市場の廣場も、町役場も、川にかかつた小さな橋も、さてはあの茶店も、みんな見覺えがある。このクレルヴァルの町は、わたしの少年時代と少しも違はぬクレルヴァルだ。忽ちわたしは身をふるはせて、とある一軒の家の前に立止りました。この家、これこそはわたしの生れた家なのです。さうしてここでわたしの兩親は暮らしてゐたのです。自分が思ひ出の中に持つてゐた姿と全く同じでもあり、また實際りにもよく似てゐるので、わたしは思はず戸口に行つてベルを鳴らしたくなりましたが、やつとの思ひでそれを抑へました。わたしはそのベルさへ押せば親しいひとに迎へられるやうな氣もしたし、そして自分の家族たちと一緒に、あの少年の時の狹い搖籃の中にねむられるやうな氣もしたのです！

《この幻想はひどくわたしの胸を打ち、メランコリックな一夜を過さなければなりませんでした。そして三鵜館に歸つてからも遠い遠い月日のことを思ひ出してゐました。全くその年月はなつかしいものでした。時としては悲しく、また苦しくもあつたあの昔のなつかしい單調さをもつてすぎてゆくのを、わたし

は思ひ出の中に見なつてゐたのです。一度だけわたしは身も世もあらぬ気持になつたのですが、それこそ、これからお話申さうといふ少年時代の舞踏なのです。》

クヂンツナ・ベラグは、踝からすべり落ちた膝かけを、またかけ直した。

《わたしの両親は、ダレルヴアルの町に住んで、とても厳格な暮しをしてゐましたから、あのド・ラ・ネルウヅ氏が、プレシアンの家で舞踏会を催ほすからと招待してくれた報知は、實に重大なる出來事でありました。一週間と云ふ間、わたしの町でこのお祭りの準備について色色と相談してゐるのを聞きました。屡屡わたしは両親につれられて洋服屋にも行きました。わたしは好奇の眼を見はらせて仮縫ひにも立合つたのです。で、わたしは根掘り葉掘り、ド・ラ・ホルウヅ氏の舞踏会のことを尋ねて母を困らせました。そしてわたしはこの事についてとても熱心な興味を持つてゐたので、様々な疑問がわたしの小さな頭にきざしてきたのでした。

《いよいよ、その盛大な夜がやつてきました。母は晩餐をとる前に着物をまとひました。といふのはプレシアンまで行くのには可成りの道中をしなければならなかつたからです……。食事の間といふものはわたしは眠りこくつてゐました。然し母が、では行つてきますよ、と云つた時には、もうわたしは泣いて泣いて、母の腕の中にとびこみました。そして舞踏会にわたしも行きたい。是非連れてつて下さい、と聞きつて云つたのでした。

《両親はわたしの気まぐれを最初の中こそ笑つてゐましたが、次第にその泣行はあぶなくなつて行きました。聞きわけさへよかつたならば、御褒美をあげようとまで云はれましたが、勿論わたしはとりあひませんでした。わたしはしつこく頑張つたのです。もうわたしを説伏しようとしても駄目なのでした。わたしは泣いて地団駄をふみました。遂に、父は怒つてしまひました。けれどもそのおどかしにした處で、御褒美よりも力があるわけではありません。さうかうしてゐる中に、時はすぎてゆきました。そこで父はぢりぢりしてきたのでせう。忽ち、わたしの腕をつかんだかと思ふとくるりとわたしの着物をはぎ取つて力づくでわたしを寝臺の中にねかせ、戸を閉ぢて出て行つてしまひました。

《わたしは、はじめのうちこそ、このやり方に反抗つてゐたものの、我にかへると怒りの叫びをはり上げ、絶望のすすり泣きをたてました。それをきつけて慰めにやつて来た人の好いルウシイ婆やの努力も無駄でした。わたしの叫び声は家中に満ちました。哀れなルウシイも手がつけられず、一緒になつてわんわん泣き出しました。蟋蟀、わたしは婆やもまたわたしと一緒になつていとしい坊の氣まぐれを許さぬ兩親を怨んでゐるに違ひないと思ひました。婆やはさつきから非常に大きなハンカチをポケットから出して、涙をふいてゐましたが、忽ち驚いたやうに顔をあげました。

《それはわたしが床の上に坐つて、さも滿足げに、うまくいつたと云ふ風に、また敵討をしてやつたぞといふ得意の面持で、微笑してゐたからなのです。確かにわたしは勝つたのだ。今となつてはわたしの兩親が、ド・ラ・ネルウズ氏の舞踏會に連れて行つてくれなかつた事など何でもない。わたしだつて素晴らしいお祭りに行かうとしてゐるのだ。それは兩親がわたしから取上げたあんなお祭りよりも、もつともつと素晴らしいお祭りだ。さうだ。一度寢床に入つて寢てしまつたら、《魔 法 師》の素敵な母衣附馬車がやつて來て、わたしを《妖精の姉妹》の御殿に連れてつてくれるに違ひない。路々、わたしたちは、《火焚女》や、《器用な王妃》や、《長靴をはいた猫》や、それからあの《親指小僧》を誘つてやらう。そしてみんなでシャンデリアで飾られた大きな御殿の中に入つて行かう。すると、《睡居の庭》や《杜の美女》がわたしたちを迎へてくれるに違ひない。そして《奥はしの王子》と共に舞踏會がはじまるだらう。挨拶が交はされ、四組舞踏が行はれるのだ。饅頭菓子も並べてあれば、火具だつてちやんとある。こんな風にして踊りが朝まで續く。そしてわたしはダイアモンドでちりばめた大きなお菓子をルクシイ婆やに持つてきてやらう！》

かう述べてきて、フランソア・ベラグはあの痩せた細面へ、さびしげに微笑を浮べた。そして彼、話をつけ加へるのであつた。

《つまり、これがわたしの最初の舞踏會なんですよ。そして想像力の恩寵をはじめてわたしにわからせてくれた出來事なんですよ。一生のうちで現實の悲哀を忘れるために、わたしは何度この想像力といふ魔術に力を借りたことでせう！　だから貴方がお歸へりになつたら、この物語を讀者に傳へて下さい。この物語こそは、これを讀む人人に、わたしが何故ものものしい人間にならうとしなかつたか、また如何にして平凡な自分の運命を補ふに夢をもつてしたかを、よくわからせてくれることでせう。》

（附記）　話の中に出てまゐりますお伽の國の住人は、いづれもシアルル・ペローの童話の主人公でございます。日本の桃太郎の話のやうに、ペローの童話は佛蘭西の少年少女たちの魂を、ゆたかに育てて居ります　譯者

Paul Hazard 作，島田謹二譯，〈星下の對話〉，《臺大文學》，第一卷，第三期，一九三五年六月七日，頁五〇—五五。

星下の對話 (PAUL HAZARD)

島田謹二

雨催ひの蒸暑い日曜の宵のこと、群集をまるで幻影かなにかのやうに、見もせず、聞きもせず、ただその中を通り拔けながら、二人は連れ立つて歩いてゐた。ひとりは生理學者、他のひとりは文學史家である。二人はそれぞれの夢想に耽つてゐた。實は College de France の集會で、報告と投票とが終つて、Joliot-Curie 教授のために、核化學講座を創設するに決定した席上から、一緒に出て來たところなのである。中性子の射出や、原子核の破壞や、思はず眼も眩むやうな數數の新異にこころはまだ激動を感じながら、文學史家は、熱にでも浮されたかのやうに、その狂熱とその鄉愁とを語り出した。

「私はあなた方が羨ましい。私なんかは、この長い歲月の間、時間も勞力も無駄に使つて來たやうな氣がしますよ。私はただ過去の中に暮して來たんですからね、ただ言葉だけを食糧にして來たんですからね。Diderot が Lessing に、また Edgar Poe が Baudelaire に、影響したことを調べてみたつて、それが人間の幸福に何の意味がありませう。それだのに、あなた方、眞の科學者は、現實をみつめて、いろいろな奇蹟とそれらを癒す術とを一緒に生み出して來るのです。あなた方は、恐れることなく、まつしぐらに、神秘の本性へ、「生」の神秘そのものへ、突入してゆきます。かうやつてお話してゐる此瞬間にだつて、あなた方は、「生」そのものから、ひとつづつ秘密を啓示されてゐるんですからね。

「昔は、宇宙も、大地も、われわれの肉體も、破壞が出來ず還元も出來ぬ單純な要素から、成り立つてゐるといふ風に、敎へられました。それなのに、あなた方は、その單純な物質が破壞されえなくはないといふことを發見し出したのです。Energie(エネルギー)の源(もと)であるradium(ラヂウム)は、その清水を消費すること、結局、鉛になるといふことを、證明したのです。それから、あなた方は、單純な物質が必ずしもほかのものに還元出來ないわけではないといふことを見出したのです。あなた方の魔力で、あなた方は「變質」といふ現象へまで來ました。あなた方は酸素から窒素をつくります。だから錬金家の一番古い夢で、かつては狂氣と思はれたものが、今日では、眞實となり、生命となつてゐるのです。最後に、あなた方は、かつて自然界に類例を見出しえなかつたやうな新らしい物質を創(つく)り出しました。こんなに悲慘な、こんなに憂鬱な現代が、あなた方のおかげで、未來の人類の眼には、きつと偉大な時代として映(うつ)るに違ひありません。私達が死んでしまつて大分經つてから、現代の社會的激動が影の影に過ぎなくなる時、現代も、あなた方の發見のおかげで、きつと不朽の時代となるでせう。

「あなた方は、魔法使です、道士(マーギュ)です。あなた方は強者です、王者です。生物學の人達も、私たちにいろいろな不思議を話してくれますね。一體、「性(セックス)」といふものは、「自然」が均衡を保つやうに氣をつけてゐるものですが、今日(こんにち)、あなた方は、少くとも卵子(らんし)では、思ひのままに、「性(セックス)」を變へることが出來るまでになつたのですね。生きてゐる胚種の上に、或化學的な物質を作用させると、あなた方の法則に從つて、「性(セックス)」が男となつたり、女となつたりします。明日になれば、この外にもいろいろな驚異を、あなた方は教へてくれませう。あなた方は今日その準備をいくつかしてゐるのですね。「不可企及也」といふ古人の辯解をあなた方は疑はせますよ。あなた方の大膽不敵とあなた方の能力とは、最早、限度がないやうに見えます。一體、あなた方はどこまでゆくのですか。」

新聞の賣子は、大聲で、第六版が出たと呼び、また五 sous で、あらゆる異變とあらゆる罪惡とをお見せするこ叫んでゐた。酒と煙草との匂が、Café の屋臺から流れて來た。熱狂的な autobus の群が、疲れきつた人間の體を、養分となるものの方へ、或はまた逸樂を與へるものの方へ、運んでゐた。生理學者は、今迄、口をさしはさまないで、じつときいてゐたが、今度は自分の番となつたので、話し出した。その聲はやさしく落ちついてゐた。彼は精確なことしか語らなかつたのである。

「私達は、新らしい障壁にぶつかるところまで、進んでゆきますよ。變はるのは、物質ではありません、私達がその上に投射する火の色だけです。」

それからまた――

「どうしてあなた方は、あなた方の役割が立派なものではないと信じられるのですか。あなた方は、人間のあらゆる努力を記錄して、われわれの飛躍に對し唯一の發足點となる「歷史」を代表してゐるのです。後から來る若い人達に、正しい考へ方を敎へるのは、あなた方ですよ。若い人達の理性を、あなた方は鍛へ上げてやるのです、淬を入れてやるのです。あなた方はわれわれの想像力をめざまさせてゐてくれるのです。われわれのあらゆる努力を、われわれのあらゆる發見を、あなた方は「美」で飾つて、それを擴めてくれるのです。あなた方こそ、あの Esprit de finesse の權利を擁護してくれるのです。あの精神がなければ、私達も、具象的なものを捨てて全く抽象的なものへ陷ちてしまひませう。眞理はいろいろな姿をもつことが出來ますが、その精神は一つしかない筈です。

「私が早急に醫師の養成を心がけてゐる或國へ呼ばれて行つたのは、さう遠い昔のことではありません。私は訊ねました——一體、今、何人の醫師が必要なのですか。——五萬人だといふ答へです。——どれ位の時間でその人達を揃へるのですか。——五年以內です。——その人達は役に立つでせうか。——まだわかりません。ところが、それが誤算だつたのです。實は、學生には、ひたすら專門技術本位の教育を、施せばよいと信じてをりました。が、それが間違ひなのでした。專門技術だけでは何としても與へられない或物があります。その或物が、他人を知り、他人を理解し、他人を癒さうとする人達には、どうしても必要なのです。それで私達はいま方法を變へかけてゐます。私達は戾りかけてゐるのです歷史へ、Latin 語へ……」

夜の Paris のなかに飛び立つた多くの思想のうちで、此二人の友のそれは、互ひに補足しあひながら、矯正しあひながら、結局一致したのである。發見の衿持は、發見される日を待ちがほの多くの未知の現象の前に立つて、謙遜の情で和らげられる。また光明の希望があれば、同時に神秘の自覺が生ずる。未來は、過去を否定するどころではなく、かへつてその教訓を待つてゐる。從つて、道こそ異なれ、最善なものを求めてゐる人人は、同胞として互ひに仲よく結び合ふ。——ここに於て、彼等の思想はつひに合致して、人間の古き守護神、Humanités への禮讚を肯定するに至つたのである。

この時、友のひとりはその家の門の前に着いてゐた。二人は別れた。雨はもう止んでゐた。仰げば叢雲も溶け去つたかのやうに見えた。さうして天の深みには、明ろく輝きながら、また身慄ながら、星といふ星が一面に現はれてゐたのである。（畢）

【附記】Paul Hazard は、現代佛蘭西の碩學である。一八七八年四月二十日、Nord 縣 Noordpeene に生れ、今世紀のはじめ、Joseph Bédier（中世佛文學）、Gustave Lanson（近世佛文學）、Auguste Angellier（英文學）、Charles Andler（獨逸文學）等に薫陶されて、L'École Normale Supérieure の門を出で、はじめ獨逸、英吉利、のち伊太利亞の各地に學び、一九一〇年 "La Révolution française et les Lettres Italiennes, 1789—1815" と題する佛伊比較文學の研究によつて、docteur—ès—lettres の學位を領し、翌年には、かつて Joseph Texte の創め、そのときは Fernand Baldensperger の去つて空席となつてゐた Lyon 大學文學部比較文學科の講師となり、累進して教授に任ぜられ、大戰後は Paris 大學にも出講してゐたが、一九二五年、Collège de France の教授に轉じ、そこに創設された南歐ラテンアメリカ比較文學講座を擔任して、今日に及んでゐる。

Hazard の業績は、主として南歐諸國と佛蘭西文學との關係を究めたところにある。主著は、上記の學位論文や "Giacomo Leopardi" (1913) "Don Quichotte de Cervantès" (1931) などで、Bédier との共編監輯になる有名な "Histoire de la Littérature française illustrée" (1924) 以外に、"Lamartine" (1925)や "La Vie de Stendhal" (1927) などの讀物も書いてゐるが、十七、十八世紀を通じて、佛蘭西の古典主義思潮の變形してゆく經過を究めた近著 (1935) は、文字どほりに學界を震撼した大作である。

Hazard は、また一九二一年來、Sorbonne 教授 Baldensperger と協力して、"Revue de la Littérature comparée" の經

端に溢つてゐる。彼の作品については、Hugo P. Thieme の »Bibliographie de la Littérature française« (1933)が、詳らかに識してゐるが、なほ注目に價ひすると思はれる評論を左に列擧してみたい。即ち、"Discours de la langue française" (1913) "La Littérature enfanfine en Italie" (1914) "Dante et la Pensee francaise" (1921) "Les Influences étrangères sur Lamartine" (1922) "Trois Mois au Chilli" (1924) "Romanfisme Italien et Romantisme européen" (1926) "Les origines du Romantisme et ses influences étrangeres, Le Midi" (1928) など。

「星下の對話」の1篇は、本年二月二十九日、Paris の文藝週報（Les Nouvelles Littéraires）に掲げられた此碩學が最近の感想である。われらに欲ふる美しさあるを思ひ、敢てここに譯出することにした。[illegible]。

ブエデキンド作，ネ・ス・パ同人譯，〈豫防種痘〉，《ネ・ス・パ》，第六期，一九三五年十一月十五日，頁二一七。

〔2〕

豫防種痘

ヴエデキンド作
ネ・ス・パ同人譯

お馴染の諸君、今から諸君に一つお話しようと思つてゐるが、女といふものは圖太いもので男は馬鹿だといふ事を明らかにして見せるつもりでは毛頭ない。心理學的に見て面白い或物を持つてゐるから、諸君のみならず、誰でも興味を感じるだらうし、知つてゐたら大變得をする事があると思ふから、お話するわけなんだ。だが、野暮者のおのろけを手柄話にしやがる、とでも思はれるのは心外だから、前もつて決してさうではないつて事をお斷りしておく。自分の輕はづみだつた事を今更ながら深く後悔してゐるし、もう一度やつて見ろと云はれたつて、頭の毛が白くなり、足もとが怪しくなつた今日、もう興味も精力も盡き果て、しまつてゐるんだがからね。

「一寸もぴく／＼する事なんか無いのよ、可愛い・坊ちやん。」

と、或晩夫が歸つて來たのを知つてファニーが僕に云つた。

「夫つてものは ―― 殆ど皆が皆まで ―― やきもちを起す理由なんか、これつぽつちもない間だけつきや妬かないで、やきもちをやいて然るべき立派な理由が出來ると、その瞬間から、不治の盲目になつて了ふものよ。」

「さうもあの顔つきが氣になるね。」と心細くなつて答へた。「もう嗅ぎつけてゐるに違ひないと思ふんだ。」

「それや思ひ違ひだわ、可愛い・坊や。」彼女は云つた。「あの人の顔つき、つて云ふけれど、あれ、金輪際やきもちをおこさぬやう、貴方に變なうたぐりを、永久に起しませぬやう、あたしが一策案じて、あの人に試して見たまでの事よ、それであんな顔するのよ」

「一策つて一體さうしたんだ。」――僕はあきれてきいた。

「一種の豫防種痘よ。――貴方を戀人にしやうと、心を決めたあの日、早速あの人に、堂々と、面と向つて貴方を愛してゐる、つて云つてやつたの。それから毎日、寢る時も、起る時も、それを繰返して云つたの。あの可愛い・青年にやきもち妬かなきや嘘よ、だつて本當に愛してんだもの。あんたに對する貞節にゆるぎもないのは、あんたのせいでも、あたしのせいでもな

〔 3 〕

いのよ、みんなあの人のおかげよ、つて。」

之を聞いて初めて何故あの人が、時々、あんなに愛想のい、人だのに、僕があの人の腹の底を見やうと思つて觀察してるのを知らないで、一種何とも云へない憐むやうな嘲笑を浮べて僕を見るのか、はつきりわかつた。

「だけど、何時までも此の手でやつて行けると思つてんのかい。」とやはり氣になるので尋ねた。

「まちがひつこ無し。」と、天文學者の様な確信をもつて彼女は答へた。

人間の心理つてそんなものだ、はづれつこがないと云ふけれど、僕はまだ〳〵怪ぶんでゐた。

所が、或日、次のやうな事があつて、その疑ひが解けたので驚いて了つたやうな次第なんだ。

その頃僕は市の眞中の、狭い通りの大きなアパートの五階の少さな家具附の部屋に住んでゐた。晝間まで眠る習慣だつた。——或るよく晴れた朝、九時頃だと思ふんだが、ドアが開いて、彼女が入つて來た。それからどんな事があつたか、は、もしあの、此の上もなく珍くはあるが、考へて見れば、極めてあたりまへな人間の精神生活におこる蠱惑の一例を目の前にまざ〳〵と見せつけられなかつたら、決して話しはしないのだが。——彼女は着物の最後のものまでぬいで僕の側に入つた。きわどい、顔の赤くなるやうな話はこれ以上出來ないから、諸君、そのお積りで。

こゝで念の爲にもう一度繰返して云つておくが、お色氣話をするつもりでは毛頭ないんだから。——

彼女の美しい身體が掛布團に包まれたと思ふ間もなく、ドアの前に人の足音が大きく聞えて來た。ノツクの音。泡を喰つて、掛布をひつぱりあげ、辛うじて彼女の顔をかくした時、彼女の夫が入つて來た。階段を百二十もえつさ〳〵と上つて來た爲、汗をたらし咳込みながら。然し顔はたのしさうに輝き、うれしさうに上氣させてゐた。

「ロエーベル、シユレツター、それから僕と、ピクニツクに出かけるが、一緒にゆかんか、尋ねに來たんだ。汽車でエーベンハウゼンまで行つて、そこから自動車でアンマーランドへ行くんだがね。本當は、今日家で仕事する積りだつたんだ。所が家内が朝早くから、ブリユツヒマンの家へ、赤ん坊の様子を見に出掛けちやつたんだ。天氣は良いし、おつと家におちついてられなくなちまつてね。カフエー、ルイポルトでロエーベルとシユレツターに逢つて、一緒に出掛けやうつて事になつたんだ。汽車は十時五十七分發」その間に僕も少しは氣を落付ける事が出來た。「併し君。」笑ひながら言つた。「僕は一人ぢやないんだぜ。」「うん、わかつた。」彼は例の意味深長な微笑を浮べて答へた。さう言ひながら、彼の目はかゞやき出し、頭をがく〳〵云はせた。ためらひながら一歩近づいて、いつも服をぬいでおく、椅子の眞前に立つた。その一番上には粋な上製麻布のレースのついた、赤く名前を刺繍した肌着と金色の布切をあてたすかし靴下がのつてゐた。女と云つても身體につけるものだけしきや見えないんだから、あからさまに好色の目を光らせて、じつとそれをみつめた。**危機一髪。一瞬にして、**おやどこかでこいつにお目にか・つた事があるぞ、と思付く筈。あぶないこいつから是か非でも彼の目を外さなきや。さう、此俺の目からそらさぬやう、彼の目をしばりつけなきや、それには、前代未聞の光景を展げて見せる以外に術はない。電光石火の如く、やらうと心に決めた、途々、二十年經つた今でも、その場を救つて呉れはしたが、いまだに心にとがめてゐる様な、ひどい事、あんな滑稽な眞似をしてしまつた。

「僕一人ぢやないんだ、所でこの女がこんなに素晴しいか一寸でも想像が出來たら、君うらやましがるぜ。」かう云ひながら僕は、額に掛切をかけて居つた腕をびく〳〵震はせながら、女の口と覺しき所を、ぐつと押へつけた。

息をとめてしまふかも知れない。併しそんな事云つてられない、一寸でも聲を立てられたら事なんだもの、彼は喰入るやうな目を動かせて彼のやうに起伏する掛布に見入つた。

いよ〳〵恐しい前代未聞の光景が開かれる。僕は掛布の一番端を摑んでめくり上げた。彼女のかくれて居る所と云へば額丈。「こんな逸物を見た事があるかつてんだ。」と僕はたづねた。

彼は目を大きく見開いた。併し明かにめんくらつてしまつた。

「うん、うん——た嫌に——君は良い趣味を持つてるよ——ぢやあ僕——もう歸るよ——濟まなかつたね——お邪魔して。」かう云ひながら戸口まで引歸して行つた。僕はゆつくり覆を掛けなほした、さうしておいて、やにはに飛起き、戸口まで行つて、彼の目の前に立はだかつた。もうあの椅子の上の靴下が目に入る心配はない。

「きつと正午の汽車でエーベンハウゼンへ行くよ。」とすかさずドーアのハンドルを握りながら言つた。「あそこのホテル・ツール・ポストでゞも待つて・呉れ給へ。そこで勢揃ひしてアレアーランドまで行かう。今日のピクニツク素晴しいだらう。いや、わざ〳〵誘ひに來て呉れて有難う。」

彼は惡氣のない、陽氣なふざけた言葉を殘して、僕の部屋を立去つた。僕は、彼の足音が下の玄關から消去るまで、床に根を生やした樣に立ちつくした。

こんなひどい目に逢はせて、このあと夫人が落入つた憤怒と絕望の恐しい有樣をお話するのは勘忍して貰ひたい。まるで魂が拔けてしまつたやうになつた。彼女は怒と憎惡と輕蔑のありつたけをつくした。僕はあとにも先にも、女からこんなにひどくやつつけられた覺えはない。急いで衣物を着ながらも、僕の額に唾をはきかけ罵しつけた。云うまでもなく、僕はあきらめて一言も辨解しやうとはしなかつた。

「今から一體何處へ行くつもりなんだい。」

「わからない——川の中へ飛込んでやらうか——家へ歸るか——ブリユツヒマンの所へ——赤坊の様子を見

[5]

に行くか——知らない。」

——二時頃には僕達揃つて、エーベンハウゼンのホテル・ツール・ホストの横のこんもり繁つた栗の木蔭に腰をおろして、燐にはこりこつや〳〵光つた、汁氣の多い萵苣のサラダに舌鼓を打つて居た。こいつこんな氣持で居るのかさ、脛に傷もつ僕はうたぐり深い目で見てゐたか、さてつもなく上氣嫌で居るものだから、ほつさ安堵の息がつけた。からかふ樣な目付をして僕を見、得々さ北叟笑みながら手をこすつた。しかし、さうしてさううれしいのか一寸も口に出して云はなかつた。

ピクニツクは、別に之さ云つて邪魔も入らずに濟んだ。夜の十時頃市に歸つた。停車場で或るビール・ホールで落合ふ約束した。

「一寸失禮して」さその友人が云つた「家へ歸つて妻君を連れて來る。この天氣の良いのに一日中、病氣の子供の側に居つたんだから、夜までひさりぼつちで留守番させさいたら、御氣嫌を損じるからね。」

間もなく彼は妻君を連れて、約束のビールホールにやつて來た。云ふまでもなく今日のピクニツクの事が話題の中心になつた。つまらなかつたピクニツクを皆よつて、一生懸命面白い話にでつちあげた。若い彼の妻君は何さなく言葉數少く、おちつきがなく、僕には目も臭れない。それさ反對に、彼氏は晝間よりもつさうれしさうな顏に勝利の色をあらはに現してゐたが、その氣持ちは、僕にはさうしてもわからなかつた。人を馬鹿にしたやうな、勝ほこつたやうなまなざしを、今は、私よりも打沈んでゐる自分の妻君に向けるのだつた。心の底から樂しくつてたまらない滿足を感じてゐるさしか思はれなかつた。

それから一月經つた或日の事、久振りに彼女さ二人切りになつた、彼女はこの謎を解いて臭れた。もう一度はげしい非難の言葉をじつさ默つて聞いたあさ、表面丈の和解が出來た。やつさの事で仲直りが出來てから彼女は、あの晩家に歸つて二人切になるさ、夫が腕を組んで、こんな事を云ひ出した、さ打明けたのだつた。

「君の可愛い・坊やね、今日あいつの正體がよつくわかつたよ。每日每日、お前はあの男を愛してるさ云つてるけれさ、お前は良いなぶりものになつてるんだぜ。實は今朝あいつの所へ行つたんだ。勿論あいつ一人ぢやなかつたよ。これでやつさ、何故あの男がお前に手をつけず、お前の情熱を受入れなかつたか、はつきり飲込めたわけさ。あたりまへさ、あの男の戀人つたら、顏まけする程、もの凄く美しい身體の女なんだからね。うば櫻のお前の魅力では到底立打出來つこが無い筈さ。」

おなじみの諸君、豫防種痘の効果はざつさこんなもんで。此摩訶不思議な手にのらないやうにさ思つて、諸君にお話した次第。

フランソワ・コツペエ作，石濱三男譯，〈銀の指貫〉，《臺灣日日新報》，一九三六年一月七日、十二日。

短篇 小說

銀の指貫（上）

フランソワ・コツペエ（佛）

ラ・シヨンペエルはモナコの別莊で悲しみと退屈とのために死に瀕してゐた

彼女は二十年間にわたるその戲劇生活も未だにその美貌を失はないほどの有名な女優なのであるが最近その眼――あれほど多くの狂氣と幽靈とを男達に與へた――その眼の上に日毎に厚くなる白内障の徴ひを感じるのである、彼女がその病氣の徴候を知つたのはもう二年も前のことである、或る朝化粧の鏡の前に坐つてゐると自分の眼が薄い霧の中に沈んでゐるやうな氣がしたのであつた、昔日この恐ろしい霧は一層不透明になつて、ラ・シヨンペエルはなるほどさういつてみればこの頃はよく頭痛がしたり、偏頭痛を感じたり黒い點々や、蜘蛛の巣や、飛び廻る蠅が見えるやうな氣がして不快だつたことを思ひ出した、すぐに何人もの眼科醫を呼んで診て貰つた、が、どの醫者の診斷も全く同じで、その現象は、ゆるやかに、しかし斷ゆることなく進んだのである、或る日、眼科の大家が手術をやつてはどうだといつた

　併し、ラ・シヨンベエルは尻込みした、あれほど何人もの不幸な男連を苦しめて置きながら、彼女は苦痛を恐れたのである。過度の遊樂のために強み、伸びてゐた彼女の神經はメスに觸れられるといふ考へでびつくりし、反抗したのである、二十歳になるかならずのロワイロウモンの若い息子は、彼女に夢中になつたあげく、或る刺客の不義の刃に倒れたことさへある彼女である。さうして彼女は外科醫たちを追拂つて、病氣の進むにまかせたのであつた

　ラ・シヨンベエルの別莊は、モナコと呼ばれるこの樂園で最も美しく、最も良い位置を占めてゐる通行人は蔓草の絡まつた格子の間から薔薇色の絨毯のかかつたベランダを眺めては、この家にはきつと幸福が住んでゐると思ふ

　併し、ラ・シロンベエルは死に

たいほどに悲しんでゐたのである。彼女はもはや、花を香によつてしか、そして地中海の素晴らしい青色をそのリズミカルな波音によつてしか想像することができなくなつてゐるのである、あらゆる感覚に依つて享楽して來た彼女は、いまや彼女に殘つてゐる感覺でしか享しめなくなつてゐるのである

彼女は花束を貰ふと、ちよつとそれを嗅いでから、すぐに怒つて投げ捨てて了ふ、彼女は彼女に浮氣心を起させた最後の戀人――即彼の美しいワルツを奏しては彼女の愛撫を懇めたポーランドのピアニストをさへ、或る日、そのスラブ人らしい青い眼を眺めてゐるうちに見えなくなつたので、怒つて追ひ出してしまつたのである

昔のトルコの皇族の息であるダレゴレスコオか――彼は公衆の面前で彼女に腕を與へる唯一人の男である――彼女を連れてカジノを一廻りすると、彼女はいまはもうその光りを見ることの出來なくなつた金貨の響音にいら／＼して飛び出して、ほんの一分間もカルタの席に就いてゐないのである、昔あれほど多額の富を賭けたり浪費したり「最高賭場」といふ綽名さへあつた彼女がである

併し、ラ・ションベエルの半面

目の眼も、よく光るものなら眼前に近づければ辛うじて見ることができるのである、さうして彼女が眼によつて得る最後の快樂は、自分のダイヤモンドや寶石類をいちいち手に取つて見ることになつてしまつたのである

　毎晩、彼女の女中のマネットは——この女中は千八百六十七年の博覽會の折には、彼女の主人の床で歐羅巴のすべての君主を見たことを自慢にしてゐるのであるが——ラ・ションペエルの小さい客室に、琥珀色の繻紗の被ひのある卓を用意して、その上の二十の蠟燭が燃えてゐる二つの大燭臺の間に主人の裝身具が一杯つまつてゐる銀の匣のある黑檀の手箱を載せて置く

　主人のラ・ションペエルは肱掛椅子に腰を掛ける、彼女は手箱の中の寶石の小箱をいち／＼手に取つて見てはそれを開ける、さうして殆ど消えかかつてゐるその眼[illegible]して指環とか、首環とか耳飾りとか腕環とか襟止めとか冠とかを長い間、注意深く眺めるのである、これが、この老婦人が、殆どもう夜になりかかつてゐるその眼に興へることのできる最上の樂しみである、ダイヤモンドや珍らしい眞珠や高價な寶石などだけが辛うじてその眼に光りを點ずることができるのである

光りに亂てゐる彼女の瞳はこの時には恍惚的に大きくなる。ぢいつとこれらの輝やく寶石類に視入りながら、彼女はむかしそれらを呉れた男達を思ひ出す。卓の一隅に坐つて彼女の話に聞き入る齒の衰へた女中にといふよりは、殆ど自分自身に感慨的にいひきかせるやうにして彼女、ラ・シヨンペエルは、いまは夢の中に消えた艶麗や、娘時代のことや、汚名と醜聞の長い生活を思ひ出すのである——ここにあるこのルビイの飾りね、これは大公に貰つたのよ、と彼女はいふ 馬車に爆彈を投げられて國を逐はれ、スコツトランドに逃げたあのかはいさうなレオポルドはいまごろはきつと退屈してるだらうよ。いい紅の素晴らしい石だらう、これは珍品で、セイランの島でしか出來ないものなんだよ、これはでぶのウエルトハイムの眞珠の首飾りよ、あの人も破產してからはすつかり駄目だね、全く、猶太人のくせに破產するなんて珍らしいことだわね、それからこの奥方に高い眞黑い眞珠……あああさうだ、これと同じものを奥さんに買つてやつたりしたんで、あたしこいつをすぐに擬つてやつたんだわ、それから公爵さんの耳飾り、このレオンは金持ちやなかつたが本當の紳士だつたわ、クラブで使ひ込みの露示の出る前の日、心臓の眞中へピストルを二發やつちやつたのよ、……まあそんなことはどうでもいいが、この色の濃いサフワイヤは六カラツトもあるんだよ、これを呉れたのはごく貧乏な人だつたが、きつと前の日曜で勝つたのに違ひない、ここにあるのは、これはヴエリイ・ベエのエメラルド……でも、あたしの友人達はみんな運が悪かつたね、この人も一度はエジプトの大臣になつたんだが、すぐに副王の命令で殺されちやつたのよ、でも何てすばらしいエメラルドだらう、ああ、ああ、凄いことつたら

それからこれはリトアニア王の呉れた冠、眞中にダイヤのはめ込みがあつて、サンシイ山の半分位の重さがあるよ、ここにあるダイヤね、これは歴史的なものよ、あのジヤン四世がお嫁樣と御婚姻なさる時、寶石商の手を經して買取りに來たほどのものよ、さういへばあの王樣は舞台にしあはせな方ね、近頃いくらか惚けたことは本當らしいが、金貨や切手にある顏を見ると鬢をつけて、頰紅を染めてゐるやうだね……

さうして彼女が、多くは恥辱や悲劇に終るこの長い醜い物語りを終ると、ラ・シヨンベエルは手箱を閉めるのであるが、その寶石は乾いた淋しい音をたてるのである
この黑檀の箱の中へ彼女は一度出

したものを根気よく再び並べて入れるのであるが、それは全く先祖代々の墓の中の棺のやうな観を呈する

◦文藝◦

銀の指貫（下）

フランソワ・コッペエ（佛）
石濱三男譯

時には、彼女は手を箱のうんと底へつつ込んで、そこにごた〳〵してゐる流行遅れや、もう使はなくなつた宝石類を出して見ることもある、が、それらは充分に光らないので、彼女にはよく判らず、買つた人の名を思ひ出すことすらできない、これは記憶の共同墓地ともいへるものである

女中のマネットはそんな時には彼女のそばへ来て坐るのである。なぜかといふとこんなときにはよく、曲つた指環や、こはれた首飾や、金鎖りの破片などが拾へるからである

ところが、或る晩のこと、これらのごた〳〵をいぢくつてゐるうちに、正直な貧乏女どもがはめさうな、銀の指貫が見付かつたので女中のマネットはびつくりした、この粗末な指貫は全く他の宝石類とは比べものにならず、一緒にこの箱の中にあるさへ恥かしさうな様子であつた

マネットはそれを食指にはめて

笑ひながら夫人にいつた

――銀の指貫なんですよ！奥さま！こんなもの一個どうしたんでせう？

ラ・ジョンベエルはそれを見ることができなかつた、併し、その指貫を手に取つて、長い間指の間でいぢり廻してゐた

このほんの一瞬間の間に、まるで閃電のやうな早さで、彼女は自分がまだ品行正しくヴイルジニイボアロウといふ名で呼ばれてゐた頃のことを思ひ出したのであつた

彼女がサン・デニス町の花園の奉公を終へたばかりの頃であつたジヤン・バプチストといふ近所の小僧がこの指貫を與れたのであつた

彼は彼女を愛してゐた、さうして結婚したいと望んでゐた、彼は一日中、ボール函を背にしてパリのあちこちを走り廻るにもかかはらず、晩になると必ず彼女を連れに來て、クリニヤンクールの或る家の門番をしてゐる兩親の家へ連れて行くのであつた、この亂れ髪をし、頰の赤い親切な小僧こそ、彼女に取つてうつてつけの夫であつた、ところが、稼ぎ高といふのが二人合せてやつと八フランしかなかつたのである、これつぽつちの金でどうして二人の生活が送られよう？それで彼女は結婚を拒絶したのである、郊外町のボアソン

ニエールの高臺を歩きながら、或る煙草屋の前で、彼女は立止つて彼にいつたのであつた、

――もうあたしを誘ひに來ちやだめよ、本當にだわよ、ジヤン・バツチストさん！

それから八日とたたないうちに彼女は友達の紹介でモンマルトルの極樂境に身を落して、すぐに一人の男を得たのであつた、かはいさうなバツチスト！この男も彼女のために死んだのだ

六ケ月たつて、彼女が既にリゴルボオシユなどと一緒にカフエにゐた時　彼は十字勲章の傍らの椅子の上で縊死してゐたのであつた

さうしてその胸には次のやうな遺書があつたのだ

――私はヴイルジニイのために死ぬ、私は彼女に對して私の力では抑へきれないほどの友情を持つてゐる

盲目の老いたる老娼婦であるラ・シヨンベエルの顏は、いつもよりづつと陰氣になつた、彼女はその銀の指貫をぽたりと手箱の底へ落してしまつた

――奧樣、と女中は愚かな笑ひを浮かべていつた、どうしてこんなところにあるんだかお判りになりませんか？

ラ・シヨンベエルは急に櫃の蓋をしめて、いまでも失はない田舍調子の〳〵ガラ聲で低く答へた

――これ？こりやなんでもないさ？若い頃のものなんだよ！

ワラルワ・コツベエ作，石濱三男譯，〈可愛いい女紙屋〉，《臺灣日日新報》，一九三六年二月十六日、廿一日、廿三日。

短篇小説

可愛いい女紙屋（上）

フランソワ・コツペエ

石濱三男譯

朝から晩まで、運送車とバスとの雑踏で窓硝子が慄えつづける、やかましい、人通りの多いその郊外町では、誰もがこのかあいい女紙屋を知り感心しさうして噂してゐた、それももつともなことであつた、といふのは、きちんと身に合つた着物をつけて、小ちんまりしたお店で、まだ印刷の香も鮮かな夕刊新聞を敏捷に折つたりしてゐるこのブロンド娘の姿の優しさはちよつと比類のないものであつた

私はいまブロンド娘といつたがこれは栗色娘といつた方がいいかも知れない、なぜかといふと、櫛でいつでもちやんととかして置く髪にはあまり多すぎるその豊かな髪の毛は銅色に近かつたし、頭のやうな斑點が反つてその薔薇色をあざやかに浮かして見せる、美しく輪廓の正しいその顔には桜の實のやうな色をした愛くるしい二つの眼が輝いてゐたから

商賣をする人はさうなければならないが、柔和で親切で愛らしく

しかも、どんな正直な娘でもたつた一錢の買物といふとちよつと嬉な顔をするものだが、彼女にはそんな所はほんの少しもなく、そこにこのかあいい女紙屋のいいところがあるのであつた

若しあなたがこの郊外町に住んでゐたら、きつと、照明工場や事務所へ行くときちよつと廻り道をして、他で買ふよりはこの店で新聞を買ふやうになるに違ひない、ここへは勿論、あのけち／＼してゐながらネクタイだけはいつも新らしいのをしてゐるおしやれ男や百貨店の番頭や、色男振つた奴等もやつて來た、が、誰も大きな聲で話すわけには行かなかつた、彼女はあんまりきちんとしてゐるからだ、それに店の奥の勘定臺のうしろには、半分中氣にかかつて手をぶる／＼させてゐる、ギリシヤ式の帽子を被り編み物のチヨツキを着た、昇降器のある家の門番をしてゐたことのある頬髭を生やした親爺がいつも控へてゐたからだ

この親爺はもと或る銀行家の下男をしてゐて、中氣に罹つてからはほんの少しの仕送りしか受けてゐないので、若しこの親切で働き者の娘がゐなかつたら、養育院へでも行くよりはかないことは誰でも知つてゐた、彼を食はせ、やさ

しく掃除し　毎朝、小布巾のやうに鏡臺に密着したリンネルを敷いた肱掛椅子に坐らせ、さうして彼に、誰に遠慮もない、ちやんとした一人前の男だと思ひ込ませるのは彼女なのであつた。なぜかといふと　彼女は家の中のことは何から何まで自分一人でやつてのけるのにもかかはらず、職人たちには決のやうにいふのが常なのであつた

——お父さんたら、本當によく手助けをして呉れるのよ！……お父さんがゐなかつたら、あたしとてもやつていけないくらゐよ！

　ところが本當をいふと、一日のうちの四分の三を彼は殆となにもしないで暮すのであつた、けれどもあまり退屈しない樣子とか、一週の餡マンを買ひに來る小學校の男の子たらしたとか、たつた一厘の饅頭を買ふのに二十分もおしやべりをやる向ひの燒き肉屋のおかみさんなどが來る、とかあいい女髪結はお人好しの親爺に髪剃をさせるのであつた

　親爺はいろんな家具に凭りかかりながらゆつくり、よち／＼と立上るのである　けれどもこの彼女の優しい心使ひを親爺に氣づかせないために、彼女はそんなときでも忙しさうな樣子をしてお客にいふのである

——本當でせう、お父さんがゐなかつたらとてもやれませんのよ……けふはことに、週刊雜誌の買殘りを整理しなければなりませんのでね

諸君はきつと、去年の春に滿二十歳になつたこんなかあいい女紙屋には、容易に戀人かできるたらうと思はれるに違ひない——勿論いい意味でのね、ところが、それがさうではなく、彼女はあまり上品で、あまり「お孃さん」らしいので、下卑たこの郊外町の男達では滿足できないのであつた

短篇小說

可愛いい女紙屋（中）

フランソワ・コツペエ

石濱三男譯

或日店へ「ラ・ランテルヌ」紙を買ひに來る、或る肉屋の廻番が彼女に求婚したが、拒はられてしまつた、この男は、しかし、立派な男振りで、財產もあり、獨立して商賣をやりたいと考へてゐたくらゐなのであつた、ただ、その血の

澄んだ前掛けが、小ざつぱりした小間物しか扱ひ慣れず、白い紙に興ることに本能的な楽しみを感じてゐたこの娘に恐怖心を起させたのであつた

彼女はまた、彼女に對して露骨な、うや／＼しい戀心を燃やした二十四番地の食料雜貨商の息子をも同様に失望させた、勿論、ごくやさしく痛いところへは觸れないやうにしてではあつたが

その男はアナトオルといつて、律儀で馬鹿正直みたいなところはあつたが、空想が弱く、遠い國の危險や、英雄的な冒險の夢ばかり見てゐた、彼は八日目ごとに紙屋へやつて來て「旅行雜誌」を買つた　それといふのも、ライオンと獅子との獵師や、「驢馬」が襤褸布の服をつけ、キルクの冑に長靴を履き、二連發のカラビン銃を持つた紳士を處女林の眞中で鷲掴みにしたりする「幻」を見たいがためなのであつた　さうして「食人國の食事」といふ本を買つたときに、彼は美しい紙屋の娘への戀に打たれたのであつた

しかし彼女は、よくオペラなどでいふとほり、彼の戀情にはなんの返事もせず、まるで氣付かない

やうなふりをしたのであつた、さうして悲しいアオトオルは、土曜日の朝「氷山に於ける海馬狩り」とか「コンゴに於ける人身御供」とかいふ本を買ひながら、彼女を惚れ惚れと眺めることだけで満足しなければならなかつたのである

　さて、この愛らしい娘の心がまだ誰のものともならなかつたころ或る朝、彼女はお店へ五十サンチームの新聞を買ひに来たやせてはゐるが背の高い、髭をばら〱にし、擦り切れた黒づくめの服をつけ、どこかぼんやりしてゐるが黒ダイヤのやうな眼と、若い神様のやうな微笑とを持つた一人の男が入つて来るのを見た

　そしてそのとき、かあいい女紙屋はふつと、なぜか自分が不幸に落ちかかつてゐるやうな眩暈がしたのであつた

　彼はそれから毎日やつて来て、一箇銅貨と彼女への一瞥とを投げた、けれども彼女は、彼が自分の方を見ないでも、ちやんと自分を観察してゐるのだといふことに気がついてゐた、彼女は彼がどんな人間であるかを知りたいと思つた

　さうして聞いて、果物屋のおかみさんから彼が、子供や犬やピアノ

などを持つてゐる人には部屋を貸さない、近所の或る靜かな家の六疊の居間に住んでゐることを敎はつた、そのほか、彼は詩人なので、夜の何時間かを詩を口ずさみながら歩き廻るので立退きをいひ渡されてゐること、それ以來家の持主は、劇詩人のやうな職業は狂人と同様、契約解除事項に加へることを決心したことなども聞き知つた

　そのときまで、どちらかといふと、このかあいい女歌園は文學などにはあまり興味を持つたことはなかつた、一般に砂糖菓子製造人は砂糖が嫌ひだし、新聞賣子は新聞を讀まないものである

　けれども戀を知つてからといふものは、彼女はあの眼に媚を持つた男の名前を見付けたいと思つていろんな新聞を走り讀みした、しかし彼女は、彼からはお座なりの賞讃と、ちよいと人を馬鹿にしたやうな樣子とをしか得ることができなかつた、このことが深く彼女の心を苦しくした

　しかし彼女は、まだあまり有名ではないので、發行の少ない或る小說新聞のづうとしまひの方に、毎朝、彼の名前をやつとこさと見

出した、その文章のなかでこの室に一番近い部屋に住み、肋縫の見える上れ〳〵のフロックを着た男は、賢侍に浮き身をやつしてゐる貴婦や方々の伯爵夫人達のことばかりを書いてゐるのであつた

それで、毎朝、彼が一部の新聞を買ひにお店に入つて來ることにこの可哀さうな娘はしだいに情ない氣がしたし、侮蔑されさうな氣がするので、自分の方を見て呉れればいいと云ふ勇氣さへなくなつて來たのであつた

文藝

短篇小說

可愛いい女紙屋（下）

フランソワ・コッペエ
石濱三男譯

こんなことか何ケ月も、本當に何ケ月も何ケ月も續いた、詩人はいつまでも同じ界隈に住んでゐた彼は或る建築の奥に、いくらわめいても人には聞える心配のない一階を見付けだしてゐる

もつとも、厭らしい家主は、むかし、酒類商人にここで角笛を吹くことを許した時と同様に嘆いて

はゐたが、こんなことが何ヶ月か續いた、一年以上經つた、さうしてこの期間のあひだにかあいい、情熱的な女紙屋は澤山の夢を見、しば／＼歎息をし、さうして時々は枕に涙をさへ流した

そのうち詩人は引越してしまつた、さうして二度と歸つて來なかつた、彼女の悲しみは大きかつたがそれは誰にもいはなかつた、それからまた時が流れた、彼女の心は少しは鎭まつた、もう最後の近づいたのを知つた親爺は彼女に結婚をすることをすゝめた

けれども彼女の氣に入る男は一人もなかつた、老人は死んだ、彼女はその悲しみを抱いてたつた一人生き殘つた、さうして、あまり美しい皮膚を持つたブロンドの女にありがちのやうに、彼女は若くして衰へ、はやくも若いお婆さんのやうになつてしまつた

さうして或る日――ああ、それはもう十二年以上も經つてからであつた――彼女のむかしのお客が大詩劇をテアトル・フランセ座で上演して大喝采を博し、いまは金持で、有名な作家になつてゐることを彼女は新聞で知つた、いつまでも美しい心を失はない彼女は、喜びで一杯になつた

「イリュストラシオン」誌は、威

功したために若返り、むかしのやうに美しい顔をしたその詩人の肖像を掲載した、彼女はその寫眞を悩ましげに眺め、内心、いくらか誇らしげな氣持でそれを陳列棚にぶらさげた、すると、ちやうどそのときであつた

　むかし、彼女に戀をしたアナトオルが入つて來た、彼は少しも世の中には揉まれないで、相續に依つて二十四番地の食料雜貨店の主人になつてゐた、結婚して一家の父となつてゐるこの謹嚴の男は、かあいい女紙屋に對するむかしの情熱はもうすつかり忘れてゐて、彼女のところへ來るのはただ「流行雜誌」を買ふがためばかりなのであつた、戀愛に對するむかしの趣味は依然として失は ないのである

　彼女は新聞屋が「イリユストラシオン」の肖像に氣がつけばいいと思ひ、大詩人の顔と一日で有名になつた詩人の事を知らせたいと思ひ、むかし彼が保守新聞を買ひに店に來た頃にはこの有名な作家とお互ひに隣人であつたことをアナトオルに思ひ出させたいと思つた、……そしてそんな話をしてゐるうちには……もう彼女がお婆さんになつたいまでは……現在の單やける詩人がむかし彼女をぼうと

させ、戀の感情を吹き込んだ、自分のあの埋れた内容を知つてゐるこの人にいろんな打明けばなしがしたくなるだらう、さうして、この打明けばなしは彼女には大變氣持良いものであるに違ひない

　しかし、おかしなアナトオルはつか〳〵と店に入り、默つて新聞を取り――この日の最初の頁は、波斯王が大臣達を虐殺しにしてゐる圖であつた――鑑定書に二三個斷定を投げ、ちよつと彼女に今日はをいふと、さつさと出て行つてしまつた

　彼女は、そこで、深い溜息を一つした、さうして彼女の心の秘密は遂に誰にも知られなかつたのである

アンドレ・トウリエ作，石濱三男譯，〈鱒〉，《臺灣日日新報》，一九三六年三月十三日、十七日、十九日。

短篇小説 鱒（一）

（佛）アンドレ・トウリエ
（譯）石濱三男

──スコラスチイクや！

──はい、スウルダ樣

──鱒をよろしく頼むよ……それにソップもよく注意してな、白葡萄酒、三ツ葉、たちぢやかう草、月桂樹、西に玉葱なども一生懸命にな……

──どうぞ御心配なく、できるだけ多くの野菜を入れて差し上げますよ

──ほんの少しシトロンを入れるだけで、酢はちつとも入れちや駄目だよ……そして十時半に鍋布を掛けて、食事は十一時きつかりにできるやうにしておくれ……十一時五分ちや駄目だよ、丁度十一時にだ、判つたな！

……　……

ごく簡單な言葉で、これらの最後の命令を女中に與へてから、マルヴイルの裁判所の書記官であ

るスウルダ氏は、規則正しい愉快な歩調で廣場を横切り、郡役所のうしろにある裁判所に行つた

　スウルダ氏はいくらか肥滿しかかつてはゐたが　ごく足取りの快活な當年とつて四十五歳の獨身者である、ずんぐりとしてゐて、四角な顔、ごつ〳〵した髭・眉の毛の短かい丸い頭　武骨な睫毛の下の澄んだ鋭い灰色の眼　薄く怒つたやうに見える唇 に裂け込んでる大きな口、不揃ひな齒齦にかこまれた黒い齒――つまり「人はいつも甘い顔をして ゐては ならぬ」とでもからかはれさうな、怒りつぽさうな人間の一人なのであつた

　いや、たしかにスウルダ氏は柔しい人ではなく、氏自身でそれを自覺にさへしてゐた・裁判所では誰に對しても威嚇的で、怒りつぽく手荒かつた、召喚された人間たちには石のやうに冷たく、證人達には氣むづかしく、辯護士に向つては攻撃的で、要するに、偏つたものにはなににでも刺をたてる正銘の石のやうであつた、人々はみんな氏を火のやうに恐れ、誰もなつくものはなかつた

……　……

　併し、鬼のやうなこの人も二つの弱點を持つてゐた、先づ第一に氏はネモオランといふその名前にふさはしく、よく物笑ひの種にな

つた、次に氏は、名だたる食道楽であつた、氏の洗練された上品な美食慾はもうマニアになりかかつてゐた、安楽な生活をしてゐる人人のただ一つの楽しみは食卓での美食に限られてゐる、この白耳義領アルダンヌ国境に近い隠つたやうな小さな村では、食事の料理の口やかましさは十里四方まで知られてゐた

——氏はその日の朝早く釣つた魚でないと食はないといふ噂であつたが、それは朝の魚は夜の休息と感情を静めてゐたがためにその肉の味が一段とおいしいからであつた、鱒を普通に煮る前に、煮たつてゐるミルクの中に突込むことを考へ出したのも氏であつた、——からすると、何ともいへないいい香ざはりになると氏はいふのであつた

……　……

氏がこの料理法をサン・ヴイクトオル寺のお坊さんに教へたとき口腹の慾を慎んでゐるこの立派な僧侶は思はず顔を赤らめ、そのむつちりした両手を天の方に差し上げて次のやうに叫んだのであつた

——そりやひどい、ひどすぎますよスウルダさん！うまいものを存分に食ふことはいいでせうが、そんな肉慾的な料理法は死罪にあ

たりますよ、そりや是非とも神様に弁解しなければいけませんな！

妍さんのこの信心深い配慮に、執事は恩寵のやうな笑ひを以て答へた、尊敬すべき知人である僧侶を誘惑するのが執事の意地悪い遊びの一つで、この朝も氏は書記と共に妍さんをも朝食に招いて、その來るのを待ち受けてゐたのであつた。昨夜 氏はスモアの鱒で——網膜に潜んだ、岩のごつ〳〵ある水で取つた、二リイヴルも重さのある鮭色の鱒を貰つたのであつた。鱒は氏の大好きな魚で、この柔かい肉片を料理することでこの朝の大部分の時間を費し、肉片を手に持ちながら、鱒のソップが料理にはつきもののジュネエヴやポーランドのソースよりづうとうまいことを證據立ててやらうと思つたのであつた。——鱒はそれを煮るのに使つた汁をつけて、しかも冷してから食卓に上せねばならない——といふのが殆ど習慣に近いほどの絶對的な氏の信念であり、刑法の一條のやうに厳然とした主義であつた、氏は法官服を身につけ、陰謀を終つたばかりの最近の或る事件の調書をめぐりながらも、陰謀執事室で料理のことを繰返し繰返し考へてゐたこの事件といふのは、檢事局を騒がしてゐたかなりの犯罪で、その差因のやうないろんな細かい事柄は、スウルダ氏の頭の中に湧き起つてる疑惑などといふことと奇妙な對照をなしてゐた

前の週の夜明け頃に、森の木を伐つた樵夫の兩人の深いなかに倒れたはつた森林看守の慘殺體が發見されたのであつた、この犯罪は、一週間前に假出獄された犯罪者が行つたのだらうと推定されてゐたが、この時までは少しも確かなことは判らず、いろんな證據も反つて事件を迷宮に追ひやるのみであつた、殺人は炭燒きたちが寝泊りしてゐる國境近くで行はれたのであつたが、このことが判事の疑惑を惹いた、そこで早速炭燒きたちが呼ばれたが、それに依ると、兇行のあつた當夜は炭燒きたちはみんな小屋にゐず炭燒きの親方の若い娘が番を見張つてゐたのであつた、スウルダ氏は、むかし殺された看守と喧嘩したことのある二十五歳になるがつちりした炭燒きに逮捕命令を發してゐた、それから炭燒きの親方の娘にも召喚状を出してあつた、——が、ここで事件は混亂してしまつたのである、娘は召喚に應じなかつた、さうして行方不明になつた、仕方がないので判事は憲兵を派遣してその跡を追はせ、搜索命

令の結果はいまか〳〵と待つてゐるのであつた

短篇小說 鱒（二）

（佛）アンドレ・トウリエ
（譯）石濱三男

十時頃に檢事室のドアが開いて憲兵伍長の三角帽と黄色い革具とが現はれた

——どうだつた、とスウルダ氏はいら〳〵して叱るやうにいつた

——はい、檢事さま、草の根を分けるやうにして搜しましたが……朝早くから森を虱つぶしに見廻りましたが、あの小娘はどこへ行つたのかさつぱり判りません炭焼きたちも大變心配してゐますが、どこへ行つたのだかは少しも存じません

——ばか〳〵しい、とスウルダ氏はがつかりしていつた　あいつらはお前をばかにしてるんだ……かまはないからみんな留置してしまへ……へまな奴だな……もう向ふへ行け！　檢事は時計を見た、

——十時十五分、——事件は失敗に終つて一休みなので、氏はお客たちが來る前に主人として食堂を一廻り見て置きたいと思つた、そ

こで氏は法官服を脱ぎ、自宅に歸つた

……　……

六月の光線に照らされた明るく華やかな食堂は、その白い壁紙と灰色の天鵞絨布のカーテンと、高い大理石のストオブと、眞白い卓布の掛つた食卓などで、いかにも人を待ち受けてゐるやうな、愛想よい見つきであつた、食卓の上には三人前の皿が手際よく並べてあつた、小さい柔かいパンが赤い麻布の布片にやんわりと包んであつたイノオルの赤葡萄酒が水甕の中で光つてゐた、金蓮花と野萵苣を飾つた萵苣のサラダを右にし、ムウズの鱒の盛料理を左にして、鱒は三葉の裏飾りのある長い皿の中に被はれてゐた、その銀色の腹には、淡紅色の細かい斑點があつた割目の多い青い背中には、鮭のやうな色の肉が見えてをり、その尖つた鼻面にはちよい／＼薔薇色が入つてゐた、其かたはらのソース入れにはスウプが冷してあつてこれらのすべてから芳香のやうないい香がたち、それが胃腔を樂しませるのであつた

この様子が檢事の不機嫌をなだめた、氏は古いコルトンの霜まみれの酒盃を銀色の壜を傾にしながら、次第に朗かになつた、その時食堂の扉が荒々しく開いて、廊下で次のやうに叫ぶ女の聲が聞えた

——あたしは村長さんにお會ひしたいつていつてゐるんですよ、村長さんもきつとあたしを待つてゐらつしやるに違ひないんです——

それと同時に、一本の生蕃の腕が、入口に立ち塞がつてゐたトウシュプウフ書記を押し除けて、妙な女が食堂へ入つて來た

……　……

それはまだほんとに年のゆかない、痩せた、日に焼けた、帽子も被らず風に髪の毛を吹くままにさせてゐる小娘であつた、その靴下をはかぬ足は、男物の重い靴を履いてゐた、灰色のキヤラコと更紗の服とか、細い手足と子供のやうな胸の上で紐が解けかかつてゐた暑さと急いで歩いたのとで頬を眞赤にしてゐた、灰錫色の兩眼がめちや〱な毛束になつてる栗色の髪の毛の下に輝いてゐた、鼻口は大きく眼かり、半ば開けた口は顫へてゐた

——一體どうしたといふんだ、と村長は眉をひそめて詰じつた

——この炭焼き娘がわめいたのでございます、とトウシュプウフ書記は答へた、こいつはあなたが丁度役所をお出掛けになつた所へ訪ねて参りまして、そしてあなたに言ひ分を聞いて貰ふのだといつてここまで氣狂ひみたいに私について來たのでございます

――なんのことだ!と判事は不審さうにいった、三日間もわれくを待たして置いて、せき込むもないもんだ!……なぜもつと早く召喚に應じなかつたのだ?

――あたしにはあたしの理由がございます、と彼女は食卓と二人の男とに野の鳥のやうな眼差しを投げながらいつた

――お前の理由はあとで聞くことにする、と判事は怒つていつた二週も三週も行かなくなつてしまうぞ!……氏はそこで懐中時計を出して見た、――十一時十五分前……まだ間がある……トウシュブウフ君、君は臨時で書記の用意をしなさい……一つ訊問してみよう……

書記は紙片とインキ壺とを持つて卓の一隅に腰を下した、そして片手にペンを挾んで待ち受けた

……　……

樫の長椅子に四角張つて坐つた判事は、ストオブを背にして立つてゐる小娘に、はつきりとした鋭い眸を投げた

――お前の名は?と氏はぶつきら棒にいつた

――メリイヌ・サカエル

――年と家族は?

――十六歳……炭を焼く父とオンズ・フォンテエヌ(十一の泉)の小屋に住んでゐます

――嘘をいはない誓ひをする

か？

――本當をいひたいばつかりにここまで來たのでございます

――ぢや手を上げろ……よし……お前はあの晩二時から三時までの間小屋にゐた、そしてその小屋の近くでスウロウ看守が殺されたのだ……お前の知つてゐることをみんないつて見よ

――申し上げますとも！からなのでございます、あたしの仲間の人達はみんなストネエへ炭を運んで行つた留守で、あたしは竈の側で番をしてゐました、ちやうど月が沈んだ二時頃に、イレの伐木夫であるマンシヤンがあたしたちの小屋の前を通りました、――まあ早起きね、とあたしはあの人にいひました、仕事ははかどつて？――

――駄目だよ、とあの人は答へました、妻は熱を出してるし、子供は飢てるんだ、棚にはもう一片のパンもないんで、俺はこれから兎を打ちに行つて、朝になつたらマルヴイルで賣るつもりだ、――さういつてあの人はオンズ・フオンテエヌの方へ下りて行きました姿が見えなくなりました

文藝

短篇小說

鱒（三）

（佛）アンドレ・トウリエ

（譯）石濱三男

——ところが明け方ごろ、風が冴えて來ましたので燒のぐるりに柵を立て廻しましたとき、騷亂の音と、あたしたちの小屋の方へ走つて來るいさかいの聲が聞えたのです、二人の男が喧嘩をしてゐたのです「畜生め」と看守さんが叫んでゐました、「お役所に届けてやるからさう思へ！」するとスウロオは看守さんに頼むやうにしていひました、「どうか兎は返して下さい家の奴が飢てるんですから！」と「なにをいつてやがる、さつさと失せろ！」かういふ口論ののちに摑み合ひになりました、騷亂の音が何度も夜の中に激しく響きました……、そして突然に看守さんは「ああ！」といつたまゝ倒れてしまつたのです、あたしは、頭が眩暈してゐましたので、小屋の奥に隱れてをりました、その間にマンシャンは大きい方の森を抜けて逃げていまではきつと白耳義に入つてゐると思ひます……、あたしが知つてゐるのはこれだけでございます

——ふふん、と判事は不満相であつた、では召喚状を受取つた時なぜお前はかうだといひに裁判所へ來なかつたのか？

——あたしがやつた事ぢやございませんし！……それに、あたしはマンシヤンを殺害するのが嫌だつたからです

——はほう！今朝は考へが變つたといふわけかね？

——あたしがけふ來ましたのはギュスタンが絞殺されさうだと聞いたからです

——ギュスタンといふのは誰のことだ？

娘はここに至つて顔を赧らめて小聲でいつた

——あたしたち泥棒仲間の一人なのです……仲間にだつて害を加へないやうないい若衆なのです！……まあ考へてもみて下さい、と彼女は激しく言葉を次いだ、あの人が他人を殺したと人に思はれるなんて、とてもあたしには堪へられないことなのであたしは自分を曲げてここへ來ましたのです、あたしは足が肖までも上るやうにして、森を横断して走りに走つて來たのです！——疲れも感じませんでした……若しなんだつたらあたしはあしたまででも走り廻るでせう、だつてあのギュスタンは、神かけてこの事件に關はりがないんですもの！……あたしは手を火中

に投してでもそれを願ひます

…… ……

彼女は緊惝詰めて踊つてゐたので、ほろを着てゐるにも拘らず大變綺麗に見えた、その奇妙な姿には讃賞の深い調子があつた、そして恐ろしい判事自身でさへ、彼女がギュスタンを弁護する力に壓倒されたやうな氣がした

——おや！と氏は彼女の顔色が變り、ふらふらしだしたのを見て叫んだ、どうしたのかい？

彼女は眞青になつて、こめかみには冷い汗が流れてゐた

頭がふらついて、ぢつとしてゐられないんです、と彼女は呟いた

判事は葡萄酒を一杯コップについだ

——ぢや、早くこれをお呑み！

……

老判事は、氣持が悪くなつたといふこの小娘の前で、茫然としてなすところを知らなかつた、氏は料理に忙殺されてゐる女中のスコラスチィクをわづらはしたくなかつた、それで、パンを嚙んでゐる書記に、どうしたもんだらうと眼で訊ねた

——失神してるんです、と書記はいつた、娘はきつと腹が減つてるんでせう

——腹が減つてるのか？と判事はきいた

彼女はええといふ身振りをした
——御免なさい、と細々しい聲であつた、きのふから何も食べないんです……それでこんなにふらふらするんでせう……

…… ……

スウルダ氏はこれを聞いて身慄ひした、氏は何十年間かの獨身生活で堅くなつてゐた自分の心がはじめて柔かくなるのを感じた、この細々しい小娘は仲間を裁判所の鬼牙から救ふために三里以上も走つて來たのだと氏は考へた、六月の暑い日の眞盛りに三里も走るなんて……！このことが氏の感じ易い神經を感嘆させた、どぎまぎした氏はがつかりしたやうな視線を食卓の上に投げた、——御免してる人間たちには何でもないサラドと鰻か……ようし、と氏は叫んで、鱒の入つてる皿を勇ましく荒荒しく引き寄せて、大きな背肉を摑んで小皿に入れ、それを仰天してゐる炭焼娘の前に置いた、さうして娘に坐るやうにいひながら
——おあがり、とおごそかにいつた

二度も三度もすすめる必要はなかつた、彼女は遠慮なく、すぐにがつ／＼と食つた、ほんのちよつとの間に皿は空になり、いい氣持になつてゐるスウルダ氏は更に新らしい鱒をよそつた

トウシュブウフ判事は眼を大き

くしてキヨトンとしてゐた、その眼にはもう物事の姿は入らなかつた。彼はいささか心残りを感じながらも、この小娘があたかもあたりに人なきが如くにこの美味の魚を食ふその強い食慾に見とれてゐた、さうして自分の心の中で呟いた。

「ちえつ、いやんなるな、あんないい切身を食ひやがつて！」

…… ……

その時、扉が開いた、三人目のお客であるサン・ヴィクトオル寺のお坊さんが、新らしい法衣に、三角帽を脇下にして入つて来た、師は物事の食卓に向つてゐる、田舎娘を見てびつくりして立止つた

――遅すぎましたね！お坊さん、とスウルダ氏は低くいつた、もう鱒はなくなりましたよ！……さういつて氏は憎悪にこの炭焼き娘の物語りをした

僧は嘆賞の息をはいた、師は胃袋の偉大なことをよく知つてゐるのだ、そこで、半ば悲嘆し、半ば微笑しながら師は物事の肩をやさしくたたいた

――ネモオランシ・スウルダさん、あなたはあなたがご自分で考へてゐられるよりづうと偉い人です！……本当のところ、わたしは食べなかつたこの鱒のおかげで、あなたの美食の罪はきつと許されるでせうよ（終り）

ヴァイスコッフ作，高野英亮譯，〈マルチンの犯罪〉，《臺灣新文學》，第一卷，第四期，一九三六年五月四日，頁三二－三六。

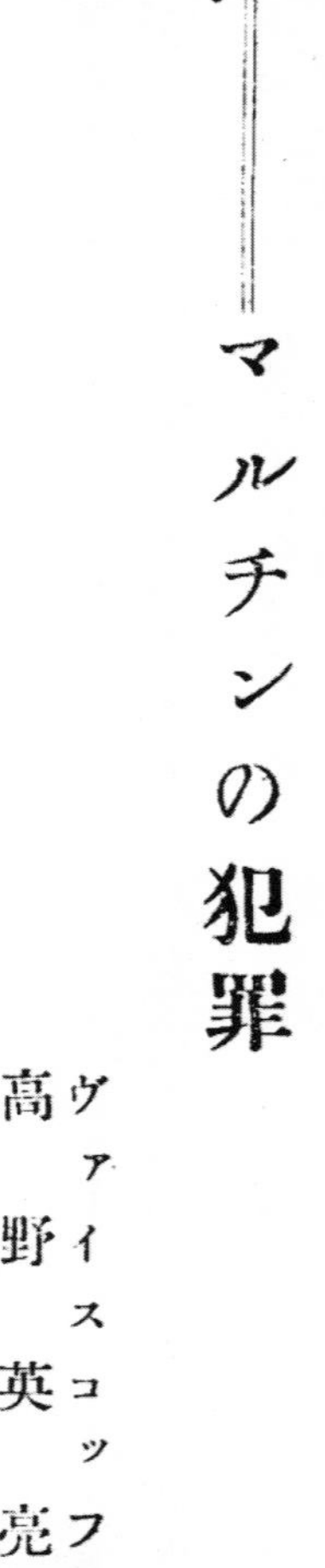

同志

私は貴方に報告しなければなりません。貴方は私の弟マルチンにお會ひになつたといふことですが、貴方は勿論、彼が我々のすぐれた同志の多くを國家警察のスパイ共に引渡したことを御存知でせう。

本來ならば私は貴方をお訪ねし、口頭で、今までのすべての事件ならびに昨日の出來事についてより詳細に報告しなければならないのですが、私は貴方のところに行くことが出來ませんでしたし、それに昨日ぼつ發したある事件のため急きよ身をかくさなければなりませんものですから、殘念ながらさうすることが出來ません。

そんなわけで私はこの手紙をかくのです。私はまづ何故マルチンはスパイに敢えてならなければならなかつた、といふことからお話しませう。彼はスパイにならされたにすぎません。ゲスタボ（ナチスの國家秘密警察）がある方法によつて彼にそれを強制したのです。しかし私は今それについては極めて簡單にしか述べることが出來ません、殘念ですけれども。とはいへ私はかうした簡單な記述でも充分だと思ひます。その理由はマルチンをさうならなければならなかつたとか或はさうならざるをえなかつたとかいつて、辯護するためではなくして、むしろ事情を明らかにすることによつて彼から一つの教訓を學びとらうとするために、私はこの手紙をかいてゐるからなのです。

貴方も知つてをられる通り、マルチンはあの國會議事堂放火事件以後、もはや彼の地區に止まつてゐることが出來ませんでした。彼はそこの地區では餘り有名になつてしまつてゐたのです。彼はR區に逃がれました。そして非合法のビラをばらまき、地下室に印刷機を備へつけました。ところが隣りの地區である同志の一人が逮捕されたゝめ、彼はその地區の仕事――新聞を發行する仕事なんですが――まで擔當しなければならなくなりました。萬事はうまい工合に行きました。しかし一たびS街の秘密印刷所が襲撃されるや、それにひきつゞいて襲ひかゝつてきたものは連續的な家宅捜索であつた。マルチンはそのときはどうやら身を以つてその逮捕から遁れることが出來ましたが、彼等はそれ以來マルチンの顔を憶え絶へず彼を尾行してゐたのです。そんなことゝは知らないマルチンは彼の學生時代の親友の一人のためにまんまとワナにひつかけられてゐたのに氣が付きませんでした。それで彼等が彼を逮へたとき、彼は僞造證書を肌につけてゐたが、彼等はそれをいつぺんに見拔き、彼の姓名はばれ從來の仕事からみて彼が多くの同志を知つてゐるにちがひないと判斷したのでせう、彼等は、同志たちのアドレスを自白し逮捕された人々の首實檢をすることを彼に要求しました。しかし彼は何事をも自白しやうとしませんでした。そこで彼等は彼をパーベ街へひつぱつて行き三日間もそこの地下室に監禁したのです。私の妻はそれから二週間の後にある病院で彼に會見することを許されましたが、彼は殆んど意識不明の有様であり、全身はぶく／＼に腫れあがつてゐました。妻が家に持つて歸つてきた彼の下着なんぞは、ふためと見られないほど汚れきつてゐました。全く驚ろくほかありません。

　それから更に彼は六週間の間監禁され、夜も晝も殆んど休むことなく絶えず訊問されました。しかし彼は終に最後まで頑張りとほしました。かへつて彼等の方が苦しくなりくたばつてしまつたのです。そこで彼等は、一日彼を釋放しました。彼等はおそらくさうすることによつて彼が誰と聯絡をつけるかを嗅ぎ出さうとしたのでせう。けれども彼は既にそれに氣づいてゐたものですから、終日家にひつこんだきり一歩も外へ出ませんでした。逮捕以來彼は始めて幾分なりとも休息することが出來たのですが、やつと同志と聯絡がとれたと思つたのもつかの間彼は再びパーベ街、病院、ゲスタポとむしかへさなければなりませんでした。彼等は私に彼は宮殿の「コロンビアハウス」にゐるといひましたが、私はもう二度と彼に會ふことはできまいと思ひました。しかし事はそれですんだわけでは決してありませんでした。彼等は尚ひつこく彼から何ごとかを聞きださうと企んでゐたのです。彼はそのときどうして彼等の毆打と訊問と數時間の直立とに堪へ得たか自分でもよくわからないと、後日私に話してきかせました。彼は時々刻々死の淵へ歩みよつてゐたのです。自分はもはや生きてゐないのだ、しかしといつてまるつきり他の世界にゐるのでもない、といつたやうな氣持だつたと彼は私に語りました。

　やがて彼等はまた考へなほしました。彼等は彼を家宅捜索や逮捕の際いつしよにつれて行きました。マルチンは誰かが逮捕されたり或は新しい材料が發見されゝばいつも指揮官と同行し同志たちの前に立たなければならなかつたのです。だからほかの人からみれば、まるで彼が捜索隊の「案内者」の役割をつとめてゐるかのやうにみえたのでした。

彼はその役割を幾度となくつとめました。そしてこれは彼が昨日最後に斷言したことなのですが、彼は實に多くの密書を獄内の同志たちに送りました。それは自分の立場を明らかにするためだつたのですが、それらの密書が途中で盗みとられたことはいふまでもありません。彼等は逮捕された同志たちを訊問する際には彼を訊問室の扉の外に立たせ、同志たちを彼の前につれてきました。そして室の中で彼等は同志たちに向つていふのでした。お前はもうどうしたつて嘘をつくわけにはいかない、お前より先に逮捕された同志たちはあゝして苦しんでゐるんだ、さあ彼等を救けるためにくだらん隱し立てなんかせんで早く白狀したまへと、一方マルチンはその間にすばやく着物をきかへさせられ、ひとかどのスパイにつくりあげられるのでした。マルチンは何度も何度もせきばらひをして捕へられてゐる同志に、どんな芝居がうたれやうとしてゐるか知らせやうと努力しましたけれども、警官の野郎どもは、それさへ豫定どほりの喜劇にしてしまふのでした。マルチンに對する同志たちの疑惑はいよ／＼大きくなりました。そして或るビラがあらはれるや彼が買はれたスパイであることはもう疑ふ餘地のないことになつてしまひました。そのビラといふのはおそらくゲスタポによつてつくられたもので、實をいへば彼等はもつと正確に似よつたビラを印刷すべきだつたのですが、もちろんそれは出來ない相談だつたのでせう。マルチンが釋放されて來ても我々のうちの誰一人として彼と行動を共にしやうとするものはありませんでした。我我は正しかつた、我々は疑ひ警戒しなければならなかつたのです。我々は彼の釋明を吟味することは出來なかつた。我々は彼が組織を危機に落しいれるが如き不正をしたといふ動かすべからざる事實によつて行動しなければならなかつたのです。その方がどれだけ賢いかいふまでもありません。彼は私に昨日いひました。こんなことになるだらうといふことはもうちやんと自分にはわかつてゐた、しかしスパイをはたらいたと思はれるのは堪へられない苦痛だ、自分は煩もんの餘り自殺しやうとまでした、と。だが彼が惡意を持つてゐたが故にそれほどまでにも煩もんしたのだと、一體誰が斷言できるでせうか。私は彼を信じやうと努力しました。だが結局私は「犬の印」として金を封筒にいれて彼の前にさしだしてやりました。マルチンは金に手を觸れやうとしませんでした。しかしそれも實は彼の奸計であつたかもしれないのです。何が僞りであり何が眞實であるか斷言することは全く困難です。私はわからなくなりました。私は網を頭からかぶせられたやうに感じました。それは私の生涯のうち最も悲しい瞬間であつた。

彼等はマルチンをまたもや逮捕しました。搜索隊の先頭に再び彼を立たせたのです。彼はちやうど裁判所につれて行かれるときのやうでした。彼の昔の友だちがずらりと彼の前に立ちならびました。彼等は再び彼を數時間にわたつて訊問しはじました。彼等は彼に繰りかへし幾度となくいひました。「さあ牝山羊のやうにおとなしくするんだ！さあ白狀しろ！默つてたつて無駄だ！お前の同志はお前を馬鹿野郎よばはりしてゐるんだぞ！彼等はもう完全にお前を見限つてゐる。機會さへあればお前をたゝきのめさうと彼等は狂犬のやうにねらつてゐるんだ。お前が我々に味方しやうとしまいと、黨にとつてはお前は裏切者なんだ。だからさあ理性をとりもどして我々のためにはたらけ！」かくして訊問と說教と毆打ははてしなくつゞけられたのでした。彼等は彼に我々の「ブラック・リスト」をみせつけました。そこには彼はスパイであるとしるされてあつたのです。やがて彼等はいひました。實はお前を射殺しやうと思つてたんだがもうぶつぱなすのはやめにしやうと、そしてその代りに幾夜も幾夜も彼を說きふせやうとするのでした。――お前はいまプロレタリアの誇りをかたく持するために沈默をまもつてゐるが、お前の純潔さはもうとつくの昔に消え失せてしまつてゐるんだ、我々がいまお前を殺したつて、その死によつてお前のからだは潔白になりはしない、お前は裏切者として死んでしまふんだ！

　終に彼等は彼をうちまかすことができました。彼は昨日私に懺悔しました。彼は完全にうちのめされてゐたやうでした。彼はくたくたになりさんざんにうちくだかれてしまつてゐました。

　彼は彼等に同志の假名とアドレスを自白しました。しかしその自白は彼等にとつてはもはや何の役にもたちませんでした。餘りにもながい間彼と組織との聯絡はたゝれてゐましたから、そこで彼等は彼をコロンビアハウスにおしこめ逮捕されてきた同志の首實檢といふ役目を仰せつけました。彼は、彼等が誰だか判斷しかねたすべての同志たちの前にひきづり出されました。彼はそれからの人々のうちから見知り越しの同志をピック・アップしたのです。彼等は彼が非常に多くの同志の顏を知つてゐるといふことを知つてゐたのでした。

　彼はそれ以後一度も家に歸つて來ませんでした。彼等は彼が自分たちを射殺するかもしれないと心配してゐたのです。彼は町からすこし離れたある刑事課長のところに寢とまりしてゐたのでした。

　昨日彼は私のところに思ひがけなくやつて參りました。私は彼を部屋のなかへ入れまいと思ひましたが、どうしても戶口から離れませんので仕方なく入れてやりました。

　彼は私にすべてをうちあけました。それは全く晴天のへきれきでした。名狀すべからざる苦痛でした。彼にとつてもまた私にとつても、私は悟ることができました―彼は頑張つた、しかし彼等の方がより强かつた。彼等は彼を終にうち碎いたのです。私は悟ることができました――我々は彼等より强くなければならないといふことをどうして彼に立證し得ませう、彼は正しかつた、たゞやり方がまづかつたのだ、敗けたのた、しかしそれとても今となつては彼を救けてはくれない、あゝ彼は生きてをるべきでなかつたのです。

私はピストルをとりあげました、彼自身のピストルをです。そして彼を一發のもとに射殺してしまひました。彼のポケットからは報告書と五十マルクの金がでて參りました。

私は知つてゐます、私は貴方に救けを求めることはできません、私もまた望むまい。私はたゞ一日も早くこの苦痛から脫れたいと思ふばかりです。私はできるだけ早く黨へ自首して出ませう。五十マルクは××救援會へ寄附していたゞきたい。貴方は新聞に書かなければなりません、マルチンは恐怖のあまり或ひは良心のマヒのため自殺したと。彼は疲れはてた人間だつたのです。それは、この手紙の冒頭にも書いたやうに、決して彼のための辯解ではありません。萬事はたゞその時の事情が明らかにしてくれてゐる。私は責任を以つていふことができます。彼は今や完全に潔白であると。

我々の義務を以つて、ローテ・フロントのために!

ヘルマン・Ｒ

附記　これは反ナチス亡命作家の機關誌「ノイエ・ドイチェ・ブレッテル」五月號からの飜譯です。原題は「デイ・ステルケレン」(より強き者)で、「マルチンの犯罪」といふのは私のつけた標題です。

全島作家競作號

原稿募集締切延期!

一 小說、戲曲、詩歌、評論

一 和文、漢文不拘

一 小說、戲曲、評論各三十枚內外
詩歌四枚內外 (四百字原稿紙)

一 締切　六月十五日 (競作と朱書)

一 掲載の分には薄謝を呈し、特にいゝ作品は和譯又は漢譯の上、海外に紹介する

一 臺灣の現實は歷史を描けるもの

一 選者、送り先　本社編輯部

本社創立以來臺灣新文學作家の活動目覺しきものあり、全讀者も「新文學賞」に寄金などして、絕大なる支持を表示して居る。この時に當つて、全島作家は一段の活動をなす責任ありと信ずる。その爲めの舞臺として七、八月頃を期して「全島作家競作號」を特輯增刊することにしたから、名實俱に臺灣文學最高峰を結集し得るやう諸氏の活躍に期待する。

ヘルマン・ケステン作，高野英亮譯，〈エミーリエ〉，《臺灣新文學》，第一卷，第六號，一九三六年七月七日，頁三六－四四；第一卷，第七號，一九三六年八月五日，頁三四－四二。

エミーリエ

ヘルマン・ケステン

高野英亮譯

彼は、いはゞなにか苦い味のものを口のなかにふくんでゐるやうな氣持で、彼女をもちまはつた。厭な味のずる咳どめボンボンのやうにはきだすわけにはいかなかつた。殺すこともできなかつた。彼は膂力をふるふやうな男ではなかつた。まれにではあつたが、彼女の死を夢想してみたこともあつた。たゞ彼女の死だけが、彼を解放することができたのである。しかし彼の方が彼女より三年前に死んでしまつた。棺桶に入れられたときの彼は、內氣にみえる。謙遜なひとつの屍だつた。彼女の名はエミーリエといつた。法律は彼に彼女を娶ひ、彼女に着物を着せ、自分の家に置き、自分の寢臺につれて行き、一緒にねることを命じた。彼は法律を憎んだ。彼自身の弱さ、自分でもよく心得てゐる弱さが、彼を法律上の强制借家人の新兵にした。そのために彼は自分自身を輕蔑してゐた。

「法律は俺たちに强ひない」と彼はカフェの給仕にいつた。その給仕は彼に時折立替てやつたことがあつたので、彼のお說を拜聽してゐた。

「法律は俺たちに妻をめとれとは强ひない、しかも妻を食はせろと强ひる。」彼は自分の發見したこの警句を二度三度ならず、のべつまくなしに繰りかへした。彼が結婚してから十四日目に自分の妻を毆つたのも、かうした性質が彼にあつたからにほかならない。彼はます〳〵孤獨の感に浸るやうになつた。

彼は十七歲にして詩を書き、四十歲にして支配人代理になつた。詩を書く必要はもうなくなつた。しかし誰も興味をもちさうにないことを喋る癖はそのまゝ身にしみついてしまつた。彼は自分で自分を利口だと考へてゐた。事實彼は利口だつた。彼は自分を感じ易い性質の男だと考へてゐた。事實またさうであつた。彼は自分を淋しい人間と考へてゐた。事實彼は淋しい人間だつた。彼は自分の生活を自分自身でつくりあげた。なぜなら自分の氣心の色合を自分の生活に染める能力をもつてゐたから、彼の氣むづかしいむら氣は彼の運命を氣むづかしいものにした。

　エミーリエは彼の妻、つまり彼がものにした最初の女だつた。彼女は大きなブロンド型の女だつた。彼女は結婚生活のおかげで金持になつた。彼女は彼より四つ年上だつた。彼女の名はエミーリエといつた。彼女は彼と同じくバイエルンのフユルトで生れた。彼女は十四歳にして信仰を、十七歳にして無邪氣さを失なつた。彼女はそのだらしなさの點において有名なものであつた。噂によれば金錢についても彼女はそのとほりだつた。四十四歳になつたとき彼女は彼を知つた。彼は階下に住んでゐた。階段のところで彼女にはじめてあつたとき、彼はすつかりどぎまぎして赤くなり喉をつまらしてしまつた。それからのちは、內心の動搖のあまりほとんどいつでも挨拶を忘れてしまつた。彼女は彼のことなど全然眼中になかつた。彼女はあやしくも刺戟的な香氣をまきちらしながら、彼のそばをとほりすぎて行つた。貧乏な彼は馥郁たる香水をつけた婦人に接しなれてゐなかつた。彼女は毎日絹の着物を着てゐた。よく民謠にあるやうなかうしためぐりあひは彼の心をかきみだした。彼は抒情詩に特に感じ易かつたのである。

　ある金曜日の晩のことだつた。民衆は、人間の不幸が年々歲々ふえるのは一週間のうちにけちくさい、ばちあたりな金曜日なんて日があるからだ、といふやうなことをよくいふが彼もやはりさうした民衆の膝に生きてゐる一人だつた。彼は迷信家だつた。彼はこの金曜日の晩のことを生涯記憶してゐた。彼は夕飯をたべに行つたカフェからかへつてきて、家具付貸間のまんなかに腰を下ろした。部屋のぞつとするやうな憂鬱さは眼では見ずにすんだが、心の底には依然としてこびりついてゐた。彼はマッチを買ふのを忘れてきたので、ガスランプをとぼさなかつた。おかみさんのところへは行きたくなかつた。おかみさんは偏屈屋で、後家でどなつてばかりゐた。彼女はいちんち臺所にくすぶつてゐた。そこで彼女は洗濯もした。彼女はしよつちゆう洗濯しなければ氣がすまなかつた。そこで飯もたべた。彼女はしよつちゆうなにか食べないではゐられなかつた。そこでぶつ〳〵不平もこぼした。そしてそこで寢た。その家は彼女のものだつた。彼女は年金でくらしてゐた。彼は彼女を怖れてゐた。だから彼は暗闇のなかに坐つてゐた。

　初春の夜だつた。部屋の窓はあけはなされてゐた。窓は防火塀でかこまれた長細い奧まつた中庭に面してゐた。空には料理鍋の蓋のやうな一片の雲が浮いてゐた。中庭には鷄小舍とひねもす槌の音の聞えてくるちいさな鍛冶場を喚き叫ぶ子供たちとやかましく吠えたてる犬と萎れた一本の木が騷然と蝟集してゐた。晝となく夜となく冬となく、夏となくその木は中庭につゝ立つてゐた。冬になればすつぱだかにされてしまつた。枝は絶望的にたれさがり土左衞門のやうに寒空にぶる／＼慄へた。しかし夏がくれば青い埃つぽい葉を繁らせた。彼は窓邊に凭つて中庭を眺めた。まだ裸のまゝの木は、それでもはやちかづく春を樹皮の下にかくしてゐるかのやうに思はれた。たそがれてゆく空は、次第に數をましてくる星の光にほんのりと明るくなつていつた。彼は柔かな快よいそよ風に三月の使者を身に感じ深々と大氣を吸ひこんだ。

部屋の扉をたゝく三度目の音に彼はやをら立ちあがつて扉をあけた。あけたひようしに誰かとぶつかつた。エミーリエだつた。彼女は興奮し、あわて、とりみだしてゐるやうだつた。彼女は二階の自分の部屋につれて行つてくれと彼をせきたてた。笑つちやいやよ、誰だかあたしの部屋にしのびこんでゐるやうですの。彼は自分の部屋に鍵をかけた。彼は大膽だつた。彼女のさきにたつて階段をのぼつて行つた。彼女はあとからついて行つた。彼女は香水をつけてゐた。彼女はたえず話かけた。部屋の扉をあけて、中に入つた。あかりをつけた。しかし闖入者はみあたらなかつた。寢臺の下にも戸棚のなかにもゐなかつた。どこをさがしてもむだゝつた。それでもまだ彼女は怖がつた。そして彼に一緒にゐてほしいとたのんだ。さゝやかな夕飯の膳を彼のところにはこんできた。彼女はひつきりなしに喋つた。たらふくつめこんだ彼もいつしよになつて無駄話をつゞけた。彼はちようど頭にうかんだ警句を二度も三度も口にした。彼女はそのつどかしこまつて聞いてゐた。眞夜中すぎに彼は彼女の部屋を辭した。何事もおこらなかつた。彼は喋つた。彼女は耳をかたむけた。

その後ふたりは再々顔をあはせた、街で、階段で、彼等の部屋で。しまひには毎日、しかも時にはまつぴるなか、お互にあひにでかけるやうになつた。しかしふたりとも戀人同士のやうに振舞ふやうなことはなかつた。悅樂にふけるやうなこともなかつた。彼は喋り警句をはいた。彼女はほめた、あるときはちよつぴり、あるときは猛烈に。彼女はたゞ拜聽するばかりだつた。

とある日曜日、彼等は一緒に遠足にでかける約束をした。彼等は町の芝居小屋の前の廣場でおちあふことにした。彼女は十分おくれてきた。そのあひだ彼は廣場に立つて彼女を待つてゐたが、街は朝日にてらされながらもまだ靜かに夜明けまぎわの眠りに憩つてゐるやうに思はれた。四十の坂をこえた彼は身にしみゐるやうな淋しさを感じた。たつた一人でしよんぼり廣場に立つて自分と交渉のあるたゞ一人の女性を待つてゐるのだと思ふと、もうそれだけで身ぶるひがして顏がほてつてくるのだつた。彼がいまたつた一人で立つてゐるこの大きな多角形の廣場は、なんだか自分に獻納された土地のやうに思はれてきた。そして自分がまるで英雄にでもなつたやうな氣がして、朝風にふかれて燦然たる早朝の空を仰いでゐるのさへ、何かしら意味ありげに思はれてきた。彼はなほしばらくのあひだ待つてゐなければならなかつた。時間は惜みなくたつていつた。期待のあまり心臟の鼓動はほとんど止まつてしまつた。彼は、自分はいま彼女の心にこの命をかけてゐるが、人間といふものは誰でも自分の運命を支配することはできないんだ。と思ふと、我と我が身がたまらなくいとほしく感ぜられてくるのだつた。しかしかうした一切の感情のもつれもやがて斷ちきられてしまつた。十分ほどおくれて彼女が姿をあらはしたから。

ふたりは石段を下りて廣場の横へでた。道は橋をこえ牧場をこえて、とほくかすんでゐた。ふたりは春の朝の美しさを心ゆくばかり味つた。新鮮な草むらは足もとできら／＼綠色にかゞやき、草露は朝日にまばゆく光つてゐた。頭上の空は青、朝日に照り映えてゐた。エミーリエの申し分なく形のいい青色の瞳でさへ朝日にかゞやいてゐた。うしろをふりかてみれば、バイエルンの勤勞都市フユルトは安息日の光陰鬱たる蒼穹の下に日曜日らしい眠りをむさぼつてゐて、煤煙もみえず喧騷も聞えてこなかつた。

彼等はひどい埃をあびながら國道を歩いていつた。ちいさな林をとほりすぎると、やがて滿々と水をたゝへて爍々とさゞなみ立ちながら日の光を喜びむかへてゐる運河のほとりにでた。彼等はそれに沿ふてせまい步道を歩いていつた。朝はいつしかすぎ、日の光はあつくなつてゐた。正午の太陽は照りつけてゐた。すが／＼しい風になよいでゐる綠野、柔らかき輕さうな雲、運河に沿ふて散在してゐる村々の灰色の屋根木立、しげみ、アスファルトも塗られてゐなければ舖石もならべられてゐない、町の人にとつてはそれこそ珍らしい平地、靴の底にべた／＼くつゝけてもつてかへることができさうな柔軟な土壤――そのにほひだけでも畑のこやしになりさうに思はれた――藍色の空氣、ながい冬の後のあたゝかさ、そのほかひとが春と呼んでゐるすべてのもの、殊にすばらしい若い娘、愛らしいエミーリエが彼のそばにゐるといふこと――彼女の香水は町中と同じやうに、いやもつとふくよかな香氣をはなつてゐた。紺の着物は一足毎にさら／＼と音をたてた――これら一切のものは、あゝ彼の心臟にとつてあまりにも多すぎた。ほれ／＼した情緒はあふれ出て彼の魂を溺れさせてしまつた。彼は恍惚とするのあまり、運河とせゝらぎの音たかき小川にはさまれたちいさな草原にねころばうではないかと、エミーリエにいひだした。そこはよく乾いてゐてまはりは木立にかこまれ、前には草叢があり、道からはちよつとそれてゐたのであまり目立たない所だつた。あたりには春の草花がさいてゐた。あゝ彼は幸福だつた。

さて、ふたりはそこで午飯をたべることにした。エミーリエはさもお腹がすいたかのやうに、白パンや黄色い香りのいゝバターや軟かい薔薇色のハムや營養分の豊富な褐色の腸詰などを、いつしよに持つてきた。ちいさな手籠からとりだして、白いナプキンの上にひろげた。彼等はたべ笑ひ、そしてお喋りした。さうしてゐるうちに彼は急に寒氣を感じて立ち上つた。彼女はまだ横になつたまゝでゐたが、彼が立ち上つたので、彼女もまた起き上つた。彼女は輕い冗談を胸に計畫しながら彼に歩みよつた。彼女はやさしい、すこし臆病さうな微笑をうかべてゐた。彼女の名はエミーリエといつた。彼女は頤か頸すぢをひつかいて、髮の毛をひつぱつてやらうと、氣のきいたいたづらを考へてゐたのである。しかしそのとき彼女は、意外にも彼の眞面目さうな顏、心配さうな額、意味あり氣な皺をみて、はたと重苦しい氣持になつてしまつた。いつもあんなに雄辨だつた彼がいつまでも押し默つたまゝ、暗い影を顏にうかべてゐるのがはつきりわかると、彼女はおもはず泣きはじめてしまつた。

泣きながら彼女は靴下をはき靴をはいた。泣きながら彼女はちらかつた食べ殘りをかきあつめ、手籠をかゝえて、靜かに彼のそばに歩みよつた。エミーリエは慰めの言葉を待つてゐるかのやうにさめ〴〵と泣いてゐた。彼はもう泣かないでと彼女を慰めた。彼は慣れない手つきで彼女の手を握つた。彼は更に強く握りしめた。彼女のちいさなまるつこい手のあたゝかさと皮膚のなめらかさは彼の心をうきたゝせた。彼はもう一方の手でおづ〳〵と彼女の髮の毛をなで、ついで肉づきのいゝ肩に手をかけ、そして更にその手を腰にまはした。彼には一切のものが自分に捧げられてゐるかのやうに思はれた。また事實さうであつた。彼は今朝方あの多角形の廣場を支配したやうに、いま再び一切のものを支配した。彼は自分が急に偉らくなつたやうな氣がした。寛大な氣持になつた。彼は公民（ビュルゲル）だつた。だからあくまで公民らしく振舞つてこそはじめて自分の幸福は完全であり永久的なものになるのだと考へた。さう思ふと彼は自分の道德感がいまゝで眠つてゐたことをひそかに後悔しはじめた。彼は何かしら彼女のものを強奪してしまつたやうな氣がした。彼女自身もまた自分の身の上に何事かゞ勃發したやうな氣がした。かくしてふたりは、それからまもなくどちらからいひだすともなく結婚してしまつた。エミーリエは、長いあひだ使はれないでゐた臺所のついてゐる近くの部屋にひつこした。ふたりは同棲した。結婚生活がはじまつた。

結婚した最初の夜のことである。エミーリエが夜中にふと眼をさましてみると、部屋、窓から見える一片の空、數個の家具、彼女と彼が寢てゐる寢臺、彼女自身、彼、夜の帷に蔽はれた一切のもの、そして夜そのもの、それらすべてが皎々たる月の光に照らし出されてゐた。エミーリエはなかば口をあけたまゝ大きく眼をみひらいた。いつしか眠りにおちて中斷された淫樂にうるんだ彼女の瞳には、月影が映つてゐた。彼は、彼女の良人は眠つてゐた。彼女は唇をゆがめて彼を膝と肘で腰の高い寢臺の端の方につきのけ、背中をむけて再び眠りについた。

白々と夜があけてゆくに従つて日ざしは次第に強くなり、

あたりは明るくなつていつた。家の前の雀や掠鳥の群は天氣のよさを證するかの如くあけゆく空をはめたゝへながらせはしげにさへずつてゐた。ところでエミーサエと彼女の良人ロバートとのあひだに最も適當に解決さるべき問題がひとつおこつた。エミーリエはなんといふわけもなく自分の良人をロバートと呼んだが、彼の本當の名はゲオルク・ファイストといふのだつた。ゲオルクといふのがエミーリエの氣にいらなかつたのである。多分彼女にとつて俗つぽく思へたのであらう。それとも若かゝりし日を思ひ出させたのでもあらうか。彼女は結婚式をあげた翌日、接吻の合ひ間に、良人をゲオルグン・ロバートと呼んでもいゝといふ許しを彼から媚びとつてしまつた。彼は、自分のどこかゞ彼女の氣にいらないんだ、自分のあらゆる点が彼女の氣にいつてゐるわけではないんだと思ふと、なるほど不愉快ではあつたが、彼女がみづからすゝんであらんかぎりの美——たとへ音聲學的性質のものにすぎなかつたにしても——を自分に贈らうとつとめてゐることがわかると、それでもう充分に慰められながら、つい彼女の職業的に訓練された接吻に誘惑されて、それを許してしまつたのである。しかしそれと同時に、彼は自分の幸福に不安を感じはじめた。彼は幸福であることに慣れてゐなかつたから。

彼等は訪問にでかける決心をした。彼等は午飯をたべた。そして晴れた午さがり部屋をでた。フユルトの町の[illegible]りはかん〱陽に照らされてゐた。おめかしゝた人たちが雜沓してゐた。燿々たるフユルトはまるでイタリーのどこかのはなやかな郊外のやうに見えた。フユルトは春にとりまかれてゐた。エミーリエとゲオルクは腕をくんで心をかるく颯爽と歩いて行つた。通りの兩側の窓硝子は無數の光線に反射してまばゆく輝いてゐた。一切のものが明るく生々としてゐた。いづこをみても春であつた。埃も街も、空も家々も、人間も、エミーリエも、一切のものが春であつた。彼女にぴつたりくつゝいて、彼女の腕のあたゝかさを身に感じ——歩きながら彼女のお尻が手にさわる、おゝ彼自身春であつた。彼は彼女の肉體をめぐる血液の上り下りがはつきり自分にわかるやうな氣がした。彼は世界を自分の手のうちにつかんでゐると信じた。彼は埃の微粒子のうちにさへ神をとらへたやうな氣がした。なぜなら神は森羅萬象だから。もしも默つてゐることができたなら、彼はこの瞬間どんなにか幸福であつたらう。彼はすつかり有頂天になつてしまつて、身も心も醉ひしれたかのやうな言葉でエミーリュに話しかけはじめた——ね。なんとかやさしい言葉をかけてくれないかね。愛のさゝやきを、そしてそのほか意味もないことをいろ〱と。しかし彼女は默つてゐた。彼のたわごとが氣にいらなかつたのである。彼女は散文的な女だつた。彼が空想にふけつてゐるとき、彼女はそろばん玉をはじいた。彼女は默つて歩きつゞけた。沈黙が、彼等のあひだを恰かも黒い河か影のやうに流れた。突然ふたりはそれに氣がついた。彼等は身ぶるひした。彼女はその腕を彼の腕からぬきとつた。彼はためいきをついた。やがて彼女は未來の家庭や彼の仕事のことについて話しはじめた。あんた、どうするつもりね、敎へてよ、あしたは仕事日なんでせう。

彼はまたもやためいきをついた。成功した者だけが自分の業績を好んで語り、歡樂は金持だけにつきものと、昔から相場がきまつてゐる。結婚する前にも幾度となくエミーリエはこのあぶなかしい話題をひつさげてゲオルクにぶつかつてきたが、そんなときエミーリエは、精神的平和に名をかりて安逸をむさぼらうとする彼を剽悍に夢の小島からひきづりだし、もつと物質の世界に眼をむけろと、强制するのだつた。彼等は互に欺きあひ騙しあつた。もしもこの世に眞理が存在するとしたならば、それは人と人のあひだが虛僞で染められ欺瞞で塗られてゐることをさしてゐるのであらう。彼は自分の收入を誇張し、彼女に媚びるかのやうに自分の仕事の結果を吹聽した。彼女は口をつぐんだまゝ高慢ちきにうなづいてみせた。そしてそのたびに彼は、人間が巧妙にこしらへた[illegible]話に熱が迷ふやうに、[illegible]かな、といつてさう馬鹿にもできない財產についての彼女のそれとない暗示に困惑するのだつた。

ファイスト――いまはロバートと呼ばれてゐるのであるが――は三度目のためいきをついた。心のなかに火がもえはじめた。彼は、もしも世間といふものが公平であつてさへくれたなら、自分にだつてなにか仕事が與へられたにちがひないと、口からでまかせにまくしたてた。その話し方がいかにも能辯で、しかも眞心こめてさういつてゐるかのやうに思はれたので、さすがのエミーリエもついつりこまれてしまつた。そしてこのにせロバートにへばりついてゐても、二三年たてばあるひは裕福になれるかもしれないと思つた。彼等は數時間にわたつてあきもせずに話しつゞけた。訪問も春も町も國道もいつしか忘れてしまひ、とう〳〵フュルトからずつと離れた陰慘な森に出てしまつた。あたりはうす暗く夜はもう眼の前に迫つてゐた。彼等はおそる〳〵互に顏をぬすみ見あひそれとなく橫目をつかつた。自分自身に對しても、また相手に對しても、なにかしらうしろめたくなり、空々しい感情にとらはれた。そのうちどちらからともなくはなれ〳〵になつてほき〳〵音をたてゝ折れる小枝と色のあせた落葉をかさかさふみつけながら、急ぎ足で森を橫切つて行つた。頭上にまたゝく星を仰ぎもせず、それかとて自分の心を思ひきつてよく觀察してみやうともせず、たゞ不安にかられながら、それ〳〵あわてた氣持で國道にたどりつき、フュルトにかへつて行つた。

月曜は火曜となり、水曜はすぎさり、木曜と金曜はきてしまつた。さて土曜日、彼は日曜が樂しみだつた。終日をエミーリエと共にすごすことができたから。こんなふうにして第二週もわけなくすぎ、その間完全に無爲、しかしファイストは幸福だつた。エミーリエは勿論幸福ではなかつた。ロバートは幸福の霧につゝまれながらも、綱渡り師がぴんと張られた高い／＼綱の上からおつこちて、怖ろしい深みに落ちて落ちて、無限に落ちてゆく……ちやうどそんな氣持になり、どうしてもそれを告白せずにはゐられなかつた。ファイストはいつた。「星は俺のみるところではたしかに存在してゐる、神も信頼するにたりる、しかし戀人の心は、おゝ誰が保證してくれやう？」エミーリエが果して自分を愛してくれてゐるかどうか、はつきりわからなくなつたのであらう。彼はとある日曜日の朝、寢床にもぐりこんだまゝ、かう自分で自分に訊ねてみた。よもすがらまんじりともしなかつた。陰鬱な日だつた。雨だれは窓をうち、屋根をたゝき、通りはぬれてゐた。ファイトは寢床をでるのがものうかつた。眼をとぢ、うつとりと雨音に耳をかたむけ、甘い氣持でなにか片づけものをしてゐるエミーリエのあまりちいさくもない物音にきゝとれてゐた。ロバート・ファイストはかすかにまぶたをひらいて、いたずらつこのやうにエミーリエをながめた。なんだか彼女のまなざしが自分になげられてゐるやうな氣がしたので、しかしその瞬間彼はびつくり仰天してしまつた。憤怒に歪められた彼女の顏は彼を、彼を、幸福なロバートをにらみつけてゐるではないか。まるで彼が獰猛なうはゞみかがら／＼蛇かそれでなかつたら收稅吏か執達吏、もしくは彼女の敵でゝもあるかのやうに。完全にうらぎられた彼はおどろきながらもひよつとしたらエミーリエの顏が凹面鏡に寫つた顏のやうに歪んでみえたのは、とぢたまゝといつてもいゝくらひのまぶたのすきまから見たせいかもしれないと思ひ、ぱつちり眼をあけてみた。しかし夢をみてゐるわけではないといふことがわかつたにすぎなかつた。もつと眼をあけてみた。しかし、エミーリエの面相はやつぱり憎惡と嫌惡と憤怒そのものだつた。「エミーリエ」ファイトは叫んだ。「俺だよ、お前のロバートだよ！どうしたんだ。もう俺を愛してはゐないのか。」エミーリエは大聲に笑つて顏をそむけると、そのまゝほかの部屋に行つてしまつた。ロバートが呼びかけたときには、もう臺所にきてしまつてゐた。

ファイストは横ざまにつゝぷし、壁にむかつて泣きはじめた。雨はやんでゐたが、空は灰色だつた。やがてその灰色は次第にひろがり幽靈のやうに街の家々をつゝんでいつた。下界の蜘蛛の巣のやうに、ぐしや／＼にぬれたぼろきれで心臓をつゝむやうに。ファイストは部屋から部屋へとかけずりまはり、やつとエミーリエの前にたちどまつて顏をみつめた。彼女は彼の視線をさけ、頑强にだまりこくつたまゝ窓から戸口へ、壁から壁へと歩きつゞけた。「俺がなにをしたといふだらう！おゝ神よ！どうしたといふのだらう！」ファイストは心のなかで叫んだ。「俺の愛しかたがたりなかつたのだらうか？俺よりもつと愛することが果して誰にできたらうか？俺はフェニキャの神樣のやうに彼女を尊敬しなかつたゞらうか？彼女の腕にだかれて寢たことがなかつたゞらうか？俺は幸福でなかつたゞらうか？なんだつて彼女は默つてゐるんだらう？沈默をまもられることより怖ろしいことはない。エミーリエよ、お前はもう俺を愛してはゐないのか？彼女は俺を愛してはゐないのだらうか？なんとかいつてくれ、エミーリエ、口をきいてくれ、口をきいてくれ！」エミーリエは默つてゐた。

　ロバートは不安になつてきた。怖ろしくなりはじめた。そのくせ何が怖ろしいのか自分でもよくわからなかつた。氣味が惡くなりだした。人間同士お互に恐怖をいだかないなんてことはめつたにない。しかし彼等は必要以上に相手を怖がつてゐた。かつてはあんなに信賴しあつてゐたにもかゝはらず、ロバートは心配になつてきた。そしてふと、病氣なのかしら、と思つた。「エミーリエ。寢た方がいゝんぢやないのかね？俺は醫者を呼んでくる。いつしよにきてくれるだらう、きつとお前は病氣だよ。エミーリエ。お前は病氣だよ。それとも、もしかしたら子供ができるせいだらうか、エミーリエ？女は姙娠すると調子が狂ふといふからね。」彼はすばやく帽子と外套をわしづかみにして、醫者を呼びに出かけやうとした。

　結婚前のファイストのおめでたい空想を思ひ出しながら、いまにも子供がうまれるかのやうに、そしてそれと同時に幸福がやつてくるかのやうに、夢中になつて將來の子供のことをあゝだかうだと喋る彼の言葉を、胸に一物ありげに意地惡くだまつてきいてゐた沈默女史は、そのときはじめて口をひらき、もつと彼をいぢめてやらうとまるで劇藥のきゝめでもためしてみるかのやうに、一語々々を注意ぶかく擇びながらでたらめなつくり噺を語りはじめた。あたしずつと前に男に捨てられて墮胎したことがあるんだけど、そのときの墮胎婆さんとても下手で、ずいぶんながいあひだ寢たあげくに結局手術してもらつたの、それであたし一生うまずめになつてしまつたのよ。ファイストは眼を見はつた。死にかけの魚のやうに口をぱく／＼させた。エミーリエはづぶとく彼の顔をまともにみながら高らかに笑つた。なんだつてそんなに眼をむきだしてるのよ、と彼女はいつた。子供についてなにかすばらしい警句でもこしらへやうとしてゐるの？ロバートはあつといふまにおどろくエミーリエめがけてとびつき、背のびして――彼女より少々背がひくかつたので――顔を平手でなぐりつけた。いゝ音がした。エミーリエは裸で街をかけずりまはつてやつと夢からさめた夢遊病者のやうにつゝ立つてゐた。

（以下次號）

エミーリエ（承前）

ヘルマン・ケステン

高野英亮 譯

ある朝ふと眼をさましてみると、となりの寢床はもぬけの殼、彼女は跳ね起きて、もしや床の上におつこちたまゝねこんでゐるんではあるまいかと、がんぜない子供のやうに泣きながらさがしてみたがロバートはゐなかつた。あゝこれほどまでに彼を苦しめてゐたのかと、彼女の心は激しくかき亂された。どんな解剖學者だつてエミーリエだつてエミーリエの心の底をのぞくことはできなかつたらう。エミーリエだつてどこか埃にまみれた心の底のかたすみでゝは善良だつたのだ。おそらく凡庸の徒はすべて心の底の一角においては不幸にして目だゝないながらも善良なんだといふことが、たいがいの人間を似たりよつたりにしてしまふのだらう。だからこそいくらかなりとも人と人と結合することができるのだらう。勿論、人間はすべて死ぬといふ事實が、人と人との結合をより強固ならしめるといふこともたしかだ。しかしたゞそれだけでゝはないのではなからうか。

ロバートは上述の一件以來しばらくのあひだてんたう蟲のやうに身をちゞめて暮してゐた。それはまるで拇指の爪のさきにとまつてゐた。頭は幾分綠がゝつた黑で背中には二つの黑い斑點のあるてんたう蟲が、どうかしたはずみにおどろかされてちやうど手さきにできた銅褐色の疣のやうに、じつと指のさきにしがみついてゐるとでもいつたやうな生活だつた。疣が動きだして飛びたつまでは——飛びたつたからには疣ではなかつたのだ。ほんとの疣だつたら動きはしない——どちらかといへばやさしい空想的な春のはね蟲にすぎなかつたが、ロバートは自然の愛らしい思ひつきに逆らつて飛び立たうと決心した。ロバートは代理人（前號にて支配人代理と譯せしは代理人の誤り）だつた。しかし蠅の代理人なんてものはない。（ドイツ語で蠅はフリーゲ、飛ぶはフリーゲン、これは洒落である）

ロバート、あるひは彼に從つてもとの本名どほりに呼ぶならばゲオルク――彼はもはやエミーリエにほかの名で呼ぶことを許さなかつた。その理由は、彼のいふところによれば、ロバートはもう死んだ、ロバートは幸福だつた頃のファイストだが今はもとのもくあみではないか、昔のゲオルク・ファイスは人生の道化役者だつたがロバートの影としてのゲオルクこそ今の自分だ。なぜなら不幸なときは人は彼自身の影にすぎないのだから、といふのである――どころでさて、ゲオルクは苦しんだ。悲しい哉、苦しむことができないほどくだらない人間なんてどこを捜したつてゐはしない。

ゲオルクの結婚生活は前よりもつとみぢめなものだつた。彼はエミーリエが自分を愛してゐないといふことを知つてからでも、彼女を愛することをやめはしなかつた。しかしエミーリエに對する愛に喜びを見出すことはできなくなつた。愛は彼にとつてはひとつの義務、ひとつの必要であり、決して快樂ではなかつた、ちやうど歩くことが痛風病患者にとつてさうであるやうに。しかし彼がまだ生れもしない子供のことをいひだしたのは、どう考へても不思議といはねばならぬ。四十年のあひだ、たまには街であつたよその子供の頭をなでてやつたことがあつたとはいへ、いまだかつて一度も自分の子供のことなぞ考へてみたこともなかつたこの男が、怪我もしないのに突然ぽつかり口をあけた傷とでもいひたいやうな病的な衝動にかられたとしても、それがエミーリエにわからなかつたのは無理もない。なるほど彼が苦しんでゐるといふことは――それもいはゞ自分から好き好んで苦しんでゐるのではあつたが――彼女にだつて氣がついてゐた。それどころか、彼は非常に惱んでゐると信じさへした。しかし彼女のいつたことは完全に嘘ッぽちだつた。彼女は決して妊娠不能ではなかつたのだ。墮胎婆（おろしばゞ）さんのことも切開手術のことも、みんな口からでまかせの嘘だつたのである。

ゲオルクは仕事にせいを出して以前よりもつと多くの金を儲けた。しかしなんのたしにもならなかつた。彼は考へた、俺んとこの家計はいつたい支出が多過ぎる。俺の儲よりは勿論のこと、第一あいつの借金のふえ方はどうだ、これでは追ひつきつこがない、と。エミーリエはパン屋、肉屋、仕立屋、靴屋、呉服屋、寶石細工屋そのほかどこでもかまはずに借金をして歩いた。ゲオルクは借金を拂つた。新しい書付がきた、そして借金はふえる一方だつた。ゲオルクはエミーリエの指導よろしきを得たゝめにきちやうめんになつた。愛情製造機械、舊式な（舊式な？）愛情自働販賣器（十錢いれると甘いお菓子がでゝくる！）ともいふべき彼は懷中時計のやうにきちやうめんになり、猿か中學校の級長のやうに馴らされ、貢物をさゝげる家來のやうに從順になり、これらをいつしよくたにしたと同じ位にずるくなつた。彼は新兵と同様の訓練をうけ酷使された。といふのも自分の下士官を愛してゐたからなのだが、そのくせエミーリエが、金を儲けてきたときばかりちやほやして、一文なしでかへつてきたときには頭からどやしつけるやうな女だつてことは彼にだつてよくわかつてきてゐたのだ。彼はもう警句を口にしなくなつた。なんのための警句？誰も耳をかすものがなくなつたのである。勿論エミーリエは聞かうとしなかつた。しかり、聞かうとしなくなつた。このことによつても彼の感情は害されてゐた。にもかゝはらず依然として彼の心は愛に充たされてゐた。愛に浸されてゐた、血だらけの繃帶のやうに。

ある日のこと――陰氣な暴れ模樣の日であつた。空は黒く黄色を帶びてゐた、風は空のくびつたまに野猫のやうにぶらさがり、その胸ぐらから雲のきれつぱしをひきむしつてゐた。やがて灰色の雨雲がみなぎり、はげしい燃えるやうな稲妻がひかりはじめた。それは空からしたゝる血のやうに思はれた。午さがりの頃だつた、ファイストはその日にかぎつて行きつけのカフェに入らうとしなかつた。友人にあひたくもなかつたし、給仕あひてに警句を吐く氣にもならなかつたのだ。この給仕なら時折彼に金を立替てやつてゐた關係上、彼の警句を拜聽してくれたのだが。――風のなかを通りにでたファイストは、とある屋敷街に沿ふて歩いて行つた。彼は自分の生活のことを考へると、それがたまらなく厭はしくなつてきた。女房のことを考へると女房が嫌になつてきた。エミーリエといふ名さへ氣にいらなくなつた。彼はとうてい生れさうにもない子供のことを考へた。彼の心はおちつかず、そのまなざしは地上にあるひは天上にさまよつた。突然ファイストは女房の後姿を目にとめた。彼女は彼より二十歩ばかり前の方を、絹の着物の上から黒絹の外套をまとひ、堂々たる體格の若い粋な男と腕をくんで歩いてゐた。

「俺」とファイストはいつた、「俺ぢやない、俺はあんなに背が高くない。それにしてもあいつはいつたい誰だらう？女はたしかに俺の女房だ。女房たるものは亭主の俺としか腕をくんで歩いてはならない筈だが、しかしあいつは俺ぢやない。」

彼は眼の前がまつくらになつたやうな氣がした。がた／＼ふるえだした。めまひがした。と同時にまた氣をとりなほしてはげしく押し出すやうに息をついた。二人が街角をまがつたとき、彼はくるつと廻れ右をしていちもくさんに歩きはじめた。ひとめにつきたくはないと思つたので、駈けだすことはできなかつたが、なかば走るやうにしてとつゝきの四ッ角をまがつた。赤の他人と腕をくんだ彼女に自分をまともにみせつけてやるために、彼等よりさきにそこへ行つて彼等と正面衝突をしてやらうと思つたのだ。しかし彼が汗びつしよりになつて、はあ／＼息をはずませ、折れさうな膝をひきずりながら、四ッ角をまがつて屋敷街にでたときには、時すでにおそく、いまやまさに瀟洒たる別莊の門のなかに消えやうとする、エミーリエの絹の背中をかいま見ることができただけだつた。彼は茫然と立ちすくんでしまつた。その場に、通りのまんなかに坐りこんでしまひたかつた。兩方の向脛が腫れあがつてゐるやうな氣がした、ずき／＼痛んだ、木端微塵に打ち砕いてやりたいと思つたほどだつた。しまひには膝をかゝえて尻もちをついてしまつた。そんなふうにして彼は二時間あまりも路ばたでぼんやりしてゐた。この二時間のあひだに彼の全生涯はまつぷたつにひき裂かれたやうな氣がした。しかもいまゝでの生活はその期間においてその領域において、その重さにおいて、わづかこの二時間にしか匹敵し得ないやうに思ばれた。

突然彼は電氣に撃たれやうにぎくりとした。別莊の門があいて、エミーリエが粋な若い男と腕をくんで彼の方に向つてやつてきたのである。それをみてファイストの心臓はちゞみあがつてしまつた。膝は崩折れさうになり、あたりを見まはして逃げださうとしたが、また立ちどまり、ツイクロップ(ギリシヤ神話にでてくる一眼の巨人)が山を持ち上げるときのやうに足をふんばり、冷汗でずぶぬれになりがら二人に向つて突進して行つた。三歩前のところまできて、彼は慇懃に帽子をぬぎ最敬禮のおじぎをした。まるで二人が通りすぎるまでさうしてゐやうと思つてゐるかのやうにみえた。彼は粋な若い男が、このびしよぬれの馬鹿は誰かね、とエミーリエにたずねてゐるのを聞いた。「あたしの良人よ」とエミーリエが答へたのをファイストは聞いた。あとはたゞとゞろくやうな二人の爆笑――ファイストは手で顔を覆ふた。顔はぬれてゐた、「雨のためだ」と彼はいつた、しかし實は涙にぬれてゐたのだつた。「俺はやきもちをやいてゐる」とファイストはいつた。「あの女が俺をだましてゐるのをいまゝで氣づかなかつたかのやうに。俺には心から愛してゐるんだが、あゝ俺はなんといふ不幸者だらう！」

ファイストはどもりながら自分で自分にいひきかせた、「俺をどうしやうといふんだ？俺だつて人間だ！苦痛は身に感ずる。俺をどうしやうといふんだ？誰にだつて俺をこんなにめちやくちや切りさいなむ權利はない筈だ！」悲しみは忽ち怒りとなつた。そのとき互に挨拶をしあつてゐる二人の男をみて彼は叫んだ、たゞし小聲でしかも心のなかで。「なぜお前たちは帽子をぬぐんだ？相手が悪黨だつてことをしらんのか？帽子をぬいぢやいかん！帽子をぬいぢやいかん！」そしてやをら小首をかしげて警句を一つ作つた。曰く、あさましき女を戀することあり、蓋し戀の衝動は一切の難點を征伏すればなり。

ファイストは自分の氣持や心をすこしも理解してくれないエミーリエの上ッ調子な淺薄さをはつきり見抜くことができた。彼女といふ女の底までがすつかり見すかされると同時にそんな女の前でとんまなおどけをやつてみせるまでになりさがつた自分の愚さも、身にしみてわかつてくるのだつた。彼は、ゲオルク・ファイストは慘めだつた。しかし誰が彼をそんな慘めな男にしてしまつたのだらうか？社會的な境遇、金持ち、國家、その他のもの、人間たちがファイストをそんな愚者にしてしまつたのだらうか？あゝ、あゝ、なぜえりにえらんで彼だけを、なぜ？お前の心にきいてみろ、なぜ黑い影が彼の心中にあらはれてきたか、心痛が、苦惱が、なぜ？

しかしエミーリエがファイストのうちに認めたものは實に養老保險と年金とそして愚劣さであつた。それでも彼女は我慢してゐた、被使用人が主人に對して忍耐強いと同じやうに給料をもらうには、ぜひとも主人が必要なのだ。彼女は彼から金をもらつてゐながら、なほ彼を憎んでゐた。彼女は考へた、あたしのお給金あんまり安すぎるわ、と。彼女がそれと氣づいて自らすゝんで醫者に診斷してもらつたときには、既に姙娠してゐた。彼女は半氣狂ひのやうになつて彼を憎んだ。彼に軍配があがり、まもなくお父ちやんにならうとしてゐるんだと思ふと、彼女はたまらなかつた。しかしファイストが子供の本當の父親かどうかは疑問だつた。なぜなら、ちやうどその頃彼女はいろんな男と寢たのだから。それにしても法律上の父親が一人でなければならなかつたことはいふまでもない。怖ろしいやりばのない怒りが彼女をとらへた。煩悶のあまり衰弱してしまつた。自分で自分の身體をどうすることもできなかつた。彼女は考へた――あゝ、あたしはけだものゝ餌食だつたのだ。あいつらはあたしをとりまき、追ひまはし(彼女は彼等から金をもらつてゐたことを忘れてゐた)：勝手に弄び、子供をこしらへたんぢやないか、だのに今更あたしに子供を育てろなんてあんまりだわ、子供の父ちやんでもなんでもないろくでなしのファイストの味方になつて、このあたしをよつてたかつて彈劾するなんてあんまりだわ、あたしのお腹がふくれたおかげで、ファイストが幸福になるなんて、幸福になるなんて、あゝ、あたし、どうしやう？さうだ、このお腹の腫物をとつてしまはう。こんな雜草なんか燃やしてしまはう、くさらしてとつてしまはう、でもさうするとなると、あゝ、あたしにはお金がない。

それからまもないある日エミーリエは、ね、ちよつと話があるんだけど、と良人を呼んだ。彼はまぶたをけいれんさせながら彼女の顏をみつめ、ちらつとお腹に一瞥をくれて、下唇をかみしめた。エミーリエはいやにおちつきはらつていつた――あたしのいふこと信じてちやうだいよ、いまさらあらたまつて格言をもちだすなんて、あんたのがらぢやないんだから、ようござんすか、實はね、あたしこの前騙をついたのでも今度はほんとのことといふわ。ファイストは、内心おそる〳〵ではあつたが、彼女が自分から眼をそらさないやうに、じつと彼女の眼をみつめてゐた。彼女は顏をまつかにした。彼は前科何犯かの人殺しのやうに彼女をみつめた。突然飛鳥のやうに部屋をとびだした彼は、かつきり三十分たつてから見知らぬ男を一人つれてもどつてきた。金めつきした眼鏡をかけ腹のでばつた、金髮のその紳士を彼は助産醫として彼女に紹介した。ファイストは、「この方は親切にもわしと一緒にきて下さつたんだよ、エミーリエ、お前診ておいたゞき、」といつた。診察を終へた醫者は、青い陶器の洗面器で手を洗ひながらいつた、「やつぱり奥さんは妊娠してゐます。でも、まだちよつと間がありますな。」彼は眼鏡をチョッキのかくしにいれて、ぢやおいとまします、と出て行つた。

ファイストはエミーリエに接吻しなかつた。彼は醫者が出て行つたあとの部屋のまんなかに、氣のぬけたやうにぼんやり立つてゐた。そしてまぶしさうにまばたきしながら、かたはらのエミーリエをかへりみた。二本の樹のあひだに吊られた柔かいハンモックに横になつて、うつら〳〵と青空と大地のあひだでゆすぶられてゐるときのやうに、ばかげた希望につゝまれていゝ氣持になつてゐたエミーリエは、怒りと恥しさと困惑のあまりだかどうかはわからないが、とにかく泣きだしてしまつた。人なみにさういつまでも馬鹿ではないファイストは——といつても時たまさう見えるだけの話だが——靴音をしのばせてこつそり部屋を出て行つた。彼は喜んだ。嘘ぢなやい。彼は喜んだ。もうすこしで叫び聲をあげるところだつた。ホヤア！萬歳！彼は喜んだ！たゞし靜かに！こつそりと！ひそかに！ひそかに！心のなかでそつと！彼は喜んだ！しかし彼は喜びをそとにあらはさなかつた。彼はカフエにとびこんで、ちよつとした借金を給仕に拂ひ、自分がいま父親にならうとしてゐることゝ、エリカの簡單な特徵をべらべらとのべたてた、エリカは賢いぜ、きつと——生れる子供が娘だつてことをどこからファイストがきゝ知つたか、それは惡魔のみぞ知る。だが知つてゐたればこそエリカと名をつけたのだ。なぜエリカとつけたか、それは誰も知らぬ。しかしともあれ、この娘はファイストにとつてはもう四ッの女の子だつた。彼女がどんなに彼の氣にいつてゐたかは、彼女のことを口ばしつた一事によつてもよくわかるだらう。

ファイストはおとくい、仕事仲間、友人、そのほか誰でもかまはずに訪ねてまはり、自分がまもなく父親にならうとしてゐることをしやべつて歩いた。あゝ神よ、彼はさうすることによつて、自分自身を滑稽なものにしてゐたのだ。しかしそれは問題ではない。彼は喜んでゐたのだ、非常に喜んでゐたのだ。そのくせエミーリエにだけはそしらぬふりをよそほつた。といふのも、彼女が彼を憎んでゐるといふことを知つてゐたばかりでなく、彼の子供を——彼の子供であつて彼女の子供ではない。腹は借物ではないか——憎んでゐるさうな豫感がしてゐたからにほかならない。たとへ家主の家に住んでゐるからといつても借家人が家主の所有物ではないと同じやうに、エミーリエの腹のなかにやどつてゐる子供が彼女のものだとはかぎらないのだ。いつとはなしにファイストは道でちいさな子供にであふと必らず立ちどまつて、髮の毛をなでなにかおいしいお菓子やボン〳〵をわけてやるのが癖になつてしまつた。そのために彼はしよつちゆうお菓子をもつて歩いた。ありとあらゆる乳母車をのぞいては、當の母親よりももつと〳〵上手に子供をあやした。毎日きまつて八回は玩具屋の店さきに立ちどまつて、お伽噺の本を買ひこみ、かたつぱしから暗記していつた。つまり彼は——エミーリエならびに世の常識ある人士の批評によれば——手のつけられない馬鹿のやうにふるまつたのだ。かうした牧歌はすくなくとも二三週間はつゞいた。ある日暮方のこと、ファイストはいつもよりすこしはやめにかへつてきた。お腹がすいてゐたので途中を急いだ。部屋のなかに入つた。エミーリエはゐなかつた。臺所に行つてパンとバターとチーズをさがし出してたべた。どうやら腹の蟲もおさまつた頃、誰だか扉をたゝく音がしたあけてみた。そこには十か十一くらひの女の子が立つてゐた。青い眼をした金髪のやせた女の子だつた。ファイストは名前をたずねた。グレートヘン・マイアーと答へた。ファイストは、誰に用があるの、とたずねた。ファイストあぢさんに、と答へた。誰のお使ひできたの？お母さんの。「で、御用事は？」とファイストはたずねた。「忘れたの？御用事は？」女の子は答へた、「いゝえ。あのウ、お母さんがね、ファイストおばさんは今夜かへらないけど心配することはありませんッて、萬事うまくいきましたからッて、さうおぢさんにいつてこいといつたの。」

　ファイストの心臓の鼓動は、はたと止まつて、またはげしく動きだした。何がうまくいつたの？と彼はたずねた。しかしグレートヘンは何もしらなかつた。ゐたゝまらなくなつたファイストは戸じまりをすますと、帽子もかぶらずステッキも持たないで、半ば走るやうにしてついてくる女の子といつしよに、あわてふためいてマイアーの家にかけつけた。彼女の家は平屋だつた。グレートヘンは彼を臺所につれて行き、そこに一人のこして出て行つた。壺と皿にはさまれ、安油の香につゝまれて、彼の心臓はわな〳〵とうちふるへた。そのときすぐちかくでかなきり聲がきこえた。それが女房の聲であるとすばやくさとつた彼の腦味噌はがん〳〵唸りはじめた。あッエミーリエ！　とびださうとした彼は臺所の戸口でいきなりマイアーとぶつかつてしまつた。

　ファイストは叫んだ、「エミーリエ！」——「お元氣ですよ！」とマイアーは笑ひながらいつた。「あなた、あなたは大人ですもの！泣きやしないでしョ！奥さんはお元氣よ、萬事うまくいつたわ、もうすつかりすんぢやつたの。なあに、わきやないんですもン。」「エリカ！」とファイストは叫んだ、「こいつらはお前を殺してしまつた？」——「まあッ！」シュタジア・マイアーはどなつた、「なんだつてこんな人をつれてきたんだらう。グレートヘンは馬鹿だよ、ほんとに！どうしたつていふんだらう？近所さわがせをやりにきたんだらうか？あなたしつかりして下さい、おちついてちやうだい！」

「エリカ！」ファイストは叫んだ、「こいつらは俺のエリカを殺してしまつた。」彼はかまどの上の皿——そのなかにはまだ燒肉汁の殘りが入つてゐた――をつかんで、兩手でばり〳〵とわつた。かけらで手を切つたが、自分では氣がつかなかつた。かけらは大きな音をたてゝ床の上におち、かんだかい叫び聲をあげてゐるシュタジア・マイアーのそばにとんで行つた。エミーリエの聲がこだましてにぶく聞えてきた。ファストはあわてゝ外へ出て行つた。指は腫れあがり、顏色は青ざめ、心臟は死んでゐた。彼はフユルトの町をさまよつた。

冷たさとしめつぽさがはひあがつてきて、彼の心臟は冷たくなつていつた。とある汚ない流れの水面に彼は自分のしかめツつらをうつしてみた。危ふくおつこちさうになるまで上體をつきだした。水にうつツた空はどすぐろく、星は底に沈んでゐるやうにみえた。風はさゞ波をたてゝ吹き去つた。彼はいつまでも流れの水をみつめてゐた――

つと身をひいた彼は、そばを通る人がびつくりして立ちどまるほど大きな叫び聲をあげて走りだした。泥棒のやうに、神樣にみつけられて逃げだすときのやうに、ランニングの選手のやうに、子供のやうに、命がけで走る大人のやうに、氣狂ひのやうに彼は走つた。空氣中から息をもぎとるやうにして喘ぎながら、人通りのたえたフユルトの街を驅けて行つた家の前にきた、頭で扉を押しあけた、階段をのぼつた、部屋のなかに入つた、寢臺にはひあがつた、身體をねぢこむやうにしてふとんのなかにもぐりこんだ、ふとんのなかで命を求めて叫んだ。死にたくはない、死んではならない、死ぬことはできないと思つた。彼は怖れた――何を？しめつぽいものを？蘆の生えた沼を？冷たい所を？この世の終焉を？永遠なるものを？――運命を？いや〳〵そんなものではない。そんなものではない、まこと彼の恐怖は、いひしれないもの、何ともよびやうのないものであつた。すねた子供のやうに兩足でかけぶとんを踏みつけた。拳で壁をなぐつた、自分の額をなぐつた。ふと考へた、「人間ッておかしな奴だ、悲觀するとこんなにもあばれるんだからな。」やがてすゝり泣き、號泣しはじめた。涙は麻の枕かけをぬらした。ハンカチをさがしたがみつからなかつたので、枕かけで鼻をかみ〳〵泣きつゞけた。いつしか眠つてしまつた。こわい夢をみた。眼がさめた、夜だつた、あたりは暗かつた、家の前の通りに出た。塀によりかゝつて、空を見上げた、星をみつめた、一心に、そしてつぶやいた「もう二度とみることはあるまい。」よつぱらひのやうによろめきながら交番の前にさしかゝつた。眼をみはり、立ちどまり、眼をみはり、崩折れた。やがて氣がついたときには、まつくらな一室の藁束の上にねかされてゐた。不安になつてきた。死んでゐるのかしらと思つた。生れるべくして生れなかつた娘のエリカのやうに死んでゐるのであつてほしいと希つた。暗闇のなかに溺れたいと思つた。いつまでも暗闇のなかにゐたいと思つた。やをら立ちあがつて、まはりの壁を手探りながらしばらく思ひ迷つてゐたが、再び横になると、眠るでもなく、うつろな心をいだいて暗闇に瞳をこらした。

朝がきた、彼はまだ交番に留置されてゐる自分を見出した。今後二度と正氣を失ふほど醉ひしれてはならぬ、ときつい訓戒を與へられた。ファイストはどもりながら答へた、そそぢやないんです、で、でも私が悪ふござんした、こ、後悔してます。さういつてふと昨夜のことを思ひ出し、フユルトには泥棒の集る居酒屋が六箇所もありますよ、旦那、と根も葉もない作り話をつけ加へた。飲んぢやつたんです、は、飲んぢやつたんです、たらふく、えゝ、たらふく。「ところでどうぢや、もうすつかり醒めたかな?」と警官はたずねた。は、それやもう、は。ファイストは釋放された。

この朝であつたか、二三日たつてからの朝であつたか、エミーリエはかへつてきた。ファイストは借金取りのやうに、神と悪魔と同時にのりうつッたかのやうに、吹きまくる風のやうに、がなくりたてた。エミーリエは二歩あとずさりして叫んだ、人殺しッ！　それからのファイストの生活は、自ら求めて宇宙の無限の深みに落ちて行く星のやうであつた。ファイストはとほうにくれた。單純なことが診稀に思はれ、不思議なことが何んでもないことのやうに思はれだした。自ら掘りさげた自己といふ井戸のなかに落ちこんでしまつた。常にエミーリエから三歩はなれて生活した。夜は床をならべて眠むり、その身は互にまぢかく息づきながらも、心は常にエミーリエから三歩はなれてゐた。戀をしてゐた頃をなつかしみ今は他界にあるおのれの廢墟を思ひわびながら、星のあひだを光明の世界から暗黒の世界へ無限の深みに落ちて行くやうな生活だつた。しかもなほエミーリエを思ひきることはできなかつた。

彼はいはゞなにか苦い味のものを口のなかにふくんでゐるやうな氣持で、彼女をもちまはつた。おいしい咳止めボンボンのやうに吐き出すわけにはいかなかつた。殺すこともできなかつた。暴力をふるふやうな男ではなかつた。まれにではあつたが、彼女の死を夢想してみたこともあつた。たゞ彼女の死だけが、彼を解放することが出來たのである。

彼は彼女より三年前に死んだ。棺桶にいれられたときの彼は、内氣にみえる、謙遜なひとつの屍だつた。彼女の名はエミーリエといつた。(完)

(一九三六・六・一七)

ミカエル・ゾシチエンコ作，南次夫譯，〈夜の讀物　便宜上の結婚〉，《臺灣日日新報》，一九三六年十月廿五日。

夜の讀物

便宜上の結婚

ミカエル・ゾシチエンコ
南次夫譯

ミカエル・ゾシチエンコはソヴエートの最も輝かしき短篇作家の一人である　一八九五年貧民の家に生れ、大戰には士官として從軍し、瓦斯中毒になり、負傷した　一九一八年赤軍に編入された　彼には十册以上の短篇集がある

私たちは前は持參金つきでない結婚はなかつたと聞いてゐます、比喩的にいへば上品で眞面目な求婚者がピストルを彼の未來の花嫁の兩親の頭に擬して、「金を寄らよこすか、よこさなければ娘は遣はないよ」と脅し文句をいふも同様だつたのでした

おちけついた兩親はその額をいひ、新婦に持たせてやるものをいふのでした

今日では私たちは「持參金」といふ言葉をさへ忘れてゐます、實際私たちは持參金がどんなものか想像もつかない位です

勿論かういふきちんとした時代にも時折結婚を通して何か餘分なものを得ようとする人々にぶつつ

かることもあります

×

しかし今日はそれは容易なことではありません、未來の花聟は彼の愚劣な夢をつねに實現することは出來ません

例へばこんな些細な例を申しませう、一人の娘の子が大層上等のブローチをつけてゐるかも知れません、だがそれは物を意味してゐません、男の人は彼女と結婚します、でも彼の花嫁はブローチを持つてゐるのでないことがわかります、問題のブローチは友達から借りたものでした、とにかくその物は贋物で出來てゐました

或ひはまた部屋の帽子掛けにとても上等のコートが懸かつてゐるとしませう。

後になつてあなたはそれが部屋借りしてるものの一人のものだといふことがわかります、その人がそれを暫らく懸けておいたのでした。

さうです、今日結婚する人々は自分たちの花嫁が物を澤山持つて來ようとしないことを承知してゐます。

勿論自分たちの妻の位地を彼女の財産でみるよりは仕事でみようとするものが多いのです、しかし

そのことは必ずしもいづれにも願らうとすることではありません。

かういふことが一度ありました一人の青年が新聞で廣告で興味の持てさうな娘の子に紹介されました、さう大して彼女の容貌は彼女が出納係だといふ事實程彼を驚かし、惹きつけなかつたのでしたこれが彼を考へさせました。

出納は非常な注意力を要します出納係は数少く、高給を拂はれてゐます。

さて、この青年は極端に冷酷な人生観を抱いてゐました。

彼は戀愛について何も理解してゐなかつたのでした、彼は一ツのことにひたすら熱心だつたのでした、どうすればもつといい暮しが出來るだらうか、もつと上等の食量分が得れるだらうかといふことでした。

ところがここに婦人出納係といふ形をとつて絶好の機會が現はれたのでした、ここに彼の野望を満足する素晴らしい途があつたのでした、そこで彼は彼女ともつとよく知り合ひました、彼は彼女を度度ジネマに連れて行きましたそして彼が彼女を愛してるといひました、それからかういつたのです。

「そのうちあなたは結婚登録所においでになりませんか？」

そこで彼女はいひました。

「ええ勿論參りますわ、喜んで、きつと」

そこで二人は結婚しました。

彼は彼女がとても好きでしたし彼女とて同しことでした。

それから或る日彼女は仕事から歸つて彼にいひました。

「ねえ、ペチヤ、大抵こんなものですね　私は私の職務を離れましたよ、私が職を離れることを隨分長い間夢みてゐたと私は包み隱さずいはなければなりませんわね、私はつねに結婚したら直ぐ辭職しようと望んでゐました、もう事務所をノックして廻る必要はありませんわ」

これは恐ろしく彼女の夫を狼狽させました、彼は喘ぎ、どなり、彼女に仕事に歸るやうに頼みました。

「いたづらにしてもそれを君はどう考へるのか?」

と彼は獨言をいひました。

「勿論僕は彼女の職業の故に彼女と結婚しただけなんだ!」

「ねえ、私には職業はもう澤山です」

と彼の妻はいひました。

「私はもう仕事に行きたくないのです、私に恐しい事務所で私の若さと美しさを失ふつもりはありません」

彼はみぢめな狀態に落ち込みました、そして彼は彼女を離婚することを考へてゐるのです、しかしそんなに易々と離婚は出來ないでせう、何故つて二人は一緒に住んでゐますから。

どんなことがあつてもその時彼が計畫を間違へ、その間違つた償を今拂ひつつあるのは明かでせうフランソリア・コッペ作，石濱三男譯，〈優しい女〉，《臺灣日日新報》，一九三七年六月卅日、七月一日。

優しい女（上）

（佛）フランソリア・コッペ作
石濱三男譯

十一月の或る雨催ひの夕方である、瓦斯の光りが泥濘の道にキラキラと反射してゐた。その歩道に沿つて、一人のうらぶれた男が、もう戸を閉めた商店の店先に肩を打ちつけ、何か喚りながら歩いてゐた——その男、年の頃二十になるかならずで、足許はひよろ〳〵してゐた。通行人はみんな振返つて彼の方を見たし、或る人々は彼を酔拂ひだと思つて嘲り笑つた。本當をいふと、此男は飢と疲労にすつかり弱つてゐるのであつた。

この男、レオ・ベルユスは子供の頃から自分を詩人だと思ひ込んでゐた、生れ故郷の神学校では、[illegible]な貧者の家の孤兒である彼に希臘語と羅句語とを少々ばかりお情けで敎へて貰つたが、彼は怠け者の学生で、ほんの時々作文が巧いので先生達を驚かすことがある位のものであつた、十七歳の時、レオはペロポネスス戦争の正確な時日を知らなかつたために、バツク（大学入学資格）を得ることができなかつた、何しろペロポネスス戦争の時日といへば、日常生活

に缺くべからざるものなのである

けれども、レオの化学の先生であり、愛情が深く子供みたいに純粋な老僧は、彼の卒業の為に親戚と相談とを交へながら、文学をやつたらきつと[illegible]に望ひないと彼のために進言した、レオはこの老先生に、巴旦杏のやうに新鮮な優に柔しい四月の処女詩を書いた帳面を見せたことがあつたからである

うるさい学校から解放されると彼は早速巴里に飛び出して来て、多くの青年達と同じやうな理想と希望と、油い豚料理との生活を送つた、悲歎を生むには平たい麺麭が良く、小唄には豚のチーズが良いなどとはいつても、実は若い詩人達には貧しくてこの外の料理は手に入らないのである。

みんなの真似をして、レオ・ベルニスも或る有名な編輯者の所へ原稿を持ち込んだ、二ケ月経つと編輯所所属批評家の紹介になつた温かい返事が来、彼をやたらに賞めそやし、お金を出すなら出版してやらうといつて来た、兎も角も彼は認められ、原稿を読んで貰ひ、価値を認められたのである、ところが出版など彼には思ひもよらなかつた、安い家庭教師の口とつま

らぬ雜誌の仕事では、麗々敷標題とカツトの入つたエルゼヴイル活字の立派な本を出す前に、先づ每日の豚料理の心配をしなければならないのであつた、相變らず豚脂の切れ端とガランチン料理で滿足して、どうしてもカツを買ふまでには至らないのであつた

彼はつまり、非常に高貴な非常に純粹な生活を送つてゐた訳なのである

一體、我々仲間の、出世した成功した親愛なる作家連は、ポケツトに四十スウ銀貨が二枚とあつたことがなく、天眞爛漫で金に縁のない藝術ばかりを考へふけつてゐた昔の生活を果して憶へてはゐないものであらうか？

何はともあれ、レオ・ペルニスの場合には貧乏がひど過ぎた、間もなく藝術の仕事も家庭教師の口もなくなつてしまつた、風と雨風を凌ぐために或る家の番犬の世話をするために下男に住み込んだがこのために彼はすつかり駄目になつてしまつた

彼はもうこれで三月間も路上をさまよつて、夜は曖昧宿で寝た、今宵、この寒く、霧深い夜を倒れさうにして歩いてゐる彼は、もう十四時間も何物も口に入れないのである、つまり、朝早く小さいパ

ンと彼の麵麭を食つたばかりなのである

ポケットには一錢の金もない、今晩は寐る処はあるのである、彼と同じくらゐ貧乏で、彼と同じ樣に朝早くから仕事を探して歩いてゐる或る男が、その男に今朝飯を食はして貰つたのであるが、その屋根裏部屋に泊めて吳れる筈なのである

ところが、この友人はづつと遠く、ビユツト・モンマルトルの方に住んでゐて、レオはといへば今まで寒さを避けるためにサント・ジユヌヴイエヴの圖書館にゐていまそこを出て來たばかりなのである、家具付貸間の長椅子の上にペコ〱の腹を横にするためにはこれから一時間半はども歩かねばならないのである

不幸な子供であるレオは足がガクガクしてとてもそこまで歩く力がないやうな氣がしだして來た、腹はグウ〱鳴り、眼玉がキリキリ痛んで來た

すると突然、或る角で、しわがれてはゐるがあまり野卑でない女の声が彼の耳許で呼びかけた

——ブロンドのいいお方、あたしんちへ寄つて行かない？

ひよいと彼は女の顏を見た、若

くはない、もう三十以上の褐色の髪の肥つた女で、髪は乱れ、パッとしない着物を着て黒い前掛をしてゐた、場末に住む女といふより、女工らしい姿である、ただその眼と頬の上の赤い化粧とで笑ひを賣る女であることが判つた

優しい女（下）

（佛）フランソア・コッペ作

石濱三男譯

若い詩人は未だ純潔であつた、自分の夢の中の仙女と王女様とをしか愛したことがなかつた、こんな女を見ると怖い氣がした、急いで逃げ出さうとした、がその力がなかつた——やつと、五六歩行き過ぎると急にドッカリと倚りかかつてしまつた

「あの人どうしたつてんだらう！どつかひどく打つたのか知ら？」

女はレオの傍へ行つた、そして彼の顔をまじ／＼とみつめた

彼はすつかり參つてゐた、冷たい汗が額に滲み出してゐた

——放つといて呉れ

と低く呟いた

すると女の顔は急に變つた、人の良さがその眼差しに現はれた

——お前さん、どつか惡いの？

レオはすつかり力を失つて、ぶつぶついひ、兩眼を閉ぢて濁聲を

鳴らした

——朝八時に食つただけでそれから何も食はないんだ！　腹が減つたんだ！

女はそれを聞くと、矢庭に彼の腕を引つ張つて傍らの小路につれ込み、或る戸を開くとそこへ彼を押し入れた、それは地階の部屋で貧しい装飾、椅子が二三脚と、綿のはみ出た赤い羽蒲団のある寝台とがあり、卓上の錫の燭台では蠟燭が燃えてゐた

彼は食ひたし恥かしいしレオは椅子の上に打ち倒れた、そして両手で顔を被つてむせび泣いた

女は心を打たれ、大粒の涙を二つ化粧した顔の上に流してゐたが食物戸棚を開けて、食卓に布を掛けた、そしてレオの前に大きな皿でパンと塩と冷たい大きな仔牛の肉とを置いた、レオが泣きながら

——有難う、有難う！

といふので、彼女は今度はこの男の不幸を救済する心算りで先刻のやうにお前さんなどとは呼ばないで

——話したりすると疲れますよ……食べてからにおしなさい

と優しくいつた、彼が両手を慄はせながらガツ／＼と食ひ始めると、彼女は彼が慄えるといけないと思つて煖炉の前にしやがんで火を

起さうとした、火を起しながら彼女は呟いた

——可哀さうな人！　可哀さうな人！

　そのうち彼女は彼の方へ帰つて來た、彼が遠慮して十分食べないといけないと氣が着いたので、お皿に肉を、コップに酒を注ぎ足した、まるで子供の世話を焼く母親であつた、それから急に

——まあ、あたし何て馬鹿なんだらう！　消化し易いために何か温かいものをあげなくつちやあ……珈琲はいかが？

　彼女は再び爐の方へ行つて、珈琲沸しを兩足で挾んで把手を廻した

　彼はぢつと彼女を見詰めてゐたこの女は最も下層な女で、色香は褪せ、ぶよぶよした身體と皿洗ひの手を持つてゐた、この女にも昔は健康と力との魅力、それともその他の何かの魅力があつたこともあるのか知ら？　無かつたに違ひない、今ではもう老婆みたいで、黄色い脂肪肥りで、顋は三重、頸も顋の近くには白髪が垂つてゐた

　レオ・ベルニスはしかし心からの詩人だつたし——それに今後有名な詩人たらんと志がある程だから——この女を愛撫と感謝とでうるんだ眼で眺めた、そして、彼

女が彼に珈琲を注ぎ「仲良くなるために」その二三滴を呑んだ時、彼は女にその名前を訊ねた

彼女は直ぐには答へなかつた、まるで物怖じした様に食卓の反對側に腕を組み肱を引いた姿で、何か考へる様子で立つてゐたが、やがていつた

——そんなことお聞きになつても何の役にも立たないぢやありませんか？　あたしみたいな女と、あなたみたいな立派な紳士とでは似通つたところつてまるでないんですもの……あたしのしたことはごくつまらない事ですしそれにもうこれ以上何もしてあげることはできないんです……いまはあなたは幸福ではなさそうですね、でも勇氣をお出しなさい！　あなたはお若いし立派な才能をお持ちなのです、全體、あなたは何をしてゐらつしやるんです？……

——詩を書いてるんです

彼は答へた

彼女は驚きもしないでいつた

——歌をお作りになるのね……勉強しなさい、さうすればきつと成功できます……あたしの名前をお知りになりたいんでしたら、みんなはあたしをマルゴーつていつてますの、また時々眞面目にあたしのことを思ひ出して下さるんで

したら、どうぞマルグリットと呼んで下さい

彼女は口を閉ぢて、眼を伏せた

彼はもう出て行かなければならないと思つた

入口に立つて、別れを告げる時レオ・ベルニスはこんな哀れな女の中にあんな優しさと同情心とを發見した感動のために、詩人らしい良い考へを思ひついた、彼は女の手を取つた——堅く皺だらけで爪には垢が溜り、女中と賣笑婦とを兼ねた汚い手を取つて、靜かに頭を下げ、その手の上にうやうやしく接吻をした、まるで女王の手にでもするやうに！

ブルウノオ・フランク作，椎名力之助譯，〈旅行鞄〉，《臺大文學》，第二巻，第六期，一九三七年二月廿八日，頁五一－六三。

旅行鞄

ブルウノオ・フランク作
椎名力之助譯

一

彼は女の姿がプラットフオムから消えてゆくのを見守つてゐる。その足どりは若々しく、彈力もあり、活潑ではあるが少しも花やかでなかつた。――いや、寧ろ地味に見える位だつた。女は微笑を浮べてもう一度振りかへると男の方に手を振つた。が、一瞬の間、出入口の柵のところで手を高く上げるのが見えたと思ふと、間もなく向側の人々の中にかくれてしまつた。

彼は腰を下し、汽車もまだステエションを離れぬうちに新聞紙を取り出して前のテエブルの上に擴げた。

彼は自家用車を持つてゐた。――折々仕事から眼を離すと、十一月の午後の、灰色の光に包まれてゐる陰鬱なプロシアの灰色の上に視線は留つた。仄かな赤い夕映は低い一列の山並の背後に速かに褪せて行く。それは間もなく、夕闇の迫つて來ることを物語つてゐた。汽車は踏切を横切つてゆるやかに走つて行つた。その時、彼は通路に、見すぼらしい、小さな車が汽車の通り過ぎるのを待つてゐたのに氣が付いた。なにか、アメリカ喜劇にでも出て一さうその滑稽味を添へたかと思はれるほど、浮世ばなれのした屑鐵の製品だつた。これが、彼の家に置いてある自家用車を思ひ出させたのであつた。彼の自家用車は實際、賣り拂つて、もつと現代式のに代へるべき時だつた。とにかく今までにも彼は自動車の陳列室を見廻して、最新式のものを選び出して置くことも出來たかも知れないと私かに思つた。が、實際的な細君、――恐らくは餘りにも實際的な、細君の、新品を買ふことに賛成しまいと云ふことを思ひ出した。——さうして、彼はもう一度新聞紙に歸つた。

目的地に着いた時はもはや暗く、ボオタアの歩き廻つてゐるのもあまり見えなかつた。彼は書類入れを小脇に抱へて、自分のトランクやスウトケイスが一杯荷物を積まれた手押車に積み重ねられ、出口の柵の方に押して行かれるのをぢつと見つめてゐた。

ホテルは停車場からは可成り遠いところにあつた。丁度芝居の時刻であつたため、數百萬の伯林人は快樂に心を奪はれてゐるかと思はれた。車馬は追ひ廻るやうに動いてゐた。使へるほどの車は餘さず使用に供されてゐるかに見えた。毛皮や寶石に着飾つた婦人は殊更、サルウン・カアの灑明く照された窓越しに見ると、美しく蠱惑的に見えないものはなかつた。

二た月に一度は、彼はこの夕暮の街を停車場からホテルへ車を驅るのだつた。この往來の細かいことまでいちいち彼の記憶に印刻され、豫めこれによつて起さるべき反動を承知してゐた。かういふ時はいつもであるが、今日もその例に洩れず、彼は自問せねばならなかつた。——ここでは人生はかくも豐かな色彩の中に輝いてゐるのに、彼自身は殘る半生を、あのやうな田舍の、暗黒の幾哩かを隔てた町に送るのは果して正しいかを。世に逆ふでもなく、一種の精神的無氣力の狀態に生活し、定められた一路を從順に辿つて行くに過ぎない一介の成功せる實業家、——彼は斯く自己を觀じた。而も四十五の身空で斯く常識的に解釋し得て滿足すべきでないとも感じない譯には行かなかつた。

斯くの如き感じを抱いて彼はホテルに着いた。ホテルのものは皆彼をよく見知つてゐて、彼のためにいつもの部屋を用意してくれた。——廣い、靜かなダブルルウムである。厚いカアテンも二つの窓の前に引くことも出來るし場合によつては、そこで事務を執り、或は仲間の客を迎へる居室に變へることも出來た。

ホテルの帳簿に記名をし、荷物が運ばれると彼は一人になつた。翌朝は早く用務に取り掛りたいと思つたので、彼は早目に床に就くことにした。

彼はスウトケイスを開いた。が、その瞬間、驚いて後ろに引き退つた。一番上には彼のものではない暗緑色の絹の衣裳があつたからである。間違つた鞄を渡されたと知つた時、彼は不愉快になつた。——人は子供の時ならともかく、相當の年齢になると自分だけの用ゐる小間物のないのを不自由に思ふものである。が、彼は頭の中で一寸この場合を考へて見て、何、大したこともあるまいと決めてしまつた。スウトケイスの蓋のところには若干の金も入つてゐた。が、それも失つて困るほどのものではなかつた。紙幣は皆書類入れの中に入れてあつた。尤も、實際として見ると、爪刷毛や、スリッパアや、髭剃道具を失ふ位なら紙幣を失つた方がましだとも私かに思つて見た位であつた。――が、いづれにせよ、これら一切の身廻り品も亦丁度今頃は誰か見知らぬ人の眼の前に擴げられてゐるかと思ふと、愉快ではなかつた。殊にその人がこの女持ちの鞄から考へて、女であつた場合は。――その暗緑色の絹物からは、何か上品な洗練された趣味を示すかのやうな香料の匂ひが發散されてゐた。

全く好奇心のため彼はもう一度蓋を閉ぢて見た。實際それは彼自身のものと寸分違はないものだつた。――同じ光澤のある褐色の皮で、大きさも同じ、錠さへ同じ銀板で出來てゐた。して見れば ポオタア の罪にすることは勿論出來なかつた。とにかく停車場に行けばこの間違は改めることが出來るだらうと考へた。直ちにこの鞄を停車場に送りかへさうかしら。婦人の方でも屹度さうするに違ひない。さうすれば萬事いい譯である。――彼は既に ポオタア を呼ぶ電鈴（ベル）を鳴すため、片手を伸ししゐた。が、再び彼は手を戻した。他にも方法があつたからである。――恐らく、彼は女の名と住所とを、どこか鞄の中に見付けることが出來るであらう。名刺か、それとも女に宛てられた封筒にでも。――女の香料の微かな香氣がまだ室中に漂つてゐる。彼はもう一度鞄をあけて見た。と、直ちに芳香は彼の周圍に漲り渡つた。

彼は一番上にあつた暗緑色の絹の衣裳を、襞を崩さぬやうに注意して取り上げて見た。腕を伸して、その上に透き徹る着物を掛けて、彼はそこに立つてゐた。斯うして、携帯品の中でも最も優美な物が、彼の眼下に曝されたのであつた。

女は男に比べると、遙かに上品な人種であり、また、上品な生活をしてゐるものだと彼は思つた。彼は自分の鞄のなかに入れてあるものを思ふと、恥しく思つた。それは、恐らくは矢張りこの時刻に、どこか他のホテルの一室で蓋を開けられてゐるのであらう。さうして、それを開いた女はびつくりしてゐるかも知れない。恐らくは多少嫌悪さへ感じてゐるかも知れない。彼は、驚いて後ろへ退る女の姿を想像することが出來た。勿論、自分の持物に何も惡いものがあつた譯ではない。全く上等の品物ばかりだつたが、大部分は古く、使ひ古されてもゐたし、その上、非常にありふれた實用的なものばかりだつた。一番上には、——さう思ふと彼は嫌な氣がした。一番上には、古い黒皮のスリッパアが、それも使ひ果されて、形も崩れ、内側は摩擦のため光澤さへ出てゐた。その傍らには髭剃刷毛が、これももはや擦り切れて禿同様になつてゐるにも拘らず、自分には捨てる氣にならずにゐたものだつた。それから、つい先刻までは、書類入れの多數の紙幣よりも大切だと思つた木製の爪刷毛も、矢張り一番上に置いてあつた。これも、品そのものは上等だつた。が、何よりも困つたことは、寝卷のシャツである。いくら新しく洗濯もし、申し分なく立派にアイロンはかけられてあるとは云へ、寝卷のシャツは矢張り寝卷のシャツに過ぎぬ。而も、この趣もないシャツが、實は、哀しいかな、安逸な中流階級の安逸な象徴である。それに就いて彼は、もう幾年か、彼の出入の洗濯屋と、敵意のない論戰を戰して來たのだつた。「上品なお客様の中でも、まづあなたさま位のものでせう。どうしてもパジヤマになさらないで、押し通してゐらつしやる方は。」彼はその男の斯う云ふのを聞くことが出來た。勿論、洗濯屋は世辭を云つてゐたに過ぎぬ。—實際自分はそんな上等な客ではなかつた。彼は立つたまゝこれらの女の持物を見つめてゐた。が、彼女が自分の寝卷のシャツを見たら、どんな印象をうけるだらうと思ふと、それが苦痛だつた。

　香料の芳しい匂は、部屋中を滿した。新鮮で、殆ど感覺を刺戟するやうな、高價なものだつた。——とにかく、それは息づきのはやい、若々しい口の薫りを思はせるものだつた。又ほつそりした引締つた姿を、丈夫な細い手を、固い我意の強い顎を、淡い色の可成り皮肉な眼を、薄い金の髪の亂れて果敢な額に垂れてゐる様を想像せしめた。想像はまことに立派だつた。——が、假にこの匂の、何か肥滿した老婦人のものであつたり、皺さへ寄つた鉤鼻の老未婚者のものであつたとすれば。——いや、そんなことはあるまい。確かにさうではないと彼は確心した。

　彼は魅惑されたもののやうだつた。感情は不思議に刺戟され、輕い眩が興つて來た。爲さんとしてゐたことが、全く正常でなく、實際、寧ろ罪惡のやうにも感じられた。彼は恰も未知の婦人と同室して、錠を下す時のやうに、扉のところに行き錠をかけた。誰にも邪魔されずに、女の持物を一つ一つしらべて見たいと思つたのである。

　暗綠色の、女の好みの色らしいことはすぐ納得が出來た。それは、黒い箱中の刷毛や櫛、白粉箱、楕圓形の手鏡にもよく調和してゐた。これらの光りきらめく品々、又、水晶のやうに透明な瓶は、小さい金色の組合せ文字（M）の印が付いてゐた。マッヂ、マアガレット、モオナ、――英國流の名前のみが彼女の新鮮な、力強い若さを描き出すやうに思はれた。彼は白の裝釘をされた小説を見出した。恐らく、汽車の中で讀んだものであらう。が、どこにも名前はなかつた。誰であるかを暗示する一つの言葉もなかつた。

　小さい爪磨入れも暗緑色だつた。上品なスリッパアは柔い緑の皮であるが、縁は鵞の毳毛（わたげ）で取られてゐた。これらのものを取り出して見た時、全く新品でないことを知つて安心した。歩くたびに擦れる内側は、少し擦り切れてゐる。また、中は素足と接觸するため、少し光つて見えた。

　やや明るい、緑の絹の寢卷は、左側の隅にちやんと疊まれてあつた。この立派な寢卷には彼の洗濯屋も非難の仕様がないに違ひない。小さい疊み鏡は、それが汚されたことを物語つてゐた。それから、寶石入れらしい暗緑色の小さい革の箱が出て來た。これを見出した時、自分の爲してゐることが、常軌を逸してゐると云ふ印象を持つた。頭腦は脈打つてゐた。が、彼は、この罪惡感を享樂してゐたのである。

　輝き渡る數々の寶石の現れるのを半ばは怖れ、半ばはこれを期待しながら、彼はその箱を開いて見た。――自分の正直さが試されてゐるのではゐるまいか。貴重品を屆出もせずに一時間以上、自分の許に置く權利は彼にはない。而も猶、彼はこの貴重な拾ひ物を手放すといふ考を惜んだ。彼はそれが何か詰らぬ會社の拾得物預り所の棚に、わびしく置かれてあるさまを、想像に描いて見ることが出來た。

　が、箱の中味を見た時、彼は大いに安堵した。――モダンな頸飾りと襟止めは金屬製であり、石も、今日ではもう全く廢れた、大きな、思ひ切つた模造石だつた。西アフリカの稅關へでも戾すべき代物だと、彼は私かに思つた。――が、それは、自分こそ笑ふべきであつた。その型は人目を欹たせる派手な思ひ切つた物であり、全く婦人らしい型を示してゐるからである。この異國風の見世物を認めることの出來るのは、青春の魅力と、若いと云ふ自信だけである。この子供の玩具にも等しい品物を、他に如何考へたにもせよ、別にこれを屆け出でなかつたことに對して、彼の如き地位にある者が、盜人のやうに感ずる必要のないことは、彼には少くとも有難いことだつた。

　大部夜の更けるまで彼は眠ることが出來なかつた。又、眠つてからも熟睡することは出來なかつた。

　明くる朝、彼はホテルのボオタアに、二三の必要な化粧品を買ひにやつた。さうして、九時には注意深く戸に鍵をかけて、部屋を後にした。彼の業務上の仲間は、彼が用談に際して、なにか茫然としてゐるのに氣付かぬ譯には行かなかつた。のみならず、彼がハンカチイフを取り出した時、傍にゐた者はそのぷんと云ふ香料の匂に驚かされた。ハンカチイフは少さい折疊式の革の容器から取り出された、小さい寒冷紗のものだつた。

その夕、ホテルの昇降機に乘つた時、階上には誰か婦人の自分を待つてゐるやうに感じて、心は動悸を打つた。戸の鍵をあけ、電燈のスヰッチを捻つた時、彼は驚いた。下女は既に部屋の用意をなし、その夜に備へてゐた。が、それは、彼一人の爲ではなかつた。客を喜ばせるためか、中味は取り出されて、空になつた例の小さい鞄は、椅子の上に置かれてあつた。鼈甲の刷毛、水晶のやうに透明な瓶は化粧臺の上に並べられ、化粧着は安樂椅子の上に掛けてあつた。寢臺の前に垂れた仕切のカアテンは引き寄せられ、寢臺は二つとも寢るばかりに用意されてゐた。昨夜彼の用ひなかつた戸口の方の寢臺の側には、上品なスリッパアが置かれ、枕の上には海色の薄い紗の寢卷が横へられてあつた。これらの物はどれもその所有者たる女主人を、或は、女主人は又彼を、待つてゐるかに見えた。

二

スウトケイスを停車場に送り返さなかつた時、既に彼は不誠實の行爲をしてしまつたのである。彼は隨仲間の者が業務を口にし、他意のない皮肉を弄しながら、いつも伯林滯在中にした、容易な冒險に就いて物語るのを聞いた。而も彼等はそれが結婚後數年にして、如何なる者にも許される特權であるかのやうに語つた。

彼は少しも仲間のもののしたことを、自分もして見たいと云ふ慾望を持つてゐなかつた。彼は眞直ぐに我家に歸へることを考へて、これらの小さい冒險から逃れたいと思つた。田舍町で汽車から降り、何事も起らなかつたやうに愉快に細君に接吻をしてやりたかつた。仲間の者には彼等が忘れなければならないやうなものは、何も起つてゐなかつた。却て、彼の方に何物かが起つたのであらう。彼の控目な態度はもとより有名であつた。が、餘り尊敬されてもゐない。餘り重要でもない人物には、それが嚴なことにさへ見えるだけだつた。彼に優る幸福な結婚をした者はないであらう。細君は樂しかつた。實際今でも彼女特有の品位と、魅力のある樂しさを持つてゐる。而も、彼女は夫の自慢にする男の子を三人も生んでゐた。彼女は全く立派な主婦であつた。が、家庭の仕事などは口にもしたことはなかつた。夫の仕事に就いては理解もある。同時に助けにもなる關心を持つてゐた。が、それにも拘らず、沈默を保つべき時をよく彼女は承知してゐた。彼女は豐潤な心を持つてゐた。樂しい諧謔も解し、決して愚な振舞をしなかつた。彼女には同情の心があつた。が、そのために感傷に過ぎるには餘りに健康であつた。又率直でわだかまりがなかつた。美には感じ易かつたが、然し又、人生の實相に面と觸れることも厭はなかつた。彼女は極めて評判もよかつた。彼女を知る者は皆立派な女だと思つてゐた。事實又、立派な女だつた。

が、男が人生の變り目に、今まで自分がなして來た生活に嫌惡を感じ出した場合、これを制御することは、世を絶する賢人すら殆無力である。今、彼は緩やかな坂道を登りつつある。横に入る道があるでもなく、十字路があるでもない。只、彼方の暗黒の中に通じてゐるその坂道を見上げることは、斯う云ふ彼には殆ど耐へ難い氣がした。

過去數年の間には、彼の生活にも幾つか危機が到來した。これは彼以外に誰も知らないことだつた。一つの危機は、丁度彼が第四十回の誕生を迎へた日だつた。一同に感謝を捧げるため、杯を手にして立ち上つた時、彼は殆ど、全く思ひも掛けない演説をするところだつた。一瞬間、彼は正にその時迄愛着を持つてゐた生の絆を斷ち切らうとしてゐた。が、愈々、口を開いた時、幸ひ彼は他人の豫期してゐたやうなことを云つただけで、それ以上何も語らなかつた。もう一つの場合、――それは未だに彼の記憶に生々としてゐた。それは一年も經たない前のことだつた。或冬の休日を、一日カイロに滯在した。彼等夫婦は土人街のけば立つた、醜い人の群の中を歩いてゐた。その時彼等は本通りから外れた、曲折した裏街に出た。その暗い裏街の蔭には幽靈かのやうに歩いてゐる着飾つた人影を目撃した。その時突如として、又思ひ掛けず彼はこの旅の衣裳を着飾つた細君の腕を振り切つて、別離の言葉も云はず、あの裏街に窟地に突進したいと云ふ、激しい慾望に驅られた。この裏街も勿論、他の幾十の裏街と少しも異ならなかつた。彼はこの通りを他の端に浮び出るまで、ずんずん進んで行つて見たかつた。彼は東洋にその源を有する偉大なる無名の河の流に乘つて運ばれ、アフリカの眞只中に我が身を漂せて見たかつた。群れ集ふ幾百萬のアジア人の中に混つて更に漂ひ漂ひて何處迄も、——立派な生活と成功せる結婚とから全く逃れる處まで、漂つて行きたかつた。

世の中には、この慘酷な衝動を知つてゐる人は如何に多いことであらう。この衝動はあらゆる魂の中に、殊に人生の轉換期にある男の中に最も強く、想像により、或は又死の意識によつてその萌芽を示すのである。それは周圍の物に對する不滿と云ふよりは、寧ろ自己に對する不滿である。生活の仕方は無數にあるのに、而も人は搖籃に育ち墓場に身を横へるまで、單に一個の人間に過ぎないと云ふことに對する謀反である。我々人間なるものが一定にして改變し得ざる限り、これを逃れる唯一の道は冒險にある。見知らぬ土地や多彩なる姿に對する衝動にある。或は苦惱を享受しつつ、而も他人の面に現れる親和に逃避の道を見出さんとする藝術家の憧れにある。煩瑣な俗世を捨てて、ラ・トラップ僧院の寂寞に逃避するにある。斯う云ふ慾望の滿されない不滿、何か物足らぬ感じ、——それが愛の正道を外れた横道、或は十字路に於てあらゆる不實の行爲に對して、鬼火の如き作用をなすものである。

この見も知らぬ女人、——單にその上品な、香り高き持物に於てのみ具現されてゐる一女人が、彼にはこの首都、伯林の街中に姿を見せてゐる幾千の女にもまして心を惹かれるのであつた。この心惹かれる氣持ちを、彼は何人にも語り得なかつた。彼の如き人間、——彼の如き活動の人、一家の主人、又、彼の如き熱心な立派な實務家にあつては、この感覺的魅力は如何に空想的なるかをよく承知してゐた。——か丶さう思ふと恥ぢた。恰も少年の時以來恥ぢると云ふことのなかつたやうに。さうして異常なる感動のため、彼の官能は刺戟され、全く身動も出來ぬ迷路の中に落ちてしまつた。

不圖こんな考が浮んだ。自分の部屋の女は、毎晩この見知らぬ女のために床を用意してゐるが、嘸不思議に思つてゐるに相違ない。——彼の廊下で出逢つた時、そつと紙幣を女の手に握らせた。恐らく、その女に取つても、曾て貰つたこともない多額のティップだつた。男の、手を握りしめるのに答へて見上げた時、女の顏には狡猾な、不仕附な笑が、——云はば、共犯者の笑が、顏一面に廣がつてゐる。沈默の中に於ける謀加擔を證するこの微笑を見た時、血液が顏に上つて眞赤になるのを感じた。而もこの恥辱すらが彼には快かつた。彼はいつも部屋に鍵を掛けることに氣を配つた。さうして鍵は身に付けて歩いた。

その夜、彼はこの見知らぬ女の石鹸を用ひて身體を洗つた。これが肉體的にこの女人に近づいた最初だつた。この接觸によつて、彼は感情的に疲勞を覺えた。石鹸は女の既に使ひかけてゐたものだつた。が、その表面には、英國の商會の名さへ、まだありありと讀むことが出來た。石鹸はこれまで自分の知つてゐるものよりも、泡もよく立ち、色も鮮かにいいやうに思はれた。何か青春に滿ちた同じ香料の新鮮な、殆ど泌みるやうな芳香が彼の浴室を滿した。その芳香は次に、彼自身の肉體から鼻を突いて發散した。それは彼の全身に漂つてゐた。床に就いた時、女の快い肉體が輕く彼を抱擁して傍に寢てゐるやうな氣がした。

　これがこの女人に接觸した最も深い交渉だつた。翌朝眼を覺すと、彼は或重要な決心をしなければならないのに氣が付いた。危機は前の晩に起つてゐた。床の中に仰向けに寢て、腕を枕に彼は自分の細君の事を考へてゐた。細君は幾哩も離れた遠い所に彼を待つてゐた。彼は氣の毒に思つた。が、今となつてはどうしてよいのか彼自身にも解らなかつた。彼は既に例になく長く滯在した。而も甚だ突然に、又判然とこの儘永遠に止つてゐたいと云ふ自分の氣持に氣付いた。奇蹟でも起らぬ限り、彼を歸らせることは出來ないであらう。彼は寧ろ、奇蹟の起ることを希望した。が、どうすればその奇蹟が起るかは、彼もわきまへなかつた。

　彼は只茫然として服を着ると、化粧器の前に腰を下して、この場合の實行的方面を考へて見た。彼は正しいことをしたいと願つた。彼は離別の間際に卑しい、自己本位の態度を取るやうな人間を輕蔑した。彼自身は家族を獨立させて十分に樂な生活をさせることも出來るであらう。が、それは自分が死んだも同然である。いや、四十五を最後に死ぬものは毎日幾百人とあるではないか。彼の同號の中にも、將來幾年も自分の業務を續けてくれる、忠實な友人を持つてゐた。又、有望な彼の長男も、彼の業務を續けて行くことが出來るであらう。が、さて、自分は?、——自己の生涯の仕事をそんな風に放棄することが出來るだらうか。自分はそれで構はないかこの伯林にあつて賣買の契約をしたり、計劃方策を建てたりして時々發して來たのも、悉く彼の店に何か新しい利益を確保するためではなかつたか。彼はいつもするやうに內心の弦線に觸れて見た。が、もはやそれは何の音も出さなかつた。

　彼はこの間も、小さい嚢中の錢を無意識のうちにぐるぐる廻してゐた。不圖、彼は鏡の中に自分の顏を見た。寛大な口恰好をした、細い、男性的な顏だつた。思考の辿りが途切れた時、彼は手にしてゐるものに氣が付いた。同時に、その奕しい鏡も何時の間にか魅力を失つてゐるのに氣が付いて寂いた。それは綠色の、或は微かな光を放つてゐた褐色の、他の快い女の所持品に就いても同じだつた。もうそれ等は彼の爲に存在しなかつた。それらは單なる口實、單なる偶然の機會に過ぎなかつた。彼はこれまで未知の女を求めてゐた。而も、彼の希求したものは、相變らず偉大なる未知であつたと思つた。彼はもう一度自由を取り戻したいと願つた。自由になつて、新しい決心をなし、再び初めから出發し直し度いと願つた。

彼は滅多に少年の時代を思つて見たこともなかつた。が、今になつて彼の用ひた或教科書の一頁が、特に彼の前に現れて來た。少年の時、彼の線を引いた或詩の中の二行だけが、靑い鉛筆のそのしるしまで、ありありと浮んで來た。——その日から今日迄、三十年の長い間忘れられてゐたその二行が再び、彼の眼前に浮んで來たのである。

汝の行く路を選ぶこそ、
『自由』の謂と知れ。……

三

彼はすべての用件を濟してゐた。が、それでもまだホテルを出ようとはしなかつた。誰に逢はうとするでもなく、唯一人考へてゐたかつた。大急ぎで書いた二枚の端書の他には、彼は自分の家には何の便りもしなかつた。

午後は雪の降り積つた動物園に、そこの細道を行つたり來たり散歩をして暮してしまつた。さうしてホテルへ歸つたのは、やつと薄暗くなりかけた頃だつた。彼は鍵を扉につけたままにしてあるのを見た。——この數日は鍵も掛けてなかつた。何氣なく戸を開けると、誰かが部屋の中にゐることを知つた。彼は暫く息を殺して、女の泣くのを聞いた。聲をたてて泣いてゐるのではなかつた。が、泣いてゐる聲のすることは確かだつた。電燈のスヰッチを捻つた時、彼は自分の細君が化粧臺の上に凭れてゐるのを見た。顏をその鏡の上にあて盥甲の刷毛や透明な水差のある中に、吸り泣くたびに肩を震はせてゐた。彼は部屋中を見廻した。その夜に準備が出來てゐた。安樂椅子の上には綠の絹の寛服が置かれ、薄い沙の寢卷も、あらはに寢臺の上にあつた。スリッパアさへ客の滿足を待ちうけてゐるかに見えた。

二人は身動きもせず、物も云はなかつた。細君は彼を迎へに來たのだつた。斯う云ふことは前にも一二度あつた。——勿論、少しも夫を疑つて來るのではなく、唯、驚かして喜ばしたいと云ふに過ぎなかつた。彼女は唯、一寸夫の部屋を訪ねて中に入つたのであつた。が、彼女の受けた衝動は怖しい程だつたに違ひない。どれ程の時間、彼女は斯うして蹲くまつてゐたことであらう。又、何を耐へ忍んでゐたのであらう。困つたことには、彼は何と説明してよいのか解らなかつた。この狀態を元に戻すべき力を持たなかつた。細君は徒らに想像の中に人物を描いて、涙を流してゐた。何事も起つた譯ではない。が、事態は彼女が疑つてゐるよりも以上だつた。嘘を云はずに、如何してこの怖しい、奇怪な情狀を彼女の念頭から去らしたものか。嘘は如何しても云ふ譯には行かない。事實が彼を壓倒してゐた。彼は躊躇すべきではなかつた。今こそいい機會である。この瞬間に妻の感情を容赦せず、却て最も怖ろしい彼女の 恐怖を一層大ならしめ ねばならなかつた。彼は精神の内部の暗黒な動きを、又心の不安を物語るべきだつた。淋しい精神の苦しみを、又逃避したい熱望を、彼は少年のやうに物語るべきであつた。これらの鎧甲や絹物をまざまざと見ることを避けるため、大いなる恐怖が、生と死との恐怖が、この年になつて、彼に再びステイックを取り、家を出ることを餘儀なくしてゐると云ふことも語るべきだつた。が、さう云ふことの果して出來るだらうか。――仕事を棄て、多くの望みをかけてゐた息子達や、忠實な、一點の非難すべき處もない永年の妻を後に殘して出て行くと云ふことが。が、その出來ると否とに拘らず。又、その笑ふべきと否とに拘らず、彼にとつては必然になつて來た。さうしてかういふ彼を止めて置くことが 出來るのは 奇蹟より他になかつた。

やがて、妻は頭を擡げた。彼はその顏を見た。幾時間も泣いてゐた女の顏は決して美しいものではない。殊に、恐怖と憔悴とのため女の姿の苦しんでゐる時には。――黒髮は亂れ、ほつれ毛は燃え輝く眼の上に垂れてゐた。それをかきのけて女は彼を見た。唇が靜かに動いてゐた。やつと聲が出た。が、低い嗄れた聲だつた。

「こんな、ホテルで…… 女のかたが御一緒だつたのですのね。あんまりですわ……」

最早、今こそすべてを打明けるべき時だつた。二くだりばかりの言葉ですべてを解決するべき時だつた。が、それも徒勞だつた。彼はさう云ふ言葉を見出すことが出來なかつた。耐へ難い懊悩の情が彼の内部に燃え立つて來た。さうして彼は誰でもこんな場合に云ふ言葉を云つた。

「此處に女なんか誰も來やしない。」

彼女は立上つた。戀の夜を雄辯に物語つてゐる、その部屋を闇にして、對ひ合つてゐた。その時、女の皮肉な言葉を早くも耳にしたかと彼は思つた。が、却て、女の顔からは苦痛の色の消えて行くのを見た。涙の中には何か微笑の影さへ覗いてゐるのを見た。

女の尋ねるのを彼は聞いた。

「來ないて、——眞實ですの」

「來ないな。斷じて來ない。」

彼は斯う答へるほかはなかつた。

「では、私は何もないのに泣いてゐたのですのね。」

彼は妻の嬉しさうに云ふのを聞いた。「まあ、よかつたわ。眞實に、」斯う云ふと、彼女は夫の傍に走り寄つて、彼の兩手を取つた。彼は少し動搖した。何か痛切に、耐へ難い程甘美な或物が胸の中に裂けるやうな氣がした。或物？——それは、取りも直さず、奇蹟だつた。

彼女は信ずることが出來た。皎々と輝く電燈の光に照されてゐる一切のこの明かな證據も、夫の言葉に對しては何物でもなかつた。——小さいスウトケイスの中味、この見知らぬ女の所持品も、彼女はもはや見なかつた。彼女の信ずる夫の言葉は、これらの物の有する一切の意味を奪つてしまつたからである。彼女はもう何の證據も、說明も要らなかつた。

信ずることの奇蹟、完全なる融合の奇蹟——それがあつた。此の地上に、これに優る賜物はない、假りに、ステッキを手にし、再び家を出てこの地上を彷徨ひ、世のあらゆる不思議を體驗したいとなるも、更に又、命の果つるまでその不思議を享受する力を與へられたとするも、結局、人生はこれ以上に何物も彼に與へ得なかつたであらう。何故なら、人生の最も偉大なる經驗は既に、彼の所有となつてゐたのだから。

（フランク略傳）

「トレンチ」及び「帝王の時代」の作者、ブルウノオ、フランクは少年時代よりの撓まざる發展の結果、獨逸中堅作家の中でも一流に地位を占めてゐる。彼の最も早い頃の大望は作家になることだつた。彼はその目的から一歩も道を踏み外したことはなかつた。事實、十八歲の時には彼の最初の書物が上梓された。「金の貝殼から」と題されたその詩集は（書物の大きさは不詳）、その全部の版が、數週の間に悉く賣りつくされてしまつた。彼の全著作は、さまで多くはない。が、少數の書物は作家達の間でも、就中トオマス・マン、エミイル・ルウドギッヒ、リオン・フオイヒトヴンゲルからは高い評價を得た。

ブルウノオ・フランクは、千八百八十七年六月十三日、ストウツトガルトに生れた。獨逸に特有な嚴格な教育を受け、ミユニツヒ、ライブチッヒ、ストウラスブルグ、テユリンゲンと相次いで大學に通學した。千八百十二年には彼はこのテユビンゲン大學より文學及哲學に關する博士の學位を得た。彼の興味の中心は十八世紀の歴史にあつたが、その時代に關する完璧な研究は大王フレデリックを主題とした作品「帝王の時代」となつて現れた。（千九百二十七年英譯）が、その見解の甚だしく獨特に過ぎた爲め、固陋なる保守者、國家主義者の烈しい憤りと非難とを惹起した。が、このフランク氏の帝王に關する一種なる解釋は、それにも拘らず多數の支持者を見出した。小說「トレンチ」（千九百二十年刊）は大王フレデリックの愛する薄命なる寵兒の閲歴を主題として組立てられたのであつたが、それは早く前の作品に描かれた肖像を發展させたものである。「一萬二千」なる彼の劇作も同時代に書かれ、百五十の獨逸劇場の演藝種目に載つてゐる。同劇は千九百二十八年ニユウヨオクに於て上場され、可成の成功をおさめた。ブルウノオ、フランクの興味は、そのほか國際問題にもあり、それは千九百二十九年刊政治小說「ペルシア人の到來」の中にも現れてゐる。が、これは現代獨逸、佛蘭西の最も敏感なる人士の間に於ける思想の傾向を小說に描いたものである。

フランク夫人は牛ーンの小歌劇俳優の中でも恐らく最も有名なる役者、フリッツィ・マザリの娘であり、繼母も獨逸一流の喜劇俳優マクス、パレンベルグである。フランクの一家はミユウニッヒに住んでゐる。が、作者フランクは創作をしたり、文學として「帝王の時代」に出て來る四匹の愚忌犬プウドル犬と戲れたりしてゐる。（「現代作家」）（R・S譯）

（佛）A・ドウデ工作，石濱三男譯，〈コルニーユ　親方の祕密〉，《臺灣日日新報》，一九三八年二月二—三日。

コルニーユ親方の祕密（上）

佛　A・ドウデ工作

僕の家へよく夜話しにやつて來る、ファイフル（笛）吹きのフランセ・ママイといふ老人が先夜、酒を飲みながら、二十年ほど前にあつたこの村のちよつとした物語りを聞かしてくれた。この物語りは僕の風車もちやんと知つてゐる昔だといふのである。僕はこの老人の物語りに心を打たれたので、聞いたままをここに書いて見ることにする。

みなさん、ほんのしばらく、香り高い酒盃を前にして、老ファイフル吹きの物語りを聞いてゐるのだと思つて下さい。

——この土地な、お前さん、昔から今日のやうに淋しい所ではなかつたんだな、昔は粉ひきが盛んでな、十里四方からお百姓が粉にして貰ひに小麥を持つて來たもんさ、この村の周圍の丘には、風車が一杯に立つてたもんだ、右を見ても左を見ても、松の上を吹いて來る南風で廻る風車と、頂を登つたり下つたりしてゐる。[illegible]を[illegible]

んだ小さい驢馬ばかりだつた。一週中、どの月もどの月も丘の上では鞭の音や、風車の布のはためきや、風車場の小僧達の騒ぎが愉快に響いてゐた。日曜日になると、我々はきまつて友達をさそつて風車場へ行つた。主人達が葡萄酒の御馳走をして呉れるのだ。またおかみさん達は女王様のやうに盛装で、レースの肩掛をし、金の十字架をぶら下げてゐた。わしはファイフルを持つて行くので、それに合はせて夜更けまでファランドル踊りをやるのだつた。お判りだらうが、この風車こそがこの土地の喜びであり、財産であつたのだ。

　ところが、困つたことには、巴里の人間がタラスコン街道に蒸気の製粉工場を造ることを思ひついたのだ。ごく新式な、ごく新らしいやつをさ！　お百姓達はいつとなく、その小麦をこの製粉工場へ持つて行くやうになり、風車の方はすつかり仕事が失くなつてしまつた。それでも、暫らくの間は我慢しても見たが、何しろ蒸気は強力なので、風車は一軒々々と店を閉ぢて行つた——風車の所へはもう驢馬達はやつて来なくなつた。美しいおかみさん達はその金の十字架を売つてしまつた。葡萄酒もなければ、フワランドル節廻りもなくなつてしまつた。南風はいくら吹いても無駄で、風車の翼はちつとも廻ることがなかつた。そして遂に或日、村ではこれらの風車小屋を壞して、そのあとに葡萄と橄欖との種子を播いてしまつたのである。

さてところが、この瓦礫の最中に、たつた一つの風車だけが、製粉ー場を所月にかけてその台の上で勇ましく廻り續けてゐた。これがコルニーユ親方の風車で、物語りはこれに就ての話なのだ。

△　▽

コルニーユ親方はもう年寄で、六十年以來といふもの粉の中で働き、仕事には大変熱を出してゐたのだつた。そんな所へ製粉ー場が出來たので、彼は狂人のやうになつた、八日の間といふもの、彼は村中を走り廻つて人を集め、奴等は製粉ー場の粉でこのプロヴァンス州をひどい目に遭はさうとしてゐるんだと喚き散らした「あんな所へは決して行くなよ！」と彼はいつた。「あいつらはパンを造るために、悪魔の發明にかかる蒸氣を使つてやがるんだ、それに反して、おいらは神様の息吹きといはれて南風と北風とで動いてるんだ……」彼はかういふ風車挽奴の愚痴を澤山呶鳴つたが、誰も耳を傾けるものはゐないのであつた。たうとう老人は怒つて、風車小屋の中に閉ぢ籠つて、野獣みたいになつて一人で日を暮した。両親に別れてから、親しい者とてはお祖父さん一人しかない。十五になる孫のヴイベエットさへ近づけなくなつた、哀れなヴイベエットは自分で自分の口を糊せねばならなくなつて、お百姓の所へ、取入れやお蠶などの手助けに傭はれた。それでもお祖父さんには、この孫を愛してゐる暇は十分にあつた。晴れた日には四里も歩いて、彼女が働いてゐる百姓家まで行き、彼女の傍らで過を渡しながら何時間でも孫の顔を眺めてゐるのであつた。

老人がヴイベエットを働きに出すのは、きつとけちんぼからだと村の人達は思つてゐた。が老人の方では、孫娘を百姓家へやつて性質の悪い手代達に曝したり、年の若いのに不幸な奉公に出したりしてゐることを心から不本意に考へてゐた。それに、これまで働かせられてゐたコルニーユ親方ともあらうものが跣足で穴のあいた帽子を被りボロを身につけてボヘミアンのやうに村々を歩くことを人々はよく思はなかつた。本當のことをいふと日曜日に彌撒に行くと、我々老人仲間は、彼のことを恥晒だと考へたものだ。コルニーユはそれを感じたと見えて、それからはベンチへ腰を下さなくなつた。さうして、教會の奥の、聖水盤のそばに貧乏人達と一緒にゐるやうになつた。

コルニーユ親方の生活には、ちよつと判らないことがあつた。村の人達はもう疾から、永い間、彼の所へ小麥を運ばないのに、風車の翼は依然として廻り續けてゐたのだ……夕方など、粉を積んだ驢馬を前にして、彼が歩いてゐる姿を村人達はよく見た。

「今晩はコルニーユ親分！」と百姓達がいふ

「粉ひきの方は相變らずですかい？」

「相變らずだよ」と老人は勇ましく答へる

「有難いことに仕事があるんでね」

ここで、誰かが、どこから仕事が來るのかと訊ねると、彼は唇の上に眉をあてて重々しく答へるのだ「うるさいぞ！俺は輸出用の仕事をやつてるんだ……」もうこれ以上は何といつても返事がないのである。

風車小屋に鼻を突込むことは、途轍もないことであつた、粉屋娘のヴイベットさへ入ることは許されなかつたのだ……

門の前を通るといつも閉つてる扉と、いつも廻つてゐる大きな風車の翼と、小さい庭の芝を喰つてゐる驢馬と、窓框の上で日向ぼつこをして、いやな眼でこちらを睨んでゐる大きな瘦猫が見えるのみであつた。

かういふ様子が神秘な感じを起させ、村人達の話の種となつた。各人が各様にコルニーユ親方を解釈したが、全般的な噂としてはあの風車の中には、粉の袋よりは金袋が這入つてゐるのぢやないかといふことであつた。

（石濱三男譯）

コルニーユ 親方の秘密（下）

佛　A・ドウデエ作

しかし、やがて、万事明瞭になる日が來た。譯は次のやうなのであつた。

或る日のこと、わしがわしのファイフルで若者達を踊らしてゐる間に、わしの長男と隣家のヴイベヱットとが互ひに愛し合つてゐることに氣がついたのだ。このことに就て、わしは本心では別に怒らなかつた、といふのは、コルニーユといふ名前は村では名譽あるものだつたし、それにあの可愛いいヴイベヱットがわしの家の中を小鳥のやうに歩き廻つたらきつと樂しいだらうと思つたからだ。ただ二人があまり度々一緒にゐすぎるので何か間違ひが起るといけないので、すぐに話を定めようと思つてわしは老人の風車小屋へ登つて行つたのだ、が、何て不思議な老人だらう！わしに扉閉したその息子といつたら！老人はどうしても扉を開けなかつた、わしは鍵穴から事情をやつとのことで説明した、わしが話してる間中、あのいやな猫の奴がわしの頭の上で唸り續けてゐたもんだ。

老人はわしの言葉が終らないうちに、お前は勝手に口笛を吹いてゐたらいいだらうといつた。そんなに急いで子供に嫁が欲しいなら、製粉工場の娘を貰つたらいいぢやないかとどなつた、こんな悪口をきいて、わしがカッとしたことは勿論だ、が、わしは無理に自分を臥して、老人を一人で殘して歸り、二人にわしの失敗談を傳へた――すると哀れな二匹の羊羣は、わしの話を信ずることができなかつた、さうして二人でこれからお祖父さんの所へ行くことを許して吳れと賴むのだつた――わしにはそれを止める勇氣はなかつた、そこで二人は出掛けたのだ

　二人が風車小屋へ着いた時は、コルニーユ親方が丁度出掛けた後だつた、扉は二重に締められてあつた、が、老人は出かけに梯子を外に殘したままであつた、二人はその梯子で窓から中へ入り、中の樣子を見ようぢやないかといふことになつたのだ。

　不思議千万！　臼のある部屋は空つぽだつた、一つの袋も、一粒の麥もなかつた、壁にも蜘蛛の巣にも、粉らしいものはちつともかかつてゐない、それに、風車小屋にはつきもののひいた小麥のあの溫かいやうな香氣もしないのだ、臼の主軸は埃にまみれ、大きな痩猫がその上で眠つてゐた。

　下の部屋も、同様に淋しい手入れの屆いてゐない樣子だつた――汚いベッドと、ボロと、階段の上にある一かけのパンと、隅にある三四の袋が破れて、そこからこみ

と壁土の粉とかこぼれてゐるのみであつた。

これがコルニーユ親方の秘密だつたのだ！ 彼が風車の名譽を救ひ、人に製粉を續けてゐると信じさせるために、彼が毎晩持ち廻つてゐたのはこの壁土なのだつた、――哀れなる風車よ、哀れなるコルニーユよ！ もうとつくに、製粉工場が最後のお客を奪つた筈なのだつた、風車はいつもと變らず廻り續けてゐた、が、それは空廻りしてゐたのだ

子供達は泣きながら歸つて來てわたしにそれを告げた、わしはそれを聞いて、胸が掻きむしられるかやうだつた――時を移さずわしは村人達の所へ驅けつけた、さうしてすぐにコルニーユの風車小屋へ、方々にあるだけの小麥を持つて行くやうに申し合はせた、それはすぐに行はれた、方々の家々から人が出て、我々は小麥を積んだ――本當の小麥をだ！――驢馬の行列を造つて小屋の方へ登つて行つた。

風車小屋は廣々と開かれてゐた扉の前にはコルニーユの親方が壁土の袋の上に坐つて、兩手に頭を埋めて泣いてゐた、彼は歸宅して見ると留守中に誰かが忍び込んでその悲しい秘密を探つたことに氣

がついて、口惜がつてゐるのであつた。

「何て哀れな事だ！」と彼はいつた「もう死ぬより仕方がない――風車は汚されてしまつたのだ！」

さうして彼は、身も千切れよと泣き悲しみ、本當の人に對するやうに、その風車をいろんな言葉で叫び續けた。

この時に、驢馬達が丘の上に着いたのであつた、さうして我々は風車小屋華やかなりし時代の如く大声で叫んだのであつた

「今日は、風車君！　今日は、コルニーユの親方！」

いくつもの袋が扉の前に積み上げられ、美しい茶色の麥粉が方々でこぼれ出た……

コルニーユ親方は眼を大きく開けてぽかんとしてゐた、彼は歳寄つた手に小麥を掴んで、泣き笑ひをしながらいつた

「こりや小麥ぢやないか！　ああ神様、こりや小麥だ！　まあよく見せて呉れ」

それから、我々の方を向いて

「わしや、みなさんがきつとわしの所へ歸つて來られることをちやんと知つてゐたんぢや、あの粉挽工場の野郎達はみんな泥棒ぢや」

我々はこの上機嫌の彼を村の方へ連れて行きたいと思つた。

「駄目だ！　駄目だ！　わしや先づ風車の奴に麵をやらなきやならん！　まあ待へて見ねえ、もう永いこと何も喰はせなかつたんだからな」

老人が右に左に動いて、缺をあけ、臼に氣をつけてゐるのを見ながら、我々はみんな涙を流した、その間に、小麥はひかれ、細かい粉が床の上へ飛び散つた。

これぞ我等のなすべき義務である、この日からといふもの、我々は老人にかかさずに仕事を與へた

そのうちに、或る朝のこと、コルニーユ老人はぽつくりと死んだそしてこの最後の風車の翼は廻る事を止めてしまつた、今度こそは永遠に……コルニーユが死ぬと誰もその風車小屋で働くものはなかつた、その他にどうしやうがあらう！……万物には終りありだ、風車の時代は、ローヌ河の乗合馬車や、議會や、大きな花附きジヤケツなどと共にもう過ぎ去つてしまつたんだよ（石濱三男譯）

不著作者，南次夫譯，〈ジヨンの裏毛の手袋〉，《臺灣日日新報》，一九四〇年四月十一日。

ジヨンの裏毛の手袋

南 次 夫 譯

或る朝ジヨンは彼の暖い外套を着、彼の新しい裏毛のついた手袋をはめました、彼はウッド夫人へ手紙を持つて行かねばなりませんでした、彼女は公園の向ふ側に住んでゐました

「あんたの古いのは暖かくないの？」

とお母さんは新しい手袋をみた時訊きました

「僕にはめさせて下さい、僕は失ひません」

と彼は頼みました

彼が公園に着くまでは何ことも ありませんでした、その時彼は靴紐が解けて來ました

彼は手袋をはめてゐる手でそれを結べませんでした、彼は大切な手袋を脱いで地面に置きました

さうやつた、瞬間黒い小犬が待つてゐたかのやうに手袋をひつたくつて走り去りました

「待て！」

とジヨンは叫びました

彼は犬を追ひかけました、だが小犬の四本の脚はジョンの二本の足より速かつたのでした、おまけに小犬は靴の紐を結ばないでもよかつたのです

彼が三歩と駈け出さないうちにジョンは倒れて彼の靴を地面に擦りつけました

彼は怪我をしませんでした、だが彼が這ひ上るまでに犬はみえなくなりました

「おお[illegible]つた」

とジョンはもう一度彼の靴の紐を結ばうと屈みました、それから彼は息を切らしました、何故つて彼の足のところに小さな包みがおかれてゐました、それは大層しつかりと包んであつたので彼は實際それを開けることは出來ませんでした

そこで彼はそれを彼のポケットに入れました

「僕がウッドさんへ手紙を持つて行つた後で、僕は警察へそれを持つて行かう」

と彼は獨り言をいひました、ウッド夫人は戸を開いた時心配さうにみえました

「あなたはここまで來る途中小さな包みをみませんでしたか？」

といひました

不著作者，曾石火譯，〈牛四十頭〉，《臺灣文學》，第一卷，第一期，一九四一年五月廿七日，頁一二一－一三六。

牛四十頭（遺稿）

曾石火

一九三三年の夏、旅してゐたわたくしは雲南でも僻地の怒江流域に辿りついた。四十日あまりも長雨が降りつゞき、そのじめじめした、多量の雨で骨の關節がづきづき痛み出して、どうやら例のロイマチ氣味だつたので、名こそ阿育藥地といつてゐるが、ほんの名前ばかりの小さな黎蘇の部落にわたくしは自分を閉ぢこめねばならなかつた。人家といつてもそこには四五軒しかなかつた。

雨は片ときもやむ暇がなかつた。白い霧があたりを立ち罩めて、しとしととしよぼ降つてゐる。雨脚は一面に細い線を流してゐた。一日ぢう目につくものとては、こんな單調な鬱陶しい雨空だけだつた。

こゝに着いた日、づぶ濡れに濡れたわたくしは、地べたに御蓙を敷いて、圍爐裏の傍に胡坐をかくと、これから毎日毎日濕りをつけねばならない衣服を焚き柴の火で乾かさうとするのであつた。途みち通つて來た黎蘇の山寨と同じやうに、こゝでも部落ぢうの人たちがわたくしのぐるりに集つてきて、例によつてぽかんとわたくしを眺めつくした。

「支那人だよ！」

まだ物ごゝろのつかない子供たちは、指でわたくしを差しながら、もの珍しさうに眼を見はつて言ふのであつた。すると、いくらか大きく見える男の子がかれらの袂を引張つて、低い聲で

「口きくんぢやねえよ！　早う家い歸れ！　おツ母が呼んでるぞ！」

わたくしは微笑みかけながら、かれらを見てゐた。言つた方も言はれた方も口をあけてたゞ漫然とわたくしを見まもつてゐるだけで、どこへも立ち去る氣色がなかつた。

あるものは一碗の白米、あるものは四五枚の野菜の葉つぱ、あるものはなにがしかの柴の小枝、そういつたものをあとからあとからと運んで來て戸口の隅つこに置いてくれた。これがすなはち、お客たるわたくしへのかれらの贈りものといふ譯であつたが、そうしてはしづしづと圍爐裏を圍みに寄つて來て、行儀よく地べたの上にかれらは胡坐をかくのであつた。

「これは何て言ふんだい、あれは何だい。」

怪しげな黎語の方言で色んな所帶道具の名前をかれらに訊く。これが彼らに對するわたくしの時候挨拶となるのであつた。かれらは、一いち答へてくれるのであつたが、そうしてはわたくしの覺えのいゝのを讃めそやすのだつた。

にこにこしながら、一人の十六七になる若ものが門口に現れた。濡れ鼠になつて、全身からぽたぽた雨滴を滴らせながら、背に一箇の薪をかついでゐた。笠を取り、柴籠を卸すと微笑を湛えて、かれは圍爐裏の傍にやつて來てそれをとりかこんだ人群の中に蹲んだ。

「おゝ寒い寒むう。」

かれは笑ひながら火に手をさしのべた。

眞入の巾着から一本の小さな煙管を取り出しまだ乾き切つてゐない綠色の眞の葉をつめると、かれは火をつけて吸ひ出した。怪態な匂ひのする煙りが、たちまちわたくしの鼻を苦しめた。

かれは美しかつた。かれほど眉目秀麗な若ものは、眞實黎蘇三界ではそうたんとはゐなかつた。素直な笑容といひ、小鼪一すぢもたない顔面といひ、また白く綺麗な歯なみといひ、何一つ黎蘇唯一の白鶴を思はせないものはなかつた。

幼いときから始まつた筋力の勞働が、かれの顔の上に皺一本植ゑつけてゐない。――これが不思議であつた。一年を通じて幾日かの飢は必ずある、といふのに口元の微笑はちつとも消されてゐない。――これも腑に落ちかねた。

「お名前は？」わたくしが訊いた。

「あつしかい。あつしあ、革阿思てんだよ。お前さんは。」かれは笑つてゐた。黎蘇で自分の名前を訊き返す人に從來出會さなかつたので、わたくしは一寸まごついた。

「エックスて言ふんだがね、」わたくしはいゝ加減なことを言つた。

「なにを賣つてんだい。」わたくしのトランクを指さしてかれが訊いた。

「藥でさあね。藥といふ藥を、あらゆる藥を賣つてるんだ。啖店商人の藥、得態の知れない藥。鷄や地玉など持つて來たまへ。そいつを取り換へつこして上げるから。」

「エックス。はあ、エックスだとよ！」閣爐裏をとり圍んだ人たちはそれを新しい話題にして、口々に言つて見た。これでエックスがわたくしの呼び名になつてしまつた。

「嬶もつてるかい。」

「もたねえ、もたねえや！」かれは頭を振つて笑つた。

しかし、外にもう一人男の子がゐて、これはひどく顏の汚ならしい男であつたが、部屋の隅つこの薄暗いところに坐つてゐる女を手で指しながら、にたりと變な顏を作つて見せた。暗かつたのでわたくしはその目鼻立ちをはつきりと見分けることは出來なかつたが、綺麗な白い齒なみが暗がりからぴかりと光つて來ると、なにがなし、みめのよい笑顏をそこにぼんやり感じ出した。

「何頭の黄牛で貰つて來たんだい。」わたくしは笑ひにまぎれた。手で口を掩うてそんなことを言ふものでないことをかれはそれと仄めかしてくれたが、それで見ると言ふに言はれない謂れがそこにあるらしかつた。

「あいつ、恥しがるからさ。」低くわたくしに知らせてくれた。

「くつくつくつくつ……」

痒いところを搔かれてゐるみたいな笑ひが、暗い隅つこから響いた。――あ、あれは町場の女たちが笑ふその笑ひ聲そつくりではないか。

なにかしら思ひ出に絡んでゐるやうな味をわたくしは妙な氣持ちで反芻し出してゐた。

「こつちい來て、火に當つてゐなよ。」わたくしはかの女を呼んだ。見知らぬ女に對するこんな大膽さは、都會にゐる間は曾つてわたくしになかつたものであつて、怒江くんだりまでやつて來ると、だいいちまだ原始的な社會狀態にある梨蘇あたりでは娘たちなど謂はゆる開けた女のやうに身を大事に守る煩瑣さを持ち合はしてゐないのだから――そうわたくしは思ふのであるが、一體にどんな臆病をとこでも心の壓迫といふものを露ほども感じなくなるといふのであらうか。

まだ、くつくつ、笑ひつゞけながら、かの女は繍糸をいぢくつてゐた手を休めた。しかし、やつては來なかつた。暗がりの中から、綺麗な白齒なみの上で焰のやうに燦めいてゐる一對の黑く切れの長い眼が、またもわたくしに發見された。——一體、これはどんな女なんだらう。かの女の顏かたち、こんな都合じみた笑ひを發するに堪えたかの女の顏かたちが見たくて、わたくしはほとんど心も焦立つ思ひであつた。

「來ないかい。無理に來させる手もあるんだぜ。」

しかしかの女はいつまで經つてもわたくしにくつくつと笑ひ返すだけで、腰を浮かしもしなかつた。どことなくほろ醉ひ氣分の面持ちでふつと立ち上ると、わたくしはかの女が坐つてゐる薄暗い隅つこに行つた。

「行かないかい。今にひつ捕へて、無理じひに連れてゆくがどうだい。」

かの女はそれでもくつくつと笑つてゐるだけで、起たうとしなかつた。で、わたくしは自分の言つた言葉を實行して、かの女を引つ張り出してやらうとかゝつた。が、まるでぐにやぐにやの牝猫をひつ捕へてゐるやうで、張り合ひ拔けがして、一方かの女はびくつともしなかつた。わたくしにはたゞ、耳たぶのあたりでくつくつと笑つてゐる聲が應へてゐるきりだつた。顏が赤くなつた。これが恥といふものだ。——へん、男一匹、たかゞ阿魔の一人ぐらひ引つ張り出せないとは——、

「わつはははは……」背には笑聲の總攻擊だ。

顏には紅潮が漲つて、溢れて行つた。——へん、五尺の男子が、女一匹捕み出せないとは!

「起ちな、お客さんだよ!」誰かゞ言つてゐた。わたくしはかれに感謝した。その效目がテキ面に來て、かの女は腹を抱へて起ち上つた。見榮えのない凱歌をあげて、わたくしはかの女を圍爐裏の傍につれて來た。

ほの暗い弱光の中で火はかの女の面上にしみじみと躍つてゐた。——このつくりは正しくアメリカの映畫スター

ものだわい。目を瞑つたらいつでも飛び出して來さうな印象、探せ、探せ、腦裏のアルバムからそいつをめくり出せ――。クララ・ボウ？ジャネツト・ガナア？違ふ。みんな似てゐない。だがみんなどこか似通つてゐる。

無理に一つの名前を探し出してかの女が、それに似てゐるといふことを證す必要もなかつた。要するに、かの女にはスター型の圓つこい顏があるといふまでゞあつた。――遠い片田舍で、圓まつちよいスター型の相貌を目のあたりに見、町場の女の笑聲を二聲三聲でも、この耳で聞いたといふだけでも、日がな夜がな昔ながらの雨に降り罩められてゐる中にあつては、とにもかくにも一つの心樂しいことであつた！

「黎族の女は、駄目だい。あんな大根脚、それにまる跣足と來てゐるしさ、おまけにずぼんも穿いてやしない。これを見てご覽、これが踈布の袴ていふんだつてさ。」

かの女は丸出しの脚を指ざし、よれよれになつた皺くちやの袴を指ざして言つた。わたくしはかの女が話しをしてゐる間、つねに話しの助け手に使つてゐる生き生きとした眉毛を見つめてゐた。

わたくしが默つてゐるのを見て取ると、かの女は頭に卷きつけた辮髮のとぐろから、そこに挿して置いた小キセルを拔き取つて、莨の葉をつめて焚き火ですぱすぱと吸出した。わたくしもポケツトからケースを取り出した。紙卷を一本自分の口に啣へると、もう一本拔きとつてかの女に與へた。

「何だいそれは。」

「煙草だよ。」

わたくしは先に自分のに火を點じて吸つた。それを見てかの女も、どうかと思ふといつたやうな顏つきで、自分のを吸ひ出した。かの女が眉根を皺ませておつかな吃驚で最初の一口を吸つてゐるあたりは、まるで小さな小供が苦い藥を呑んでゐるやうであつた。わたくしは、かの女がその紙卷を地べたに投げ捨てやしないか、と思つた。しかし輕々と一朶の煙雲をかの女が噴き出してゐるときには、小供小供したかの女の笑容の眉毛はまたもゆつたりと伸びほぐれて、謂つて見るならば、もう湖上の新月になり澄ましてゐた。

「アポウ！」かの女は蒙疆人のよく使ふ感嘆詞で言つた。「甘いし、すづと鼻から抜けるしさ、ええ？」かの女はもう一度わたくしに湖上の新月と、生き生きとした小供だけに見られる笑ひとを送つた。そして突然、なにか思ひ出したとでもいふやうにふつと頭を向けると、ファース、つまりかの女の良人に紙卷を與へた。「お前さんも、これ呑んで見い！」

それからはこの若い一組の夫婦を毎日見てゐた。夜が明けると起き出て、男は片脚で杵を踏んで米を搗き、女はその傍でそれを脚にかけて碓を落してゐた。荒削りの木製の臼が、コトン、コトン、のどかに素朴な拍子を響かせてゐる間、かれら二人はいつまでも道化た小唄を歌ひながら互にからかひ合つてゐた。歌調こそ皆目分らなかつたが、それが一くさりの心樂しげな瀾漫なものであることだけは、わたくしにも聞き取ることが出來た。

來る日も來る日もそんな調子で、一炊きの米を搗いては、それを炊き、それを炊いてはまた一炊き搗きして、一餐の飯の分でもその米を餘分に搗いて置くといふことを知らなかつた。そして飯が濟めば、竹籠を背負つて、柴かりに山に出かけるのであつた。わたくしは家の中にゐても、トン・トン・とかれらの斧が木を切つてゐる音が聞き取れた。そして歌聲が遠い彼方から段々と近くに迫つて來る頃がすなはちかれらが山から歸つて來る頃であつた。そうしては、わたくしの焚き火にと、なにがしかの薪を抱へて來たり、時とすると二人してもぎ立ての水々しい玉蜀黍をいくつかもつて、わたくしと一緒に圍爐裏の火で燒いて喰べるのであつた。わたくしはといふと、その都度かれらに一人本づゝの煙草を振舞つて喫はせねばならなかつた。が、一點の翳りもさゝないかれらの笑容を見てゐるといつでも、それだけで片田舎に辛い油を賣りしぶつてゐる心の寂しさを、わたくしは忘れてしまふのであつた。かうして付き合つてゐるうちに、薄々ながら、かれらのローマンスもだんだんとわたくしには分つて來た。

もともとかの女は、黎蘇一帶の長女といふ長女が一樣に、さうであるやうに、名前も阿娜といつて、高黎貢山方面でも現に英國の領土に屬してゐる恩邁開江の生れであつて、黎蘇地方の昔からのしきたりで十二の歲に阿次といふ男の家に嫁に行つたことがあつた。

結納の儀にかの女の父は、第十六の高さの生きた大牛二頭と第十二の高さのこれも生きた小牛七頭、都合生きた牛が九頭と、それに死牛十一頭、これはつまり大鍋三つに、それを支へる鐵三脚二つ、堤四つ、藍の木綿布地四疋(これは二疋で死牛一頭に相當するもの)で通算されるが、みんなで〆めて牛二十頭を受け取つた。嫁入りした後は阿次と阿娜の間の愛情も濃やかで、どこか一寸親戚の家へ呼ばれに行くにも、かならず二人で連れ立つて出かけるといふ風であつた。

道中は腰刀や弩箭を佩びたいでたちの阿次が酒を盛る竹筒をひつ提げて肩に栗貨を詰めた囊かけ、阿娜が背に夜具の類を負ふてゆくのであつたが、そこで一杯氣嫌になると二人は抱き合つて、圍爐裏の傍でかれらのクニア・ホン・チア踊りを踊るのであつた。阿次がほかの女と踊らうなぞは思ひもよらないことであつて、阿娜も阿次以外の若もの、吹く笛に耳をかすことが出來なかつた。醉が廻つた。疲れが來た。するとみんな、その場でごろりと地べたに寢ころんだ。阿次は阿娜の下腹を枕にその上に頭を横たへるのが癖で、さうしてはだらしなく醉後の忘情を高鼾にするのであつた。

ある日、或る親戚の豐收祝ひに招かれた阿次はいつもの通り阿娜に同行を誘つた。ところが阿娜はうちの玉蜀黍がもう熟れて栗鼠や雀なぞが出て荒しがちな折から、その見張りに山に出かけねばならなかつたので一緒に、行かれなかつた。かの女は阿次に獨りで行くやうにと言つた。

阿次は家を出るとき門口で阿娜がかう言つてゐるのを小耳に狭んだ。

「あすこで大鍋一杯に、山鼠の肉用意してあつたら、あたしの分を、少しや持つて歸るんだよ。」

この日、阿娜は、かんかん照りつける太陽の下で、玉蜀黍を食ひに來る栗鼠を駈け棒で追ひながら、かう罵り通した。

「乞ひしん坊やい！さまア見るがいゝ。今に阿次が、まる焦げにされたお前をもつて歸つて來るんだよ。」

お午が過ぎても飯など炊かうとしなかつた。かの女は門口に立ちつくして阿次さへ歸つて來れば、今にも山鼠の肉にありつけるものと、そればかりを待ちあぐんでゐた。

しかし阿次が歸つて來た時には谷には、もはや月さへ出てゐた。それに阿次は、ぐでんぐでんに醉つ拂つてゐた。

「鼠の肉はどうしたい。」

かれが圍爐裏の傍に腰を下すと、かの女はかれの醉眼に眼をやりながら訊いた。

「あゝ、路ばたに落としちめやがつたらうテ。」聲まで醉ひどれらしく、よそよそしいものだつた。

「落したつて？ちやあ、ひつ返して、探し出して貰うまでさ。あたしやそれをまんまにすんだから。」

「こんなに暗くなつちやあ、ああ、野良犬に銜はれて行つたかも知れねえよ、ああ……」

「野良犬など銜ひやしないよ。それよか、野良女にでも食はせたんぢやないかい。」

「そんな莫迦なことが、あるもんか。ああ……くたびれた。あつしあ醉うたア。」

男は圍爐裏の傍に横になると、眼をつむつて眠らうとした。鼠を食ふあてが外れたので、はじめはがつかりしたが、そのうちに疑ぐる心が男の不忠實な行ひの上に走つてしまふと、どんなにしてもそれが口惜しくつて、女は今にもせぐり上げかねないほどになつた。

少しは話しかけて慰めてくれてもよかりさうなものだ。かの女は、男が優しい言葉で、かれの手から鼠の肉を横取りする女などゐない證しを立てゝ貰ひたかつた。それが假令でたらめた作り事であつても、それで滿足することが出來るのである。

しかしかれは醉ひつぶれてゐた。疲れてゐた。かれは眼をつむつた。かれは、かの女の疑ぐりを雪ぎに取りかゝる暇がなかつた。

最初かの女は質問であつさりかれの證しを取らうとした。が、かれは眼をつむつた。つゞいて、泣きの一手でかれの優しい慰めを勝ち得ようとしたが、かれの醉ひしれた顏は、たゞ口からあぶくを吐いてゐるだけであつた。堪えられなくなつたかの女は、わつと泣き出した。

醉夢の中から眼をさまされたかれは、向つ腹を立てゝ、どら聲で怒鳴つた。

「もういゝよ。この賣女め！泣くなら、己がおやぢの墓に行つて泣くんだ！」

このひどい仕打ちに一段とこみ上げてくる口惜しさで、しんからかの女は泣いた。手でかれの肩を捕へると、かの女は力を限りに搖すぶつた。そして泣きながら、きめつけるのであつた。

「誰が賣女なんだよ。どの賣女が、お前さんの鼠を食つたんだよ。口惜しい。お前さんは、もうあたしを捨てたんだよ。」

この一搖すぶりは、なかば醉夢の中にあつた男の怒りを呼醒ました。かれは、眼を瞬かせるだけで言葉らしい言葉は一ことも咽喉から言ひ出せなかつた。手あたり次第に眞赤に燃えてゐる薪を囲爐裏の中から一本抜き取ると、かの女の髮をそれでぐさつと一突き突いた

「くたばりやがれ！」

「アモオ、アモオ……」かの女は兩手で下腹を抱へて、泣きわめいた。

かれは、眼を瞬かせながら、今しがた自分の爲したことを見てゐた。疲れは相變らず激しく何もかも滅茶苦茶に億劫な氣がして、暫らくするとかれはまたもそこに寢ころんだ。かの女は、しかし聲が出なくなるほど泣きに泣いた。手で體を滑ぎ出すやうにして、一歩一歩と腿を引きづつて、かの女は門口に出た。四十里の夜路をかの女は爪さぐりで辿つて、父の家に歸つた。

その翌る日、早いうちから起きよゐと、父のために自ら米を搗き、父のために自ら飯を炊いた。かの女は父に向つて言つた。

「あなたの娘が、歸つて來たよ。また昔のあなたの娘になつたんだよ。」

五日目に阿次の村から、二十いく人かの人たちがやつて來て、阿娜の父の家に這入つたが、誰も口を利くものがなかつた。かれらは、這入ると思ひ思ひに圍爐裏の傍にやほら腰を下した。

阿娜の父も、いづれ娘のことで、話を纏めに來たに違ひないぐらひのことは知つてゐたから、つむじを曲げてうんともすんとも口など利かうとしなかつた。が、急いで、かれは隣りの家に行つて、一本の酒を借り、そして黄牛を一頭屠つた。

肝心の話しはおくびにも出さうとしないで、みんな默りこくつて、冷やかな面を並べてゐた。そして圍爐裏を圍んで、たらふく飲み、食つた。酒が酣になつた。一緒に來た連中で、年の行つたのが一人ゐて、ぶつきら棒に話しを切つた。

「お前さんの娘が、歸えつて來たゞね。」

「そうだ。」

「しかし、あれや阿次ンちの人だ。歸えつて行かにやいけねえだ。」

「ひでえことされたゞよ。見て見な、あいつア火傷されたゞ。もう歸えつて行かねえつて、吐かしよるだ。」

突然、二十人あまりの人が口ぐちに騷ぎ立てた。醉ひしれた面々は、話しをするときに頻りに口から唾を吐き出すのだつた。

「ンだが、あいつあ阿次の嫁だでな。」

「阿次あ、あいつに用があるだ。歸えつて來て、飯たいたり、麻布さ織つたりしてな。」

「阿次はな、牛二十頭も張つて、あいつを貰つたゞど！」

「べら棒な！人の牛貰うて、そいから娘呼び返えす法があるけ。」

「あいつを引つ張り出せ。權づくで、連れて歸るだ。」

衆議紛紛、夜が明けるまで、纏まりがつかなかつた。

とゞの詰まりは、阿娜の父が最初に話しを切り出した老人と二人で、阿次の離婚條約をゆつくりと商議し纏めることになつて、やつと落ちついた。

一、今後阿娜が他家に嫁し、阿次が他女を娶るも、相方これを干捗せざること。

二、阿娜の父は、結納の牛二十頭を阿次に還濟すること。

三、他に損失費として牛二十頭を阿次に供すること。

四、以上計四十頭は、阿娜が良人を見つけたる日を以て共交付の日限となすこと。

五、阿娜に於て未だ良人を見つけ得ざる間は、毎年自ら麻布の衣服二着を織り、それを阿次の着用に供すること。

かういふ風に協定がとり極められてからは、阿娜はかの女の父の家に住み込むやうになつた。そして、今年の春商用で、――それは鹽や布地をもつて行つてそこの黄蓮や貝母などの藥材と取り換へて來ることであつたが、そのために怒江の華阿思が思邁開江にやつて來るまで、かの女は父と一緒に暮してゐた。

かれ華阿思と阿娜とは、一目見ただけで、夫婦になつてしまつた。それからかれは、鼻高々にかの女を怒江に連れ歸つた。しかしこの娘さんにはその代價、牛四十頭が懸かつてゐるのだ。――この美しい娘さんには。

黎猺にはもともと一種の傳統の美德があつて、年頃になつた村のあんちやんに他の村から嫁御寮を貰つて來るだけの手腕がありさへすれば、牛は同じ村の隣人たちから借り集めていゝことになつてゐた。一體一時に幾十頭のも牛など出せる人がどこにあらう。今わたくしが嫁を貰ふとする。あなたはわたくしに牛を一頭貸してくれる。それを帳づけにして置かう。そのうち、あなたの息子さんが大きくなれば、その時にわたくしはそれを還す。それでいゝではないか。しかし、華阿思の住んでゐる谷間の小ちやな部落は、わづかに四五軒の人家しかなかつた。牛四十頭といふ途法もない工面がどうして出來よう。

阿娜が出てゆくと、阿次はその日からかの女の父に牛の辨濟を迫つた。かれはそれだけの牛を貰ひそれを急いで目立つた娘の父親の牛欄の内に追ひ込んで、ちやほやされたかつた。かれの村の代表たちは、牛をもつてくるか人を寄こしてくれるか、どつちかしなければ、今にも腕にものを言はせて見せるなぞと宣言した。

――あゝ離婚しようとすれば、損害を賠償せねばならないし、結婚するには資本が要るし、人類といふ人類の住む地方ならどこにもこの罠がしつけられてゐて、それを諸君は辿つて行かねばならない。こんな原始的な古風なものなら何から何まで揃つてゐる地域でも、それはあつたのであつた。わたくしは、都會の新聞紙上に、そこにある幾多のニユースの上に、ゆくりなくも思ひを馳せたことであつた。

しかし、かれらの笑容には一度でも雲など影を落したことがなかつた。わたくしが貨を沽つてかれらを招べばいつでもかれらは、まるで一對の黒熊のやうに、胸を躍らせて嬉しがつた。かれらが抱きついてはては相手を戯れに角力など取り合つて來た古玩具にして夢中になるのさへ、わたくしは見たことがあつた。かれらはわたくしに、黎蘇の歌を教へてくれた。わたくしは、例の「煙草が切れたら」といふやつを習ひ覺えた。

　莨が切れたら
　　樹の葉をつめて吸ひなされ。
　嫁がゐなけりや
　　草花つんで添え寢しな。

けれども、わたくしはそのむかし債權法などやつたことがあつた。湖上の新月が昇つて、雲の翳さない笑容が現れるといつでもわたくしは、かう思はずにはゐられなかつた。「牛だ、四十頭の牛の代價をどうしてくれるんだ！」

それは、或る早い朝のことであつた。鹿爪らしい面もちで、阿娜が這入つてきた。わたくしはかの女がこんな重々しいゆつくりした步調で步いてゐるのをまだほんの一度も見受けたことがなかつた。かの女の背後には、一群の小供たちが溜いてゐた。

優しいカーヴを描いた新月の下の黒い眼玉が消えて、それに代つて二つの憂鬱さうな眸がとろんと澱んでゐた。人など見向きもしないで、たゞ戸外の白霧の幕と灰色がゝつた雨雲とをぼんやり見つめてゐた。かの女は口の中で唄つてゐた。淋しげな、しかし重々しい長い節を低く唄つてゐた。——それは、西洋の古い長い史詩のやうにも聞えるのであつた。修道院の童女がつゝましやかに祈りをあげてゐるのをわたくしは見てゐるやうでもあつた。

かの女は脚で、かれらがヲ・カイ・カイと呼んでゐる、黎蘇の小踊りを輕く踏んでゐた。聲は長く沈んで、歐洲古代の長史詩でも誦してゐるやうに、一句一句ゆつくりと吐き出れてゐた。ヲ・カイのステップはあんなにも靜かで幽かであつて、地べたに踏み下される脚の餘韻は一いち處女の微かな溜息を匂はせた。わたくしは、なにがなし姦淫を犯したかどで胸に緋の十文字を縫ひつけた女を目のあたり見る思ひであつた。

——かの女は、巫女なのであらうか。一體かの女は、どんな惡魔に送る呪文を唱へてゐるのであらうか。わたくしはそう疑つて見たのであつた。

「あいつ氣が狂つたんだ。」

いつのまに來たのか、默りこくつてわたくしの傍に立つてゐた、華阿思が、しよげてそう言つた。

「どうしてだい。」

「あいつの親爺が、あいつの元の亭主の村の野郎どもによ、ひつ捕らへられて農奴にされちめやがつたんだ。」

なるほどそう言へば、阿娜のくすぶつてゐる眸から悲しみは、ぼんやりと嘆げかはしく慘み出てもゐた。だが氣が狂つたのだらうか。これは、わたくしに取つてまだ見たことのない、奇妙な狂氣であつた。わたくしは、たゞ莊厳と敬虔とに心を打たれるだけであつた。土の窖でかの女は唄つてゐた。わたくしは、その聲のほんの切れつ端をいくつか捕へたに過ぎなかつた。

「……その晩お袋が……お前ら荒武者どもは……お父う……お父うは飛んで、走り……英國の役人に……あんたをおんぶして、あたしや……森の中に……。」

わたくしは、唇を噛みしめた。尙もヲ・カイのステップであつた。相も變らず、史詩を誦してゐるやうな長い聲であつた。見廻はすと、ぐるりに集つた人達はみんな喪服を著て葬式に出てゐるやうな面つきで、咳拂ひ一つしなかつた。突然華阿思の子供じみた眼ざしがわたくしに向けられた。そして、慇懃な聲でかれは訊くのであつた。

「エックスさん。こんな病氣を治す藥、あんた持つてますか。」

「…………」

・・譯者の言葉・・

これは「文學」誌第三卷第一號（一九三四年七月號）に揭載された短篇であつて、原題は「四十頭的慘劇」といふのだが、「半四十頭」だけにした。これでぴつたり來なかつたら、その罪は勿論譯者にある。譯文は出來るだけ碎いて見た。歐文ならある程度まで逐語的に直譯しても、それで通れる現代日本の文筆道に於て、漢文系の語法や語彙は動もすると、その著しい生硬さが鼻に付き易く、その點餘計な氣苦勞もしたつもりであるが、そのために誤譯に取られさうな個所も二三あつたことと思ふ。それはだから、半分は意識的にやつたことであつて、誤譯を指摘してくれるかも知れない。親切な人に（その人に祝福あれ！）こゝで豫め斷つて置く次第である。日本に紹介されたコロレンコの不幸な例もあり、これは或は譯者の寡聞に依る個人的な謬見かも知れないが、その限りではこの例について後日述べる機會があると思つてゐるが、一體に飜譯の忠實さについて、ある意味で吾々は考へ直して見る必要がありはしないかと思ふのである。要するに程度の問題であつて、「正確な」語學者の手によつて、多くの名著が殺されて來たことをわれわれは知つてゐる。最も不幸な虐殺である。譯筆を取る、それは、單純な移植の業であるよりも、むしろ、一種の再生に產婆の役を務めることである筈である。

問題はそこに齎らされた子供に畸形があるかどうかにあるのである、生きてゐるか死んでゐるかにあるのである。

アルフォンス・ドオデエ作，曾石火譯，〈艦上の獨白〉，《臺灣文學》，第一卷，第二期，一九四一年九月一日，頁二六－三〇。

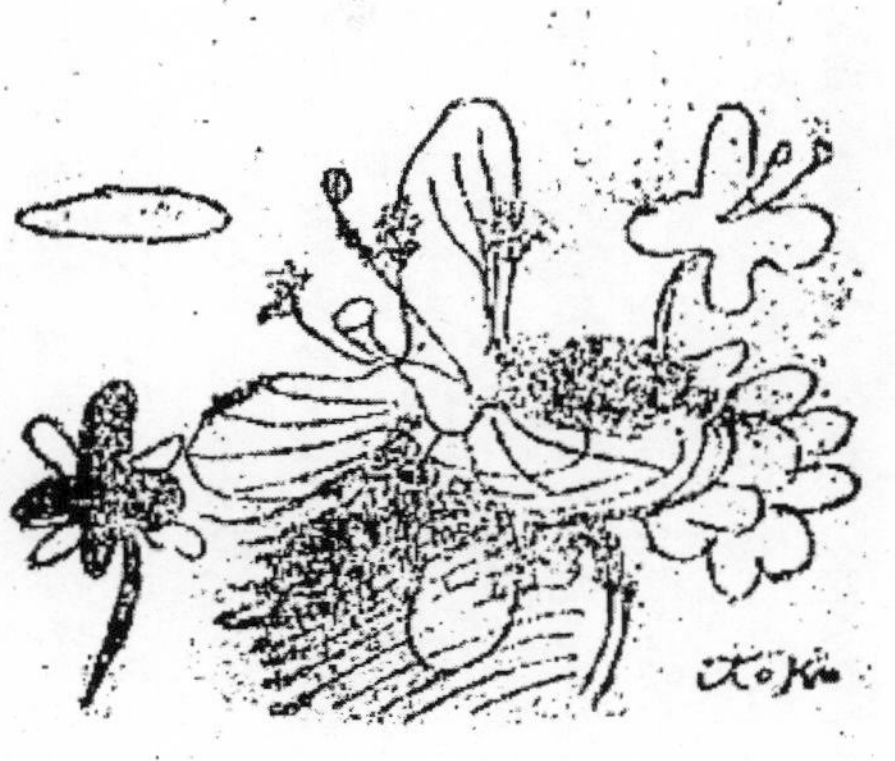

艦上の獨白（遺稿）

アルフォンス・ドオデエ作

曾石火譯

燈といふ燈が消されてから、もうかれこれ二時間にもなる。舷窓はすつかり閉まり切つてゐる。われわれの寢室にあてがはれてゐる下の砲臺の中は、眞暗闇で重苦しくて暗く、けだるくて今にも窒息しさうだ。私には各自のハムモツクに歸つてゆく、寢言をいふ、眠の中で呻く、同僚たちの氣配が一々手に取るやうに聽こえる。脚だけが行軍してぐたぐたに疲れたこの數日が、君たちに、しよつちゆうぎくとさせる熱病に充ちた不快な睡眠を與へてゐるのだ。しかも、このやうな眠りさへ、この私には、ちよつとやそつとのことではめつからないものになつてゐる。私は眠れない。私には考へごとがあまりに多すぎる。

上の艦橋では、雨が降つてゐる。風も荒んでゐる。時折當直時間の替り目ごとに、脚の端つこの霧の中で鐘が鳴る。それを耳にするたんびに、懷しの巴里や、六時を知らせる工場の鐘がしみじみと思ひ出されて來る。われわれの家の界隈は工場に不足はしなかつた！われわれの小ちやな宿泊所の隅から隅までが、學校から歸つて來る子供たちが（仕事場の片隅で）暮れてゆく陽のこれつぽちの名殘りをも引きとめようと焦りながら窓枠に體をくつつけるやうにして何やら仕上げてゐるその母が、眼に見えるやうだ。あゝ慘めなこつた。これ以上どうなるといふのだらう。言へば許して貰へたことだから彼らを一緒に連れて來た方がよかつたかも知れない。だが、どうにもならなかつた！こんな遠い汐路のことだ。私には、子供たちにとつての旅が、風土の變りが恐ろしかつた。それに、そうなれば、レース商の商賣道具一式を賣り飛ばさねばならなかつたに違ひない。粒々辛苦、十年とかゝつてやつとこさで貯め上げたこれしきの持ち物を、しかもあの鼻垂れたち、あの鼻垂れたちは學校へもやれなくなる！その母は、山と積み上げた導火線に圍まれて暮さねばならなくなるその母は！………………あ、恐ろしいこつた。たまつたものぢやない。むしろ一人で堪え忍んで行く方がましだ………所詮は同じ　こつた！艦橋の上に昇つて、自分の家みたいにそこに屯(たむろ)してゐる家族を思ふと、どれもこれも、お袋は襤褸切れを縫ひ合はしてゐるし、餓鬼どもは餓鬼どもでその下袴の中でごろごろしてゐる。それを思ふと私は獨りでに眼頭が熱くなつてくる。

風が募つて、浪も昂まつて來た。岸に偶つてゐた巡洋艦が、綱を繰り出してゐる。マストが悲鳴を擧げてゐる。帆がひつきりなしにバタバタはためいてるのが聞える。もうそろそろスピードを出さねばなるまい。それもいゝ、それだけ早く消けるんだから……このパンスといふ島は、船が馳り出した瞬間など毘捧に私を頒ひ上らせたものだ。だがもう今ぢや、私はそれに慣れてゐる。それは目的だ、休息だ。ところで、私はこんなにへこたれてゐる。時とすると、一年このかた見たもの聽いたもの全てが眼の前に迫つて來て、眼がぐらぐらすることがある。それはプロシヤ兵の包圍だ、壘(とりで)だ、練兵だ。それから、クラブ、死者と市民權とのボタン穴式の埋葬、ラ、コロンヌの下の論爭、巴里市廳に於けるパリ、コムミユーンの祝宴、クリユズレ閲兵、突擊、戰鬪、憲兵に發砲するためにみんなが隱れたクラマアルの車站有象無象の壁といふ壁。それから、サトオリ、囚徒護送船、輜重艦、甲艦から乙船への積み替え、牢獄を換へてゐる間にいつのまにか十倍の重罪犯になつてゐる囚人の往來。最後に軍法會議室、あらかた蹄鐵を外さないで盛裝にふんぞり返つてゐる將校の一人びとり、細胞狀の馬車、乘船、出帆。航海の最初の幾日かの間の船の搖れと失と觸に絡んだこれら一伍十什の全て。

ーやれやれ！

私は、疲勞の、塵埃の、得體の知れない擬粉のお面を被つてゐるやうだ。まるで十年もの間顏を洗はなかつたやうな心地がする。

あ、そうだ！どこかに腰を据えて落ちつける土地があつたら、素晴らしいものだ。奴らの話しでは、そこへ行けばほんの猫の額ほどだが、ちよつぴりした地面と世帶道具と小つちやな家をくれるといふ………小つちやな家といふんだぜ！サンマンデの海べに一軒持てたらと私は娘と二人でよく夢にも見たものだ。低くて、抽斗みたいに野菜や花を一杯詰めた、一寸した庭を前にひけらかした家が一軒持てたら、とね。日曜ともなれば毎週の保養のため空氣と日光どを漁りに、朝から晩までそこへつめかける。子供たちが大きくなつて商賣でも始めれや、悠悠閑閑とそこに隱居と洒落れ込む、滿更でもないぜ。畜生！　だが、お前はもう隱居してゐるぢやないか、今に別莊を構へようとしかけてゐるぢやないか！

あくたばつちまへ、あらゆるからくりのタネは政略だつて碌でもない考へが不圖浮ぶとなると全くやり切れない。神聖な政略とやらには私はそれでもどうしても信用が置けなかつた。私は常にそれを恐れて來た。そもそも私には金がなかつたのだ。仕入れは一々支拂はねばならないと來てゐる。それだから、碌すつぽ、新聞を讀んだり會合の催い話手たちの話しを聽きに行つたりする暇さへありやしなかつた、ところが、あの忌々しい包囲がやつて來た、あの駄法螺を吹いたり飲みつぶれたりすることより能のない國防總動員つて奴が。いやはや！私がみんなの仲に混じつてのこのことクラブへやつてゆく、すると、大言壯語の揚句はへゝれけに醉はされつちまふ。

勞働者の勝利！民衆の幸福！

コムミュンになつた時、さてこそ貧乏人の黄金時代は來た、と私は信じて疑はなかつたものだ。まして世間の人々は私を隊長とお呼びになるし、新調の軍服を召される幕僚たちがよ、その袖條や金モールや懸章のためにウンとこさと仕事を惠んでくれるしするではないか。後になつて、世間の動きのどん詰りを工合を見極めた時、私はどんなにそこから立ち去りたかつたか知れないが。卑怯者扱ひにされやしないかとそればかり氣になつてびくびくものだつた。

甲板の上には何かあるのだらう。傳聲器が吼えてゐる。荒々しいゴム長靴が濡れしよぼの艦橋の上を走つてゐる……これらの水夫——だが何てひどい苦しをこの人たちはしてゐるのだらう。そこでは、ぐつすり寢込んでゐる中を、水夫長のお呼出しだ。彼らは、醒め切らない目をこすりながら艦橋の上にエッチラオッチラと昇つてゆく。暗闇の中に、寒氣の中に頭をつつ込んで走つてゆかねばならない。板面が滑べつて、凍てついた綱は、近づく手を灼く。

そして、彼らが帆桁の端の空高く吊り上げられて、水夫の間に揉まれながらコチコチに硬ばつた帆布を捲かうとしてゐる間に、一陣の風が襲つて來て彼らを奪ひ去り、彼らを運んで、まるで鴎の一翔びのやうに、彼らを大海の只中に撒ら散らす。あ、それは巴里の勞働者に劣らず荒くれ立つた生活だ。そして、それに劣らず報酬が惡い。それでもしかし、これらの人たちは、愚痴をこぼすでもなければ、謀叛氣を起すでもない。傍の眼から見れば物靜かで、ケイケイとした眼光は据はつてゐる。上官にはかくも敬意を傚いてゐる。

彼らがわれわれのクラブへ滅多にしか來ないといふことも衆目の認めるところだ。

紛ふ方なく嵐だ。快速艦は物凄く揺れてゐる。全てが踊り、全てが軋む。後から後からとうちあげられる汐の緩が雷の鳴りを連れて艦橋の上でぶつつき合つてゐる。ものの五分間も經てば、それは小さな滞となつて、四方八角から流れ出てゆく。あたりの人は、もう揺れ始めてゐる。船暈を起してゐるのもあれば、恐怖にとつつかれてゐるのもある。危險の中に無理無闇に押し込められた不動こそは、鉄獄の醜惡のものだ……だが考へても見るがいゝ、われわれが、まるで家畜みたいにそこにぎつしり放り込まれてぐるりを取り卷いてゐる不吉な咆哮の只中で、手さぐりで揉まれ弄ばされてゐる間にも、これら金の腕章を施し赤い胸甲を着けたコムミユンのドラ息子、氣取屋、われわれを前線に押しやつたこれらの卑怯者たちはパリの鼻先のロンドンやジュネエヴのカフエーの中、劇場の棧敷で涼しげに澄まし込んでゐるのだ。考へたゞけても、腹の中が煮えくり返つて來る！

砲臺全體が眼を醒ました。互にハムモツクからハムモツクへ名を呼び交はしてゐる。どれもこれも巴里つ子のことだ。すぐにくだらないカラカひごとを始めてはくすくす笑壺に入つたりしてゐる。私は、そつとほつといて貰ふために、狸寢入りをして見せる。一人になれる日がなく雜魚寢をしなければならない暮しといふものは、何といふ恐ろしい體刑だらう！他人の背筋に刺戟されねばならない、他人の額のやうに口を利き、腹にない憎惡を見せねばならない。そうでもしない日には、間諜に見られても文句が言へない始末だ。そして年がら年中カラカひだ、カラカひだ……

……なんて海だ、南無三！まるで風が穿けた眞暗な穴の中へ快速船が飛び込んで、ぐるぐる卷きに渦を捲いてるやうな飛梅式ぢやないか…………陸やれやれ、家の奴らを陸に置いて來てよかつた。今どき小つちやな部屋中で風雨を凌いでぬくもつてる奴らを懷ふのは、全く素晴しいことだ！暗い砲臺の下底から、額の上に持ち寄せたラムプの光が見えるやうだ、眠りに落ちてゐる子供が夢を見、勞働するその母が體を屈めてゐるのが…………

新詩

琉球小曲　——富村月城譯

忘れねばこそ
原歌——思（う）まゐ故からど
思出（おびだし）もしゆ（一）る
我身（わみ）や瞬時（（二）うしゆ）の間（ま）も忘れぐ（三）しや

思はぬ故に
思ひ出もする
わしやいつでも
無藏（（四）んじよ）を忘れぬ
松の翠の變らぬ樣に
束の間も純い心で
戀ひつゝけて
忘れない。

註。（一）するの意（二）瞬間を云ふ（三）「忘れぐしや」は「忘れない」のこと。（四）女の愛稱又は戀人を云ふ。原歌は琉球の幅〇詩人恩納鍋子（オンナナベコ）の作

恩納鍋子作，富村月城譯，〈琉球小曲〉，《熱帶詩人》，第二卷，第八期，一九二三年一月廿七日，頁八。

ロングフエロー作，中里正一譯，〈ロングフエロー譯詩抄〉，《臺南新報》，一九二六年二月十五日。

ロングフエロー譯詩抄

中里正一

變化

古から里程標の立つて居る所
　町の場末から
今見なれぬ人が見下して居る
よく行つた暗い森の
　影つた頂を私は看る
向ふが變つたのかそれとも私が？
　あゝ　樫は清新で緑である
併し私と共にあの茂みの中を
あばれまわつた友達は
　仲に入る年々のお影で疎遠された。
海は變らず昔を潮さし
　太陽は變らず光り輝く
併し、おゝ、あれらゝ私には思はれるのだ
　曾て輝いた太陽ではなく
　曾て狂奔した潮ではないと。

ソンゴ河

およそ理想か夢かの外には
　からも折曲した流れは何處にもない
灌木森や藪の間を悠揚に折り乍ら
湖と湖とを相共に繋いで居る。
森や砂洲に圍まれて
自ら絶えずめぐり行き
流れるとも見えわかぬまで
ひそやかにゆるやかに河は流れる。
昔の遍歴した武士は
森小から或は丘上から

森林の寂寥境を貫く
此曲折の徑を見失はなかつた。
[illegible]は樫の實や鳥の巣を
探し求めて
森の内外を
かうも彷徨ひはしなかつた。
其流の鏡の中に
逆立ち垂れた絶壁の
茂みは隠れた、且は
浮ぶ雲や玲瓏の空の間に。
飛翔する山雀か燕ばかりが
唯生きて居る物と思はれる
さなくば嘲つて叫喚つた空に
舞下るアビ鳥ばかりだ。

舞下るアビ鳥ばかりだ。
評議の流れよ！お前の土名は
名譽高く聞知されて居ない
それはお前が獨り此處に隠れ
知られないのを満足して居る。
けれどもお前の平安な流れは
深奥な智を人の言葉のように
急がず騒がず流れ作ら
犯されぬ中斷を保つて
併しゆるやかな水車に注ぐと
尚お前は安らかで静かである
たとへお前の[illegible]打しも行
旅人に物云ふと思はれても！
「狂熱の街から急いで来た

旅人よ、お前の脚を止めよ！
願へや暫時、無分別な性急で
命をもはや涸盡し召さるな
荒い瀨で沸ち騷ぐ
流れのやうである勿れ
されど、溫和な節制によつて
魂と魄とを共に繋げ
願へや暫時、無分別な性急で
命をもはや涸盡し召さるな
荒い瀨で沸ち騷ぐ
流れのやうである勿れ
されど、溫和な節制によつて
魂と魄とを共に繋げ

シエリー・プリユードム作，根津令一譯，〈こわれた花瓶〉，《臺灣日日新報》，一九二六年二月十九日。

こわれた花瓶

（シユリー・プリユードム作）

根津令一譯

美女櫻が枯れてゐる花瓶が
扇があたつて、ひびが入つた
あたつたといつても、かすつた
に違ひない
少しも音がしなかつた

しかし。硝石の面の微な割目が
日に日に、ひどくなつて
日に見えぬ樣に、ほんとに少し
づつ
花瓶のぐるりに入つて了つた
一滴づつ、眞新しい水は流れて
了つた

花は枯れて了つた
誰もよう、こわれてをらぬと思
ふまい
こわれてゐるのだ、觸つちやい
けない

度々、心にも、愛する手が觸れて
同じことに、疵をつける
そして、ひとりでに割れて行く
戀の花は失せて了ふ

いつもいつも、人目に觸れずに
心に、細く深い傷が大きくな
つた
そして、さめ〲と泣く
心はこわれてゐるのだ、觸つち
やいけない

短章譯篇

中里正一

雪暴れ（エマスン）

空の喇叭の凡てが告げた
雪は來た、田野を驅つて
何處に止まるとも見えぬ．白い空
氣は
小山や森や河や大空を隱して
庭園の農家を覆ふ
橇や旅人は止まつた、走使の脚は
ひまどつた．友は皆閉め切つた
家族は光り輝く爐の周りに坐つた
暴れの騷がしい隱居の中に閉めこ
まれて

鷲（テニスン）

彼は曲つた手で巉巖に握り付
蒼々の世界に巡ぐられた荒寥の
地で
太陽に近く彼は立つ
彼の下に小波の海は匍ふ
彼は山の壁から看守する
そして雷光の様に落下する

巷の聲（ロングフエロー）

魔法使マザルパンがかつて
カセーを經て西方に旅した時
途上で彼の聞いたのは
パドウラを賞讃する聲のみだつた
併しその聲は末路に終つた
彼がカレメンに來た時には

エマソン等作，中里正一譯，〈短章翻譯〉，《臺南新報》，一九二六年二月廿二日。

人々はカマラルザマン王子の
事のみを話し合つて居た
詩人等の事もその通りである
國々は各々各自の詩人を持つ
パドウラが無名である所では
カマラルザマンが有名であるのだ

鳩（キーツ）

私は鳩を飼つて居た、が愛らしい
その鳩は死んだ
で私の思つたには嘆きの爲めに
死んだのだと
あゝ何が嘆きを與へたのか？その
脚は結かれて居た
私の手で編んだ一本の絲の爲に

美しい紅い小鳥よ、何故お前は死
んだの？
美しい鳥よ、何故にお前は
私を置き去りにしたのか？
お前は寂しく森の闇に棲んで居
た
可愛い者よ、何故にお前は私と一
緒に住まなかつたのか？
私は度々お前にキツスして豆をあ
げたのに
躑躅の中の奴に何故に愉快に生き
ないのか？

英詩抒情唱

中里正一譯

至上のもの

DIXIE WILLSON

[illegible]更島の歌よ！喜びの赤薔薇よ
花咲く蘭の冠氏の呼吸よ！
新鮮な海の微風よ一番星の出現よ
我夢み續けしかの娘は——
されど、ある——優しくも靜けき
かの微笑！
强き眞心——絕ゆるなき
[illegible]の桜の[illegible]かなる喜悅
吾なさんとそせるかの娘は——吾
妻よ！

美くしき乙女の中の乙女

EOGENE DOLSON

かの女に言ひぬ
「吾昨夜夢みぬ
吾眠ねたれど眠の中にかひはせ
じど
吾最も麗はしき乙女にぞ打明け
にけり」と
かの女云ひぬ
「われいかに答へむ」と

Dixie Willson 等作，中里正一譯，〈英詩抒情唱〉，《臺南新報》，一九二六年三月廿二日。

筆の力

MORRIS ABEL BEEK

アルキバルドは小説を書きぬ
エドガーは高尚なる詩を創りぬ
フイリツプは「道化者」と活力を
もつてその劇を飾りぬ
されどジヨンは時を選ばず小切手
に書き込むを得たりき
さればヌエルズのなし得しるは唯
彼と結婚することのみなりき

W.Thompson 等作，譯者不詳，〈外國譯詩抄〉，《臺南新報》，一九二六年三月廿九日。

外國譯詩抄

幸福の捕虜、

W.THOMPSON

吾は汝が嫌厭を避くるに努めたりき
吾は汝が唇より逃れんと試みたりき
汝が聲は吾が心を恍惚たらしめ
あらゆる動物に汝は隠れ居るなり
吾は汝無くして生きんと努めたりき
吾曠野より汝を追放せんとも努めぬ
日となく夜となく夢の中に
吾は唯汝を夢みるのみなり
吾かくも汝を愛するを愚かしと
思はんとぞ努めたりき
吾酷しく炸裂地にも身を隠しぬ—
されど汝が行かざらんを望みたりき
汝が誘惑、嫌厭の中に
吾が痛しかとおろされぬ
吾統率宜しき機會を捕へず……
吾、竟に、捕はれぬ、愛！

善良な娘

W・R・Kerr

タロリンダは純良なる娘なりき
日曜學校にて彼女は一級を教へたりき

永劫に消ゆる別れ!……彼のたすが
幽にせよ　とよ彼女の挽唱句なりき
教會終りて邪氣より逃れ出ずれば
彼女は色男と會ひてしばし語りき
一瞬の散歩、語はるゝ時彼女は常に
に二人逃れ立ち彼い行きぬ
日暖かたるの時常に……彼は女の
上衣を持ち彼女はそを渡すに邪想
を思はざりき
彼に彼女は、その腕をすら組ましめき……
さながら兄の如くに
亦戀人が時に心を語るの時

彼女は無言に順從に耳傾けぬ
亦若し彼、一の美しき頰にキスせし時
彼女は他の頰を瞬らすを常としたりき

———

作者、譯者不詳，〈支那の民謠〉，《臺灣警察協會雜誌》，第一〇六期，一九二六年四月一日，頁一一三。

支那の民謠

『十八の嫁さん三ッのお婿さん
おしッこさせて抱ッこして寢んね
夜半にお乳欲しがつて
叭嗟……
妾はあんたの妻ですよ、お母さんとは違つてよ。』

之れは支那の不都合な結婚制度を唄つたものである。

支那の中流以上の家庭に於ては此の歌謠の如き男嬰の爲めに、既に成人したる貧家の子女を娶る。嫁は嬰兒を養育し、その成人するを待ち初めて事實上の妻となるのである。之れは全く吝な算盤から起つた現象であつて、男の方では多くの金錢を要せずして然も長期間親身になつて世話して與れる女が自由に使へるし、また女の方では少し長く待てば自分の家よりずつと富有である家の嫁御になれると言ふ樂みがある。然し之れは勿論兩方の親同士の心理狀態を言つたので、御本人同志は決して有難くない。亭主になるべき男が成人した時には女房となるべき女は既に中婆さんであつて、當然兩者の關係が圓滿であらう筈がなく、男は若い女を漁つて妾を持ち、女は年中空閨に泣くと言ふた必然の結果に到達するのである。

ボール・ベルレーヌ作，根津令一譯，〈無題〉，《臺灣日日新報》，一九二六年五月廿一日。

無題

（ポール・ベルレーヌ作）

根津令一譯

空は屋根の上に
あんなに靜で、あんなに青い！
樹は屋根の上に
こんもりした葉を搖つてる

見上げる空に
鐘がやはらかに鳴つてる。
見上げる樹の上に
鳥が哀を歌つてる。

あゝ、あゝ、單純で、そして靜穏な
人の世はあすこなんだ。
あの安らかなさわめきは
巷から來るのだ。

おゝ、絶えず泣いてるお前よ。
お前は今迄になにをしたのか？
云つてごらん、若い時
お前はなにをしたのか？

フランシス・カルコ等作，西川滿譯，〈佛蘭西小詩選〉，《臺灣日日新報》，一九二九年二月十八日。

佛蘭西小詩選

西川　滿　譯

◇晩　歌

フランシス・カルコ作

やせてちんばで滑稽な彼は、
カフエーの奥に腰かけた、
今はまつたくたそがれて、
玻璃の窓すら暗かつた。
「どなた？」
「靜かにして下さい。」
「飲みますの？それとも召し上る？」
彼は飲み、食べ、女の裾をからかつた、
そして狂ひの様に歌つた。
「もうさよなら。」
「いや。いつちやいや。」
「いや。いつちやいや。」
「かまはないぢやないか。」
恰度その夜の眞中に彼は姿を消してしまつた。
そしてその翌日、
女は扉の入口で男が首くゝつてゐるのをみつけた。
惡魔が窓にゐたんだよ。
笑つてね、そして之を捕へてゐたんだ。
それ以來惡魔は屋根の上で廻つて、
煙突から小便をしつかけてる。

◇愛　情

フランシス・カルコ作

お前は笑つてゐた。
お前は私の腕の中に轉つてゐた
ほれ〳〵とさへする晩が、
私のくぼんだ重い頭を照らしてゐたんだ。

けれど私は、咻を啖つてお前を
ゆすぶつてゐた。
やがて日の光が雨の中に昇つた
が、
それきりどうする事も出來なか
つた。
せまいあらはなお前の腰を抱い
て私は遂に不眠に落ちてしまつ
た。
苦い朝、そして此のいみじき臨
疲れ果てたなやましい狂い沙汰
よ。
あゝ、目覺めの憂鬱が戀人同志を
わけへだてゝしまつたのだ。
何故なんだらう。
それは誰にもわからない。
彼自身もお前から離れて行きな
から。
涙を落してゐたんだもの。
その時以來、
此の鳴が蒼白い、ばらばらを、
いくたびしぼませたことか。

◇幽　靈

シヤール・ボードレエル作

瞑い下色の瞳をした、
あの天使の様に、
私はお前の寢室に隨つて行く
私はお前のもとに、
夕闇と一緒に音もなくしのびこ
むのだ。
そして此の私が、
お前に與へるものは、
月の樣なつめたい接吻と
溝の廻りにのたうつ蛇の愛なの
だ。

鉛色の朝が、
再び訪れ來る時、
お前は私のゐた場所が、
空になつてるのを見るだらう。
そしてそこは夜まで寒いんだよ
私はね、お前の命と、お前の若
　さとを、
他の人々が優しくする樣に、
驚きおそれをもちながらも、
完全に支配したいのだ。

・附記・フランシス・カルコは現代佛蘭西のデカダン派の詩人で、一八八六年に生れた。シャール・ボードレルは紹介するまでもなく、佛國詩壇の雄であつた、彼は一八二一年に生れ、一八六九年に死んでいつた。

シュ－リ・ブリュドム作，西川滿譯，〈佛蘭西詩抄：理想〉，《第一教育》，第八卷，第三期，一九二九年三月五日，頁二一－三。

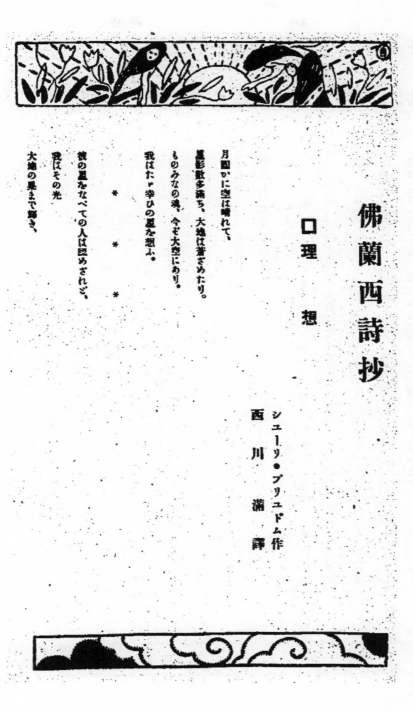

佛蘭西詩抄

□理想

シユーリ・ブリユドム作
西川滿譯

月圓かに空は晴れて、
星影數多滿ち、大地は蒼ざめたり。
ものみなの魂、今ぞ大空にあり。
我はたゞ幸ひの星を想ふ。

* * *

彼の星をなべての人は認めざれど、
我はその光
大地の果まで輝き、

後の世の人の魂た、
ささめかすな知るなり。

* * *

おゝその日、
此の遙かなる美しき星の、
光り出づる時、
我が後の人々よ。星に告げ給へ。
汝こそ彼の愛人なりしと。

（解題） Sully Prudhomme （1839—1907—） の作つた詩である。先驅者の心に描かれた理想が、當時の風潮に入れられなかつた時、その人は自分の抱ける眞理を後世の人々の手に任すより仕方がない。その氣持を歌つたものだ。理想を星に例へたのが、プリユドムの心境ではあつたが、我々お互ひも、眞の教育の爲には、大いなる理想の下に進みたいと思ふ。

ジヤン・ラオール等作，西川滿譯，〈佛蘭西抒情詩抄〉，《臺灣日日新報》，一九二九年三月十八日。

佛蘭西抒情詩抄

西川滿譯

◇月中のジプシー

「こはボヘミヤの物語
色青ざめしジプシーが
月にかくれてヴイオロンを
夜更けさびしくひくといふ。
いともかぼそき音なれば、
森の沈默に消え失せて、
戀をさゝやく若人の
心こそのみ知るといふ。」

あゝ時はよし戀人よ、
月影淡き森の中、
かのヴイオロンの絲の音の、
今宵ひゞくを聞き給へ。

（ジヤン・ラオール）

◇祈り

家庭もなくたゞ一人暮らす事が
いかに悲しいかを御存知なら、
貴方は私の住居の前を、
時々通つて下さるでせうに――
ひとつの純なまなざしが、
悲しい心にもたらすものを御存
知なら、
貴方はあてどもなく見る様に、
私の窓をみつめて下さるでせう
に――！

私の心に貴方の心のある事が、
どんなにかぐわしいかを御存知なら、
私の戸口の下に、
昧の様に坐つて下さるでせうに
！
もしも私が隠してゐるのを、
貴方が隠してゐるのを御存知なら、
躊躇もなく
私の部屋に入つて來て下さるでせうに！

（ブリュドーム）

ジヤン・コクトオ作，西川滿譯，〈ジヤン・コクトオの詩〉，《臺灣日日新報》，一九二九年四月十五日。

文藝

ジヤン・コクトオの詩

東京　西川滿譯

◇私をかう思ふのかい

まわりのヨーロッパ中で
人が求めようとしたところで、
求め得られないお酒と女とを、
作り出す我がおとなしく
しかも元氣な佛蘭西よ。

私が自分勝手に君に歌をうたつたら
君等はふりむいて私を罵るだらうよ
だけど君達の耳が
私の歌をいつかは聞くやうな時が來るんだ。

私がでんぐりがえつてゐるその

◇偶作

木に君の名を彫り給へ
それは對蹠點まで伸びてゆくだらう。

木は大理石よりもつと値打ちがあるんだ。
何故つて・君は木に彫つた名前が大きくなるのを
見る事が出來るからね。

姿を見て
かみつかうと思つた人でさへ、
突然私こそ方則に召使へる詩人
であるのを知るだらう。
詩の韻をば詩のはじつこに
分配したといふ以外の
何の罪だつて犯しやしないんだ
からね。
しつかりしろい！
ロンサールがそれを救へるだら
うよ。
何故つて？
今日もてはやされてゐやうとも
喉から血を流してるあの小鳥の
やうに
薔薇の花が彼奴の心臓をつきさ
したからさ。

人間といふものはだね
夜鶯の效果なんて感じやしない
のだ。
そしてさ
骨壺の中に灰となつてくずれた
我々の心だけが
本當に人間を説得するんだよ！

（解題）Jean Cocteau (1892—) は實にフランスの生んだ痛快な近代詩人である。否詩人といふよりもつと大きな存在だ。彼の動くところ都會的ジャズの香氣がたぎりざまあ見ろ！と云ふ洪笑が爆發するのだ。今彼を紹介するために、Piece de Circonstance と M'entendez-Vous ainsi？との二篇を譯して南國の詩壇に贈る！

ヨセフ・フオン・アイヘンドルフ作，中尾德藏譯，〈夜をうたふ〉，《臺灣日日新報》，一九二九年十月廿八日。

夜をうたふ

ヨセフ・フオン・アイヘンドルフ

中尾德藏譯

ぬばたまの夜こそは佳けれ
しづかなる海原なみや
謎の樂生や痛さ戀なげき
もの柔びなる波打ちは

見よ目路をあぐれば深顧
もろ〳〵の祈求は雲居
寂寥の虛ろ大水
ふ含船よぶ風に航らば
分き離し思想や夢や

蓋はむに由こそなけれ肉の
あだし心とこの國の
うち囁くあはれ星むら
あなほも現か心內
柔びなる波打ち絕えね

作者、譯者不詳，〈アミ族歌〉，《臺灣警察時報》，第一五一期，一九三〇年一月十五日，頁四五。

アミ族歌

イヤスクメヒー、マノカロケイブ、
クナアロフ、カウムキラタラ、ツクム
パアクダ、ケセユスボハウ、ラーゾイ
ブク、マーロー、クノウブス、イヤダ、
イヤブグレツスヒ、

（意譯）愛兒よ、病氣するな。如何してお前に病氣させてよいものか、お前の爲には、神樣に猪を供へて、元氣で育つ樣に御祈りして居る、病氣するな。

ヨセフ・フォン・アイヘンドルフ作，中尾德藏譯，〈わかれ〉，《臺灣日日新報》，一九三〇年一月廿七日。

わかれ

ヨセフ・フォン・
アイヘンドルフ

中尾德藏譯

はやも烏羽玉あふまどき
森のさやぎのささざえに
まふ如き谷の底ひとより
天たるや大主星に灯き
この淵や寂寞無緣
はやもあゝ凶時の、森さやぎ

なべて往く安息快樂の息所
森や世やはた假寐の音色
さすらひのきみ頭へぎき
吾家ぞ思ふ
げに此處よ森ぬちや綠なす
隱まひ在所
げに心根！汝遂に共にし息へ

〈ヘンリー・W・ロングフエロ作，藤森きよし譯，〈人生の讚美歌〉，《臺法月報》，第廿五卷，第一期，一九三一年一月一日，頁八三—八四。

漫録

人生の讃美歌

ヘンリー・W・ロングフエロー作
藤森きよし譯

大海の初日あか〳〵潮蒼、　月斗

昭和五年が太平洋の彼方に去つて、昭和六年が支那海から訪れた。

幾多の悔恨的苦覚に惱んだ、昨夜の胸も、今朝は大いなる希望に燃えて躍つてゐる。

あゝ、昭和六年！　元旦!!

私は、此明るい朝、自分自身の胸に吹き込む爲め、今朝も亦、大きく呼吸して、大海の初日に「人生の讃美歌」を唱へよう。

聲は、調は、共に拙くとも、ロングフエローは遠く、深く、聽く人々の胸にも亦「希望」の燈を點じるであらう。

悄え入る樣な、か細い聲で
「人生は空なる夢に過ぎず」
など、歌へ給ふな、
眠つてゐる人の魂は既に死んでゐるのだ、
事物は外見丈けが見てゞはない。
人生は現實だ！
人生は眞摯だ！
而して、墓場は其ゴールではない、
「塵より生れ、塵に還る」
こは、魂に就てのみ囁かれたる言葉ではない。
吾々の定められたる終局と其道程は、
歡喜でもない、悲哀でもない、
今日より進んだ、
明日を發見する爲めの努力である。
藝術は遠く、時は疾風の如く過ぎてゆく、
而して、吾々の此胸は
如何に剛く、如何に肥えたりとて
所詮は、墓場に急ぐ、黑布をかけた太鼓の如き
動悸の行進に過ぎない、
世界の戰の廣野に於て
人生の合戰場に於て、
啞の樣に物云へず
只驅使にのみ唯々たる牛の如き小吏たる勿れ、

おゝ、君よ、爭鬪の、奮鬪の、英雄たれ！
こは、いかばかり快くとも
未來に頼るの怯をやめよ。
過去は過去に葬らしめよ。
而して、
あゝ、この生氣躍動の現在こそ、
吾等が活動の舞臺なれ、
さらば、咲き心を内に、神を頭に、起たむ哉、
偉人の生涯は、吾々をして
わが人生のいかばかり尊きかを偲ばしめる、
然れども、そは、
時てふ砂の上に印せられたる一個の足跡として
遠く、遙かに、吾々の背後に去つてゆく。
莊嚴なる人生の海を航しつゝ
神と人とに見捨てられた、難船の兄弟（ハラカラ）の足跡も亦枯れなむとする
吾々の胸に
一脈の生氣を吹き込んで來れる今一つの偉人の足跡である。
いざ、さらば
起つて、爲さむよ。
如何なる運命にも執し得べき咲き心を内に、
求めつゝ、成し遂げつゝ
勤勞と、謙譲を學び行かなむ。

漫錄の漫錄

門外子

スムマジ 天高く地白く、秋氣蕭然たるの時、蓬萊の中央霧社に一大凶變あり、同胞夫妻子女の難に罹れるもの、凡百に近し何ぞ慘害の甚しきや、事の意外に愕ける者、事は突如として現れ、倉卒の間に發せりと謂ふ、果して然る乎。

青天の霹靂は氣壓の激變に基き、地震は地殼の變動より出づ、彼等蕃族の殘虐行爲は、そも如何。その原因の那邊にあるやを尋ぬるに於て、冷靜嚴肅の態度を失つては、多數の犧牲者に濟むまじ。

吳鳳第二世 生きて通事の職に在り、身を殺して蕃人敎化の神として祀られしは吳鳳也。時と處は變れども、同じ立場に在りし彼れ花岡一郎、妻子と共に死して己が蕃族に組みせしは、惜しき限也、彼れ一度理想の境に立ち、學びし師範教育の根本に觸れ、事の發するに先ち妻子と共に死して其範を垂れんか、蓋し霧社の露と共に青史に光を放ちしならん。想ふて玆に至れば然なからんとするも得ず。想は空し矣吳鳳第二世。

サロジニ・ナイズウ作，藤森きよし譯，〈英詩二篇〉，《臺法月報》，第廿五卷，第三期，一九三一年三月五日，頁八〇－八二。

英詩二篇

藤森きよし

Guerdon.（褒美）

野に森に
春の財物、
鷹に、鷲に
翼のほこり、
豹に美、

塩に色彩……
　わたしには、おゝ、主よ、
　戀の歡樂！
海女(アマ)の手に
潮の寳玉、
花聟の眼に
花嫁の顔、
夢みる人の心へは
若さ日の夢……
　わたしには、おゝ、主よ。
　眞理の歡喜！

牧師と預言者に
信條の喜び、
王と軍兵には
功績の光榮。
敗れたる者に平和を
強き者に希望を………
わたしには、おゝ、主よ。
魂の悦樂を！

Alone（只ひとり）

只ひとり、おゝ、戀の神樣、
わたしは、花咲く林の中の空地を探し求める、

明るい、歡喜の歩み慣れた細徑を、
和やかな曙の柘榴の花園を、
夜の靜かな美しき果樹園を、
只ひとり、おゝ、戀の神樣、
わたしは、微かに光り乍ら震へてゐる波に、
危機を孕んだ人生の心安き流れに、
希望の廣き港に、願望の疾き河に、
月に魅せられた夢の河口に、立ち向ふ
ですけれど、わたしには
情深い風も、慰めを與へる星も、
あなたのみ許より、嬉しい言葉をもたらしはせぬ。……

あなたのみ許より、嬉しい言葉をもたらしはせぬ。………
喜びと悲しみが、どの樣に定められた時、
あゝ、わたしは、
あなたの神殿のみ前に達し
戀の滿足が得られるのでせう?

× × ×

此二篇は共に印度の女詩人サロヂニ・ナイズウの詩集"The Time of Bird"中に收められたものである。

彼女が二男二女の母であり、婦人の身を以て、全印民族解放運動の爲め奔走し、過般印度の聖雄マハトマ・ガンヂイと相前後して英官憲の手に捕へられた事、曾て、印度國民會議々長、ボンベイ市長、カルカッタ大學教授等の要職に在りし事は餘りにも有名である。

彼女の叙情詩は何と美しく、巧妙なる事よ、吾々はヨネ・野口と共に斯る英詩に秀れたる「東洋の詩人」を持つ事を誇りとする。

ホイツチヤー作，藤森きよし譯，〈MandMüller〉，《臺法月報》，第廿五卷，第四期，一九三一年四月六日，頁八一－八三。

漫録

Maud Müller

ホイツチヤー作
藤森きよし譯

或る夏の日。モード・ミラーは
愉快に牧場の枯草を刈つてゐた。
破帽の蔭には、質朴な美と、健康とが
豐かに輝いてゐた
彼女は歌ひながら働いた。
山雀は愉快に、木の上の物眞似鳥と合唱してゐた。
愉快に流れてゐた歌のリズムは、ハタと止んだ。
漠とした不安と、謂ひ知れぬ寂しさが、ヒシ／＼と彼女の胸に迫つて
來た。
此時、一人の法官が栗毛の立髮を撫で乍ら徐かに山の徑を下つて來た
而して、乙女に挨拶しながら、林檎の樹蔭に手綱を結んだ。
"誠に濟まない御願ひだけれど、
あの清水を一杯御馳走して貰へないだらうか？"
彼女は、イソ／＼と泉に走り寄つて、
迸り出る清水を小さなティンのコップに滿たして來た。

恥かし氣に、乙女はそれを差出して
自分のむき出しの足と、見すぼらしい着物に目を落した。
"や、有難う！
斯んな美しい手から、滅多に、こんな美味しい水は飲めない"
そう云つて、法官は。
花や木や、小鳥や蜂雀に就て色々と話した。
彼は又草刈と云ふことに就ても話した
だが彼は、その頃から雨を持つて來さうな雲に脅されてゐた。
モードは見すぼらしい自分の服裝も、
日に燒けた、はだしの、だが優美な、足のことも忘れて了つた。
彼女は碧い瞳の底に、驚きと、憧憬との色を湛へて、
ウツトリ彼の言葉に耳を傾けてゐた。
遂に訣れの時は來た。
彼は何時迄も居度いが、その留まる可き口實をなくした人の樣に、
後に心を殘し乍ら、馬に乘つて去つて行つた。
モード・ミラーは嘆息した。
"あゝ、私、もし、あの方の奥さんになれたなら
あの方はキツト私に、立派な絹の着物を着せて下さり、宴會の席では、
私の爲めに祝盃を上げて、私の美しさを賞めて下さるでせう
そしたら、私お母さんに立派な奇麗な着物を買つてあげ、生れた赤ら
やんには、毎日變つた玩具を持たせ

お父さんには幅広異紗の洋服をお着せし
弟な色彩のボートに乗せてやり
飢へた人には御飯をやり、貧しい人達には着物を上げませう、そうす
れば、キツト其人達は私の爲めに祝福の御祈りを捧げて下さるでせう
乙女は、泉の傍に佇んで、枯草の上に雨の聲が訪れる話色愛のない、
物想ひに耽つてゐた、
法官は、丘の上で今一度振り返つて見た、
而して、また、佇んでゐるモード・ミラーの姿を眺めた。
〃キツト美しい姿、キツト可愛いゝ顔、
そんなものには、到底、これから先の僕の人生では會へさうもない
あの謙虚靜な様子と、優しい態度は、彼女の面立が優しくて、美しい
様に、素直な美しい氣立の表れに違ひない
彼女が僕のものになるなら！
あゝ僕は今日からでも一介の草刈男になるにナアーそうすれば、もう
あの煩はしい權利、義務の叫聲も、止る處を知らない辯護士連中の論
舌も聽かなくて濟むだらう
あゝ、牛の鳴き聲と、小鳥の囀りと、甘い愛の囁き。あゝ、僕はそん
な生活が欲しい、
彼はそれから高慢ちきな上つ面丈けの妹達や
階級と金錢にしか誇を持ち得ない、哀れな両親の事を想つた。

而して暗い氣持になつた彼は、
まだ草原に佇んで物想ひに耽つてゐるモードに心を殘し乍ら思ひ切つ
て馬首を廻らして丘を下つて行つた。
其日の午後、法廷で辯護士連はニヤ〳〵と笑つてゐた。それは、彼が
法廷で、古臭い戀歌を小聲で頻りに吟んでゐたからだ、
幾日か經つた、而して彼はモードに對する捨て難い愛着を權力の前に
犠牲にして、大きな遺産相續人である金持の娘と結婚した、
だが、マーブルのストーブが赤々と燃える時、
彼は、其火の中に、過ぎし日、林檎の樹の下に展いてゐたあの景色を
見た、
モードの澄んだ瞳が、純眞な驚きと、あこがれの色を湛へて、ウツト
彼を凝視めてゐた、
屢々、何かの調子で、酒が赤くきらめく時、
彼の頭の中にあの道端の泉が湧き上つた、
彼は美しく飾り立てられた部屋の中で
目を閉じた、
而してクローバーの花咲く、あの野を夢見た。
高い地位に登つた彼は、嘆息した、
だが、其嘆息も今となつては何の甲斐があらうか、
彼に只心の中で、今一度自由であつたあの頃の自分を戀しく思つた、

"あゝ、あの日の樣な自由の身であつたなら……
おゝ、裸足で草を刈つてゐた、名も知らぬ乙女よ！"
モードも間もなく、或貧しい農夫の熱烈な愛に醉されて心にもなく結婚をして了つた。
而して、後から後からと生れて來る、生活難と、出産苦に、面も、心も、頭も萎え果てゝ、今は昔のモードの面影もない迄に變り果てた、
だが、太陽の快い光線が、草の曠野に照り映える時、
彼女は、屢々、手綱を徐かに操つて、丘を下つて來るあの法官の姿を見た、
或時は、狹い汚ない厨の壁が、突然開いて、
其處に廣い、立派なホールが現れた、
又或時は、自分の傍らに立つてゐる男らしい人の姿を見た、
其度に、彼女は夫以外の男を思ふ事の罪に戰いた、
斯して、彼女は再び素の貧しい女房に還つて
糸紡ぎの業に勤んで行つた、
時折洩れる、彼女の嘆息を聽いて見よう、
"……もし、そうなつてゐたならば……"
哀れなる、モードよ、おゝ法官よ！
一は富の害に、一は生活害に、
共に、苦しまねばならぬのも、いづれは、まゝならぬ人の世だ!!
私は思ふ、
筆舌に盡し得ない最大の悲しい言葉は、次の短かい一語ではなからうかと
"もし、そうなつて居たならば………"

海外異聞錄

兎耳子

◇パリの自動車強盗撲滅策

自動車强盜や追剝は、アメリカでは高速度で殖えて行くが、パリでは逐年減少するばかりである。即ち一九〇六年度には二百件を數へたものが一九一四には百二十五件に減り、昨一九二九年には僅か四十件といふところまで下つて來た。此の有様にパリ人は大滿足だが、尙一人滿足せぬ人がある。夫れは何でも徹底的に遣り遂げなければ承知出來ぬ性分の總監シャップ氏である。氏は「こんな犯罪件數はゼロにしなければパリの恥だ」といふので、今度は從來の自轉車隊に、新たに自動自轉車隊を加へて、自動車强盜撲滅に取りかゝつた。

新自動自轉車三百臺、人員五百名、自動車數臺で、サイドカーには完全に武裝した警官が乘り込んでゐる。自動車は、いづれも大型運搬用車だが、ラヂオで本部と直接通話し得る設備が施してあり、犯人あるひは嫌疑者の護送用にも充てられることになつてゐると。

パーシト・B・シエレ作，藤森きよし譯，〈無常〉，《臺法月報》，第廿五卷，第九期，一九三一年九月十四日，頁七五。

檢・算・精算
鄙・畫・家屋な建築することを
歴・優・咄咋
（か之部未完）

前號正誤

お之部

誤　正

爲替・　濃厚・

か之部

行△合△手形関　行李・……

甘△社實業振興水字　甘思・……

甘△社實業振興水字　甘思・……

無常

パーシト・B・シエレー作

藤森きよし譯

今日微笑みな誇へてゐる花も
明日は死なればならないのだ、
留れかしと願ふものに限つて
エテ詠び合ふて去り易い、
此世の歡樂とは、一瞬、何だろう？
夜な愚弄する電光さへ
輝きわたるは、ホンの瞬時だ
美德、何と渺ないものなんだろう
友情、何と滯べらなものなんだ、
戀愛、あゝ、何と、貧しい幸な賣つて
傲慢な絕望な買ひ込む、くだらないものだろう、
だのに、私等は、これ等にさへも先立たれて了つたのだ
希望は去つた
だのに、私等は、何時まで空しく生殘つてゐるのだろう
大空が蒼く輝きわたる間
花が華やかに咲き誇る間
どうせ、夜までしてぬ暇ではあるが
要な樂しく出來得る間
時がのどかに蹤び遊ぶ間
君！　大ひに夢な追い給へ!!
しかる後、眠から醒めて泣き給へ

一九三一・八・二四・夜

西田正一作，〈カールフェルト（Erik Axel Karlfeldt）〉，《翔風》，第十期，一九三二年一月廿五日，頁一—一五。

翔風

カールフェルト

第十號

カールフェルト (Erik Axel Karlfeldt)

――一九三一年度ノーベル文學賞を追贈された瑞典の敍情詩人――

西田正一

一九三一年度のノーベル文學賞は、すでに新聞紙上に報ぜられたる如く、瑞典の敍情詩人エリク・アクセル・カールフェルトに贈られた。この詩人の名すら殆ど知られて居ない我が國などでは、この人選に怪訝の眼をみはつた人が多いことだらうと思ふ。(瑞典人や瑞典文學に關心を持つ者は、今日までノーベル賞の授與のなかつたのをむしろ怪しむ位なのであるが)。彼が今年度までその授與にあづからず、彼れの歿後はじめて追贈さるゝに至つたのは、多分、彼が年來、ノーベル文學賞の授賞者の決定權を有する瑞典アカデミーの常任幹事を勤めて居た關係上、生存中は、アカデミーの會員たちも、世間から「御手盛り」と評されたくないとの心づかひもあつたらうし、よし他の會員たちの推薦があつてもカールフェルトが固辭したであらうと考へられる。ノーベル賞の創始(一九〇一)以來、故人に追贈されたのは、これを以て嚆矢とする。消息通の語る所によれば、カールフェルトの有力な推薦者は、ウプサラの大僧正で同じくアカデミーの會員なるセーデルブルーム師（Nathan Söderblom）で、この大僧正も故人となつた今に及んで、その意志の實現を見たわけであるとか(註一)。

この機會に私は、詩人としてのカールフェルトの素描を試み、あはせて、カールフェルトの如き詩人の生れるに至つたまでの瑞典の文壇ならびに社會の狀況について少し述べて見たいと思ふ。たゞし、ゲーテやバイロン等を論ずるのと異り、カールフェルトの詩の翻譯の一つすら持たない我が國に於て、原語もしくは獨逸譯等によつてその詩を讀まれたことも多分あるまいと想像せられる人々を讀者と想定する此一篇は、おのづから通俗的な紹介以上に出ることが出來ないだらうことを甚だ遺憾とする。

（註一）セーデルブルーム師は本年七月逝去された。師はカールフェルトの死を悼む言葉の中に「私の知れる限りに於ては、彼ほどの叙情詩人は今のところどこの國にも無い」と云つて居られる。

本論に入るにさきだち、カールフェルトの略歷を表示しておく。


一八六四年七月二十日ダーラルネ地方の Falkärna 教區に生まる。生家は農家。

一八八五年、ウプサラ大學に入學。

一八九三――九五年、Djursholm の基本學校の教師。

一八九五――九六年、Värmland の國民高等學校の教師。

一八九八年、哲學得業士試驗に合格。

一九〇三――一二年、ストックホルムの農業大學圖書館の司書官。

一九〇四年、瑞典アカデミーの會員に任ぜらる。

一九一二年、同アカデミーの常任幹事。

一九一七年、ウプサラ大學の哲學名譽ドクトル。

一九三一年四月八日歿す。

瑞典文學史では、一八八〇年代が自然主義の全盛時代で、次の九十年代には既に浪漫的傾向の反動が起つて居る。北歐に於ける自然主義はその盛りが餘りにも短かつた。これは文學史家モルテンセン（註二）が既に指摘して居るやうに、自然主義的厳格な分析はスカンヂナヴィア人の性質にはぴつたり來ないのである。彼等は餘りに叙情的であり浪漫的である。一八八八年に出たヘイデンスタムの詩集「巡禮及び遍歷時代」（註三）を、曉を告ぐる第一聲として、自然派に對する反動の叫が次々に色々な形で揚げられた。一八八九年に出た同氏のパンフレット「ルネッサンス」に於て、彼は、文學における一轉向、卽ち自然主義のドグマからの解放を說き、文學に於けるイマジネーションの重要さ、人生及び藝術に於ける美と喜の權利を主張した。彼れの意見に從へば、くだ／＼しく重苦しい寫實的傾向は瑞典の國民精神に合致しないものである。彼がルネッサンスと呼ぶ新理想主義は、フランス及び丁抹の影響から來て居る超國境的な自然主義に反對して、國民的になるといふことであつた。

スカンヂナヴィア人固有の性狀（テンペラメント）が再びその生存權を主張して來た此の新機運の春を歌ふ叙情詩人が幾人か出た。その中で最も有名なのは、前にあげたヘイデンスタム、それからフレーディング（Fröding 1860―1911）、レーヴェルティン（Levertin 1862―1906）、およびカールフェルトの四人。この四人の中で叙情詩に終始したのはフレーディングとカールフェルトの兩人で、他の二人は小說にも筆を染め、ヘイデンスタムの如きは長篇小說「カール十二世の部下」（Karolinerna）の作者として最も知られて居る位である。この四人は、年齡から云へばヘイデンスタムが最も年上、カールフェルトが最も年下。而て今日では最年長者のヘイデンスタムを除くほかは皆故人となつて居る。

（註二） Johan mortensen : Från R da rummet till sekelskiftet. I―II, Stockholm. 1919,

（註三） Verner von Heidenstam : Vallfart och vandringsår.

この自然主義に對する反動は、これを一口に云へば浪漫主義の復興であるが、この浪漫主義と十九世紀前半の浪漫主義との間に面白い因果關係があることをモルテンセンは指摘して、「十九世紀末の浪漫運動は多くの點に於て、同世紀初頭の浪漫派からその刺戟を繼承し且つ更新したものである」と云つて居る。

十九世紀初頭の浪漫派（ゴート會派も含めて）は、「民族的なもの」「國民的なもの」を探し求め、これを作品に於て解釋しようと試みた。ゴート會派の詩人の一人エイエル（Geijer）は、今まで殆ど全く顧みられなかつた農民及び農民文化に着眼して、「オーダールの農夫」（Odalbonden）の如き詩に於てこれを歌つた。エイエルによつて開かれた、農民に注意を拂ふ眼は、十九世紀を通じてますます鋭くなつて行つた。一方では、次第に頭をあげて來た農民の勢力が、代議制度の改正と共に、俄然強大化して來て、農民階級は遂に下院を支配するに至つた。この政治的勢力の獲得は農民階級に對して一層の注意を引いたのみならず、農民階級に對する見解に一大變革を強請した。今まで下層社會のものと輕視されて居た農民が、今や國民の中核と見らるゝに至つた。農民自身の間にも亦黎明が來た。彼等は從來の如く「えらい人たち」に代筆代讀を願はんでも、自分で讀み書きが出來るやうになり、中には法律書を繰り、史書や文學書をいぢりまはす者まで出て來た。生活の餘裕ある農民の子弟の爲に特別の學校が建てられ、彼等に適合した教育が施された。これらの學校の或者は、其後發達して、立派な國民高等學校になつた。

大學にも農民の子弟の入學するもの多く、今や農民の子弟はたゞに牧師のみならず、醫者、法律家、學者等にもなるやうになつた。モルテンセンの語を借りて云へば、「農民はあらゆる方面に進出した。しかも一人や二人で無く、集團をなして」なのである。わがカールフェルトも亦この集團中の一人、農民の子弟で大學教育を受けた一人であつたのである。彼れの詩集二つまでの標題になつて居るフリドーリン（Fridolin）こそは、カールフェルト自身にほかならぬのである、その境遇に於て、そのパートスに於て、そのフモールに於て。

同時に一方では農民及び農民文化に對する純歷史的興味が目ざめ、農民の家屋、什器、服裝、風習、地方言、民話、民謠等が非常に人の注意を惹き、或は蒐集され、或は研究さるゝに至つた。ストックホルムに旅した人が訪問する北歐博物館(Nordiska museet)及びこれに附屬するスカンセンの戸外博物館もかういふ氣運から生まれたものであつた。以前、輕侮の意味を伴つて居た農民的(bondsk)なる語は、急に流行語となり、古い箱、農民手織の布、牧人の笛等はサロンの裝飾品となり、首府ストックホルムの娘たちは農村風の裝飾をつけて得々とし、ダーラルネや Frykdal のダンスが喜んで踊られるやうになつた。文學に於ても、一般に民衆的なるもののみならず、農民的なるもの(det bondska)が非常に主要な題材となるに至つた。この傾向は Bååth や Ola Hansson によつて始められ、ストリンベリやセルマ・ラーゲルレーヴによつて繼續された。叙情詩人フレーディングも民謠や民間ダンスのメロディーを詩に取入れ、民衆の生活、民衆の魂のあへぎを歌つた。わがカールフェルトも亦かゝる詩人の一人であり、またその最も代表的な一人である。

詩人としてのカールフェルトを述べるにさきだち、彼れの詩の見本を三四揭げておく。(外國詩の本質的な理解は原詩によるほかはない。殊に詩の音樂的要素を問題とする場合はいふも更なりである。故に敢て原語のまゝ揭げることにした。下段に記したのは、翻譯といふよりも大意を示したものに過ぎないことを御諒承ありたい)。

第一例(所謂フリドーリン歌の一つ)

Sång efter skördeanden.	收穫の後
Här dansar Fridolin,	フリドーリンが踊る
han är full av det söta vin,	おいしい酒をたらふく飲んで

av sin hvetåkers frukt, sina bärmarkers saft,
av den hvinande valsmelodin.
Se, med livrockens väldiga skört på sin arm
hur han dansar hvar flicka på balen varm,
tills hon lutar---lik vallmon på slokande, skaft----
så lycksaligen matt mot hans barm.

Här dansar Fridolin,
han är full av minnenas vin.
Här hugsvalades far och farfar en gång
av den surrande bondviolin.
Men nu soven I, gamle, i högtidens natt,
och den hand, som gned strängarna då, är nu matt,
och ert liv samt er tid är en susande sång,
som har toner av sucksamt och gladt.

Men här dansar Fridolin !
Sen er son, han är stark, hau är fin,
och han talar med bönder på böndernas sätt
men med lärde män på latin.

畑の穀物、葡萄の汁を澤山積んで
響くワルツのメロディーに醉うて
御覧、上着の裾持つて
相手の娘を抱いて踊る
娘が疲れて彼れの胸に憩ふまで
牧人が杖にもたれて立つやうに

フリドーリンが踊る
家傳の古酒をたらふく飲んで
きしる田舍の胡弓に合せて
昔こゝで祖父も父も踊つた
御老人たちもうお眠りなされ祭のこよひ
樂器を弾いた御手々はお疲れだ
皆樣方の生涯はにぎやかな歌
すゝり泣きと喜びのあざなへる

フリドーリンは踊る
御覧下されあなたの息子、強くて上品、
お百姓にはお百姓のやうに話し
ものしりにはラテン語で話す。

Och hans lie går skarp i er nyodlings gull,

och han fröjdas som I, när hans loge står full,
och han lyfter sin mö som en man av er ätt
högt mot höstmånens kastrull.

第二例（彼れのフモールを示す例として）

Ormvisa.

När jag i marken vandrar, vill jag min flaska ha,
blott därfor, att mot ormars gift det starka är så bra.

Men tänker jag på ormen, sa minns jag allt en ann,
en falskare och halare och svårare än han.

Det sägs att ormen lurar inunder gröna träd,
och blickar mildt och tjusande på fågelen så späd.

Men flickan går på hvarje stig, och hennes trollblick far
hvarhelst en rock hon skådar och hör ett stövelpar.

あなたの新開墾地の黄金なす穂を彼れの利鎌(とがま)は元氣よく刈る
穀倉(くら)が充つればあなたのやうに喜びまする
燒けた鍋のやうに眞赤な秋の月に
その花嫁を胴あげします。

蛇の歌

野中を歩いて行く時に　私やお酒の罎がほしい
お酒のしかも強いのが　蛇の毒にはこれが一番

蛇といへばいつでも　別の種類の蛇を思ひ出す
もつと狡猾(ずる)で虚僞(うそつき)で　もつと扱ひにくい奴

蛇は緑の葉がくれに、ひそんでねらつて居ても
やさしい魅惑的な眼で　鳥を眺めて居るだけだが

少女(むすめ)は何處へも顔出す　そしてその眼と來たら
衣服(きもの)でも靴でも　見るもの何でも買はせるからさ

Uppå sin buk går ormen och äter bara jord,
men flickan vill ha sockermat och silverfat på bord.

蛇は腹で這うて　土を食ふだけだが
少女は卓に御馳走と　銀の器をほしがる

En orm kan läras dansa till dårars tidsfördriv.
men flicketarnet dansar visst re'n i sin moders liv.

蛇は馬鹿者の慰に　踊を敎へこまれるが
少女つ子はもう踊り居る　母の胎內で

En enda gång om året ömsar ormen skinn,
men åtta dar i veckan byter filckan sinn.

蛇は年にただの一度　皮を脫ぐだけだが
少女は週に七度　心がかはる

Om ormen dig besviker, han biter blott din häl,
men kvinnosvek kan stinga till döds en ynglings själ.

蛇はお前を裏切つても　かゝとを咬むだけだが
女の裏切りや若者の　魂までも刺し殺す

Nu slutar jag min visa om det skadliga djur
och hastar över skogen till min flickas lilla bur.

有害な虫の歌なんか　私ァこゝらで切りあげて
森こえ野こえて急ぎませう　私の少女の小さな檻へ

第三例（民謠ぶり）

Josep i skogen.

森の中のヨセブ

Jag går bland-nöt,

ヴァクテルモーラの牧場で

i Vaktelmora löt,
där brakved blommar hvitt emellan videspröt.
Jag går i tallmon,
ett stackars vallhjon.
Min hädd är strå, min spis är vattugröt.

Jag hör en lur
och vrålet av en tjur
åt Fröjdeskulla till, långt bortom fjällets mur.
Jag vet hvem betar
på skogens vretar
och älvens brädd sin faders kreatur.

Jag går med fän
bland Vaktelmora trän,
och mina sommarår gå snabbt och snarligt hän.
Kom, vackra kulla
från Fröjdeskulla,
och sitt förrn dess en stund på mina knän !

私ァ家畜の番をする。
牧場にァくろかんばが白く咲く。
松の林の中を行く
私ァあはれな牧羊者。
ベットは藁で食物ァ水粥。

角笛の音がする
牡牛の鳴く聲もする、
墻のかなたのフレーデの丘から。
森の中やら川床で
家畜の番をしてるのは
誰だか私は知つてゐる。

ヴァクテルモーラの樹の間を
私ァ家畜をつれて行く。
夏はさっさと過ぎて行く。
來やれ、フレーデの丘の
美しい少女さん。
來てさ、腰かけなされしばし私の膝の上に。

第四例（簡素な形の淋しい詩の例）

Första minnet.

Det är långt, långt borta på en väg. det är halt,
svart och kalt,
det är vind, stark vind.

Någon håller i min hand och drar mig med,
höga träd,
det är vind, stark vind.

Vi gå bland andra mänskor åt ett stort, hvitt hus,
dån och brus,
det är vind, stark vind.

På en stol står en kista, den är liten och hvit,
vi gå dit,
det är vind, stark vind.

最初の思出

遠い遠い道、滑る道
黑くて冷くて
風、强い風

誰かが私の手を取つてひつぱる
高い樹
風、强い風

多勢の人にまじつて白い大きな家に行く
ざわ／＼騷しい音
風、强い風

椅子の上に箱がある、小さくて白い箱
私共はその前に行く
風、强い風

前にも一寸述べた如く、カールフェルトは叙情詩に終始した詩人である。彼は刻苦經營推敲に推敲を重ねるといふ質（たち）の詩

人で、どちらかと云へば寡作家である。既刊の詩集は次の六卷、詩數合せて約二四百十篇。（註四）

Vildmarks-och kärleksvisor

Fridolins visor och andra dikter

Fridolins lustgård och dalmålningar på rim

Flora och Pomona

Flora och Bellona

Hösthorn

（註四）なほ最近遺稿が整理出版されたい（もしくはされるい）著である。

彼が叙情詩に終始したことは、彼れの天分の命ずる道をひたむきに進んで行つたので、「靴屋が靴型に留ま」つたわけであらうが、その名が世界的になることは爲に阻まれた觀がある。廣く世界的にはなり得なかつたが、狹くしかし深く瑞典國民の間にはいりこんで行つた點では、かのミカエル・ベルマン（Michael Bellman, 1740—1795）とまさに好一對をなすものである。“Von Herzen——möge es wieder——zu Herzen gehn !”とはベートホーフェンが彼れの Missa solemnis に添へたモットーであつた。詩人と民衆とが心から心へと眞直な道でつながれることは極めて稀な現象である。わがカールフェルトは實にその稀な例の一人なのであつた。

彼れの詩はこれを內容的に見れば、國民的民衆的であり、男性的であり人生肯定的であり、新鮮な空氣を呼吸し大地をしつかと踏まへて居る農夫の如く健全である。その取材に於て、その考へ方に於て、その表現に於て、瑞典人口の大部分を占める農牧林業の從事者たちと血のつながつて居る詩が大部分である。彼が Hvad skall man sjnnga ?（何をか歌はん?）

といふ題の詩の中に

Jag gick igenom lancet :
så susade alla´snår ;
jag lyddes vid själarnas dörrar :
så sjöng det i alla vrår.

....

Jag är en man ur hopen,
vill fånga på lek någon gång
en strof ur min och alla
de andra själarnas sång.

われ國の中を遍歴しぬ
なべての草むら皆聲ありき
人々の魂の戸に耳あてゝ聽きぬ
隈の隈まで妙なる歌ありき

吾は大衆の一人
時折の嬉戯(たはむれ)にも
わが魂の歌と他の人々の魂の歌
その中の一ふしぞ捕へまほしき

と歌つて居るが、かゝる用意あればこそ、彼はセルマ・ラーゲルレーヴの云へる如く「民衆の魂の中に息づく物の偉大なる代辯者」となり得たのである。

彼れの詩には健全なフモールがある。野卑に墮さない程度に於て粗朴なフモール、皮肉にならない程度の朗かなフモールがある。人生を肯定する詩人の魂から、また寫眞でもわかる通りの健全な彼れの肉體から飛び出るフモールである。前にあげた「蛇の歌」の例を玩味されたい。

彼れの詩の特徴の一つとして、音樂的諧調を數へることが出來る。瑞典の詩人中彼ほどに音樂的な詩、歌ひいゝ詩を作つたものは他に多く類例を見ない。彼れの詳細な評傳を書いたトルステン・フォーゲルクヴィストは「カールフェルトは藝術家としてはまづ第一に音樂家である」と云つて、この音樂的傾向はすでに幼少の時から見られた彼れの著しい特質であつたことを詳述して居る。

彼れの詩には低高格、高低格、低々高格、高低々格等最もありふれた(陳腐といふ意味ではない。最も民衆の舌頭に熟し、最も國語の性質に合致したとの意味)平仄(メトリク)の簡單な結合のみを用ひて、Hexameter とか Alexandriner とかいふやうな嚴しい學者向の形は一つも用ひて居ない。Strophe にしも、同じく外國流の嚴かな Distichon とか Ottave Rime とか Sapphische Strophe 乃至 Sonett などいふ形は一つも用ひて居ない。一見 Ottave と見ゆる八行の Strophe でも韻を Ottave 流に踏まないで、坊間流布の押韻を用ひることによつて、「かみしも」をつけないやうに心がけて居る。

彼れの詩に於て押韻は甚だ重い役割を演じて居る。私が目を通した所では六卷の詩集(詩數合計約二四〇篇)中、全然押韻しない詩はたゞの一篇、また

――――a
――――
――――a
――――

の如く、一組(二行)の踏落しを持つた詩も僅かに十篇、一段に二行もしくは二行以上の踏落のあるもの數篇、その他は全部丁寧に押韻されて居る。なほ韻字の選擇に當つては、たいてい意味の重い語、響(クラング)のよい語が選ばれて居て、押韻としては殆ど理想的と云つてもよい位である。

要するに、彼は外形の上からも、詩を民衆の物たらしめんと努力した跡が歴然として居る。

由來、北歐の詩人の詩人的情熱は、高山の御花畠の如く、その咲き出づるや絢爛、人の目を奪ふものがあるけれど、その盛りたるや甚だ短いのが普通のやうである。然るにわがカールフェルトが處女詩集「荒野と戀の歌」に見せて居る情熱は、一九二七年彼が六十幾歳にして世に問うた詩集「秋の角笛」に於ても殆どその衰を見せて居ない。彼はいはゞ歳を取らない詩人

であつた。

（附記）

本篇を草するに當つて參考した書は

(1) Svenska litteraturens historia. Tredje Delen. Sveriges moderna litteratur av Fredrik Böök. Stockholm 1923.

(2) Johan Mortensen : Från Röda rummet till Sekelskiftet. II. Stockholm 1919.

(3) Torsten Fogelqvist : Erik Axel Karlfeldt. Stockholm 1931.

就中モルテンセンの書からは教へらるゝ所が多かつた。

西田正一作，〈薄幸の女流詩人 EDITH SÖDERGRAN〉，《翔風》，第十一期，一九三二年十二月五日，頁二—一四。

薄幸の女流詩人 EDITH SÖDERGRAN

西田正一

私は玆に我が國には其名すら全然知られて居ない一人の詩人を紹介したいと思ふ。それは Edith Södergran といふ芬蘭生れの一女流詩人である。英米佛獨露以外の國にはろくな叙情詩は無いのか知らと思はれる程、紹介の範圍の限られて居る我が國に、この芬蘭の詩人が全く知られて居ないことに何等不思議は無い。しかし此詩人は當然我が國にも知られてよいと思ふ——一つには、十六歳の時肺結核におかされ、爾後肉體的には病苦と戰ひ、精神的には「生きんとする盲目的の意志」と戰ひ、加ふるに晩年には物質的窮乏にも苦しみつゝ、三十一歳で夭折した薄幸の詩人であつたといふ彼女の運命から。も一つには、芬蘭の近代詩中表現派の名のもとに總括せられる新傾向の先驅者として、取材に於て表現形式に於てまことに獨自の道を歩んだ詩人であつたといふ文學史上の意義から。

本論に入るに先だち、いさゝか註解的說明の要があらうかと思ふ。普通芬蘭文學と云へば芬蘭語文學を意味するのであるが、芬蘭國內には芬蘭語文學のほかに、瑞典語を以て書かれた文學がある。芬蘭は十九世紀の始め、ロシアに併合せられたが、十二世紀の後半以後久しく瑞典領であつた關係で、瑞典語は有識階級の語、文學用語として、その勢力を持ち續けて來た。最近獨立後は、國粹運動の一つとして芬蘭語の尊重が強調され、瑞典語は次第に壓迫されつゝあるやうであるが、今日なほ全人口の約一割は瑞典語を日用語として用ひて居り、瑞典語を以てするすぐれた作家も相當あるのである。私が茲に紹介せんとする Edith Södergran も瑞典語を以て作をした芬蘭詩人の一人なのである。

彼女は Österbotten 出の瑞典人を兩親として、一八九二年、當時の露都ペーテルスブルグに生まれた。彼女の幼少時代の一部はロシアと芬蘭の境に近い芬蘭の一小邑 Raivola で送られた。十六歲の時肺結核にかゝり、何年間か瑞西の Davos に病を養つた後、一九一四年再び Raivola に歸つた。彼女の家はロシアの革命の爲に財產を失ひ、爲に彼女も後の數年間は窮乏な生活をしたやうである。そして一九二三年の夏至の日、彼女は三十一歲の短い一生を閉ぢたのであつた。

彼女の生活は實に孤獨なもので、他の文壇關係者たちとの交渉も殆ど無かつた。只一度一九一七年ヘルシングフオルスに文壇の人を訪ねたことがあつたと傳へられて居る。瑞典文學に興味は持つて居たが、直接の連絡は無かつた。この孤獨な生活と、旣成文壇との疎遠な關係、および瑞典人でありながら傳統を異にする芬蘭人の間に主として生活したことは、一面に於て彼女の詩人としての發達を阻害したゞらうといふことも考へられるが、他の一面に於て、あらゆる傳統に縛らるゝことなく、他の直接的影響を受くることと少く、自己內心の命ずる道を進み、自己內心の命ずる形で歌ふことが出來た點では、むしろよかつたとも云へようと思ふ。

一九一六年に「詩集」（Dikter）を出したのを手始めに、一九一八年に「九月の琴」（Septemberlyran）、一九一九年に「薔薇の祭壇」（Rosenaltaret）、一九二〇年に「未來の影」（Framtidens skugga）と相ついで三篇の詩集を世に問うた。彼女の歿後、Hagar Olsson によつて彼女の遺稿「此世ならぬ國」（Landet som icke är）が出版され（一九二五年）、Jarl Hemmer の序を附けた選集「わが琴」（Min lyra）が出た（一九二九年）。

これらの作品を通じて見ると、彼女の精神生活に三段の變化が跡づけられる。

第一は、普通の少女の如く、前途に洋々たる人生を望み、多くの花やかな夢を持つて居た時代で、「詩集」(Dikter)に載つて居る詩が之を代表して居る。この時代の典型的な代表作として一つ譯出して見よう。

私は女でない。私は中性である。
私は子供であり、小姓であり、無鐵砲な決心である。
私は緋色の太陽の哄笑する嬰である……
私はすべての餌に飢ゑたすべての魚への網であり、
私はすべての女の名譽の爲の乾盃(スコール)である。
私はすべての偶然と墮落への一歩であり、
私は自由と自我への一飛である。……
私は男の耳への血のさゝやきであり、
私は魂の戰慄、肉の憧憬熱望であり、
私は燒くものを求めてやまぬ大膽な焔であり、
私は深いが膝まで大膽にのしあがる水であり、
私は自發的條件で正當に結ばれた火と水である。

しかし此の時代既に「苦痛の福音」を歌つて居る次の如き詩のあることは注意に値すると思ふ。

彼女は泣きやめし眼もて望ある如くほゝゑみぬ。
苦痛は我等の必要とするものすべてを與ふ――
苦痛は死の國への鍵を與ふ、
苦痛はためらへる我等を門の中にひた押しに押し入る。
――――――――
苦痛は我等に稀なる魂と珍しき思想を與ふ、
苦痛は我等に生の最高の利益を與ふ――
曰く愛、曰く孤獨、曰く死の顔。

第二は、「九月の琴」「薔薇の祭壇」「未來の影」の三詩集に代表される時代で、恰も高山に登つた人の如くに、彼女の現實生活は足下の雲海中に沒し去り、恍惚陶醉が生活の基調をなして居る。彼女の友は太陽であり、星であり、青空であつた。John Landquist が書いて居る如く、此時代の彼女は「悲愴な孤獨の沙漠を、彼女に話しかける神々で充たした」のであり、彼女にとつては「神々は人間よりも偉大である。何となれば、苦痛を超越したハートを以て生の歩みをなすが故に」であつた。吾々はこれと同じ恍惚狀態をニーチェに於ても見る。彼女自らもニーチェの「歡喜の涙に於ける最初の子」と呼んで居る。

生くることの歡喜、呼吸することの歡喜、見出さるゝことの歡喜！
血管の中を冷く流るゝ時代を知ることの歡喜、
夜の默せる流を聞く歡喜、

太陽を浴びて山上に立つ歡喜、
我は太陽の上を歩み、我は太陽の上に立つ、
我は太陽よりほかの何物も知らず。

太陽はうまし蜜もて胸を溢るゝまでみたして云ふ、
すべての星はいつか消え行かんと。
されど星は驚きさわがず依然として輝けり。

しかしかういふ恍惚の絶頂から何處ともなく深い溜息が響いて來るのを見のがしてはならぬ。一例をあげる。

なべての星は我が顔をのぞきこみて默す——「我は汝なり!」
なべての星は我が口の上に接吻す——「わがもとに留まれ!」
星は集りて我が周圍に環を作る、近く近く次第に近く、
我が上體は星の雰圍氣の中にあり。
われその中にて何をなせる? 泣けるにや?

第三の時代は、彼女が太陽を去り、星を去り、神々と別れて、孤獨なる現實生活に歸り來つた時代で、その詩は寂しいが、秋の空のやうに澄み切つた魂の祈であり、敬虔な童心の叫である。「此世ならぬ國」といふ詩集の中から、代表的な物を二篇

譯出して見る。

此世ならぬ國 (Landet som icke är)

吾は此世ならぬ國にあこがる、
現實なるもの、そは何にてもあれ、望むことに厭きはてたればなり。
月は銀色のルーネ文字にて吾に語りぬ、
此世ならぬ國のことを。
吾等の願望の悉くめでたく充たさるゝ國、
吾等を縛る鐵鎖の悉く失はるゝ國、
吾等の辛苦に皺よる額を
月光の露にひたす國。
吾が生は甚しき錯誤なりき。
されど只一つ見出でたり、只一つ得るものありき——
そは此世ならぬ國へ通ずる道なり。

此世ならぬ國、
そこには吾が愛人輝く王冠をいただきて歩む。
吾が愛人とは誰？　夜は暗く

星は答ふるが如くうち襲ふ。
吾が愛人は誰？　その名は何といふ？
九天は高くいや高く蒼穹を描き、
人の子は無限の霧中に沒して
答ふるを知らず。
されど人の子は儼然たる存在、
兩腕を九天よりも高くのばす。
答來る。曰く、吾こそ今汝の愛せるもの、
また永遠にわたりて愛するならんものぞ。

わが幼少時の樹　(Min barndoms träd)

わが幼少時の樹、草の中にそびえ立ち、
その頭をふりつゝ云ふ、「汝は如何なるものになりしぞ？」
樹木の列柱は立ちて非難するが如し、「汝は吾等の間を歩むに値せず！」
汝は子供、如何なるものにもなり得べきに
何とて病の鐵鎖に然はしばられてあるぞ？
汝もよそ〳〵しき唾棄すべき人間となりぬ。

汝なほ子供にて吾々と長く會話かはせし頃、
汝の目は賢(さか)しかりき。
今われ汝に汝の生の秘密を告げん――
すべての秘密を開く鍵は苺生ふる丘の草の中にあり。

汝眠れるものよ、吾等汝の額を突きて、
死せる汝を汝の眠よりさまさん。

一度は希望と夢とに充ちたる未來にさまよひ、次には恍惚裡に太陽に住み星や神々と親しみし彼女も、かくて元へ――幼少時代の故鄕へと歸り來つたのである。西洋では、人生の環が閉ぢられる時、始と終とが力强く相觸るゝと信ぜられて居る。彼女の一生も將にその環を閉ぢんとして、元に歸り來つたかの如き觀がある。

彼女の詩は之を形式上より見る時は、長短不齊の不定型律の詩である。概して行が長い。在來の格律(ミーター)のいづれをも襲用せず、また押韻もない。それにも拘はらず、彼女の詩には何とも云へない美妙な諧調がある。Jambus の間に Anapäst を多く混用した獨逸の詩を讀むが如く、おのづから讀者を心持よくひきずつて行くリヅムがある。

この諧調のよつて來る所は、語の選擇と其の配置に細心の注意がはらはれて居ることは云ふまでもないが、その他補助手段の著しいものとして、

Vita fåglar flyga fram och åter

och bringa budskap att mitt hjärta lever.

Mitt hjärta av järn vill sjunga sin sång. (★ h は默音)

Fjärran från lyckan ligger jag på en ö i havet och sover.

の如き頭韻法

前に引用した「私は女でない」の詩に見らるゝ如き、或は

Jag ligger hela dagen och väntar på natten,
jag ligger hela natten och väntar på dagen,
jag ligger sjuk i paradisets trädgård.

「病臥の日」(Sjuka dagar) の1節

に見らるゝ如き、同語もしくは類似の表現の故意に頻繁なる疊用、

この二者をあげることが出來ると思ふ。

彼女の詩全體に通じて見られる表現の特質は、Landquist も既に云つて居る如く、

一、力強い簡潔な表現と

二、はつきり云はないで聯想に訴へる比喩、時々あまり大きな飛躍をなす爲に不明にさへなりかねない華麗なる比喩の疊用とで、この一つから他の一つに急に移行することも彼女の詩の著しい特徴になつて居る。

芬蘭の詩人の中で最新傾向の人々は、文學史家によつて、普通「表現派の作家」(Expressionisterna) と總括され、その劈

頭に名をかゝげられるのが、このシエーデルグランである。

この一派は、獨逸の表現派の刺戟に負ふ所が多いのは勿論であるけれども、これを單に獨逸の模倣追隨とのみ評し去るは、なほ未だ淺見のそしりを免れまいと思ふ。吾々はまづ芬蘭最近の獨立のなやみ、政治上の非常なる變革、その後の國情不穩等、かの大戰當時及び大戰直後の獨逸とあまり大差のない芬蘭の國情、獨逸の刺戟に應じてかゝる傾向の發展を可能ならしめた同國の社會事情に注意を向ける必要がある。

殊にシエーデルグランの表現主義は、獨逸の影響下になつたものではない。彼女の表現要求の生んだ當然の形であつた。このことは年代的にも證明出來ると思ふ。管見の及ぶ所では、彼女の詩に最も近いものを獨逸の表現派作家中に求むれば、Albert Ehrenstein であらうかと思ふが、彼女の處女詩集の出たのは一九一六年で、Ehrenstein の「人類は叫ぶ」(Der Menschheit schreit) の出たのと同年、「赤い時代」(Die rote Zeit) の出た前年になつて居る。

私は彼女の魂の姿をもう一度はつきり浮べて見る爲に、「肖像」(Porträtet) といふ短い詩を譯出し、これに蛇足的説明を附記することを以て、この拙い紹介を終ることにする。

私の小さい歌、
陽氣な歓ぎの歌、夕ばえの歌の禱に
春は私に水鳥の卵を貽れた。
私は愛人にこの厚い殼の上に私の肖像を描いてくれと頼んだ。

彼は鳶色の腐植土の中の玉葱の芽を描き――

他の一面に圓く柔い砂の丘を描いた。

註釋を加へるまでもなく、出て幾何もあらぬ玉葱の芽は青春時代を、「圓く柔い砂の丘」は墓を意味する。この玉葱の芽の將來大に茂り榮えんことを豫約する如く、芽の周圍には肥えた鳶色の腐植質土がある。しかし飜せば其裏には圓い砂の丘がある。表が若芽に始まり、裏が砂の丘に終るもの、これが人生である。この肖像はシエーデルグランのものであり、また誰の肖像でもある。轉々定りなき卵の殼の上に描かれたる此肖像の何と不常なることよ！

一九一六年の「詩集」時代に、彼女は既に「苦痛は我等に生の最高の利益（りやく）を與ふ――曰く愛、曰く孤獨、曰く死の顏」（前出）と歌つて居る。しかしこの苦痛の祝福感にはなほ「仕方がないからさう思ひなさう」といふあきらめ、苦痛の中に努めて意義を見出さうとする努力のあとが明らかに看取出來る。爾後幾年か病苦と鬪ひ「死の顏」を見つめて來た彼女は、このはかない自畫像を靜觀し得る境地に達したのである。こゝにはもはや「仕方が無いから」といふあきらめも無ければ、努めてよい方に思ひなさうとする焦躁も無い。たゞ淨化されて白衣まばゆき魂の涼しい姿あるのみである。こゝには魂の湖面に小波一つ立たないで、生死一如のさとりが靜かに影をうつして居るのみである。長年の難行苦行の後、聖者たちの達する境地も、多分これ以上のものではあるまい。

小さけれどよく光る星や家根涼み（村上鬼城）

（附記）

一、本篇を草するにあたつて主として參考したのは左の二書である。

John Landquist : Modern svensk litteratur i Finland. Stockholm 1929.

Erik Asklund : Modern lyrik. En antologi. Stockholm 1931.

二、彼女の詩の眞の姿を髣髴たらしめる爲に、上に譯出した「此世ならぬ國」の原詩をこゝに附載して置く。

Landet som icke är.

Jag längtar till landet som icke är,
ty allting som är, är jag trött att begära.
Månen berättar mig i silverne runor
om landet som icke är.
Landet, där all vår önskan blir underbart uppfylld,
landet, där alla våra kedjor falla,
landet, där vi svalka vår sargade panna
i månens dagg.
Mitt liv var en het villa.
Men ett har jag funnit och ett har jag verkligen vunnit ——
vägen till landet som icke är.

I landet som icke är,

där går min älskade med gnistrande krona.

Vem är min älskade ? Natten är mörk

och stjärnorna dallra till svar.

Vem är min älskade ? Vad är hans namn ?

Himmlarna välva sig högre och högre,

och ett människobarn drunknar i ändlösa dimmor

och vet intet svar.

Men ett människobarn är ingenting annat än visshet.

Och, det sträcker ut sina armar högre än alla himlar.

Och det kommer ett svar : jag är den du älskar och alltid skall älska.

テニズン作，西川満譯，〈くだけ，くだけ，くだけよ〉，《臺灣婦人界》，第一卷第七期，一九三四年七月一日，頁二〇—二一。

くだけ、くだけ、くだけよ

テニズン

屹立す巖頭に立つて、よせては碎け、碎けてはよする浪を眺め、誰かテニズンと共に神秘の想ひに耽らない者があらう。波は豪壯なる音律をもつて撓みなく打寄せては碎け、碎けては打寄する。あゝされどその上の恩寵や歡喜は再び吾に歸り來ませず。

吾等は時に悲觀的な瞑想に心を請める機會をもつ。

くだけ、くだけ、くだけよ、
その荒磯に、おゝ海よ！
我が身に起るこの想ひ
言葉に盡すよしもがな。

おゝ、よいかな妹と、戯れて
喜び叫ぶ漁師の子！
おゝ、よいかな、沖の小舟にて
樂しく歌ふ水夫の子等！

くだけ、くだけ、くだけよ、
この荒磯に、おう海よ！
されど去りぬる日の聲
再び我に蘇らめや

意氣揚々と大船は
港へ急ぐ山の陰、
されど消えにし手の觸はり
失せにし聲や今いづこ？

BREAK, BREAK, BREAK

By Tennyson

Break, break, break,
  On thy cold gray stones, O Sea !
And I would that my tongue could utter
  The thoughts that arise in me.

O, well for the fisherman's boy,
  That he shouts with his sister at play !
O, well for the sailor lad
  That he sings in his boat on the bay !

Anb the stately ships go on
  To their haven under the hill;
But O for the touch of a vanish'd hand,
  And the sound of a voice that is still !

Break, break, break,
  At the foot of thy crags, O Sea !
But the tender grace of a day that is dead
  Will never come back to me.

オォギュスト・アンチュリエ作，市河十九譯，〈夢〉，《臺灣婦人界》，第一卷第十期，一九三四年十月十日，頁一一〇—一一一。

夢

オオギュスト・アンヂュリエ作
市河、十九譯

われは夢みぬ、君が眼の
われをかなしくみつむるを
青き眼差のひたぶるに
われをやさしくみつむるを。

われは夢みぬ、口ごもる
言葉を君のきかれしを
われと靜[illegible]く[illegible]語に
おちて[illegible]る〻君の業を。

わが手の中に、纖き手の
刈りし二つの花のごと
落ちしを、ふたり肩よせて
影を街路にならべしを。

さはれ醉ふとも、病めりとも
この夢のみは許されず——
なが唇に、わが口の
觸れなむ幸福の來むといふ。

われは夢みぬ、君が眼の
われをかなしくみつむるを
青き眼差のひたぶるに
われをやさしくみつむるを。

キヤムベル等作，翁鬧譯，〈現代英詩抄〉，《臺灣文藝》，第二卷，第五期，一九三五年五月五日，頁七二－七五。

詩

現代英詩抄

翁鬧譯

媼（キヤムベル）

聖堂の
白き焰の蠟燭が
年老ひし顏はせの
美しさ

冬の陽の
弱き光に似たるかな
産みの苦しみ經來りし
媼の顏は

子等は去り
彼女の思ひ靜かなり
毀たれし水車の下の
水に似て

〔註〕Joseph Campbell. 一八八一年に生る。當代最著名なるアングロ・アイリッシュの詩人の一人。劇作家である。

ポプラ（オールデイントン）

何故にいつも其處に立つて慄えてゐるのか白い流れと道とのあひだに？
人々は塵埃の中を通つて行く
自轉車に、荷馬車に、自動車に乘つて
東雲には馭者が通り過ぎ
日暮には戀人達が草の徑を歩く
お前の根から動き、歩けよ、ポプラ！
お前は彼等よりもずつと美しいのだ
僕は知つてゐる、白い風がお前を愛し
いつもお前に接吻して、お前の綠の腰袴の白い裏地を蘇へす事を
お前を透した黑い空は綠の雨の樣
また灰色の雨はお前の脇腹に滴り
お前を愛することをも
そして僕は見た、お月樣が
銀の小錢をお前の衣嚢に忍ばせたのを
お前がお前の髪を振り立てた時に！
また白い霧が羞らふ戀人のやうに
お前の膝下で搖蕩ひ躊躇つてゐたのを
ポプラ！僕はお前を知つてゐる
十歳の時からお前を見戍つて來たのだもの
しかし、お前に少しでも眞實の愛と氣力があつたなら
お前はお前の情ない怠け者の戀人達を殘し
馭者の後に從いて
白い道を歩いたであらうものを
小山の向ふには
綺麗な山毛欅の林があるのに
何時までもさうして慄えて立つてゐるのか

〔註〕Richard Aldington. 一八九二年に生る。一九一四年自由詩運動を起す。寫象派(Imagist School)の一人。同じ寫象派の巾幗詩人H. D. (Hilda Dool)の夫君。

波へ行く海の島（コラム）

飛び去り行け波の上を
おゝ雪白のはらからよ！

73

礫籠もはた何かせん！
いかに汝は動けるよ！
抑へがたなき衝動も
翼なきをば如何にせん！
われ眺めけり大海に
いと美はしくよきものを！
飛び去り行けり波の上を
おゝ雪白のはらからよ！
汝行きしが去りたるか？

〔註〕 Padraic Colum. 前出キャムベルと同年に生れ、又彼と同じく詩人兼劇作家にして最著名なるアングロ・アイリッシュの作家の一人。寡作、素朴なる作風を以て聞ゆ。

發光詩篇 （フレッチャー）

緑、褐色、緑ー空、砂、海、
汝等の大さにわが心ふくらむ
涯なき濱を距け行かん
咲き散る飛沫に叫び擧げ
指もて空に觸れて見ん
わが幸福は砂のごとー
手の間より零れしむ

雲は過ぎゆく磨かれし
空の鏡のその上をー
雲は過ぎゆく灰色の
綿の雲なり星もなし

雲は靜かに過ぎて行くー
俄に閃めく閑な星
夜は冷たく雲のみぞ
靜かに空を轉びゆく

〔註〕 John Gould Fletcher. 一八八六年アメリカに生る。十一歳の時より詩作を始む。學歴殆どなし。寫象派の大立物。

鵯と鶫 （グレイヴズ）

ある夕ぐれに私は
緑の叢の側を通りました
二羽の鳥が歌つてゐるのを聞きました
それは鵯と鶫でありました
どうしてそんなに愉しいのかと
そのわけを私は訊きました
すると歌つて答へてくれました
私達は獨り者で自由だからと

次の朝私は一人ぼつちで
緑の叢の側を通りました
二羽の鶫がその中から歌つて居りました
鵯は飛んで行つて居りませんでした
どうしてそんなに嬉しいのかと
私はそのわけを訊きました
すると彼等は喜んで答へました
私達は今日結婚したのですと

それから暫く經つたある朝
私は又緑の叢の側を通りました
その時私の頭の上で如何にも哀れげに
鵯が泣いてゐるのを聞きました
どうしてそんなに悲しい聲で
樹の上で泣いてゐるのかと私は訊きました
すると鵯は答へました
鶫が私から愛を奪つて行つたのですと
おゝ、自由、それは樂しいことだ
縛られた戀、それは歡びだ！

だが棄てられた戀人は
朝な夕な歎かねばならない
家は毀れ、物は取られても
再び新たに集めることもできるが
廢れた戀の茅屋は
誰が建て直すことができるだらう？

〔註〕 Alfred Perceval Graves. 一八四六年に生る。最初詩人たりし人、後藝術方面の幾多の顯職を歷任す。作風は平易、古典的なり。戀愛詩を最もよくす。第四子 Robert (Graves. も著名なるアイルランドの詩人なり。

調べ　（ナイヅ）

屋根の上には翡翠の花
墓の上には鳶尾か
希望は愛の胸に萠え
恐怖は奴隷の胸に生ふ
蛋白石は河底に
眞珠は滄溟の胸にあり
歎きの胸に疑ひが
靜心には信實あり

螢月夜に飛び交へば
桃の葉風に踊るなり
夢と心地よき空想は
詩人の心に踊るべし
甘味さは蜜蜂の巣にありて
また乙女らの呼吸にあり
子供の眼には喜びが
死神の手には平和あり

〔註〕 Sarojini Naidu. 一八七九年デカン地方ハイダラバッドに生る。印度の女詩人。英詩の著作三卷あり。ガンヂーと共に印度民族開放運動家として名高きことは既に周知のことなり。タゴール及び我國のヨネ・ノグチと共に英詩壇にユニークな地位を保持す。

不器用者　（ローウエル）

數知れぬ蠟燭の焔のごと
汝わが心に燃え熾れり
されどわれ手を温めんと近寄れば
わが不器用さはそを覆へすなり
つぎには机椅子に
吾は躓くなり

〔註〕 Amy Lowell. 一八七四年アメリカに生れ、一九二五年に死せり。寫象派の先覺者たり。

戀は苦く、戀は甘し　（マクドナ）

戀は苦く、戀は甘し—
苦甘し
また會ふ日まで
溜息について、そして會ふ
溜息ついて會ひ、又溜息をつく—
苦甘し！　おゝいとも甘き惱みよ！
戀は盲目—だが油斷のならぬが戀路
盲目にして油斷がならぬ
思ひは強く、言葉は弱く—
強きと弱きと—
強く、弱く、そして又強く—
強きはよけれど、弱きは辛し

〔註〕 Thomas Macdonagh. 一八八四年に生れ一九一六に死せり。アイルランド人の諧謔的なる一面よく表はる。

75

ドーニのヴイオリン弾き　（イェーツ）

ドーニでヴイオリン弾いた時
踊りましたよ村人は
打ち寄せる海の波のよに
僕の從兄はキルヴアの
兄貴はモハラの牧師だよ

僕が兄貴と從兄との
側通つたら二人して
祈禱の本を讀んでゐた
僕はスリゴの市で買つた
歌の本をば讀みました

僕らが此の世を去つてから
あの嚴めしいピーターの
許へ行つたらピーターは
微笑み迎へてくれました
けれど最初にこの僕に
門をは入れと言ひました

善い人はみな愉快な人だ
不仕合せでさへないならば
愉快な人はヴイオリン好き
そして踊りが好きなんだ

さて村人はこの僕を
見つけると皆やつて來て
「こゝにドーニのヴイオリンの
弾き手が居るよ！」と言つてから
また波のよに踊るだろ

〔註〕 William Butler Yeats. 一八六五に生る。近代英文學の巨匠、アイルランド文藝復興の大先覺者。彼の詩に珍しい諧謔の調子がこゝにある。ドーニ（Dooney）はアイルランドの西、スリゴ（Sligo）に近き一村落なり。キルヴアは正しくは Kilvarnet, モハラは Moharabuiee, 共にアイルランドの西海岸スリゴに程遠からぬ所にあり。ピーターとは天國の門に立ちて、其處へ這入らんとする者を裁く聖者。（マタイ傳第十六章第十九節參照）

壯麗　（エイ・イー）

これら峻嚴なる岩に隱まはれ
物思ひに耽り居し吾は
大地に身を寄せ人目を避けて暫し視凝めぬ
小さき花の奇しさを

寶玉の宮殿の壁造るため
百萬の人ぞ暗闇と寒さの中に努めたり
また日の國からの陽氣なる商人達は
齎しぬ碧玉と黃金とを

おゝ宇宙の宮殿よ！
おゝ、晝と夜との移ろひゆく大廣間よ！
造物主とて吾よりは
多くの驚異と歡喜を汝の中に夢見しや？

〔註〕 A. E. とは George W. Russell が世を忍ぶ假の名。一八六七年アイルランドに生る。アイルランド文藝復興期に於ける卓越せる詩人なり。此の詩は岩蔭に咲く一莖の百合の花に見入りし時の感懷を叙べしものなり。

（一九三五、三、九）

アルテュール・ランボオ作，西條八十譯，〈晩禱〉，《媽祖》，第四期，一九三五年五月十日，頁六－七。

晩禱

―アルテュール・ランボオ―

西條八十

理髪師にやらせてゐる天使のやうに、
おれは岩丈なビールの盞を掴んで掛けてゐる、
反らせた下つ腹と頸、
ガムビエ・パイプを啣へて、　目に見えぬ帆で膨れた空の下に――。
古い鳩小舍の熱つぽい糞のやうに

千の夢がほんのりおれを焦がす
しばし、おれの優しい心は
黄金と燻んだ色で血染めた木質のやうだ。

念入りにその夢を嚥み込んでから
おれは向き直る。三四十杯やつたので
ひどく催す小便に専心する。

香杉と牛膝草との救世主のやうに柔しく
おれはうんと高く、うんと遠く、褐いろの空へむけて放尿する、
——のつぼのへリオトロオプの御免を蒙つて、な。

—"Premiers Vers" より—

ニコラウス・レーナウ作，石本岩根譯，〈愛のまつり〉，《媽祖》，第四期，一九三五年五月十日，頁一四－一五。

愛のまつり

－ニコラウス・レーナウ－

石本岩根

色とりどりの歌を梯子に
たのしく雲雀は空に攀づ。
花と香みつる森ぬちに
ひびくは囀鳥の祝ひ歌。

みわたすかぎりはなやかに
しつらへられし祭壇。
高鳴りせざる心臓もなし
愛のまつりにときめきて。

みてらの綠玉の燭臺に
春のかかげし薔薇の燈。
心みなぎりそのするゐは
犧牲のながれに注ぎゆく。

フエーリックス・ヴァインガルトナー（一八六三―）によりて、いみじくも、附曲せられし歌なり。（譯者）

フエルナン・グレエグ作，矢野峰人譯，〈秋の果〉，《媽祖》，第四期，一九三五年五月十日，頁一六－一七。

秋の果

―フエルナン・グレエグ―

矢野峰人

一

なつかしき君が口には、秋の陽に

熟れざるままに色づきし酸き果物の香あり。
黄金の膚に誘はれ噛む貪婪の
脣も果肉の苦きにおどろけど、
やがては馴れていつしかに
苦みにまじる味の佳さにおどろく。

シーグフリード・サスーン作，草野曠譯，〈鐘音〉，《媽祖》，第四期，一九三五年五月十日，頁一八－一九。

鐘音

―シーグフリード・サスーン―

草野曠

きみの誰かはしらねども
ただかばかりをわれは知る――

今日ふと觸(さ)へしかんばせに
燃えて消えにし花ふぶき

きみ來しかたは知らねども
ただ——わが心(うら)の廻廊(わたどの)に
きみが歡喜(よろこび)うちならす
鐘またかねのときめきを

不著作者，松村一雄譯，〈古逸詩抄〉，《媽祖》，第四期，一九三五年五月十日，頁一二—一三。

古逸詩抄

松村一雄

帶銘

火滅修容
愼戒必恭
恭則壽

闇の燈火きえてのち
容儀ただしく寢よとぞ
かくて齢はながからむ

筆銘

豪毛茂々
陷水可脫
陷文不活

筆は洗ひてきよむべし
ふみ書くひとの浮名こそ
劫へて消えぬものとしれ

衣銘

桑蠶苦
女工難
得新捐故後必寒

ふりにしひとの情(なさけ)こそ
馴れし衣(ころも)の破(や)れはてて
なほ捨てがたきおもひかな

Antonin Sava 等作，KEN・野田譯，〈詩三つ〉，《南巷》，第廿一期，一九三五年六月廿四日，頁一八－二二。

詩三つ

譯　KEN・野田

生命は爆進してゐる
強情張りな若い日頃が言ふにつれ
はづみのついた生命は、やがて
好惡反のＡＢＣ、さては又
齡老けた反の恭順さまで教へてしまつた。

しかしそれは僕等の心から
漂泊者の愛だけは搖ぶらなかつた、だのに
心の法廷では
鉄鎖がきしり、利慾の悪霊がいがみ合つてゐる。

愛は叢林を、頑強な愛を窒息させてゐる
道徳の罪過は、もぢり詩の中で
声はりあげて何かを嘲笑する。
なげき、青春の涙よ、娘の眼は空しく深まるばかりだ。
淫行でも始めたといふのか？ 誰の罪誰の過失だ、誰が知ってゐるのだ
誰のでもない、誰の関知した事でもないさ。
はづみのついた生命はとても敬虔なＡＢＣを教へて来れた。
だが何て事だ、生命は着物の上に
酒と血のとけ込んだ汚点をつけてるじゃないか。
何時かは俺達も信じてみた、望んでみた。
で今どうなんだ？
これっぽちの信仰も持ってるか？
見ろ、俺達は汚点と一緒に生きてゐる

僕達の眼底を「青い」方へ転換させた
血と酒の汚點をかう掴んで生きてゐるんだ。

(AntoninSovaのチエッコ語原作より
Stan Kamaryt エス語交譯による)

別れ

リトワニヤ N.KURZENS エス語原詩

"AU REVOIR"（オ ルヴォワール）とは言ふまい
最后の一分が来ても——
僕等の別れの、離別の
最后のあいさつの一分が来ても。
また相見る時を求めまい
いつか来る幸福な再会は探すまい
過去の日が把持してゐたものを
未来の時が返すとは思へないよ。

想出を記憶を心にしつかりしめつけて
一緒に語つた時の幸どれ——泣くときも
笑ふよな時も
最后のキスだ、感謝にみちた直視を
そして〝AU REVOIR〟とは言はないでくれ。

N. KURZENS

出さなかつた手紙
（彼のＬへ）

1
僕は弱い そして情ないのが僕だ
グランド・ダニユーブの下にゐる小さな人間・
盲目な熱望に翻弄される玩具だ
血の奴隷だ僕は。

だが時には情熱の酔もさめるだらう、
心の暴風雨も疲れ果てゝおさまるだらう、
放浪な口附けを求めて僕は
君の腕にすがるだらう。
そして僕の生活はみちみちたる耐杯(カリコ)の様に
最后の壮大な瀰撒(ミサ)にのぞむだらう。
で君は、静かな平和の裡に僕を視つめて
いつもくれる?!　J E S、Z。

不著作者，西川滿譯，〈エチオピア民謡〉，《臺灣日日新報》，一九三六年一月卅日。

エチオピア民謡

西川滿譯

婚禮

今日婚禮小屋に花咲けり
めでたや、わぎ妹子
今日婚禮小屋に花咲けり
父はよろこび
母もよろこび
今日婚禮小屋に花咲けり

愛の聯句

聖人よ、もし汝を抱かば、
人は云はむ「是盗人よ、花盗人よ」と。

寓話詩

鐵は强いが、火にや負ける
火は强いが、水にや負ける
水は强いが、太陽にや負ける
太陽は强いが、雲にや負ける
雲は强いが、地にや負ける
地は强いが、人にや負ける
人は强いが、悲哀にや負ける
悲哀は强いが、酒にや負ける
酒は强いが、眠りにや負ける
だけど女は、これらすべてのものよりみな强い！

Fernand Gregh 等作，矢野峰人譯，〈涸れたる噴泉〉，《臺大文學》，第一卷，第二期，一九三六年三月廿二日，頁四四－四五。

涸れたる噴泉

矢野峰人

などまぬ歎か、昼も夜も
咽び泣きたる噴泉は、
なかばくづれし穹際の下、
今宵は涸れて聲も無く、

そを襲ひては重吹をば
追ひやらひたる狂風も、
今は並樹の葉を吹きて

45

水の沈默(しじま)に混(まじ)らしむ……
さはれ、謚きぬは憂愁(うれひ)かな。
水したたれば、その度に
穹際(そら)も反響(こだま)にふるへしを、
今、噴泉は水涸れて
重き涙の湖(うみ)に似る……
聴けよ、聲無き咽び音を。

—Fernand Gregh.

Tristan Klingsor 作，矢野峰人譯，〈鎮靜〉，《臺大文學》，第一卷，第二期，一九三六年三月廿二日，頁四六。

鎮靜

夜の風、扉をゆるがせば、
千萬のものかすかにうごき出で、
わが孤獨なる胸の中にも
倦怠ぞ古き苦惱をめざましむ。

ああ神よ、されば、今宵は、愚かしきこのわが胸に、
平和をあらしめたまへ、
古き苦惱は影にして、
この灰色の風景の、眠れる森の上にかかれる
一片の月に過ぎざるものとして眺め得るやう。

—Tristan Klingsor.

TristanKlingsor 作，矢野峰人譯，〈風景〉，《媽祖》，第九期，一九三六年四月十日，頁六－七。

風景

矢野峰人

庭の樹々は
夕ぐれの輕やかな大氣に浮んで居る
まるで薄絹の上に
畫かれたやうに。

花咲ける桃の樹の枝に
とまつた灰色の美鳥は
その鳴聲で沈默を
破るまいと用心する。
萬象(ものみな)は眠り、
湖水に影映す月は、
金のイルミネイションで彩られた公園の眞中(まんなか)の
扁舟のやうだ。

— Tristan Klingsor.

不著作者，松村一雄譯，〈續古逸詩抄〉，《媽祖》，第九期，一九三六年四月十日，頁八－九。

續古逸詩抄

松村一雄

川上澄生

麥秀歌

麥秀漸々兮

麥のほ伸びてつややかに

禾黍油々
彼狡童兮
不與我好兮

廢墟は黍も生ひにけり
われをたのめず亡びにし
人をおもへばものうしや

矛銘

造矛造矛
少間弗忍
終身之羞
余一人所聞
以戒後世子孫

矛を造りて戰慄きぬ
この鋭き矛に新しき
世のまがつびのこもれりと
知る苦しさを後の世に
せめて傳へむ歌もがも

カネコ・カズ作，譯者不詳，〈無題〉，《臺灣文藝》第三卷，第四、五期合刊，一九三六年四月廿日，頁四三。

43

無題

カネコ・カズ

1.
午後の三時と
しめし合せたランデーヴー
雜沓の新宿
大股に急ぎ足
背を丸くして
さかりのついた駄鳥のやうに
燃ゆる瞳の大きさ

2.
三越の待合室――
日本髮の若い女性
襟もと白くうつむいてゐる
見覺えのあるコバルト色の着物
黒地に白っぽい芙蓉の
花を浮かしたコート
あれだ〳〵、私の女!
わたし心臓をつかんでゐる女―

3.
『隨分待つた?』
『いゝエ』
眼もとをあからめて小
さく顫へてゐる
柄にもない處女らしい表情
視線の合つた一と時
二人はにつこり笑つた
『本當にすみませんでしな。』
『わたし、だつて……思つてゐたのよ』
ピントの合はない會話も
そこ〳〵に
二人は歩き出す
人浪に乘つて……。

4.
『築地までいくら?』
タクシーの中の二人
レート白粉の香り
甘だるい肉の匂ひ
わたしの官能をひどく刺戟する
彼女はたゞうつむいてゐる
股から股へ通る熱度
手から手に通る電氣
二つの魂は一つに溶け込んでゐた。

P・B・シエーリー作，黑木謳子譯，〈詩想〉，《臺灣新文學》，第一期第五期，一九三六年六月五日，頁四七－四八。

詩想

P・B・シエーリー
黑木謳子譯

わたしは詩人の口唇に
あたかも戀の道を知れるものの如く
いとも靜かにねむつてゐた。
そのかそかなる寢息に心を奪はれ
夢をみつゝ
詩人はこの世に幸福を探めず
荒れはてた思想の廣野にはばたける
幻の靈のやさしいくちづけに生きてゐる

ひねもす、そこはかとなく
詩人のぢつとみつめてゐるものは
みづうみに映へる陽を浴びながら
木蔦の花にもつれつ舞ひつ狂ひ飛ぶ
黄色い蜂の可憐な姿である。
而もこれから
詩人の胸に畫き創るものは
生命をまとへる人間よりも眞實なもの
とことはに生命をたもつ不滅の嬰兒である

のペンネームを變ることは考へものである。それは已に、その作家の不誠實を語るものである。最近臺灣の或る部分の男性作家は故意と女性のペンネームをつけて書くことを往々見る。その變態的な態度を苦々しく思ふものである。尚ペンネームばかりでなく普通の名前でもさうだが、吾々はその名前に依つてその作家の傳統や環境をさへ想像することが出來る。それにも拘らず故意と異國的な名前を付けることは理解に苦しむ。例へば内地人がその本來の名前で或線を越えた優れたる作品を見た時吾々は非常に感激することがある。然し若しそれが故意に臺灣人的なペンネームを付けて發表した場合吾々はさほど感興を催しないである。

批評よりも指導せよ！

陳雪村

五月號が到着した時は丁度忙しかつたので眞先に(感想と批評)だけを一通り讀みましたが、方々よりの雄辯的批評には小生つくぐ感服致しました。これは本島文壇の前途の爲附　Pery, Bysrhe, Shelley（1792－1822）は幼少より自由を渴望し、かつて無神論を唱へて大學を逭はれた。バイロンを識るに及んで意氣投合し、惡魔派として批難を受けるに至つた。一八一八年イタリーに去る。一八二二年小舟に乘り海上にあそびゐて溺死した薄命なる詩人である。その詩風はロマンテイックな反抗的精神と哲學的瞑想によつてすこぶる高致を極めてゐる。マヴ女王、放なたれたるプロメウンウス、エピサイキデオン、アドネーイス、雲、西風の賦、雲雀等の抒情詩及び詩の擁護なるエッセイ等を殘してゐる。（譯者）

生活斷章

高田よしを

◇

○ふと我にかへりて
兒等を叱りたる
いまの表情を反芻して見る

◇

○あまりにも
巧に嘘を言ひしかな
目ら嘘にひたりてありぬ

◇

○社交家の本島人の、
うら若き教師と飲みて
心すくめり

めにも各作者の前途の爲めにも多くの目醒しき道を開拓し、本誌の將來に益々有望を感じさせるからです。本誌の愛讀者として小生も感謝致します。だが批評は只の皮だけに過ぎません。もつと內骨的に指導も與へてやつたら進歩も早いではないかと小生は考へます。

批評よりも指導せよ！と云ふ言葉……在來の我々は口ばかり達者で實踐的能力のないことで有名です。口では偉さうに色色と他人を批評するが自分はどうかと言ふと全然なつてゐないのだから聞いてあきれます。實に困つた根性です。ミソ屎とやつつけるかはりに、もつと親切に指導してはどうでせう？なげやりな批評をするより一層その作品を改造してやれば作者達も感激すると小生は思ひます。自分でも文學を一度出して比較すれば此の進歩もすばらしいと思ふ。例へば彼方の造り物がまづければ口で敎へるより造つて見せる方が眞實に指導的で役に立つと思ひます。

我々の祖先の殘した悪習に我々は捉らはれない方がいゝと思ふ。口ばかり偉らさうなことを言つても、自分で何一つやらないやうなことでは餘り感心出來ません……それ淺彥の能說不能行と云ふことです。

作者達も首を長くして親切な御指導を待つて居るでせう。小生も御大作を首長ぐ望んで居ります。どうか一つ小生にも敎へて下さる氣持で創作なり評論なりをお書き下さい御願致します。（臺南の小僧より）

一九三六・五・八

島田謹二作，〈一刀三禮〉，《媽祖》，第十一期，一九三六年九月十五日，頁八－二五。

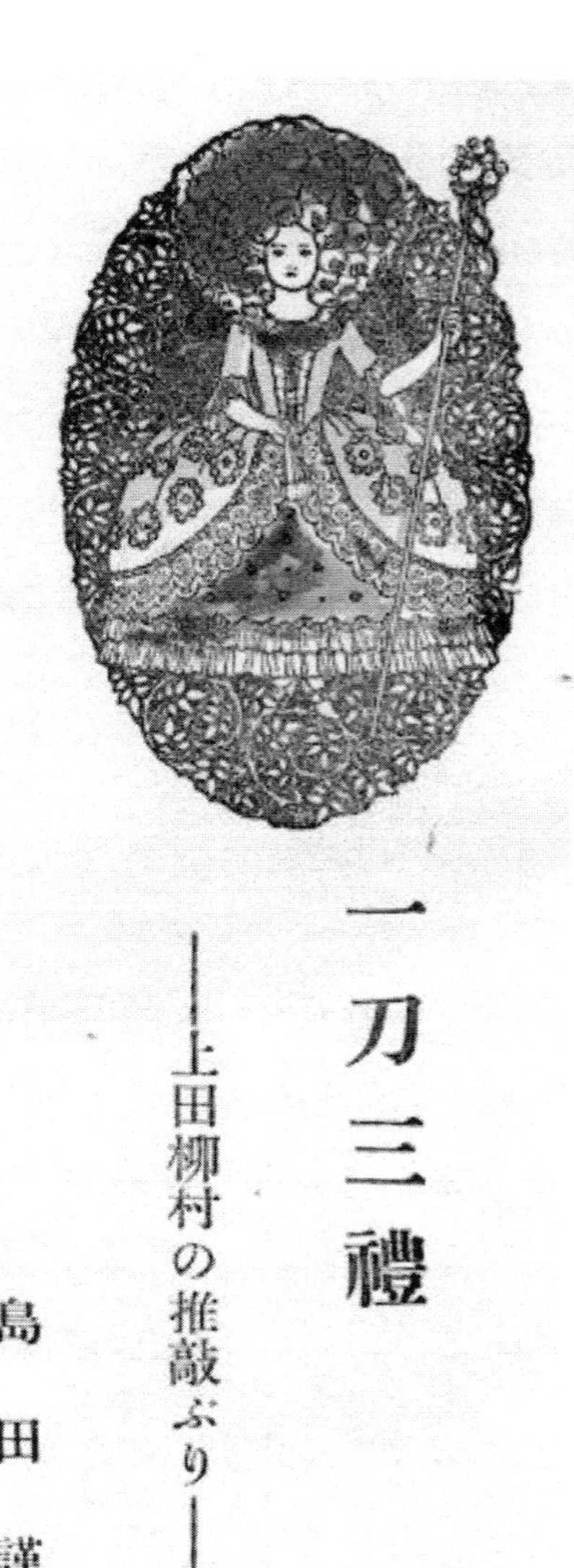

一刀三禮

——上田柳村の推敲ぶり——

島田謹二

柳村上田敏の名は、その生涯の專攻とせる西洋文學研究の方面に於ても、仰ぎ見るべき高さを以てそびえ立つ金字塔となつてゐるが、斯道の學匠を除いた一般世人の記憶の中には、むしろ近代詩の寶典たる『海潮音』のかがやかしき譯詩家として、日本文學史の上に不朽のかをりをとどめてゐるやうに思はれる。第一書房（舊版）や岩波文庫の『上田敏詩集』が多くの版數を重ねたといふことは、今日、柳村がわが文學史の上に古典的位置を占めたことを示すとともに、詩人としての柳村に興味をもつ人人の依然として少くないといふよろこばしい事實を示す標識であるが、どうやら世人の要求はその邊でとまつて、更に深入りしてゆく傾向の現はれないのは、まことに遺憾である。あれくらゐ深甚な影響を現代の文壇に及ぼしてゐながら、まだ『海潮音』の Variantes を收めた Edition critique さへ、出來てゐないではないか。まして原文と校合してその譯風を徹底的に批判した研究の現はれてゐないのは、いふまでもない。私はこれを[illegible]一人で、從來、譯詩家の立場からもさういふ要求を述べて來たが、近來、日本文學に及ぼした西洋文學の影響を探る「比較文學」Littérature comparée と呼ぶ研究方法が、私の學問的立場の一つとなつてより此方といふものは、その種の學問的研鑽上きはめて當然な要求は、身に沁みて切望するやうになつたのである。此「比較文學」的研究といふ立場から眺めると、そこには面白い問題が澤山にある。柳村詩の推敲ぶりのこともその一つに數へられよう。一體、『海潮音』の譯詩は、あまりにもらくらくと仕上げられたやうに見えるのが多いため、その完璧ぶりに迷はされて、大抵の讀者は、これを要するに才人の餘技で、一氣呵成に譯出したものと考へてゐるらしい。柳村詩がいかなる苦心の結晶か、それを調べた人も少いやうである。これは原詩に不明なのが多いし、また推敲の痕を辿る資料が缺けてゐるためでもあつた。しかるに最近、今まで未發表のいくつかの Versions に接することが出來たのを好機として、私はここに二三の管見を述べてみたい。名匠苦心の痕を示すことによつて、詩歌を愛する同好の方方に多少なりとも參考になれば、私の希望は達せられたのである。

*

私の今迄明らかにした範圍でいふと、現在、最多數の Versions が存在するのは、『海潮音』の中でも一番人眼(ひとめ)を惹かない獨逸小曲「わかれ」である。これは作者(ヘリベルタ・フォン・ポシンゲル)からして、獨逸文學專攻の人の間にさへ知られてゐないといふほど、名の無い閨秀詩人なのであるが、作品そのものも決して傑作とか秀逸とか呼ぶべきものではなく、ただ可憐掬すべき情趣を歌つた民謠風のなつかしい小曲であるに過ぎない。上田敏はこれをルードウィッヒ・ヤコボースキーの詞華集〔Neue Lieder der besten neueren Dichter für's Volk, zusammengestellt von Dr. Ludwig Jacobowski. Berlin, Liemann, 1899〕によつて識つたのである。いま、左に原詩を掲げよう。

Geschieden.

(Heriberta von Poschinger)

Seit uns beide getrennt die Zeit,
Leb' ich hin am Tage.
Ohne Glück und ohne Leid
Und auch ohne Klage.

Aber wenn die Nacht beginnt
Und die Sterne schimmern,
Hör' ich wie ein krankes Kind
Leis mein Herz noch wimmern.

これに對して、柳村の女婿添治隆一氏の家に所藏されてゐる手稿には、毛筆で、次のごとく譯されてゐる。恐らくこれが第一稿かと思はれる。

わ　か　れ

時はふたりをさきしより
ひるはことなくわれすぎぬ

よろこびもなくかなしまず
または怨ずる事もなく。
されど夕やみおちくれて
星の光のみえそめば
病の床のちごのやうに
こころかすかにうめきいでぬ。

〔草稿では第二聯第三行の「ちごのやうに」の「やうに」の上に――を引いて、「やう」と訂してある。〕原詩とくらべてみても明らかなやうに、これだけで既に相當な出來榮といはなければならぬ。大抵の譯詩家なら、これで滿足してしまふであらう。然るに柳村はこれに就て再考した。――第一行「時はふたりをさきしより」といふのでは、起首がどうしても重すぎる。そこで原調を味はつて、「ふたりを『時』のさきしより」とやはらげてみた。第二、第三行は別に變へる必要がない。譯詞譯調ともに難があるまい。〔第二行については、「ひるは事なくくらし」と改譯しかけて甘くゆかず、そのままにしてしまつた。〕然るに第四行は Und auch ohne Klage といふ原調に惹かれ過ぎてゐる。第一行を和らげた以上、これをそのままにして置くわけにはゆかぬ。そこで彼は種種考案の末、怨情の相手を具體的に出して、「はたたれをかも怨むべき」と訂[註]した。これで第一聯はまとまつた。第二聯、第一行は問題がない。第二行は國語文法の約束に從つて、「みえそむれば」としてみた。さうすると、勢ひ第三行も「ちごのごと」としないわけにゆかぬ。それにつれられて最末行も「こころかすかにうめきたり」と直譯しなほしてみた。これで第二稿が出來たのである。即ち嘉治家の第二草稿では次のやうになつてゐる。

わかれ

ふたりを『時』のさきしより
ひるは罪なくわれすぎぬ
悦もなくかなしまず
はたたれをかも怨むべき

されど夕やみおちくれて
星の光のみえそむれば
病の床のちごのごと
こころかすかにうめきたり

柳村はこれを更に原調に近づけたいと思つた。第二行の「われ」は強すぎはしないか。全章に溢れてゐる可憐の情緒はそのために損はれてゐるやうに思ふ。これは原詩に捉はれずに打切らう。また第六行はかへつて素直に直譯した方がよくはないか。すると「みえそめば」の舌足らず調でもなく、「みえそむれば」の詰屈體でもなく、おのづと「みゆるとき」となるであらう。すれば第七行もあどけない可憐な情緒を加へるため、第一稿の「やう」を生かすことが出來る。それから末行の「うめきたり」は、語韻がどうしても清純でない。これはどうしても「うめきいづ」とせねばならぬ。かうして第三稿が完成した。明治三十六年四月の「萬年草」第五に掲げられたものはさういふ定稿なのであつた。

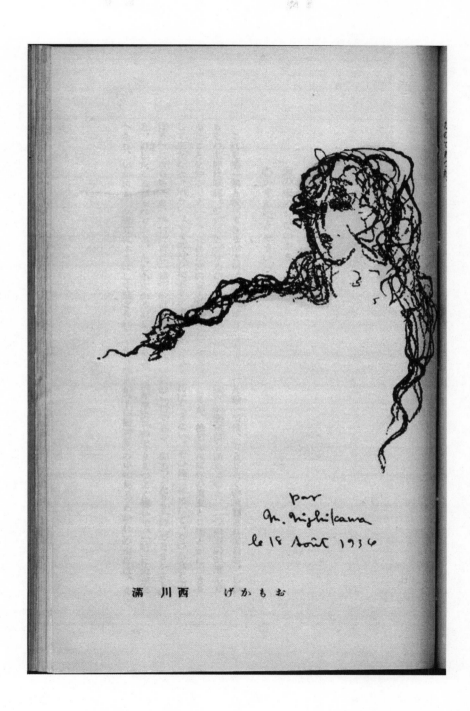

par
M. Nishikawa
le 18 Août 1936

おもかげ　西川満

わかれ

ふたりを「時」のさきしより、
逢は事なくうちすぎぬ。
よろこびもなく悲まず、
はたたれをかも怨むべき。

されど夕闇おちくれて、
星の光のみゆるとき、
病の床のちごのやう、
心かすかにうめきいづ。

これを第一稿と較べてみるがよい。第三、第五、第七の三行を除いては、ことごとくが改竄されてゐる。しかもその主旨は原詞、原調に近づけるのと、一首の小曲としての獨立的藝術價を高めるのと、二つの方向が潜んでゐたことを知るであらう。これは譯詩家としては當然な配慮であるが、推敲毎に原作の眞意と口吻とがはつきりして來たのは、何といつても柳村の技術を示すものといはなければならない。その後二年にして、この小曲を『海潮音』に收むるとき、柳村は更に一箇所の訂正を加へた。破題の一行である。卽ち「ふたりを「時」がさきしより」と、訂したことがそれである。たしかにかう訂してみると、「萬年草」の「の」よりもつよく響いて、「時」に力が與へられ、いかにもこの起首にふさはしく感ぜられる。今日ひとが『上田敏詩集』の中に見る「わかれ」の現形は、これだけの推敲を經て來たのである。名匠の苦心、まことに味はふべきではないか。

＊

それから「秋」といふ獨逸小曲がある。これは「わかれ」などとちがつて、かなり多くの人に愛唱されてゐるが、どんな風に推敲されたものか。まづ蕪治家所藏の草稿を見よう。

秋

けふつく〴〵となかむれば
悲のいろ口にあり
たれもつらくはあたらねど
なせにこころはいたみたる
あき風ふるふ夏木立
木(?)葉ふるひて地におちぬ
君か心のわかきゆめ
秋の葉いつかおちにけむ

原詩はオイゲン・クロアサンの作で、柳村は、例によつて、ヤコボースキーの詞華集から拔いたのである。

Herbst

(Eugen Croissant)

Ich sah dich heute lange an.
Um deine Lippen lag's wie Schmerz,
Man hat dir nichts zu Leid getan,
Und doch bekümmert schien dein Herz.

Der Herbstwind rüttelt Baum um Baum,
Dass tausend Blätter niederwallen ——
Ich glaub, in deinen Jugendtraum
Ist auch ein herbstlich Blatt gefallen !

いふまでもないと思ふが、第一聯は、こころいためる情人を見ての、話者が觀相である。原詩と對照せぬ場合には、うつかりすると、自照の言葉と解される懸念がないとはいへまい。第二聯のはじめ二行は眼前觸目の景で、末二行の寓言を引き出すための手段である。この初稿が「わかれ」と同じやうに「萬年草」第五に掲げられた時は、次のやうに改訂されてゐた。

秋

けふつくづくと眺むれば、

悲の色口にあり。
たれもつらくはあたらぬを、
なぜに心の悲める。

秋風わたる青木立
葉なみふるひて地にしきぬ。
きみが心のわかき夢
秋の葉となり落ちにけむ。

かうして初案と定稿とを較べてみれば、そこに隔段の差異がみとめられる。まづ「あたらぬを」としたばかりに結果されるその第三行の肌ざはりの柔さはどうだ。第四行「こころはいたみたる」ではあまりにも強すぎるので、もつと一般的にまたなだらかに「なぜに心の悲める」としたのであらう。第二聯のはじめ「ふるふ」は rütteln の直譯であるが、「わたる」の神韻に如かない。「夏木立」を「青木立」と改めたのは、清新な官能の快を思つたからである。次行は問題なく定稿がよい。デリカな度合をはるかに多く加へてゐるからである。最末二行は、原詩によると、「きみが心のわかきゆめの中にも。秋の一葉が落ちたのだと思ふ」の意で、ハイネ風な機智の系統を引くものであるが、第一稿ではどうも舌足らずで、原意を通ずることさへ不十分である。それで定稿では、思ひきつて原意を砕き、「きみが心のわかき夢秋の葉となり落ちにけむ」と翻案したのである。かなり大膽なアダプタシオンといはなければならぬ。

作者クロプザンは、千八百六十二年、ゲルメルスハイムに生れ、主としてプファルツの村落や都會やに材をとつて、平明な寫生を試みたひとであるが、此小曲は、『海潮音』の獨逸詩のなかでも、非常に評家に悦ばれてゐるやうに見える。故人では小山内薫がこれを「わすれなぐさ」や「山のあなた」の次位に置いて愛唱するといひ、現代では日夏耿之介氏が前聯二行の「柔いあたりのよい感情の淡紅の吐息」を賞美するといひ、これを讃賞するひとが多いが、誰にも解されやすい境地を優雅繊巧な節まはしにつつんだところが讀詩家の愛を呼ぶ所以らしい。ただ然し、原詩と對照して讀み較べると、第一聯の和樣の譯し方が民謠風に輕きに過ぎ、それと調をひとしくするには第二聯がまたあまりにも優雅に傾き過ぎてはゐないだらうか。目前の情人のかなしみを歌つたものにしては、第一聯の調子が洒落すぎてゐ、その純情と第二聯の眼前景とそれより生ずるヴィッツとのなめらかさとがぴつたり調和がとれてゐないのではないかと案ぜられる。どうも此聯と聯とのうけわたし方には渾然としたところが缺けてゐるのは否定出來ないやうである。

＊

第三に擧げたいのは、ウィリアム・シェイクスピアの「花くらべ」である。これは『冬物語』第四幕第三場で、可憐なパーディタ(Perdita)の物語る有名な牧歌調の一節で、原詩は例によつてシェイクスピア風の無韻律である。

………Daffodils,
That come before the swallow dares, and take
The winds of March with beauty; violets dim,
But sweeter than the lids of Juno's eyes
Or Cytherea's breath; pale primroses,

That die unmarried, ere they can behold
Bright Phoebus in his strength——a malady
Most incident to maids; bold oxlips and
The crown imperial; lilies of all kinds,
The flower-de-luce being one; O, these I lack,……

上田敏がこれを初めて譯出したのは、明治三十六年五月の「青年界」の誌上で、その定期增刊に掲げた「英文學に顯はれたる花」といふ小文に於てであつた。それは、古代より順次に花に關する英詩を述べ來つて、沙翁の『冬物語』に及び、「『燕も來ぬに水仙花、やよひの風に香を送り、ジュノオの神のまぶたより、ヰイナス神のいきよりも、なほらうたくはありながら、菫の色のおぼつかな。光る日の神あふぎえで、とつきもせぬに散りはつる、色青ざめし櫻草、これはをとめの習かや。それにひきかへ、九輪草、編笠さゆり、氣がつよい。百合もくさぐさ類ありて、鳶尾草(いちはつ)もよけれども、悲しやここに摘み難し』の字字生動する入神の筆」と激賞するくだりである。即ち、これは文藝復興期の英文學の一章を散文作什にこなしかへて、その味を傳へようとしたので、全く獨立した創作詩として面白く、原調の適切な解義・表現は第二義におかれてゐたことを知らなければならぬ。

これが律語の形に書きかへられたのは、明治三十八年二月の雜誌「白百合」からであつた。左にそれを引かう。題の附いたのも此時が初めてである。

花くらべ

燕も來ぬに水仙花、

おほさむ、小寒三月の
風にもめげぬ凛々しさよ。
さてもジュノウのまぶたより、
ヸイナス姫のいきよりも、
なほ臈たくはありながら、
菫の色のおぼつかな。
照る日の君も仰ぎ見で、
嫁ぎもせぬに散りはつる
色蒼ざめし櫻草、
これやをとめの習なる。
それにひきかへ九輪草
編笠さゆり氣がつよい、
百合もいろ／＼あるなかに
鳶尾草のよけれども、
あゝ花はなし、しよんがいな。

即ち、ここに至つて、今迄の單なる優雅調にずつと砕けた民謠體の口調が加はつて來たのを見るであらう。「おほさむ、小寒」といひ、「三月の風にもめげぬ」といひ、「あゝ、花はなし、しよんがいな」といふなど、皆それである。これは御村が此年の前後から民謡を研究して、ますますその醇化をうけるとともに、譯詩中にも意識して民謡調を出さうとしたためである。即ち、前の初案と較べてみると、味が甚だしく變つて來てゐる。もつともかうなると、原調からは益〻遠ざかるおそれがあるが、譯者はそれは覺悟の前であつたと思ふ。原義といふ點から見ても、take The winds of March with beauty は、「美しく咲いて三月の風を迷はせる」といふので、現にエミール、ルグイなどはここを〔les narcisses qui ……〕captivent les vents de mars par leur beauté と佛譯（Émile Legouis: "Pages choisies de William Shakespeare", p. 361）してゐるし、散文形の初案も、律語形の再案も、原意をやや外れた觀あるは蔽ひがたい。それから再案では、調子がぐつとなめらかになつて來てゐる。第四行の起首などが、その適例である。獨立した創作詩として讀ませたいといふ譯者の意圖は、この邊にもはつきり現はれるやうに思ふ。但し、最後の「しよんがいな」は一節あつて面白い言葉であるが、この一齣にふさはしいか否かは、議論の殘されるところではあるまいか。私としては、どうやら藥がちときき過ぎたといふ感じだといふ外に、いひやうがないのである。

この再案が公けにされた後八箇月にして『海潮音』が單行された。そのうちには「花くらべ」も收められてゐたが、更に小改訂が加へられたのを見る。即ち次のごとくである。

花くらべ

燕も來ぬに水仙花、
大寒こさむ三月の
風にもめげぬ凛々しさよ。
またはジュノッのまぶたより、

ヸイナス神の息よりも
なほ臈たくもありながら、
菫の色のおばつかな。
照る日の神も仰ぎえで
嫁きもせぬに散りはつる
色若ざめし櫻草、
これも少女の習かや。
それにひきかへ九輪草、
編笠百合氣がつよい。
百合もいろ〳〵あるなかに、
鳶尾草のよけれども、
あゝ、今は無し、しよんがいな。

この第三案、即ち定稿を前章と較べてみると、たしかにその曲調の婉轉美に於て一段と精錬されたことは明らかである。但し此場合にも、これを獨立した創作詩として、原調から全く離れてみなければならぬことは、既述のとほりである。

※

以上、僅か三例に過ぎないが、かくのごとく Versions の殘つてゐないものに就ても、上田敏の譯詩は、みなかかる數次の段階を追うて、或は原調に迫りつつ、或は日本詩としての獨自の藝術價を加へつつ、精錬されて行つたことは、明らかに推定することが出來るのである。少くとも『海潮音』が公刊後四分の一世紀の今日、なほわれらの味讀に堪へ、しかも陳腐な感じの全くしない根本的な原因は、そこに選擇された原詩のよさを暫く考慮外に措くと、譯者の藝術的味解力と更にまたその藝術的表現力とがたぐひ稀な精妙さを備へてゐたことに歸せねばならぬ。しかもその表現力のうちには、一字一語（Mot propre）說にも近い逼眞精巧な名匠氣質を數へないわけにゆくまい。妥當でない一字を訂正するためにわざわざ雜誌の印刷所へ車を寄せたりした程の苦心に成る精錬の結晶が、かくのごとき朗朗たる金玉の調（しらべ）となつたことを考へると、かの「日の歌は象牙にけづり、夜（よる）の歌は黒檀に彫」つたといふ西歐の詩人の言葉は、移して彼自身の彫技の上にも加ふべく、その藝術に對する態度のゆかしさが忍ばれるではないか。古佛師のいはゆる「一刀三禮」こそ、かかる境地を髣髴せしめるに最もふさはしい言葉であらう。（學）

ルードウィッヒ・アーランド作，永井吉郎譯，〈海邊の城〉，《南文學》，第一卷，第二期，一九三六年十一月廿八日，頁九－十。

海邊の城

ルードウイッヒ・アーランド 作
永井吉郎 譯

1

見てしや君はかの城を
黄金の薔薇の雲々の
行き交ふあたり海の邊に
高く聳えて臨むなる

2

そは誇らけき海中に
崩れ落ちなん際にて
或はあかき夕空に
燃えて昇らん雲の如と

3

さなりや君はそを見たり
海邊に高きかの城を
月はそのえにかゝりつゝ
霧は海かにかこみつゝ

4

くだくる波とゆく風に
清きひゞきを聞きてしや
また高樓に賑へる
うたげのうたを竪琴の音を

5

風と波とは靜まりて
高樓よりは悲しみの
咽ぶが如きうたもれて
君は涙にくれたりき

6

仰ぎて見しや王君と
妃の宮の御姿を
赤きマントは翻へり
黄金の冠輝ける

7

また王達がうるはしき
陽の如と氣高く金髮に
輝く孃を嬉しげに
いざなふ姿見ざりしや

8

否とよ吾は王達の
光褪せたる王冠と
喪に服せるを見しかども
孃の姿は見えざりき。

テオドル・ストーム作，永井吉郎譯，〈有感〉，《南文學》，第一卷，第二期，一九三六年十一月廿八日，頁一〇。

7

また王達がうるはしき
陽の如と氣高く金髮に
輝く婦を嬉しげに
いざなふ姿見ざりしや

8

否とよ否は王達の
光褪せたる王冠と
喪に服せるを見しかども
婦の姿は見えざりき。

一〇

有感

テオドル・ストーム作
永井吉郎譯

わが面を
うるはしと見るも　今日のみぞ
明日のいのちの
なきものを

きみはたゞ
このつかのまぞ　わがものぞ
死してわがみの
ひとりなれ。

Heute, nur heute
　Bin ich so schön,
Morgen auch morgen
　muss alles vergehen !

Nur dise Stunde
　Bist du noch mein
Sterben ach sterben
　soll ich allein !

DE LA MARE 作，深山暮夫譯，〈DE LA MARE 詩集より〉，《翔風》，第十六期，一九三六年十二月十八日，頁一五—一六。

——DE LA MARE詩集より——

深山暮夫

柳

みどりのくしにうなたるゝ
やなぎはなにをかゆめみるぞ
ふゞきにかれてこゞえつゝ
こゑなきふゆのよふけにも
こがらし、あめにたへてけり
——くらく、さみしきふゆの日は
おもひでこはくきえさりぬ。

いづみにもだしうちふるへ
わかきいのちにもえたちで
さちをそのみにわかちたる
かみのみむねをたゝへつゝ
みのよろこびをさゝやけば
はるかみなみのうなばらゆ
ゆかしく風はふきわたり
こずゑにあまくくちづけぬ
ことりはきたりたはむれて
陽はかゞやけり春の空

墓誌

うるはしのさはみのをんな
いまこゝにいこひたり
あしどりも、こゝろもかろき
をんなゝりき
そのかみゆ西國にあれし
うるはしのさはみのをんな——
さあれ美はきえて儚く
奇しくこそ
ゆきてかへらず
われなきのちはたれかつたへむ
西國のをんな——

放浪兒

ぎんの衣をまとひつゝ
夜の牧場をかけめぐる
みそらの子らはさゝやきぬ……
おかさまよへるよろこびの
花の牧場はうるはしきかな

一九三六・二・一五

夜の牧場はひろきかな
ひなぎくの花咲きみだれ
ゆれてかりしく白露も
またひとしほに愛すべし
ぶりたす、ねぶてゆれ
ゆらなす、じゆひた
さあきゆり、きたれ、はたれ、まあな
いみじき野邊をさまよへる
流轉の子らははしのなか

秋村正作作，〈G.M.HOPKINSの詩〉，《翔風》，第十六期，一九三六年十二月十八日，頁五三－六三。

G・M・HOPKINSの詩 —Herbert Read—

「想ひを生み出すは晴れやかなる喜び」

秋村正作

一

ヂェラード・マンリー・ホプキンスの生涯は、多くの詩人の例に洩れず一見單調である。併し行動の人とは全く相反する立場に立つ詩人の生涯が、どうして單調でなからうか。彼は一八四四年六月十一日に生れた。兩親は教養ある中產階級の血統のものであつた。そして彼は一八八九年五十五歲で此の世を去つた。誰にでもある此の生・死の必然的二事件の間に、唯二つ大いに重要なる事件が起つた。卽一八六六年に於ける彼のカソリック教會への改宗と、一八七七年の僧職への任命とである。彼の生涯はかくの如く單調ではあつたが、又彼ほど、その生涯を熱烈に送つたものはなかつた。それは、彼が己の五官に依つて銳敏に生活したからである。彼は詩人になつた。併し、彼は音樂家にならうと思へばなれないことはなかつたと云ふのは、一生涯彼は歌曲、佳き調を作つたと云はれてゐるから。そして又彼は畫家にならうと思へばなれないことはなかつた。卽ち彼は又繪畫に對しては偉大な天分を有してゐたし、それで繪書きを事とする樣にすゝめられたのである。彼は、又之とは全然別個の感受性を有してゐたが、それはしばしば看過せられてゐる。而して私が此處に感受性と云ふは、眞の形而上學者が依存してゐる觀念の性質輪廓に對しての感受性である。彼は、少年時代、本好きで、したがつて常に生白い顏をしてゐたが、それにもかゝはらず、死物狂ひで事に向ふ强固な意志と勇氣との所有者で、早熟で自惚心を少からず持つてゐたものであるが、常に彼の前途を夢見てゐたのである。學校時代、長詩を作つて幸に懸賞に當選したが、餘りにも學び得た知識に溢れてゐて後年の獨創の天分を思はしめるものは、見當らない。オックスフォードにて、彼はジョーエットの感化を受けるに至り、又彼の一友人の言を借りて言へば、「當初は當時讀書家連の仲間で流行つてゐた自由主義臭い」ところがあつた。併し、たゞ當初だけの事である。此の友は、又一八六五年、ホプキンスと共になした徒歩旅行に付いて語つてゐるのであるが、それによれば、その旅行の途次彼らは、ヘッフォードの近郊、ベルモントの聖ベネヂクトの修道院を訪れたのである。そこで彼等は、後の僧院長キャノン・レイナルと長い間對談したのであるが、この間、ホプキンスは大いに感ずるところがあつた。彼のこの感激は遂に一つの詩を生み出すに至り、その詩中にて、彼の純眞なる心の調べが始めて奏でられたのである。

我行かなんと願ひきは
泉ひまなく湧き出でて
あられの音もたえてなき
小百合に滿ちし野邊なりき。
我訪はんと思ひしは
暴風雨の襲來止みてなき
小波立ちて、おほうみの
うねり知らざる港なり。

精神的喜悦を表はすに、之程完全なこの "Heaven-haven"(天の波止場)なる詩も、ホプキンス自身の運命を現はすものではない。彼の信念は熱烈なものではあつたが、一定不變の確乎たるものではなかつた。もつとも彼の信念は彼のかたくなゝ推理と相反してゐたので、益々強くなるべき運命にはあつたが。

一八六〇年代のオックスフォードは、英國振興運動 (The Tractarian Movement—一八三三年より一八四一年に亘りて、大學教授 Newman, Pusey, Keble 等高教派の人々が團結して、オックスフォードにて、"Tract for the times"と稱する論文叢書を發行し、英國教の天主教への復歸を唱道したる運動）の跡始末に餘念がなかつた。生來、宗教に多分の關心を有してゐたホプキンス青年は、當然ピューズィ博士の門下に入つた。併し、ニューマンは、ピューズー博士よりも更に偉大な精神聰明なる知性、詩的感受性を有してゐた。ニューマンはホプキンスと同時代の人々の頭上に、金の翼の大鷲の如く毅然として立つて居て、その翼下にホプキンスは身をかくしてゐたのである。一八六六年、彼は「大いにためらひつゝ」そして短刀直入的に、ニューマンに次の如く話しかけてゐる。

> 私は衷心からカソリック教徒になりたいと思つてゐる。…………併し、私の心は幸に決してゐると云ひ得るから、如何なる信念の決論でも押しつけられるのを望まない。私は唯一のそして、一定不變の地歩の存する所を豫想はしてゐたが、突然カソリック教徒にならなければならなかつた時、かゝる事情にある私の刻下の義務については少からず、困惑し苦しんだ。そして形式上、未解決な問題について何を考へるのが道德上、私の義務なのかを知りたいと思つた。それは、英國振興論の根底を否定せし理論が同時にオークリイ氏の所謂中庸カソリック主義（認められた獨斷說によつて暗々裡に示されてゐるものに對し、出來るだけ、穩健な見解を抱かんとするカソリック主義）なるものから、人をしりごみせしめたから。

ホプキンスの心は既に決してゐたのである。それ故ピューズィの最も親密なる支持者H・P・リドンが彼に書き送つた雄辯にして切々人の心に訴へる手紙も何らの效果がなかつた。我々はこれらの手紙の一から、リドンが「獨善的な悟りなどと云ふ危なかしい臆說」なるものを主張してゐた事を知つたのである。併し、彼をかゝる改宗に迄導いたすべての事實は仔細に檢討し得ないのである。私は多くの改宗者等は、理性によつて、超自然的信念に達すると云ふ主張を信ずるものであるが、ホプキンス自身は、自然と超自然・有限と無限との間隙は、單なる論理の假定によりて連繫せしめ得ないと思つてゐたらしい。

チェラード・ホプキンスとコヴントリ・パツトモアとは、何れも天主教と詩に大いなる關心を拂つてゐたので、ふとした機會で此の兩人は、近づきになつた。そして、パツトモアは、ホプキンスの死んだ際に、ホプキンスに一の頌讃の辭を贈つたが、その讃辭はホプキンスの抱ける信念の性質に非常に貴重なる光明を投げ與へてゐる。パットモッは、ロバート・ブリッヂズに送つた書簡中に次の如く述べてゐる。

G・M・ホプキンスは唯一の正統派で、私の見るところでは、非常に德高き人であつて、彼の場合、宗教は、一般的な意見とか憐憫の情を偏狹ならしめる樣なことはなかつた。彼は小心翼々嚴格を持するカソリック教徒ではあつたが、それにも拘らず、すべての眞・善・美なるもの丶中に、神聖なる精神を見出す事が出來たのである。彼の言行の中には、彼の如くならんとするすべての者にとつて、叱責と同時に魅惑なるものがあつた。

この「信念内に於ける自由」の特性を悟るのは重要な事である。それは、ホプキンスの詩を考察すれば、現代の批評を大いに騷がしめた問題卽詩對詩人の信仰の關係の問題に接近する事となるからである。この問題は、旣にエリオット氏が、ダンテに關して論じてゐる問題であり、又リチャーズ氏が、「實際的批評」と題する書中にてもつと普遍的に論じてゐるところである。これら批評家の主として論する所は詩を充分に味はんがには、その詩の作者と信仰を共にする必要の有無如何に關するものである。ホプキンスの場合に起つて來るこの問題は、一層本質的なもので、詩人の宗教的信仰が、その詩人の詩に及ぼす的確なる影響如何の問題である。

II

ホプキンスの詩は他の詩人の作品と同樣次の如く分類することが出來る。卽、(一) 宗教的信念の直接の表現なる詩、(二) か丶る信念に何ら直接及至因果の關係を有してゐない詩、(三) 嚴密なる意味に於て信念の表現ではなくむしろ疑念を精密に表現せる詩、……ホプキンスの詩中何らかの重要性を有する詩は、すべて上記の三範疇に包括せられる。かく三範疇に大別した後、詩としての價値では、第二、第三の範疇が、第一のよりも大いにすぐれてゐると考へるが一般的に見て妥當であらう。“Barnfloor and Winepress”（禾場と酒舟）、“Nondum”（Not yet）“Easter”（復活祭）“Ad Mariam”（To the virgin Mary）“Rosa Mystica (Mysterical Rose) 他二・三の詩の如く嚴密なる意味に於て宗教的なる詩も、そういふわけで餘りに見劣りがするので、ロバート・ブリッヂズも、彼の詩集の初版には加へなかつた。R、ブリッヂズ博士の手で刊行された詩集の中に精緻な“Heaven-Haven”（天國の波止場）や“The Habit of Perfection”等の如く、恐らく强き信念表現の詩の部類にいれてもよいと思はれるものが一・二ある。ホプキンス自身もすぐれてゐると思つてゐた“The Wreck of the Deutschland”（ドイッチェランド號の難破）は、神に對する愛の表現詩と云はんよりはむしろ悔悟の詩であり、神への恐怖、服從の詩である。

人又たゝへむ神の御名を
神は三位の權化なり、
あゝ、汝殺めき、犬のごと
深き洞窟にぞひそみたる
汝に叛きし者どもを
はたまた人の怨念をば
難破と暴風の罰をもて

甘き言ひ草、口の端に
のぼり來れる言葉にも
まさりて汝は光明なれ
あゝ我知りぬ、汝は又
暖けき冬を好めるを
汝が蝕みし心をば
撫でいつくしむも汝にして
夜のとばりを音もなく
あまくだせるも　汝ぞかし

あゝ闇よ— 闇にして
汝は初めてめぐみあり。

此の詩は、恐怖の美であり、恐ろしきまでに哀調の句である。此の句の中に、彼の友の一人は、はつきりとホプキンスの性質の輪廓を見出した。

信仰と直接乃至因果の關係のない詩卽 "Penman Pool" "The Starlight Night" "Spring" "The Sea and the Skylark" "The Windhover"（まぐそだか）、"Pied Beauty"（斑色の美）、"Hurrahing in Harvest"（收穫時の歡呼）、"The Caged Skylark" "Inversuaid" "Harry Ploughman"（百姓ハリス）、二篇の「山彦」の如きを作る原動力は、外界の客觀的美を活潑に知覺することより生じたものである。かくの如き外界の美の知覺はブッリヂ博士の言を借りて云へば、「感覺主義」なるものであるが、之は次の如き斬新なる比喩中に、最もよく且充分に示されてゐるところである。卽、「黄粉を振りかけたが如き柳」、「寶石の斷片(カケラ)の樣に光る柵」、「旭日を浴びし皇太子のごと」「逞しき事奔馬の如く、ふくよかなることまことに菫の如き山々」等々、かゝる種類の比喩で、その中には、彼の感情の形式や鋭敏性に相應する如く言葉を改造したものもある。ブリッヂス博士は私が先に引用した文に於て（Notes to the Poem, 2nd Edition Oxford 1930 pp. 94—9)「ホプキンスの詩"Golden Echo" の瑕である感覺主義と禁欲主義の赤裸々な遭遇戰」に付いて述べてゐる。もつとも、ブリッヂズの言葉が問題の詩に適用できるとは思はないが。それは、此の"Golden Echo"なる詩では、偉大なる感覺主義は見出し得るが禁欲主義は見當らないからである。併し、ホプキンスの心中にてかゝる相剋のあつたといふことは彼が己の宗教教義と相容れないと思つた多くの詩を破棄した事實により明かではあるが、次のキーツに對する彼の奇妙な批評の中にも明らかに示されてゐる。（一八八八年五月六日、パットモアに宛てし手紙）

……………私は、先年貴君に手紙を差上げてから、キーツの詩を少し讀み直してみた。それ故キーツに對するあなたの批評は、以前にも增して私に感銘を與へた。彼の詩が如何に男らしくない弱々しい享樂に至る所で落ち入つてゐるかを感じて、うんざりせざるを得ない。彼は「あゝ！ 思索の生活の代りに感銘の生活を送りたきかな」と云つてゐる樣だ。感銘の生活こそは彼がなさんとした生活であつた。その感銘は皆が皆、罪のないものではなかつた樣だが、それは間もなく死んで亡びてしまつた。ワーッワース、バイロン、シェリー、リイ・ハントの如く、彼と同時代の人々は、善かれ惡しかれ、自由とか宗教とか云ふ天下の大義に關係してゐた。併し、キーツは、神話、童話の國で夢想者の生活を送つた。それにも拘はらず彼の心中には、前述の生活とは、全く相反するもの、卽更に高等な事物に對する關心とか、力强き生氣ある思想とかの萠芽を見出す事が出來る。私の考へる所では、彼の精神性格は頗る男性的なものではあつたが、彼が夢想と放從とに耽つてゐた間は、勿論外に現はれなかつた。併しながら、私は彼が唯神のみが知ろしめす美德の生活に轉向したであらうと云ふつもりではなく、唯彼の天賦の才が藝術に於て更に嚴肅なる發言を始めたであらうと云ふ事を云はんとするのである。彼は理性的生活思索的生活を送るつもりはなかつたけれども、彼の心中に包藏される理性、思想は、間もなく外に現はれて來た事であらう。そして、これらの理性、思想は、彼が送らんとしてゐた感動生活に於ける感受性又は感動性が、彼と同時代の人々よりは鋭く且豐富であつたと同樣それらの人々よりは强烈にして豐富であつた樣に思はれる。

此の批評の言はんとする所は、生來夢想家にして感覺主義者なるこの詩人は、自由とか宗教などの如き天下の大義に關係することによつて始めて、自己を偉大なるものに高揚するといふことができたと云ふ事である。ホプキンスはどんな意識の中に彼の詩の表現力をあれほど純化し得たのであらうか。"Pied Beauty"(斑色の美)の如き詩に於て、純化された過程が明らかに分るのである。この詩では、對照、矛盾、變化等のために美しく見える色物を並べた後、手際のよい轉換法、卽かゝる事物を生み出しはするが、己自身は不變なる神を念ずる事で詩を結んでゐる。

“Hurrahing in Harvest”（收穫時の歡呼）なる詩では、「夏も終りの頃すべてのうるはしきものに包まれて、五感皆救世主を感ず」と云ふ廣い意味の比喩が再び用ひられてゐる。“The Windhover”（まぐそだか）にては、五感に感じたものを全く寫實的に書き並べてゐるが、併し、彼はこの詩を「吾等の主なる基督」に捧げる事により、良心の咎めをまぬがれんとした。だが、之は明らかに欺瞞であり、この欺瞞ではその詩に含まるゝ赤裸々なる感覺主義を隱しおほせるものでない。禁欲主義は此の詩の中には見出せないし、又かゝる種類の詩にはどれに於ても見出せるものではない。かゝる詩は神の榮譽をほめたゝへたものではあるが、五感によりほめたゝへたにすぎない。しかし、神或は宗教の正しき概念は、かゝる讃辭によつてそこなはれる事は恐らくあるまい。

第三の範疇卽ち、信念よりはむしろ疑念の表現詩は、既に刊行せられた詩集中にある次の七ソネット（十四行詩）卽ち第四十、四十一、四十五、四十六、四十七、五十番を入れ得ると思ふ。これらの詩は、すべてホプキンスの晩年に作られたもので、その初めの六詩は一八八五年に、最後の五十番の詩は、彼の沒年一八八九年に作られたものである。而して初期の詩ですら、少くとも絶望の氣持は表現してゐる。例へば“Spring and Fall”では、「人の生れながらにして定められたる亡びの運命」と述べ、“Sibyl's leaves”では、「思想相剋する處、我と我が身を苦しむる」と述べてゐるのである。上述の七ソネットは、非常に重苦しい感じのするものであり、又、恐ろしくなるほど迄に苦悶の情を巧みに現はしてゐる。私はたゞ戰慄すべき最後に書かれた詩卽第五十番を引用するだけで充分であると思ふ。

主よ！　我汝と戰ふも

實に　あゝ　汝は正なりき
されど　我も正ならん
獨り　此の世に　罪の道
など　思ふまゝ榮ゆるや
將又　我の努力の
など　無益にぞ果てぬるや

汝は我が敵我の友
我打ち我をさいなみて
あゝ！　汝又も我の身に
何の仕業ぞ企だつる
あゝ！　よひどれと色欲の
奴隷は共に、ひまあらば
神の義の爲日を送る
我にまさりて盛なり
見よ！　野の邊も、山の上も
木の葉草の葉に被はれて
山人参に縁どられ
凉風これをそよがしむ
鳥はねぐらをいとなむも
人はねぐらをいとなまず
邁莫　時の去勢子よ！
迷を覺ませしなりはひに
我は　いとゞ　いそしみて
育ぐくむ意圖はなかるらん

あゝ　主よ
君が生活は我が生活
我立ち居れる根が上に
めぐみの雨ぞ降らせかし

此の心的狀態を明らかならしめる樣な證據が、ホプキンスの生涯の諸事蹟中にあるであらうか。神父レイイは「ホプキンス覺書き」の中で、ホプキンスが晩年に遭つた三悲歎を求べてゐる。初めの二悲歎は外部的原因によるもので、此處では之に觸れない事にするが、併しながら、レイイ神父は、つゞけて次の樣に書いてゐる。

ホプキンスの第三の悲歎を語ることは難事である。それはまことの神祕主義に端を發する原因より起つたものである。彼は、友と共にほゝえみ共に樂しんでゐる時でも、心の中では神と共に風吹き荒ぶ闇の山上に佇んでゐたのである。聖テリーザ、聖ジョン・オブ・ザクロス、ブーレイン、モーミニイ等々の神祕主義作家はすべて、此の苛酷なる試錬は、己の下僕の服從を文字通りにうけてゐる神からの最大、最重要なる贈物だと稱してゐる。ホプキンスに會つたすべての人は、常に彼を心からの僧侶であり、深遠にして敬虔なる宗教家と見做してゐた。彼は彼が始めて改宗した際に有してゐた、あの牢固として拔くべからざる美事な勇氣で以て、自己の精神完成に終る事なき努力をなしつゞけた。有名な戰慄すべきソネットの數々は、イエス、キリストの美が畏敬すべきであると同樣又畏敬すべきものである。かゝる苦難の中に包懷されてゐる幸福はたゞ鷲の翼の如き强き勇氣によつてのみ悟りうるのである。そして、その苦難こそ、ゴルゴタ（基督磔死の地）とティボー（基督の變容の行はれしガレリヤの山）の會合點と云ふべきである。かゝる見地から彼の詩を讀めば彼の詩はもはや悲劇的なものではなくなる。

疑念對信念の關係は、又別問題に屬するもので、今迄我々のとり扱つて來た問題より更に深遠なものである。此の問題について考へた人は必ずや、もの云はぬ惡鬼に憑れた子を携へ來れる父の叫び、「主よ！　我信ず、而れども我が信なきを助け給へ」なるものゝ逆說的な意義を悟るであらう。神父レイイは、之を指摘して精神的喜悅のかゝる缺乏は基督敎神祕主義の眞髓であると云つてゐるが、又精神的喜悅の缺乏は、詩的感受性の本質だとも云ひ得るであらう。

詩人の創造力の心理學的方面に關しては「近代詩の形式」なる Essay に詳しく私の述ぶる所である。それで、此處ではたゞ簡單に我々は生れながらにして感受性を有して居り、そして出來合ひの觀念界に入つて行つたと云ふ事を述べるに止める。而して、我々の生長するにつれて、我々はこれらの觀念をうけ入れる爲に感受性を之に順應せしめ、或は苦しみ苦んだ揚句、自由に發展せしめられた個性にして始めて緊密に抱き得る觀念（單に精神訓練のための暫定的意見）を創造する事が出來るのである。

かく觀念を創造する場合、自己と暫定的意見との間には、相聯關せしめるものがあり、その間に相聯關せしめるものなき絕望の淵ではない。卽ち、疑念なるものにより兩者は相結ばれてゐるのである。私は創造の天賦の才や詩的感受性は、唯精神がかくの如く緊敏なる時にのみ現れるものであると主張する。眞の獨創性は感受性と信念が相違する時、生ずるのである。そして感受性と信念の何れもは個性の中に存し、又その兩者相剋の中に存してゐるのである。この證據は純眞なる神祕主義や詩の中に、明らかに見られるが、G・M・ホプキンスの詩と神祕主義の中ほどに明らかに見られるものはないのである。

（The 20th Classics. Oxford 所載の Real の Essay五章中の二章）

一九三六・一一・一〇

ステファヌ・マナルメ作，島田謹二譯，〈花〉，《媽祖》，第十二期，一九三七年一月十日，頁一九—二一。

花

島田謹二

宇宙の曙、いにしへの碧空の黄金の雪崩より、
はたや群れなす星宿の永遠にかがやく白雪ゆ、
まだうらわかく邪惡に汚れぬ地球のために
「おんみはこれら大いなる花の萼を摘みましぬ。」

纖き頸の白鳥に姿さも似し黃水仙、
また聖かる月桂樹（流竄のひとの靈か、これ）、
足を踏まれて、曙の羞づれば、これも朱らみし
かの天人の清淨の蹠のごと色赤き。

また風信子、稻妻の貴にかがやく桃金孃、
さては女人の肌に似て、さも無殘なる薔薇の花、
清き苑生に花ものを身にまとひたるエロディヤッド、
燦めきたる殘忍の血に潤へるその女よ。

また搖り搖れつ掠め觸るる吐息の海の上越えて、
色蒼ざめし大空の靑き香煙をよぎりつつ、
夢みながらにしとと泣く月をめざして昇りゆく
かの花百合の啜り泣く白さを、おんみつくりにき。」

竪琴の上に讃頌かな、香爐の中に讃頌かな、
われらが聖母よ、わが冥府の庭にも起る讃頌かな、
神寂わたる天上の夕暮どきに谺せよ、
さはなる眼差の法悦よ、燦爛もゆる圓光よ。」

ああ、おん母よ、全能の正しく強き御胸に、
香油くゆる「死」とともに、未來の甕を搖る花蕚、
美しき花の數ある群を、おんみは創りたまひける、
身は現世に細りにし疲れたる詩人のために。」

STÉPHANE MALLARMÉ

ルードウイツヒ・テイク作，永井吉郎譯，〈夜〉，《南文學》，第二卷，第一期，一九三七年二月廿四日，頁九。

夜

ルードウイツヒ・テイク作
永井吉郎譯

人絕えて風うそぶける闇をゆく
さすらひ人のため息と
すゝりなきする聲洩れて
靜かに歩むそのかげは
星を仰ぎて呼べるなり

忍びよるさびしき孤獨わが胸は
心せまりてさくるなり
わがよろこびとかなしみの
さまよひ來ては消え去りつ
その行くかたは知られじな

輝ける小さき星よ星々よ
はてしも知れずはるけくも
とほくかなたにあるものを
などてやかくもおゝされど
きみがすがたに心ひく

たちまちに彼をめぐりて調べあり
夜は次第にすみわたり
心のいたみ悄えさりぬ
新たにさめし心地して
慰安に胸は滿みたり

人々よわれらは遠く近づきつ
きみを孤獨に苦しめじ
きみが心をまかせつゝ
眼をあげてしづかなる
またゝくひかり星をみる

かゞやけるわれら小さき星々は
はてしも知れずはるけくも
きみをはなれてなきものを
きみが小さきこの星を
つねに抱きて忘れざれ。

ステファヌ・マナルメ作，島田謹二譯，〈碧空〉，《媽祖》，第十三期，一九三七年三月十日，頁一八－二一。

碧空

島田謹二

永劫に見る「碧空」の晴れて澄みたる嘲語は、
惱しきかな、花のこと、世にもたゆげに美しくして、
今くづをるる非力なる詩人は、「悲愁」のみのりなき
砂漠こえて、その天分われとみづから呪ひつつ。

兩眼閉ぢて逃るれど、烈しき悔恨の一念に
わが空虚なる魂を見詰むるもののあるを感ず。
ああ、いづくにか逃るべき。この痛ましき侮蔑の上に、
殘片よ、何をか投げむ、いかに荒べる夜をか投げむ。

濃霧よ、昇れ、丈長き靄の襤褸を身に纏ひ、
蒼白め疊る幾秋の沼に溺るる空かけて
汝が單調にはてしなき灰燼あまねく漲らし、
またしづかなる緘默の大天井を築きなせ。

さてまた汝、忘却の池を立ち出で、來るとき、
搔きあつめこよ、泥土を、色蒼ざめし葦蘆を、
わがなつかしき「倦怠」よ、いつも疲れし片手して
鳥性あしく搔き破る靑き大穴塞すため。

ああまだ暫し！を止みなく悲しき煙筒けぶり上げ、
さまよひ動く煤煙の牢獄は黑くほそぼそと
上る絲條數多き恐怖のうちに搔き消せや
地平の涯に色も黃にいま臨終の日輪を！

「碧空」はうせぬ！汝が方へわれは驅けゆく。無殘なる
「理想」と「罪障」ともろともに、おお「物質」よ、忘れしめ、
人間と呼ぶ幸多き家畜の群の臥たはる
床に敷く藁もろともに頽たんとする殉教者われに。

さなり、わが身はその床に（わが腦髓は、つひにいま
壁麓に倒れし紅臙脂、その壺のごと空洞なれば、
啜り泣きゐる想念に化粧ひかきゆく技もなし）
おぼろに暗き「死」をめがけ心かなしく欠伸せばや……

むなしかり！「碧空」は勝ちぬ。鐘のうちにぞその歌ふ
聲のきこゆる。　あはれわれ、「碧空」は邪惡の勝利もて
われらを嚇し恐ぢしむといや高高と聲あげて
さて命ある金屬ゆ青き晩禱となりて出づ！

非情の「碧空」や、いにしへゆ淡霧のなかに見えかくれ、
切味鋭き劍のごと汝が生得の苦悶を抉る。
邪曲に咎なき反逆のわれらいづくに逃るべき。
われは憑れぬ。「碧空」よ！「碧空」よ！「碧空」よ！「碧空」よ！

（作者自註）《花》《わが怠慢に憤る光榮よ、その昔汝を尋めて》《春》《碧空》等は、つねに引用せらるるかの譬に於て、パルナス・コンタンポラン（第一輯）と呼ばるるものの一聯を成す。

— Stéphane Mallarmé

Paul Gerardy 作，矢野峰人譯，〈梟〉，《臺大文學》，第二卷，第二期，一九三七年五月十七日，頁二二－二三。

梟

矢野峰人

闇を縫ふ物凄い飛翔、
風を切る鈍いはばたき、
やがて遠方にきこえる暗き怖れの叫び、
かなしくいたましい鳥のこゑ。

そは月無き長夜の梟(ふくろふ)だ、
その聲、眠と夢とを擾(たた)し、夜を顫はせ、
おそろしき暗路を飛び去る、

こころなごまぬ梟だ。
闇を啼く心なごまぬ夜の鳥、
光明の小心な敵たる變化の鳥、
その飛翔は闇をおびやかし、
その叫びは無邊のなかにふるへる。

彼は知つて居る、久遠の平和の安息を與へ、
自分を白晝の光からかくまふ古い鐘樓を。
――ああわが心よ、肉體の絆を逃れんとする梟よ、
なんぢの古塔の闇と平和は何處にあるか？

―― *Paul Gerardy*

Léo Larguier 作，矢野峰人譯，〈秋〉，《臺大文學》，第二卷，第二期，一九三七年五月十七日，頁二四—二五。

秋

いとも老いたる樹の上のささやかな灰色の空、
晩くもないのにはやも落ち來る夕まぐれ、
綠がかつた陶皿、大理石の花瓶、
開かれた二卷の書(ふみ)はラプラアドとロンサアル。
古風なベンチに凭りかゝる一人の男、
顏つき重苦しく髮は長く、
ひなびた杖の尖端(さき)で枯葉を
拂ひのける。節くれだつた常春藤(きづた)は
枯井戸の上に。小枝をたわめる
寒い初風のすがれた聲、

谷間には老いたる樵夫。
小山の山腹には煙吐く黑屋根ひとつ。
硝子戸の背後に輝く一點の金、
乘合馬車の馭者が一杯呑むうす暗い料亭、
かくれた奥ぶかい路地から
出て行く若い一人の娘。

ああ、秋だ、さあ人生だ、
さうしてまた此處に俺が居る、おおやさしさよ、
おお新星よ、わが心をひたす
霧こめた美しき夕ぐれの憂鬱よ。

—— *Leo Larguier*

Fernand Gregh 作，矢野峰人譯，〈灰色の日〉，《臺大文學》，第二卷，第二期，一九三七年五月十七日，頁廿六。

灰色の日

倦ぜし靈のいつくしむ灰色の日よ、
あはれ空よりゆるやかに愁へる樣に雨は降る、
涙の妹よ、孤獨なる靈にやさしき大空よ、
「御空」は大地にしたたりて
「悲哀」は一滴ごとに胸に沁む、
女人のながき接吻に似し微風に
空は微風にふるへつゝ涙をながす、
さながらにそとかすめたる接吻に心ときめき
また抱擁のやさしさに涙と溶けし面に似て。
ああ疲れたる接吻と蒼ざめし陶醉の日よ。

—— *Fernand Gregh.*

キャンブル作，森政勝譯，〈兵の夢〉，《翔風》，第十九期，一九三九年一月廿七日，頁廿六－廿八。

兵の夢

キャンブル作
森　政　勝

喇叭は休戰を報ず、夜の雲行險しく、
星辰は歩哨のごと空の見張に立ちたれば。
我等綿の如く地に頽る、
疲れたるは眠り、傷つきたるは死す。

その夜藁の褥に伏し
死者護る狼除けの粗朶火近く寢ね、
夜も更けし頃、樂しき夢を我は見き、

夜の明くる間に、三度も繰返して見き。

戦場の怖しき整列より離れて、
遠く遠く、荒廢の路を彷徨ひ出でし我なるか。
時は秋――陽は昇る、路の上に、
路は吾が祖先の家に續き、戻れる我を迎へがほ。

我は走りぬ、懐しの原に、そは幾そ度過ぎりし、
吾が胸も若く、人の世の朝まだき、
我は聞きぬ、高臺に啼く山羊の聲、
妙なる調べは收穫の唄聲にこそ。

家人は葡萄の酒に乾盃し、心絆れて我は誓ふ
　吾が家より、吾が泪する友より、再は離れじと、
幼兒は千度の餘りも我に口附け
　吾が妻は心も溢れて、啜り泣く。

「止まり給へ——我等と共に！——憩ひ給へよ！、
——倦れ果てたる貌なれば！」
　心欣びて、戰に倦れし我は止まる
なれど、朝の光の差し來れば、悲は再戻り、
　夢の中なる吾が耳の、聲は消えて無くなりぬ。

ステファヌ・マラルメ作，島田謹二譯，〈ステファァヌ・マラルメ詩抄〉，《臺大文學》，第四卷，第六期，一九四〇年一月三日，頁三九—五〇。

ステファァヌ・マラルメ詩抄

島田謹二

花

宇宙の曙、碧空の金色ひかる雪崩より、
はたや群れなす星宿の永遠にかがやくみ雪より、
まだうらわかく邪悪に汚れぬ地球のために
おんみはこれら大いなる花の蕚を拔きましぬ。

纖き頸の白鳥に姿さも似し黄水仙、
また聖かる月桂樹（流竄のひとの靈か）、

足を踏まれて、曙の羞づれば、これも朱らみし
かの天人の清淨の蹠のごと色赤き。

また風信子、稻妻の貴にかがやく桃金孃、
さては女人の肌に似て、さも無殘なる薔薇の花、
淸き苑生に花ものを身にまとひたるエロディヤッド、
燦めきたる殘忍の血潮流るるその女よ。

また搖り搖れつ掠め觸るる吐息の海の上越えて、
色蒼ざめし大空の靑き香煙をよぎりつつ、
夢みながらにしとと泣く月をめざして昇りゆく
かの花百合の啜り泣く白さを、おんみつくりにき。

竪琴の上に讃頌かな、香爐の中に讃頌かな、
われらが聖母よ、わが冥府の庭にも起る讃頌かな、
神寂わたる天上の夕暮どきに谺せよ、
さはなる眼差の法悦よ、燦爛もゆる圓光よ。

ああ、おん母よ、全能の正しく强き御胸に、
香油くゆる「死」とともに、未來の甕を搖る花莚、
美しき花の數ある群を、おんみは創りたまひける、
身は現世に細りにし疲れたる詩人のために。

×

わが怠慢に憤る「光榮」よ、その昔汝を尋めて、
大青空の下にある薔薇の森の美しき
稚き時逃れしが、今は苦しき不穏に
いつか疲れぬ。更にまた夜もいねやらずわが腦の
欲心多く、冷やけき土に夜夜あらたなる
穴ひとつ堀る心なき契約にはまたたく疲れたり。
不毛性かへりみず穴堀り穿つひとか、われ――
おおわが「夢」よ、薔薇花の訪れうけなば、「黎明」に

われは何とか答ふべき、蒼白め萎るその薔薇を
恐れて、廣き奥津城ぞ空洞の穴を閉す時。
――されば今こそわれはこの無殘の國の貪婪の
「藝術」捨てて、わが詩友と、過去と、天才と、さもあらめ、
わが苦惱を知りつくすこの燈火と、ことごとく
われに告げくる古りにたる批難を聞けば、微笑みて、
透きし纖かき心もつ「中華」のひとにならはなむ。
その淸らけき恍惚の境は、透きてかがやける
われの生命を薫らする奇しき花の最後をば、
月ゆ奪ひし白雪の盃の上に描き出す。

稚かりし子の頃に、その靈魂ぞ色靑き
金細工に接がれたるさま覺えある奇しき花。
かくて賢者のひとつなる夢もて「死」をうち迎へ、
心しづけく澄むわれは若き風景を選び出で、
放心の搖るままに盃の上に描かなむ。
この裸なる陶器のみ空のなかに浮び出でて、
一條うすく色褪めし靑は湖象どりぬ、
ひとつ白雲隱したる光冴やけき三日月は
靜かに角を一面の水の鏡に浸しおり、
葦蘆草の綠玉三筋なびかふ傍近く。

春

病さはなる春は、今、靜けく澄みし藝術の
季節の冬を、透明の冬を、追へるぞ無殘なる。
結ぼれ解けぬ鬱憂の血潮ぞやどるわれの肉身（み）に
「非力（ひりき）」の精はながながと欠伸（あくび）し四肢（てあし）張れるなり。

古墳のごとく鐵の輪（わ）のわれを緊むれば、たへがたき
頭蓋の下にほの白く薄明（うすらあかり）はぬるみゆく。
さは悲しくて、きはみなき樹液（みつ）の流るる畑なかを、
おぼろおぼろに深まさる艶なる「夢」に憧れつ、

彷徨ひたれど、身も疲れ、樹の香に萎えて倒れたり。
わが顔をもてわが夢にふさへる塚穴堀りながら、
リラの花生ひ茂り咲く生暖き土を嚙み、
わが倦怠よ消えゆけと軀をし沈めてわれは待つ。
——「碧空」は、さもあれ、生垣の上に笑みわれ、日を尋めつ、
花にやどりて鳴きさやぐ小鳥の群もめざめたり。

碧空

永劫に見る「碧空」の晴れて澄みたる嘲語は、
懶しきかな、花のごと、世にもたゆげに美しく、
今くづをるる非力なる詩人は、不毛の「憂愁」の
砂漠こえて、その天分われとみづから呪ひつつ。

兩眼閉ぢて逃るれど、烈しき悔恨の一念に
わが空虚なる魂を見詰むるもののあるを感ず。
ああ、いづくにか逃るべき。この痛ましき侮蔑の上に、
殘片よ、何をか投げむ、いかに荒べる夜をか投げむ。

濃霧よ、昇れ、丈長き霧の襤褸を身に纏ひ、
蒼白め曇る幾秋の沼に溺るる空かけて
汝が單調にはてしなき灰燼あまねく漲らし、
またしづかなる緘默の大天井を築きなせ。

さてまた汝、忘却の池を立ち出で、來るとき、
掻きあつめこよ、泥土を、色蒼ざめし葦蘆を、
わがなつかしき「倦怠」よ、いつも疲れし片手して
鳥性あしく掻き破る青き大穴塞すため。

ああまだ暫し！を止みなく悲しき煙筒けぶり上げ、
さまよひ動く煤煙の牢獄は黒くほそぼそと
上る絲條數多き恐怖のうちに掻き消せや
地平の涯に色も黄にいま臨終の日輪を！

「碧空」はうせぬ！汝が方へわれは驅けゆく。無殘なる
「理想」と「罪業」ともろともに、おお「物質」よ、忘れしめ、
人間と呼ぶ幸多き家畜の群の臥たはる
床に敷く藁もろともに頒たんとする殉教者われに。

さなり、わが身はその床に（わが腦髓は、つひにいま
壁麓に倒れし紅臙脂、その壺のごと空洞なれば、
啜り泣きゐる想念に化粧ひかきつく技もなし）
おぼろに暗き「死」をめがけ心かなしく欠伸せばや……

むなしかり！「碧空」は勝ちぬ。鐘のうちにぞその歌ふ
聲のきこゆる。あはれはれ「碧空」は邪惡の勝利もて
われらを嚇し恐ぢしむといや高高と聲あげて
さて命ある金屬ゆ青き晩禱となりて出づ！

非情の「碧空」や！むかしより狭霧のなかに見えかくれ、
切味鋭き劍のごと汝が生得の苦悶を抉る。
邪曲に益なき反逆のわれらいづくに逃るべき。
われは憑れぬ。「碧空」よ！「碧空」よ！「碧空」よ！「碧空」よ！

〔作者自註〕《花》《わが怠慢に憤る光榮よ、その昔汝を尋めて》《春》《碧空》等は、つねに引用せらるるかの書に於て、パルナス・コンタンポラン（第一冊）と呼ばるるものの一聯を成す。

—— Stéphane Mallarmé ——

オーギュスト・アンジエリエ等作，松風子譯，〈Chansons d'amour〉，《臺大文學》，第四卷第六號，一九四〇年一月三日，頁一一－一二。

Chansons d' amour

松　風　子

(Gaîté et Oriour) は十二世紀ごろの詠みびとしらぬ佛蘭西の歌謠である。簡素な言葉で、愛の絶大な力を歌つた此詩は、情熱と表現との微妙な融合がすばらしい。——作中の人物はいづれも高貴の子女であるが、風俗は原始的である。ガイエートは年上で、オリウールをいつも保護する處女である。ふたりは何ものもわかち難いまでに愛しあつてゐる。然るに一日泉に浴してゐる二人の傍を、若い騎士が通りかかる。それからはただ抗し難い情熱の恐ろしさが見られるのみである。ガイエートにとつては、もう妹もない、家族もない、ただヂェラールだけがゐるのである。嘆きつつオリウールは涙して踊りゆく。然し彼女は怒りもしない、反抗もしない。悲しむだけである。愛の力の恐ろしさを悟つたからである。戀し合ふ二人は、それをかへりみもせず、「ひたみちに馬うたせ市さしてゆく。」さういふ本文の物語の各節ごとにルフランが、枝揺り動かす風も何ぞ、すべてを忘れてまどろめる戀人たちには搖籃の歌としかきこえまいといふ思ひ深げなしらべを繰り返してゐるのである。愛の力の絶妙なことを歌つて、何といふ深い哀愁をこめてゐることぞ！高名な教授エミール・ルグイが、古代希羅の文學の終はるところ、近世佛伊の文學のはじまるところ、これぞ最初の完璧體である。況んや英詩の祖チョーサーに先だつことは二百年、民謠の粹「サー・パトリック・スペンス」に較べれば四百年の兄（このかみ）であると賛賞して、祖國中世の詩美に稱讃した所以も今更のやうに肯かれる。

——文中の「うきゆひ」は本來名詞であるが、ここでは動詞として使つたことをおことわりしておく。

佛蘭西古謠

さいつひの土曜日の夕まぐれ、
ガイエートト、オリウール、從姉妹どち、
手に手とり、泉にてゆあみしつ。
（風吹けど、枝鳴れど、）
（戀人ら夢もうましや。）

馬上にてうたせ來しヂェラールは、
泉かげにガイエートかいまみて、
かきいだき、やはらかにくちづけぬ。
（風吹けど、枝鳴れど、）
（戀人ら夢もうましや。）

「オリウール、汝がゆあみ終はりなば、
戻りゆけ、汝のしるかの道を。
われはをる、われを戀ふチェラールと。」
（風吹けど、枝鳴れど、）
（戀人ら夢もうましや。）

うらがなし蒼顔のオリウール、
眼に涙、心もやれて戻りゆく、
ガイエートかへることまたとあらねば。
（風吹けど、枝鳴れど、）
（戀人ら夢もうましや。）

「ああ悲し」オリのいふ「あな悲し、
谿あひに姉君を殘しきぬ。
チェラールはつれゆかむその國に、姉君を。」
(風吹けど、枝鳴れど、)
(戀人ら夢もうましや。)

ガイエート、チェラールと立ち去りぬ、
ひたみちに馬うたせ市さして。
市に來てそのままに婚ぬ、このふたり。
(風吹けど、枝鳴れど、)
(戀人ら夢もうましや。)

春――（オーギユスト・アンジエリエ）

道は林檎樹に薔薇のいろ、
　われはゆく戀しきかたへ。
大空は白鳩の羽のいろ、
　かのひとぞきよくかほそく。
林檎樹は花の束たわわ、
　われはゆく戀しきかたへ。
山鳩は森かげにささめくよ、
　かのひとぞうまし鳩なる。
眞珠敷く野のま白露、
　われはゆく戀しきかたへ。
野邊はみな金色と白色とに、
　かのひとの微笑もかがやく。

河のみづ歌聲たかく、
　われはゆく戀しきかたへ。
芝草のなかにきらめくみづよりも、
　かのひとぞあてにあえかに。

いま五月、空も香に醉ふ、
　われはゆく戀しきかたへ。
われもまた醉ふ、かのひとの
　日にけにまさる柔肌に。

羽音むれ立つ蒼空のもと、
　われはゆく戀しきかたへ。
そや！かのひとの許にゆく
　薔薇いろと白のわが道。

夢――（オーギュスト・アンジエリエ）

われは夢みぬ、君が眼（め）の
われをかなしくみつむるを、
青き眼差（まなざし）のひたぶるに
われをやさしくみつむるを。

われは夢みぬ、口ごもる
言葉を君のきかれしを、
われとをののく誓言（かねごと）に
おぢてとぎるる言の葉を。

夢みぬ、ふたつ纎き手の
わが手の中に、花のごと、
落ちしを、ふたり眉よせて
影を街路にならべしを。

ただわれ醉ふも、はた病むも、
わが口きみが脣に
觸れなむ幸福の來むといふ
畏き夢ぞ許されね。

われは夢みぬ、君が眼の
われをかなしくみつむるを、
青き眼差のひたぶるに
われをやさしくみつむるを。

愛蘭土古謠——(ライオネル・ジョンソン)

風に乘る聲ひとつ、
波に泛ぶ聲ひとつ、
たもとほりゐて叫ぶなり。

「風なにものぞ、
波なにものぞ
そなたが眼はわがものよ。」

風は西風、
波も西、
　光りただよふ西の海。
「風なにものぞ、
波なにものぞ、
　そなたが眼(まみ)はわがものよ。」
冷えにひえゆく夕風よ、
荒れにあれゆく夕波よ、
　波間に夕日いま落ちぬ。

「凪なにものぞ、
波なにものぞ、
　そなたが眼(まみ)はわがものよ。」
かくて夜風(よかぜ)のそのうちに、
かくて夜波(よなみ)のそのうちに、
　壁いまとほく消えてゆく。

「凪なにものぞ、
波なにものぞ、
凪もすさべ、
波も荒れよ、
　そなたが瞳(め)のわがものならば。」

オーギュスト・アンジエリエの詩は小曲集 "Le Chemin des Saisons" (1903) から抜いた。ロバート・ヘリックなどと非常に近い味があつて、もつと南歐の古典性を多分にもつてゐるのが「森」である。その第三聯第三行は雛菊で眞白な、きんぽうげで金色な、野邊の美しさを歌つたものと解される。最末聯のはじめは山鳩の翼(はね)うちかはして飛ぶ森の碧空であらう。熟讀してみると、名工の苦心に成る構成の妙が明らかに感ぜられる筈である。

ライオネル・ジョンソンの詩は一八九一年の制作ださうである。この愛蘭土詩人の作風一般とはやや異つてゐるが、かねて愛誦してゐたものである。制作當時の事情については何もわかつてゐない。

グレゴアル・ル・ロア作，矢野峰人譯，〈閉ざされし扉〉，《臺大文學》，第四卷，第六期，一九四〇年一月三日，頁一－三。

閉ざされし扉——グレゴアル・ル・ロア

矢野峰人

かなしき日にはおもひ出る
わがなつかしき人々は、
今宵ふたたびかへり來ぬ、
むかしをしのびわれ泣けば。

そのかみの日をなつかしみ
あたらしき慰撫ねがふれど
もろ手も今はちから無く
われは額さへささげ得ず。

ただ、わが聴くは、たそがれに
閉ざせる宮殿(みや)の奥ふかく、
わななく「疑惑」音(ね)に秘めて
うたへる君が聲なれば。

ああ、罪ゆゑに入るを得ぬ
扉(とびら)の外にわが待つは
君がかなしき歌ごゑの
もたらし來べき夢、赦免(ゆるし)。

さなり、はるけきかなたより
その聲いまもかへり來る

忘れがたなきかみの日に
わがものなりし君をこそ。

祖母のさまにふる事を
物語してわがこころ
慰さめたまふその君は
影いとふかき方にして。

あはれしづけきそのころの
なやましきほどやさしきは
ゆふべ、かなしき紡女等が
爐邊に合はすうたごゑか。

グレゴアル・ル・ロア作，矢野峰人譯，〈紡ぐ過去〉，《臺大文學》，第四卷，第六期，一九四〇年一月三日，頁四－六。

紡ぐ過去——グレゴアル・ル・ロア

おうなつむけば糸車
かたり出るなれふる事を。
おうなはまなこ盲ひたれば
古人形を揺るここち。

白髮のおうなゆるやかに
黄色の苧をばつむぎつつ、
空ごと縷々と語り出る
その小車に聽き入れる。

右手にはまはす糸車、
左手につむぐ黄なる糸、
おうなは囘り舞ひ遊ぶ
をさなごこちに興がりて。

つむぐ苧の色見てあれば
身も黄に染みしここちして、
おうなは囘り舞ひあそぶ、
輪舞の曲に興じつつ。

いとしづやかに糸車、
めぐるにつれて苧は絲に。
おうなはいにし戀人の
愛のささやき聽くここち。

めぐりをはりぬ糸車、
もろ手も垂れぬ力無く、
愛のおもひで苧とともに
今こそつむぎをへたれば。

ノアイユ伯爵夫人作，矢野峰人譯，〈若人に〉，《臺大文學》，第四卷，第六期，一九四〇年一月三日，頁七一八。

若人に——ノアイユ伯爵夫人

ああ若人よ、われおんみらにこれらの書を書き記し、その中に、恰も林檎嚙む幼兒のごとく、わが齒形をばとどめおけり。

われ、ひろげたる雙手をば頁の上に置きたるまま、首を垂れて嘆きけり、並樹のなかに凄まじき嵐の咽ぶがごとく。

この書のいたましき陰影のなかにわれは殘さん、わがめつき、わが額、はたおん身らの手のまさぐれる、わがこのつねに熱烈につねに醉ひたる靈を。

おん身らにわれは残さん、わが容顔の太陽と千萬(ちよろづ)のその光とを、また、あえかなれども欲りするものを得んとする勇氣を有てる心をば。

おん身らにわれはのこさん、このこころ、またその歴史、亞麻にも似たるこのしなやかさ、さらにわが頰の曙、さてはわがこの黑髮にあふれたる瑠璃の夜を。

見たまへや、如何にあはれの委してわが運命の、おん身をさして來れるかを。いとも悲しき沙を踏むいともまづしき乞食(かたゐ)さへこの素足にはまされるを。

さて、おん身らにわれはのこさん、日ごろわが物語せる、薔薇と果樹との花園を。

また、故こそわかね、涙盡きざるうれひをも。

劇本

（佛國）モルエール作，浪華 無名氏譯，〈花風病〉，《臺灣日日新報》，一九〇〇年十月三日－廿一日。

花風病

佛國 モルエール原著
浪華 無名氏翻案

（一）の一

場所は大阪の中船場、家の主人は菅谷禮一郎、時は午後三時頃

上町に住んで、何時にも顔を出したがる天野我太郎、年は二十五六、垢に穢れた結城縞の袷に、茶縞銘仙の羽織、菅谷の門口に立ち止まつて、中凹の處へ埃の溜つて居る大阪帽を脱いで、うしろを振り向き

我「銀七さん、お入り

後に立るは洋服屋の銀七、年頃は四十一二、中指の頭で小腰を掻いて

銀「まア、貴下から」

我「甚い堅いことを言ひなさるな、では御免、」

と、格子を少しばかり開けて

我「御免、我太郎でござります

と中へ入る、銀七も續いて入る、店には番頭が苦い顔して座つて居る

我「旦那は、お内でおすか」

我太郎聞く、番頭は頷いて後の方を顋でしやくる

我「左樣か、では御免、銀七さん來なはれ、」

と、幾度か小腰を屈めて、二人は中じきりの紺暖簾をくゞる

我銀「旦那、今日は」

と、二人聲を揃へて云ふ

中の間には大火鉢をくるりと取り卷いて、三人の男が座つて居る、一番端には古著屋で評判の小間物屋金次、年頃は三十五六、唐棧の袷衣に同じ仕立ての羽織、綾羅紗の前掛けを脇の方へ挾んで、葉卷煙草を　かして居る

金「たう銀七さん、我太郎さんも御一所やな、これはれ珍らしい、まづお上り」

と、少しばかり座を讓る、

その隣には鈴木三郎、年は二十三四、禮一郎の昵懇程には人の惡く無い男、頗りに東京辯を使ひたがる、

三「銀七さん、天野さん、能くお出でなすつた、さ

アた上んなさい」

と、自分の敷いて居た座蒲團を裏返へして、上手の方に置く

中央に座をしめて今まで二人を相手に話をして居たは主の禮一郎、年の頃は五十七八、河内木綿の布子に、毛繻子の衿のかゝつた半纏紺上田の半纏火鉢の縁に手を受けて、假令拳の皮は破るゝとも雁首に傷けまじと、云ふ様で、淀屋橋の大煙管を叩きながら、

禮「二人ともぬれ揃ひやな」

と、眞面目でいふ、二人はその間に火鉢の傍へ身を割り込む、

銀「面白さうな話しでかな、私等も半口載せて貰ひまへうか、

銀七は煙管を吸ふ、我太郎は笑つて居る

禮「いや、別に面白いことは無いのや、けどれ前方の爲めにならんことは言はん、なア三郎、

と、三郎の方へ顏を向ける

三「そにさ、今叔父さんの例の講釋が始つた處さ、ろられ前さん等も聞いたことがあるだらう、人間哲學の深奥な處がさ」

銀「いやろないに難いことを言ふたんやない、若いものにこんなことを聞かせては何んやけど、人間の一生ほど奇妙なものは無いやろなア」

三「言はぬ事か、直ぐこれだ」

三郎は微聲で云ふ、一同は笑ひを忍ぶ、

禮「さうや無いか、なア我太郎さん」

と今度は我太郎に鋒を向ける

我「さうですとも、考ゐて見ると、人の生きて居るからが第一不思議でたますさかいな」

禮「さう／＼、其處や／＼、こんなことを言ふと、また皆が笑ふけれどな、私は文明開化と云ふ奴が氣に入らんのや、夫を何故と云ふて見いな、エ、、表面からは有難さうに見ゐて、内實は僞と飾と相仕居をして居るのやさかいな」

と、三郎の顏を覗くやうに見る、三郎は顏を見られて

三「大きに左樣でございますね」

禮「私に言はせると、この内で嘘と飾の無いのが川や無いのや無い、割に少う見ゑるのが、まアお寺の和尙やけど此また和尙の云ふことが當てにならんのやなア、和尙の云ふことを聞いて見い、人間の不幸は理由が無うて來もんや無いと云ふけど、理も何んにも無うて隨分來ますのんや、早い話が私の女房が爾うやないか、不哀さうに卒中で頓死をした、あの癖私とは違つて、慈悲が深うて情があつて、神信心をして居て夫であれやさかいお寺さまも當にはならんわ、善には善の報ひがあるといふけど、夫が無いさかい不可んのや」

銀「もし旦那、貴下何んだすか、お家はんのお死にやアした時、後を幾人ぐら、貰うとお思ひなはれました」

と、銀七は剝き付けたことをいふ、一同は顏を見合せて、惨いことをと、苦笑ひする

記者曰、「三日月」作者竹閣生、病氣の爲め執筆する能はず、本編は卽ち其の代として掲ぐ、讀者之を諒せられよ

花風病

佛國 モルエール原著
浪華 無名氏飜案

（一）の二

禮「憖が、おかしいや無いか。今でも女房の事を思ひ出すと、霰のやうな淚が溢れるのや。エヽ、私の氣象やさかい。あんな事は有ろまいと思ふやろが、眞個に溢れるさかい妙やないか。あの癖な、生きてる時は、あいつの爲ることが氣に食はいで三日に上げず夫婦喧嘩をして、我太郎さんや、金次さんの厄介にも爲つたもんやけど、さて死なれて見ると、あの氣に食はなんだことが、皆好いやうに思はれるのや。エヽ、眞個に不思議なもんやないか」

金「然し今まで生きてお出でやしたら、原の通り夫婦喧嘩をして居やはりますやろな」

禮「まアあんなもんやろかいな。わはゝゝゝ」

と、禮一郎は寂しう笑ふ。一坐のものも續いて笑ふ

總「然しなア、お陰でお新といふ娘があるさかいなア。これで少とは氣も紛れるのンや、けど又考ゑ

て見ると、子も有て苦し、有て悪しといふやうなもんや、心便りには爲るが、その代り苦勞の絶ゑ間が無い、殊にな、私の娘は知つてなさる通りの内氣もんやさかい、親の私にかてろく／＼物も言ひまへん。それもな、性質やさかい、仕方は無いけど、近頃はぶら／＼病で、寢てばかり居くさつて、私に顔も見せよらんのや。何處の國にか貴下同じ家に住んでながら、一日の中に親子が一度も顔を合せんといふことがあるもんや無い。やけども、夫をやかましう言ふて、娘の身にもしもの事でもあつては爲らんよつて、どうぞして少しも早う元の身体にして遣りたいと思ふのや。此も親馬鹿に迷ひは在へんやろけれど、そこが煩惱やよつてになア。まア物は相談やが、どうぞして娘の氣を浮かすやうな工夫は無いやろうかなア」

と、心配さうに一座を見廻はす

金「旦那、あんたそないな事に氣を遣つてどないなさる。娘やんの氣を浮かすぐらゐは、お茶の子さい／＼何んでも無いことでおますがな」

禮「はてな、好い工夫があるかな」

金「有る段やおまへん、兎かく若い中は身のまはりが飾りたいもんやさかい、何んでも指輪や釵をどん／＼買ふてお上げなさるのだす。さうさへ爲されたら、どないな方でも屹度浮浮なされまッさいな。まア私に欺されたと思ふて、何んぞ買ふてお上げなされ、金剛石の指環の代で、笑ひ顔を買ふたと思ふたら、安いもんやおまへんか」

禮「成るほど、夫は好い思ひ付きや」

禮一郎つり込まれさうになる。銀七のり出す

銀「金次さん、好いことを言ひなはつた。やけども指環や釵ばかりや不可まへん、よつて珍柄の帶地や反物を山ほど積んで、その中から孃やんのお氣に入つたのを拔き出して貰ひますのや。夫はどにしたら、御病氣の治らんことはおまへんやろ」

と、相槌を打つ。我大郎有理らしう口を出して

我「いや、私が菅谷さんなら斯うしますな、孃はんの病氣の源を浚う爲めに、近頃緣組を申しこんだ

或る男を養子に貰ひますな、愛情の爲めに浮き立つたので無うては、眞個の全快とは言はれまへんさかいな」

三「いや〳〵、私の說は大野君とは正反對だ。全体お新さんは餘り健康でない方だから、到底人並に結婚を爲さることは出來ないのだ。ですから御亭主を持たせて、初孫の顏でも見やうと爲さる間には、肝腎のお新さんが何處の墓のあるじになんなさるかも知れません。幾十百年の後までも、もしお新さんを安全に遊ばかうと思ひなさるなら、尼になさるが得策でせう。尼にして宗教上の安心を得させる他に、此といふ良工夫はありますまいよ

禮「いやはや、段々との御忠告、お禮の申しやうもありまへん。金次さんが指環や釵を買へと言ひなはるも、銀七さんが反物を見せて遣れと言ひなはるのも、有理だす。有難うおます。我太郎さんのお話も私には能う解りました。三郎までが同じやうに、娘を尼にせよとは善い思ひ付きや、私の相續人を尼にしたら、血統はお前ばかりやよつて、さぞ嬉しやろうさかいな」

といふ、一同は顏を見合せて苦笑ひする

花風病

佛國 モルエール原著

浪華 無名氏翻案

（二）の一

場所はお新の病室、時は午前九時頃

乳母おりせ、年は三十八九、どうかすると四十に相場を入れられさうな樣子。生際の薄い髮を撥に結うて、疎末な笄柱の釵。毛繻子の半衿のかゝつた茶縞銘仙の袷衣に、廣東繻子の丸帶。額に手を當てるやうにして、時々太い息をめく

りせ「嬢やん、ちッと浮々おしやアすいな」

嬢のお新年は十七八。小作りにして少々凄味のある顏貌、縫取摸様のある淡鼠の半衿をかけた胴ぬきの長襦袢に、匹田鹿子の扱帶をだらりと結んでろの上から小紋縮緬三紋の羽織。蒲團の上にほんやり坐つて、前髮の落ちさうになるを、鼈甲の櫛でさしこんで居る

しん「ろないに言ふたかて……」

此時主の禮一郎襖を開けて

禮「どうやな。容体は」

と言ばかり突き入れる、れりせは振り返つて
りせ「れう旦那はん、れ入りやァす」
と、有合ふ坐蒲團を敷く。孝一郎は裡に入りて坐に就く
[illegible]「好い天氣や無いか。晴々とした」
りせ「はんまに好いれ天氣だッせへなァ。孃やんの御氣分が好いと、浦江へでも遊びに行きますのになァ」
[illegible]「さうや〳〵、孃も早う治うなりて、芝居でも見るやうに爲らな、難爲何」
と心配さうに、娘の顔を覗きこむ、れ新は只管垂頭いて居る
[illegible]「これ何うや、今日はちッと好い方か、何にも隠すことは無いよつてな。思ふことが有るなら何でも段ないさかいれゝさんに言ふて了ひなされや。可いか、獨りでく〳〵思つて居たかて、何んにもなるもんや無いわ。可いか、言ふて了ひなされやゝなァれりせ、夫が好いやないか」
りせ「さうだすとも〳〵、何んなかとも遠慮は入りまへんよつて、れ言ひやァすが宜しれます」
と、れりせはれ新の顔を見る。れ新は只默つて
[illegible]「夫れとも何けい、れ前は私を氣遣ひ死に殺すつもりけい。よもやろんな恐しい氣でも無いやろなァ。夫なら隠すことは無いやないか。何んぞ心配なことでもあるなら、斯う〳〵や由つて、斯うだすと打開けて言ふたら何うや、れ前の言ふことなら、どないな事でも嫌とは言へゝん。ねゝ、どうや。一体如何したのや、誰ぞ美しい衣裝でも着てやはるのか。ねゝ、さうでも無いの。ろんなら朋の選ふた叔でも欲しいのか。ねゝ、でも無いのろんなら何が欲しいのや。言ふて見いな、私とれ前とは親子や無いか。親子の中に遠慮は要らんさかいな。さつさといふてれ了ひ、これれ前何が氣に入らんのや。學校へでも入つて勉強しやうといふのか。でも無いのんなら……何んやな面白い琴の組でも習ひたいいふのやな。ろんなら事由の無いことや。何日でも師匠さんを呼んで遣るやない

か。ねゝ、こないに言ふてるのに默つて居ては解らへんがな。ねゝ、これお新、お前何か……あの……夫とも……何處ぞに氣に入つた男でも……」

と、言ひかけて口を噤む。お新は堪と顏を染め上げる。

花風病

佛國 モルエール原著
浪華 無名氏飜案

(二)の三

りせ「旦那はん、逃ひまんがな。さうやおまへんがな」

禮「もう聞かん。おれは腹が立つてならんのや。親が思ひ死に死ぬのを、盜んで居る……阿呆らしい阿呆らしい」

りせ「さうやおまへん言ふてるのに……あの、何んだすがな。あの」

禮「イヤ〱、もう娘には愛想が盡きた」

りせ「主公はそないにお言やすけど……」

禮「いや、罰中りや。おれはもう關はん」

りせ「さうではおますやろけれど」

禮「いや、恩知らずの畜生や、もう物も言ふこつちやないわ」

と、起ち上る

りせ「そないに仰るものやおまへん。嬢やんはあの

禮「何んとも彼とも理の分らん奴や。捨てといとくれ。おれは關はんよつて」

りせ「い、ね、解らんことはおまへんがな。善う解りましたといふてるのんに」

禮「いや、解らん」

りせ「夫かて解つてまんがな」

禮「いや解らん。解らん」

りせ「解らんことはおまへん、嬢やんは、あのお婿さんを」

禮「イヤ聞かん、何んにも聞かん」

りせ「そやかて、あのお婿さんを」

禮「もう聞かん。聞かんいふたら聞かん。貴樣までが濃厚いやないか」

と、叱るやうにして禮一郎は出で行く。おりせは恨めしさうに見送る。お新はひた泣きに泣いて居る

りせ「ほんまに何んだッせへなァ。なんぼ眞實な話をしたかて、聞くまいと思うてる人ほど難なものはおまへんな」

新「乳母、どないせう、どないせう」
りせ「今さらそんな事をお言やアしたかて、あんたが悪うおますわいな。第一私にまで物をお隠しやアすのが水臭いやおまへんか」
新「お前はさうお言ひやけども、なにもお前に話をせんかて好いやないか。私の胸の内證やさかい、一生涯隠したかて言分は無いやないか」
りせ「それは爾うでおますけども……」
新「まア、斯うなつたンやさかい話すけども、あの私が死ぬやうに思ふてるお方から、お友達を仲人に頼んで、お父さまへ縁組の話をなされたんやけども……
りせ「まア、爾うだつかいな。一寸も知りまへんの」
新「夫をお父さんが無非道に断つて了やはつたンやさかい、私かて生きてる空はせんわ」
りせ「まア、左樣かいな。そんな位なら寧そそのお仲人はんから、あんたが此ほど思ふてお居なさる事を、旦那はんに打明けて言ふてお貰やアしたら宜うおしたになア」
新「そやけどお前、そんな事私の口から言はれへんがな」
りせ「そんなら何んですか、貴女今でも其お方を思ひ詰めてお居でやアすの」
新「さうと言ふやないけども……、私が何處へでも勝手にお嫁入りの出來る身なら、直ぐそのお方の所へ行くわ」
りせ「そんなら矢張り思ひ詰めてお居なさるのンやわ」
新「そやけども、相對で約束してるのンや無いの。そのお方かて私にそんなことは微とも言ふてやつたことは無いけども、優しい、心切なお方や事は一寸見たかて解つてるわ。そのお方がいな。そのお方が私の心を察して、お友達をお父さんの處へ越してお呉んなよつたんやもの、私かて嬉しう無いことは無いわ」
りせ「そんならなア、孃やん、此事は私に任せてお呉れやすいな。ねゝ、今まで隠してお居なはつた怨みはおますけども、貴女の望みは私が屹度協へて上げまつさかい、貴女も私の言ふことを能う飲みこんで居なはれや。私に思わくがおます由て。宜しか」

新「けども何んやわ。お父さんが何うあつても不可んとお言ひなはつたら、仕樣がないやないか。なんぼお前が厭やいふたかて、お父さまを無理に承知さすことは出來んやろうさかい」

りせ「そやさかい、言ふてるやおまへんか。貴女も猫の兒のやうに、お父樣の自由にされて居なはつてはどむなりへんよつて、望が協へたいと思ひなはるなら、少々は言ひ憎い事も言ふ氣で居いではなりまへん、貴女も最う御婚禮なはるには言分の無い年頃でおますし、何ぼお父樣かて貴女が木で彫つた物とは、思やはりしまへんやろさかい。まア欺されたと思ふて私に任せてお置きやアすいな。

新「夫かてお父樣が……」

りせ「まア好いやおまへんか。貴女のお手をお借りるのやおまへんよつて、私に任せてお　さゃアすといひますのに」

と、おりせは無理に頷かせる。お新は心元なげに頷く

花風病

佛國モルエール原著
浪華 無名氏飜案

（三）

場所は菅谷宅の緣端、時は夕暮

禮一郎は前回のまゝ緣端に佇んで、前栽の景色を眺めながら、獨言を言つて居る

禮「物は好い加減にしとかんとどむならんもんや。餘り一生懸命に爲ると、後で上げも下げもならん』やうに爲るまつでな。何日やらお新を嫁に貰れんかと申込んで來た奴があつた時、一言に刎ね付けて遣つた。まア彼の位大可處置したことはないな。金を拵へるかて、娘一人育てるかて、尋常一樣の苦勞や難義ではなし、大体氣骨の折れることやない。夫を只貰れ言ふて來る奴も奴なら、遣ることに極めてある世の中が解らんのや。世の中はどないであらうとも、己は遣りやへん。遣て堪るものか。遣りやへん〳〵、何處へかて遣りやへん

此時乳母れりせ、狂氣のやうに庭の切戸口より馳け入り、前栽の中を奔り廻りながら、禮一郎の方は見ぬやうにして

りせ「さア甚いこッちや。さア甚いこッちや。旦那はんは何處に居なはる」

禮「彼奴、何をいふてくさるのや。恰で狂人やがな」

れりせは猶走りつゝけつゝ

りせ「さア甚いこッちや。れ不憫さうなこッちや。もし此んな事をれ聞きなはつたら、どないに爲さるのやろ、さア甚いこッちや」

禮「まだ那な事を言ひくさる」

りせ「れ不憫さうや、嬢やんがれ不憫さうや」

禮「やア嬢やんといふてる。何のこッちやろ」

りせ「あア辛度やよ」

禮「これ乳母、何をいふてるのンや」

りせ「甚いこッちや」

禮「乳母」

りせ「甚いこッちや」

禮「乳母や」

りせ「あア辛度やよ。あア……」

と足を留める

禮「これ、如何したのや」

りせ「れう、旦那はんだすかいな」

禮「旦那はんだすかいなやない。一体如何したんや」

りせ「甚いこッだす。嬢やんが……」

禮「ゑゝ」

りせ「嬢やんが……」

禮「早う言ひな。如何したんや」

りせ「甚いこつたす。貴公が那んなことをれ言やアしたもんやさかい。嬢やんが氣落をしたやうにれ爲りやアして、悄々と裏の井戸の側へれ行きやアしてな」

禮「ゑゝ」

りせ「あの、哀しさうに天を眺めてれ居なはるやれまへんか。私も吃驚して、嬢やん、貴女まア如何れ爲やアす言ふて聞きましたらな、れ父樣が那の樣に腹をれ立てなされたよつて、私はもう生きて居んと如斯にれ言やアすやれまへんか」

禮「ふうく——」

りせ「ろ……な醜事ふたらどむ爲りまへんよつて、色」

々言ふてお居間へお伴れ申したんだす。さう斯う
してる中に主公甚い事に爲りましたんや」
禮「如何したんや。早う言ひと言ふたら
りせ「急にお顔の色が變りましてな、眼の玉がくる
〳〵舞ふて、私の腕へグニャリとお倒けなされて
……」
禮「エヽ、娘が……」
りせ「どうもな、其御様子が善うおまへんようて、
主公をお探し申して居たんだすね、早うどないぞ
して上げと呉んなはれ。おう辛度、おう辛度」
と、胸を叩いて居る
禮「そんな事なら、何故早う言ふて呉れんのや。大
變やがな」大變やがな」
りせ「さうだす由て、早うどないぞして……」
禮「どないぞする言ふたかて……長松、長松、長松
よ」
と、丁稚を呼ぶ。長松慌てた体で飛んで來る
長「何んだす旦那はん。又鼬が錦魚でも狙ひよるの
だすか」
禮「そんな事や無いわい。さア急げ」
長「急げいふて、何處へ急ぐのだす」
禮「エヽ、氣の長い奴ッちや。醫師へ急げ。醫師を呼
んで來るのや。澤山呼んで來いよ。ゑいか、解つ
たか。
長「へい、解りました」
と、長松は駈けて行く
禮「さア甚いこッちや。乳母どないせう」
りせ「主公までが、そないにお言やアしたらどむな
りまへん」
禮「さうか、そんなら何にも言はずに居よ。おア困
つたことや。早う醫者が來てくれると好いになア
と、心配の眉を寄せる

花風病

佛國 モルエール原著
浪華 無名氏翻案

(四)の一

場所は同じ家の座敷、時は夕ぐれ
禮一郎は奥の間に入らうとする。おりせは後よ
り呼び留める

りせ「旦那はん、旦那はん」
證「何んや」
りせ「お醫者はんは來やはりましたか」
證「四人だけお呼び申して、今奧へ來てなさる」
りせ「主公はまア、醫者の四人も呼んでどないなさるのンや。人を殺すには一人で澤山やおまへんか
證「滅相もない。一人よりは四人の說が確かやさかいな」
りせ「夫かて主公、娘やんをお殺しなはるのなら何も那んな人を頼まんかて宜しうおますがな」
證「阿呆、お醫者が人を殺すかいな」
りせ「旦那はんは那んな事言ふてやはるわ。醫者にかゝて、助かつたものは一人もおまへんわ」
證「阿呆言ひ、皆な立派な先生方やがな」
りせ「夫かて能う考へてお見やアすいな。近い話がお宅の猫でも知れてるやおまへんか。彼が家根から落ちて、六日が間食ふものも食はずに居たんですけども、幸福な事には猫に醫者がおまへんさかい助かりましたんや。若し有つたら、瀉させたり血を取つたりして、もう疾に殺して居ますやろう
證「滅相な、そんなこと言ふもんやない」
りせ「なア旦那はん、今時のお醫者はんは金だつせ宜しおすか、早う診察料をお出しやアすや。金次第で治らん病氣も、治るやうに言ふて下さりますさかいな」
證一郎は苦笑ひして奧へ入る。奧座敷には四人の醫者が嚴格らしく併んで居る
證「此は先生方。御苦勞様でござりました」
醫師富田金爽、三十七八、八字髭、黒七子五紋の羽織。胸には金鎖が光つて居る
富「やア御主人、相變らず御機嫌で宜いな」
證「娘の容体は何んな事でござりますやろ」
富「さればさ、我輩が注意と忍耐とを以て、精密に診察した處では、正しく何んだ。其何が……其不潔物が体内を冒して居るのに違いないーのであらうと思ふ」
證「へゝい、して見ますると、娘は不潔やとお言ひなはれますのやな」

宮「いや爾うやない。嬢さんの体内には不潔物が溜つて居て、夫が腐敗して居るのや」

禮「へゝい……」

此處へおりせ入り來り、宮田と顔見合せる

りせ「おう先生だすか。能うお出でやァす」

禮「おう、乳母は先生とお知己なんやな」

りせ「へい知つてます。いつやら私の姪の宅でなァもし先生」

宮「あァ確かに知つて居る。時に彼の病人はどうしましたな」

りせ「先生、死にましたがな」

宮「なに死んだと」

りせ「はァ、先生は大丈夫やとお言やァしたけども

宮「そんな事はあるまい。そんな事は……」

りせ「夫かて死にましたんや」

宮「でも死ぬ理がないもの」

りせ「夫かて先生、死んださかい仕方がおまへんわ」

宮「夫はお前の間違ひやろ」

りせ「阿呆らしい、姪の死んだのを間違へるものがおますかいな」

宮「いや、どう考へてもそんな事はない。之をヒポクレート(希臘古代の大醫の名)の著書に照らして見ても、彼病氣は死ぬべき筈がないのだ」

りせ「夫なら何だすやろ。ヒポコレートはんがお世辞を言やはつたんでおますやろ」

禮「乳母、靜にせんか。醫先生、嬢の容体はどんな事でおませうな」

花風病

佛國 モルエール原著

日本 無名氏 飜案

(四)の二

醫者松島治正、年齒五十二三、白髪

松「されば。何れも御診察は申したさかいに、此から診斷上の打合せを致さうとして居た處でおますのや」

禮「左様でござりますか。では何分宜う御頼み申します。御規則には暗くお知りまへんけど、何を言ふにも病人の事でおますさかいに、もし忘れると惡るおますよつて、只今診察料を差上げて置きます。何分宜う御頼み申します」

と、金包を一人々々に與へる。醫者は何れも妙な顏をする。鐵一郎とたりせとは一禮して退く。

四人の醫者は申合せたやうに咳拂ひをする

松「大阪も廣いものですなア、私どものやうに用の多いものは、奔り歩きに困つて了ひます」

宮「實に[illegible]うですな。然し私方の車夫は大さう能く走ります。左様毎日の路程を申したら、到底他が信用なしては吳れますまい」

醫師鐵野呆庵、年頃三十一二、洋服、金時計

鐵「我輩も又病家が迴り切れませんので、今度は自轉車を買はうかと思ひます。あれだと車夫馬丁は要らず。車夫馬丁が病家さきで受けるところの祝儀は、悉く我輩の所得になる理ですからな」

宮「や、成る程。是は近頃の御發明だすな。私は又馬を飼はうかと思ひましたが、馬よりは自轉車がよい、急病人でもあつた時は、殊に妙を感じるでせうな」

松「然し何んだすやろうなア、自轉車なるものに乘じて、彼の坂を上ることは出來ますまいなア」

鐵「左様、實は我輩も夫れが爲に躊躇して居るのだす。御存じの通り、我輩の病家は上町が多いですからなア」

宮「いや〳〵、自轉車と雖、坂の上れない事はありません。現に我輩昨日之を見ました。然も頗る早い」

松「はて、坂を上ることが出來ますかな。して見ると至極便利なものですなア。其代り價が高いだすやろう」

宮「まア好いので四五百圓」

松「四五百圓」

鐵「も少し上等になれば六七百圓」

松「六七百圓」

宮「まだ高いのもある。現に此間我輩の病家さきの者が買ふたのは、八百九十二圓三十錢、飛んで八厘」

松「八百九十二圓三十錢飛んで八厘……、では餘り經濟にも爲りませんわい」

醫師山中開齋、四十三四、兀頭

山「自轉車に乘るのと、馬に乘るのとは、何方が難しいでせうな。我輩も實は何方か買はねばなりませんが」

宮「左様、まア馬の方でせうな」

山「矢張り馬ですか」

鐵「いや〳〵、宮田君の説違へりだす。馬を御するは猶小兒を御するが如し。理由もない事であるが自轉車に至つては[illegible]りません」

宮「いや、何う致して、夫は馬の事さ、現に宮內省に於ても……」

鐵「いや、君は何ういふ愚な事をお言ひなさるから困る。宮內省と馬と何の關係がある。自轉車の難しい證據は。誰でも美事に落ちるのを以ても知ることが出來るではござへんか」

宮「いや、自轉車から落ちる者があるなら、馬からも落ちるものがあると言はねばなりません。現に我輩の……」

鐵「まアお待ちなさい。暫く默して我輩の說く處をお聞きなさい」

宮「いや、まづ我輩の說をお聞き下さい」

鐵「いや我輩から……」

宮「いや、我輩から」

鐵野宮田の二人、額に靑筋を出して言ひ爭ふ。松島仲裁する

松「是はしたり、お二人とも如何に爲りましたんや。まア〳〵お待ちなさい」

花風病

佛國　モルエール原著
巫峽　無名氏飜案

（四）の三

鐵「いや、待ちません。我輩は飽くまでも自ら信ずる所に向つて……」

宮「原より我輩も心に信ずる處が無くては、此樣な事を言ひはしまへん。鐵野君、明に君の說を吐きたまへ」

鐵「勿論の事。抑も自轉車たるや、外國渡來のものであつて……」

松「まアさ、そないに大きな聲を出して、家內の人にでも……」

鐵「いや捨てゝ置いて下さい。家內の者が恐しくは無い。病家の落ちるのが恐ろしくて、自分の所信を曲げたと言はれては……我輩頗る耻ぢるです」

松「此さ鐵野君、どうしたといふものだ。宮田君も大人氣ない。御人品にも似合はず腕まくりなんぞをして……まアお待ちなさい」

宮「いや、待ちません。抑も自轉車たるや。外國渡來のものであつて……、夫から後の御高說を承はりませう」

鐵「なに、言はいで置きませうか。抑も外國渡來のものであつて、我國に來るや日尚淺しであります」

宮「原より日尚淺しであります。夫から……」

鐵「夫から其……之に反して」

宮「之に反して……」

鐵「抑も馬の者たるや」

宮「抑も馬の者たるや」

鐵「馬の者たるや來ること頗る古し。已に日本武尊………」

宮「已に日本武尊………夫から」

鐵「夫から………」

宮「お後は」

鐵「夫から………」

宮「君のお說は夫でお了ひですかな」

鐵「いや、決して（と眞赤になつて額の汗を拭き）故に我國人は自轉車に乘ること………」

宮「成る程、我國人は自轉車に乘る事、夫から」

鐵「故に馬に乘るが如く巧妙なる能はず」

宮「成る程、夫から」

鐵「其理豈火を睹るが如く明かなりでありませう」

山「ハッハッハッハッ」

松「ワハヽヽヽ」

山中と松島とは腹を抱へて笑ふ。鐵野は火のやうに爲つて居る

宮「君の說は已に終れりだすか」

鐵「左樣、故に………」

宮「解りました。が、更に其要を得ずと言ふべしだす。何故となれば、馬は太古から有るものでも、之に乘るは………」

此時禮一郎入り來る、富田驚いて口を噤む。三人は前と同じやうに咳拂ひする

禮「もし、何うも容体が惡う見ゑます。お打合せ付きましてすか」

富「されば、只今漸う相談の決した處で……、松島さん、貴君は御年齢だによつて、御主人の腹へ入るやうにお聞かせを願ひます」

松「いや〳〵、此は富田君に願ひませう」

宮「いや、我輩若年者の口を出す處ではありません では山中さん、貴君から」

松「では鐵野さん………」

鐵「いや〳〵、此は松島さんから」

禮「もし、誠に御失禮でおますけども、貴君方の御禮義もおますやろうけども、病人を控ゑて居ます

非やよつて、誰方からなりとも、早う聞かせて戴きたうござります」

宮「いや、成る程。此は御有理。元來お嬢さんの御病氣といふのはな」

禮「へい〳〵」

松「其何んだすのんや。諸先生のお說では」

鐵「今此處で色々評議を凝した結果」

山「之を醫學上の原理に照らして見ると、その……

……」

禮「誠に恐れ入りますけども、解りますやうに仰つて……なアもし」

宮「宜しい。まづ我輩の診定する處では、血液に大故障があると見た。であるさかい、一日も早く惡血を拔き取るが最上の良策であらうと思ひます」

鐵「今富田君のお說の通り、お嬢さんの病氣は則ち血液の腐敗であつて、其原因は血が多過ぎるから起るのだ。由て之を根治させるには吐劑を用ゐて其惡液を掃除する他はおますまい」

宮「之は驚いた。鐵野君の說ではあるが、吐劑を用ゐて血液の腐敗を去るといふのは、古來何の醫書でも見たことはありません」

鐵「我輩は血なんぞを拔き取つたら、お嬢さんの命が保たないと斷言しますな」

宮「そんな事を言つて、自轉車の敵をお討ちでは困ります。現に御主人が御迷惑です」

鐵「いや、此は怪しからん。何と仰つても我輩の信ずる處を吐露する他はおりまへん」

花風病

佛國モルエール原著
浪華無名氏翻案

(四)の四

宮「夫、其強情の爲に二三日以前も、病人をお殺しなさつたやありませんか」

鐵「之は異な事を仰る。私が何日人を殺しました。貴君こそ現在自分の細君が、盲腸炎でお惡いのを姙娠と誤認して……月ざらゐなんぞを服まして遂にお殺しなされたでは無いか」

宮「いや、之は存外の御挨拶だ。聞き捨てにも相成りまへん」

禮「まア〳〵先生。夫では私が困ります。私が困りますよつてに……」

富「成る程、御主人の爾う仰るのも御有理。では我輩はもう何んにも言ひますまい。只お孃さんの病氣を治さうと思ひなさるなら、早く惡血をお拔きなさいといふ事丈けを申せば、我輩の義務は濟んで居るのです。左樣なら」

と、挨拶して、富田金策ぶり〳〵と引き退く

鐵「我輩も又一日も早く吐劑をお服ませなさるが宜いと言ふ事丈けを言ふて置きます。もし一歩を誤れば、お孃さんの悲しい最後を見るやうになりますぞ。諸君、お先へ」

と、鐵野呆庵もぶり〳〵して引き退る。禮一郎は呆れて居る

禮「斯うなるさかい困りまする。もし山中先生、松島先生、如何にしたら宜しゆおますやろうなア」

松「さア、此んな事は輕々しう決すべき事でもおまへんやろう。急いては事を誤るよつてな。過つてから騷いだかて何にもならんさかい。此は醫書に據つて事を處する他はありまへんやろうなア」

山「左樣々々、斯ういふ場合には何處までも、大事を踏むのが當然でおますやろう。篤と病人の容体を診定めて、之を理論と經驗とに照らし、又深く病の由て伏する處を吟味して、其上方を處するとも晩きにはあらずだらうと、我輩は思ひますな」

松「山中さんは流石にお上手や。よい事を仰る。只今の先生方のやうに、犬の喧嘩やあろまいし、がみ〳〵言ふて居ては、とゝ埒が開かん。兎角病人を控へて居るといふ大事の心を忘れる由て、それ、事に親切といふものが無い。私の篤と診た處では孃やんの病氣も慢性に爲つて居りますのンや。此儘捨て置いては段々惡くなります。由て私の考へるには、斯う膵のやうな臟物が水氣を含んで、始終腦を刺戟する。由て頭が重い。此水氣は希臘の方言で、アトモスと言ふ。アトモスといふは日本で言ふ血の凝固や、其血の凝固が、今では腹の下の方に粘り着いて居る。由てに下腹が痛むのンや。なア、山中はん、爾うでおますやろう」

山「全く左樣、此水氣を体液といふ。此体液は身体の成長するに從つて增へるもので、遂に凝結つて頭へ上るのや。兎かく娘さん達には氣を付けんと此病氣で選り損ひますや」

松「かし娘さんの病氣を治さうと思し召すなら、其を判斷ずる爲に、善く験く處の下劑を用ひて、夫に臓腑を與へる。委しう言ふて見ると、完腸した後へ、消化劑を服ひるやうなもので、必然効験が見ゑるに違ひありまへん」
山「はゝァ、成る程。では一度遣つて見て。仍必要がわるなら更に繰り返して遣りますのやな」
松「まァ／＼ろんなものだすな。夫程遣つた上でれ逝去りなされば天命で致し方がありまへん」
山「どうです。松島先生の處方に由て、療治をして見なさつては……」
禮一郎はまだ飲みこめぬ体で考へて居る
禮「さうだすな。松島先生のれ見込みでは、其下劑とかを服ませたら、娘の病氣が治りますやろうかな」
松「其處が、物は經驗ですのや。今も申す通り夫丈け手を盡して、御壽命が無けれは止むを得ん。此は命數と締める他はありまへん」
禮「して見ると、貴名の方にも屹度治るといふれ見込みは立ちまへんのやな」
山「まァ／＼ろんなものや」
禮「夫では一向便りないやうに思ひます由て……私も篤と考へて、改めてれ願ひ申すことに致します」
松「では爾うなされ。れ進みのないものを無理に言ふても不可まへんよつて……」
山「夫が宜しからう。然らば改めて參ることに。なァ松島さん」
禮「どうぞ爾ういふ事に願へますとなァ」
松「まァ急くことは無い。能うれ考へなされ」
山「此は御丁寧に」
と、改めて彼の診察料の包みを頂いて、二人は道ふく／＼の体にて歸る
禮「何んのこッちや。とゝ夢見たやうな事やな」

花風病

佛國 モルエール原著
浪華 無名氏飜案

（五）の一

場所、菅谷宅の中庭、時は正午前、
若紳士栗本丹次郎、年頃二十二三、色の白い、

眼のぱッちりした好男子。黒羽二重五紋の羽織に、縞縮緬の二枚襲衣。綴織の錦織の帶。金時計。寶石入の指環、佛蘭西形の帽子を手に持つて丁寧に辭儀をする。乳母おりせ出迎ゐ故意とらしう手を突いて

りせ「お先生だすかいな。善うお入來なはつとくりやアしたな。まアお上り」

丹「はア、はア、はア」

と言ひながら、聲を低うして

丹「ぞうや。此なら醫者と見ゐるやらう」

りせ「大見ゐの丹波見ゐ。何處へ出しても大先生で通ります」

丹「左樣か。大丈夫だつか。御主人も氣い付くまいな」

りせ「何んの氣が付きますものかいな。實は貴兄のお來なはるのを今か〳〵思ふて、如何に待つたか知れやしまへんのン。此んな事言ふと何んだすけど、私は好き合ふたお方が、容体の惡るなる程心配して居なはるのを、傍で觀て居る事が出來まへんのンで今まで氣を揉んだんでおますけど、貴君が斯うして來て與りやはつたら、孃やんも旦那はんの彼の恐しい眼の光を遁れて、貴君の袖の下へお入りやアす事が出來るやろう思ひますのんで、まア此んな嬉しい事はおまへんの。此手で行かなんだら又品を替ゐて、貴君や孃やんの望みの協ふやうにしまッさかいな。一寸此處に待つてゝお與んなはれや、今旦那はんを呼びますよつてに」

丹「あア承知や〳〵」

丹次郎は嚴格らしう扇を使ふ。おりせは奥へ駈けて入る、禮一郎は目をぱちくりさせて、おりせと與に出で來る

りせ「旦那はん、まア嬉しいやござりまへんか」

禮「何んや、何事や」

りせ「貴君もお歡びなはれ」

禮「何をいふ」

りせ「好い事がおますさかいに」

禮「好い事といふて、何が好い事や」

りせ「私の口から言ふやおまへんけども、此位好い事言ふたら、まア在へんな」

禮「はてな、何んやろな」

りせ「當てゝ御覽」

禮「好い事言ふたら、金儲けやろ」

りせ「阿呆らしい。貴君孃はんが病氣でお在なはる

や有へんか。夫を娯楽さうな」
禮「夫かて、好い事言ふたら金儲の他におらへんがな」
りせ「那んなてと言やはるわ。あた阿呆らしい」
禮「ろんなら何や言ふて見いな」
りせ「貴君のれ献なはる事やさかい。踊つてれ見せやアすいな」
禮「やれはれ。娘が病氣で居るといふに……」
りせ「はア、言うたすの。やけども貴君が踊りやアしたら、娘やんの御病氣が治りますのソや由て」
禮「なに娘の病氣が治る。では踊らう。徳若の御萬歳とは御代も榮へまします。愛嬌ありける新玉の年立かへる旦より……誠に芽出度うい、ひける。チリガン、チントツヽ、チントツヽ、チンツヽ、チンツヽ、チンリンリン、やしよめ〳〵、京の町のやしよめ。アヽ辛度……」
りせ「娘やんの御病氣は治りまつせ」
禮「れれの踊のれ蔭でか」
りせ「踊うやれたまへんけどな、私が大阪ーッヽれ大阪位やれまへん。日本第一のれ醫者様を連れて來ました出て……」

禮「はてな。夫は耳寄りな」
りせ「其れ醫者様は、眞個に何んだッせ。宮田や鐵野のやうな藪醫者ではれまへんせ」
禮「さうか、其れ方は何處にれ居なはる」

花風病

佛國 モルエール原著
飄亭 無名氏翻案

（五）の二

りせ「ろれ其處へ來て居やはりまつかな」と、丹次郎の方を指す。丹次郎はつんとすまして居る
禮「はア、那のれ方か。成る程。目元の涼しい、奇麗なれ方や」
りせ「どうだす。允れますやろ。あのれ方の上手なのはれ眼にかるのやれまへんせ」
禮「さうやろう〳〵、立派なれ方や」
れりせ丹次郎の側へ寄る。丹次郎益す濟し込む
りせ「先生、さア何うぞれ上りなしとくりやアす」
丹「はア、はア」
禮「さア先生、どうぞ此方へ、いや誠に御苦勞様で

ござります」
丹「いや、何う致して……まづ今日は……」
りせ「まアろんな事は、何うでも宜しあんが。先生ろんな處に居いで奥へお通りやアすな」
禮「さア、どうぞ此方へ」
丹「では御免を蒙りませうかな」
と、三人は奥座敷へ通る。丹次郎はきよときよくして正面に坐る。おりせも禮一郎も坐に就く
丹「どうも今日は好いお天氣で」
禮「誠に好天氣で、時に先生は何方にお住居でござりまするな」
丹「僕は八軒家に」
禮「あの八軒家に、はてな、八軒家に」
丹「いや、あの九軒町に」
禮「へい、九軒に――」
丹「いや十二軒町に」
禮「はて十二軒町に」
丹「いや、實は五十軒屋敷に――」
禮「五十軒屋敷、あの北桃谷の、夫は閑靜で宜うおますやろう」
丹「いや、左樣でもおませんが」

と、丹次郎汗を拭く
りせ「なア旦那はん、お年は若うおますけどな、此お方の療治を受けたら、どんな病氣でも治らんことはおまへんのや」
禮「はゝア、餘程お上手でお出でと見ゆる」
丹「いや、お賞めに預つては恐れ入りますがな、實は僕の治療は少々ばかり他の醫者と違つて居ますや。他の人のやうに、吐かせたり下したり、血を拔いたり、ろんな事は決してしまへん。時に由つては藥も少々は用ゐますけれど、多くは言葉で療治をして見せます」
禮「へゝ、成る程」
丹「其處が、我輩の秘訣でおますのや、言葉ばかりで不可ぬ時は、護符とか、指環とか、ろんな物で禁厭をする事もおますのや」
りせ「旦那はん、妙でおますやろ」
禮「へゝい、此はお珍しいお療治でござります」
りせ「なア旦那はん。讓やんはもうお髪も仰つて（大阪にて髪を結ふことをお髪を仰るといふものあり、結ふと言ふを厭り諱りたるものなり。火事が發しますなど此類なり）衣服もお召かわやアし

てな、れ居間にちんとしてれ出でやはりますさかい、一寸呼んで來まへうか

禮「は丶ア、ろないな事をして病氣に障りはせんやろかな」

りせ「ろんな事はれまへんやろ、障つたかて主公、先生が治しやはりまッさいな」

禮「では伴れて來て貰はうかな」

此にてれりせ次の間へ退く、あとに丹次郎すり寄つて、突然禮一郎の手を握り脈を診る

禮「貴君、私を何う爲されます」

丹「は丶ア、此れ脈体では孃さんの御病氣も余程御大患でござりますな」

禮「貴君、何うして知れますな」

花風病

佛國 モルエール原著
浪華 無名氏翻案

(五)の三

丹「此が僕の自得の一方です。親子の間であつて見れば、其位の事が知れぬ筈は有りまへん」

禮「へ丶い、不思議なものでれますなァ」

禮一郎呆れる。れりせれ新の手を引いて出で來る、丹次郎不圖顔を見合せ、素知らぬ体にて横を向く

りせ「さァ孃やん、先生の側へれ坐りやァすいな」

れ新無言でさし垂頭く

りせ「さァずッと側へれ寄りやァすといふになァ」

新「たかて……」

りせ「貴女、診てれ貰やァすのやれまへんか。先生に御遠慮が要りまッかいな」

と無理につき遣る。れ新丹次郎の側に手をつき顔を紅うして坐る

新「乳母、嫌い……」

りせ「へい〳〵、惡い惡るれましたな。さァ旦那はん、一所に彼所へ行きまへう」

禮「何故又、此處に居たかて好いや無いか」

りせ「好いことはれまへんわいな。先生が他の聞いて惡い事まで、孃やんにれ聞きやァへんと、れ療治が出來まへんといな」

禮「は丶ァ、成る程」

りせ「ろやさかい、私の言ふ通りにれ爲りやァす」

禮「では先生、何分宜うれ願ひ申します」

と、れりせ禮一郎六の間へ退る。丹次郎は其後影を見送つて、擦り寄りれ新の手を握る。れ新羞かしさうにして居る

丹「れ新さん、こんな嬉いことはれまへんな。何から言ふて好いのやら、さつぱり夢のやうに思ひますわ、貴女に逢ふまでは。話す亊が胸に一杯れましたけれど、何が何やたら、とんともう咽喉が塞るやうで物も言はれまへん」

新「私かて何から言ふて宜いやら、主公甚うれ痩せやアしたなア」

丹「痩せもしますやろうかい。然し私の思ふやうに貴女も思ふて呉れてやつたかと思ふと、此んな嬉い事はござりまへん」

次の間にては禮一郎が襖の隙から奥座敷を覗いて

禮「れう、先生が甚つ娘の側へ擦り寄つてやつた。乳母大事ないやろか」

りせ「何んの大事れますもんかいな。嬢やんのれ顔の色を見てれ出でなはるだんがな」

奥座敷の二人は少も心付かず

丹「なアれ新さん、貴女は心變りしてやれまへんやろうな」

新「私が何んのろないな事しますもんかいな。貴君も心は渝りまへんか」

丹「死ぬまでも決して……(力を入れて)決して……渝る事ではありまへん」

禮一郎心配で堪らず、襖を開けて裡へ入る。れりせも續いて入る

禮「先生、娘の容体は何んな事でござりまするな。ヤア顏の色が甚う好いな」

丹「夫は僕が療治を施したからでござりまへう。元來嬢さんの病氣は、精神から身体へ及ぼしたものでありますから、身体を療治するよりは、先第一に精神の方を治す様にせにやなりまへんさかい、僕が天から授つた處の智識を應用しまして……」

禮「へい／＼、成る程」

丹「まづれ顔の色から、眼の色、頬の色、唇の色、夫から手の筋までも見て、篤と考へますに、御病氣の原因は、思像の錯亂——といふても解りまへんやろうが、結局嬢さんは或る男の女房にならうと思ふて居やはつた處が夫が思ふやうにならん

のンで、氣が結ぼれて來て、遂に今日のやうな病氣を起したものに違ひはござりまへん」
禮「へい〳〵、思ひ當る事が無いではれまへん、へい〳〵成る程」

花風病

佛國 モルエール原著
浪華 無名氏翻案

（五）の四

丹「けども幸福な事には、此愛着病ほど治り易い物はござりません。直治ります。又治る筈でれますがな、誰とでも祝言さへさすれば夫で慾が充てますのやさかいにな」
禮「へい〳〵成る程、貴君はれ年の若いに似合はぬ感心なれ方だすなア」
丹「とは言ひますもんの、其祝言といふものが今言ふて今出來るものではれまへん。私なぞも、祝言なんぞは大嫌ひでれますのんや」
禮「尤いわ〳〵。貴君中々話せますなア」
丹「處で、斯うして捨て置く中には、病人の方が重うなりますや。もし手遲れになりますと、大事のれ命を失ふやうな事が出來るかも知れまへん」
禮「そんな事があつては大變だす」
丹「爾うやさかい、僕は其場凌ぎに、只今孃さんに私と貴女と結婚をしまへうか言ふて尋ねましたんや。すると、孃さんの顔色が急に好うなりましたんや。それ論より證據、此通り艶々してれ出でなはりまへうがな」
禮「どうも爭はれんものだすなア」
丹「其處で、貴君が望み通り祝言さするといふて（聲を低うして）四五日の間騙吠して置きなさると宜しか、その中には私が乾度命を救ふて上げますさかい」
禮「爾うなれば、誠に結搆でござります」
丹「一時爾うして置きなはつたら、其後で孃さんの神經の病を悉く療治してれ上げ申します」
禮「有難うござります。有難うござりますと（れ新の方へ膝を前めてな）ア娘れ前祝言をしなはるか。此處に居なはる先生と……私はもう氣に入つて居ますのやが」
れ新は默つて居る
りせ「旦那はん、眞個だつかいな」

禮「眞個で無うて……偽にそんな事が言へまッか」
りせ「眞個なら宜しおますけども、なア嬢やん」
お新は輕く頷く
禮「眞個や〱」
りせ「そんなら先生、貴君眞個に嬢やんを嫁さんにして呉りやはりますのン」
丹「尤も、私の方から望みますのや」
りせ「さうして旦那はんも、好いのだッな」
禮「好い段やない。私が許す言ふてるがな」
お新嬉しさうに顔を擧げて、丹次郎を沈と見る
丹「嬢さん、疑はんかて宜しい。私が貴女を慕ふて居るのは、今日に始つた事やおまへん由てな。もう少し平たう言ふたらば私は（聲を低うして）貴女に逢いたいばかりで、醫者に爲つたといふても好い程だすさかいな。眞個に、此衣服には私の嬉しさを一杯包んで居ますのンや」
新「貴君眞個でおますかいな」
丹「眞個の段ではおまへん。なア御主人」
禮「疑ひ深い娘、私が御斯に言ふてるや無いか」
新「そんなら貴君、お心の變らぬ好い證據を見せてお呉んなはれな」

禮（獨語のやうに）利口なやうでも小供やがな、病氣といふは恐しいものなア」
丹「上げませいでかいな何んなりともお望みやアす」
新「お父さん、眞個に宜しうおますなア」
禮「好い段やない。そないに疑ふのンならさア手を貸しいな。先生、貴君も貸してお呉れなはれ」
お新雪のやうな手を出す。丹次郎手を引いて
丹「夫かて、貴君――」
禮「まア好いやおまへんか。此が貴君……その……娘の心を慰める爲めだすがな」
と無理に双方の手を握らせる。二人は顔を見合せて莞爾と笑ふ。

花風病

（五）の五

佛國　モルエール原著
浪華　無名氏翻案

禮「シヤン〱、此で約束が出來ました」
丹「宜しい。では私の心の變らん證據に、此指環を上げときます」

と左の中指に篏めて居た指環をぬいて、お新に渡す。お新歎び收める

丹「御主人今の指環が、娘さんの精神の病を治す媒介同樣の物ですね」

磯「はゝア、左樣かいな」

りせ「なア、旦那はん、如斯にお約束が整ふて見ると、證文でもお書きやアせにやなりまへんな」

丹「最も娘さんのお望みなはることなら、何んなりとも認めまへう」

りせ「そんなら爾うして貰ひまへうかなア。旦那はん」

磯「娘の言ふやうにして貰ふてくれ、私は何方でも好いさかいな」

丹「夫では斯うしまへうか。私の處の書生が來て居ますさかいにな(と聲を低うして)其男を公證人言ふて、娘さんを欺してな」

磯「宜しやす〳〵」

丹「そんなら乳母どん、一寸公證人を呼んどくんなはれ。あの私のつれて來てる」

と、眼配で知らせる

りせ「はア〳〵」

お新は嬉しさうな顔する。おりせ立ちて店の方へ行く

新「まア此んな嬉しい事はおまへん」

磯(獨語のやうに)娘もまだ年齢が行かんな。病氣といふは恐しいものなア」

おりせ公證人國田德一を伴れて來る

國「御免下さい」

磯「此は御苦勞さん。(娘に聞えよがしに)あの貴君が公證人さんで」

國「はい、左樣でございます」

磯「ではな、此二人が結婚の約束證を取交すのでおますさかいにな。貴君其處宜しうお頼み申しまッせ」

國「はい、宜しうございます。御両人とも御異存はありませんな」

丹「はい、異存はありまへん。私は一生心の變らぬといふことを誓ひます」

新「私も先生と同樣でおます」

國「はい宜しい」

と、公證人公正證書を認め、朗讀して聞かせる。何れも聞く

國「此で御異存が無くば、どうか御記名御調印が願ひたい」

と書類を二人の前へ出す

禮「もう出來ましたンか。早いこッて在すなァ。さァ。先生書きなはれ。れ新のは私が代筆して遣りますさかい」

新「いゝに、私が書きま……」

と、[illegible]て記名調印する

國「是で宜しい。此原本は公正役場に保存して置きますから、謄本が御入用ならば、又後刻取りにれ遣はせなさい」

丹「はい」

禮「はい」

國「では此で失禮を致します」

禮「どうも御苦勞さんでれましたなァ」

公證人歸る

りせ「やれ／＼此んな嬉いことは在へん。胸の曇りが一時に晴れたやうに思はれます」

禮「それは結構や、私も嬉しい」

花風病

佛國モルエール原著
臺中無名氏譯案

（五）の六

丹「時に御主人、私は公證人を伴れて來たばかりではありまへん。今日の祝言を花やかにせう思ふて、能役者を連れて來て居ります。此處へ呼んで一さし舞はせやうや在へんか」

禮「へゝい、左樣ですか」

丹「醫者に能役者は少しも關係が無いやうで在すけれど、其人は毎日私が伴れて歩いて、難しい病家では患者の心を慰める爲に、謡はせたり、舞はせたりしますのんでな。夫が又途方もない上手だすね」

禮「へゝい」

丹「乳母どん、御苦勞やけど呼んでくんなはらんか」

りせ「はァ／＼」

此にてたりせ、能役者、囃子方大勢を伴ひ來る

禮一郎はきよと〳〵する。役者謠ふ、

師「今を始めの旅衣、日も行く末ぞ久しき、抑も是は九州肥後國阿蘇の宮の神主友成とは我事なり、我未だ都を見ず候ほどに、此度思ひ立ち都に上り候、又よき序なれば、播州高砂の浦をも一見せばやと存じ候「旅衣、末はる〴〵の都路を、けふ思ひたつ浦の波、舟路のどけき春風も、いく日來ぬらん跡末も、いさしら雲のはる〴〵とさしも思ひし播磨がた、高砂の浦に着きにけり」

能役者舞ふ。禮一郎うつとりと浮かれ心になる

謠「高砂の松の春風ふき暮れて、尾上の鐘も響くなり「波は霞の磯がくれ「音こそ潮の滿干なれ「誰をかも知る人にせん高砂の、松も昔の友ならで過ぎ來し世々は白雪の積り〳〵て老の鶴の、ねぐらに殘る有明の……」

此時丹次郎お新と手を携へ、頷き合ふて立ち去る

禮「さても面白い、成る程。此なら人の病氣も自然に治るやろう。やァ、娘が居んぞ。先生も居んぞ。何處へ行つたやろう。大變や〳〵」

謠「おそづれは松に同ゝ浦風の、落葉衣の袖ろへて、木蔭の塵を掻かうよ」

禮「其處どころではおまへん。乳母娘は何處へ行たー

りせ「旦那はん、何言ひなはる。娘やんは御祝言が濟んで、お嫁様と一所に、お出かけなはれたんだすがな」

禮「やァ、滅相もない」

謠「尾上の松も年ふりて老の波もより來るや、木の葉かけの落葉かく、なる迄命永らへて」

禮「さァ乳母、何處へ行た」

りせ「何處へて旦公、お里さんの家へだんがな、まアろないな事を言はいで、此面白いお能をお見やアすいな」

師「猶いつまでか生きの松」

禮「おゝ、ろんな處では無いわい。おのれ人を罠に掛けよつたな」と禮一郎お新を追ひ行かんとする。能役者舞ひながら行手を遮ぎる

禮「これ意地惡をしなはんないな」

謡「高砂や、此浦舟に帆をあげて、月もろともに出でしほの」

禮「ゑゝ退きんかいな」

謡「波の淡路の島かげや遠くなるをの沖すぎて、早や住の江に着きにけり」

禮「ゑゝ面倒な。娘の病氣がれ前等に傳染して遣りたいな」

と尚追行かうとする、能役者舞ひながら行頭を防ぐ。をかしき見得　（完）

雜報

喜劇 旅順の二將

（デル、ターグ所戯） 秋皐譯

物識の太郎作、輕卒僙の杢左衛門兩人出場

太「喧しい。れい老爺！ちと靜かにしろ。」

杢「大變々々！これが騷がずに居られるもんか。世界に唯た一人の大豪傑で、大戰捷者で、加之に大勇者が出たのを知らないのか。露西亞のステッセルは今度の戰爭で甚多い勝を占めたといふぢやないか。豪いもんだなア。」

太「大間違！ステッセルは日本人に降服したんだぜ。旅順を開け渡したんだぜ。」

杢「何だと。降服？可怪いなア。」

太「何が可怪いんだ。」

杢「だつて此前。何人だつて、勇者ステッセルとかステッセルの凱旋とか、名譽の劍をステッセルに捧呈爲やうとかつて言はない者ア無い位だ。

「倭奴も成程そりや……まア贔負目に見た所がだせ、そりやア些とやろつとは勇ましい戰もしただらう位なもんだ。世間ではこれ程にステッセルを褒てるんだ。それに何だ、倭奴が勝つた。露西亞が降服した。何うも俺にやア信れんなア。」

太「然うよ。だがステッセルも餘つ程勇ましく防戰した後で據なく降服したんださうで、何でも要塞内の被害は甚大したもんだといふ話だ。」

杢「如何にも然うだつたらう。俺は何うしても攻める方よりは防ぐ方が豪いと思ふ。全体城壁へ進撃するのは、其中で防ぐのよりか容易いといふ道理がないからなア。道理が。」

太「道理は然うさ。だが兎に角攻められる方は、攻める方よりか餘計困難だからな。その困難する勇者は一層勇者といはなけりやなるまい。實にステッセルは本當の勇者といふべき男さ。」

杢「チヱッ！厭んなつ了ふなア。」

太「何が厭なんだい。」

杢「何がつて、考へても見ろよ。愈々攻める方より防ぐ方が豪いとなつて見るとだな、普佛戰爭では佛蘭西人而已が本當の勇者だつたといふことになるぢやないか。何故なら佛蘭西人は始終

デル、ターグ作，秋皐譯，〈喜劇旅順の二將〉，《臺灣日日新報》，一九〇五年二月廿二日。

攻められた方だし、獨逸の益良武夫は攻めた方だつたからな。」

太「如何致しましてだ。そいつア全で比較もんにならんさ。ステッセルが特に英傑呼はりされるのは、最初の宣言の怖るべく驚くべき程の決心が强かつたからなんだ。卽ち、ステッセルは殆ど每週に皇帝へ電奏して、旅順は決して陷落しないといふことを保證したんだ。現に直ぐ此間も兵士が一人しか殘らず、砲臺も一つしか殘らんやうになつても、苟くもその兵士が武器を執ることの能る限りは、降服なぞは意も寄らん事だと、その言葉を激勵して、世界の賞讃を博したやうな次第さ。」

李「ふうむーしてステッセルは實際その言葉通り行つたのか。自分が唯た一人生き殘つたのか。豪いもんだなア。だが何うしたら自分だけ一人生き殘ることが能たんだらう。」

太「否然うぢやない。お前はまだ知らないんだ。ステッセルは全く自分一人生き殘つたんぢや無いよ。ステッセルが降服した時には、まだ約一萬の兵を指揮して居たんだ。加之ずまだ多數の砲臺も有つて居たやつさ。」

李「然うか。してまたその日本軍の御大將は何といふ人だい。」

太「乃木大將！」

李「乃木？へえい。で其人はステッセルが宣言書や電報を發して居た間何をしてたんだらう。」

太「乃木といふ人は、自分のことゝいつたら一切合切人に知らさなかつたもんだな。」

李「解つた、解つた。それで解つた。」

太「何だい、騷々しい。何が解つたんだい。」

李「否。一體世間の奴等がさ、大言家の敗けた者を歡呼喝采といふ癖に、緘默家の勝つた者を一向御存知無いのも無理はないッてことよ。」

太「何故。」

李「村の先生がいつも然う言つてるぢやないか、多く語る者は多く話されるッてな。」

（終）

不著作者，藤森きよし譯，〈シエナのピエトロ〉，第廿四卷第一期，一九三〇年一月一日，頁一〇三－一一二；第廿四卷第二期，一九三〇年二月一日，頁八三－九五；一九三〇年三月一日，第廿四卷第三期，頁七九－八九。

シエナのピエトロ

藤森きよし譯

「つれづれなるまゝに、日ぐらし、硯にむかひて、心にうつりゆくとつくにごとを、そこはかとなく書きつくれば、あやしげながら出來にけれ」

先づ斯様なものであります。嚴正なる御批判を受けたら直ちに擲て臺の「ツレヅレ草」の奥深く擲げ込むつもりです。

臺所料理の「點心」でも上る氣持で御讀み下さい。

尙原文は頗る古い言葉で書かれてありますが、夫れでは「點心」の味がないと思ひ、敢て斯様な現代語を用ひました。以上の次第で原作者には誠に慚愧にたへませぬ、何等かの意味で諸彦の御參考にでもなれば望外の幸です。

但し原作者は當譯の原書に表れて居らず目下取調中であることお含み下さい。

譯者識す

登場人物

ピエトロ、トルニエリ（昔流刑に處せられたトルニエリ家の現主）

ルイジ、ゴンザガ（トルニエリ家の仇敵であり、現在の執政者たるゴンザガ家の現主）

アントニオ　シエナ市の長官

モンタノ　ピエトロの腹臣

アンセルモ　老戰士、トルニエリ家の忠臣

ザアコモ　典獄

一死刑執行者

ブルシ　ルイジの親友

カルロ　同

ゲンナゴンザガ　ルイジの妹

フルビア、トルニエリ　ピエトロの妹

カタリナ　ゴンザガ家の老乳母

其他　兵士、使者等大勢

―場所―

シエナ市

―時―

日沒より日の出まで

第一幕

―日沒―

舞臺―古風なゴンザガ家の大廣間。

舞臺の兩端にはいかめしく武裝した番兵が立つてゐる。

舞臺の中央には裁判席が設けてある

幕が上ると同時に、舞臺の奥から怖しいどよめきの叫聲があがる、それが段々高まつて、群集とビエトロ幕下の攻圍軍が次第に近づいて來るかの樣子。

そこへルイジが全く困惑し果てた樣子で現れ、あちらこちら歩き廻る、ブルシがヂツト彼をみつめてゐる。

時は日沒

ブルシ　行き給へ！ルイジ、いよいよ君自ら出かけねばならん時が來たのだ！

ビエトロ奴が三度もゆすぶつても城門は依然として保たれてゐるんだぜ、行け、行け!!ルイジ、何んだ君は、奴等を見給へ、勝手放題に暴れてゐるぢやないか、それにも拘はらず、君はまるで盲で、袋の鼠の樣に引込んでゐてさ、オイオイ吾々は一體誰の爲めに戰つてゐるんだい、何の爲めに戰つてゐるんだ、行け、行け、オイツ、ルイジ!!

ルイジ　いや、ブルシ、とても駄目だ！　奴は僕の帆から風を奪つて了つたんだ聞き給へ、あの群集の叫び聲な。ビエトロ、トルニエリは僕と戰ふ前に、あゝして先づ僕の氣勢を挫いて了つたんだ、僕はどうして市民大衆があんなにまで彼によつて動負されたか其わけは知らない。

だが、ブルシ、僕はもう駄目だ、ボリングブロークの前の英王リチアードの樣に負ける事は分り切つてゐる。

だが、そうかつて奴は僕より機智に富んでゐる譯ぢやあない而して又僕は奴より市の安寧を司どる力が劣るとも思はない唯だ、奴には今幸運が待づいてゐるに過ぎないのだ。

僕の意氣が挫け憫みの的になつてゐる時、奴が勝手な真似をしてゐる丈けなんだ。

ブルシ　あんな男がね、望んでゐるものはだ、只覇を握る、それ丈けなんだよ、何だツマラナイ。

（奥の方で一段高い叫聲があがる）

ブルシ　そりや、戰爭を怖れてゐる男の譫言だ。

ルイジ　（立ち付つて）

おい、一寸考へてみて呉れ、一體奴は何の爲めに武裝して來たのか、奴は只單に僕の座つてゐる執政者と云ふ位置を取りたい爲めばかりで來たんではないよ、彼の胸の中には更に怖しい記憶がひそんでゐるのだ、僕の父は彼の母を横奪してゐるぢやないか、而して彼女を父は自己の色欲の犧牲にしてゐる、ビエトロの父は勿論悲しんだ、而して深い憫みに悶へ苦しんだ、然し彼の父は何故か頑強に沈默してゐた。

訴うした追憶で彼は身を固めて遂々軍を進めて来たのだ、奴の来た目的は、此復讐を僕の前で叫び度い為めなのだ、而して、あゝして城門を破らうとしてゐるのだ。

（一番兵左手より急いで登場する）

番兵　とう／＼城門に破られて了ひました。敵は詐つて攻入つて参ります。

（叫聲はいよ／＼高まり近づく、ゲンマ嘆きながらアタフタと登場する。其後から乳母のカテリナが彼をひきとめ／＼従ふ）

ゲンマ　兄様！妾どうしませう？ 妾どんな事あつても兄様と別れるのは嫌だわ、だつて、私等は血こそ分けてゐても今日まで一度も離れず一緒に育つて来たんですもの、だからあんたの望みあんたのおもへ、そりやみんな妾と同じだわ、而してあんたの弱點もね。あゝ、兄様、妾どんな事あつても兄弟の傍離れないワ、だから兄さんも妾を離れないでね、妾こうやつて昔の様にシッカリあんたに抱き付いてるワ。あゝ、もう何にもこわくないッ。

（舞台の下方で突然扉の叩き破られる音）

ルイジ　妹ッ、もう来たッ!! あの有様はお前の見る可きものぢやない、早く／＼、アッチへ行て静かにしておれッ。僕は此處であの狂亂な一人で待つんだ、インニヤおまわお前は早くアッチへおいで。

（ゲンマとカテリナ退場。劍を抜きつれた兵士大勢廣間の壁に沿ふて登場。其後からシエナ市の長官アントニオがシエナの市民大勢に護られて登場。續いて一番最後にピエトロが妹ブルピアを從へて登場する）

ピエトロ　ルイジ、ゴンザガ、とう／＼君を襲撃したよ。あたかも燃へさかる焔の様な追憶に護られてシエナの門も破つた、そして遂に君にも會へた、君は覺へてゐるだらう、君の親父に湯の様に熱い砂で僕を苦んで死れた人の哀な喚び盡して死れた、御影で僕の父はイヤと云ふ程地べたへ叩き付けられて致命的な辱かしめを蒙つて了つたんだ。ネイ、ルイジ、ゴンザガ、だから僕は君の血の中へ個人としても傷害と云ふ毒を注ぎ込まねばならぬ充分な債務を背負つてゐる。假に僕にそんな華やかな使命が恵まれてゐないとしてもだ、君は既に斯ふしてシエナ市民に降伏を勧告されてゐる。サア、曾つてトルニエリ家に託されてゐた統治權を返して貰はう、君の今迄やつて来た市の濁つた政治と、此間に犯した君の罪惡とを一掃する為めにも是非僕は君から夫れを取戻さにやならん。

（斯ふ云つて、彼は自から裁判席に登り、アントニオに一寸合圖する）

サア、此男に對する告訴狀を聲高く讀め。

アントニオ　（讀む）「シエナ市民は、汝ルイヂ、ゴンザガを茲に告訴す、即ち汝は法を枉げんが爲めに數斷し之が證據は凡て將來の爲めに湮滅したり。又私的闘爭の目的を以て諸方面の不平分子を集合し之を自己警護の兵士として使役し、多額の軍事費を支給し、又は汝に對し強敵と認む可き二人の著名の人物に對しては、晩餐の供應を爲すと申し欺き本宮殿に招じ入れて毒殺し、以て向後の憂なからしめ、或は又汝の司ども同盟の上級に在る人民保護官（ローマ時代貴族官吏に對し人民を保護する爲め置かれた機關——譯者）より既に有罪を宣せられたるパオロ、ゲルリに對し、同人の親が若し其身を供する時は死を免除すべしと申送り之が目的を遂したる等、其罪科は數ふるに目尚足らざる有樣なるも目下の處以上擧げたる重要事項のみを以て充分と認め茲に告訴す。

ピエトロ　ルイヂ、ゴンザガ、何か申し述べ度い事があるか？

ルイヂ　告訴狀記載の全事項を茲に改めて自白致す。

ピエトロ　ソーかそれでは判決する

斯る怖しい病氣を持つ被告人に對しては同樣怖るべき作用を持つ藥を配さねばならぬ、斯る意味に於て本職即ちシエナの緊繁な審判する爲め此席に市民に着席を命ぜられたところのピエトロ、トルニエリは、被告の惡病に對する藥として、茲に被告人を即時死刑に處す！

但し被告を自ら陥れたる混亂危殆の當市中を引廻した上明朝日の出と同時に死刑の執行を爲す。

（書く）

「シエナ市の人民によりピエトロ、トルニエリと呼ばれ得る本官は、市の破綻と哀痛を未復する爲め嘗つて當市の執政者たりしルイヂ、ゴンザガを明朝日の出と同時刻死刑執行を爲す迄當市公立監獄に勾留す」

ピエトロ、トルニエリ

ルイヂ　日の出に！死ぬ！おゝ嫌だ、僕はそんなに早く死に度くないッ！

せめて、せめてもだ、鐵棒の間からでも宜いから日の出る處を見させて異れ、手錠をかけた儘でも宜いから靜かに日の昇る處位見させて異れ、執政者の榮光より直ちに墓場へ——、それ丈けは勘辨して異れ、僕は誓ふ、キット四周內では終日動かす独白さへもせず、しかし決して死ぬ迄不平じみた言葉に一切吐かぬから、ネ、太守、僕な死ぬ迄監獄に入れて置いて下さい。キット貴方に御迷惑は御掛け致しません、考へても御覧なさい、そんなになつた僕が、どうしてアノ普請した要塞を襲撃したり、破壊したりなどする事が出来ませう。假に叛乱が起きたとしても、どうして、斯うして牢屋の奥深く早くも閉ぢ込められた僕がそれを率ひるなんてことが出来ませう?

無期禁錮にして下さい、でなければ永遠に此イタリーの諸邊から一亡命者として追放して下さい、私を島の果から果へ国々の隅から隅へ漂泊はせて下さい。せめて、ああ、せめて、命丈けはお助け下さい。陽の光が永久に見へない様な死の国へ追ひ込む事丈けは許して下さい!

僕はもうどんな負ひ切れない様な重い悲しみでも入牢でも厭はない。唯僕は此世に今少し生きて居たい………

（彼は堪り兼ねてすゝり泣く）

ピエトロ　ルイジ、ゴンザが君、君はもう充分、命の、しかも極彩色の上等の、命の酒なだ、飲んだ筈だね、今となつて其醜悪は男の恥だよ潔く今こそ其胸を叩き割つて貰ひ給へ、極彩色の上等の酒はもう鱈腹飲んだ筈だ。モウ其盃を投げ捨てゝよい頃だ、華美放埓な生活のつぐないだ、潔よく死に就くがいゝ。オイ、此奴を引き立てろ!

ルイジ　アツ、モジ

ピエトロ　かまわぬ、曳けッ!!

（ルイジ二人の番兵に両側を守られ引き立てられる、後から番兵二人従ふ）

ピエトロ　（立上つて）モウ、僕を邪魔する奴なないだらう。

アンセルモ　（進み出て）御前、今死にゝ行つたあの男にはまだ一人妹がある筈です、多くの罪悪を働いた兄に對し、たとへ一揆が起きて市民が暴徒と化しましても彼女丈けは指一本もさゝれる事なくシエナの市中を歩む事が出来るでせう、と云ふのは其女は美しくてしとやかで、しかも實に純眞そのものとも稱し得可き佳人だからです。古来女は男よりも危険性が多いものです。此故に彼女が生きてゐる限り御前の王座は尚は動揺は免れません。

ピエトロ　其女と云ふのは此宮殿内に居るのか?

一待者　ハイ左様で御座います、

ピエトロ　では此處へ呼んで來て吳れ。

（侍者退場）

アンセルモ　其兄の名前の下にルイジ、ゲンマと御書き加へ遊ばせ、そうすりやモウ私等は此家の家族全部を根こそぎやつつけた事になります。

今ゴンザガ家の生きてゐる子供と云ふのは此二人丈けなのですから息子と娘を亡くして了へばモウ安心したものです。ですから其紙の隅ツコに早くツウ御書き込みなさい。

（先の侍者に導かれてゲンマ登場する）

ピエトロ　お前がゴンザガの妹か。

ゲンマ　左樣で御座います。

ピエトロ　ゴンザガは市民の公益を害し私的鬪爭を犯したからわしには之を審判して明日、日の出と同時に死刑に處す爲め投獄する事を許した。

ゲンマ　おゝ、いけません、兄さんを殺すなんて、妾いやです、いやです、私等兄弟の愛はいつも他人から不思議がられてゐました。それ程仲の良かつた兄樣が、そんなに早く死ぬなんて、おゝ、どうぞ兄樣を殺さないで下さい。かげろうの命の樣にすぐ消へ去つて行く此短い夏の夜丈けしか、神樣の御胸に縋れる所の時を持ち得ないなんて、おゝ、なんて短い少ない御祈り時間でせう。

おゝ、トルニエリ樣、せめて妾丈けでも憐れんで下さい！そして妾も兄樣と一緒に死ねる樣に御取計ひ下さいまし。兄樣の死んだ空虚（ウツロ）な世界に妾一人だけ取り殘さないで下さい御願ひです、その死刑宣告書の中に妾の名も御書き下さいませ、ネ、ネ御願ひです。

兄樣の落度はみんな妾がつぐないましたし、兄樣のおやりなさる事には何時も妾も加つてゐたのですもの、妾はモウ命なんて惜しくありません、まして妾の大切な眞心はみんな兄樣に差上げて居りますんですから、可哀相だと御思召して、どうぞ此妹も兄と一緒に殺して下さいませ、ネネ、御願ひです。どうぞ夜明けの最初の光と一しよに死なせて下さい、ネ、どうぞ私等を分れ／＼になさらないで——御願ひです御願ひですピエトロ樣！

（ゲンマ、ピエトロの足下に泣き伏す）

アンセルモ　分つた！それで充分だ！その女の目に從つて死は當然與へられるべきだ。

ピエトロ　（やゝ躊躇する）

僕は、オイ、一寸待て、——未だ決心が付かないんだ。

（アンセルモの陣中から忽ち怒りを含んだ呟きの聲がする）

だつて、考へて見ろ。此女の兄に與へた死刑の宣告は直ちに此女をも亦死刑に處すると云ふ何等の理由をも持つて居らぬぢやないか僕は皆に尋ねる。僅か一年前まではまるで子供だつた此乙女が、どうしてあの兄の怖しい罪惡や賄賂の事を知つて居るか？

僕の躊躇は當然な事ではなからうか？

最後の審判をする爲め暫く考へたり躊躇するに何の不思議があるか？どうだらう、アンセルモ。僕は君等は餘り疑り深くはなからうかと思ふがネ。だがネ僕は此事についてはどうしても暫くの間ユツクリ考へさせて貰はねばならぬ。

兎に角此の女をアチラへ連れて行つて呉れ。

(ダンテに向ひ)

夜明けまでに何等かの通知をする。

(ダンテ護送されて退場)

諸君！暫くの間僕を一人にして呉れ。

(アンセルモ、グロッモ、ブルビヤ、モンタノを除き全部退場)

アンセルモ　ご前、あれ程までご前御一家に仇した此一家の者に若しもつまらぬ御憐みでも御示しになつたなら私はモゥずつと今日まで從順にご前の隨分變化の多かつた運命に從つて來たあれら忠實な兵士達にどうにも償ひがつかなくなります、ご前が若しゴンザァの妹の命を御助けになつたとしたら、あたかもザワ／＼蠢く王座に好んで御着きになると同じ事ですなぜと申しますか、それはゴンザァを忌み嫌つて居る人達でも彼女に對してはまるで國賊に對する國民の様に群り集つて非認な企てるからです。

オ！、神よ！　アンコノで我軍を亂んだものは何で御座いましたか？　あの長いベルギァの攻圍を空しくさせたものは何で御座いましたか？　それは一婦人の容貌で御座いました、願はくば神よ、此弱い血潮を此君の體内から取り去り給へ!!

ご前、今一度、タッタ今一度丈け申し上げます。

外でも御座いません、今日まで幾多の艱難辛苦をご前の爲めに忍んで來たあの兵士達が挙つてご前に寢返られたならどうして此先ご前の股肱となつて從つて参りませう!!

(怒りの呟きが聞へる)

あの一家を叩き潰しなさい、今夜と云ふ夜が過ぎきらぬ内樣こそ叩き潰して御了ひなされませ。

(彼の出て來るのを拍手して待ち受ける部下達に迎へられて、アンセルモ退場する)

グロッモ　(進み出て)

ピエトロ、トゥニエリ樣。

羅馬法は斯の如く斷じます――ゴンザガ一家の者は一人たりとも助けてはならぬ！――と、そうです男でも女でもです。これまでの長い年月、シエナの町に蔓つてゐた禍の根を枯らすのです、夫れがシエナを安泰にする唯一の途です。ご前、神聖なるキリスト教會を呪咀する者は根も幹もスッカリ御枯しなさい！

一婦人の美貌が君の王座をゆり動かす事が出來るなら、此神聖なる羅馬の大法は寧ろ捨てゝ了つた方がよい！

ご前私は是丈け申上げて御別れしえす。

(供の僧侶を從へてウロッチ退場)

フルビア　(ピエトロに近づいて)

ネエ。兄様、あの聖い坊様は何と仰しやいました。ネエ、あの忠義者のアンセルモはどう申上げまして？

妾は女ですから餘計な出口は致し度くありません。又しなくてもあの二人の言葉でモウ充分云はれてゐます、でも、でも、ネエ兄様、あの人達の御父さんが私等の御母様に加へたあの情ない辱かしめは妾どうしたつて忘れる事に出來ません、運よき乍ら今こそ其雪辱の時が來たのです、しかも、審判の時までも、ネエ、兄様、あの兄妹こそ、彼の子供達なのですそうです、御母さまを辱かしめ、お父さまを殺したあの憎い彼の子供だッ。

詛い〱あの男が二人の子供を私等の復讐の爲めに殘して置いて呉れたんです。

あの男の子供なんです、兄様、殺して御了ひなさい！

一人丈けぢや駄目二人共です。

ア、、何て私等は此日を長い間待ちこがれた事でせう？　妾は此悲しい呪はしい思出を胸から取り去る爲め、どんなに物狂はしい晝夜を、枕を噛み締めては泣き忍んだことか――でもトウ〱神様は此處に斷ふして彼等の子を私達に御渡し下さいました。

兄様、貴方はまさか、あの狂ひ死にした御母様のことを御忘れ遊ばしにはならないでせう。お父様のあの御慨きを忘れはしなさらないでせう？

たつた一擧よ、私達が神様から與へられた子供をして果さなければならない責任を果すのは、

逆るゝばかりの悲しい思ひを胸に、海の墓場にのた打ち廻られる母さまをタッタ此一擧で御喜ばせすることが出來るのです、父さまだつてそうだわ、もう決して土の中で私等を責められはしませんよ、ネ、兄様、貴方は通り魔の樣に貴方の目の前を掠めた一つの顔の爲めに、そのお目を眩らせるお積りな

のッそれで男なの？
いゝえ、それでも人に仕へられ值打があるんですか？
あの蒼白い顔が貴方から仇打の心を奪ひ去り、あのシメッポイ嗚き聲が貴方の御胸から復讐の念願を空しくする事が出來るなら、妾はモウ只亡くなられた御兩親に、早く兄樣の御不幸な運命を亡ぼして頂く樣に御祈りするしか仕方がありません

（ツルビア悄然として退場）

ピエトロ　モンタノ！　酒を持つて來い!!　酒を、オイ、モンタノ、僕にネ、僕の血の中に這へり込んだ熱病を酒で吐き出して了ひたいんだよ。

モンタノ　熱病？一體何の熱病で御座いますか？

ピエトロ　ホンの一瞬間前だつた、暗の中の一道の光の樣に不意に僕の目の中に飛び込んで了つた一つの顏だよ。
空に夢みる星座から微かに震へを帶びて聞えて來た弦の音の樣に僕の胸の中に忍び入つた一つの聲だ。
露に濡れて、そつとうなだれた樣な細やかな一つの姿だ。
モンタノ、僕にネ、次第に暗が迫つて來る此夜どうしても彼女を僕のものにせづにはゐけないんだ、何故て、此同じ壊の中のあんな近くに彼女のあの可愛しい呼吸使ひを聞き乍ら、どうして眠る事が出來るものか。
ソーダ！モンタノ、僕はな、彼女をシッカリ抱きしめて、あの唇、あの眼、あの顏、あの髮に、雨の樣に接吻を降らせる迄にどうしたつて決して眠りはしないぞ。

モンタノ　ご前、貴方は何時でも私に貴方の御心に副ふ樣な事をなさる男であることを御存知の筈ですネ。でも、此度計りは一寸それも無つかしいと思ひます。何故なればです、今度の貴方の企ては非常に危い事だからです。
貴方はゴンザガの妹をものにするのは今夜より外にない樣な御口吻ですが、ご前、それは駄目です。それよりも今宵々の闇ゴンザガを入牢させて置くのです、そうしたらです、あしの矢釜しい連中だつて決して何の邪魔もブチ毀しも致しはませぬ、そうして置いて除々に何等かの妥協案を考へ出すのです、卽ち政治的立場を有效に活用せられるのですネ。

ピエトロ　駄目！駄目！　こう云ふ美しい獲物にそんなむなを使つたつて駄目だよ、突然の抱擁と、何事も忘れ盡す樣なメチャ〳〵の接吻とでなくちや駄目だよ、つまり不意打が良いのだ。

モンタノ　ご前、私は今、貴方の云ふ樣な努力を用ひずに彼女をものに出來る樣な方法を思付きました、しかもそれが今夜の中にです。

ピエトロ　どうしてツ？エ、どうするんだ？

モンタノ　彼女の兄さんは明朝日の出と同時に殺される事になつて居ましたネ。

ピエトロ　ウン。

モンタノ　さア、そこですよ、今の處彼女には自分の兄はモウ單なる兄以上大切なんです。しかも彼女は修院の中からズツト共に結び付いた生涯を送つて來てゐます。で、先づ、先刻申した彼女の燃へる樣な言葉を思出して御覽なさい、彼女は先刻『妾はモウ命なんて惜しくありません、妾の大切な此心もみんな兄樣に差上げて居ります』と云つたでせう。

ピエトロ　ウン、ウン。

モンタノ　彼女にとつては夜明けまでの時間はほんとに短う御座います。併し若し彼女の耳に『おまへは自分の美しさに因つて最愛の兄の命を救ける事が出來るかも知れぬ』と囁く者があつたとしたなら。どうしてあの兄思ひの彼女が貴方の腕に抱かれる事を拒みませう――靜かに空の一際が明るくなるにつれ、ルイタの血の色が次第に雲に反映してゆく時、あの女がどうして其一身を貴方に捧げずに居られませう而して結局に貴方の力強い抱擁の中に總の事も何もかもスツカリ忘れて了ふでありませうヨ。

ピエトロ　會つて來れ、オイ、彼女に會つて來れ、イヤ、初めに乳母の方が良い、乳母に會つて先づ彼女の心を探つて來れ、だが急げよ―

夜のとばりは次第に濃くなる、若し僕の心が叶ふものなら是非夜明けまでに成し遂げ度いものだ。

モンタノ、早く行け、早く。

其間に僕は百合や薔薇や其外種々の花でウツトリする樣な香を部屋一ぱいにして置かう、彼女の亂れた頭は快い香でキツト誘惑され、微かに奏でる音樂に引き入れられる樣に彼女の魂もキャット溶けて了ふだらう。モンタノ、彼女の返事を得るまでは歸るな、よし、サ早く。

（モンタノ退場）

來給へ、サア、夜よ!! 而して僕の此胸に彼女を抱かしめ給へ。

眠ること以外に君の使途を知らない奴等は何て馬鹿だらう。

＋

（第一幕終り）（未完）

は必ず反對を表明するならん。佛國は少くとも九萬噸の潜水艦保有を主張すべく、日伊兩國も又同樣の態度に出で最大難關となるべし、若し三國が潜水艦の無制限を主張するに於ては、英國は其の保有巡洋艦を一九三六年に至るまで三十三萬九千噸に削減せんとする英米協定を承認せざるに至るべし。何となれば、英國としては巡洋艦を潜水艦に對抗し得べき最も有力なる武器と見做すによる。又米國として各國中の最大の潜水艦及驅逐艦を保有する米國が敢て潜水艦を全廢し、同時に驅逐艦噸數を一九三六年まで十五萬噸に縮少するに付ては、英國と同樣日佛伊との協定を必要とすべし。

英國は大戰中獨逸潜水艦の爲に、一時危機に瀕せし經驗あるが故に佛國の潜水艦計畫を不安に感ずる結果として、常に全廢を主張すべきが、之に反し米國は華府會議に於ては、米國は國家の犠牲を拗論するため多數の潜水艦を必要とすと聲明し、又ジェネバ會議に於ても英國の制限案に賛成せざりしに、一九二八年に至て突如潜水艦使用を禁止すべき條約を締結するの準備を有すと宣言して世人を驚かせしは何ぞ故に此の狀勢を以て推定するときは、今回は英國と共同して全廢を主張するならん。米國の此の僅かの態度豹變の原由如何。何事にも世界第一を驕り金力亦然りとする米國は、近時日本精鋭の潜水艦が昇天の勢を以て、造船造兵器の性能技術に、乘員の技能士氣に、天下逸品の實力に於て、一籌を輸するの狀況にあるを觀念して、技に匙を投げたるものにあらざるなきか、米國は潜水艦百二十三隻八萬七千噸、英國は七十六隻七十九萬噸、佛國八十四隻八十四萬噸、伊國六十二隻四萬噸、日本七十一隻七萬八千噸の現勢にあるも我が伊號一號級の如きは航續力二萬哩に近く、大洋を越へて敵の沿岸に達し數月間洋上に行動する能力を有す。

潜水艦廢止の理由として高調するところに依れば、潜水艦が非人道的武器なりと稱す、主力艦の搭載する大砲は人道的にして、潜水艦の發射する魚雷は何故に非人道的か、若し威力の範圍を以てするとせば航空機の無際限に何故に注目せざるか。由來西人は己の主張を飾るに水際立つた手腕を有す、東洋唯一の日本を代表する我全權の出所進退は如何なるべき、此の稿が活字として顯はるゝ頃、會議項目は公表せられて、研究家の言論新聞紙上に花を咲かす時なるべし。

（倫敦會議開催前一月十五日稿）

シエナのピエトロ（續）

藤森きよし譯

第二幕

——深夜——

第一場

舞臺——眞夜中、宮殿の庭、暗黒、

アンセルモの部下大勢が手に手に炬火を持つて集つてゐる、そこへ同じく炬火を持つた四人の部下を從へてアンセルモ登場。

アンセルモ　諸君、此暗い庭に、しかも夜遲く、かうして突然諸君を呼び集めたのは何の爲めであるか？それは既に諸君のよく知つてゐる事と思ふ……俺はトルニエリと云ふ星に……それは隨分氣まぐれな迷ひ星だつたが……とにかく今日までヅツト從つて來た、此間俺は斷へず我軍の絶望的な崩壞や決定的な逆襲に身を曝し、又諸君も俺に導かれて來た、だが諸君、俺等は其間に何度裏切られたり、締付けられたりしたか、思い出すまいとしたつて、思ひ出さずにゐられない程度々の事だ、しかも今又此處で其二の舞をさせられ樣としてゐる、何時も女の爲めに失敗してゐるピエトロの血の中に在る懦弱の蟲は又常に我々の努力も水泡に歸せしめてゐる、俺等が失敗して來た原因は何時も之だ。

吾々の希望の頂點であり、同時に又トルニエリ家の支配權が決定せられると云ふ大事の瀬戸たる此シエナに於てさへそうだ、いよ〳〵復讐が行はれると云ふ時、彼は男に對しては事もなげに死刑を宣告して置き乍ら女となるさ、意氣自が無く容易に宣告しやうとしないではないか、先づ結局今夜一晩グヅ〳〵やつた揚句の果は、ウヤムヤてな事で兄だと思ふ、一體俺ほど忠實に彼の運命に今日迄從いて來た者は恐らく一人もないだらうと思ふ、だが若し明日の日の出に、吾々の期待を裏切る樣な事でもしでかしたら……するに逡ひながらうと思ふが……其時こそ俺ももう斷然彼とは手を切る積りだ、又諸君だつて今迄の樣には快く動きはしないだらう……、而して又俺なも信頼しなくなるだらう……。

一兵士　私は首領よりもつと大膽に物を言はうと思ひます。…………若し彼が、あの小娘に口説かれて、女の兄貴でも助け樣ものなら、

（怒氣に盈へて）

己等は一體全體どうしたらいゝてんだ？我慢も糞も出來るかいッ……ヘン、今迄兵士てえ奴アそんな用向きの爲め損り小木にされたタメシはねえんだ。

今夜……外の夜ぢやねへ今夜ちう今夜だ、俺等が此處で斯ふして馬鹿面をして突ッ立つてゐる内によ、あの女ア、多分夜明けの死刑を取消して貰ふ爲めに、一生懸命で大將を口説いてゐるかも知れたもんぢやない、そうだとすりやア、モウ俺

等が今日迄やつた、進軍も、砲撃も、占領も、みィんな永久にフイになつて了うんだ。

紅い唇や、うるんだ眼には必らず丸められる様なそんな支配者なんかを誰が信頼出來るもんか、

斯んな滞のゐにシエナの町をまかせる？

ヘン御氣の毒だがシエナ中探したつて一匹だつて滿足する様な者はゐねへ筈だ。

成る程、ピエトロ、トィニエリてへ人は戰は巧へもんだ、勇氣だつて哇とある、だが何と云つてもこんな缺點を捨てゝ了はない限り恐らく一人だつて支持する奴は居りやしない。

而して結句一人ボッチになつて了うんだ。

（アチコチからピエトロを呪罵する聲）

アンセルモ　諸君、暗か、光か、吾々は兎に角、其動靜を觀察すると云ふことに仕様ではないか。

それで若し俺の心配がいよ／＼慕らされ、諸君の不安が益々惡い方に進んでゆくなら、其時こそ遲くとも夜明け迄に今一度此處に集まり、宮殿を强襲して、ピエトロを斬り、而して吾々は吾々のとらねばならぬ途を何處までもとらうではないか。

どうだ！異議あるか？

（皆一様に劍を拔く、どよめき）

ロシ、決つた。

（暗轉）

第二場

場面　宮殿の奥まつた一室、扉が閉つてゐる、夫れを排すと次の部屋に通ずる事が出來る。

テーブルの上にはランプがともつてゐる。

老いた乳母カテリナが窓の近くに腰かけ、悲し氣に頭を垂れ深い想ひに耽つてゐる。

扉にノックの音。

カテリナはさも大儀相に跛足をひき／＼扉に近づいてモンタノを招じ入れる。

モンタノ　シグノラ、カテリナは？

カテリナ　はい、妾です。

モンタノ　大分沈んで見へるネ、ドレ手を貸し給へ。

（彼はカテリナの手をとつて座に着かせる）

僕には貴女の其涙がなんの爲めかよく分る。ルイヂ、ゴンザガが明日の曙光と同時に死ぬと云ふのが其原因だらうネ？

カテリナ　オヽ、貴方、左様です。妾には男の子と云ふものが御座いませんもの、妾が乳母として初めて持つた男の子は彼の方で

御座います。自分の本當の子供より大切なあの方、が死んだとしたら妾は一體どうして此先生きて參れませう。妾は庭師が花な丹生する様に段々立派な偉丈夫になつてゆくあの子な見守つては參りましたが決して斯んな不幸な死な招く様には育てはしませぬ。ア、、だのにあの方は死なねばならないなんて、ア、、どうして之が悲しまずに居られませう。妾にはどうしてあの方がそんなに早く死なねばならないのか一向に判りません。ですが、ですが、彼の方はどうしても死ぬのです。あゝ、それ丈けは知つて居ります。知つて居ります。

（老乳母はたまりかねてすゝり泣く）

モンタノ　無理もない、貴女は未だ僕が希望な持つて來た事を少しも知つてなかつたものネ。

カテリナ　エツ、希望！　では彼の方は未だ助かるでせうか？　放免せられるで御座いませうか？　旦那様、年寄りの心みおなぶりになつてはいけません、朽ちかけた心の糸か撚り切らうとの御戯れなら、どうぞ、お止し遊ばせ。

モンタノ　いや、そうぢやない。私はピエトロ、トルニエリ様じき〳〵の御言葉によつてやつて來たのだ。……御孃さんはどちらかネ？

カテリナ　明日のことな思ひ惱まれて、死人の様に、黙つて、御自分の御部屋に引籠つておいでなさいます。

モンタノ　お孃さんに其思さへあれば、ルイヂの命は助かるんだがナア。

カテリナ　（突然立上つてヨロメキ乍ら奥に通ずる扉に近付き）ゲンマ、ゲンマ！

モンタノ　（乳母の片腕なとらへて）シツ、靜かに、マア御座りなさい、今私から貴女にルイヂの放免になるに付ての條件な御傳へするから、貴女からそれな御孃さんに傳へて貰へば宜敷しいのだ、すりや、モウ、キツト御孃さんは御承諾に成るに決つてゐるのだから。

カテリナ　條件！　でも、御孃さんとしては御自分のお命な差上げるより外には何の條件も御持ちにならぬ筈ですが。

モンタノ　名分、それより、もう少し困難な問題だらう。

カテリナ　命な差上げるよりむづかしいこと！　はて、命より、一體何で御座いませう？

モンタノ　女にとつては只一つのものだ。

（間）

カテリナ　ハツキリしませぬ。

ゲンマが命以外に差上げることの出來るものとは、ハヽ。

モンタノ　彼女の魂……いや、モット貴いかナ？

カテリナ　漸くハッキリした様な氣がします。では、貴方は、あの………

モンタノ　僕はネ、トルニエリ様が今夜妹をシッカリ雙の胸に抱き締める事によつて、其兄であるルイヂの命が助かる、と云ふ事を云ひ度かつたのだ、今夜と云つてもモウ大分更けた、言葉通りホンの少時だ……未だ僕の云ふことが分らないかネ？

カテリナ　いえ、分りました、モウ充分わかりました！　あゝ、命では御座いませんでしたか………

モンタノ　そうです。彼の要求してゐるものは斷じて命ではありません。

カテリナ　オヽ、何と云ふお情ない、　惨酷な御選擇！

モンタノ　だが、此條件に依るより外にルイヂの生命は救はれないのだ。

カテリナ　でも、でも、お孃さんは、そんなこと、決して、決して、致しはしませぬ！

モンタノ　併し、ものも相談と云ふことがある、マア、一度お孃さんにお話して見給へ、……ホラ、星の面もだんだん蒼白くなつてゆく、時と云ふものは短いものだ、ルイヂは今頃あの地下の牢獄からどんな心持であの白むでゆく星を眺めてゐるだらう、貴女は婦人だから、他の凡ゆる婦人に對し、婦人としての權力を行使することが出來る筈だ、だから是非あの方にも一切の權力と智嚢をかたむけて、敎へ、激まし、或ひは眞相を告げて、而してどうしても說得して貰ひたい。では、お孃さんの方は貴女に委せて私はこれで歸る、御自分の兄に對しての彼女の最後の宣告ですぞ、充分に意見を聞いて置いて下さい。

（歸りかけて又戻り）

吳々も段々蒼白んでゆく星と、次第に近づいてゐる太陽のことを御忘れない様！

（モンタノ退場）

カテリナ　おゝ、神様！　あの無垢な魂を持つたあの方に、此様なおこないをおさせ申す爲めに、私は此老ひぼれた聲を用ひねばならないので御座いませうか？　彼女はいつも罪ある人々に對しては憐れみの心で一杯で御座いました。でも決して其罪を愛しはせず忌み嫌つて居りました。その様に彼女は無邪氣ではありますが物分りは大變賢い子で御座います。今日まで常に此様にして罪人には優しゆう御座いましたが、其罪のことを考へるとモウ病人になる程で

ございました。でも、おゝ、ルイジ様！貴方の爲めにならば、彼女はどんな犠牲にでもなるで御座いませう、ゲンマ、妾のゲンマ、

（彼女は戸口の方にヨロめいてゆく）

一日、ホンの一日、貴女にお話せねばならぬことがあります、

（血の氣のない顔をしたゲンマが立像を見る樣な固い動作で入つてくる）

ホンの今しがた、一人の男がトルニエリ様からと云うて、妾に言葉を殘してゆきました。

ゲンマ　妾の耳に入るべき言葉はタッタ一つきりありません、それは……永久の「死」「死」「死」それ丈けです。

カテリナ　ゲンマ、此處へ座つて頂戴、あゝ、私は膝まづいて貴女の膝に、此老いた面を伏せて了いたい。

ゲンマ　ネエ、ばあや、私がお前の膝の中に此顔をうづめて、夢見ごこちで、お前の語る仙境のお話を聞いたことも幾度でしたらう、でも、今となれば私等には、あの樂しい仙境もありません。あるのは、只灰色に蔽はれた怖らしい現實の世界、……ア、、而して死！　それ丈け………

カテリナ　アラ、そんなに急に立上らないで頂戴、私こけるぢやありませんか。あゝ、妾はどうしても云はねばならぬのか……あのネ、ルイジはネ………

ゲンマ　一寸お待ち、ばあや、お前は、兄さまの上に今落ち懸つてゐる、アノ死の音が聞へないの？

カテリナ　あのネ、兄さまは未だ死なねばならぬのか、どつかきまつては居ないんですョ。

ゲンマ　エッ、何ですつて、何ですつて？　ごめんネ、ばあや、つい吐鳴して、お前の手を強く握り過ぎたわネ、でもいゝワ、ネ云つて御覽！　それ御覽、云へないでせう、これは私を一寸安心させ樣とするお前の淺薄なトリックに相違ありません。だつて、ばあや、あのピエトロ、トルニエリ様にハッキリと兄に死刑の宣告をなさいましたし、又私にも其通り聞かせて下さつたぢやないノ。

カテリナ　その通りです、でもあの方は御自分の、そう仰しやつた言葉を今では悔いてゐられるのです。

ゲンマ　でも、ばあや、國家として與へた命令を、どうして、こんな僅かの時間中に勝手に變へたりなんか出來ませう？　今の先まで、あんな黒い心を持つてゐたあの人がどうして急に立派な心の持主などになれませう、……でも、兄さんは、

あれから又裁判しなほされたのかしら？

ネヽ、ばあや、妾を斥ばないで頂戴。

カテリナ　では、思ひ切つて申し上げませう。

ルイヂの命は事によると助かるかも知れません。

ゲンマ　エツ、どうして？　どなたの力？

一體誰が、ソンナ素晴しい天秤を握つてゐらつしやるのでせう？　ばあや。

カテリナ　貴女です！

ゲンマ　（ビックリして立上り乍ら）

妾！　あの妾が御救け出來る？

カテリナ　お嬢様、貴女は私の此苦しい物の言ひ方で少しは察しが付きませんか？……貴女はあの時トルニエリ様の嫁見に少しも御氣は付きませんでしたノ？　あの方のお目がジツと貴女の上にそゝがれた時、どれ程あの方の言葉が亂れ勝ちだつたかと云ふことも、ネ、而して其時如何程御家來たちが、あの方の御逡巡に反對され、又貴女のお命を助けられることにも不平を唱へられた事でせう？

ゲンマ　（ひたへに手をあてゝ）

そうでしたわ、あの方はジツト妾をみつめておいでゞした。

カテリナ　サア、もう御氣付きでせう？　御分りでせう？　アヽ、妾は貴女の御顔をみるのも辛ふ御座います。

（ツト伏向く）

ゲンマ　オヽ、やつと分りました。

私は斯ふした人生の在ることは、辛い浮世の雨風に吹き曝さらされる今日の今まで知らなんだ……、では兄様の死刑宣告は妾を罠にかける爲めに描かれた、あの方の人としてあるまじい、獸の樣な考であつたのか。

たつた一人の兄さまを罠にして、自分の肉の歡樂を食ふとする計略だつたのか。

カテリナや、貴女は私がどれ程兄さまを愛してゐるかを良く知つてゐる筈です。若し兄さまが私に死ねと仰しやるなら、私は喜んで死にもします。

たとへ、妾は此人世から、戀や音樂を失つても、それがあの兄さまの爲めならば、あゝ、妾は凡ゆる喜びと云ふ喜びを、みんな永遠に捨て去つても決して決して悔ひは致しません。

殺されよ、となら刺されもします。えゝ、毒を盛られも致しませう。

でも、これ丈けは、これ丈けは、……いゝえ、これ丈けは誰が何と云つてもなりません！　又兄さしても妹の肉を貪つてまでも、自分の命を助けやうなんてことを願ふ様な、そんな憶病者ではありません。

ああ、み空に集る、お星様、あなたは、キット私の為めに、其み先の様に淋しい、み聲で泣いて下さいますわネ。

泣いて頂戴！　いいえ、叱つて頂戴。私はあなたの御沈默が怖しいので御座いますもの、兄さまのみ血潮を餌に使つて、私から處女の誇を奪ひとろうとしてかけた、こんな罠になぞ何として、かかれませう！

カテリナ、私、いやヨ、どんなことあつても私嫌なのよ！

私こんな人は大嫌ひなんです。

人の不幸の中でばかり肉の取引をする様な、そんな卑劣な人は嫌ひなんです。

こんな情慾に燃へて處女の命を取引する男の心を私は憎みます。

でも、ねえ、カテリナや、私此先一體どふなるのでせうか？　戀の為めに忠實な死を果げた人々の中にさへ、恐らく、今私の遭遇して居る様な、こんな原因で死んで行つた人はありませんでせう。

而して、其人々でさへ、尚焼かれてゆく自己の肉體を自己の運命の當然の歸結として眺め得たでありませうか。

夏の夜の月の下に柔順(スナオ)な乙女、其意味は私にも解ります。でも、眞の婦人と云ふものは、決して、こんな屈辱的な條件の下に取引せられるものではありません。

之れが私の答です。今も此先も、いつまでも變らぬ私の答です。

カテリナ　此事で貴女の心がどれ程惱まされるかと云ふ事は私も充分知つては居りました。

でも、……でも、貴女は未だ／＼子供です。ルイヂを墓場から連れ戻すに付て、モツト色々のことを考へ、モツト他にも未だ云ふべきことが澤山あると云ふことを考へて見なくてはなりません。明日の曙と共にルイヂが死ぬ、之は爭ふことの出來ない事實です。

斯ふした愚かな人には思ふ存分、亂棒させておやりなさい、肉の歡樂にも耽らせておあげなさい、だから、貴女の體だつた抱かせてやるんです！

夜が明けて御覽なさい、貴女の今云はれたことはキット笑ひ草となつて了ひます。

而して多分永久にネ、

そしてネ、ゲンて、自由になつたルイヂのことを考へて御覽なさい。其方が結句利口なやり口なんです。さかく世の中と云ふものは間違ひだらけなものなんです。完全無缺なんてものは到底此世の中で認めは致しません。馬鹿者の腕の中で一時間ばかり目な閉じてゐらつしやい、そうすれば貴女の兄さまのお命は立派に救はれるのです。「死」の爲なかいてやるんです。その爲めには、あんな男の接吻ぐらいが何の恐しいことがありませう？

ゲンマ　今日の日まで二人を育て上げて來て呉れた、ばあや、ばあやまで妾な口説かうとするの？ 何故なの、なぜなの？ね、乳母と云ふものは、女の子より、男の子の方がズットく可愛いゝのネ、いゝわ、いゝわ、兄さまはキット助かつてヨ、えゝ、助かるにきまつてゐるッ、でも、でも、私は、決して、決して……

カタリナ　どうして、あんたは、マア、そんなに聞きわけがないんでせうネ。

ゲンマ　アゝ、女は、女は、體が魂なんです！

（モンタノ登場）

モンタノ　おゝ、シグノリナ、貴女が何か御主人に云ひたいことがあるさかで、ピエトロ樣は大變強い御興味な持たれて私を遣はされたよ。

ゲンマ　貴方は、何故、眞實なかくして、事を飾らうとなさるんです？ 貴方は御主人が妾に會ひたがつてゐる事がどんな望みの爲めかと云ふことなチャンと御存じのくせに……、サア、貴女の御使命です。私の返事な御持ち歸り下さい。私はネ、決して、決して參りません。兄は勿論愛して、愛して、居ります。でも、結局死なねばなりますまい。

モンタノ　結構な御返事だ、だが一體ルイジは、そんなに立派に死ねますかネ？ いやさ、そんな航海に出る準備がスッカリ出來てゐると云ふんですか？ 彼の今日までの生き方は、一體どんな、立派なものだと云ふんです？ 公の役としては今日市民のひとり殘らずから、ちやんと其罪科な擧げられて了つてゐる、個人としては、いやと云ふ程澤山の、好淫貪欲のかぎりがシエナの市中に發表されて了つてゐるのですぞ。然るにです、貴女、あんた丈けが、あの未熟の、未完成の裁判官の前に立つて、無闇に永らへうべきルイジの魂な決罪し得るのです卽ち貴女のみがあの怖る可き結果なもつた裁判な今尙は停止する事の出來る特權な持つてゐるのです。

（此時々計は眞夜中な報ずる）

御覧なさい、夜は次第に弱つて、曙が近づきます。午前と午後を分ける荘厳な鐘の諧調が貴女にはどう聞へますか、ルイジも此鐘の音を、あの土牢の中で今聞いてゐるでせう、而して、あの鐘を打つ、一うち一うちの時の刻みが彼の永遠に對する、果して如何なる時に相當するのでありませう？

ゲンマ　お母さん、あゝ、お母さん、妾一體どうしたらいゝんでせう！

カテリナ　貴女の今呼んでゐられる、お母さんは、ね、ゲンマ、ホルイジの御母さんでもあると云ふことを思ひ出してネ……

ゲンマ　參りませう！

（彼女は決然と立上りソツト髪から一本の簪劍を取りはづし秘かに懐中する）

カテリナ　ねえ、ゲンマ、妾に貴女の其胸に此紅いバラをさゝして頂戴、

ゲンマ　えゝ、えゝ、それは彼の血の色ですもの。

（モンタノ、ゲンマに案内の意を示す、そして、兩名靜かに退場する）

カテリナ　おゝ、只彼の命の爲めに！　たゞ、たゞ、男の子の爲めにだけ！
おゝ、天なるマリヤ樣、もしも妾の只今の行ひが罪で御座いましたなら、何卒、何卒あゝ、天なる主よ、おゆるし下さい！
おゆるし下さい！

第三場

舞臺……宮殿の他の室、遠くから音樂が聞へて來る、邊りは色々の花で一面にうづもれてゐる、ゲンマを連れて這入つて來たモンタノにピエトロ一瞥を與へる。
モンタノ直ちに退場。

ピエトロ　おゝ、シゲノリナ、とう／＼僕のところへ來たネ！

ゲンマ　犠牲には何の躊躇も許されぬ樣に、妾もとう／＼參りました。此まつ赤な花を御覧なさい、之れこそ、私の兄の血のシムボルです！

ピエトロ　どうも、君の考へ方は少し眞面目すぎて困る、

ゲンマ　ま、、眞面目すぎる？

ピエトロ　美が人生の最高のものである限り我々はそれな如何なる機會に於ても求めなければならぬ。

ゲンマ　では、貴方は此卵なそんな立派なものと御考へになるの？

ピエトロ　否や、そう云ふ意味ぢやない、僕は只貴女の顔を見ると總ての善惡が朦朧として霞んで了ふと云つた丈けだ。

ゲンマ　いゝえ之れは獲物です、賭け物です。
兄さんの命です、而して乙女の魂です、サア、之を使つて思ひの儘にお遊びなさい！

ピエトロ　成程、そうかも知れない。殊によると、あの怖しい博奕打みたいな目で美しい獲物を掴む機會をねらつてゐるかも知れん。

ゲンマ　そうです。貴方は鉛入りの骰子（ディコロ）を持つて遊んでゐるのです。而して人間も一緒におもちやにしてネ、よくお聞き遊ばせ！

妾が此處へかうして來たのは、只一つ貴方の手から兄さまの命を取戻したいばつかりです。

だが、ようく、考へて見て下さいませ。

私が今少時なりとも貴方に私自身を捧げて居るかどうか？と云ふことをネ。

私は只貴方に火に氷を、焔に雪を與へる様な氣持で貴方に私を與へてゐるに過ぎません。

私は貴方に、私の體に觸れられることを心の底から嫌つてゐます。ですから觸られる度に身ぶるいしてゐるのです。

貴方の接吻なんか少しも嬉しいものではありません。でも若し夫れが兄さまに與へられるものなら、それはどんなに甘い接吻でせう。でも、妾はそれも忍びます。血の出るまでの辛棒です。いくらでも御心の儘になりませう。貴方の胸にシッカリ抱き締められた時、私は貴方のその幻想的な御顔の後から、次第に昇つてゆく太陽のお姿を眺めます。

影法師！　さあ、キッスなど囁きなさいッ、どうとも、サア貴方の意思の儘におやりなさい！

えゝ、もう、私の記憶の中から貴方なんかは消へて了つた。

あゝ、あの墓場から出て來た、この亡者！　墓の上に蒼い殺人鬼をのせて出て來た妾の戀人！

花聟様！　あんたの贈物はまつ赤な血、持參金は死。おゝ何と云ふこれは情ない逢引！　月の光は一體今までにこんな嬉らしい逢引の狂宴を見た事があるのでせうか？

さあ、妾を其腕でシッカリ抱き締めなさい、いゝえ、私の魂ぢやありません、妾と云ふ物をです！

さあ、此唇に接吻なさい。いゝえ、此唇は死んだ者の唇です、動きなんか、するものか。

阿呆らしい。誰が斯んな條件で貴方なんかの思ひの儘になるものか、その死んだ貴方の血でだつて剣闘ぐらい付きそうなものを、

どうせ魂を失つた妾なんぞ、隙き間風程しかの命しか持たなくとも、貴方なんかにどうして妾の此美が飲めるものですか？此快樂の商人！　だが快樂なんて、決して取引なんかぢや得られません。

でも貴方には早晩其快樂も訪れませう、けれど、思案もお利口ネ、企ます、望まずでゐたんでは、決して天使様から罪も貰へなければ火も頂戴出來ませんものね、貴方なんかには天使さまの方で御近付きなさらないかも知れないけれど、サア、貴方の唇に、此唇を御與へしませう。でもね、ピエトロ、私の魂は冷たい笑ひをたゝえてゐるのよ、一寸怖しい考で貴方の接吻を御受けするのよ。

分つて？　では、脊の君さま、さあ、貴方の云はれる短い時とかの御要求をなさいませ！　ねえ、ピエトロ、もさ〳〵妾、貴方を愛してゐたなら、こうして貴方を抱いてあげるのに……、でも、あゝ、之れは神聖な熱情の中でのこと………、どうして貴方なんかに人生の最奥のことを味はせてあげられませう、しかも肉のみでなく、限りない魂の味までも………あゝ、もう、妾には耐へられないッ！

（突然懷中の懷劍を取り出して）

ルイクな殺して！　殺して！　妾も一緒に！

ピエトロ　（いそいで彼女の手から懷劍をもぎ取つて）

ゲンテ、ゴンザガ、君の其言葉で魂の底の底まで僕は搖ぶられたと云つても君は僕の言葉を尚ほ信じないだらうか？　あゝ、これは何と云ふ怖しい競技の申込み方だ！　あゝ、何と云ふ人命轉換の偉大な仲介だ………

おゝ、ほんとに、僕は今の今まで君の唇のみを得る爲めに神聖な裁判席を使はうと企んでゐた。

だが、それは君が好きであつたからだ、僕は此處丈けでなく又あの裁判の席丈けでもなく、到る處で僕自身が戀の餌食となつてゐたのだつた、だからこそ、自分の兵士をすら迷はし又攻城をも空しくして了つたのだつた、而して、之れは凡て或る美しき顏への爲めであつた。

だが、今こそ僕は貴女の天啓的な尊い言葉で眼が覺めた。貴女の、あの嘲弄さへ僕には實際莊嚴な響をもつてゐたのだのみならず、あの星の様に可憐な輕蔑は、僕を地下の世界にまで引ずり込んで了つた。

僕はあの言葉に對しては一言も無い、今の僕は、もとの僕の様なエーブ・ウイクな戀でなく、眞面目に、星の中から現はれ出た乙女にふさわしい精神を以て、貴女を戀しはじめてゐるのだ。

ゲンテ、僕は今「何處から」吾々は來たかと云ふ様な考へ方を投棄てゝ「何處へ」吾々は行かうとしてゐるかと云ふことを考へ様としてゐる。

僕は未だに君に對する戀を失ひ度くないと念じてゐる、だが若し貴女が見たくないと云ふなら僕は今まで見てゐた樣な夢は此先斷じて見ないことにする。而して、モツト遠大な、モツト深淵な夢を見やう。と云ふのは……若し貴女が許すなら、僕は何の躊躇する處なく貴女と結婚して子供の樣な光明に輝く心を持して、お互に此會合を惡くすることなしに終らせたいのだ。そうすることに依つてのみ僕は僕の穢した、落ちてゆく夕陽と、昇りくる星とから、自然の愛を享くるに足る男となり、貴女は又淸い結果に終ることの出來た此實に對する溺死者を微笑んで甦生せしめることが出來るかも知れないと思ふのだ。

ねえ、ゲンマ、僕と結婚して吳れ………

ネ、ネ、さあ、何にも云はず接吻して、

ゲンマ　えゝ、何にも云はず、此好を差上げます。

でも、あゝ、見さまは！

おゝ、夜明けが幽かに近づいてゐる。

でも、もう、あゝ、夜が明ける………

ピエトロ　(突然傍らの鐘を鳴らして、急いで出監命令を書く)

曩に宣告せる死刑を取消し、ルイヂ、ゴンザガを茲に放免す。

仍てフエンザ刑務所は即時同人を出監すべし。

(署名)ピエトロ、トルニエリ、

(一侍者登場)

馬で、大至急、之を、

(命令書を持つて侍者急いで退場)

さあ、もう、吾々兩人には只金色の朝があるばかりだ。

あゝ、朝の女神が贈つて來れる毎朝の露の雫も、ゲンマ、お前の頰に輝く、その白銀の雫には勝らない。

おゝ、遂に僕からも、長い／＼憤激も、狂熱も、フホウリの神(復讐の神……ギリシヤ神話)も、狂妄な勤行も、みんな、去つて了つた………

ゲンマ　おゝ、ピエトロ様、妾、貴方の愛の熱が、跡方もなく消へてゐても、妾、妾、貴方を愛します………

たとへ、邪な情火にけがれた方でも、キツト、貴方丈けは正しい戀に燃れる人だと信じますもの………

(ピエトロ、ゲンマに接吻する)

(靜かに幕)

(第二幕終り)　(未完)

紙幣の繪に美人が大持て

紙幣の表面はいかめしい肖像と相場がきまつてゐたが、この程やかましやのイタリーのムツソリニ首相がヒルダ・ピッコロ嬢といふイタリー美人の花の様な姿を刷り込んで大喝采を博した、これを見た中歐の美人國ハンガリーも負けてゐず早速美人紙幣を發行アイルランドもまた美人紙幣を發行、いまや世界の紙幣の意匠は、偉人のいかめしい、面かげがすたれて美人流行の新時代出現。

上海のダンサー爭議

たよれるやうな享樂に耽る上海では、この頃到る所にダンスホールが出來てゐるがその内には日本人のダンスホールが多い、このダンス時代が生んだ勞資爭議の話アルエーバードといふこれも日本人經營のダンスホールで抱へのダンサー十一名が數日前からストライキをやつて支那人のダンスホールに鞍替へしてしまつた。そして規約に曰く、一、收入は均等分配の法則を採用すること　二、やゝもすれば蒙る世間の誤解を除くべく相互に自重監督すること　三、われ等同志は一致團結して新女性のために戰ふこと。これに上海のダンサー連が皆んな應援してゐるから氣が強いといつたら。

妻子の食のため命を賣る男

最近ウヰンナの演劇新聞に宛て、自分の自殺の實寫を映畫會社に賣付けたいから周旋して呉れと持出した男がある。彼に妻子を養ふ爲に奮闘努力したが墺國の不景氣は如何ともし難く、昨今では親子六人殆で進退谷つて了つた、そこで彼が思ひ付いた事は自分が自殺する光景を完全にフイルムに收める獨占權を提供する代りに、後に遺つた妻と四人の子が初めて飢から免れるだけの金を貰ひたいといふのである。

シエナのピエトロ

（Pietro of Siena）（續）

藤森きよし譯

第三幕

—日の出—

場所—フエンザ刑務所

ルイジたゞ獨り

時は黎明

ルイジ　あゝ、夜が明ける、夜が明ける！
今こそ萬物が生に目覺める時なのだ。
だが、俺は死に目覺めるのか。
あゝ、凡ての物が再生の喜びに亂舞しようとする時、俺は死なねばならぬのだ。

此新鮮さを、次第に濃度を増してゆく此色彩こそ、おぼろに霞む墓場を一層不吉にするのだ、だが、〳〵、おゝ、矢つ張俺は夜明けにや死なねばならないんだ！

そうだ！あれは地球の動きも止つて、造物主が土に憩びを與へる眞夜中の事であつた。

だのに、今はもう東の方から慰めが再び現れ来らんとする黎明だ。

俺もそろ〳〵生に斷念をつけなければなるまい、だが外では今頃小鳥が囀り初めて、奏で馴れた音樂を再びくり返してゐるだらう。

だのに、俺は寂滅の旅に上らねばならない……。

あゝ、あの寂寞の世には、青葉がくれに鳴る露巴の小鳥も、緑の菓菜も、琥珀色の空も無いのだ。

（夜はソット立上つて、あちら、こちら歩き廻る）

今こそ、今日への戦に川魚は勇躍し、野の生物は彼等を勵まし、農家の薄明の裡では喇々たる囁きが交され、金切聲を張り上げて雄鶏は日の出を高らかに告げ、薔薇は白銀の露を排してソツト頸をもたげ、ジツトリと濡れた衣から眞紅な胸を露はして、囁き、又闇黒の地上からは蒼さめた色様々な花が再生し、程遠からぬ、おちこちの庭は夜の一降りで一洗されてあたりに爽やかな香氣が漂ふ。

自然は快い眠から醒めて大きく息する、而して海は、眼底に天體を意識して爽かな甘差し潮を壯嚴の裡に初め出す。

斯くて、星は姿をかくし、太陽は暗を破つて地球を訪れるのだ。

（夜はくずれる様にドツカリと座る）

而して、俺は、此瞬間に俺の生命を返上せねばならんのだ。

（又立ち上つて）

だがもう眠りから醒めたものは自然のみでなく働く人も、快い土の香をかぎ乍ら畑を耕し初め、サク〳〵と氣持良く土をかへす鋤の後を追つてゐるだらう、又或者は險崖を攀じて獲物の後を追つてゐるかも知れない。

若い妻もモウ起きたらう、而して傍らに、未だスヤ〳〵と夢の國に遊んでゐる赤坊にソツト柔かな接吻をしながら、愛する人の子の耳に、彼女の胸深く秘めた愛の言葉の凡てを囁いてゐるであらう。

兵士等もあの溌溂たる起床ラツパでもう飛び起きたゞらう。

商人等も店の大戸を開き、飾窓の中で丹念に商品をならべてゐるだらう。

小奇麗にした娘さん達も輕い足取りで市場に集つて、昨夜の事を色々と思出して、而して太陽なジツト凝視めて微笑んでゐるかも知れない。

馬で散歩する人は、鞍上悠々と朝風に、徒歩の人は快い朝露の觸感に、共に大きな喜びな感じてゐるだらう。

又今日と云ふ日は、連日の大荒れに疲れて、グッタリと深い眠りに落ちてゐる港なも訪れて、快い潮風で、航海士に新しい勇氣を與へてゐるだらう。

妻の寢室には、留守の夫からの便りが持込まれたらう、又夫の許には遠く離れた子供等から懷しい手紙も來たであらう。

太陽な圍る無數の死滅の物體により目醒され、公物せられる此地球と云ふ世界の存在が、人間にとつて悲しみであるか、喜びであるかそれは俺には判らない。

だが生だ、今こそ生の秘らんとする壯嚴なる瞬間であるのだ！

だが、俺は此時に死なねばならぬ……。

（なほあちこちな歩き廻り乍ら）

無限に存らへたい奴な永らへさせて吳れるのは一體誰だらう？

若し、此問題な俺に、今迄の失策と愚かさの償ひさして解けと云ふなら、そりや一體誰に答へたものだらうか？

勿論それは先づ此俺な此樣に土牢の中に抛り込んで、魂な賞くしのに、生の戀ひさ云ふ大きな河のあることな敎へ、戸外の暗黑を記憶の中に叩き込んで吳れたピエトロの前に、だらう？

あゝ、生命だ！　生命だ！

そんな事はどうでもいゝ事だ、俺は死に再死に度くはないのだ、俺はどうしても死に度くない。

あの雲はだんだん紅みな帶びてゆく。

あの女、お奴も多分俺の死を聞いても驅け付けては吳れまい

ああ、俺はあらゆるものに棄てられ、背かれて了つたんだ

おゝ、ゲンマ、妹、お前、お前丈けは僕な見捨てずに、ネント僕の最期の時には、僕な抱き締めて、死刑の終るまで烈しい接吻な與へて吳れるネ……。

だが俺はたつた獨りボツチであの怖しい死の國へ旅立たねばならぬのか、噫。

（扉にノツクの音、開扉、典獄が執行官補を連れた死刑執行官を伴つて這入つて來る）

典獄　ルイヂ、ゴンザガ、用意はどうぢやネ。敎悔師に會つて、今日までの懺悔なして、少しでも輕い心持ちで死に度いとは願はぬかな？

ルイヂ　私の妹は居りませんか？　何か言傳はありませんでしたか？

ほんの少しでもいゝんですが。

妹に限つて、私にこの言葉も懸けず、僕を死なすなんて事はどうしても考へられぬがナア。

典獄　妹さんは居らんよ。別に言傳もない樣だ。

ルイヂ　おゝ、いゝや、彼女に限つて！

そんな事はない筈だ、そんなことはない筈だ、未だ典獄そう来もない筈です。もう少時執行を待つて貰へませんか。あの程兄思ひで、今日までの長い間一緒に育つて来た妹が、どうして此儘僕を見殺しに致しませう、タツタ一度でいゝんです、どうぞ今一度妹に會はせて下さい、而してあの僅な間かせて下さい。

之れは無理な御願でせうか？

若しこれが無理な願ひだとしたら、夫れは彼女の日頃の兄思ひの熱情が僕を餘りにも惹き付け過ぎるからです。

斯うした別離が御許し願へるとしても、あゝ、妹は一體どうしてゐるのだらうか？

ネエ、諸君、貴方がたは僕の此短い躊躇を決して拒まれはしないでせうネ？


典獄　わしには命令權が無い、而して又君の躊躇を許し得る何等の委任も受けては居らぬ。

只節制、わしはわしの仕事を爲す、之れ丈けの權利きり持たぬ。

サア、早くし給へ、執行官が待つてゐる。


ルイヂ　では、それは斷念めませう。

だが、その前にタツタ一杯で宜いから酒を飲ませて呉れませんか、ネ典獄、之れ丈けは許して貰へますでせう。

そしたら、そしたら、僕ゃ決して躊躇なんか致しません、何タツタ一杯で宜いんです、しかも最期の一杯なんですからネ。


典獄　マア、それ丈けは許さう、だがこれ以上の躊躇は斷じて許さぬ、腕づくでも刑を執行する。

（執行官補に向つて）

酒を一杯持つて来て呉れ給へ。

（補助官退場）


ルイヂ　今頃まで一體ダンマは何をしてゐるんだらう、何を措いても別れに来なけりやならん筈だが、……どうもおかしい。

（補助官が酒のなみ／＼とつがれたコツプを持つて入つて来て、夫れをルイヂの手に持たせる）

さらば、葡萄の汁よ！　御身の味を試みるも之れが最後だ。

いで、最期の一カツプを……。

（飲む）

おゝ、生の歡喜は今こそ我脈管を高らかに馳けめぐり、心は躍る。

斯くなつたからには、到底死なんてことは考へて見るも嫌なこさだ、勿論死ねなんぞするものか、此紅の酒が今僕の血の中で踊つてゐるんだ。

若し僕を死なそうと思ふなら、そりや勿論君等は暴力に據るより外に方法はあるまい、だつて、見給へ、僕に到底君等の命令におとなしく從いなんかしないんだ……。

だが、併し……、今暫く僕を生かして呉れる事は出來ぬものかしら……

そら、僕はこんなに澤山金を持つてゐるぜ、若し僕の命を助けさへすりや、君等三人はモウ永久に安樂氣樂に暮せるんだぜ、君、僕を逃がして呉れ、而してたゞ、僕を既に死んだものとして世間に傳へるんだよそうすりや、モウ、僕は出來る丈けの御禮をダンマリするよ。

第一、そうではないか、君等は僕に對し何にも恨みもなけりや、仇もないんだ。

さ、誰か。僕を匿して此恩賞を獲たまへ！

典獄　おいッ、こ奴を直ぐヒックゝつて、躊躇はいらぬ、直ちに法の命ずる通り處罰して了へ！　今迄に、モウ充分、こ奴の世迷言は聴いてやつた筈だ。馬鹿ナッ、俺がそんな生優しい言葉で、大切な職務を忘れる男と思ふかッ。

補行官　僕だつてそうだッ

執行官補　僕も勿論

典獄　ぢや、直ぐ執行して呉れ給へ！

（彼等はルイジに近寄り、手荒くひつくゝらふと、此時突如として、風を裂く蹄の音）

ルイジ　さ、聴き給へ！　馬、馬蹄の音だッ。

おッ、止つたッ！

（外に慌しい人の氣配、續いて紙片を掲げて、使者登場、肩で息を切つてゐる）

使者　ピ、ピエトロ、トルニエリ閣下よりの急、急命ッ!!

典獄　（讀む）

うゝむ、ゴンザゴ、今から君は、自由の身だ。

ルイジ　えッ！　自由ッ？

典獄　わし等にはモウ君を抑留する何等の權能も無くなつて了つたあそこに扉がある——而してモウ一つの異つた世界が君を待つてゐる。

ルイヂ　でも……はてな？

典獄　わしには此書狀が何な意味するかと云ふことは、たとへ、日な聲で塞がれた人間が使に來たとしても、其用件は直ちに明瞭だ、——さもあれわし等に命令とあれば服從するの外ない

ルイヂ　でも、僕には五里霧中だ。

（此時にはかに騷がしい人聲と共にブルッシとカルロが牢内に馳け込んで來る）

ブルッシ　ルイヂ、君は助かつたぞ！ 今そこで騎馬の者から聞いて來たんだ。

（死刑執行官と補助官退場）

典獄　では、御氣嫌よう、私の今申した事は、みんな職務上止むを得ない言ひ草だつたんです——どうぞ、あしからず。——では之で失禮。

（典獄退場）

ルイヂ　何が何だか僕にや丸ツきり判らぬ、ぢや君、左樣なら。

カルロ　だが兎に角僕の親友である君等二人が今斯ふして、僕の放免になつたと云ふ報せを持つて馳け付けて呉れた、君等との交友も隨分久しいものだ、それだのに、何故か君等二人の表情には喜びと云ふものが更にない、——突然の抱擁も、熱狂的な言詞も、又固い握手も、感激の淚もない、——遂莫、僕は自由だ、生きてゐるんだ——おゝ、神よ！ 此悅びを感謝します！ のみならず、貴方は今正に太陽なし、素晴しい天空の曙諧な珍さしめ樣としてゐます、而して私は——、何たる悅びでせう……此豪壯華麗な大饗宴に再び列ることが出來るんだもの……。そうだッ！ 僕は又あの色彩と露の世界に歸れるんだ。おいッ、行こう、行こう、斯んな所に、一刻も早く立ちさらうではないか。だが一寸待ち給へ、僕は此宿を去る前に一言君等にいひたい事がある、外でもない、君等は僕が此樣にして、此劍劇な墓場から連れ戻され樣と云ふのに、君等はあたかも、それな[illegible]へてゐるかの樣ぢやないか。君等は僕の生きる事を嫌だと云ふのか？ おい、諸君、何とか云へ！ 何とか。見給へ、當番だつて室から出て行く僕の爲に挨拶して、默さ待つてゐるぢやないか。おい、君、カルロ、いやブルッシでもいゝ、何とか返事しろ、おい、何とか。

カルロ　ルイヂ、君は、何故僕等が喜んでゐないなんて云ふ風に考へるんだ。僕等は——シエナ全市民中に於ける君の此二人は——只、今

君が放免せられて娑婆の空氣を大手を振つて過(コザ)つて行かうとする其姿を、鎧いて眺めてゐるに過ぎないんだ。

ルイヂ　ぢや、君らは、今の僕には尚は斷罪當時の僕自身と何等異らぬ有罪事實が未だ他にもあるとでも云ふのか　では、聞かう、その罪と云ふのは一體何だ、何をした罪だ？

僕の罪は、あの裁判でスッカリ清算されてゐる筈だ――だからこそ、斷ふして今自由なんだ。

ザルヂ　成る程、君の云ふ通り牢獄の門は、あの通り君の爲めに開かれてゐる。君は自由になつた體だ、だが併し、ルイヂ、其君の自由はだ、そりや一體誰の力に因ると思ふ？　それこそ君の妹さん、人の妹さんの爲めなんだぞ！

聞く處に據れば、昨夜だ相だ、彼女は愛する其人の兄である君を救ける爲めに、とうとうあの純潔無垢の體を、ピエトロ、トキニエリに與へて了つたと云ふ事だ。

ルイヂ　おゝ、神樣！

うゝん、そうだつたのか、そうだつたのか喪ッ、誰がそんな犠牲で助かり度いもんか、うゝん、そうか、あゝ、俺はもう骨の髓から人間が異つたぞ。

あゝ、今迄の俺は何て云ふ憶病者だ、何と云ふ意くじ無しだ

喪ッ、ええい、憶病風なんか、もうぶッ消へた。

妹も妹らだ、そんな取引を俺がどうして許せるものかあ奴だつて知つて呉れてるくせに、よしッ、斷ふなれば仕方がない、此自由の使ひ途はいくらでもあるぞ。

おいッ！　俺の部下を呼んで呉れ、いくら減つたつて、まだ宮殿を嵐の樣に襲つて俺の死ぐらい、要求出來るだらう。

俺は、き奴に命乞いをしたんだ、だから今度は死に乞ひをするんだ、何の不思議もありやしない。あゝ、俺はもう、生きてゐる事が嫌になつた、あの偉大な太陽でさへ、暗い、煤けて了つた。

おいッ、俺に從いて來い！　俺に、サ、行かう!!

ザルヂ　既におつちまつた奴を除いたつて、まだ味方にはいくらもある。俺等さへ行きや、まだまだ大勢集るだらう。

ルイヂ　宮殿へ！　宮殿へ！

そうだ、俺はあそこで死ぬんだ！

幕

第二場

舞臺　ゴンザが家の大廣間。

舞臺裏からヒッキリなしに群集的な騒音。

幕が上ると、アンセルモが武裝した數名の共同攻囲軍主

将等と共に扉を破つて乱入する。

彼奈方の騒音は、次第に怒號、喇罵の聲となつて聞へてくる。

アンセルモ　此處にも居らんぞ――そうか、矢ッ張、昨夜は、あの女と一緒だつたんだナ。

オシツ！　諸君、もう用捨はない、その邊の扉をみんな叩き壊して、一婦人の爲めに吾々を裏切つた、き奴を探し出して、叩き斬つてしまはう。抜刀だッ！　抜刀ッ！

一　士　將　それッ！

今　一　人　よしッ！　サ、續かう！

（ピエトロ登場）

ピエトロ　やあ！　こりや御揃ひで。

アンセルモ　ピエトロ、トィニエッ、俺等は此シエナの町を飛んでゆく一ツの噂を聞いて来たんですぞ、外でもない、あんたは妹の命を助けた丈けでなく、其兄さへも、妹に對する情欲の爲めに助けて了つたと云ふ事なんです。

其兄とは誰あらう、吾々全員が貴方のその口から死刑の宣告を聞いた、き奴なんだッ。

止むを得ない、こうなれば、貴方と戦ふより外仕様がない。

あゝ、此長の年月、貴方に従つて、苦難な共に嘗めて来た吾々が、最後に酬ひられたものは何と云ふ情けないものだ――統治者との抗爭、それ丈けだつたのか――。

だが、よろしい、我々の劍は一婦人の瞳に對しては何の關りもなく、我々の信義は統治者の色慾に對しても亦何の關りもないのだ。

〔怒氣を帶びたつぶやき〕

吾々の今日までの忠勤は、あの女の接吻に對しては、まるで空氣の様に何の價値もなくなつて了つた。

で、俺は斷然茲に宣言する――口で物を云ふのは之れで御仕舞だ――

吾々の今執り得る手段は、あんたを斬り殺して了ふか、或ひはあんたを此儘仕様のない放蕩者として、酒と女の手に流して了ふかの二つに一つだ――だが俺には古い色々な記憶がある、だから其思出の爲めに、此劍をあんたの其胸に突き刺し得ぬかも知れぬ――いや、俺には斯んな理由で、あの大殿様の若君は弑せない。

あゝ、そうだ、俺もまだ〳〵そんな馬鹿げた事はして居られない。

〔怒號〕

そうだ、俺はまだ〳〵戰はねばならない、それが俺の仕事なんだ、只、俺が故に學んだ事は色慾の爲めには、徒に萬事を失すると云ふ事、それ丈けだつたに過ぎない。では、トルニエリ樣、此處も、とう〳〵そう云つた譯で、あんたとは永久に御別れです。體を大切に過さつしやれや……

（アンセルモ退場せんとする、と、そこへルイジが、騷然たる叫聲を後に、從者を伴つて驅け込んで來る）

ルイジ　ああ、ピエトロ、トルニエリ！

俺は君の意思に依つて自由を與へられ、斯うして君と向ひ合つて立つ事が出來た。

そうだ、俺は自由だ——其理由は明かされてゐないが、兎に角自由になつてゐる。

だが、おい、それは何故だ？

俺の此妹の墮落だ！

（アンジェの居室の方を指さす）

おい、君は今でも俺が聖者を敬ふ樣に敬愛してゐる妹と一緒に過ごした昨夜の狂態を思出す事が出來るだらう。其夜彼女の流した涙は汚れなき聖水であつたのだ、然るに、君は吾々が道德的罪惡として排すべき、到底飮む事の許されない酒を無慚にも飮んで了つたのだ——貴樣は俺が斯樣な代價を支拂つてまで自分の命を助け度いと願ふ樣な、そんな腰拔と思ふのか？

成る程、俺は腰拔けだつた、俺はこれまで夫れを自分乍ら情なく思つてゐた位だ、だが今こそ此不名譽を取り戻し得べき時だ。

女の耳の中には何時も容易に誘惑の餌が投げ込めるものだ　だからこそ俺の妹も其最も賤む可き誘餌に依つて處女としての最も大切なものを君に捧げて了つたのに違ひない、而して俺が救はれたのだ、否、救はれたんぢやない千囘の死刑にも勝る辛い悲しい刑を與へられたんだ！

あゝ、俺はもうこれ以上、此世に存らへて居る事は到底忍びない。

俺が生きて居る限り、社會は口を揃へて叫ぶだらう「見ろ、ルイジの奴は妹の肉を賣つて平然と生きてゐる」とな。

おい、ピエトロ、若し君が鬪ふ意思さへあるなら、今直ぐ、此場で決鬪しやうではないか。

若しそれが厭なら今一度俺に死刑を宣告して呉れ。

(突然扉が開いて、ゲンマが現れる。ピエトロ彼女の腕を執る)

おゝ、ゲンマ。

お前は情ない事をして呉れた、俺は、たとへ世間の一部の人がお前の執つた行動を賞揚しても、あゝ、俺は断じてお前の行動を有難いとは思はない、嘆しい、けがらはしい行動だ、あゝ、俺にもう永久に、お前を恨めしく思ふ——。

あゝ！だが、そう云ふ行ひが殉難とでも云ふものかも知れない、いゝや、そんなものでは断じてない、そんな生贄には誰でも苦しくなれるものだ、お前も多分さうだつたんだらう、多分——。

ピエトロ　もう宜い、それで君の云ひ分も充分判つた。では、僕が云はう、ルイジ、ゴンザガ、而してそこなるアンセルモ、君等が僕を疑ふのも無理はない、實は僕に君等の云ふ様な事を考へ、又企てもしてゐたのだ。

(嘆き聲が聞へる)

それは即ち僕の血の中に棲む缺點と云ふ蟲がさうしたのである、併し、俺は今茲に、在天の凡ゆる聖者のみ前に神聖なる誓をなする。

彼女は——断ふして僕の傍に在る此婦人は——未だ汚れざる、雪の如き昔の儘なる純潔無垢の處女である、否、寧ろ彼女は、斯る危険な環境に在つてさへ、尚且つ處女を護る爲めには、此僕を試し自らも殺してまで其節を全うせんとした尊い人なのである、併し僕に——戀のゲームに敗れんとしてゐた僕は——幸なる哉、其結果に於て又と得難き、より貴重なる、高尚なる或るものを贏ち得たのだ。

で、茲に、僕は今日此婦人を僕の妻とする事を宣言する。

ゲンマ　ルイジ、貴方の妹としての妾は、もう疾ふに死んで了つた人間なんです、今茲に断ふして立つてゐる妾と云ふ者の存在は、ピエトロと結婚したゲンマと云ふ異つた人間なんです。

(驚愕の囁き)

ピエトロ　僕の彼女の兄よ、君の生命は此様にして救はれたのだ、斯る誠實な目撃して、尚且つ君は生の否定をしようとするのか。

見給へ、ルイジ君！。

金色の朝は今正に吾々の上に荘厳なシーンを展開せんとしてゐるではないか！

僕に豫知するよ、ホイク
あの、だん／＼濃度を增してゆく黃金色の朝陽に、キッ
ト僕等二人の間により深遠な、より高邁な理想に輝く人
生を與へ、而して啻ヶ兩家丈けでなく、此ソエナの町か
ら、淺血の罪と、苦い怨恨とを持ち去つて、輝きに滿
ちた、平和な日を齎して吳れると云ふことをネ。

［幕］

本譯もこれで終つた事になりますが、譯文の拙劣と、多分齒澤山であらう處の誤譯の事を思ふと、實に赤面に堪へません。今日に到るも、譯者自身、多忙と不勉強に災されて、遂に原作者の名を知るに到らず、誠に申譯ありません。他日必らず此責任に果す所存、何卒御勘恕下さい、若し幸にして、どなたかの御教示を受け得ましたならば望外の幸であります。余りにも有名過ぎる人の作であつたとしたら、冒頭、設備に係る、ツレ／＼叢の中へ逃げ込む所存、且て不學の程と、斯る企てを爲した其不所存の程を、御賞揚下さい。

尙本譯の原書は大正十二年頃日本大學豫科で用ひたものでステツノエン・ツイヤツグの作であつた樣な氣もします。

昭和五年二月十六日夜

譯　者

ポーランドの僧正達は結婚式の宣誓の文句が時代後れだといふので八年前宣誓改正を法王ペイアス九世に申出でてゐたのがこゝに認許され、いよ／＼今年の一月から實行さるゝこととなつた。今まで愛と信仰と夫に對する服從を誓つた花嫁さん。この春から服從の文句拔きで「愛と信仰の妻としての忠實」を誓ふことになつた。そのため去年から擧式延期のモダン花嫁連が式場へ押すな／＼。

アントン・チエホフ作，宮崎震作譯，〈やくざ者のプラトノフ：未發表四幕戲曲（拔萃）〉，《臺灣日日新報》，一九三〇年八月四日、十一日、十八日、九月一日、十五日、廿二日。

文藝

やくざ者のプラトノフ

―未發表四幕戲曲（拔萃）―

アントン・チエホフ作

宮崎震作譯

人物

アンナ・ペトロヴナ・ヴオイニチエフ（陸軍大將未亡人）

セルゲイ・パアヴロヴイツチ・ヴオイニチエフ（其の繼子）

サーフイヤ・エゴロヴナ（彼の妻）

ミハオル・ワシリイヴイツチ・プラトノフ（教師）

イヴン・イヴノヴイツチ・トリレツキイ（退役陸軍大佐）

ニコライ・イヴノヴイツチ・トリレツキイ（其の子、醫師）

アレクサンドラ・イヴノヴナ……通稱サーシヤ（其の娘、プラトノフの妻）

アブラハム・アブラハモヴイツチ・ヴエンゲロヴイツチ（猶

大人の（貧しし）
ポルフイリイ・セメヨノヴイツチ・グラゴラエフ（高齢な老人）
キリル・ポルフイリイヴイツチ・グラゴラエフ（其の子）
チモフエイ・ゴールデヰツチ・ブグロフ（貧しし）
マリヤ・エフイモヴナ・グレコヴ（近村の若い女）
オシップ（貧賤い人物）
ヤコブ及ヴシリイ（ヴオイニチエフ家の下男）
カーチヤ（下女）

第一幕

舞台ー庭園。前方に花壇と噴水器、花壇の中央に燈を入れた提燈にて飾つた胸像。所々に腰掛、椅子、小卓等あり。右手に邸宅見え、階段にて庭に通ず。窓は開け放たれ、談笑の聲、ピアノの音漏れ聞ゆ。庭の後方には數多の提燈をつけた支那風の四阿ありて其の入口の上には『[illegible]』の組合せ文字を飾したり。四阿の向側にて『スキアウル』遊戯を行ふ。話聲も絶えて提燈を點され、一家族は各自に邸内を逍遙す。ワシリイとヤコフ、燕尾のフロックコートを着こみ、酔ひどれつゝ、軍隊歩調に[illegible]を入れて歩く。

一

プラトノフとワレンツヲキイ（登場）

ワレンツヲキイ（猟銃を帯びプラトノフと腕を組みつゝ、屋内より出で來る）「さあ、チモフイ・ゴールデヰツチ、話しなさい。それつぽち、あんたには何でもないぢやないか。しかも、わたしはたゞ貸して貰つて云つてるんだぜ」

プラトノフ「斷じて出來ませんな。あんまり困らせないで下さい。ニコライ・イヷニツチ」

ワレンツヲキイ「出來るよ。出來るとも……。あんたは何でも出來るんだ。え？ 君は其の氣になりさへすれば、あんたは此の世界を二つだつて買へるぢやないか。わたしはたゞ借金を申し込んでるだけで……ねえ、ちつとは人の氣も察つて呉んといかんよ。察つてしなんぞせんからね」

ブグロフ「それ自慢なさい。お分りでせう。あなたは今死んでもない、白獣となきつたですよ」

ワリレヲツキイ「何も分らん。わたしには唯あんたの無能さが分るだけだ。命をくれ、大人しい家かね。ぐづ〳〵云はないで黙つて出せよ。それとも、手を組んで拝まなけれあ不可んのかい。だ？まさかそれ程の人情知らずでも、あんたはあるまい。いつたい、あんたの胸はどこについてるんだ」

ブグロフ（嘆息する）「あゝあ、ニコライ・イヴァニツチ、あなたは苦労はちつともなさらんで、金を儲けになるんですからなあ……」

ワリレウツキイ「面白いことを云ふね。その通りだよ。ははは」

ブグロフ（財布を出しながら）「どうもあなたは人をからかふ事を自分の権利のやうに思つてゐらつしやる……。そんなことをなさつていゝものですか？それあ、わたしはあなた方のやうな教育こそ受けてないが、これで矢つ張り人並同様の感情は受けてるんですかられ……。結局わたしの云ふことが馬鹿げてゐたら、それを敎へて下さるのがあなたの役目で、決して笑つたりすることでない……と、さうまあ、わたしは考へますよ。われ／＼農民は白粉をつけたりなんかしやあしない。皮膚もガサガサしてるけど、然しわれ／＼だつて矢つぱり人間です。あんまりかれこれ、人樣に云はれる譯はありませんよ……。いや、御免なさい、どうも飛んだ無駄を……（財布をあける）これが最後ですよ、ニコライ・イヴニツチ……（數へる）一……六……十二……」

フリレクワキイ（財布をのぞきこみながら）「やあ、これはどうだ。ロシア人は金を持たんなんてよく云ふんだが……君。そんなに澤山どこから持つて來たんだね」

ブグロフ「五十……と。（金を渡す）いゝですか、これが最後ですよ」

フリレクワキイ「その紙ぎれは何だね。そいつも寄越した方がいいよ。氣に入つた（金を受取る）その紙ぎれも呑込せと云ふんだよ」

ブグロフ（更に金を與へる）「ほら……。實際あなたは慾張りですなあ、ニコライ・イヴァニウチ」

フリレワフキイ「みんな一ルーブル紙幣だね。こんなに澤山……ひよつとして、贋札ぢやないのかい」

ブグロフ「贋札ならお返しなさい」

フリレワフキイ「いや、どうも有り難う、チモフイ・ゴールデァサワチ。わたしはあんたがもつと丈夫になつて、メダルを貰うことを望むよ。あんたは實際不規則な生活をしてゐるからなあ。大酒は飲むし、たみ壁で食べるし、せか／＼して寢る時も寢ないし、……早い話が今時分なぜ家で寢てゐないんだね。少し血の氣が多すぎるよ。だいたい、あんたのやうな癇性な人間は夜は早くから寢るやうにせんと不可んのだ。所か、あんたのやり方はまるで自分で自分を殺すやうなもんぢやないか」

ブグロフ「慾し……」

フリレツツキイ「然しなんて云ふなよ。ははは……。今のは冗談だよ。心配せんでもいゝ、あんたはまだ〳〵死ぬのは早すぎるからね。まだ先きが長い……。時に、随分金をためてるだらうね、チモフイ・ゴールデヤッチ」

ブグロク「一生食つて行くだけは……」

フリレツフキイ「あんたは仲々賢い男だが、然し大馬鹿だよ怒つてはいかん。友達甲斐に云つてやるんだから……。あんたはわたしの友人だ。ね、さうだらう？……よろしい。あんたは偉い人間だが、然し大馬鹿者だ」

ブグロフ「わたしはこれから四阿のそばで一睡りして来ますから若し晩食を喰ひに来たら起して下さらんか」

フリレツフキイ「いゝとも……寝るがいゝよ。たゞあんたが大馬鹿だと云ふことを忘れちや不可んよ」

ブグロフ「若し晩食に呼びに来なかつたら、十時半に起して下さい」（去る）…つゞく…

やくざ者の「プラトノフ」

——未發表四幕戲曲（拔萃）——

アントン・チエホフ作

宮崎震作譯

二

プリレツワキイ。後にヴオイニチエフ。プリレツワキイ（紙幣を檢めてゐる）「どうも百姓の臭ひがするなあ……。あいつ、散々捲き上げやがつたんだら、惡者め……さて、この金をどうしやうかな（ワシリイとヤコフに向ひ）こら、ワシリイ、ヤコフを呼べ。ヤコフ、お前はワシリイを呼べ。ここをずつと掃つて來い。」

ヤコフとワシリイ（近づく）

プリレツワキイ「おや／＼、フロツクなんか着込みやがつて……まるで旦那さまに見えるよ（ワシリイに一ルーブル與る）取つとけ（ヤコフに）お前にもだ。いゝかこれはお前の顏が恐ろしく長いから與てやるんだぞ」

ヤコフとワシリイ（お辭儀をする）「有り難う御座います、ニコライ、イワニツチ」

ワリレワツキイ「何でそんなに[illegible]見たいにふら〳〵してるんだ。酔払つてるんだな。奥さんに見つかつて、髪を引つぱたかれないやうに用心しろ。(懐に一ルーブル[illegible]探る)これはな、お前[illegible]かヤコフとワシリイと云ふ名前だから遣るんだ。さあ、わしにお辞儀をしろ。(両人その通りにする)よし〳〵。いゝか、酒なんかに使つちや駄目だぞ。もうあつち行け、提燈にひをつけろ。」

ヤコフとワシリイ(去る)

ヴオイニチエフ(通りかゝる)

ワリレワツキイ(ヴオイニチエフに)「君、こゝに三ルーブルあるよ」

ヴオイニチエフ(金を受け取り機械的にポケツトに入れ庭の奥に去る)

ワリレヴツキイ「おい、礼は云はないのかい」

(イワン・イワニツチとサーシヤ家内より出て来る)

三

ワリレツツキイ。イワン・イワニツチ及びサーシヤ。

サーシヤ(入りながら)「あゝあ

いつになつたら此の眼が直るのか知ら……。どうして神様はこんなにひどく姿を窶しなさるのかお知ら……。この人はグデン／＼に醉拂つて、ミーシヤやニコライまでがみんな醉つて……。ねえ、お父様たとへあなたが人様の前ではお恥かしくなくても、せめて神様の前でなりと少し恥をお知りになるとね……。ほら、みんなが見てるぢやありませんか。いつたいお父様に人が皆後指さすのが、あたしに見て面白いとでもお思つてらつしやるの」

イワン・イワニツチ「こら、何をブツ／＼云つとるんぢや。止めて呉れ。……喧しいぞ……」

……サーシヤ「とてもお父様と一緒に、良いお家へなんか訪ねて行かれないわ。なかに入つたかと思ふと、もうふら／＼に醉てお出でだもの、ほんとに見苦しいわ第一お父様はもう年寄りでせう。だから尚更ですわ。あなたはみんなに手本を示す氣で、お酒なんか決して飲まないやうになさらなくては駄目ぢやありませんか」

イワン・イワニツチ「止めて呉

……こら、止めんか。うるさいぞ……。だいたい、わしをどんな人間だと思つとるんぢや。サーシャわしは嘘は云はん、誓つて云ふがもう五年勤務してたら、わしは將官になれてたんだぞ。え？、どうぢや、お前はわしが將官になつてたと、さうは思はんかのう（笑ふ）わしは將官になるだけの正當な理由と資格を有してたんぢや。お前にはそれが分らんか、えゝつ、分らんのぢやな……

サーシャ「止して頂戴。將官かそんなにお酒ばかり飲んでるもんですか」

イワン・イワニッチ「嬉しいからこそ、人間は誰でもお酒を飲むんぢや。わしは將官に成れる筈ぢやつた。默つとれ、いゝ子ぢや……どうも、サーシャ、お前は亡くなつたお母さんにそつくりだわい……グウ、グウ、グウ……。實際の話、あれも始終その通りぢやつた朝から晩まで毎日〳〵。いちんち何かぶつ〳〵云ひよつてな……グウ、グウ、グウ……。あゝサージヤ、お前にはわしがどんな人間か分らんそのお前はまた、死んだお母さんにそつくりぢやぞ。目も眉も鼻もそれから小さい雲雀のやうな歩き振りまで、何から何までそつくりぢやぞ……。わしはな、サーシャ、お前のお母さんをどれほど恐ろしい位愛したことぢやらうな……。神様が母さんを召されたんぢや。わしを許して呉。な、わしはお前のお母さんを幸福に出来ずに、おめ〳〵と死なして仕舞つたぢやよ……」

サーシャ「そのことならもう澤山ですよ、お父様。それより、あたし前から云ふんですけど、もうそろ〳〵お酒止めないと駄目ですよ。そんな事はからだの丈夫な若い人達にまかして、お止しなさいな。あの人達は若いんですからいゝけど、お父様はもう年老りだし、ちつともそんな事似合ひませんわ」

イワン・イワニヌチ「よし、分つた分つた。今日からはもう一滴も口にはせん。外ならぬお前の命令ぢや。お前のうしろにはお母さんもついてゐる……。うんよし〳〵二度とこんな事はせん……。分つた。わしを一體どんな人間だと思つとるんぢや……」

ワリレワツキイ「閣下、こゝに百コペツクだけあります」（金を渡す）

イワン・イワニツチ「さうか。君はイワン、イワニツチ、ワリレワツキイ大佐の御子息かな」

ワリレワツキイ「は、左様であります」

イワン・イワニツチ「さうか、そんなら貰うとく（笑ふ）有り難う ニコライ。君これが他人からなら決して受け取りはせんが、自分の息子だから貰ふといてやる。之でまた愉快た目に會へると云ふものぢやわい……な、子供達、わしは決して他人の財布に目を附たりなんかせん。わしが全國にどれ位潔白だかは、神様がよう知つてゐなさる。わしは潔白ぢや、お前達のお父様は本當に清廉潔白な方ぢやぞ。これまで一生のうち、一度だつてわしは國家や神様のうわ前をかすめた事がないからなあ。わしは千度も戰爭に出て、何十萬ルーブルと云ふ大金を此の手で取り扱つたが自分の俸給の外は、たゞの一コペツクだつてロシア帝國に屬する金に手をつけたことはなかつたぞ……」

ワリレワツキイ「お父さん、それは仲々稀[illegible]に[illegible]しますが、然し自慢する必要は無さゝうですね」

イワン・イワニツチ「わしは自慢はせんよ、ニコライ、たゞ[illegible]し證明しとるんぢや。たとへ神の前でも、わしはちやんと申し開きが出來る」

ワリレワツキイ「これから何處へ行くのですか」

イワン・イワニツチ「家へお母やこのトンボの君を（サーシヤを指さす）案内して行かねばならんのでな、あたしを家へ連れてつて頂戴、連れてつて頂戴と仰つしやつて、一刻もわしを休ませはせん。わしは一人で恐がつとるんぢや。家まで案内して行つて、ぢきまた歸つて來る。

ワリレワツキイ「それがいゝです。（サーシヤに）お前にいゝ物をやらうか。ほら、三ルーブルだ」

やくざ者の「プラトノフ」

――未發表四幕戲曲(拔萃)――

アントン・チエホフ作

宮崎震作譯

（二幕の二）

サーシャ「五ルーブルにして頂戴。ミーシャの夏ズボンを買ふんだから。……うちではたつた一枚しか持つてゐないのよ。ズボンが一枚なんて見つともないわ。お客の時など、仕方なしに其の間、毛のズボンをはいてるの……」

ツリレツツキイ「おれがお前なら、夏のも毛のもどつちも買つてやらんね。ミーシャに自分で工面させるさ。然し、お前が五ルーブル是非要るんなら、やるよ（金を與ふ）

イワン・イワニツチ「だいたいわしをどんな人間だと、お前達は思ふとるんぢや。わしは……さうだ……わしは[illegible]きで、いつも[illegible]の病を發させるために頭腦を傷めたものぢや……」

サーシャ「お父様、何をぐづぐづしてらつしやるのよ。もう出かける時間ですわ。さよなら、コーリヤ」

イワン・イワニッチ「待てく……いゝか、これが處世の大法ぢやぞ、獨自で身分相當に、人に嫉りを受けんやうにな……わしは功三級のウラヂミール勳章を貰うとる……功二級ぢやない、功二級には劍がついてる……わしのは功三級ぢや、ほら首にかけてある。分るだらう、サーシャ……それからこゝに聖アンナ勳章とスタニラフのがある。それからこれがルーマニア勳章で、これがペルシアのライオン章と旭日章ぢや、これは從軍章ぢやが、わしが六十三年に或る聯隊の軍旗の紐代か、河に溺れかけてるのを救つてやつた時に貰うたもんぢや……。その外に聖ヂョーヂの腕章十字架も授かつとるそれはな、ニコライ、あのセバストポールの砲術部、俺彼お國の爲生した落日に授かつたものでな……何しろ皇帝アレキサンドル、ニコライサッチ陛下はようわしの家庭を存じてをられる。わしは厩係の間、三代も歴代陛下に伺候したが、其の時陛下はわしに斯う仰せられたものぢや。ツリレツツキイそちは隨分長く勤務してゐるな……！で、わしが答へたよ。三十一年間であります。陛下……。するとまた陛下が、わしは礼を云ふぞ。行くがよい。神様がそちを守つて下さるぢややらうてなま。あゝ子供達、わしの時代はもう過ぎたぢやよ、からだのタガが弛んで仕

舞ひよる！……」

サーシャ「それだけ喋くればもう澤山でせう、お父様……。さあ出かけませう」

アリレツツオイ「そんなお説教を聞かなくても、お父さんがどんた方かくらい、ちやんと分つてゐますよ。サーシャ、早く連れて行けよ」

イワン・イワユウチ「お前は仲々賢い奴ぢや、ニコライ、恰度ピロゴフ位にな」

ツリレツワキイ「さあ〜早く

行らつしやい」

イワン・イワニッチ「わしはピロゴフとも會つたことがある。キエフでな……仲々どうして、悪くない、豪い男ぢやつたよ……。うん、よし／＼、いま行く……サーシヤ、出かけるよ……。わしも昔は決して斯んな男ぢやなかつたが今は殘つてるものは形式だけだからなあ……。主よ、どうかわれわれ罪人を許して下され……。實際わしは罪人ぢやよ、なあ、子供達わしは、今でシモンに仕へてゐるぢやが若い時分、わしはこれで「パザロフ」の役を演つたものぢや。實際、わし位パザロフに打つてつけの配役は、ほかに無かつたつけ……。あゝ、主よ……おい、サーシヤ、わしが死なんやうに神様にお祈りして呉んか……。サーシヤ……はて、もう行つてしまうたのかのう……どこにゐるぢやた……あ、そつちか。よし／＼いま行くぞ……」

ツリレッツキイ「やれ／＼まだ行かんのですか。もういゝ加減の所で止めたらどうです……。さあ前進！ 然しね、お父さん、水車小屋を通つてはいけませんよ、犬が食ひつくから」

サーシャ「あら、ローリャ、あんたお父様の帽子をかぶつて……風邪をひくから、お父様にかぶせてお上げなさいよ」

ヷリレッツキイ（帽子を取つて父親の頭にのせてやる）さあ、閣下、右向け右……前へ進め！」

イワン・イワニッチ「右向け右前へ進め……。さうぢやく。ニコライ、お前の云ふ通りぢや。神様もお前の正しいことがお分りぢやらう、それからハイネもさうぢや、あれは自由思想家ぢやが……然し間違つては居らん……うん、よしく、いま出かける所ぢや、（行く）サーシャ、行くよ。……從いて來よるのかい、否何なら。わしがおんぶしてやらうか……」

サーシャ「何て馬鹿な人でせう」

イワン・イワニッチ「おんぶさしてくれ。お前のお母さんも、わしはいつもさうしてやつたもんでな……、いつだつたかお母さんをおんぶして歩いてると、ついよろめいて二人一緒に坂を轉がり落ちちつたよ。然し、お母さんはちつとも怒らんで、たゞ笑つてゐたぞ……。さあ、お出で。おんぶしてやる」

サーシヤ「冗談を云つてはいやよ、お父様。それよか、ちやんと帽子をおかぶりなさいな。（帽子を直してやる）すつかり粹い者氣取りね」

イワン・イワユウチ「その週

文藝

やくざ者の「プラトノフ」

——未發表四幕戲曲（拔萃）——

アントン・チエホフ作

宮崎震作譯

五

ソーフイヤとプラトノフ

プラトノフ（邸内から出て來る）

ソーフイヤ「ゐらしたわ。ぐるぐる見廻して、誰か探してお出でだ。誰を探してるのか知ら……。あの人の歩き振りで、それがちやんと分るわ。またあたしを苦しめやうと云ふんだわ」

プラトノフ「暑い。酒の席から暫らく離れてゐた方がよさゝうだ（ソーフイヤを見ながら）こんな所にですか、ソーフイヤ。エゴロヴナ、お一人？」

ソーフイヤ「えゝ」

プラトノフ「お逃げ出しになつたんですか」

ソーフイヤ「逃げ出してなんかゐませんわ。ミハイル・ワシリイヴイッチ。だつて皆様がいやなわけでも、皆様があたしを困らせになるわけでもないんですから、ちつとも逃げ出す必要はありませんわ」

プラトノフ「さうですか。（傍に腰かける）御免なさい（間）若者を逃げるんでなければ、何故僕をお逃げになるのですか。えゝ暫らく僕と話してゐて下さい、やつとお話しする折りが來たのですから……。あなたは僕を避けてゐらつしやる。一體それはどう云ふわけですか」

ソーフイヤ「あたし、あなたを避けやうなんて、考へて見たこともありませんわ。どうしてそんな事を仰つしやるのでせう」

プラトノフ「初めはあなたは僕にも會つてゐらしたが、今では僕の方を見やうともなさらない、僕が部屋に入つて行くと、あなたは直きさつさと出ておしまひになる僕がこんどは庭に行くと、またあなたは出て行つて仕舞つて、僕が話しかけても、ちつとも聞いてやらうともなさらない、實際、へんな間柄ぢやありませんか……。僕が何か惡いことでもしましたか。僕と云ふ人間があなたに不愉快なんですか。あなたはまるで、厄病神のそばからでも逃げ出すやうな恰好をなさるが、それが僕にどんな感じを與へるとお思ひですか。（立ち上る）正直な所、僕は自分が惡いことをしたとは、ちつとも堪へられないのです。どうか僕をこのへんな立ち場から救ひ出して下さい。僕はもう到底堪へられません……」

ソーフイヤ「あたし、あなたにあんまりお會ひしたくなかつたことは本當ですの。でも、それがそんなにあなたのお氣を惡くするとは、つい知らなかつたものですから……。若知つておれば、もつとほかに仕樣もあつたんですのに……」

プラトノフ「ほら、矢つぱり僕を避けるんですね。(避かける)さうでせう？、何故です。どう云ふ理由からです」

ソーフイヤ「まあ、そんな大きな聲で……。まさかあなたはあたしをお叱りになつてるんぢやありませんでせう。あたし、ひとに大きな聲をされるのが大嫌ひですわ(間)ほんとは、あたし、あなたを避けたんではないんです。たゞあなたとお話しがしたくなかつたゞけなんです。あなたは良い方ですわ。こゝの人は誰でもみんな、あなたを好いて尊敬してゐますわ。

なかにはあなたを秀才だと云つてあなたとお話しすることを自分の特典のやうに思つてゐる人もあるくらゐです」

プラトノフ「ふむ……」

ソーフイヤ「あたしが此の土地に初て來た時分、あたしはあなたの熱心な聞き手の仲間でした。けれど、どう云ふものか、段々辛抱が出來なくなつて……ミハイル・ワシリイヴイツチ、どうぞお氣を惡くなさらないでね……。だつてあなたは往日のやうに、昔どんなにあなたがあたしを愛してゐらしたか、またどんなにあたしもあなたを愛してゐたかなんてことを、繰返し／＼あたしにお話しになるんですもの……。然し、そんな事はみんな過ぎ去つた昔の夢ではありませんか。第一、中學生と女學生の戀話しなんて、世間によくある當り前の話で、あなたのやうに、いち／＼それに何か知ら意味をつける必要は少しもありませんわ。尤も、こんな事は、あたしの話の要點外のことで……話の要點と云ふのはね、あなたがあたし達の過去をお話しなさる時、あなたはまるで何か損でもなさつてるやうに……何かあの時分損をしてゐて、その時受け取らなかつたものを今取りたいやうな風なことを仰つしやることですわ、あなたの話は、いつも何か押しつけるやうで、そしていつも決まりきつた同じ事です。過去のことで、あたしが何かあなたに果たさねばならない義務を持つてゞもゐるやうに、そんな風に始終あなたはあたしに仄して、意味を含めて……露骨に云へば、あなたは怒つたり、大聲を出したり、あたしの手をつかんだりそれからまたまるで債權のやうにあたしの後をつけ廻したりして、あたしに友情關係の域を越えさせやうとなさるんですわ、ミハイルワシリイヴィッチ、何のためにそんな事をなさるの。何故そんなにあたしを待伏しておゐでになるの、あたしがあなたの何だと仰つしやるんでせう。ほんとに誰が見たつて、あなたは何かの理由であなたに必要な好機會を狙つてゐらつしやるとしか思へませんわ……」

（間）

プラトノフ「それだけですか。

(立ち上る)正直に云つて下さつて有り難う」(戸の方に行きかける)

ソーフイヤ「お怒りになつたの(立ち上る)まだ行らつしやらないで下さいな、ミヘイル・リヴイツイッチ。どうぞお氣を惡くなさらないでね。あたし別に……」

プラトノフ(立ち上る)「ソーフイヤ・エゴロヴナ、あなたは僕をお嫌ひでない。たゞ怖がつておいでだ。ね、さうでせう」

ソーフイヤ「止して下さい。嘘です。怖くなんかちつともないんです」

プラトノフ「たま〱會つた平凡な男が、いち〱あなたの御主人セルゲイ・パアヴロヴイッチの平和を脅かすとしたら、一體あなたの理性や人格はどこにあるのですか。僕が毎日この家に來てあなたと話をするのは、あなたが感受性に富んだ、理解の深い方だと考へるからですよ。何てひどい脆弱だらう……。然し、兎に角、僕が惡かつたのです。僕は誘惑に勝てなかつたのです。僕は辯解する資格もありません。……どうぞ、僕のつまらない冗談を許して下さい」

ソーフイヤ「冗談ですつて？冗談こんなことを仰つしやつていいものですか？……いくら御自分が誘惑を受けたからつて、心にもない出まかせを仰つしやるものでありませんよ。お歸り下さいな」

プラトノフ（笑ひながら）「すると、矢つぱり本氣だと云ふことになる。そしてそれが、あなたにはちやんと分つてゐる。あなたは本氣につけ過ぎされてゐるんだ。誰かに本氣にねらはれ、手を引つぱられ、誰かとあなたを御主人のそばから奪ひ取らうとしてゐる……プラトノフです。あのへんな奴のプラトノフがあなたに惡戯をしてゐる……何て滑稽なこと思ひもかけぬことだ」（家の中に入る）

ソーフイヤ「失敬だわ、プラトノフ、氣でもちがつたの？（あとを追ひかけて止める）恐ろしいことだ。何のはずみで、急に今のやうな事を云ひ出したのか知ら……あたしを煙にまいて惡はす歸りね叱らない、……行つて注意してやらなくては……」（家に入る）

やくざ者の「プラトノフ」

——未發表四幕戯曲（拔萃）——

アントン・チエホフ作

宮崎震作譯

八

プラトノフ、グレコワ及ワリレツワキイ

ワリレワツキイ「鶯が喧しく鳴くなあ。こんなに早く何處から來るのか知らん」（空を見上げる）

グレコワ「ニコライ、イワニッチ、若しあなたが少しでも御自分なりあたしなりを尊敬しておゐでなら、この人を知らないと仰つてやつて下さるでせうね」（プラトノフを指さす）

ワリレワツキイ「おや〳〵、助けて呉れ。此の人はわたしの一番近い親戚だがね」

グレコワ「そしてお友達ですか」

ワリレツワキイ「左様、友達です」

グレコワ「結構ですことね……あたし此の人に侮辱されて…（泣く）けど、却つてあたし、誇りを感ずるわ。あたし、此の人と知り合つて……愛するやうになつて……捧げて……。(泣く)あなた笑つてゐらつしやるのね。あなた方はみんな、此の人をハムレツトのやうな人だと思つてらつしやるんでせう。結構ですわ。いくらでも感心なさつて、無駄口をきいてゐるなさるがいゝわ。このやくざな惡黨とね……」(家に入つて行く)

ツリレツツキイ(同)「君はあの女を喰ひものにしたのかね」

プラトノフ「そんなことはない」

ワリレフツキイ「ミハイル・ヴシリイキツチ、もうそろ〳〵眞面目に反省して、あの女を苦しめるのは止していゝ時分だよ。實際恥づべきことだからな。君はそんなに惡い男だのに、いつもつまらぬ惡戲ばかりしてゐる……。あの女は君を惡黨だと云つたぜ……。(間)わたしは半分では君を尊敬するし、あと半分ではあの女に同情するし、忙しいことだなあ」

プラトノフ「僕を尊敬なんかして喜んでいゝですよ。さうすればあなたを二つに喚び分ける必要が無くなりますからね」

ツリレツツキイ「然し、君を尊

破せんわけにも行かんしね」

ブラトノフ「そんなら、あんな女の云ふことなんか取り上げないで下さい。どこがいゝんです？」

ツリレツツキイ「ふむ……。大將の奥さんが、わたしが紳士らしくないと云つて、始終小言をこぼすんだがね。そして、君を手本にして見習へと云ふんだが、然しわたしに云はすれば、君の方が餘つぽど紳士らしくないぢやないかえ？苟くも道の眞中で、おれは女に惚たよなんて大聲で云ふのか、それがいつたい紳士たる者の作法かね。そのくせ、君はわたしを笑つて、嘲つて、輕侮してゐる……」

ブラトノフ「もつと分るやうに云つて下さい」

ツリレツワフォイ「分るやうに云つてるぢやないか。君はわたしの前で、あの女を馬鹿で愚図だと云つたよ。そして自分を紳士だと云つた。然し紳士つて者は、戀をしてる人間は誰でも或る自敬心を持つてるものだと云ふ事を、ちやんと理解する筈だ……。君、あの女は馬鹿ぢやないよ。器用な奴だよ。臆病くて默つてゐて、君ばかりを頼りにしてゐる。わたしにはよく分るんだ。(間)……然し、こんなくだらぬお喋べりで時間をつぶすのは勿體ない。(立ちよる)中にはいつて飲まうぢやないか。え？飲まないか」

プラトノフ「中は暑いですからね」

ワリレフワヰイ「そんなら一人で行く。(入り口の上を覗き見る)おい、この「S・V」て一體誰の頭かね。ソーフイヤ・ヴオイニチエフか、それともセルゲイ・ヴオイニチエフか……」

プラトノフ「僕はヴオイニチエフ家の人達が、金を無駄費ひするのには、實際呆れるなあ。今夜だつて、花火が少くとも二十五ルーブル、三鞭酒に百ルーブル、それから葡萄酒や火酒にまた百ルーブル…合せて三百ルーブルはきつと買つてゐますね。然し、ヴエンチエロヴイツチから多分五百ルーブルでも借りたでせうから、今夜の入費三百ルーブルを差し引いたあとの殘りでは、セルゲイが自轉車でも買つて、細君に時計でも買つてやるつもりでせう……」

ワリレツワヰイ「素人芝居を目論んでると云ふ話だよ」

プラトノフ「さうですか。よる

と其の勲章だけでたつぷり百五十ルーブル……、全く今に借金で埋まつて仕舞ふなあ。今にきつと鑛山をヴエンチエロヴイツチに取られますね。まるで財産を無茶にしてゐる……」

ツリレツツキイ「君は来ないのかい」

プラトノフ「行きません」

ツリレツツキイ「ぢや一人で行くよ。牧師さんと飲んでやらう。（入口でキリルと行き會ふ）やあ御前、自稱伯爵閣下、君に三ルーブルやるよ」（紙幣を押しつけて去る）

九

プラトノフとキリル

キリル「へんな人だなあ。わけもないのに三ルーブル……。何て馬鹿な人だらう。吃驚かせますね」

プラトノフ「ダンスの名人、今夜は踊らないのかね」

キリル「ダンスを？ こゝで？ 一體誰と踊ればいゝか、教へて貰ひたいですな」

プラトノフ「一緒に踊るやうな相手がゐないのかね」

キリル「何てこつた。馭者風の男達に、女と云へば……（笑ふ）あばた面に白粉代りの白墨を塗りやかつて……。そりゃあんな連中と交るくらゐなら、いつそ縁を絶つた方が増しですよ。……ロシアつて國は、不愉快ですなあ。厭になるやうで、臭くて退屈で、百姓臭くて我慢が出來ませんよ。……時に、君は巴里に行つたことがありますか」

プラトノフ「無いね」

キリル「やれやれ……。然し、いつか一度はお出でになる時もありますよ。その時は是非僕に知らして下さい。巴里のことなら、何でも教へて上げますから……。紹介状も三百通ぐらゐ書いて上げます……」

プラトノフ「有り難う。今の所その必要も無ささうですよ。所で君のお父さんが[illegible]て來[illegible]かね」

キリル「知りませんな。僕は親爺の商賣の事には、少しも關係してないんです。……親爺と云へば、この未亡人に親爺が目をつけてるのを、君は知つてゐますか。（笑ふ）親爺は、[illegible]な品ですよ。[illegible]れの[illegible]が結婚したいんですとさ。はゝゝ……。僕、おやぢに思ひ止まらせますよ。まるで道化のやうに馬鹿な奴です。それはさうとあの未亡人は仲々美人ですね。惡くありませんよ。ふゝゝ！……（

ラトノフの肩をたゝく)」を、果報者！ どうです、あの後家さんの[illegible]を[illegible]く[illegible]てみますか」

プラトノフ「知らんね、あの人の部屋に入つたことはないから……」

キリル「然し、僕は聞きましたよ。何でも君は……」

プラトノフ「馬鹿だよ、君は……」

キリル「冗談ですよ。何を怒るんです……。面喰した人だなあ。(小聲で)これは君にだけ内緒で聞くんですがね、あの奥さんは金が好きで……そして……そして酒を飲むつて話だが、本當ですか」

プラトノフ「君が自分で奥さんに聞いて見たらいゝだらう」

キリル「奥さんに聞いて見ろつて……？ 何て考へだらう」

プラトノフ「君は實際、人を退屈させる名人だね」

キリル「ひとつ聞いてやるか……。聞いたつて惡いことはないでせう」

プラトノフ「さうさね」

キリル「よし、それに決めた。素晴らしい思ひつきだ」(退場)

やくざ者の「プラトノフ」

——未發表四幕戲曲（拔萃）——

アントン・チエホフ作
宮崎震作譯

一

アンナ・ペトロヴナ。トリレツフキイ。後にグラゴリエフ。

アンナ・ペトロヴナ「まあ、いい夜ですこと……。空氣は澄んで冷たくて、月や星も澤山出てますわね。それを思ふと、女はこんな美しい空の下で、戸外で眠るわけに行かないのが何より殘念ですわ。わたしなんかも子供の時は、夏はいつも庭で休んだものですけど……」

トリレツフキイ「どうも、少し酔つたやうで……、いや、なに、牧師さんが待つてるから一寸失禮しますよ」（去る）

グラゴリエフ（獨語）「やれやれ、混雜な話だわい。あの連中は、わしが子供の時、聞いたり考へたりした事と、殆ど同じことばかり喋べつてゐる。何もかも古くさくてカビが生えて、新らしいことゝ云つたら何一つありはせん……」

アンナ・ペトロヴナ「何を罵りでぶつ〳〵云つてらつしやるの、ポルフイリイ・セメヨニツチ。ここにお掛けなさいまし」

ダラゴリエフ「やあ、これは奥さん、こゝにおゐでゝしたか。なあに、一寸自分だけが除け者の氣がして、それをかこつてゐるわけで……」

アンナ・ペトロヴナ「わたし達のやうな者とは異つてゐらつしやるからでせう……。でも、たまには百姓の仲間入りもなさらなければ、いけませんわ。どうぞお掛け下さいな、お話を致しませうよ」

ダラゴリエフ「わしはあんたを探してゐましたぢや、アンナ・ペトロヴナ。少しその、御相談したいことがありましてな」

アンナ・ペトロヴナ「さあ、どうぞ……」

ダラゴリエフ「實はな、わしの上げた手紙のお返事を承はりたいんで……」

アンナ・ペトロヴナ「まあ、何

と申し上げたら宜敷しいでせう」

ヷラゴリエフ「お聞きなさい、奥さん。わしは決して犬としての權利を望んでは居りませんぢや……權利なんか、わしは要らん。わしはたゞ友人を、……利口な一家の主婦をほしいと望んでゐますぢや……。わしは天國を持つとるが、憎いことに其の中に天使が居りませんわい」

アンナ・ペトロヴナ「わたし時時考へますのよ。わたくしのやうな者が天國にゐて、何が出來ますことやらつてね……。わたしはただの人間で、天使なんかではありませんもの……」

ヷラゴリエフ「いや〳〵、あんたは何にもなさらんでいゝのぢやこゝで毎日、なさつてゐる通りの事を爲さつて居れば、それでいゝんぢや。あんたのやうな利口な人は、天國であれ地獄であれ、どこでゞも、立派に仕事が出來ますわい」

アンナ・ペトロヴナ「まあ飛つてもないやうなお話ですわね。あんまりそれでは勿體なくて、とても……。ね、ポルフイリイ・セメロニウチ、失禮ですけれど、わたしにはどうもあなたのお心持ちが合點出來ませんわ。何故あなたが結婚など、なさらねばならないんでせう。どうして女の友達なんかが御入用なんでせう。……斯んなこと少し差出がましいんですけどでも、話がこゝまで參りましたから申し上げるんですけど、若しわたしがあなたと同じくらゐ年を取つてゐて、お互がどう[illegible]り行つて、またあなたと同じくらゐの分別があつたら、わたしもう、たつた一つの事を除いて、外に何にも此の世に求めはしないだらうと思ひますわ。……と云ふのはつまり、社會一般の人達の幸福のことですわ」

グラゴリエフ「アンナ・ペトロヴナ、わしは社會人類の幸福のために戰ふなんて、そんな能力は持つて居りませんでのう。それをするには強大な力と意志が必要ですぞ。然し、神樣はわしにそんな力を與へて下さつては居らん。わしはたゞ偉大な行爲を愛し、自分では小さな鬚根を掘つて潛んで行くやうに生れついてゐる事ぢや。わ

しには何の價値もないが、たとへば
すると云ふことだけがわしの取り
柄です。な、アンナ・ペトロヴナ
ひとつわしの家に來ては下さらん
か」

アンナ・ペトロヴナ「いいえ。
もうどうぞ、二度とそんな事を仰
つしやらないで……。そしてどう
ぞわたしの言葉を惡くお取り下さ
いませんやうに……。決して悔れ
なくお斷はりしてるのではないん
ですから……。（笑ふ）デザートで
またお話しませうね。……あら、
何でせう、あの物音は……？どう
やらプラトノフが騷いでゐるらし
いですわ。まあ、何と云ふ人で
せう！」

（グレコヴとツリレツツキイ登場）

兒童文學

獨逸グリンム兄弟作，譯者不詳，〈貧乏人と金持〉，《臺灣日日新報》，一九〇一年十一月十七日。

●貧乏人と金持

（獨逸グリンム兄弟合著家庭小說の二）

昔し昔しずんとの大昔人間がどういふ風に暮して居るか探つて見ようと思ひ立つて神樣が故意と汚ない着物を着て世界を旅行しました、或る日の暮方大變に足が勞れましたから、もう泊らうと思ひましたが生憎ろの近所には旅人宿は一軒もありません次の宿へは遠し、段々暗くはなつて來る、流石の神樣も大に困りました、責めて百姓家か何か一夜の泊りを賴む家がないものかと四邊を見廻すと、程近い所に向ひ合つて二軒の家がありました、一軒は大きく立派な家で金持の住居、一軒は壁が半分落ち柱が朽ちた貧乏人の家であります、神樣は其日其日の細き煙を立てゝ居る貧乏人の家に厄介になるのは少々氣の毒だと覺召すから金持の家へ泊めて貰はうと心に極めました

神樣は金持の家の前に參つてほと〳〵戸を叩き一夜の宿を求めましたが、家の主人が戸も開けずに窓を細目に開けて首をさし出し、旅人の頭から爪先までヂロ〳〵眺めて其服裝が丸るで乞食坊主の樣で懷中には少しの御金もないらしい、日頃吝嗇で無慈悲な主人は忽まち聲を荒らげ左も惡体らしい口調で、己れの家は旅人宿でない、泊める事は出來ないぞ來る人來る人無料で泊めたなら己れも終は乞食杖をつかねばならぬ早くどこぞへ失せ居れと言ひ放つてピシヤリと窓を閉めました

薄情な奴だと思ひましたが仕方がありません、左樣かと言て野宿も出來ないから、今度は貧乏人の家に參りました、戸を叩くや否や內より主人が飛んで參りまして直ぐ戸を開け內へ案內して、神樣が泊めろと賴まぬ內に早や口を切つて、もう日は暮れ路は暗く次の宿へは遠し、是非今夜は私し方へ御泊りなさいと申しました、女房も頓て出て參り神樣に握手の禮をして御覽の通りの破屋ではあり、別に御口に合ふ物を差し上げる譯には參りま

せんが夫の申す通り御泊り下さいと懇ろに話しました

前の金持とは打つて代りて親切な夫婦の心掛、神樣も大に感心しまして此夜は此家に泊まりましたが、女房は甲斐〲しく馬鈴薯を煮たり山羊の乳を搾つて晩餐の用意をし、頓て献立が出來まして神樣が夫婦と粗末な食卓を圍んで夜食をしましたが、別に御馳走がないがホテルの上等料理よりも甘いと仰せられました

偖て貧乏家の事でもあり夫婦二人前の寢臺の外は客用のものはありません、そこで女房が小聲で夫に相談しまして自分は板の間へ藁を敷いて寢て自分の寢臺に神樣を寢かせました、神樣は非常に氣の毒がつて何遍も辭退されたが聞き入れませんから夫婦の親切を無にするも氣の毒と、其儘言ふ通りにして此夜は圓かな夢を結ばれました

翌朝になると日の出る前に女房が起きて御客樣の朝飯仕度に取り掛り、神樣はさら〲と日光の寢所へさしこむ時分起き上り手洗ひ口嗽ぎて再たび夫婦と一所に食事をされました、食事畢りて懇ろに夫婦の者に禮を述べ暇を告げて出立しましたが門を出る時主人に向つて申しますには、汝等夫婦は世にも珍らしい正直で、慈悲深く、神信心であるから、私は三つの願を聞屆ける、何んなりと遠慮なく申せと言ひました、主人は至て慾少ない人であるから別 是れぞと云ふ願はありません唯我々夫婦が一生壯健で日々の活計に差支なければそれで十分ですと答へました、神樣は重ねて申しますのに、宜しい、汝等夫婦一生身体の丈夫と活計の十分との二つの願は屹度望み通りにする、見れば汝等の家屋は隨分古くなつたが新らしい家を建てゝやらうと申されました、主人は左樣さ出來るものならそれは願ふ所で、と答へましたが問答了ると神樣の姿が見えなくなりましたが今までむさくるしかりし貧乏人の家が何時の間にか赤煉化の素晴らしい新築と變りました

御日樣が高くなつた頃向ひの金持が起きて窓を開け寐呆け眼をこすり乍ら四方を眺めると、驚くま

い事か昨夜まで汚ない向ひの貧乏家が一夜の中に自分の家よりも立派な煉化家と變つて居る、慾深い金持が眼を皿の樣に大きくして暫らく見つめましたが、どうも不思議で堪らない、そこで大聲擧げて女房を呼びつけ向ひの家へやつて其一伍一什を聞かせましたが向ふ隣りの主人は昨夜服裝の見苦しい旅人を泊めた事、旅人が今朝出立の時三つの願を叶へてやると云ひし事、旅人が出立せし後何時の間にか家が此の通り煉化造りと變りし事杯正直者とて委しく語りました、金持の女房が歸つて此趣を話すと金持は地團太踏んで昨夜彼の旅人を自分の家に泊めない事を悔しがりましたが、何さま旅人は歩行であつたから未だ遠くは行くまい、馬に乘つて追ひ掛なさいと女房に言はれ、其もさうだと俄かに奉公人を召び馬に鞍を置かせてい、ひらりと是に飛び乘つて神樣の跡を追ひ掛けました、

四五里が程も驅けて行きますと昨夜の旅人に追ひ付きました、占めたと思つて馬より飛び下り、左も鄭寧に御辭宜をして昨夜は實に失禮致した、實は生憎戸の錠を置き忘れましたから夫れを探して居る中、貴殿はどこかへ御越しになりました、御急ぎでもあらうがマー／＼今夜は枉て拙宅に御泊り下されと、繰り返し／＼何遍も言ひました、此奴づう／＼しい奴だと思はれたが顏は左あらぬ体イヤ折角の御思召じやが急ぐ道中なればと言て之を辭しました、所が慾の深い金持は鐵面皮くも私にも向ふの夫婦と同樣に三の願を聞屆け下さいと云ふ、神樣は慾の深い奴だ一番懲らしてやらうと思ひまして歸宅の途中三つの願を考へ出せと申されました

金持は占めたと腹の中で悅んで神樣へ禮もろころこ馬に驅け乘り歸宅しましたが、何か一番大きい願を立てようと色々考へましたが慾の深いだけ願事が澤山で、其中どれを三つの中に極めようか中々定まりません、で傍眼もふらず馬上で考へて行くと馬が何に驚いたものか逆か立ちになつて荒れ出し、金持が厄鬼となつて手綱をかいぐり引き止

めても、止まらばこそ、益々燥ばれる計りで三つの願を考へる所でない、から金持大に焦ら立ちまして思はず知らず此畜生汝の首が切れて仕舞へと申しました、所が言葉の了るや否馬の首がぽくりと切れて馬が金持と共にどうと地上に倒れ、其儘死んで仕舞ました、アー是れで一つの願は失くなつて仕舞つたのか、ヤレ〳〵つまらない事をしたと後悔したがモー仕方がありません

金持は元來吝嗇でしたから死んだ馬は仕方がないが鞍や馬具が惜しくて堪りません、夫れを殘らず獨りで負つてウン〳〵唸り乍ら歩き出しましたが、頃しも夏の最中でぢり〳〵蒸し暑くて汗はビツシヨリ、つく〴〵考へると己れがこんな難儀をして居るのに平素氣儘勝手の女房は定めて安樂椅子に凭り掛り、アイスクリームでも食べて舌打ちして居るだろう、アヽ此鞍が飛んで行つて、女房が其上に作りつけとなつて、下りる事が出來なくなればよいがと邪慳なつまらない考がひよいと胸に浮びました、するると馬の鞍が金持の肩からするりと取れてどこへか飛んで行きました、是れで二つの願が濟んで跡はたつた一つしか殘つて居ません、偖〳〵こんな場所にぐづ〳〵長居する所でない宅でゆつくり今度こそ大きい願を考へ出ろうと夢中になつて駈け出しました

聽て家に着いて見ればサア大變、女房が鞍の上に造り付けになつて毫しも自動きする事が出來ず、大聲で泣きわめいて居ります、金持は心中で大に驚きましたけれども、もと〳〵剛慾非道な惡人ですから女房所でない、もう一つ大きい願をして神樣に叶へて貰はうと思ひ、女房に向つて汝はまづ〳〵それで耐忍しろ、己れが今一つ神樣に大きい願を立てゝ汝と生涯榮耀榮華をするからと申しました所が口汚ない女房は忽ち火の樣になつて怒り出して、此羊頭め(馬鹿と云ふが如し)妾は此樣に鞍の上に造り付け同樣になつて一足も歩るく事さい出來なくなつて、ロースチャイルドや、ヴアンダービルトの樣な大金持になつた所が何になると隣り近所へ聞ゐる樣な大聲で夫を罵りました流石の剛慾な金持も仕方がありませんから女房が

鞍から下りられる様にと神様に願ひました、早速願が聞き届けられて女房は直ぐ馬の鞍から離れる様になりましたが是れで金持の三つの願が殘らず御仕舞になりました

以上の次第で慾の深い無慈悲な金持は一匹の乘馬を失くし數里の路を冗歩るき致し夫婦喧嘩もして人の物笑ひとなりましたが、之れに引き換へて慈悲深く慾のない貧乏人は立派な家に住み身体が丈夫で夫婦睦まじく一生安樂に暮しました

アンドレアス・レール作，譯者不詳，〈靴を穿いた牡猫〉，《臺灣日日新報》，一九〇一年十一月廿三日。

日曜叢談

●靴を穿いた牡猫

アンドレアス、レール氏原著

犬は三日受けた恩を三年忘れないけれども猫は三年受けた恩を三日で忘れて仕舞ふ猫は恩知らずの獸であると能く世間で言ひますが玆に一つ感心な牡猫の話をしましよう

獨逸の片田舍に某と云ふ貧乏人がありまして粉挽を渡世にして漸つと日々の生計を立てゝ居ましたが年寄になつて死にました貧乏人の事で別に財産と云ふものはありません挽臼が一ツと驢馬と牡猫と一匹宛殘りました、其に付て三人の子供が金目のものを自分の物にしようと身代爭をしたが結局長男と次男とが相談して挽臼と驢馬とを取つて三男のギユルゲには僅の御錢と牡猫を與れましたギユルゲは極く好人物で温順い性でありましたからそれなり泣寐入になりましたが偖て御錢は直ぐ費ひ果たして仕舞ひ別に職業がありませんので日々の生計に困つて喘息をつき乍ら牡猫に向ひコレ猫や、私は汝の樣に鼠を取つて活きて居れぬ人間であるからもう餓死する外はないんだよと言つて涙ぐんで居ると此牡猫は非常に怜悧であるので貴殿は意地惡い兄共と違ひ長年私を大層可愛がつて與れたから恩報に私が貴殿を一生安樂に暮させるから決して御心配に及びません唯靴と革袋だけを買つて下さいと申しました

ギユルゲは眞實とは思はなかつたが兎に角牡猫の言ふ通り靴と革袋とを買つて遣りました所彼は其袋に玉菜や穀を入れ靴を穿いて次ぎの日山へ行きまして兎の居そうな場所を撰み袋の口を開けて自分は袋の傍に横になつて死んだ眞似をして居ました兎は早速穀や玉菜のよい匂ひを嗅ぎつけて袋の傍へ來ると爪を磨いで待ち構へて居た牡猫は飛び起きて是れに嚙み付き殺しまして暫時の中に二三匹の野兎を取りました

シメルバウヒとて名高い大金持がありましたが近

頭病氣で頻りに野兎を食べたいと云つて探して居るそれをどうして知つたものか牡猫は例の着物を着てチヤンと人間に成り濟まし山で取つた野兎を持つて其家に參りまして私はカノバス伯爵といふ華族の家來であるが當家の主人が野兎の肉を食べたいと言て探して居られるさうじやに依て件の通り野兎を賜はるとて野兎を出しましたシメルバウヒはカノバス伯爵といふ華族は遂聞いた事のない名前だとは思つたが兎に角非常に悅び野兎を受けまして厚く禮を述べ牡猫には是れは誠に失禮であるが貴殿の酒錢にして下さいと云つて御錢を吳れました牡猫は歸つて其御錢を主人のギユルゲに出しましたシメルバウヒが今度は雉の肉を食べたいと云つて居る事を聞きましたから牡猫は又候例の靴を穿き袋を負つて山へ參り野兎を取つた樣な仕方で又々雉を二三羽取りましてシメルバウヒへ持つて行つて矢張カノバス伯爵の吩付だと云つて其雉をシメルバウヒへ贈りましたろでシメルバウヒはカノバス伯爵は世にも稀れなる情深い華族であるいつか恩返しをしたいものだと思つて居しま

シメルバウヒは男の兒がなくてたつた一人の娘がありました此は非常な美人で花の顏、月の眉、蜂の細腰どこに一つ點の打ち所がない樣で芳紀は正に二八を過ぎて女盛りの十八、兩親は掌の珠、簪の花と大層可愛がりまして平常にも綾羅錦繡を着せて置きますから一層奇麗に見へましてやれ嫁に吳れろれ婿にならうと華族又は富豪から申込みが澤山ありましたが兩親がいろいろと中々返事はしないで居りました

偖もシメルバウヒはもう病氣も大抵快復しましたから明日此秘藏娘と馬車に合乘して遊山に出掛ける事にしました

此話が牡猫の耳に不圖入りましたから直樣主人のギユルゲの許に參りまして明日こそ貴殿の運の開く日で實に大切な日であるから何んでも私の言ふ通りになれと言つて明日の事をしか〳〵これ〳〵と細かに說いて聞かせました

翌日ギユルゲは牡猫と連れ立つて兎ある川の邊へ參りシメルバウヒの通る時間を計つてギユルゲは

今迄着て居た繼ぎ剝ぎの襤褸着物を橋の下に推し隠し丸裸になつて川の中に這入りポチヤ／＼やつて居ました質は垢を落して居た頃てシメルバウヒと其娘を載せた馬車が轔々として川の近所まで來ると牡猫が大聲で助けて呉れカノバス伯爵は水を飲んで死ぬ所だ其着物をば盜賊が持つて逃げたと繰り返し／＼叫びましたシメルバウヒは度々野兎や雉を贈つて呉れたカノバス伯爵の一大事を聞いて大に驚き早速馬車を止め馬丁を遣つてカノバス伯爵を救ひ上げましたが成る程盜賊に取られたと見ゑて着物が何處にもありませんから馬車の着物箱から自分の着換を出して是れに着せました何日となく湯にも入らず襤褸着物計り着て居たギユルゲが河水で垢を悉皆洗ひ落した上に美々しい洋服を着ましたから見違ゑる程の美男子となりましたシメルバウヒの勸めに從つて馬車に同乘して一所に遊山する事にしましたがシメルバウヒの娘は年頃ではあり日頃父の病中親切にして呉れた人ではあり殊に伯爵の華族で美男子であるから娘氣の何となくなつかしく慕ふ心が出ましたが獨逸國には其日も送れぬ貧乏華族が多いからカノバス伯爵はどういふ華族であるかと云ふ事が氣掛りになりました

牡猫は急ぎ足で馬車を驅け拔け或る牧場へ參りますと草刈共が大勢居て大聲で汝等今此處へ馬車が來るが此牧場の持主が誰だと聞いたらカノバス伯爵であると答へよ若し其の通り言はぬなら屹度罰するぞと言ひ觸らしました頃てシメルバウヒの馬車が其牧場の側を通り掛り如何にも廣大な牧場でありますからシメルバウヒが草刈に持主の名を問ひますとカノバス伯爵であると一同答へましたからシメルバウヒも娘も驚きました

今度は牡猫が廣い廣い田のある所へ參りまして例の口調で百姓共よ今來る馬車の人が此田の持主を聞いたならばカノバス伯爵と答へよ若し其の通り言はぬならば屹度罰すると言つてすた／＼通り拔けました百姓共は何の譯だかさつぱり解りませんが言ひ付け通り二言か三言言へばそれで濟む事でありますからシメルバウヒの馬車が通り掛りて此

田の持主はと聞くと百姓共は一同帽子を取つてカノバス伯爵の田であると答へましたシメルバウヒ父子はいよ〳〵益々驚きました

牡猫が今度は楡の木や樅の木やブナの木が幾萬本となく生ひ茂りたる森へ來掛りまして其處等に木を伐つて居る樵夫に向つて例の通り嚴しく言ひ付けましたからシメルバウヒの馬車が其森の邊に參りまして此森の所有者は誰であると聞くと樵夫が牡猫の言付け通りカノバス伯爵の山林であると答へました廣大な牧場や何百町歩と云ふ田畑計りか見透されない程大きひ山林までがカノバス伯爵の所有であると聞いてシメルバウヒは心の中で非常に驚きまして世にも稀な金持華族であると思ひまして益々尊敬しましたがシメルバウヒの娘はもうぽつとしてカノバス伯爵が頻りに戀しくなりまして一つ馬車に合乘の事でありますから可愛らしい眼元で深い心の中をほのめかしましたがカノバス伯爵になり濟した貧乏粉挽の三男ギコルケは心の中では深く悦びましたが其れと色には出さず益々謙遜して禮儀正しくしましたからシメルバウヒ親子は賴もしい人であると益々思ひました

仕舞に牡猫は美々しい煉化造りの邸宅へ參りました此家の主人は名高い魔法遣で眼の前で一つ眼の大入道になつたり三つ目小僧になつたり象になつたり兎になつたりする人であります牡猫は玄關に至り名札を出して主人に面會を賴みました取り次の者に誘はれて眼も眩む計り立派な應接所に通り主人に會ひまして丁寧に言ふには貴殿の魔法遣は獨逸國で誰れ一人知らぬ人がありませんがどうか私の前で一つ御得意の藝を見せて貰ひたいと賴みました魔法遣はそれは最と容易い事なりと大層自慢で直ぐ大虎になりましたが爪を出し口を開き脊を高くして唸りました其勢の凄まじさ與物でないと云ふ事を知つては居ても牡猫は思はず識らず縮み上りて暖爐室の蔭へ隱れました

魔法遣は頓て元の人間になつたから牡猫も漸つと這ひ出して來て頻りに其藝の上手な事を褒めそやしましたから魔法遣は益々得意の鼻をうごめかしましたそこで牡猫の申すには貴殿は大きいものに化けるのは實に上手であるが小さい者に化る事は

出來まいと云つたら魔法遣は厄鬼となりまして小さい者はどんな小さい者にでもなつて見せると申しますそれならばどうか一つ鼠になつて御見せなさいと言ひました牡猫に騙されるとは夢にも知らないから魔法遣は直ぐ小さい鼠になつてチヨロチヨロ走りましたが今こそ人間になつて居るが根が牡猫而かも鼠を取るのが何より上手の牡猫でありますから唯一口に噛み殺しました河童の河流れと同じ事で流石の魔法遣も魔法で遂に其身を亡ぼしました

牡猫は首尾よく魔法遣を退治しましてから門へ出てシメルバウヒの馬車の來るを今や遲しと待つて居ました頃て馬車が門の近所へ來ましたから牡猫がシメルバウヒに向ひまして當家はカノバス伯爵の邸宅でありますから是非御立寄りくださいと申しましたシメルバウヒ親子は言ふがまゝに門内へ馬車を乗り入れギユルゲは主人氣取になつて牡猫と共に親子の案内をしましたが天子の御殿にも劣らぬ普請でありましてシメルバウヒも娘も二度吃驚しました

カノバス伯爵は貧乏でない富有な華族であると云ふ事が茲で悉皆解かりましたからシメルバウヒ孃はカノバス伯爵の夫人にならんと兩親に願ひました兩親は素より望む所ですから早速承知し黃道吉日に芽出度婚禮をしてシメルバウヒ家の財產が殘らずカノバス伯爵とは假りの名實はギユルゲの物となりまして二人の兄共が一生粉挽きで暮したに引き換ゑ三男のギユルゲは世にも稀れな美人を妻とし榮耀榮華に暮しました

牡猫は是れからカノバス伯爵家の大切な飼猫となつて錦の布團の上に寢せられ日に三度洋食の甘き物を當てがはれて鼠取りは暇で困る時の慰みにチヨイ〳〵行るとになりました

獨逸グリンム兄弟作，譯者不詳，〈雪姫〉，《臺灣日日新報》，一九〇一年十二月廿二日。

家庭のよみ物 日曜叢談

雪姫

（獨逸グリンム兄弟合著家庭小説の二）

或る國に金持の大名がありましたが何一つ不自由のない榮耀榮華の生計ではあるけれども兒共が一人もないのを非常に殘念に思つて殿樣夫婦で神樣に願ひました神樣も切なる願を哀れと思し召して御聞屆になり其月から奥方が姙娠みました十ヶ月目に御產の紐安々と解いて產れたのはそれは〳〵可愛い女の兒でありましたから雪姫と名を付け掌の珠、簪の花と寵愛しましただん〳〵生ひ立つに從つて其奇麗な事は筆や口でとても述べられぬ位で目細鼻高櫻色そこに一つ點のうち所がありません先づ國中第一の美人になると云ふ評判でありました

雪姫が十歲の時母君が病氣で御逝去になり殿樣が後妻を御持ちになりましたが此後妻雪姫にとりましては繼母が中々の美人ではありましたがそれは〳〵邪見な婦人で非常な容姿自慢で世の中に己れより外に美人がないと思つて居ました

此繼母が或る時鏡に向つて自分の顏をつく〳〵と眺め乍ら

鏡よ鏡、世界で第一等の美人が誰でありますと

問ひました鏡はその通りありのまゝに映す正直な者でありますから虛詐りは決して言ひません

世界第一の美人は雪姫であります

と答へました所、繼母は火の樣に怒り出しまして雪姫を非常に責め折檻しましたがそれでもどうも足りませんどうか雪姫を殺してしまいたいものだと大膽な惡心を起しまして或る時御出入の獵師に大層な御金を與れまして山へ雪姫を連れて行つて殺して與れ殺した印として雪姫の舌と膽とを持つて還れと言ひ付けました獵師は金に目がくれて早速承知して或る日雪姫を山中へ連れ出し鐵砲で殺しにかゝつたが雪姫は紅葉の樣な小さい手を合せましてどうか生命計りは助けて下さい其代り私は一生家へは歸りませんからと淚乍らに願ひました

から流石の獵師も可哀相になりました且つ餘りに奇麗な兒でありますから殺す事が出來なくて其儘助けまして雪姫のものだと言つて兒豚の舌と膽とを繼母の所へ持つて行きました繼母はそれを眞實と思ひ大に悅びまして其舌と膽を鹽漬にして食つて仕舞ました

偖て雪姫はもう家へは歸れませんから淋しい山の中を獨りとぼ〳〵と當途もなく奥へ〳〵と踏み入りましたが未だ十歲の女の兒でこれまで姬樣〳〵と大勢の御女中に侍しづかれた身上でありながら繼母の爲めにこんな憂目に遭ひましたから幼な心の唯ぼろ〳〵と淚を流し乍ら行きましたが晚方に圖ある小さい家へ參りました家の中には人の氣勢は少しもなくひつそりとして居ります戶を開けて中に入りますと長い食卓の上に七人前の西洋料理がちやんと揃つてありましたが肉叉も洋刀も皿もいかにも小さくて丸るで飯事の道具の樣でありました何にせ雪姫は朝から步行き續けで何んにも食べませんから御腹は減り喉が乾いてなりません食卓の麵包や肉汁や燒肉や野菜を食べまして勞れ切つた所でありますからよい心持になり壁に傍ひたる小さな寢臺の上に横になつてその儘前後も知らずぐつすり寢入りました

抑も此小い家は一寸法師の家で晚方七人の者共が仕事から歸りまして洋燈をつけて見るとそこへらが取り亂してあり食卓の上の料理は食ひ荒してありました隅の方をよく調べゝと小さい可愛らしい女の兒が左も心地よげに寢て居ますから起すのも可哀相だといつて一寸法師等は雪姫をばその儘うつとして置きました次の朝夜が明るくなつて雪姫が眼をこすり乍ら起きあがりあたりを見ますと此家の主人は尋常の人ではなくて皆な一寸法師でありますから今更の如く驚きましたが法師等は雪姫の起きたのを見て左も珍らし相に寄つて來て親切に勞わりまして雪姫の名から此處へ獨りで來た譯から委しく問ひましたから雪姫はほろ〳〵淚で一伍一什を殘らず語りました一寸法師等は最と不憫に思ひまして貴女が此處に居れば誰れも殺しに來る人がない何一つ不自由を掛けないから永く此處に居て唯追々と洗濯や裁縫だけしてくださいといろ

〳〵慰めました雪姫は早速承知して先づ此處に落ち付きました此一寸法師等の職業は金掘りで朝早く金山へ行き晩方歸るのであります

繼母は雪姫を殺したからもう安心だ世界にもう己れより外に美人はないと思つて或る朝鏡に向つて例の通り問ひました所が豈圖んや鏡は此處では貴女が美人であるが山の中の一寸法師の家に居る雪姫はまだ美人であると答へましたそこで繼母は未だ雪姫の山の中に生きて居る事を悟りまして嫉妬の炎が腹の中に燃え上り居ても立つても居られません早速姿を小間物屋に變へまして山の中へ雪姫を探しに行きました奥深く參りまして一寸法師の家をやつと尋ね當てましたから窓から中を覗きますと雪姫がたつた一人遊んで居ます早速包みの中から非常に奇麗な組み紐を出して見せましたが女の兒でありますからそれを大層欲しがつて小間物屋になり濟して居る繼母の傍へうつかり來ましたから繼母は早速其の組み紐で雪姫の喉を力任せにくつと緊めました雪姫はたまりません其儘氣絶して正体なくなりました繼母は人の來ない中にと足早に立ち去りました

一寸法師等は仕事から歸つて見ますと雪姫はもう死んだ樣になつて居ますから大に驚きまして早速組み紐を解き水よ藥よと寄つてたかつて介抱しましたが漸つと息を吹き返しまして其事を告げましたからそれは繼母に違ひない此の後はどんな人でも家の中へは入れるなと呉々も言ひ置きて次の朝一寸法師は山へ金掘に行きました

繼母はこんどこそは雪姫が死んだに違ひない世界第一の美人は己れ一人だとぞく〳〵悦んでよせばよいのに例の通り鏡に向つて問ひました世界第一の美人は貴女であると答へる事と思つたが丸るで裏腹で山の中の一寸法師の家に居る雪姫が世界一の美人であると鏡が正直に答へましたからサア〳〵繼母が腹が立つて居られませんあの憎い雪姫めどうして呉れうと夜叉の樣になりまして人の來ない樣に占め切つた座敷に閉ぢ籠り毒饅頭の製造に取り掛りましたが其饅頭の半分は赤く塗つて毒を入れ半分の方は矢張り白くしてそれには毒を入れません

毒饅頭がやつと出來上りましたからそれを持つて繼母が百姓媼の樣な姿をして又ぞろ山の中の一寸法師の家へ行きました雪姫は矢張り例の通りたつた一人で淋し相にして居ました繼母は窓からその毒饅頭を出して見せびらかしましたが怜悧な樣でもそこは兒共の事でありますから釣り出されてすた〳〵窓の傍へ來ましたが此前の小間物屋に懲り〳〵し且つ一寸法師等の言ひ付もありますから浮つかり繼母にはだまされませんそこで繼母は左もほんとうらしく言ひ百姓媼の樣な口立ち振りで如何にもまじめな顏で此饅頭は私が手づから拵へたもので至つて結構であります赤い奇麗な方は蠻樣に上げます跡の半分は私が食べますと言つてその饅頭を二つに割り赤い方を雪姫に與れ白い方を自分が取り雪姫の眼の前でムシヤリ〳〵食ひましたから雪姫もそこ迄は氣が付きません如何にも甘まうであるから一口その赤い方の饅頭を食ふと忽ち毒に中てられウンと言つたぎりその儘どうと倒れました占めたりと大に悅びまして無慈悲な繼母はスタ〳〵御殿へ歸りました

晩方一寸法師が歸つて見ると雪姫が又倒れてもう脉が切れて居ますから一同大騷ぎをして手を換へ品を換へ介抱しましたがどうしても今度こそは再び生きて返りません一寸法師等は男泣きにワイ〳〵三日三晩雪姫の傍に泣き明かしましたがもうどうも仕方がありません去ればといつて其屍骸をむざ〳〵土の中へ埋めてしまうのは可哀相でなりませんから厚玻璃で寐棺を造り四方から見ゆる樣になして金字で雪姫の名を書き之を山の一番高い所へ擔ぎ上げ切り石で棺臺を拵へその上に棺を据ゑ七人の一寸法師が交る〴〵一人宛其傍に屹度寢ず番をして居る事にしましたが鳥や獸までも雪姫の不幸を哀れと思ひまして棺の傍へ來て泣きましたが最初は梟次は烏仕舞に鳩が飛んで來て悲しみ泣きました

棺の中の雪姫は何時迄も何時迄もその儘で居ましたがほんとうに死んだ人ならば永い間に色が變り身体が腐れて仕舞う筈でありますが雪姫の顏形は生きてた時と少しも變りません雪の樣に色の白い所へほんのりと櫻色をして其美麗さは何とも言はれません死んだとは云ふもの丶唯眠つて居る樣に

見ゐました

或る時此の山の中へ何某伯爵といふ大名の長男で未だ年若き人が供人を數多連れて鳥打ちに來ましたが不圖玻璃張りの縦棺が眼につきまして傍近く進んで來て中を覗いて見ると其中に天女と言つてよいか何と言つてよいかそれは〳〵奇麗な女の兒がすや〳〵と眠つた樣にして這入つて居ますから其若殿樣がもう戀しくなつて堪まりません番をして居た一寸法師にいろ〳〵願つて棺ぐるみ雪姫を貰うと掛りましたが一寸法師はこれは死んだ女の兒であるから呉れた所が仕方がない貰つた所がつまるまいと言つて中々聞き入れなかつたが若殿の切なる願にそれならばどうか此死んだ雪姫を大切にして呉れろと繰り返し〳〵言つてやつと承知しましたから若殿の悦びは譬ふるに物がありません鳥打も何もそて〳〵にして供人に玻璃棺を擔がせ山を下りましたが其供人が藤の蔓か何かに足をからまれ思はずよろけて其拍子に棺桶ががたりと横にかたぶきましたがどうでしよう今の今迄死んだと計り思つて居た雪姫がうんと計り生き返りまして眼をパチクリ〳〵させもう寐飽きたと云ふ体でぜんと獨りで棺箱の蓋をつき上げてしとやかに出て來ました

これは意外と棺を擔いで居た供人は驚きましたが若殿は悦びの餘り早や夢中になつてズカ〳〵と雪姫の傍へ寄り來り我愛らしき雪姫よ貴女は私の世界中で此上のない可愛い人である貴女はもうこれから私の夫人であると人の手前も忘れて雪姫に抱き付き情を込めて接吻しまして後手を取つて我が御殿に歸りましたが雪姫も無慈悲な繼母が居るから實家へ歸る事もなりません若殿の言葉に從ひ其夫人になる事を承知しまして數年後大層盛んな婚禮の式を取り行ひました

婚禮の式場には繼母も列席しましたが繼母は雪姫が此の世に生きて居て伯爵家の花嫁にならうとは夢にも思ひません婚禮のある朝例の通り鏡に向つて問ひますと貴女よりは伯爵家の新花嫁雪姫の方が世界第一の美人であると答へましたから流石の繼母も吃驚仰天しましたが未だそれでも嫉妬の氣がとれません兎に角婚禮の場所へ行つてほんとう

に花嫁か雪姫であつたなら顔でもひつ掻いてやらうと思ひまして招請を受けた刻限に伯爵家へ行きましたが花嫁は確かに雪姫であつたが眞赤に火で焼いた鐵の上靴を出され浮つかりそれを穿いて兩足が焼け爛れ其場で死にましたがそれは散々雪姫を苦しめた報ゐであります

不著作者，譯者不詳，〈山彦〉，《臺南新報》，一九二二年十一月十二日。

童話

山彦

荒川　浩

何千年か昔のこと、ギリシヤと云ふ國にエコーと呼ふ、それはそれはおしやべりな林の精がありました。

或日、その頃世界を司どつてゐたヂユノーと云ふ女神に向つて、つひ何時ものおしやべりの中に言葉をしくじつてエコーは大變に悲しい神様のお罰を受けなければならなくなりました。それは人達が話す言葉の、その言葉尻を眞似て物を云ふほか、自分ではなんの一言すら云へないと云ふ、ずゐぶん窮屈な、嚴しい掟でありました。

エコーはさう云ふ辛い戒めを受けてからは、毎日々々小深い森のなかに入つて、前に自分の非常におしやべりたつたことを悔んで、さうして眼を赤くしては泣いてゐるのでありました。

或日のこと、若いエコーは、ナアシッサスと云ふ黄金色の髪と空色のほがらかな眼を持つた若い獵夫を一と眼見てから、しきりにナアシッサスを戀ひましたが、神様のお顔のため自分の心のうちを打明けることも出來なくて、それはそれは苦しい日を、幾日となく送つてゐるのでありました。

ナアシッサスはそんなことは少しも知らないものですから、或日友達と別れて、獨りきりで森の奧深く歩いて行きますと、後ろの叢の陰で人の氣はひがしたものですから、鳥渡驚きました。

「此處にゐるのは誰だ？此處にゐるのは？」

と、ナアシッサスが咜と咎めますと、

「此處にゐるのは。」

と、エコーは漸く答へるだけでありました。

「此處にゐるのは、私だ。そして……」

とナアシッサスが云ひますと、

「私だ。そして、……」

と、やはりエコーは答へるだけでありました。

そして樹蔭から駈け出てきて、エコーが犇と取りすがりますと、少年のナアシッサスは非常に驚いて、一散にエコーの兩腕をば振りほどいて、尚も森の奧へと逃げて行くのでありました。

取りのこされたエコーはどうしていいのか全く分らないで、胸中を打ちふるはして歎くは歎き悲しんで居るのでありました。一層自分のその以前おしやべりであつたことが、非常に恥しく思へて、どうしていいのか更に分らないのでありました。

それからと云ふものは、もう人に自分の姿を見られるのも厭になつて來て、エコーは深い深い森のなかに何時とはなしに身を隱してしまひました。そして、エコーの姿を誰も全く見る者がなくなると同時に、只、聲ばかりの少女となりました。

皆さんが森や林のなかに行つてそして何か物を云へば、それに答へて言葉尻を眞似てこちらに響き返してくる山彦と云ふのは、そのエコーと云ふ林の精の、憐れな成れの果てださうであります。

不著作者，梅津夏子譯，〈鹽か黃金か〉，《臺南新報》，一九二二年十二月十日。

スロバックの童話

鹽か黃金か

梅津夏子

昔、ある國に一人の王樣がありお開きになりました。ましして三人のお姬樣をもつて居らつしやいました。王樣はその三人のお姬樣を目へ入れても痛くないといふ程寵愛してゐました。

王樣は、年齡をとつて來て體はやせ、腰は海老のやうに曲り耳も遠く、目も弱むやうになりました。そこで今の中に三人の姬達の中から、一人のお世嗣を定めて置かねはならぬと考へました。けれども王樣は三人とも同じ樣に愛してゐたので、世嗣の女皇子を撰ぶのに大層お困りになりました。色々とお考へになつた末に、王樣はハタと膝をたたき、につこりなさいました、それは何でも一番自分を愛して呉れるものを女王に仕樣といふ、大變いい思ひつきなのでした。

或る日、王樣は三人のお姬樣達を自分のお居間へとお呼びよせになりました。

「姬達よ、私は、お前達も見て居るやうに此の頃はめつきりと年をさつた、そしてさうしてももう永く生きられない事をも知つて居る今の中にあとつぎを定め度いと思ふ。それでお前達の中で一番私を愛して呉れるものを皇子にしようと思ふがユリヤや！お前は一體どういふ風にお父さんを愛して呉れる？」と王樣は一番上のユリヤと云ふお姫樣にお尋ねになりました。ユリヤは、お父樣のお言葉を聞いて、

「お父さん！まるで私は、黄金のやうにお父さんを愛してますわ。」

と答へてイソ／＼と王樣のお手に接吻をしました。王樣は

「よろしい、ではヨーシヤは？どういふ風にお父さんを愛して呉れます？」

と次ぎヨーシヤと云ふお姫樣に

「お父さん！私はあなたを、あの高價なダイヤモンドの樣に愛してます。」とさも嬉しさうに云ひました。王樣のお顏は曇つて參りました。王樣は最後にマルシユカと云ふ末のお姫樣に又同じ樣にお尋ねになりました。

「お父さん！私は、まるでお父さんを鹽のやうに愛します。」

と答へました。二人の姉さん達は、目を丸くして妹の平凡な答へを嘲笑ひました。たが、お父樣

のお顔に、解けるやうな微笑のあつたのには氣が付きませんでした王様はマルシユカに

「マルシユカ！お前は本當に私を塩のやうに愛してゐますか？」さ聞き返しました。するさ、マルシユカは目に一杯涙をたたへて

「お父さんーほんさうに私の言葉を許りなさいまして。」

おさ感謝に滿ちた聲で答へました此の日は誰がお世繼になるさもきめられないで過ぎて了ひましたその年の夏、長い久さ長い雨がつづきました、秋の收穫は皆無さなりました。この王様の部下の百姓達はみんな飢餓で困りました。

そして、これ等の百姓を救つたものは金でもダイヤモンドでもなくアルシユカの塩でした。王様は早速、位をマルシユカにお譲りになりました。百姓達はみんな王様の英斷を歡びました。そしてこの國はいつまでも〳〵榮えてゐました

不著作者，北村洋一譯，〈女人創造〉，《臺南新報》，一九二二年十二月十一日、十二日、十三日。

印度童話 女人創造

北村洋一

（一）

全智全能の大神マハデバ樣が印度と云ふ國の創造の大業を濟ませられて、やがて天高く御上りになりました。天上から大神は今、美しく出來上つた印度の國を御眺めになりました。大神樣の御眼の前に展開されたものは、それはそれは美しい國土でありましたたつた今、自分が自ら創り出したものであるかと疑つてみたい樣な立派な、美しい國土でありました。

マハデバ樣の翼からは暖かな香りを含んだ風がソヨ〳〵と起つて來ました。昂然とした棕櫚は其の高い頂をマハデバ樣のすぐ御眼の前迄さし伸べ、足下には純白な、清淨な、いかにもなよやかで愛らしい百合の花が・野面一杯に咲きこほれてゐました。

マハデバ樣は御手を伸してそのいぢらしい百合の花の一房をお摘みになりました。やがてそれを慈愛深い微笑を泛べ乍ら、瑠璃色に澄んだ海の中にソツと投げ込まれました

そよ風が水晶の樣に透き通つた海の水を湧き立たせ、その美しい眞白な百合の花を、白く泡立つ波　中に捲き込んでしまひました。

二三分經つと、その雪の樣に白い泡の花束の樣な中から一人の裸の少女が產れ出ました。

その少女こそは、ほんとに百合の樣に優しい、馥郁とした香に浸つた、風の樣になよやかな、海の樣にしなやかで變り易い・浪立つてゐる海の樣に輝かしい、そして笑ひさざめく小波の樣に賢こい、樂しげな明るい乙女でありまし

た。

やがてその乙女は、水晶の膝に美しい水の中に自分の姿を映して、それにじつと凝視てをりました。

「まア　わたしはなんて美しいんでせう……」と囁きました。

やがて乙女は自分の周圍を眺めてゐましたが又、

「まア、この世界は何んて美はしい事でせう！」と感嘆の叫びをあげました。

それから乙女は靜かに乾いた岸に上りました。この時、乙女は自分の飾りの美しさを恥づる様に、その赤裸であつた自分の身體の一部を被ひかくしました。

印度童話

女人創造

北村祥一

（二）

今はもう、女の前には美しい花の咲き亂れた野原が廣く遠く展開されてゐました。乙女の上に澄む蒼い空からは物欲しげに、貪る樣に、射付ける樣に彼女の身體を覗き込んでゐる數知れない多くの星の眼差を浴びてゐました。

多くの星はもうすつかり恍惚となつてしまひました。そして愈々輝き出しました。ヴイナス星は、他の星よりもゝつと強く輝き出しました。そこに羨ましげな光に燃へてゐました。

乙女は美しいかぎりの森や野を、川や湖の邊りを逍遙しました。

世界のすべてのものが彼女の前に恍惚と醉つてしまひま

した。

乙女はやがて、それにも倦いて來ました。

乙女はやがて創造主マハデバ樣に祈りを捧げました。

「ネ、全智全能なるマハデバ樣よ。あなたはわたしを斯んなに美しくお創りになりました。全ての物が私の爲めに恍惚となつてしまひます。然し、わたしは未だ、わたしが眞實に何れ程位 美しいのか知りません。全ての物は唯、恍惚となつて默つてをりますので……」

この祈をきかれて、マハデバ樣は非常に澤山の小鳥をお創りなりました。その無數の小鳥達は聲を揃へて、乙女の美しさを歌ひました。

乙女はそれをきいて喜びました。が、一日經つと、それにもうんざりしてしまひましたすつかり倦いてきました。

「ネ、全智全能なるマハデバ樣……」と乙女は再び祈りました。

「私の爲めに小鳥達は、私の美しさを歌つてくれます。然し未だ、誰も私を抱き締め、愛撫して呉れるものはありません。だから、未だ眞當に、何れ位、私は美しいのか解りません！」

　そこで全智全能の大神ヤハデバ樣は美しい、なよやかな蛇と云ふものを創り出されました。

　蛇は美しい乙女の赤裸の身體を捲き締め、うね〳〵とその小さな肢の上を舞ひまはりました。

　乙女は半日程は、その蛇に抱愛されて滿足してゐましたが、やがて又飽いてしまひました。

「ア、わたしが眞實に世の中で一番美しいのだつたら、他のものは皆、私を眞似る筈だ。鶯は美しい音で鳴くものだから、獨か鶯の鳴音を眞似るのだもの……。だから私は、そんなには美しくないのだらう……」と乙女は嘆きました。

全智全能なるマハデバ様はそこで猿と云ふものを乙女の爲めにお創りになりました。猿は乙女のあらゆるしぐさを眞似しました。乙女は、それに六時間程も滿足してゐましたが、やがてこうるさくなつてしまひました。

今度は涙をこぼし乍ら祈り初めました。

印度童話

女人創造

北村洋一

（三）

「私はこんなに美しいのです。皆のものが私の美しさを歌ひ私を抱き締め、私を追ひ廻り、私を眞似します。だから、彼等は私を賞讃したり、羨望したりします。私は今、羨望の餘りに私に危害を加へやうとするものがあつたら何うしやうかと恐ろしくなりました……」

マハゲバ様は、強い、力のある獅子と云ふものを創つて乙女にお與へになりました。

獅子は乙女をよく護つて呉れました。然し、三時經つと乙女は泣き出しさうになつて叫び出しました。

「わたしは美しい。みんなのものは私を愛撫する。然し私は誰をも、何をも愛撫するものがない。私はこの恐ろしい獅子に對しては尊敬と恐怖とを覺えるけれども、愛する事は出來ない……」

その時、乙女の前にはマハデバ様の御心に依つて、小さな、愛らしい仔犬が現れました。

「まア、なんて可愛らしいんでせう……」と乙女は喜悦の叫びをあげました。そして仔犬を非常に可愛がりました。

「まア、わたしはどんなに、こ

の仔犬を可愛がることだらう……」

今や乙女は全てのものが得られました。最早何も欲しいものはありませんでした。

何にも欲しいものが無くなつたので、乙女は怒り出しました。そして怒つたまゝ、その仔犬を打擲しました。仔犬は吠え乍ら逃げてしまひました。

乙女は今度は獅子を打ちました。獅子は恐ろしい呻り聲を發して何所かへ行つてしまひました。

今度は蛇を踏みつけました。蛇はしゆう／＼音をたてゝ逃げてしまひました。

斯うして猿もかくれ、小鳥も飛び去りました。

乙女は泣き出しました。

「ア、わたしはなんて不幸だらう。私が機嫌の良い時には、彼等は私を愛撫し、笑ひ、歌つてくれるのに、私が怒ると、皆行つてしまふのだもの……」

私はもう一人きりだ。

ネ、全智全能にゐますマハゲ

ハ樣。私の最後の願ひで御座いますから、わたしに入りの樣な性質のものをお創り下さいませ。

——即ち、私が怒を浴びせかける事の出來る、私が怒つても、私から決して逃げ出す勇氣のない、そこでいつまでも私の打擲に耐へ忍んでゐることの出來るものものを……

能はざるところなきヤハデバ樣は暫く沈思されました。そして、やがて乙女の前に、その條件を備へたものを賜りました。

それは乙女の爲めに夫と呼ばれる——男と云ふものでありました。(エスペラレド語譯に據る)

不著作者，梅津夏子譯，〈狼と牡貓〉，《臺南新報》，一九二二年十二月十七日。

童話

ブルガリヤにあつた話

梅津夏子

狼と牡猫

幾日も幾日も降り續いた雪に、野も山も眞白な綿を着せたやうな或朝でした。今迄自分の犯した恐ろしい罪を悔改めた狼が、いつまでも人間と敵同志のように、白い眼をして睨み合はないで仲直りが仕度いと思つて、村の方へとぼとぼと出て參りました。その途々も、獵夫や、獵犬の群によく／＼見知られて居るのを、非常に氣にして居りました。

狼は、何處の家でもいいから這入つて行つて、自分の魂の懺悔を聞いて貰ひ度いと思ひましたが、生憎に何處にたつてそんな不要心に開け放してある門はありませんでした。ふと見上げた眼に、垣の上から下を見おろして居る黒い牡猫がうつると狼はすぐ、

「おゝ、親切な私の愛する黒い牡猫君よ」

と、御世辭よく話しかけました

そして

「あなたは此の村で、死んだ魂

をさへかくまつて呉れるやうな親切な人を御存じではありませんか御存じならどうぞ早く教て下さい
「アレ角笛や犬の遠吠が聞えて來ます、私にはそれは非常に恐ろしいことです。どうぞ早く私に教て下さい」
　とたのみました。しばらく考へてゐた牡猫は
「さうですネ、それなら一つステパンさんの所へ行つて御覧なさいあの人は善い人です。」
と答へました。狼はうろたへて云ひました。
「ステバンさん？　どうして私はあそこへ行かれた義理ではありません。此の春でした私はあそこの小屋から一疋の山羊を、かつぱらつて來た事があります。」
　と、牡猫は又、
「ではペテロウ井ッチさんの所はどうでせう」
　それを聞いた狼は手を振つて
「どうして〳〵、ペテロウ井ッチさんは私を非常に怒つて居ます、といふのは譯があるんです、一昨日でした、私はそつと小羊を二疋かついで逃げましたからです。」
と云ひました。暫く考へた牡猫は
「おおさうだ、此の上のイワノウ

井ッチさんはどうでせう？」

と數ました。

「イワノウ井ッチさんの所？ イイエ困ります。あの方は去年からわなを作つて私を殺さうとして待つてゐます。」

と狼は困つた樣に云ひました教てもをしへても狼には行く事の出來ない所ばかりでしたから牡猫も弱つてしまひました。

「ではあなたは、誰にでも惡いことをしてますネエ、そんならエコライさんならいいかもしれませんよ」

「ああ、あそこの奥樣の片目なのは、私が引つ掻いたためでした。ネエどうぞもつと他にはないでせうか？」

と狼は泣き聲になつて頼みました。首をかしげてゐた牡猫は、さも氣の毒さうな眼をして、狼にはもう何にも云はないであきれて逃げて行きました。

ドーン、と一發の彈丸は狼を見舞ました。魂の救ひを求めた狼は、また懺悔をしない内にたほされてしまひました。

不著作者，荒川浩三譯，〈木登り三太〉，《臺南新報》，一九二三年一月七日。

支那 童話

木登り三太

荒川浩三

三太といふ子供は大層木登りが好きで、いくら親兄弟が木に登ることを止めても、少しも人の云ふことを聞かないほど木登りの好きな、腕白者でありました。

正月の元日に、三太はいつもの通り、村の子供たちと、氏神さまの社に朝早くお詣りに行きましたそして、柏手を打つて、丁寧にお詣りをすませてしまふと、他の子供たちに向つて、三太は、早速かう云ひました。

「今まで元日に木登りしたことは流石の僕にもなかつたが、今日は一つ、思ひ切つて、あの松の木に登つて見よう。」

さうして、自分の眼のまへにある、[illegible]した高い、松の木を指さして、皆なに見せました。

「あの松の木にかい？　止し給へ元日匆々から。あの木はね、氏神さまの神木で、君などが無暗に登ると、實際ひどい目に逢ふよ。だから、今日だけは止したらいいだらう。」と、傍にゐた一人の子供は三太の亂暴な言葉を聞いて、咎めるやうにさう云ひました。

「馬鹿云ふなよ。そんなに罰があたつて堪つたものかい。君のそんなこと、實際下らない心配だよ。まあ見てゐたまへ。今僕が木登りするから。そして、村中を今日は一つ、大きく見返してやるから。」と、友達の云ふことも聞かず、三太は大きなことを云ひました。

それからすぐに三太は、その松の木に登り始めました。

はじめ、三太は松の木の頂なところに登つて、如何にも得意さうに、暫らくは、下に騒いて自分を見上げてゐる子供や、そして村の景色など眺めおろしてゐましたが、どうしたものか、そのうちに三太が登つてゐる神木の松は、急に見る間に延び出して來ました。

これには見てゐる子供より、附

の木に登つてゐる三太の方が非常に高くなりましたが、それでも松の木はそんなことに頓着はせず、ずんずん天の方へと、無暗に延びだして行くのです。これには[illegible]流石登りずきだつた三太は驚いて、終ひにはおろ〳〵して來て、泣き聲さへ出しましたが、それでもまだ、松の木は天の方へ、天の方へと、ずん〳〵延びて行くのです。

「助けて下さい、ああ。助けて下さい、あああ。」と、しきりに三太は泣き喚きましたが、もう追ひつきません。松の木は見るまにたん〳〵高くなつて、終ひには、樹梢の途中にゐた三太さへ、雲のなかに隠れて、見えなくなるやうになりました。

「これは困つたねえ、どうしたらいいだらう?」

「ほんとにね。困つたことを三太の奴、したものだよ。どうすればいいのだらう?」

下にこれを見上げてゐた村の子供たちは、口々にそんなことを云ひ合ひました。

そのうちに、其中での賢い子供が、村の大人を二人呼んで來て、その木を切つて貰ふやうにしましたのですが、それでも何うすることも出來ませんでした。と云ふのは、大人が交るがはる、うんと力をいれて、思ひ切つて斧をあてるのですが、一度はうまく木の幹に斧はあてることが出來ても、その松の木がずんずん延びて行くので同じところに二度と斧をあてて木を切ることが出來なかつたからであります。

皆なはもうどうする術も盡きて只しまひには神さまに三太を許して助けて下さるやう祈るほかありませんでしたが、その利き目があつたものか、どうか判りませんが三は太大變眞面目な子供になつて何處からとも知れず、七日目に家に歸つたさうであります。

不著作者，春山亥之助譯，〈鳥の一念〉，《臺南新報》，一九二三年一月十日。

支那 童話

鳥の一念

春山亥之助

「羽の生えた泥棒ぐらゐ始末のわるいものはない。」さ、始終村の李兵衛爺さんは、さう口小言を云つてをりました。羽の生へた泥棒さいふのは、勿論、鳥のこさです。

これは李兵衛爺さんの畑にかぎらず、誰の畑でも處かまわず鳥ごいふものは荒しまはるのですが、李兵衛爺さんには、自分のところが、一番その「羽の生へた泥棒」に荒されるさ思はれたのでした。

李兵衛爺さんは、毎年々々案山子をたてはこれを防ぐのでしたが、そんなものは實際鳥にさつては何でもないこさでした。終ひに李兵衛爺さんは鐵砲を持ちだしてドシン、ドシンさ彈丸を放しましたが、これには流石獰うくしい鳥達も驚いて、早速逃げるやうにしましたが、それでもまだ、鳥が畑の作物を荒すことは、並一とほりではありませんでした。「畜生奴！」と云つて、李兵衛爺さんがドシンと鐵砲を打つと、鳥のはたく＼と落ちてくる數は、それは非常なものでありました。さうして毎日のやうに李兵衛爺さんは鳥を打つて歩きましたのですが、なか＼狡い鳥の數け容易には減りませんでした。

或る日のこと、爺さんの子供が「お父さん、鳥が何百匹となく、畑にゐるよ！」と突然怒鳴りますので、「おい、來た。」とばかり早速立ち上つて、そして鐵砲を床の間から持ち出しました。

すぐ外へ出るには出たが、李兵衛爺さん、火藥だけ填めはしたものの、彈丸を忘れて來たことに今更のやうに氣がつきました。仕方がないから、通りがかりの物置き場に行つて、短い釘を幾本となく手に握り、畑の隅へ行つて、彈丸のかはりに、その何本だか分らない、短い釘を一生懸命鐵砲に填めました。

「今に見てゐろよ。」と李兵衛爺さんは鐵砲を取りあげると、急に面白さうな笑ひな

つ浮べましたが、その時何かちよつと考へたらしく、畑にゐる鳥に向つて、

「わーッーわーッ!!」

と、呶鳴り立てました。」

すると、どの鳥もみんな泡を喰つて、ばた／＼と逃げ出しましたが、忽ちのうちに畑の眞ん巾にある大きい木に、みんな止まつてしまひました。

「よし、來たー」とばかり、今度は姑めて、狙ひを定めて歩兵衛爺さん、鐵砲をドシンと一つ放つて續けざまにドシン、ドシンと打ちますと、全く大變なことが起つたのであります。

月ね

す、

木に

ノ

り

つ

原稿缺損

歩兵衛爺さん、自分のやつた手際に暫らく見惚れてゐると、逃げ出したいと思ふ鳥の一念は恐ろしいものです。ばた／＼、ばた／＼、猶を叩いてゐるうちに、その釘止めされた鳥達はさう／＼、その畑の木を根もとから引き抜いてしまつて、そのうちに又、ばた／＼と、

木ぐるみ一緒に、みんなの蚊蜂鳥は、急に空中に飛び立つたものです。

「此奴は驚いたなあ！」

と流石の杢兵衛爺さん叉呆れてゐましたが、暫らくして、木ぐるみ一緒に飛び立つた鳥達は、叉元どほり、木ぐるみ一緒に落ちて來ましたので、やうやく胸を靜めました。

「一念といふものは恐ろしいものだなあ。」

とは、それからの杢兵衛爺さんの言葉でありましたさうです

不著作者，荒川浩譯，〈清兵衛と石〉，《臺南新報》，一九二三年一月十四日。

支那童話

清兵衛と石

荒川浩

清兵衛といふ、それは〳〵石や盆石の大好きな石狂人がありました。石が好きだから石狂人といふわけでなく、實際そのころの清兵衛は、どうしたわけか膏肓まで狂つてゐたのでありました。

その男の家の床の間に、不思議な石が置かれてありました。直徑は一尺ばかりの[illegible]合ひの、日[illegible]の透きとほつてゐるいい石で、秀でた峰も、奥深く幽かな溪もあつて「世にも類ひ稀なる珍らしい石」と云つて、清兵衛は誰に逢つても、さう自慢してゐました。

清兵衛の話すところに據れば、その石は、雨が降らうといふ日には、その石の孔といふ孔から白い雲が湧いて、それが石の溪を越え、峰をわたるのださうでありますが、それは窓に凭つて自然の景色をはるかに眺めてゐるのと、少しも變りがないさうであります。

けれども、その清兵衛が自慢する石を見て來た村の幾人かの人?

は、そんな趣は更にない、普通のつまらない、汚い石たと云つて、清兵衛の馬鹿げた、話はなしを強つて居りました。

ところが隣の村に、これも清兵衛に負ないほどの權兵衛といふ石狂人がありました。この男も少し石に對しては氣が狂つてゐると見えて、清兵衛の話をきいて、その不思議な石を見せて貰ふと、大變その石の動くといふ石に感心してしまひました。

どうかして、その清兵衛の寶とでも云つていい石を手にいれたいと思つて、懸命を出して清兵衛に石を譲つてくれるやう頼みましたが、なか〱命にも換へ、ぶまいその石は、清兵衛わたさうとしないのです。

そこで或る晩のこと、權兵衛は下男を連れて、亂暴にもその清兵衛の自慢する石を盗みに行きました。清兵衛がすや〱眠つてゐるところを巧くごまかして、その石を盗むと、馬のうへで持ちかまへてゐた下男にその石を擔がせ、權兵衛も馬に飛うつやうにして、急いで逃げてしまひました。後で清兵衛はこれを知りましたが、もうどうすることも出來ません。地團太ふんで口惜しがつても、追ひつきはしないのです。

ところが不思議な事があるものです。もと清兵衛がその珍らしい石を拾つたといふ大川に權兵衛たちが通りかかりますと、何氣なしに其處に懸つてゐる橋の欄干に、下男がちよつと肩休めに、その大事な〱石を置いたものです。するとどうした弾みか下男の手がすべり、その雲の湧くといふ、清兵衛の不思議な石を川の中へ落してしまつたのです。權兵衛は大層怒つて、馬を打つ鞭でさんざん下男を打ちたたきましたが、そんなことをしても、水潜りたつて川に落ちた石が、歸りやう筈もありません。

仕方なしに翌る日、權兵衛は早速その邊の水潜りのうまい若者を大勢傭つて、その石を一日捜させましたが、みんな岸に拾ひあがる石といふ石は、へぼ石ばかりです。終ひには百圓の賞金を懸けましたが、それでもとう〱その石は見當りませんでした。

石を奪はれてしまつて、すつかりがつかりしてゐた清兵衛はそれを聞き、早速例の石を落したといふ橋に行き、そして橋の上からそこの流れを見詰めましたが、何のことはない、清兵衛には、その四面の透きとほつてゐる雲の湧く石がが、おりしくさ川の底深く沈んだまま淵にうつるのです。

「馬鹿やーい。」さ、清兵衛が、石を今まで投してゐた多くの人を呪ひ、川に飛び込んだ時は、もう凡ての終りでした。

あくる朝、清兵衛は水に溺れて、可哀さうにも死んで居りました。

不著作者，荒川浩譯，〈首なし兵士〉，《臺南新報》，一九二三年一月廿八日。

支那 童話

首なし兵士

荒川浩

一體、支那ぐらゐ西洋人や日本の歷史考へもつかないやうな奇な話のある國はありませんが、その支那の國に、昔、孫景賢さいふ有名な學者がありました。これはその先生のお話ですが、孫景賢の住んでゐる村に、某さいふ男がありました。その男は流寇さいふ戰ひの時、首を斬られて、譯は戰死したやうな工合で死んでをりました。首は斬られたさ云つても、すつかり首が落ちたわけでなく、僅かに皮一枚をのこして、胸にぶらさがつてゐたのでした。

戰爭が終つて、ただ戰場には武具や死骸が取りのこされてゐるだけで危險の心配がなくなつた時、その男の家の人たちは、首を斬られた兵士の死骸を引き取りに行きました。それから葬式を濟まして然夕捍ようさした時、始めてその兵士の首がまた繫がつてゐて、絲のやうな痕を微にしてゐるここに氣付きました。そこで家の人たちは大いに驚いて、すぐ手當てをして、體を大事に支へて家に引きかへしました。色いろ〳〵手を盡した甲斐があつて、二日目には、漸く蚊のやうな呻き聲を出しました。それで家の人たちは大いに喜んで、始めのうちは粥を一匙づつ匙で口にあてがつて飲ませ、さうしてだん〳〵飲み食ひさせるやうにしました。かうして半年以上も缺かさず養生しましたので、そのうちに首の傷はすつかり癒つてしまひました。

それから十年ばかり後のことでした。或日のこと、日頃仲のいい二三人の友達と一緒に、その男は何か面白い世間話をしてゐました。そのうちに誰か非常に可笑しいことを云ひ出したので、一座の人人は、腹の皮をよぢらして、腰も落ちんばかりに笑ひ崩れました。勿論、その兵士あがりの某も、みんなと一緒に手を拍ち、腹を抱へて笑ひ崩れたのでした。さころがどういふ拍みたつたか、むかし受けた刀傷のところが急に裂け、首がぽたりと、前に落ちてしまつたのです。濃い血はどくどくと溢れ、どう施しやうもなかつたのでありました。そして醫者も何人か来てくれたのですが、幾分とするうちに息が絶えて、今度は、ほんとに首が落ちて、死んだのであります。

これには皆な隣の者は驚いて、

「おい、どうしたんだ。大變なことになつたなあ。」

と泣き喚いても、もう取りかへしがつきません。

その首なし兵士になつてしまつた者のお父さんは、大變怒つて、

「一體、誰がこんなことにしてしまつたのだ。誰が馬鹿笑ひさせたのだ。」

と怒鳴り散らしましたが、今更、息子を生きかへらす法はありませんのでした。

死んだ首なし兵士のお父さんは、どうしても自分の息子をあきらめ切れず、その笑はせた男を相手どつて役所に訴へ出ましたが、何も故意にしたことではないので、役人も裁判のしやうもありませんでした。そこで仲だも附つたあげ

く、一際に偉なつた者からそれぞれ幾らかづつの金を出さし、みんなから集めた金でその父を慰め、さうしてその者なし兵たちの葬式は丁寧にしてやりましたさうです。

不著作者，小谷正二郎譯，〈オルフューズ物語〉，《臺南新報》，一九二三年三月十八日。

童話

オルフューズ物語

小谷正二郎

昔、希臘にオルフユーズといふ大層琴の上手な音樂家がありました。子供の時分、森の中で一曲彈きますと、蜘蛛は巢をつくるのを止てぢつとそれに耳を傾け、働き好きの蜂さへ仕事を止めたくでした。生長するに從つてだんだん腕も冴え、オルフユーズが琴を抱いて歩くだけで、もう森の中のありとあらゆる獣から慕はれまて、その後に隨つたさうでございます。こんな具合でしたから、妖精の中でもなかなか美しいユーリヂシーといふ若い娘と結婚して幸福な月日を送りましたが、或日のこと、不幸にもその若い妻のユーリヂシーは誤つて毒蛇を踏み脛を噛まれて間もなく亡くなりました

オルフユーズは妻の長い間かへらないのを心配して外へ出てたづねましたが、影も形もありません

試しに琴を彈きましたが、何時ものやうに應へて歌ふのではありません。妖精達も八方に分れて捜しましたが、たうとう何の手懸りさへ得られませんのです。それで、黄泉の國にでも行つたのかしらと思ふとオルフユーズは悲しくて仕方がありません、仕方なしに、逆に決心して、妻のユーリヂシーをたづねに琴を抱いて地獄に出發しました。

かうして地獄の大王プルートーの宮殿に行きまして、悲しい曲をしらべますると、哀しい響きは水のやうに暗い隅々にまで流れて、ありとあらゆる亡き靈はみんな聲を立てて悲しく泣くのでありました。大王も流石に哀れと思召されまして、オルフユーズに誓はれたんままに、妻のユーリヂシーを人間の世界に連れて行かせました。それには一つの約束がありまして、それはオルフユーズが妻が自分の後に隨はせて行く時、再び太陽の下に出るまでは、決して振りかへつて妻の姿を見てはならないといふ大層むづかしい約束でありました。

けれどもオルフユーズはその位の約束ならと思ひまして堅い誓ひをたて、地獄を去つて眞つ暗な狹い小路を上つて　きましたが、ほんとうに妻のユーリヂシーは從い

て來てゐるのか、それを[illegible]者へますと、

「地獄のプルートー、自分を欺いたのぢやないかしら。」

と疑ふのでありました。で、何氣なしに後を振向いてユーリヂシーを見ますに、

「あッ！」

と一と聲、彼方に叫んで、美しいユーリヂシーは兩手をこちらへ伸ばして見せたまま、暗い／＼、深い谷底へと墜ちてしまつたのであります。

オルフユーズは身を藻掻きムシつて後悔したが、最早どうすることも出來ません。たとへ二度と地獄へたづねて行つたところで、同じ願ひがお許される道理がありませんので、そのまま、自分一人きりぼんやりと人間の住む世界へ上つて來ました。そして自分の森へ引きかへしましたが、それから、その邊りの人はこの哀れな音樂家の姿を見た者はございませんでした。

よく山奥につれて物哀れな音の聞えるのは、このオルフユーズが哀しい調べを彈くのだと云はれてゐますし、或ひは又、雷の電火に打たれて程なく死んだとさへ云はれて居ります。手に持ちなれてゐたところの琴は、小川から海へ

と流れて、レズボスといふ島にながれ着きましたが、秋がくるたびに落葉に埋れて、それも跫音のしないやうになりました。その島の夜鶯は、今にいたるまで餘處のよりも聲が佳いと云はれて居ります。

不著作者，久保田かね子譯，〈ヒヤシンス物語〉，《臺南新報》，一九二三年三月廿五日。

童話

ヒヤシンス物語

久保田かね子

むかし〳〵、希臘の天地をつかさどられた神様に、ヂユピタアといふ、それは〳〵力の強い神様がありました。その神様にアポローといふ神子がありましたが、その方もお父さんのヂユピタアに劣らないくらゐな、力の強い、勇氣のある人でした。この方のお生れになる時には、太陽は波のうへで躍り、聲のよい鷺鳥は、デーロスといふはアポローの生れた浮島の上を賑はしく歌ひながら、七度までも舞ひ廻つたさうです。尚、彼空にある月輪などは、揺れ籠の中のアポローに接吻しやうとして、わざ〳〵その揺れ籠の上に來てとまつたさうであります。

アポローは、海にも陸にも望むまゝの處に行ける、非常に便利な翼のやうに白い鷺鳥と黄金の輝い馬車とを[illegible]しました。[illegible]紋のある帶と、[illegible]の[illegible]

竪琴を持つて居りました。琴を彈つて調べる時には世の中にこれに並ぶものはなく、弓に箭を番へて射る時には、中らないものは何一つないといふ、優れた技能を持つて居りました。それに何時見ても顔は日光のやうに輝いてゐるので何處へ行つても人達に、悦びと樂しみとを與へをしました。世の人達は「光りの神」と云つたり「歌の神様」と呼んだり「美しい國の公子」などとアポローを褒め讃へました。

* * *

ヒヤシンスといふ、此頃希臘の或る市にゐた王子は、この世の人が誰一人賞めそやさない者はないアポローに、そのさつぱりした氣質を可愛がられて、多くの友達からは羨まれながら、元氣のいゝアポローと一緒に毎日樂しく遊んで居りました。

或日のことヒヤシンスは、アポローと一緒に、デスカスといふ圓い板を投げる、面白い遊戯をして居りました。

「いゝですか、投げるよ。」

と云つてアポローが腕に力を籠めて投げた鐵板は、風を切つて勢ひよくヒヤシンスの方へ飛んで來ました。

「いゝですとも！」

と答へて、其時ヒヤシンスはその鐵板が地に落ちやうとしてゐる

のを急いで飛んで駈けつけました
が、生憎のここに、その圓板は折
惡く其處にあつた岩に當つて、强
く跳反りました。それが運惡くも
其處に駈けつけたヒヤシンスの額
にあたつて、氣の毒にも其處に倒
れてしまつたのです。

「こりや困つたなあ、どうしたら
いゝだらう。」

と、流石ふだん元氣のいゝアポ
ローもこの時にはほんとうに困つ
てしまつて、只驚いてヒヤシンス
を抱き起したまゝ、思案にくれて
ゐるよりほかありませんでした。
なぜなら、もう其時、ヒヤシンス
は百合のやうに頭をうなだれて、
雪のやうに白い額は二つに裂け、
鮮血は紫じみた黑い血に染つたま
ま、氷のやうに冷たくなつて死ん
でゐたからでありました。

元氣のいゝアポローにも拘はら
ず非常に後悔しましたがそれも何
のヒヤシンスを甦める方法ともな
りませんので、すぐにヒヤシンス
王子をば一と莖の花に變へてしま
つて別れの歌を作り、それを手琴
れの琴にあはせて何時も歌つて居
りました。そしてそれは忽ちのう
ちに希臘中に擴り、春がおとづれ
るたびに、その可憐なヒヤシンスの
花を愛でない者はないやうになり
ました。

このヒヤシンスの花は、ヘイヤシンサスとも、ヒユーキンスースとも云はれて、多くの人々に可愛がられて居ります。

或る時は狂ふ如く左に打ち廻す
驚きを與へる狂亂せる信號者(シグナルマン)の
頭上高く運行續ける奇しき星座の光よ
あゝ何物かを打ちたゝき
うちふるはさしむる實在せる幻遂よ

俺達仲間は言ひ合はせた樣に唸らせられる
そして言ひ合はせた樣に睡眼を央開かしめられる
そして神科な物凄さに恐怖を感じ
或は妖靈の船路を想つて踊り縮む
そして共に描く陸の情婦の夢からすつかりさめて
深いあくびまじりの吐息する。

童謠　「形」を見つつも

(ルツキング　フオルワルト)(スチーブンソン原詩)

——宗　耕一郎譯

坊やが大人(おとな)になつたらば
坊やは偉(えら)きく威張るだろう
そうして私は云つてやる
他所(よそ)の嫗に小倅に
坊やの玩具(おもちや)に邪魔すなと

紫　の　酒

——岩　佐　清　潮

おゝ　お前の瞳はうるんで
雨にぬれそぼつた榕樹の樣ではないか
枯れきつた私の情熱に
點火でもたくらんだのか

スチーブンソン作，宗耕一郎譯，〈童謠「形」を見つつも〉，《熱帶詩人》，第二卷，第十期，一九二三年四月十日，頁四。

西洋童話

▲無料で乘せて貰ふ代りに怖がつて聲を出したら其の度毎に三弗づつ出すさいふ約束で、夫婦者が飛行機に乘り込んだ。飛行家がいろ〳〵の離れ業をやつて見せたが、同乘者は一向聲を出さなかつた。少時して着陸した飛行家、後を振り向かずに「どうも貴方がたは偉い。我慢しきれまいさ思ひましたよ。」するさ亭主が「いや、妻が墜落した時ばかりは、もう少しで三弗取られる所でした。」

▲「花、その油繪の額を俺の書齋へ掛けろ。」

「奥樣が應接間へ掛けるやうにとおッしやッてで御座います。」

「文句を言ふな。俺は此家の主人だ。俺の書齋へ掛けろ――」

「一寸待て――一旦俺の書齋へ掛けてな――それから應接間へ掛けろ。」

不著作者、譯者，〈西洋童話〉，《臺南新報》，一九二三年四月十五日。

不著作者，天野一郎譯，〈變な脂人形〉，《臺南新報》，一九二四年十月八日。

こどものページ

變な脂人形

世界小學讀本物語

天野一郎

これはもとく印度の童話なのですが、米國小學讀本下卷に「おかしな脂人形」としてのせられてあります、ずるい狐につかまり、あさはかな兎がやつとのことで命をひらふといふ筋で、おもしろおかしい中に智慧の大切なことを敎へられてあります。

一

狐はずつと前から、兎を捉へやうとしてゐたが、それがどうしても出來なかつた、で、ある日狐はとうとう一つの甘い方法を考へ出した、それは樹の脂を澤山取つて、それで子供のやうな人形をこしらへたのである、それを道ばたへ置いて自分は藪かげにかくれて樣子を見てゐた

二

すぐに兎がやつて來た、ぴよこん、ぴよこん、ぴよこんとやつて來た、そして脂人形を見つけて「お早う、よいお天氣だね」

と聲をかけた、脂人形は何んとも言はなかつた

「今日はどんな御機嫌ですかね」

脂人形はやつぱり默つてゐた

「どうかしたのかい？お前、んぼかね、つんぼならもつと大きく聲で言ふてやるよ！」

兎が怒鳴つた、けれど脂人形はやつぱり默つてゐた

「貴樣少し生意氣だな！よし！おれが少し禮をとつてやらう！」

兎が言ふた、脂人形は何んとも言はなかつた

「目上の者にたいする行儀を知らんの！その帽子をとり「今日は」と言ふんだ！」

脂人形はやつぱり默つてゐた

兎はすつかり怒つて、一足さがつて身構へた、そしてぴしやりと脂人形の顔面を打つた

三

それは何より大間違ひであつた

兎の握り拳は、ぴたりと脂人形にくつゝいてしまつて、どんしてもとれなくなつた

「離さんか！離さないと打つぞ！」

さう言つても一つの手でまたぴしやりと打つた、と、それが又附着いてしまつてとれなくなつた

「おい！離せ！離せ！離さぬと蹴るぞ！」

兎はあせつて怒鳴つたが、脂人

形は何んとも答へなかつた、そしてしつかりと兎の兩 をつかまつて離さなかつた、そこで兎は右の足をあげて、ぽかんと蹴つた、それがまたぴたりとくつゝいてしまつた

「おのれ—畜生—今度こつちの足で蹴つたら貴樣—つぶれてしまふぞ！」

「が脂人形はやつぱり默つてゐた

兎はぽんと左の足で蹴つた、それがまた動かなくなつてしまつた

兎は泣き聲になつて、

「どうしても離さぬか—よし—頭で貴樣の胴をついてやるぞ！」

そしてづどんと頭で人形の胴をついたら、また頭が動かなくなつでしまつた

四

そこへ、時分はよしと、狐がのつそりと藪の中から出て來た

「や、お早う、兎君、今日は少し變な格好をしてゐるね、なんだそのざまは！」

狐はかう言ふて、笑つて笑つて淚の出るまで、笑ひころげた

「どうだな兎君、今度こそ君をつかまへたね、君は久しくこの邊りをかけめぐつて、僕を馬鹿にしてゐたからね、けれども、夢もこれでおしひだら、一體、この脂人形に、誰が話をしかけろと言つたかね、はゝゝ、自分に無理に脂

人形に抱きついてしまつて、まあ君はそこにさうしてゐるさ、今に僕が薪を一把もつて來て、火をつけてやるから、實は君を今日はひろめしにしやうと待てゐたのだ」言はれて兎はすつかりしよげてしまつた、そこで、

「いや、かうなつちや仕方がないどうでも君の好きなやうにしたまへ、だがね狐君、どうかあの荊の籔の中へ丈けは投げ入れないでくれ給へ」

といつた

狐

「いつそ高い木へつるさうか、火をつけるのも面倒だから」

狐が言ふた

「うん、どんな高い處へでもつるし給へ、だが、荊の籔へだけは投げ入れないでくれ給へ」

兎が言つた

「いつそのこと水の中へ放り込まうか？」

狐が言つた

「うん、どんな深い水の中へでも投げ入れたまへ、しかし、荊、籔だけは許してくれたまへ」

兎が言つた

そこで狐は考へた、あんな兎の奴、荊の籔を嫌つてゐるだから、これは一番、ほんとに荊の籔の中へ投げ入れてやらうと考へた、そし

て兎の後足を捉へて、がさりとばかりに彼方の荊藪の中へ投り込だしばらくたつて、狐はだれかに呼ばれるやうな氣がして向ふの方を見ると、これはしたり、兎は、丘の上でこづばでしきりに脂をとつてゐた、して狐の方を向いて大きな聲で、

「おれはもとも、荊の藪で生れて荊の藪で育つたのだよ、はい、さよなら」

と言ひ、ぴよん／＼はねて遠くへ逃げてしまつた―完―

不著作者，天野一郎譯，〈子供〉，《臺南新報》，一九二四年十月十二日。

こどものページ

かはいさうな

子供

世界小學讀本物語

天野一郎

これは英國小學讀本中級篇にある物語りです、悲しいもの、さみしい者の上にも必らず自然に神のめぐみあることを教へられてあります。

一

あるところに父もなければ母もなく、山羊もなければ友だちもない、ひとりぼつちの可憐な子供が居りました、廣い〱野原の眞中に坐つて、さびしさに泣いて居りますと、そこへ親切な牝牛が來ました

「坊ちやん　何故泣きますか？」

尋ねられて子供は

「ひとりぼつちだから……」

と言ひましたすると親切な牝牛は
「泣いてはいけません、私に好いお乳を進上げませう」
　そこで子供は泣くのを止めました、親切な牝牛は盃一杯の乳をやりまして
「私は草を食べにゆきますけれども、すぐに歸つて來ます、坊つちやんのお腹のすいた時には、また澤山のお乳をあげますからね」

二

子供はまた獨り／＼野原の眞中に一人になりましたので、さびしくなつて泣いてゐますと、間もなくやさしい羊が來ました
「坊つちやん何故泣きますか？」
「ひとりぼつちでさみしいから」
「泣いてはいけません、私が美しい着物になる、あたたかい毛をあげませう」
　そこで子供は泣くのをやめました、やさしい羊はあたたかさうな毛をたくさんくれて
「では私はこれから草を食べにゆきます、坊ちやんが寒くなつたら

またあたたかい毛をあげますように

さう言つて向ふへゆきました

三

子供は、また淋い〳〵野原の眞中で一人になつたものですから、悲しくて泣きだしました、そこへ今度は大きなやさしい犬がやつてまゐりました

「おや坊つちやん、何故泣きますか？」

犬は親切に尋ねました・

「ひとりぼつちで淋しいから」

子供は答へました、そこで親切な犬は

「それでは私はあなたと一緒にここに居りませう、そしてあなたのお友達になりませう、もう〳〵あなたはちつとも淋しいことはありません

と申しました

四

それから犬は左官と大工を雇つて來ました、小さい美しい家が、廣い〳〵野原の眞中にたてられました

ほんとに小さい家ではありますけれど、それは綺麗で、中には子供

や犬の住む部屋も作られてありま
す、家のまはりは奇麗な庭になつて
居ります、いつでも好きな時、は
掘り返して、いろ〳〵な種をまく
ことが出来ます、犬もまた掘り返
して種をまくことが好きでした
しかしともするとまぜつかへすい
でした

まい朝、親切な牝牛は、野原に
出るついでに、よつて来て子供と
犬に沢山のよい乳をくれました
やさしい羊もやつてまゐりまし
た、そして寒いときにはたくさん
なあたゝかい毛をくれました
大きなやさしい犬は、閑爐の前
にねころび、子供は犬のそばで、
小さい椅子に腰をかけて居りまし
た、それで、まいにち面白く、愉
快に暮されました、子供もたのし
いのですから、もう〳〵決して
泣きませんでした

五

子供と犬は仲よく暮しました、
私はいつまでも子供と犬とが、廣
い〳〵野原の中で、仲よく住んで
ゐるであらうと思ひます

―をはり―

不著作者，天野一郎譯，〈旅人と岩〉，《臺南新報》，一九二四年十月十六日。

こどものページ

旅人(たびびと)と岩(いは)

世界小學讀本物語

天野一郎

これはイタリヤ小學國本中級編にある物語です、イタリヤの小學讀本には、あくまでもイタリヤの小國を發し國民が力を合はせて國を發展させねばならぬことが多く書かれてあります、この「旅人と岩」も人々が一致共同してゆくところにほんとの社會の幸福のあることををしへられたものです

ある人が旅をして、けはしい山路を越した、だんく登つて來ると或る箇所に、大きな岩が上から轉がりおちて路をふさいでしまつてゐるのに出會つた、あひにくそうにも路をよけてゆきやうがなかつた、せつかく此處まで來たのにこの岩のために先きへ進むことの出來ないのは如何にも殘念であるどうかしてこの岩をのけて先きへ進みたいものだと、旅人は色々心配して見たけれどもその岩はあま

り大きかつたから、どうすることも出來なかつた、旅人はすつかり困つて　そこへ坐り込んでしまひ

「あゝこれで夜にでもなつたら私はどうなるのだらう？きつとおそろしい野獸がとび出して來て、自分をかみ殺すにちがひない！あゝ困つたことになつた！」

から途方にくれてゐる處へ、また一人の旅人が登つて來た、そして前の人と同じやうに岩を動かさうとして見たけれども、自分の力に到底叶はないのを知ると、之も困つてしまつてそこへ坐り込んだ

そのあとへまた三人の旅人が登つて來て同じやうに骨を折つたが誰一人としてその岩を除くことの出來る者はなく、みなしよげ込んでしまふのだつた。

しばらくしてから中の一人が他の人たちに向つて言つた。

「みなさん、みんなで天の神さまにおいのりをしやうではありませんか、したら神さまはこの岩をのけて下さるかも知れません」

そこで一同は一生懸命に祈つたけれども、岩は一寸も動きはしなかつた。

そこでその男は更に

「みなさん、神さまは「われ汝等を助くるが如く、汝等互ひに救け合へよ」と仰言います、みなさん力を合はせてこの岩を動かさうぢやありませんか！」

賛成した一同が立ち上り、力を合はせると岩は苦もなく動き、一同はうれしい旅をつづけることが出來た。

旅人は人生である、旅は人生である、岩は人生の行路にゆきあふ困難である、どんな人でも自分一人であらゆる困難をとりのけることは出來ない、しかし神さまはどのような困難でも、人々が力を合はせれば、りつぱにきりぬけることの出來る樣に作つてゐて下さる

「みなさん、あなた方はこのお話で何をしりましたか？みなさんはこのお話で、人類同胞がみんな仲よく社會をつくつて住む方がどんなに仕合せで力づよいことである

かを知(し)つたでありませう」
先生(せんせい)はこの話(はなし)のあとで、からおつしやいました。

不著作者，天野一郎譯，〈秋と冬〉，《臺南新報》，一九二四年十月廿二日。

こどものページ

秋と冬

世界小學讀本物語

天野一郎

これは伊太利小學讀本中級編にあります、伊太利は景色のよい國で秋でも冬もそれぞれ美しいながめであります、日本の秋や冬と比べて考へながらよんで下さい

秋

ふく風も涼しくなりました、晝がすこしづゝ短くなりました、つばめは、あたゝかい南の國へと、飛んでゆきます

ぶどうはじゆくしました、つみとられては、ぶどうしゆにつくられます、そのほか、いろ〱の果物がとりいれられます、いちぢく、なし、りんご、くるみ、くりなどがとりいれられます

木の葉はだん〱いろづいて、やがてちるでせう

やすみもおしまひになり、子供を

はまた學校へ通ひだしました、農
夫は麥のたねをまいて、らいねん
よいとり入れがあるやうにいのり
ます

また、まつり日には、私たちの
ご先祖さまや、しんるいのものの
お墓まゐりをして、おいのりをい
たします

□

「やさしいやさしいつ
ばめさん
なぜさう急いてなれた
巣とこちらのそらをあ
てにして
とんでゆかねばならな
いの?」
「ふゆのくるのがおそ
ろしく
さむさしらないだんこ
くへ
わたしの子供をひきつ
れて
しばらくいつてまいり
ます」

冬

さむい冬がまゐりました。晝は
みぢかく、お日さまはよわいあた
たかみしかむ　いません
たて、毎日のやうに、そらは

くもり、雨がふつて、風がはげしくふきあれます、大雪がふつて山々は白くなります、水はこほり、霜はふり、ふかいきりが、たびく地の上におります

子供たちは氷のはりつめた、池のほりの上で、氷すべりを致しますなんといふ、あぶないことでせうもしあの氷がわ　たならば、たちまちつめたい水の中へおちこまねばな　ぬではありませんか

ゐなかはさびしいながめです

木の葉はみんなおちつくして、はだかのまゝで立つてゐます、たいていの鳥は、南の方のあたたかい國をさして行つてしまひましたたゞ二三羽の雀　、あちらこちらを飛んでゐるばかりです

よくはたらく百姓たちは、冬になつても遊んでは居りません、田畑をたがやして、麥のしたくをいたします、雨のふる日に　手にさげる籠や、しよひ　ごを作つたり、または、ほうきや、むぎわらぼうしをつくつたりします、女の人は糸をつないだりごちそうをこしらへたり、あるひは　ストーブのはたで、くつしたをあんだりいたします、子供たちは雪もさむさ

もおそれずに、毎日元気よく学校へまゐります

世の中の、びんばうな人は、さむさにふるへ、ろく〳〵たべるものもなくて、おなかをへらして、なんぎをしてゐるのがたくさんあります、きのどくな、かはいさうな人たちにはほどこしをせねばなりません

イエス、クリストは大さうさむさのきびしい冬の日にお生まれになりました、そして私達に、つらいことをたへしのぶことゝ、かはいさうな人達をあはれむことを教へて下さいました　―をはり―

不著作者，天野一郎譯，〈勞働〉，《臺南新報》，一九二四年十一月九日。

こどものページ

勞働

世界小學讀本物語

天野一郎

これは伊太利小學讀本にあります、みんなが、それぞれ自分の力のまゝに勞働することが、どんなに尊いことであつて、そしてそれがために世の中が幸福なるかをよく敎へられてあります

勞働は、森や林を切り開き、沼や澤を乾かし、砂漠に花をさかせます。

勞働は種をまき、實をとり入れ、麥をひき、粉をパンとして、われくの生命をつなぐ大切な食糧を供給します。

勞働は煉瓦をつくります。石をみかき、大理石の大きな柱をつくり小さい家を建てるばかりではなしに、立派な宮殿、塁をもしのぐ高塔、大きな伽藍をきづきます。

勞働は深い〳〵地球の底までも探檢して、その中から何百世紀といふ長い間かくされてゐた、豐富な石炭層を掘り出し、それをあまねく供給して、機械を動かし、汽車や汽船を走らせ、冬のきびしい寒さをおひ拂つてわれ〳〵の室をあたゝめます。

勞働はあの固い〳〵鐵をとかしてそれを數限りもない型に作りかへ針をつくつたり、また鐵の梁をこしらへ、大きな機械の輪を作り小さい銃口の口金具などをつくります。

勞働は堅い樫の大木を伐り、それを梁とし、柱とし、板として大きな船を作り、はてしない海を航海して、世界各國の産物をわれ〳〵の家に持つて來る。

勞働はインドから米を、アメリカから綿を　アフリカから象牙を南の諸國から様々な果物を、雪や氷にとざされてゐる北の國々からいろ〳〵の毛皮を持つて來ます。

勞働はかくして國と國との富を分

配いたします。

勞働は、つまらない石を溶かしてそれを透明なガラスとし、それを種々の器具に作り、それをみがいて近眼の人にも物の見える眼鏡をつくりまた、何百萬哩と遠くれてゐる天體を觀測するレンズともなします。

勞働は、つまらないもの、いやなものを變へて有用なもの、貴重なものとします。きたないぼろも勞働によつて美しい紙となり、塵や海の廢物はこれによつて快よい香ひの香となり、または病氣によく利く高價な藥ともなります。

勞働は河に橋をかけ、谷に高架道を築き、固い堅い岩山にトンネルをうがち、世界を一つの家族といたします。

勞働は町から町へ、州から州へ、地方から地方へ、大陸から大陸へと細い針金を引いて我々の言葉を山の頂きを越え、海の底をわたつて通はせてくれます。

勞働は文字を、繪畫とを印刷して、

刻々の出來事を、到るところに傳へます。

勞働は全能の、魔法使ひであります。勞働が一度、その強い手を下しますと、いかなるものでも出來てまゐります。その魔法の杖が動けば、昨日までは見るもあはれであつた谷は、忽ち豐かな農産物をもつて掩はれ、荒はてた山腹は青々とした森をもつて包まれ、鎔鑛爐には火があか〳〵と燃え、鐵砧の上には重い鐵鎚がなりひびき、車輪は忙がしく廻轉し、そこに文明がにこ〳〵とほゝえんで生れるのであります。

なんと勞働の力は偉大ではありませんか。

不著作者、譯者，〈起きよ公達花の姫〉，《臺南新報》，一九二五年四月十九日。

こどものページ

起きよ公達花の姫

たのしい春になりました。これは勇ましい一篇の歌です。米國の小學讀本中級篇に出てゐます。皆さんの好きな譜で、聲高からかにお唱ひなさい

聞きよ公達花の姫
夜は山の端にあけゆくぞ
鷹馬槍を整つて
狩の用意ははやなりぬ
狩の犬は吠え勇み
鷹はうそぶき笛は鳴り
樂しく交る狩の歌
起きよ公達花の姫

起きよ公達花の姫
山の狭霧は晴れわたり
朝の泉は烟を立て
草木の露は玉の如
はや勢子達は草叢に
牡鹿を追ふて騒ぎたつ
わが歌唄ふは今ぞいま
起きよ公達花の姫

起きよ公達花の姫
あの青森へかけつけよ
走るに早き大鹿の
落ちゆく先きをつげまさん
見ずや牡鹿の逃ぐるとき
幹に殘しし角のあと
追ひつめられて狂ふらし
起きよ公達花の姫

うたへこの歌高らかに
起きよ公達花の姫
言へ青年の歡樂は
われらの如くかけゆくと
時の獵師は刻々に
樂しき時代をかりたつる
これを思はばとく起きよ
高き公達花の姫

草木の露は玉の如
はや燕子達は草叢に
牡鹿を追ふて騒ぎたつ
わが歌唱ふは今ぞいま
起きよ公達花の姫

あの青森へかけつけよ
走るに早き大鹿の
落ちゆく先きをつげまさん
見ずや牡鹿の逃ぐるとき
幹に残しし角のあと
追ひつめられて狂ふらし
起きよ公達花の姫

うたへこの歌高らかに
起きよ公達花の姫
言へ青年の歓楽は
われらの如くかけゆくと
時の織師は刻々に
楽しき時代をかりたつる
これを思はばとく起きよ
高き公達花の姫

不著作者、譯者，〈勇ましい航海〉，《臺南新報》，一九二五年八月九日。

こどものページ

勇ましい航海

これはイギリスの子供達のよろこんで歌つてゐる航海の唱歌です　皆さんも海へ行つたときなぞ好きな節で大きく歌つてごらんなさい

一

二人の水夫が大胆に海へ出かける
船上での手に入つたその技
げに二人は勇ましい船員で
その船はたのしい筏なあん

二

二人の水夫が錨を下ろした
繩でしつかりつなぎ合はせた板船
た海をこえて向ふの陸へ
こぐ!こぐ!照りつける日光に浴
びながら

三

二人の水夫が海を漕ぎつて舵をと
つた二本の長い棒で
暗礁は間近く
波はさかまいてゐても
決しておそれない水夫は

四

二人の水夫が
めざゞしく舵をとつて
夢中でよろこんだ
嵐がやつてきた
船がこはれて
投げ出されるときには
一しよにざんぶと
飛びこむのだ

不著作者、譯者，〈子守唄〉，《臺南新報》，一九二六年一月廿四日。

子守唄

○イタリー○

ねむれ和子よ
眠れ和子よ
いとやすく
汝が身を守る
み神と母が……

○ゲール○

白いしとね
吹雪よふくな
夜はふける
白いとこに
わが子はねむる
靜まれ風よ
小窓をうつた
坊やはとくに
夢の國に……

段成式作，羊石生譯，〈支那の童話（一）〉，《臺灣教育》，第二二九期，一九二七年五月一日，頁四〇－四四。

ゝことを得。又競技者が一度觸れたるボールがネツトに懸りたる場合、ドリブルと看做さるゝことなく、今一度ボールに觸るゝ事を得

このドリブリングは相手方から打たれたボールを、兩手を下げ掌を上に向けて受ける場合に、動もするとボールが一旦掌に中り次いで前膊又は胸、顏等に觸るゝことが多いが、それを言ふのであつて、特に味方のネツトに打ち込んだボールを前衞が救ふ場合にはよく起る反則である

この條項中、身體の如何なる部分とあるは、衣服も含まるゝものである

第十二項　デイレーイング・ゼ・ゲーム

競技者が不必要にゲームの進行を防げる行爲をなしたる時はデイレーイング・ゼ・ゲームと看做さるべし

これは競技精神の幼稚な團體の試合によく起る行爲で、審判官が味方に不利な宣告をなしたと憤慨して審判官の不公平をならして競技の進行を防害するやうな、或は退場するやうな行爲に之を言ふのであつて、沒收ゲームとして、相手方に二十一點を與へるのでる。沒收ゲームのスコアーは二十一對零である

支那の童話（一）

油頭　羊石生

一　花の精

昔ある處に、仙人の道を修める爲に、世の中をのがれて住んでゐる一人の儒生が御座いました。其儒生の住居は、人には和れない秘密の場所でありました。そして自分の外にはたつた一人の子供を使つてゐるだけで、それも用事があつて呼ばれぬ外は、決して顏も出さない事になつてゐました

儒生の家の廻りには、花や木や、ありとあらゆる美しいものを植えて御座いました。そして其のさゝやかな家は、春秋ともにこれらの花に埋もれた樣に、靜に靜に立つて居ました

儒生は誠に花がすきで、陽にあてたり、水をやつたり、蟲を取つてやつたりして、まるで命にも代へがたい樣に大事にして、そだてて、めつたに住居から離れる樣なことは御座いませんでした

折しも春の宵のことで御座いました。色々の草木は枝もかくれるばかりの花盛りで、風は薫りを含んで吹いて來て、おぼろの空には、月さえかゝつてゐました。儒生は、なんだか甘さうな香のする飲み物を滿たした杯を前にして、何時もの通り一人靜に坐つて、生き甲斐のある春を樂しむやうに、うつとりとしてゐました。此時突然月の光の間から、一人の御姬樣がおぼろ氣な着物をきて、足のはこびもしとやかにあらはれてまいりました

御姬樣は丁寧にえしやくして

「妾は御隣に住まはせていたゞいて居るものでございますが、御友達と一緒に、叔母樣達を御訪ねするつもりで御座いますが、あんまり御美しいので、此らの御庭を拜借して、やすませていたゞきたいと存じまして、御許をうけに參つた

41

者でございます」

と申しました

儒生は、なんだか腑におちないと思ひましたが、喜んで望みにまかせました

御姬樣は、いそいそと立去りましたが、やがて、咲きほこる花の枝や、柔かい莟のふくらみかけた、柳の枝等をさげて、きれいな着物をきかざつた仲間の御姬樣達をつれて參りました。そして儒生に挨拶した皆の御姬樣は、何れも顏かたちの優れてきれいな人達で、袖やたもとをひるがへす度に、何ともたとへ樣のない、此世にあるとは思へない位のよい香が致しました

「どうか御遠慮なく、御休み下さい」

と儒生は自分のへやへ案內しまして

「一體私は、誰の御蔭で皆樣のやうな方々を、御もてなしすることが出來るので御座いませう、御美しい皆樣方は、月の桂の宮から御くだりになつたのでせうか、それとも、西王母の御くにゝあると云ふ、玉の泉からでも、御出ましになつたので御座いませうか」

と我知らず尋ねました

「どう致しまして、妾共は決してそんな者では御座いません」

と緑の着物を着た御姬樣が答へました。そして

「妾は、御嫡と申します者で御座います。こちらの白い着物を着てゐるのが梅芳さん、とき色の着物の方が桃僊さん、紫のは榴梢さんで御座います。」と順々に紹介致しまして・

「妾共は、みんな姉妹で、今日は叔母樣方を御訪ねする道すがらで御座いますが、御庭が美しく、月が又あまりきれいなので、御言葉にあまへたわけで御座います」

「さうで御座いますか、さあさあ御遠慮なく」と話してゐる時、きちんとした身なりのしもべが

「叔母樣達は、もうこちらへ御越しになりました」

と申して參りました、そこで御姬樣達はみんなすぐに、玄關へ出迎へました

「妾達は、丁度今御尋ねしやうとしてゐた處で御座いましたが、こちらの御主人の御ゆるしで、少し休ませていたゞいてゐた處で御座います。叔母樣方も御出で下さいまして、なんと云ふよいをりで御座いませう、折角の樂しい夜で御座いますから、おいしい御馳走でも致しませう」と云つて、しもべに吩咐けて、持參の御馳走を出させました

「こちらで、いたゞいても、ようございますか」

「いゝえ、もうこちらの御主人は御親切で御かまひなさらないさうで御座います。それに場所も靜で結構でございますから」

そして叔母樣方を、一一主人の儒生に紹介致しました

儒生も、言葉少なではありましたが、親切に御話し致しました

叔母樣達は、何となく身のいらない樣な有樣でゐましたので、あたりにゐる人達は、どうも温く感ぜられませんでした

あれこれしてゐるうちに、椅子や卓子の用意も出來ました。叔母樣達は上座に、御姬樣達もこれにつゞいてかけました。儒生も、一儒に下手に坐りました

間もなく、卓子が一ぱいになるまでに、おいしい御馳走や、美しい果物等がはこばれてコップにはよい香のする飲み物がそゝがれました。これらの御馳走や飲み物は、人の世界に見られないやうなものばかりでした

月はおいおいと照り輝いて、花の上をわたつて來る風の薫りは、身も心も、まろで醉はせる樣なよい氣分で御座いました。御馳走も段々進んでから、御姬樣達も立上つて、唱歌をするやら、ダンスをするやら致しました。歌の聲は靜な、そして落付いたものではありましたが、月のおもてにまで、こだまするかと思はれる樣で、ひらひらと散る花も、それに調

子を合せて落ちる樣にも見えました。儒生はこの歌に聞入つて、蝶々の樣に身輕く足音もたゝないくらいに、踊つてゐるダンスにもう、うつとりとなつてしまつて、極樂にでもゐる樣な氣持ちでした

一先づ終つてから、御姬樣達は又卓子について、御杯をあげて、叔母樣達の健康を御祈りしました。儒生はうつかりしてゐましたが、主人役の立場にあるのを想ひ出して、その場合にふさはしい言葉をのべて、それにならひました。然し叔母樣達はそれでもまだ、一向氣のりのせぬ樣な風でありました。處が一人の叔母樣が杯をあげやうとしたはづみに、どうした事か榴梢さんの着物に、飲みものがかゝりました。榴梢さんは始めからみんなと一儲に、どうかして叔母樣達を喜ばせたいと、一生懸命になつてゐましたが、叔母樣達はひやゝかな風で、一向愉快になつては下さいませんので、少しぶりぶりしてゐる處で御座いましたし、それに歲も一番若く、氣の强い、大層きれいすきな御姬樣でありましたので、すぐに立上りました。そして着物についたきたないしみを見て、すつかりおこつてしまひました

「ほんとに、なんと言ふ、ひどい事をなさるんでせう、外の御姉さま達は、あなたを、こはがつていらつしやいますけれども、妾だけは、何とも思つて居はしませんー

と遠慮なく云ひ放ちました

叔母樣も劣らずに

「どうしてこの娘はこんなでせう、小さい御姬樣のくせに」

と、おこつてしまつて、すそをさばいて立上りました。皆の御姬樣は、その叔母樣のそばに、集まつて來て

「榴梢は、まだ歲のいかない未熟者でございます。どうか氣にかけないで下さいまし、あすは、きつと御詫びに上らせますから」

と申しましたが、叔母樣は、この言葉を耳にも入れないで、行つてしまひました

御姬樣達も、しかたなく、別れをつげて、花の落ち散るなかを、どこともなく立去つてしまひました

儒生は、まるで夢みて居る樣な心持ちで御座いました。そしてまだうつとりとして長い間、そこにじつとしてゐました

次の夕方になつて、御姬樣達は、又揃つて參りました

「實は、妾達は、あなたの御庭に住んでゐるものでございます。妾達は、每年無慈悲な嵐のために破られますので、叔母樣方に守つていたゞいてゐましたが、昨日、榴梢さんが、叔母樣方に失禮して、おこらせてしまひましたので、もう守つ

不著作者，根津零一譯，〈坊やの秘密〉，《臺灣遞信協會雜誌》，第七十八期，一九二八年四月十日，頁一二二—一二三。

坊やの秘密

根津零一譯

この秋から、それはそれは可愛い丶子と、私は、仲良しになりました。

その子の姉さんは、可愛想に、十五の年から、肺を病つてゐるのです。私が、この愛嬌しいやんちやさんの栗色髮のお頭を見かけた時は、大きなお庭の小徑をこつそりと、步き廻つてるのでした。

ふつくらしたお手手で、やつと背が達くか達かないかの、枯枝のぐるりに、糸を、くる/\と卷いてゐました。

「坊ちやん、なにしてるの？」

驚いて、その子は、私をぢつと見入りました。そして、躊躇し乍ら、小路で、次の樣に私に話ました。

「うん、話さうね、僕の祕密を、笑はんで、固く祕密を守ると、僕に誓ふなら。

こうなの、僕ね、「坊や」と云ふの、
そして、きつとお可笑しく思うでせうが、
この夏で、僕五才になつたの、ね、分つた。
隠坊(かくれんぼう)するんでも、今は、たつた一人ですよ。

それはね、僕のお姉さまは病氣だもの。
でね、よくお醫者さんが來るの。
お醫者さん、意地惡(いぢわる)ぢやないんだけど、
大變に八釜敷いの。

お母さまがね、お醫者さんと、
お話する度に、よく泣くの、
でね、どうしてお母さまが泣くか、

僕知りたいの、知りたいんだもの、
きつと、おぢさん、僕叱らない？
こつそりと、昨日、僕ね、
机の下に隠れて、
お醫者さんとお母さまとのお話を、
すつかり聞いたの。

お醫者さんが云つたの、
「地の上を御覧なさい。
もう、葉が澤山落ちてゐます。
すつかり、落ち盡した時に、
お息女様(こさま)は、あの世に行らつしやるでせう。」

だから、僕はね、
落ちようとしてる葉つばを、結付(むすびつ)けてるの、
でもね、大仕事よ。
ね、おぢさん、手傳つてくれない？」

譯者註　この詩は、有名なもので、日本でも、これな飜案して、小説になつたのを見受けたことがある。作者は、佛蘭西人ですが、名は存じません。

不著作者，今井初二郎譯，〈白鳥の王子〉，《臺灣日日新報》，一九三二年十二月卅日。

童話

白鳥の王子

今井初二郎譯

或王様が 大きな森の中をお馬にのつて走つてゐられる中にふと道がわからなくなりました。どうしてもお城にかへる道すぢがみつからないので、うなだれて、木の蔭に休んでゐますと、一人のお婆さんが通りかかりました。王様はハッと思つてお一婆さんお婆さん、私はお城の方にかへりたいのですが、おまへ

道を敎へ てはくれまいか」とお尋ねになりますと「ハイハイ、その道は存じてゐますが、私のお願ひをきいてくださるなら、お敎へいたしませう」と云つて、そのお婆さんは、もし王様が、お婆さんのところにゐる娘さんをもらつて下さるならば、その道をお敎へいたしませうと云ひましたので王様は、もう日もくれて来たし

大へん困ってゐたところですから「よしそれではきつと娘をもらふから、さあ道を案内をしへてくれ」といつて、お殿さまにやつと道をきいてお城にかへつて參りました、そして次の日お殿さまのところから、その娘さまをもらふことになりました。さて王様には、七人のお子様があつて、一番末の子は女であと六人の兄さんと**お城に住**んでゐたのですそれで新しいお母様が森の中からお城にくると、王様は六人の男の子をそつとさびしいある林の中のお城につれていつてしまひましたきつと新らしいお母様にひどい目に合ふと思つたからでせう。林の中のお城、そこはだれにもみつからない、さびしいところで晝間でも、ふくろうが、ほうほうとないてゐました

新しく來たお母様にはやがて男の子が生れました。此國のあとつぎにするためには、六人の王子様をみつけて、一人のこらず

ころしてしまはなければなりませんので、或日新しいお母様は不思議な絲球をとつて、ぽんとお庭にころがすと、その絲球はずん〳〵ところがつてどこへゆくのかはしり出しました。その絲球は六人の王子様のゐる**林の中の**城の前でとまりました。新しいお母様は絲をたよつてそのお城に來てみると、六人の王子達は窓にあつまつてお母様のくるのを不思議さうに見てゐました。お母様は一人一人の王子に白いシャツを投げかけると、皆んなすぐに白い鳥になつてお城を飛立ちました。この新しいお母様は魔法使であつたのです。やがて**お母様は**お城にかへつて安心してゐました。次の日王様がお城を出て六人の王子達を尋ねて行つたとき、どんなに悲しく思つたことでせう。一番あとにのこつてゐた七人目の王女様も、そのお話をお父様からきくと、たつた一度でも、その六人の王子様の白鳥をみたいと思つて、村の中のお城にいつてみました**お池の傍**にあるお城まで来てみると、バタ／＼と羽ばたきがして、池の上を六羽の白鳥がぐるぐると輪をかいて飛んでゐましたが、やがて池のそばにおりてくると、不思議に一人一人の王子達の姿にかはりました「あ、兄さん」といつてかけよると、六人の王子は妹のきたことをよろこんで、一番上の兄さんが「あのたつた三十分だけ**元の人間**になるけれど又あとは白鳥になつてしまふからつまらないなあ」と、さびしいお話をしました。二番目の兄さんは妹に「あさの葉でシヤツをこしらへておくれ、それがあれば六人ともみんなもとの人間の姿になれるんだよ」と云つて妹にそのつくりかたを教へました。それを聞くと**妹の心は**急にうれしさでをどるやうになりました「けれども一口でもおしやべりをして遊つたらいけないのだよ」と云はれたので妹は、早速お城にかへつてたまつたまゝその六人分のシャツを縫りはじめました。毎日シャツをこしらへてゐると、あさの東が足りなくなりましたので、ある淵のそばにいつて、そこで一心になつてシャツをこしらへてゐました

話かはつて

この湖のそばのお國に一人の王様がゐました、或日湖のほとりに來て、小鳥の來るのを打とらうとしてゐると、一人の娘があさの東でシャツをこしらへてゐるのを見てそばによつて來ました

そして「あなたはどなたですか」と尋ねても、王女はだまつてシャツをあんでゐました。王様はあまり

その王女が美しいので、「こちらにいらつしやい」といつて、お城まで連れて參りました。そして王女さまにいつかお話をさせやうとほねおりますけれども、王女様は、かはいらしくほほえんで頭をふるだけでした。王様はこんな可愛い、王女様がなぜ一言も云はないのかと、不思議でたまりませんでした。ところが

大僧正と

いふ王様のはらいか或日、王様にこんなことを申上ました「あの王女は、魔法使です、月夜にお城に行くのを見ました」それをきくと王様はあまりに不思議なので或晩お庭のかげにかくれてゐますと、月の光ならて美しい王女さまがシャツの様をさがしに墓のある方へ歩いて行つたので、王様もたうとう

王女さま

が魔法使ひであると決めてしまいましたその罰では、魔法使は火あぶりにするのがおきまりでしたから、或日町の廣中に十字の柱を立て、その上に王女さまをしばりつけました。はらい道は大勢で薪をその足元につみました、人々はきれいな王女さまの火あぶりをみる為に町中一ぱいにあふれてゐました。やがて

火をつけ

やうとしてゐると遠くの空から、六羽の白鳥が、かなしい泣き聲を立てながら飛んで來ました。そしてその王女の上にくる〳〵輪をかきながらおりて

怒りました。それを見ると王女は出來てしまつた六つのシャツを六羽の白鳥の上に投げました。あっとおもふ間に**白鳥の羽**がすべりおちて六羽の白鳥は六人の王子に變りました。王女さまははじめてお口を開いて、このわけをお話いたしました。王様は大へんよろこんで六人の王子様といっしょにお城の中でお祝ひのお酒もりをいたしました。(をはり)

不著作者，石濱三男譯，〈盲目の乞食犬〉，《臺灣日日新報》，一九三六年二月三日。

フランス童話

盲目の乞食犬

石濱三男譯
宮田彌太郎畫

夜のやうにまつ黑い三匹の小犬が牧場の芝草の上を轉がるやうにして歩いて行きました、三匹の小犬は、百姓家の番犬であるお母さん犬と一緒に散步に行つたのですさうしてお母さんが休んでゐるあひだに、さんざ遊んだのです

ブランシエツトの兄さん達のチユルクとブランシヨンとは妹の耳を嚙んだりして、キヤンキヤンいつてふざけました、ブランシエツトは嚙まれるのがいやなので、尻尾を引込めてしまひました、さうしたら小さい身體なので四本の足だけしか見えないやうになつてしまひました

お母さん犬は笑ひながらそれを見てゐましたが、そのうちにくたびれて弱さも弱いのでぐつすりと眠り込んでしまひました

三匹の小犬たちもしまひにはくたびれて身體を横にして、兄妹らしく仲良くお話しをはじめました

――あなたはあの、盲目のご主人の眼につかないやうに肉を隱して置く犬を知つてゐますか、とブランシエットがいひました、ブランシエットはなんでもかんでも、おしやべりをする惡い癖があるのです

――ふうん、本當かい、とブランションがいひました

――あいつはひどいやつなんですよ、とブランシエットは怒つてつづけました。あのご主人は老人で貧乏で食べるものがないでせう それにあの犬つたら、自分の食べ物をそつと隱してゐるんですよ。

かあいいブランシエットの眼はふんがいで輝きました、ブランシエットは盲目のご主人がかあいさうで、盲目の人に御飯をたべさせるなら自分は食べなくてもいいくらゐに思つてゐるのです

――ブランシエットちやん、と兄のチュルクがいひました そんなことをいつてもお前はあの犬が

なぜ食べ物を隠しておくか譯を聞いたんぢやないだらう．わけもわからないのにひとの悪口をいふものぢやないよ

——あら、とせつかちなブランシエットはいひました、隠しといて食べるつもりよ．きつと．そんなこときまつてますよ、あたしはあいつのそばを通るときは．だから、わざとそつぽを向いてやるの

——僕はさうはしないな．あいつをいぢめるさきに　ほんたうにあいつが悪いことをしてるのかどうかよく見なくちやあ．と兄さんはいひました

百姓家へ歸るには村の路を通らなければならないのですが、そこにはいつも盲目の人が立つてゐるはずなのです．けれどもその日は盲目の人はゐないで．その犬のトムが悲しさうな樣子でぶら〳〵してゐました

ブランションとブランシエットとは頭を高くあげて、いかにもけいべつしたやうにしてトムのそば

を通りました、けれども、自分の友達のトムがそんな悪いことをしようとは思つてゐないチュルクはそばへ寄つて行つていひました

――お前さん、そこでなにをさがしてゐるんだい

――僕は長い間なに一つ食べないんだよ、とトムは答へました、骨でもないかと思つてさがしてゐるんだよ、いつもなら小川によくあるんだがけふはなんにもないんだ

――けさ通りがけに見たら、お前さんは肉をわきへ隠したやうだつたぢやないか

――それは本當だ、でもあれはご主人のだよ、ご主人はきのふから一週のおもらひもないんだ、もし僕があの肉を隠しておかなかつたらほかの犬が食べてしまふからね

――ああ、さういふわけなのか どうだい僕んとこへ来て一緒に御飯をたべないか、僕の御馳走をわけるぜ、とチュルクは兄妹たちと一緒になるために走りながらいひ

ました

トムが肉を隱したわけを聞いた時に、ブランシエットは深く自分をとがめて、恥かしいと思ひました

そして、その自分の罪をつぐなふために、大きな骨を自分の口でくはへて行つて、それをトムにやり、トムに自分の見てゐる前で食べてもらひました

それから、二人抱きつき合つて大の仲良しになりました

不著作者，石濱三男譯，〈フランス童話　蟬と蟻〉，《臺灣日日新報》，一九三八年七月三日。

フランス童話

蟬と蟻

石濱三男（譯）

取り入れが濟んだばかりで、刈られた麥は方々に束にされてありました、地面は太陽に温められ、野原のあちこちには蟋蟀のぶんぶん唸る聲や蟬の鳴聲が一杯でした

そこへ、一匹の蟻が、澤山の餌をくわへて歸つて來ました

蟻はよく働いて、ちつとも骨惜みをしないので、やがて冬が來ようとしてゐても、何の心配もありませんでした、冬中、外へ出ないでも、十分な餌を蓄へてあるからなのです

すると、蟻のそばに太陽の光を一杯に浴びて、一匹の蟬が、樂しさうに鳴いてゐました、蟬は、蓄へといふものをちつともしないで間もなく夏は終りになり、今でこそ餌が澤山ある野原も、やがて雪に被はれて了ふのだといふことに氣が附かないのです

——今日は蟻さん、ばかにくた

びれてゐるやうぢやありませんか

と蟬は、重い荷物を背負つて身體を曲げてゐる蝸牛を見ると鳴くのを止めていひました

——本當にくたびれてるんですよ、何度も何度も出かけたもんですからね、と働き者の蝸牛は答へました

——君はどうしてそんなにくたびれるのかね、と蟬は尋ねました

ほんのちよつとだつて休まないいぢやないか、少しは良い空氣を吸つたり、青い空を眺めたりしたらどうかね

——でもかうしてゐると、寒くなつても、食べ物は十分にあるんで、樂なんです、さうなると私も休むんです、と蝸牛は歩き出しながら答へました

——なあんだ！僕は笑つたり、面白いことをしてゐる方がづつといいや！その方がよつぽど得だ、と愚かな蟬は再び鳴くのを續け、冬になつたらどうしようなどとはちつとも考へませんでした

そのうちに日は過ぎ去り、蟬は

あまり暖くなくなり、地面は堅くなり、さうして冬がやつて來て寒い日陰な天氣が續き、冷たい雨が降り、やがて、もう一層冷たい雪が降り出しました

——外では、風が荒れ狂つてゐるのに、かうして溫く家にゐるとしてゐるのは何といい氣持だらうと蟻は獨り言をいひました、食べ物は十分にあるし、こんないやな天氣の中を外へ出て行かないでゐられるとは本當に有難い、食べ物のない蟬たちは可哀さうだな

すると、その時、蟻の巣の戸を何かでひつかく音がするので、蟻が覗き穴から覗いて見ると、夏中歌ばかり歌つてゐた蟬がそこに立つてゐるのでした

——蟬さん、どうぞお入り下さい、何か御用でございますか

——まあ、聞いて下さい蟻さん私はつらいのです、私はもう二日も前から何も食べないのです、——誰か助けて呉れないかと思つて、友

望の所はみんな訪ねて見ました、所が、或る所では自分の家族を養ふのにも足りない位しかなかつたり、また或る所では、私を怠け者と呼んで追ひ出してしまつたのです！と燕は眼に涙を一杯に溜めていひました

――さあ、お食べなさい、と雀はいひました、食べて力がついたら、お話をしませう

さういつて雀は、おいしさうなものを全部燕の前へ持つて来てやりました、燕はつづけさまに有難う、有難うといひました

さて、食事がすむと、雀が燕にいひました、

――それで、この冬中、君はどうしようといふんですか

――もう、まるで判らないんです、穀粒は落ちてゐないし、地面が凍つてるので、虫っ子一匹ゐないんです

――でも君は、門から門へ乞食することもできないだらう、と雀は言葉を続けました

それにみんなはもう君のことを怠け者で、頭がふわふわしてるっていってるんだもの、で、僕が君を助けてあげようと思ふんだけどそれには、自分で自分の食べ物が得られるやうになるまでは、この蟻の巣の中で働かなくつちや、駄目だぜ

——喜んで働きますよ、と蟬は答へました、僕は今になつて、夏君がいつて呉れたことを聞かなかつたことが氣がつきましたよ、でも、君が教へて呉れたので、これからは働くことにしよう、乞食をするのはいやですからね

それからといふもの、良いお天氣の日があると、蟬は蟻の忠告を思ひ出して、せつせと働きました誰でも働かなければいけないのです

不著作者，南次夫譯，〈童話變な笑ひ聲〉，《臺灣日日新報》，一九三八年九月九日。

童話 **變な笑ひ聲**

南次夫譯

ジロンは海岸の岩を探つてみたかつたのでした

「ぢや、僕たちはネッテイも伴れて行かうね」

とブリアンは答へました

「さあ行くんだよ」

と、彼は驢馬の鬣毛の背を撫ました

「[illegible]入者たちがゐるかも知れないわね」

とジロンはいひました

「おや、洞窟！」

と彼女は大きな洞穴を指しました

「入つて中に何かあるかみませネッテイお前は外で待つてゐるよ」

一人の子供たちは急いで驢馬の背から下りて薄暗い洞窟のなかへ入りました

「ざア　ざア」

と波か近くの岩に打寄せて大な音を立てました

「ひどく暗いのね」

とジロンがささやきました

「僕は懐中電燈を持つて来たよ」

といつてブリアンは懐中電燈を取出して照し出しました

「おや、箱があるよ、それにきつと寶の入つてる小箱よ」

とジロンは叫んで隅つこの扁いものへ走つて行きました

「ブリアン、それを開けられるか知ら」

×

彼らは一緒になつて鍵を解いてたらとう箱を開けました、ブリアンは嬉しさうに「やあ」と叫びました

「それは錆だらけの壊れた古いピクニックの道具だけぢやないか」

「おや下がすつかり濡れて来たよとても冷つこいね」

とジロンはそつといひました

彼女の声は奇妙に微かに響きま

した
「おや、あれは何でせう」
　彼女は太い笑ひが暗い廊下に反響した時一寸ばかしぞくつとしました
　この氣味惡い響の後からまた次の響かしました
「何でもないさ」
　とブリアンも氣休めをいひました、でも彼の胸も高鳴つてゐました
「さあジョン、僕たちは出た方がいいよ」
「また変な音がするわ」
　ジョンは彼女の兄の腕を摑みました
「ねえ、御覧、あれは何でせうか」
　何か黒い恰好のものが入口を塞いでゐました、それからまた変な音が通路に沿つて響きました
　突然ブリアンが笑ひ出しました
「やあ、ネッデイだよ、ねえ、ジョン、ネッデイが僕たちに會ひに來てるんだよ」

×

二人は大急ぎに走り出てネッテイの手綱の端を摑みました

「僕たちが斷崖のなかにゐた間潮が上つて來てるよ、洞穴の入口に砂があつたところはすつかり水だよ、ジロン、僕の背に跳びつき給へ」

——とブリアンは叫んで水をちやぷちやぷ渡つて行きました

彼らが水をはね返して行つた時

「あの笑ひ聲みたいなのはネッテイが私たちに危いことを知らして吳れたのね」

とジロンは急にいひ出しました

「利口なネッティー!」

とブリアンは縮毛だらけの頭をさすりました

「お前には家へ歸りついたら餘分ににんじんと砂糖の塊を四つ上げようね」

彼らが砂の上に辿り着いた時ネッテイは嬉しさうに嘶きました

不著作者，山下太郎譯，〈佛印童話 カムボヂヤ兎物語〉，《文藝臺灣》，第四卷第二期，一九四二年五月廿日，頁八八－九九；第四卷第三期，一九四二年六月廿日，頁四四－五四；第四卷第四期，一九四二年八月，頁三〇－三九。

佛印童話 カムボヂヤ兎物語（一）

譯　山下太郎

本稿はPミダンの編になるもので、挿繪は佛印プノム・ペン美術學校のマオ教授の筆になるものである。

一、兎はどうして象を救つたか

或日、兎が森の中を散歩してゐました。兎は象に出遭ひました。そこで話かけました。

「おゝ象さんあなたは大層心配さうに見えますが、さうぢやありませんか？」

象は答へました。

「さうです！　兎さん、私は昨日虎に遭ひました。虎は私の肉を食べたがつて居ます。その爲に私は大層恐れて居ます。全く心配です。私は心配で居ても立つても居られません」

兎は答へました。

「心配なさるには及びません。待つてゐなさい。私はあなたをその災難から救つて上げませう」

これを聞いて象はすつかり喜んで言ひました。

「私は兎さんの仰言る通りになりませう」

兎は改めて言ひました。

「明日、私を呼びに來て下さい。心配などしないで待つてゐて下さい」

さう言つて兎は行つてしまひました。

翌る日、象は兎を呼びに來ました。兎は象を救けてやる爲に、竹林の方へ象の背に乘つて行きました。そして言ひました。

「もし私があなたの左側を手で叩いたら、あなたは頭を左側へ廻して下さい。もし私が右側を叩いたら、頭を右側へ廻して下さい」

象は、

「承知しました」

と答へました。

虎が灌木の茂みの中から出て來た時に、兎は虎を見ないやうなふりをして、象を强く叩きました。象は頭を右左に振廻しました。虎は餘りひどく驚いたので動けなかつた程でした。虎は思はず獨りごとを言ひました。

「どうしてあんな小さい動物が、象のやうな大きなものを横取りする事が出來るのだらうか、そして象を食つて了ふ心算りなのかしら？」

虎は全く驚いてしまひました。それから恐ろしくなつたので森の中へ逃げて行つて了ひました。象は兎の知慧のお蔭で救はれました。

二、兎はどうして罠にかゝつたか

それから兎は野菜を食べる爲に、河沿ひの畑に入つて行きました。然しこの畑の中には、畑の持主が輪差（紐を輪狀に結んだ罠）を置いて居りました。兎は象を救つて滿足してゐましたから、よく考へもせず歩いてゐました。そのため、ついうつかりして、輪差にかゝつてしまひました。畑の持主がやつて來て兎を見つけて捕へ、家へ持つて歸りました。そして鷄伏籠の中に入れて置きました。ところが

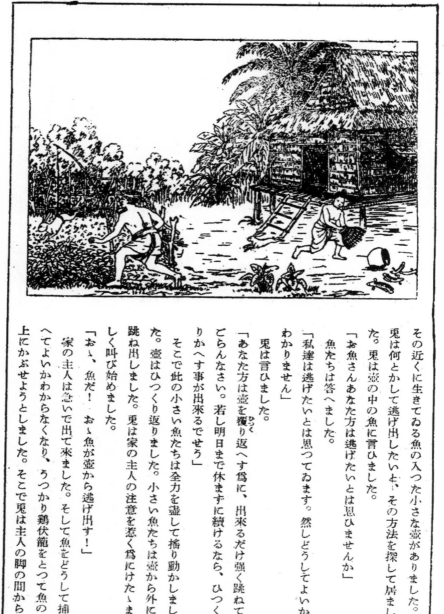

その近くに生きてゐる魚の入つた小さな壺がありました。兎は何とかして逃げ出したいと、その方法を探して居ました。兎は壺の中の魚に言ひました。

「お魚さんあなた方は逃げたいとは思ひませんか」

魚たちは答へました。

「私達は逃げたいとは思つてゐます。然しどうしてよいかわかりません」

兎は言ひました。

「あなた方は壺を覆り返へす爲に、出來るだけ強く跳ねてごらんなさい。若し明日まで休まずに續けるなら、ひつくりかへす事が出來るでせう」

そこで此の小さい魚たちは全力を盡して搖り動かしました。壺はひつくり返りました。小さい魚たちは壺から外に跳ね出しました。兎は家の主人の注意を惹く爲にけたゝましく叫び始めました。

「おゝ、魚だ！　おゝ魚が壺から逃げ出す！」

家の主人は急いで出て來ました。そして魚をどうして捕へてよいかわからなくなり、うつかり鶏伏籠をとつて魚の上にかぶせようとしました。そこで兎は主人の脚の間から

跳び出しました。しかも主人は小さい魚をも逃がしてしまひました。

三、兎はどうして河を渡つたか

この日、兎は河を渡りたいと思ひました。だが自分獨りでは渡る事が出來ませんでした。兎は心の中で「私は策略を使つて鰐を騙してやらう」と考へました。兎は河の堤の上に行きました。すると水面に頭を出してゐる鰐が居りました。兎は言ひました。

「おゝ鰐さん！　こちら岸には草がもうなくなりました。この河を渡して下さいませんか。私は砂糖水や砂糖の土の在る所を知つてゐるのですが。それはあなたに十分喜んでもらへる所なんですがねえ」

鰐はこの言葉を聞くと滿足して、言ひました。

「兎さん、もし君が私に好意を持つて、砂糖の土や砂糖の水の在る所まで連れて行つて具れるなら嬉しいんだが。私はその恩は決して忘れないよ」

兎は言ひました。

「さう言ふ譯なら參りませうね」

鰐は言ひました。

「私の背中に乘りなさい。私は君を向ふ岸へ運びませう」

兎は鰐の皮が嫌ひでした。兎は木の葉を探して來て鰐の頭の上に置きました。それから葉の上に坐りました。鰐は尋ねました。

「何故そのやうに葉を擴げるのですか？」

兎は答へました。

「その譯はですね、私のお尻が清潔ではないからです」

だがこれは本當ではありませんでした。兎は鰐の皮が嫌ひだつたのです。鰐はそれでも泳ぎはじめました。そして兎を向ふ岸に下ろしました。兎は言ひました。

「何處で私は砂糖水と砂糖の土を見つけようかしら？私は君の汚ない背中が嫌ひだつたから、君の背中の上に置いて坐る爲に葉を探して來たんだよ」

さう言つて兎は跳んで行つてしまひました。

四、兎はどうして水蝸牛に騙されたか

或日兎は池の端に行きました。その池の中には澤山の水蝸牛が居りました。水蝸牛達は兎が池の端にやつて來るのを見てゐましたが その中の一匹が兎に尋ねました。

「あなたは非常に馳けるのが速いといふ噂ですが、本當ですか？」

兎は答へました。

「本當ですとも、脚のある動物の中で、私程速く走るものはありません」

水蝸牛はこの自慢を聞いて兎と馳け比べをしようと思ひました。そこで直ぐ言ひました。

「それでは兎さん、私とどちらが速く走れるか賭けをしませう」

兎はこれを聞いて怒りました。兎は聲を荒くして言ひました。

「何だと！水蝸牛のくせに私を馬鹿にしてゐるんですね！あなたは私と馳け比べをしようと言ふのですか？」

水蝸牛は言ひました。

「負ける心配はないんですか。それでは池の廻りを馳けませう」

兎は答へました。

「何處までだつてかまひませんよ。私はどうせ負ける氣遣

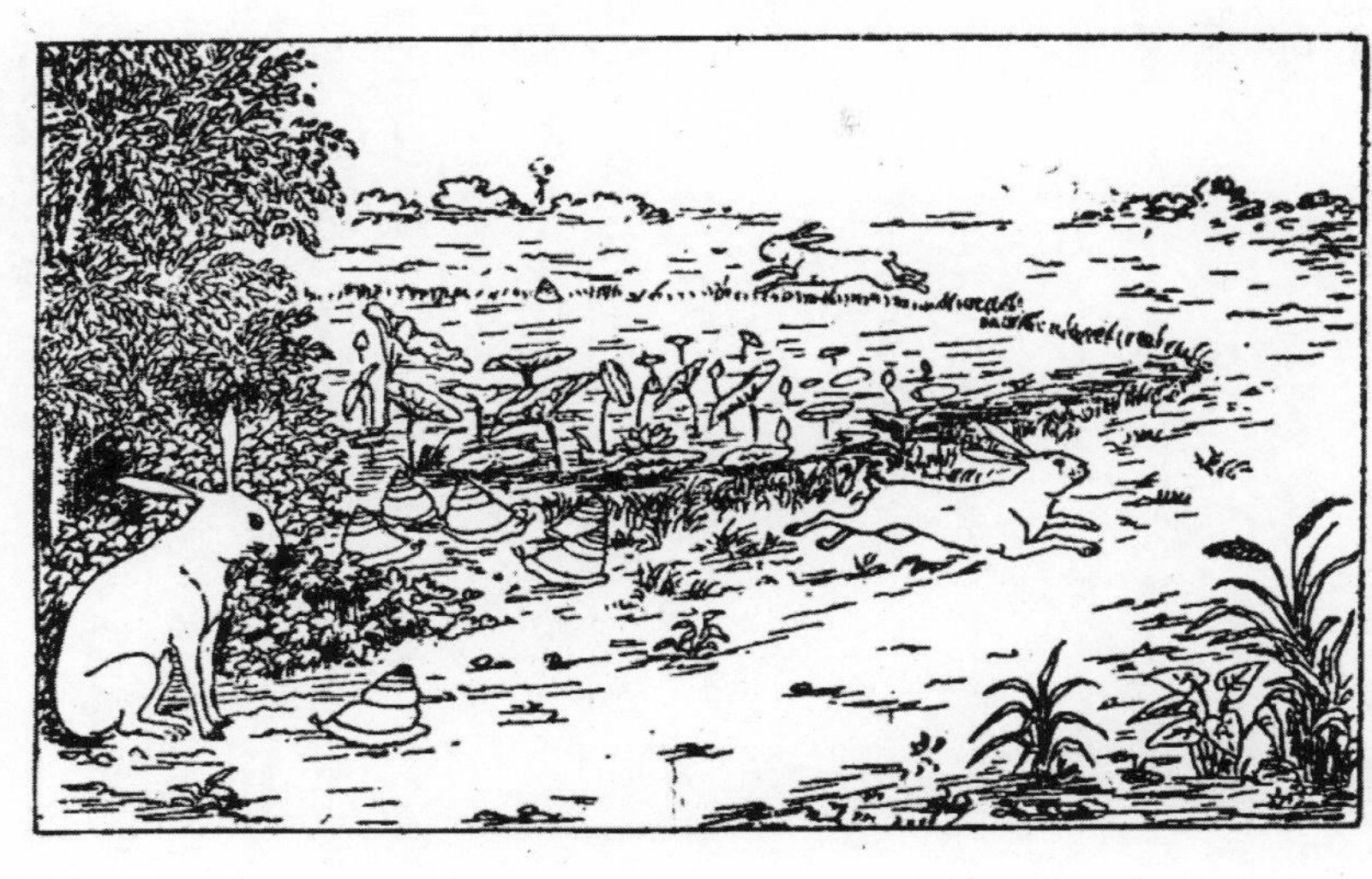

ひはないんだから」

水蝸牛は仲間を探しに行きました。仲間の水蝸牛達は考へました。

「我々はどうせ兎程速くは走れないんだから、池の周りに散らばつてゐよう。兎が馳けて來て何とか言つたら、兎の前の方に居るものが返事する事にしよう」

そこで水蝸牛達は池の周りぢゆうに散らばりました。一匹の水蝸牛が叫びました。

「どうして未だ待たすのですか」

兎は水蝸牛が池の中で散らばつた事を知りませんでした。兎は水蝸牛が速く走れない事を知つてゐましたから、獨り言を言ひました。

「負ける氣遣ひなんかあるものか」

水蝸牛は叫びました。

「さあ！馳けませう」

兎は池の端を馳け始めました。兎が

「水蝸牛君！　どうです！」

と叫びますと、直ぐ兎の前の方にゐた水蝸牛が「どうです」と答へました。兎は水蝸牛が彼の前で答へたのを聞いで更に速く馳け出しました。

「水蝸牛君！　どうです！」と呼びますと、直ぐに、兎の前にゐた水蝸牛が又「どうです！」と答へました。そこで兎は全力を盡して馳けました。兎が「どうです！」と叫びますと、水蝸牛は「どうです！」と矢張り答へました。兎はすつかり疲れて了つて、一寸走るのを止めました。するとすぐ近くにゐた水蝸牛が言ひました。

「兎さん、あなたは賭けに負けたのですから、此の池のほとりに二度と來てはいけません」

兎は、實際は勝つたのですが、全く面目なくて、不機嫌な顔をして引下つてしまひました。

五、兎はどうして魚を捕へたか、そしてどうして山猫を怒らせたか

兎は悲しがつてゐました。兎は獨りぼつちで森の中へ入つて行きました。すると山猫に出遭ひました。兎は山猫に樂しんだり食べたりする爲に、魚を捕りに行かうと勸めました。山猫は「行かう」と答へました。彼等は二人で出かけて行つて澤山な魚を捕りました。二人が十分に捕つた時思はず言ひました。

「どうしてこの魚を運ばうか？」

すると兎は言ひました。

「ねえ山猫さん、私は弱いんですから、此の魚はあなたの尾に結びつけて引ずつて行つてくれませんか」

山猫は承知しました。兎はそこで此の魚を山猫の尻ッ尾に結びつけました。山猫はそれを引くのに非常に骨を折りました。彼は餘り強く引いたものですから尻ッ尾がちぎれてしまひました。そこで山猫は怒つて私の尻ッ尾をちぎらせたのは兎だと言ひました。兎は逃げ始めました。然し山猫は兎に追つきました。そして兎に耳打ちをして言ひました。

「殺してやる」

兎は答へました。

「怒らないで下さい、山猫さん。私はあなたの尻ッ尾を元のやうにしつかりと繼合はしてくれる鍛冶屋さんを知つて居ます」

山猫は兎の此の言葉を聽容れて怒るのを止めました。それから二人は鍛冶屋さんの家へ行きました。兎は鍛冶屋さ

んに言ひました。

「鍛冶屋さん、私共を憐れに思つて、此の動物の尻ツ尾を繋ぎ合はせて下さい」

鍛冶屋さんは鐵の棒を燒きました。それから山猫の尻ツ尾をとつて繋ぎ合はさうとしました。だが鐵の棒は山猫のお尻を燒きましたので、山猫は一生懸命に逃げ出しました。そして森の中にかくれてしまひました。

六、兎はどうして再び民にかゝつたか

或日兎は唐黍畑に入つて行きました。兎は輪差にかゝりました。兎は大層心配しました。どうして逃がれたらよいかわからなかつたからです。そこへ一匹の蟇が跳んで出て言ひました。

「あなたの欲しがつて居た唐黍は上等でしたかね！」

兎は心の中で、

「よし輪差を外す爲に此の蟇を騙してやらう」

と考へました。兎は蟇にかう言ひました。

「おゝ蟇さん！ 若しあなたが私を輪差から外してくれるなら、私はあなたの體に出來てゐる泡疹を治して上げませ

う」

蟇は言ひました。

「おゝ兎さん！もしあなたがさうして下さるなら、きつと御恩返しを致しますよ」

さう言つて蟇は兎を救ひ出すのに骨折りました。兎が救ひ出された時、兎は蟇を叩き始めました。それから兎は蟇に言ひました。

「あなたの體の泡疹を治す藥はありません。それは遺傳病ですから」

蟇は兎にたゝかれ欺かれて非常に怒りました。兎はいつものやうに森の中に入つて見えなくなつて了ひました。

七、兎はどうして急に目醒めたか、
そしてどうして虎の怒りから逃れたか

兎はフネオーといふ名の木の下に寢に行きました。すると兎が眠つてゐる間に強い風が續いて吹いて來て、一つの果物が「とーん」といふ大きな音を立てゝ地に落ちました。兎は急に目を醒まし、地球がひつくり返つたのだと考へて足にまかせて逃げ出しました。兎は虎に出遭ひました。虎は話しかけました。

「あなたは何でそんなに速く馳けてゐるのです」

兎は答へました。

「その譯はですね、地球が私の後ろでひつくり返つて淵が近づいて來たからです」

虎はこの話を聞いて、兎の後について馳け始めました。兎は大層速く馳けましたが、虎は兎程速くは馳けられませんでした。虎は風の精のデヴアタに出遭ひました。デヴアタは尋ねました。

「あなたは何でそんなに速く馳けてゐるのです」

虎は答へました。

「兎が、地球がひつくり返つて、淵が近づいてゐると言つたのです。私は心配だから、こんなに懸命に馳けてゐるのです」

風の精は言ひました。

「おゝ馬鹿々々しい。。地球は未だひつくり返つたりなどしませんよ」

虎はこれを聞いてなるほどと思ひ、非常に立腹しました。虎は本當に食べてしまふつもりで、兎の後を追ひかけ始めました。兎は木の下で眠つてゐました。虎は前脚を兎の上に置いて言ひました。

「私が隨分馳けたのはお前のせゐだ。私は直ぐお前を殺して間違ひなく食べてやらう」

兎は答へました。

「おゝ私を食べてしまふんですか、虎さん、ですが何と言ふ重大な事でせう。凡ゆる動物は私を王に選擧してゐるのです。あなたはそれを知つてゐますか」

この詭計(はかりごと)は未だ虎を騙す望みがありました。兎は虎に言ひました。

「私が王である以上、あなたは私をあなたの背に乗せねばなりません」

虎は答へました。

「あなたの心に從ひませう」

兎は虎の背に乘りました。そしてこの二匹の動物は出掛けて行きました。彼等が動物達の集まつてゐる場所に着いた時、二匹を見つけた動物達は虎を恐れて逃げ出しました。動物達は虎を恐れてゐましたが、兎を恐れたのではありません。でも兎は悧巧にもかう話しました。

「虎さん見ましたか？あの動物達は王様である私を恐れてゐるのです」

虎は、王樣になつてゐる兎を憚つてあの動物達が、急に遠のいたものと信じて、自分の愚かだつたことを兎に赦しを請ひました。

兎は言ひました。

「今度は構ひません。今度だけは私はあなたを赦します。だが再び過ちを冒してはなりませんよ」

八、兎はどうしてもう一度山猫より逃れたか

山猫は兎に對して非常に怒つてゐました。彼は獨りごとを言ひました。

「今度こそ私はあいつの肉を食べてやらう」

そこで山猫は兎を見つけに出かけ、懸命に探しましたが、遂に兎をつかまへて、言ひました。

「今度は間違ひなくお前を食べてやるぞ」

狡猾な兎はかう言つて命請ひしました。

「私を食べないで下さい。私の肉は上等ではありません。美味しい上等の肉を探して來ますから、一寸待つて下さい。あちらのあの家には炙肉（あぶりにく）があり、ます。私はあの炙肉を盜みに行つて來ますから、待つてゐて下さい。そして私共は一緒にその肉を食べませう」

山猫はこの話を聽き容れました。山猫は唾が口から流れる程、炙肉を食べる誘惑にひつかゝつたのです。山猫は言ひました。

「そんなら行つて來なさい」

兎は山猫をその家の前へ連れて行きました。そして言ひました。

「こゝで私を待つてゐて下さい。私は炙肉を盜みに行つて來ます。そして一緒にその肉を食べませう」

兎は炙肉を盜みに行きました。そして其の肉を持つて來ました。山猫はそれを食べる氣で言つぱいでした。

「食べよう！」と言ひました。

然しずるい兎はこんな風に言ひました。

「待つて下さい。大きな木の下へ行きませう。そして其處で食べませう」

彼等が大きな木の下に着いた時、兎は炙肉を持つたまゝ急に其の木に登りました。登る事の出來ない山猫は叫びま

した。

「みんな食べないで、私の分け前を落せ」

だが兎は小さい一と切れも落してやりませんでした。そこで此の肉食物は怒り始めました。しかしどうする事も出來ませんでした。山猫は木に攀登らうと努力しました。兎は山猫が木に攀ぢようとしてゐるのを見て、鍛冶屋さんを呼び始めました。

「おゝ鍛冶屋さあーん！　山猫が戻つて來ましたよーう。鐵を燒いて下さい。そしてもう一度山猫の尻ッ尾を繋ぎ合せて下さい」

山猫は兎がこの樣に叫んでゐるのを聞いて、心配になり、森の中へ逃げて行つてしまひました。

佛印童話

カムボヂヤ兎物語（二）

譯　山下太郎

九、兎はどうして鰐の復讐から逃れたか

兎は新しく生えた水甕顏を食べるために、河に近づかうとはしませんでした。兎は獨りごとを言ひました。

「鰐は私が馬鹿にしたことを、きつと遺恨に思つてゐるに違ひない」

兎は野原にゐて味の無い枯草ばかり食べてゐました。暫くたつてから兎は言ひました。

「恐らく鰐は私が馬鹿にした事を忘れてゐるだらう。いや、事によつたらもう私に恨みを持つてゐないかもしれない」

兎は到頭河の近くに行つて水甕顏を食べ始めました。鰐は兎に近づきじつとしてゐました。そしてもう怒つてゐない様なふりをしてゐました。兎はもはや鰐が怒つてゐないと思ひ、氣ままに水書顏を食べました。いきなり鰐は兎に飛びついて、くはへましたが、兎を恐れさせるために唸り出しました。

「ウウ！ウウ！」

兎はとても心配してましたが、うはべはちつとも心配してない様なふりをしました。兎は考へました。「もしも鰐が口を開けたら逃げ出してやらう」

そこで兎は言ひました。

「あなたがウウ……ウウ……と言つたつて、ちつともこはくはありません。もしあなたがハア！ハア！と言ふなら私は心配しますがね」

鰐はこれを聞き、大きな口を開けて、ハア！ハア！と言ひました。すると兎は堤の上に跳び降りて、言ひました。

「大馬鹿だね！口の中に餌食を咥へてゐながらハア！ハア！言ふなんて」

兎はから嘲つてから森の中へ入つて行つてしまひました。

一〇、兎と山羊はどうして其の不幸を協力して防いだか

或日、兎は河沿ひの豊饒な土地にバナナを食べに行きました。地主は兎が荒すのを大層怒つてゐましたから、路の入口に輪差をしかけて置きました。兎は輪差にかかりました。もはやどうする事も出來なくなつて、兎は大層心配しました。兎は死ぬやうに叫びました。それから死んだふりをしてゐました。

人がやつて來て、死んだ兎を見つけました。人は兎をののしつて、

「そらかかつた！どうしてこんな處に死にに來居つたか！もうバナナが食べられないだらう！」

それから、その人は兎を家へ持つて歸つて、おかみさんに言ひました。

「上等なソースになるやうな酸つぱい果物を探して來なさい。」

その人は兎を家の傍に置きました。この手に負へぬ奴はその時逃げようとしました。人は薪を取つて兎に投げつけました。兎は片脚を折られたので、痛みをこらへながら逃げ出しました。兎は盲目の山羊に出會ひました。そこで言ひました。

「おお、山羊さん、私は片脚が折れてゐます。あなたは目が見えません。そんな譯ですから、私共は兄弟の様に協力して暮して行かうではありませんか。私の脚は折れてゐますが目はよく見えます。あなたは目が見えません。だが脚は達者です。あなたの背に私を乘せて下さい。私はあなたの爲に見て上げませう。」

山羊は承知しました。そこでこの二匹の動物は協力する事になり、森の中に草を食べに出かけて行きました。

二、兎と山羊はどうして虎と猿を恐れさせたか　そして猿はどうして死んだか

この日、虎が兎と山羊を見かけました。虎は山羊を食べたいと思ひました。兎はこれを知つて山羊に言ひました。

「氣をつけなさいよ、虎があなたを食べたがつてゐますよ」

山羊は心配して兎に言ひました。

「兎さん、私を救つて下さい。」

兎は答へました。

「私を信賴しなさい。私に任して置きなさい。」

それから兎は大聲で言ひました。

「私は虎の皮をむいて敷物にするために、五匹の虎を捕へてゐるが、もう一匹の虎が欲しい。今日はそれを捕りに行かう。そしてもう一枚、虎の皮をつくらう。」

虎はこれを聞いて恐れ、轉げるやうにして森の中に逃げこみました。

猿は虎が全速力で馳けてゐるのを見て、尋ねました。

「どうしてそんなに馳けてゐるのです」

虎は答へました。

「私は一匹の小さい動物を見たんだが、何といふ動物だかはわからない。その動物は四つ脚と耳を持つてゐるが、かう言つた『私は虎の皮をむいて敷物にする爲に五匹の虎を捕へてゐるが、もう一匹の虎が欲しい。今日はそれを捕りに行かう。そしてもう一枚、虎の皮をつくらう』と私は恐ろしくなつたので、殺されないやうにこんなに速く走つてゐるのです。」

猿はこれを聞いて言ひました。

「その動物はどんな意地悪だか、見に行きませう。」

虎は答へました。

「私は行くのはいやだ」

猿は言ひました。

「あなたは何を恐れてゐるのです。私に任して置きなさい。私はその動物を捕へて引裂いてやりませう。」

「だが然し猿さん」と虎は言ひました。「あなたは結局逃げ出して私を置去りにするでせう」

猿は答へました。

「そんなに恐れてゐるのなら、私共の尾を一緒に結びつけて置きませう。」

彼等は尾を結び合はせて、兎と山羊に會ひに行きました。兎は虎と猿がその尾を結合せてやつてくるのを見ると、大聲で話し始めました。

「よう、私の奴隷の猿君、君は逃げてゐたね。どこへ行つても君が見えないから探して居たんだ。だが、君は今や戻つて來た。皮をひつぱがす爲の虎を一匹連れて來たのか、それは素晴らしい。」

虎は兎がこんな風に話すのを聞いて大層恐ろしくなり、胴ぶるひをしました。虎は猿に言ひました。

「君！かうしてはゐられない。我々は殺されてしまふ」

それから虎は全速力で馳け出しました。虎はその尻つ尾の先で猿を引きづつて行きました。猿は死んでじまひました。到頭、虎は走るのを止めて言ひました。

「よう！お猿さん、私はあんまり疲れたので、もう一歩も走れませんよ」

虎は猿の死んでしまつたのを知りませんでした。

一二、兎と盲目の山羊はどうして河を渡つたか

兎と山羊は考へました。

「私達はここにかうしては居られない。虎と猿が又歸つて來ないとも限らない。さあ行かう！」

兎と山羊は一緒に出かけました。二匹は河岸に着きましたが、河を渡る事が出來ませんでした。その時河の中にゐた鰐が、頭をあげました。兎は鰐に言ひました。

「鰐さん、私を河の向ふ側に渡して下さいませんか。私はこの盲目の山羊を連れてゐます。私はあなたに山羊を食べさせて上げませう」

鰐はこの話をきいて、心の中で山羊を食べたいと思ひ、兎に、よろしいと言ひました。兎と山羊は鰐の背に乘りました。鰐は彼等を向ふ岸へ運んで行きました。

「兎さん、岸へ上んなさい。が、山羊は置いといて下さい。私は山羊が食べたいんから。」

兎は答へました。

「私は脚が折れてゐるので岸へは上れません。山羊を岸へ上げて下さい。山羊は私を手傳ふでせう。それから私は山羊を落してやります。さうしたらあなたは食べられるでせう。」

鰐は「よろしい」と言ひました。

山羊は先づ第一に岸に上りました。それから兎が上りました。そして歩いて行きました。鰐は待つてゐました。長い間待つてゐました。遂に鰐は考へました。

「兎は私を騙したんだ。彼はただ河を渡りたかつたのだ。仇は討つてやる」

それから鰐は非常に不滿足に立去りました。

一三、鰐はどうして兎に復讐しようとして痛めつけられたか

鰐は大層怒つてゐました。鰐は獨りごとを言ひました。

「兎は河に水を飲みに來るだらう。來たら食べてやらう」

鰐は堤にあがつて、大きな口を開けました。鰐は死んだふりをしてゐました。數時間の後、兎は水を飲みに來ました。兎は鰐が大きな口を開けて死んでゐるのを認めて言ひました。

「あの怒つてる鰐は、私を咬む爲に待つてるに違ひない。」

兎は鰐に近づいて言ひました。

「おお大きな鰐さん、何んでこんな風に此處に死にに來たんですか?」

それから兎は木のきれを一本取つて、閉ぢられぬ樣にする爲に鰐の口の中に入れました。兎はそれから鰐の口の中に入りました。兎は一本の齒にさはつて、かう言ひました。

「此の齒はナイフの柄の樣に見事なものだ」

その時鰐は咬み碎く爲に口を閉ぢようとしました。が、それば兎が口の中に入れて置いた木ぎれの爲に出來ませんでした。それから兎はナイフを探して來ました。そして非常な痛みでひどく怒つてゐる鰐を突きはじめました。

一四、兎はどうして人を救つたか、
そして人はどうして鰐を處罰したか

或日、一人の人が森を横切つて居りました。その人は荷馬車に乘つて居ました。人は鰐に出會ひました。鰐は言ひました。

「神樣、私を憐んで下さい。沼は乾ききつて居ます。私の處には水がありません。憐んで下さい。私を深い沼の處迄連れて行つて下さい」

人は言ひました。

「私はどうしてお前を連れて行つたらよからうか？お前は大層大きいが」

鰐は言ひました。

「その荷馬車に積んで行つて下さい」

「それは出來ないね」

と荷馬車挽きは言ひました。鰐はなほも續けて、言ひました。

「荷馬車の下に縛つて下さい。私の手脚を縛りつけて下さい。そして私共が沼の前に來た時に私を解いて下さい」

荷馬車挽きは一本の綱をとつて、鰐を荷馬車の下にしつかりと縛りつけました。それから路を續けて行きました。沼に着くと人は鰐を解いてやりました。鰐は深い沼を見ると言ひました。

「お前の肉を食べたいから荷馬車から降りろ」

人は言ひました。

「お前は何故私を食べたいといふのか」

鰐は答へました。

「お前は頑丈な綱で俺を締めつけた。俺はとても我慢して來たのだ」

人は倚も言ひました。

「お前が私をどうしても食べるといふのなら、最後に私の子供等を一と目見せてくれ」

鰐は答へました。

「行きなさい。そして早く歸つて來なさい。私は待つて居るから」

人は涙を流して道を續けました。途中で兎に會ひました。兎は人の泣いてゐるのを見て尋ねました。

「何でそんなに泣いてゐるのですか」

人は答へました。

「おお兎さん！私は鰐を救つてやりました。私は鰐を荷馬車の下につけて或沼のところ迄運んでやりました。私が鰐を解いてやりますと鰐は私に言ひました。『荷馬車から降りなさい。俺はお前を食べたいんだ。お前は非常に頑丈な綱で俺を縛めつけた』と。鰐は私に最後に子供等の顔を一目見に行く事を許してくれたのです」

兎は言ひました。

「心配するには及びません。私があなたを救つて上げませう」

人はこれを聞いて大層喜びました。兎は言ひました。

「かくなる上はですね、鰐の處へ行きませう」

彼等が沼の前に着いた時兎は鰐に尋ねました。

「どんな理由であなたはこの人の肉を食べようといふのですか」

鰐は答へました。

「彼は俺をとても強く縛りつけた。餘り強く縛つたから俺は死ぬかと思つた」

兎は尋ねました。

「どんな風に縛られたのですか？堤に上つて其の實際を見せて下さい」

鰐は堤に上つて來ました。兎は人に言ひました。

「もう一度鰐を縛つて見なさい。私はあなたがどんなに鰐さんを強く縛つたかを見て上げませう」

人は鰐をもう一度荷馬車につけました。それが終ると兎は鰐に尋ねました。

「あなたはこんな風に縛られたのですか？」

鰐は答へました。

「もしこれ位に縛られたのなら俺は怒らなかつただらう。だが實際は骨が砕ける程縛られたんだ」

兎は人に言ひました。

「もつと強く、非常に強く縛りなさい」

それから兎は尋ねました。

「こんなでしたか？」

鰐は答へました。

「さうだ。こんな風だつたから俺は怒つたのだ」

兎は人に言ひました。

「あなたがこんな風に鰐さんを縛つたから、鰐さんは怒つたのです」

鰐は非常に滿足した。兎は尙も人に話しました。

「鰐さんがこんな風にしつかりと縛りつけられてゐるから

にはあなたはどうしますか」

この言葉を聞くとこの人は鰐を強く毆りました。鰐は死んでしまひました。

一五、兎はどうして再び虎から逃れたか

或日虎は兎に度々騙されたことを考へて非常に怒つてゐました。虎はかう云ひながら兎を再び探しはじめました。

「兎をみつけたら食べてやらう」

兎が虎に會つた時、兎は全速力で逃げました。虎は兎に追ひつきさうになりました。そこで兎は一つの竹叢の上に登りました。そこに一つの大きな熊蜂の巣がありました。兎は熊蜂が外へ出ないやうに巣の入口の穴をしつかりと塞ぎました。穴を閉ぢられた巣の中の熊蜂は

「むうんむうん」

と音をたてました。

兎は巣を押し始めてゐました。その時虎が追ひついて、兎に大聲で言ひました。

「さあつかまへたぞ」

虎は竹叢に攀登り始めました。すると兎は叫びました。

「私はここへ登る事を許しません。といふのはデヴアタの神が私に音樂を奏でる様に命令なさいましたから」

虎はこれを聞いて登りませんでした。虎は言ひました。

「兎さん、どうか私にも音樂をやらせて下さい」

兎は答へました。

「あなたは嘘をいつてゐます。あなたは私を殺さうと思つてゐるのです。もし私が殺されたら、誰がデヴアタの神に捧げる音樂を奏でますか」

虎は言ひました。

「いや、俺はお前を殺しはせん。お前が俺にも音樂をやらせてくれるなら」

虎は兎が登る事を許して吳れる迄根氣よく要求しました。兎は何も逃げ出す方法を探してゐました。兎は言ひました。

「私はこの音樂がどこ迄聞えるか知りたいんです。虎さんあなたはこの樂器を强く叩いて下さい。さうしたら私は遠くにゐてそれを聞くことにしませう」

兎が遠のいた時、虎は出來るだけの力でたたきはじめました。虎は巣を割りました。熊蜂は虎を何度も何度もとても强く刺しましたので、虎は死ぬかと思ひました。

（註）デヴアタ（Dévatas）は梵語デヴァ（Deav）と同義語で一般神であり、佛典中に見ゆるデヴアは下級神である。（ラルース繪入百科辭典）ゾロアストル教の神話に見ゆるデヴアは惡神であるが印度最古の宗教學ヴエダ中に見ゆるデヴアは梵語「空」を意味する一神である。又後期印度文學中にはデヴアは一神半神或は精靈として出て來る。（大英百科辭典）本物語中では第七章にデヴアタは風の精として出現し、第十九章にはデヴアタ王として動物達畏敬の的となつてゐる。

佛印童話 カムボヂヤ兎物語（三）

譯 山下太郎

一六、兎はどうしてまた虎から逃れたか

虎は非常に怒つて竹叢から降り、兎を追ひかけはじめました。虎は獨りごとを言ひました。

「兎は私を騙した。あいつは私にあの巣が樂器だといつた。あの巣を割れば熊蜂が私を刺すことをよく知つてゐたのだ。今度こそ逃がしはせぬ」

かう言つて虎は全速力で馳け出しました。兎は非常に心配しましたが、よい方法は見つかりません。兎は落し穴に飛び込みました。虎はやつて來て、落し穴の底にゐる兎を見ると怒鳴りました。

「殺してやるぞ」

兎は言ひました。

「おゝ天が落ちて來てあなたを壓潰してしまひます。あなたは今直ぐ死んでしまひますよ」

虎はこれを聞いて恐ろしくなり、兎を憐れに思つて自分も穴の底に降りることを許してくれと頼みました。兎は言ひました。

「若しあなたが降りて來たら、あなたは私を殺すでせう」

「いや若し穴の中に降りる事を許して呉れるなら、私はお前を殺しはしない」

虎はこんな風に降りる許しを乞ひました。兎は穴から出る方法を考へて、穴の底を行つたり來たりしました。それから虎のお尻を咬みました。虎は言ひました。

「若しお前がそんな風に私を咬むなら、穴の外に投げ出すよ。さうすると天はお前を壓潰してしまふだらう」

たちまち兎はもう一度虎の尾を咬んだので虎は怒つて、兎を摑まへ穴から出しました。すると兎は叫び出しました。

「あゝ虎さん早く穴の中に落して下さい」

人々が棒を持つて大勢で馳けつけて、虎を打ち始めました。兎は燃えるやうに花の咲いてゐる枝を折りました。そしてそれを一軒の家の屋根の上に置きました。それから叫びました。

「おゝあの家が燃えてゐる」

人々はこれを聞きました。そして彼等は一軒の家の屋根が赤い焰の色をしてゐるのを見ました。人々は火を消しに歸つて行きました。虎は森の中に逃げることが出來ましたが、散々棒で叩かれたのです。兎は行つてしまひました。

一七、兎はどうしてバナ、を澤山食べたか

ある日、兎は榮養になるものを食べたいと思つてゐました。兎は美味しいものに飢えてゐました。さて兎は一人のお婆さんがやつてくるのを見つけました。お婆さんは頭に笊を載せてゐました。その笊の中にはバナ、と野菜が入つてゐました。兎はバナ、をみて食べたいと思ひました。そこでどうして食べようかと考へました。兎は路のまん中に横たはりました。そして死んだふりをしました。お婆さんは兎が横たはつてゐるのを見て本當に死んだものと信じました。そこでお婆さんは兎を笊の中に入れて路を歩き續けました。お婆さんは、

「この兎を料理して上等のソースを造らう」

と思ひました。兎はバナ、を食べ始めました。兎はバナナをみんな食べてしまひました。それから野菜を食べはじめました。そして野菜もみんな食べてしまひました。家に着いた時、お婆さんは笊をテーブルの上に置きました。兎は笊から跳び出して逃げて行つてしまひました。

一八、兎はどうして二匹の川獺を仲直りさせたか

或日、二匹の川獺が池の中から一尾の魚を捕へました。そこで其の魚を分配しようとしましたが、二匹共魚の頭が欲しくてなりません。一匹が云ひました。

「頭は私が欲しい」

もう一匹も云ひました。

「私も頭が欲しい」

二匹の話は纏りませんでした。これを見た兎は彼等に尋ねました。

「なんであなた方は喧嘩してゐるのですか？」

二匹とも答へました。

「私共は魚を一匹捕へましたが、それを分配する事が出來

ないのです」

兎は尋ねました。

「何故ですか？」

「といふのは二人共魚の頭が欲しいからです」

と二匹が答へました。

「私が分けて上げませう。その魚をよこしなさい」

兎は魚を受取つて、それを頭と尾の三つに切りました。胴の部分に魚の肉が最も澤山ありました。兎は頭の方をとつて一匹の川獺に分け、尾の方をとつてもう一匹に與へ、それからかう言ひました。

「これはあなたの分です。こちらはあなたの分です。この分配をした私は大層骨を折りましたから中の部分を私がとります」

兎は最も上等の眞中の部分をとつて行つてしまひました。

（＊註魚の頭は縁起がよいとされてゐる。交趾支那では村の名家の大晩餐會等の席では、豚の頭が主な御馳走として出される）

一九、兎はどうして又も小さな魚を救つたか

その日、鶴が魚を食べる爲に魚捕りに行つたといふ事です。鶴はさまざまな種類の魚の澤山ゐる殆ど乾いた沼に降り立つて、泥まみれになつてゐる魚を食べ始めました。魚達は鶴に言ひました。

「何故こんなになつてゐる私共を食べるのですか？　若し私共を食べ度いとお思ひなら先づ私共を洗つたらいゝでせう」

鶴はこんな風に答へました。

「私は君達を洗ひに行く處を知らない」

魚は云ひました。

「あなたは私共を深い池に持つて行つたらよいでせう」

鶴は承知しました。魚は尚も話を續けました。

「私共をみんなあの池に持つて行つたらいゝでせう。私共が自分の身體を洗つてから、水の表面に浮んでくるのをあなたは食べたらよいでせう」

魚達は水の中に入りますと、鶴を嘲りながら深い處へ入つて行きました。鶴は水の深い處迄行く事は出來ませんでした。鶴は叫びました。

「私が食べられるやうな表面まで上つてこい」

小さい魚達は上つて行きませんでした。そこで鶴は怒り始めました。鶴は動物をみんな呼んで來ました。錦蛇は堰き止める爲に池に横たはり始めました。象は池の水を吸上げ始めました。他の動物達も水を汲取りました。一尾の小さな鯉が池の中に殘つて殺されるのを嫌ひ、他の池に住みに行かうと岸に跳ね上りました。鯉は兎に出遭ひました。兎は言ひました。

「鯉さん、あなたはどこへ行くのですか。あなたの身體は乾いてゐますよ」

鯉は答へました。

「私は住んでゐた池を逃げ出しました。鶴が私共魚を怒つてます。鶴は仇討ちとして、池をほしてしまふ爲に、動物達を連れて來ました。私は恐ろしくなつたので、逃げ出したのです」

兎は魚を慰めて言ひました。

「心配するには及びません。私が助けてあげます」

それから兎は睡蓮の葉を一枚摘みとりました。そして其の葉を一頭の背面に似たものにしました。兎と魚は池の前の動物達に會ひに行きました。兎と魚は池に着きますと兎は尋ねました。

「誰かデヴアタ王の此の書面が讀めますか？」

動物達は讀みかたを知らないと答へました。兎は言ひました。

「では私が讀んで上げますからよく聞きなさい」

それから兎は睡蓮の葉を取上げて讀みました。

「デヴアタ王に供物を爲す時には長脚の動物はその脚を斷ち折るべし。尾白鷲の翼は曲げ疊むべし。狐や蛇の頭は打叩くべし。象の牙は引き拔くべし」

動物達は兎が讀むのを聞いて恐ろしくなり、森の中に逃げて行つてしまひました。かうして魚達は兎が彼等の敵を騙したお蔭で死から逃がれる事が出來ました。

二〇、兎はどうして虎の危害から四人の人を救つたか

或日、四人の人が森を横切つてゐました。彼等は疲れて眠たくなつたので考へました。

「虎に食べられないやうに豫防法を講じよう。私達は足と足を向ひ合はせて寢ることにしよう。虎は驚いて私達を食べはしないだらう」

それから四人は足と足を向ひ合はせにし始めました。一人は北の方に長くなりました。一人は南に長くなりました。また一人は西に長くなりました。最後の一人は東に長くなりました。それから四人は眠つてしまひました。森の中で餌を探してゐた虎が彼等を見つけました。虎は大層驚きました。虎が北向きの頭の方へ行きますと、南向きの頭が虎の方をむいてゐました。虎が南向きの頭の方へ行きますと、北向きの頭が虎の方を向いてゐました。虎が東向きの頭の方へ行きますと、今度は西向きの頭が虎の方を向いてゐました。虎は森へ歸つて行きました。虎は兎に出會ふと言ひました。

「森の中に四つの頭を持つた動物がゐます。その動物は木の下に寢てゐます。私は殺さうと思ひましたが、殺し方がわかりません。私が北向きの頭の方に行きますと、南向きの頭の目が私を見てゐます。私が南向きの頭の方へ行きますと北向きの頭の目が私を同じやうに見てゐるのです」

兎は言ひました。

「さういふ譯なら動物みんなで、それを見に行きませう」

虎は大小の動物をみんな呼び集めて言ひました。

「私達は非常に大勢なのです。さあ見に行かう」

兎は言ひました。

「待つて下さい。私達は整列して行きませう」

兎は象に前に居るやうに命じました。それからほかの動物を凡て身幹順序に竝ばせました。兎は小さい動物に言ひました。

「かうすれば、危險があつた時、大きな動物と同じ樣に速く退く事が出來ます」

兎はそれから象の頭の上に乘つて言ひました。

「さあ、でかけよう！」

兎は四つの頭の動物を見るとすぐそれは人間だといふ事を認めて心の中で思ひました。

「動物をみんな恐がらせてやらう」

兎は叫びました。

「この動物はその四つの頭で私共を食べるんですよ」

動物達は兎の話を聞くと、みんな恐しくなつて全速力で逃げ始めました。大きな動物は小さい動物を澤山踏潰しました。兎は地上に飛跳ねて人々に言ひました。

「おゝ人間さん、あなた方を殺したいと言つてゐた動物共

は大勢で崩れて行きました」

四人は目を覺しました。兎は人々にありし次第を話しました。するとこの四人の人々は死んでゐる動物を拾ひ集めて、それを家へ持運んで行きました。

二一、兎はどうして裁判官の評判を得たか

或日一人の人が獨りごとを言ひました。

「兎は大層悧巧ださうだが、私は未だそれを知らない。確めてみたいものだ」

その人は次のやうな事を書きました。

『私の水牛が盗まれてから數箇月になります。その水牛は牡でもなければ牝でもありません。盗まれた時は去年だといふのは本當ではありません。今年だといふのも本當ではありません。水牛を盗んだ者は私の肉親の者であるといふのは嘘ですし亦の他人であるといふのも亦嘘です。盗まれたのは牡の水牛ですか牝の水牛ですか？　盗まれた時は何時ですか？　誰が盗みましたか？　兎さんは此の謎を解くことが出來ますか？』

この人は兎に書いたものを渡しました。兎は手紙を受取るとそれを官人の處へ持つて行きました。兎は尋ねました。

「盗まれたものは牡の水牛ですか牝の水牛ですか？　盗まれた時は何時ですか？　誰が盗みましたか？」

官人はわからなかつたので言ひました。

「此の訴へは事實ではない。事實がありとすれば、それは作りごとだ」

兎は言ひました。

「いゝえ、それは立派な事實です。盗まれたのは牡の水牛でも牝の水牛でもないと云ふのですから、それは去勢された水牛の事です。盗まれた時は去年でも今年でもないと云ふのですから、去年の最後の晩から新年に入る丁度境目の時です。盗んだ者は肉親でもなければ他人でもないと云ふのですから、それは義理の兄弟です」

兎はから言ひましたので、この人も官人達も、

「お前は大層悧巧である」

と兎を褒めました。

二二、兎はどうして人の權利を認めさせたか

或日二人の人が魚を捕りに行きました。一人は魚梁を木の上に置きました。もう一人は魚梁を木の根に結んで水の中に入れて置きました。木の上に魚梁を置いた人は、水中に在る魚梁の魚をとつてそれを木の上の魚梁の中に入れて歸つて行きました。水の中に魚梁を入れて置いた人は、自分の魚梁には何も入つて居らず木の上の魚梁の中にたくさん魚の入つてゐるのをみつけて言ひました。

「あの人は私の魚を盗んで、自分の魚梁の中に入れてをいたのだ」

そこで其の人は裁判官に訴へ出ました。裁判官は事實を調べてから判決を下しました。

「その魚は魚の入つてゐた魚梁の持主のものである」

魚梁を水に入れて置いた人はこの裁判に不服でした。彼は森の中に入つて行きました。すると兎に會ひました。兎は尋ねました。

「何を探して居ますか」

その人は答へました。

「私は訴へ事に負けました。裁判官は私の訴へが負けであると判決を下しました」

兎は言ひました。

「其の訴へ事を私に話して御覽なさい」

その人は一部始終を物語りました。兎は言ひました。

「心配なさるには及びません。私があなたを助けて上げませう」

兎と此の人は裁判所に行きました。兎は裁判官に言ひました。

「つい今しがた、私は魚がタマリンドの實を食べる爲に、タマリンドの木に上るのを見ました」

すると裁判官は言ひました。

「昔から魚が木登りしたなどといふ事は未だ嘗て在つたためしがない。兎の嘘つきめ！」

兎は言ひました。

「魚がタマリンドの木に登つたためしがないと仰言いますからには、魚が木の上に置いた魚梁などに入る氣遣ひはありませんでせう」

といひました。そこで裁判官は此の訴へ事を今一度調べる事にしました。それから申しました。

「魚は魚梁を水の中に入れて置いた人のものである」

木の上に魚梁を置いた人は盜んだ罪で罰せられました。

其他

ウヰルヘルム・エルテル作，譯者不詳，〈名優ガルリック〉，《臺灣日日新報》，一九〇一年十二月十五日。

家庭のよみ物 日曜叢談

名優ガルリック

（獨逸ウヰルヘルム、エルテル原著）

ダビット、ガルリックは名高い英吉利國の俳優でガルリックの名は女小供の果までも知らぬ者がありません我國の俳優は團十郎菊五郎の千兩俳優を始めとして學問のある者がなく唯顔がノッペリした計りで品行も至ていやしき者であるから河原乞食とか男地獄とか惡口されるのも當然でありますが此ガルリックは藝が上手な計りでなく學問が出來て自分が作つた戯曲集が三冊、時集が二冊もある程で且つ品行が正しく極く情深ひ人でありましたから時の英國の天子ジョーヂ二世を始め華族等より大層寵愛を受けました此俳優の行ひは感心する事計りでありますが其中一つ茲に御話しましよう

ガルリックはロンドン座の秋狂言もすんだから半月計り田舎を漫遊して氣保養をしようと思ひ何分人の目につかない樣な粗末な支度で別に從者も連れず乗合馬車に乗つて出掛けました處が或る宿塲で其乗合馬車の軸が損じて先へ進む事が出來ませんガルリックは頻りに氣を揉みましたが仕方がない馬車の修繕が出來るまで最寄りの旅人宿の二階に上つて休息しました餘り退屈でならないから土地の新聞や雑誌を取り寄せて見ましたが田舍新聞で至て見所がありませんヒョイと裏面の廣告欄を見ますと二號活字で二段も埋めた田舍には珍らしい大廣告

秋冷の砌り御各位樣方益々御清栄の段奉賀候從て當座の儀御各位樣の御引立に預かり日増し繁昌仕り候段座主始め出方一同謹んで御禮申上候偖て英國第一等の名優ガルリック氏一座を呼び寄せ今晩午後七時より開塲仕候同氏は近頃ロンドンの大芝居にも滅多に顔出しせぬ程に有之候へば御當地へは尋常の事にては參る筈無之候へども當座主とは學校朋友の由縁を以て遙々ロンドンから乗り込まれ候次第にて殊に其出し物ヴエニスの商人は御承知の通りシエクスピヤの傑作にてガルリック氏の十八番に有之殊

に今回は一世一代の狂言にて此狂言はロンドン、座にても二度と二回見られぬ儀に有之大道具大仕掛にて御覽に入れ候間御各位樣御家族御親戚申し合され永當々々御來觀御高評の程伏して奉希上候也

月　日　座主　敬白

とわりましたから流石温厚いガルリツクも非常に立腹しましたろれも其筈ガルリツクは近頃ロンドン座でさへ滅多には出演しない位だから田舍廻りなどする筈はなし此座主とは學校朋友所か名も聞いた事がない況して此の通り近縣旅行中であるから此座主の廣告は頭から尻まで詐僞に違ひない世の中には人の名を騙り惡い事をする奴もある者だと獨り語を言つて居ました

ガルリツクが窓を開けて往來を見渡すと田舍には珍らしく車馬が群集して此旅人宿へ泊り客がどし〳〵入り込んで平常は一人か二人しか泊り客が無からうと思ふ旅人宿は忽ちの間にモー客止の姿である宿の主人始め番頭仲居は一生懸命で來客の送迎に奔走し其混雜は非常であつた暫くすると宿の主人が額の汗を拭き乍らはく〳〵ものでやつて來てガルリツクに向つて言ふには實にどうもガルリツクの勢力は豪い者で平生は碌に人通りさへない此片田舍は此通り貴顯紳士が群集しましたが皆んなガルリツクを見たひ計りであります貴客の車の轅が損じて手前方に御休みになりましたのは勿怪の幸　是非今晩は一幕たりとも御覽なさいと頻りに勸めました

ガルリツクは笑止さを堪ねて善い加減な挨拶をして居ましたが一つ揶揄つてやらうと思つて宿の主人に申しますにはガルリツクとは私が永年懇意にしますからガルリツクの事は一から十まで善く知つて居ると言ひました主人は驚いた顏をしてガルリツクの方を幾度となく見ましてガルリツク氏はどんな顏形でありますと問ひましたから左樣さ世間ではガルリツクと我とは似たとは愚か瓜を二つに割つた樣だとの評判であると言ひました主人は眼を丸くしてガルリツクの顏をヂロ〳〵眺めて居

りまして未だ兎角の言葉もない中に帳場から召ばれて下へ下りて行きました

ガルリックは帽子を後頭部の方へ被ぶり眼鏡を洋服の衣嚢から取り出して掛け洋服の着こなしを變にして動作から容貌までも變ゑ誰が見ても猶太人としか見ゑない樣に作りました二階から下りて宿の主人の鼻先きを通りましたが泊り客の一人が主人に向つて彼の猶太人は遂此邊に見掛けぬ男だが誰だと聞きました流石年中客商賣をして居る主人さへ餘り樣子が變つたから自分の家に先刻から休息して居るガルリックとは更に氣がつきませんでどうも解かり兼ますと返事したのは滑稽でありました

ガルリックは宿を立ち出で二三町程ある劇場へ參り座主に面會を求めたが至て粗末な芝居小屋でありました暫く待つと此方へと云ふ案内に連れて二階の一室なる座主の住室へ通りました英國第一等の名優ガルリックの學校朋友と言つて居る座主はいや早や淺ましい姿で乞食の少し体裁のよいので

女房も六人の兒共もボロ〳〵になつた襤褸の洋服を着て孰れも顏色が青ざめ髮はをどろで丸るで人間の樣がなかつた丁度夕飯時で粗末な卓子の上にはたつた一皿の馬鈴薯の煮ころがしと堅くなつた黑麵包とが載つて居まして如何にも哀れな生計でありました日頃情深ひガルリックは此有樣を見て不憫可哀相と云ふ心が大に起りました

ガルリックに對し座主が丁寧に挨拶をして用向を問ひましたが妻子の居る前では少し話し惡いから其事を座主に告げて外の空き間へ參り偖て貴殿は當座の座主であるかと問ひますと確にそれに相違ないと答へた然らば昨今の新聞雜誌にガルリックの來演する事が廣告してあるが確にそれに相違ないかと一本突き込みますと座主はギヨッとして顏色忽ち變り下を向ひたぎり暫し返事がありませんや丶ありて漸つと顏を上げ兩眼に涙を浮べて申しますには私は近年不幸續きまして兒共の病氣から妻の長病搗て丶加へて芝居の不入にて先刻貴

殿御覧の通りの貧乏生活で何共致し方がありませんこれで良くない事とは知り乍ら斯る企を致したのでありますからどうか此事は大目に見て下さいと呉々願ひました

ガルリック重ねてこれは氣の毒の事ではあるが若し見物人の中にガルリックを知つて居る者があつて演劇最中虚僞があらはれて嚴しく談じ込まれたならばどうするかと質問すると座主はうつむいたまヽ默して何も言ひませんガルリックは現に我はガルリックを知つて居る一人だと言ひました所が座主が吃驚仰天の餘り其處に倒れて仕舞ました

ガルリックは益々可哀相になりまして慰めて言ふには實は我こそは眞實のガルリックで近縣旅行の途中乘合馬車の軸が損じ已むを得ず旅人宿に休息中土地の新聞を見て此事を知つた譯であるが困つたからとて斯る企をするは惡事なれども九死一生の場合とすれば可哀相であるから今晩は乾度我が芝居へ出て無報酬でシエックスピヤのヴエニスの商人を演る決して心配するには及ばんとて衣嚢より少なからぬ金貨を出し此は少しだが見共等に分けてやれと言つたまヽ早々立ち去りました

ガルリックが劇場を出て一先づ旅人宿へ歸る途中果してガルリックを知つて居る人に出逢つて其の人が其事を吹聴しましたからガルリックの評判が益々高くなつて開會時刻のずつと前に早や見物人がどし〳〵と詰めかけて七時頃には高土間平土間棧敷大入場の區別なく爪を立つる隙もない程となり頓て大入客止めとなりました幕が開くとガルリックが舞臺に現はれて得意のヴエニスの商人を演りましたが何にせ作者がシエクスピヤ作中の名作で俳優が英國第一等のガルリックでありますから面白いとも何とも言葉に盡くせません何千と云ふ見物人が息をもつかぬ程感じ入つて見物しまして十一時頃演じ了ると雷が落ちた樣に拍手喝采をしました

右の狂言畢ると再び幕が開きましてガルリック今度は素面中服で舞臺にあらはれ見物人に向ひまして全体今度拙者が當地に招ばれて來たと云ふは無根なりし事、座主が生活に困つた擧句の究策なりし事、拙者が近縣旅行の途中此驛にて馬車が損じ休息中新聞の廣告を見た事、座主の不幸を不憫と思ひ途次の拙者が芝居せし事等を一伍一什物語りて更に言葉を改ため座主の不幸は實に氣の毒の次第でありますから有志の諸君はどうか應分の義捐金を出して下さいと言つて手に持つて居た帽子を取り直し劇場の出口に立ちましたろくで見物人一同がガルリックの義侠心と慈善心に感じて涙を流さぬ者はありませんでしたが外へ出る人素通りする人は一人もなく皆若干かの金をガルリックの持つて居る帽子の中に投げ込んで行きましたから見物人の出きる迄に帽子の金を二度明けました此金は殘らず座主に渡しましてガルリックは直ぐ旅人宿へ歸り翌朝夜の明けない中に大急ぎでそこへか出立して仕舞ました

馮夢龍作，龍題樓譯，〈和譯笑府（一一）〉，《臺灣文藝》，第一期，一九〇二年四月十五日，頁一五－一六。

俳談夜を籠めて別るゝ北枝は暫く伴ひ行きて送別の涙を落せば、翁持てる扇を出し留別の吟を與ふ、能く人の知れる事なり。因に扇は京骨に萩を畫けり、北枝死後希因の手にありしが、今は知らず

◉臨終平然

團友齋涼兎病危ふして、遺言なけねば、門人枕邊に立寄り左ばかりの團友齋、辭世の句なからんや合點かいで〳〵と勵ませば、涼兎目を開き高らかに

合點ぢやろの曉の時鳥

斯く吟じながら『曉のろの杜宇』とやせんといふに、乙由傍らにありて、爰に何をか輪廻せん、ろの曉の時鳥と打ちあげて唱へたれば、曾良筆を執りて記しぬ。

和譯 笑府（一）

龍題樓

◎己惚

頗る附のれ嬢樣のれ供をして、三平二滿の下婢が後ろに追從て參りますと、一個の男が見送つて「アゝ別嬪だなあら」と申しましたかられ嬢樣は下婢を振顧つて「彼の人は妾を何とか云つたの」スルと下婢が大聲で「アラれ嬢樣のことぢやございません」

評に曰く　己惚と瘠氣豈此の下婢のみならんや

◎鼻取

緜卿の花魁が冶客の前で、如何した機會かプイとれ屁を落しましたが、冶客は態と知らぬ振を致して居りますと、彼の花魁は其臭ひを誤魔化ろうと思ひまして、香を焚きまして申しまするには『れ客さん、此香の臭ひは眞でござんしよう』冶客は暫くして『左樣さ、藥屋の門先を掃除屋が通る樣だな』

評に曰く　白粉紅脂を裝ふて、冶客の目を迷はしむるは吾れ之れを知らずにあらざれ共、香を焚じて冶客の鼻を亂さんと欲するに至てはまだ吾輩の識らざる處、孤軍の謀計も亦深い哉

◎自詮

盜賊が五六人、廢屋の内で大酒盛を開いて居りますと何時の間にか銀盃が一個亡くなりました、皆の者が頻りに索しましても一向に見當りません、れ頭が怪みまして一座を佶と見渡し『實に不思議で堪らん、異逆羽が生へて舞つて仕舞ふ筈もあるまい、誰かこの中に偷兒は居ないか』。

評に曰く、兵法に所謂、心を以て心を謀り、我を以て人に及ぼすとは即ち是れなり

文苑

◎問レ道

貴下先生四辻のある所へ參りましたが、自分の行くべき道が何れであるか分りませんので、通り掛りの百姓に尋ねますと、百姓の申しますには『お前さんは八卦見ではないか、自分の行く道が分らなければ、先づお手のもの丶占いをして。この四つの內何れへでも道を判斷したら宜さろうなものだ、お前さん自分の事が分らないで、夫れで能く人の事が分りますね』と一本極め込むと、貴下先生拔からぬ顏して『否、拙者既に之れを筮なつた處、これは通り掛りの百姓に尋ねろ、と封の表に顯はれたので、お前さんに聽いて見たのさ』と。

評に曰く、人を知るは易く、己れを識るは難し

◎評價

一人の官員が其同僚の某に忠告して申しまするには『君には實に惡い癖がある、他かでもないが物を見る度に直ぐ樣評價をするが野卑で不可ない、全體物を估價するは商人のことで、吾々官吏のすべきことでない、以後はチト氣を注け給へ』と忠告致しまする口の下から『幸に忠告下すつて難有い、君の一言實に價千金だ』

評に曰く、此官吏恐らく用度係ならん

文苑　十六

春雨の卷（歌仙一順）

晝からを忘れて居たり春の雨　窓雨
鶯の餌に青き擂鉢　はまのや
末の子に雛をかされとせつかれて　延左
瓢箪からも豆を振り出す　雨
此儘を畫にして見度き月の窓　は
桐から落ちる芋の葉の露　左
ウ
引板鳴子添水案山子に秋深く　雨
先々代は釣鐘の施主　は
いつもかも里の羽織の五ッ紋　左
媒介するはまことそら言　雨
女にはめつらしいほど手書なり　は
月かのはれはうときき釜火　左
夏遊ふならは箱根か熱海にて　雨
指角力さへまけるのは嫁　は
金よりも木ても重たや茶釜蓋　左
鴨鷄籠の泊まる本陣　雨

不著作者，骨仙譯，〈雪の一日〉，《臺灣日日新報》，一九〇九年二月七日、十一日、十四日。

雪の一日（上）

骨仙譯

朝だ。

向ふの方に見ゆる冷たさうな鼠色の雲の中には雪がゐるのだ。

かゝる朝、半ば霜のために白くなつた窓ガラスを通して、段々と明んで来る空を見るのが何よりの好きだ。

羽毛の様な白いものが二ッ三ッ空に舞うてゐるかと思ふと追々に数が増して、ヒラヒラと足もしどろに降つて来る、地面に落ち附くかと思へば又風のために高く舞ひ上つて妙な方角に下りて行く。が水分を含んだ地面に觸はれば直ぐ解けてしまふ——底抜けに降り出す雨の先驅をする雪は一片も降らない。

歩道には二三の人が不愉快な荒みにすさむ眞冬時を豫想してか、今から鼻の先を青くして凍つた様に辛抱強よく立つてゐる。

今晩眞夜中頃か、明朝太陽が、につこり笑ひ出す頃には、此の街も此の庭も、吹雪のために埋められるのだらう。

ずつと前から凍てしまつた地面は、如何な重荷でも御座れと待構へてゐる。北國の人の眼には陰氣な淋しい冬の天地も、自然の懐に抱かれて白い羊の毛皮で包まれてゐるものとしか思はれん。

雲の精は今や密かに白い外套を紡ぎ出した。

併しまた蒼色の地上には灰白の雪が僅かに下りたゞけで、色の褪めかけた芝生の草は幽に緑色の俤を止めてゐる、倘黒いスレート葺の屋根も灰色に見え出した計りだ。

眼の屆く限りに下つた雪は、皆集めて見た所で彼方の築場の小丘にも及ばん位、が斯う云ふ工合に「自然」はこつそりと静かに大發化を持つて來るのである「雪の精」が一握りづつ投げ下ろした此の小さい雪片も、倶すれば大きな地球を蔽うてしまふ。——嫌な嫌な數箇月を青空を見ずに送り、時々上を仰いで其れで滿足しなければならない樣にする。

吹雪は吹雪で仕度い事をさせて置いて、我々は我々でストーブの傍にペンを握つて座り込まうではないか。雪の日はうんざりする程心持が鬱陶しくなるもの、何處やら「愉快」を生み出す力もあり、空想に耽るには持つて來いである。南國に生れた人は自然の樂を奏づる樣な百鳥の聲、森の秘事を私語く樣な小川の流れに耳を澄まして、毛氈に似た柔い若草の上に身を橫たへながら、青葉若葉の下で默想に耽ることも出來る。併し我々は考へやうともしない、我々の夏は考へるには餘りに短かい、只だ漠然とした夢の中に樂しみを見附けて生きてゐるのである。神來の感興に浮かされる時——若し私にも其の「時」とやらがあるものとすれば——其れは枯れ切らない生木が爐の中でパチ〳〵はねる時、パッと燃え立つた焔が薄暗い部屋を一層はつきりと照らして、そして煙筒を上つて行く時、石炭が一ッ一ッ、灰の中へ落ちて行く時なのである。

風に窓ガラスの激しく搖れる時、戸に雪片や雨雪の當る時、私は筆を握り紙を擴げて明星か霰花の樣な——すぐ消えて行く——空想のきらめきを待つてゐる。其の輝き、きらめきが如何なに一時的であらうとも、外界の黑雲のために薄暗くなつてゐる部屋を明るくするには充分である。からして私は自然の子なる冬、十二月の激しい暴風雪の中にヒユウ〳〵と叫ぶ子守歌が大好きなのである。

又外を見て雪の精の働き工合を見やう。

――ゆつくりとしつかり――

雪のためには「自然埋沒」と云ふ大事業をするには今日一日のみではない、まだ幾週間と云ふ長い時日がゐる。

木枯れた芝生の上にはまだ滑らかな外套が掛つてゐない、庭中の一年草は枯れた枝を白い著物の中から突き出してゐる。葉のないバラは吹雪の中に寒さうに立てゐる。丁度八間が此れから嫌な時節に入るのだなと自覺した時のやうに、しよんぼりと立つてゐる。

雪の一日（中）

骨仙譯

夏と共に枯れてしまはなかつた草や木に取つては冬は苦痛の時であらう。枯れもしなければ生きもしない、半殺し同然で今枯れるか今死ぬかと刻一刻待つてゐるんだから眞冬の草木は哀れなものだ。

屋根は殆んど眞白になつた、只門の方だけ吹き通す風のために裸になつてゐる。

暴風雪の猛度を見るには眼の前にある教會堂の尖塔に眼をつけて見ればよく解る。死力を盡して働らく武者の最期の樣に壯絕で悲絕な、降り來る雪と風が中天で爭ふ所がよく見ゐる。時には全景が、もやに隱れた如く朦ろになつたり見ゐなくなつたりするが、時に依ると巨人の樣に風雪の中に突立つてゐる尖塔を圍んで雪投げをしてゐる惡魔の姿を朗らかに見ることがある。

向ふの街路では[illegible]空の面白い惡魔の雪戰に比すべき光景が見ゐる。これは學校生徒の雪合戰である。

對抗せる二校の勝負は生徒自身に書かして見ても立派な「陸軍の光榮」とか「光榮ある戰」と云ふものを書き上げるだらう。

ホーマーの時にもしたき堂々たる戰陣、大きな雪の城、勇敢なる兵、協力敵を挫かんとする意氣、とても下手な筆では寫しきれない程豪壯である。

が一方の勝となり一方が再び立つ能はざる時には其れで合戰は止めて、一緒になつて戰場に巨大な紀念碑を建てた雪で建て上げ、其の上に勝者の像——同じく雪で造つたものを乘せる。一週間も經つと通行人の眼には巨大な紀念碑も小高い雪の丘としか見ゑない。其の雪塊が例の大合戰……大勝利……を包んでゐるものとは見ゑない。

「如何して此んなものが出來たゞらう」

「一體誰がしたんだらう」

「して、如何いふ意味なんだらう」

半ば毀れ、柱臺のみの樣に見ゑる此の紀念碑は此れ迄度々通行人に此の疑問を起さした、が其れに答へる人は一人もない。我々は再び爐に向つて風に耳を貸しながら考へに沈まう。さうすると風は明晰として節のある聲で、躁暴な此世界に超越した事柄をペンで書けよと、敎へるだらう。眼の前を飛んでゐる雪の花冠を頂いてゐる姿……を捕へることが出來るなら其の考を次の題としやう。

・・・・・・

「冬」は如何して自分の近づいて來るのを知らすのだらう。晩秋になるとヒユウ／＼と風が吼ゑ出す——此れは「自然」の此れまで遊蕩してゐた藝者の群に「破壞者」が侵入して來て風に木の葉を撒き散らしてゐるのを見て、彼の女が歎聲を洩らしてゐるのである。此の聲の聞ゑると直ぐに人々は澤山重い温かい著物を重ねて、つまらなさゝうに頭を振りながら「冬が近くなりまして」

と云ひ出す。杣の斧が鋭く森の中で反響する。石炭屋は苦痛に泣いて居る「自然」の叫聲が石炭の値を高くするとて大喜悅。泥炭の烟は芳ばしい香を大空に充滿させる。

其れから二三日經つて、夕暮に子供達は窓の外を眺めて幽かに雪が空に舞うてゐるのを見出す。此の白いものは嚴格な「冬」の禮服なのである。子供は火爐の周圍に集まつて煙突の廣い通氣筒を咆哮して下つて來る底力のない冬の聲に慄いて、母の著物に縋り附いたり父の膝の上に抱かれたりする。親も子も是を聞いて身の毛を逆立て「冬が來た。寒い冬が來た。」と叫ぶ。

日曜欄

雪の一日（下）

骨仙譯

ニユー、イングランドでは、凡の火爐も皆猛烈になつて、森や町や村に暴威を逞しうする和らげにくい神に絶えず烟の犧牲を供げる。神は白い眞白な裝束に大きな氷柱の杖を握り鬚も頭髮も風に揉まれて蓬の樣それで身を切る如き北風の中を彼方此方と歩るく。此の神の通路にゐた宿無しの放浪者こそ憐れむべきものである。「冬の神」に追ひ越された處で彼れは堅い堅い「氷で作つた人の形」になつて仆れてしまふ。矢の樣に流れてゐる川でも大きな廣い湖でも神の濶歩すると共に直ぐ岩の樣に堅くなつて平氣で其上を歩るくことの出來るやうになる。斯くして暴主の荒涼たる帝國は遂に建設されたのである、其上を北極の荒漠なる色が漂ふやうになつた。

併しニュー、イングランドの人間は彼の迫害に對して決して不平を云はない。彼は北國の人民の父――嚴格で粗暴ではあるが――父である、彼は北國の人の堅忍不拔な氣象を涵養して與れた恩人である。からして我々は彼に對して陽氣なベルの音に送られての橇遊び、パチパチと薪がはねて强壯な男や娘の赤い女を照らす火爐側――總ての家庭的娛樂、凍てた地上に夥だしい快樂――を享けることの出來るのを感謝しなければならないのである。

風雪の七箇月が去つて「春」が花衣著た處女の姿で白髮頭の暴主の背に菫の花を投げつけたり、通り過ぎた道々に青葉に染めた若草を植ゑ附けたりするのを見て我々の悦ぶのは「冬」が決して悪いからではない。「冬」は自分の領地を棄てゝ行きゝる迄に幾度か激しい勢で後戻りして、震うてゐる春に吹雪をおびせかけることがある。そして遂に北の北の極で夏中を過すのである。

* * * * *

からいふ空想は、心の眞面目な努力と相俟つて冬の日を過しよくする。

から考へてゐる間にも暴風雪は止まずに荒んでゐた。そして短かい日の午後も暮れかゝらうとする今では益々激しく雪が降つて來る。

窓には一番下のガラスの半ば位も雪が積つて來た。庭は一面に白くなつた。街路には二三箇所裸の所がある、此は風が吹き飛ばしたもので其の代りに垣根や戸口に白い大きな土手が出來上つた。

風に上著を翻らした人が一人、足を半分も雪の中に突入れて大跨に歩いたり、或は橇の所を小走りしたりじて寂みしさうに行く。暴風雪の中を命懸けでのろのろと進む馬にふさはしいベルの不活潑な音が橇の通るのを告げてゐる。其後には一人の男の子が馭者に見付けられないやうに頭を縮めて橇にかなり附いてゐる。次には冷たい火爐に急に「冬」の御見舞を受けた富人の註文品らしい薪を山の樣に積んだ橇が通る。

何とみじめなものが凸凹の多い雪道をたどつて行くではないか、黒色の柩車が雪で白く、彩られて風雪の中を、凍てた永久の休憩所まで死人を運で行く！「自然の母」の懷に、不幸な人に對する一點の溫情なき冬の日の葬式ほど氣の毒なものはなからう！

夕暮は――十二月初旬の――此不愉快な景色の上に段々と面紗を被せ初めた。火の光は益々輝きを增て來る、そして私の影を壁や天井にゆらめきながら寫してゐる。暴風雪は尚止まず刻々激しくなつて窓の戸に當る。私は身振るひした、そして今は悲しむべき時であると考へた。

其れから「死衣」を著た「死せる自然」を見てゐると、頰白が一群雪の中をさも身輕るく飛び廻つてゐるのに目が附た――丁度夏の盛に燕が樂しさうに飛でゐる樣に――彼等は何處から來て何處で巢をくうて何處で食物を求めるのであらうか、同じく羽翼を持つてゐるのだから冬の暴風雪の玩具になるよりは、冬の心地惡い荒涼の夕々飛び廻るよりは、何故夏を追うて地球を廻らないんだらう？

私は頰白が何處から來るのか、何故來るのか知らない、併し彼等が雪の中を放浪してゐるのを見て私の心は非常に輕るく樂しくなつた。（をはり）

不著作者，瀨野雨村譯，〈除夜〉，《臺灣日日新報》，一九一〇年一月一日。

除夜

瀨野雨村譯

世に鐘といふ鐘の響の中で——尤も鐘と云へば、何れも天國に通ふ音樂の音色を發するものなれど——除夜の鐘の音ほど、莊嚴に且つ人の心を動き撼かす力のあるものはない。此鐘の音の中には、過去十二箇月間に散布された、あらゆる蓄物の幻影が凝集せられゐると見らて、是れを聞く刹那、ヒシヒシと私の胸に浮んで來る——其思ひ出多き月日の中に、私の行ふた事や、私の身に受けたことや、さては充分に爲し遂げた事、又手を着けた儘、投げやりにして置いた事なども——。宛然人の臨終に侍して、初めて其人の眞價を知る如く、一年の瀨に立ちて、今更の樣に其歲の價値が判つて來る。斯うなると年と云ふ無形のものも、生た人の樣な色彩を帶て來て、或時人が歌ふた、

暮れ行く年の裳裾見ゐけり

といふ句も、強ち感興的の詞でない樣に思はれる。

これは年の瀨と云ふ、あの悲哀な別れ路に立てる人々が、其流す眞摯な涙の中に、誰しも感ずるところのものであつて、私も昨夜左樣感じた、他の人々も斯く感じたに相違ない、尤も稀には、私の朋友の中にも、暮れ行く年を追懷すると云ふ優しき情より、寧ろ新年の生誕に對して歡迎の心を露はしたいと望む人もないではないが、そんな人には私は些しも同情を有たない——來るを迎へて、行くを憶はすといふやうな人には。

私が發育の恩を受けた長上——父兄伯叔——は、何れも嚴格な、舊慣に基く儀式などは、決して疎にしないといふ性格の人々であつたので、舊年を送る除夜の式などは、何處までも、固有の典禮に法つて行つたものである、其當時に於ても、夜半の其鐘の音を聞くと、いつも必ず私の想像の中に、

物悲しき幻影の行列が、陸續と現はれて來る、四邊の人々は反對に夫れを聞て、歡喜の念を高める樣だつたが。尤の此鐘の音には、如何なる意義が含まれてゐるのか、そんなことは知る筈もないし、又それが私に關係ある大切な計算なんぞとは、考へも及ばぬことであつた。これは幼年者に限らず、三十位迄の青年にはありがちのことで、自分は必ず死す可きものだなぞと云ふことを意識して居るものは恐らくあるまい。勿論高年者と雖も、自己の一度は必ず死す可き者だといふことを、承知して居ないとは云はない、イや寧ろ知り過ぎて居る、それだから、人に向つては、喋々と人生の果敢なきことを說法するであらうが、併し死といふことを、胸の奧底に充分感得して居るであらうか、覺束ない、六月の炎天に照されて居る間は、如何に承知して居ても、十二月の寒空を充分に想ひ浮ぶることの出來ないのと一般だ。

併し今では、打明けたところ、私は此鐘の音の決算を强過ぎる程、染々と身に感ずる、それで、自分の生涯の長さを出來るだけ量りて見やうとするし、又守錢奴が金錢に於ける樣に、一瞬時の消費を惜みもする、老先が漸次短くなるに伴れて、年の暮の感じも一層痛切になり、はては叶はぬながら、歲月といふ此大車輪の輻に、纖弱な私の指をかけて、その運行を止て見たくなる。

私の最上の願望は、今の私の年の儘じつとしていつまでも變らないで居たいと云ふことである―私も　私の朋友も――今より若くならなくつても、富貴にならなくつても、又美しくならなくつても宜しい、私は此齡といふものゝ爲に、竟には此世の止めを刺され、所謂熟した果實の樣に、ポツリと壙穴の中に、落ち込んで行くのが、厭でたまらない、又全體から謂つて、生活上に變化の起るときほど、私の心を惑はし、胸を惱ますことはない。

世には人生を厭なものだと公言して、得々

たる人もある、斯う云ふ人々は自分の生涯の終局を、避難の安全港とも稱へ、又墳墓を柔かな優しき腕とも讃むる、さうして、其中に這入のを、穏かな枕の上に眠るのと同様だと言して居る、それで或人は死と云ふものを眞から戀ひ慕うて居る様だ、が、併し私は大呼叱咤する、

「退去れ、此不潔な、醜い妖魔め」と。

さうすると、今度は亡者どもが、『私が引受けた』と云はんばかりに、ヒョコ〳〵、やつて來て、

『お前も程なら私どもと同じ身の上になるのだ』

と厭な、知れ切つた理屈を説法し始める。

「ところが、亡者君、御生憎さまだが、僕の生涯は、君等が想像する程短くはないテ、斯ふ云ふ間も僕は生て居る、ソラ此通りピン〳〵跳ねて、憚り乍ら、君達が二十人集つたつて、僕には叶はないよ。その僕に向つて説法などとは笑止の至りだ。身の程を知れ、身の程を、君達にはもう新年といふ目出度い日は、拜んでも來ないじやないか。僕なんか、斯う見ゑても、まだ生存へて、目出度く一千八百二十一年といふ新年を迎へる候補者の一人だ、ドレ、もう一盃屠蘇でも汲んで、あの鐘の音――今の先き迄で、一千八百二十年といふ、暮れ行く年を弔うて居たが、もう反側つて、新らしき初春の來るのを迎へて居る――あの勇ましい音色に伴れて、樂しき新年の唱歌でも唄はう」

ロセツテイ作，上田敏譯，〈春の貢〉，《臺灣遞信協會雜誌》，第五十五期，一九二四年四月十七日，頁八一。

春の貢

草うるはしき岸の上に、いと美はしき君が面、われは横へ、その髪を二つにわけてひろぐればうら若草のはつ花も、はな白みてや、黄金なすみぐしの間のこゝかしこ、面映げにも覗くらむ。去年とやいはむ今年とや年の境もみえわかぬけふのこの日や「春」の足、半たゆたひ、小李の葉もなき花の白妙は雪間がくれに迷はしく、「春」住む庭の四阿屋に風の通路ひらけたり。されど卯月の日の光、けふぞ谷間に照りわたる。仰ぎて眼閉ぢ給へ、いざくちづけむ君が面、水枝小枝にみちわたる「春」を尋びて、わが戀よ、温かき喉、熱き口、ふれさせ給へ、けふこそは、契もかたきみやづかへ、戀の日なれや、冷かにつめたき人は永久のやらはれ人と貶し憎まむ。

――ロセツテイ――「上田敏譯」

不著作者，吳裕温譯，〈阿里山遊記（譯文）〉，《臺灣之產業組合》，第五十五期，一九三一年一月十日，頁八四－八五。

各自血潮のしたゝる獲物を脊負ひ枯野道を辿りつゝ歸社する様は丸で落武者然として居つた。

落人の行く影さみし枯尾花

其の蕃人等は遙かに見えつゝあつたララチ蕃社頭目一行の狩獵歸りだこ。

今日も奮起湖驛で晝食を喫し其の際第二回視察團こ行き違つたのでハンカチなどを振つて登山者の安泰を祈つた。

再び乘車するこ張り詰めた氣も聊かゆるみしにや瞑目するもの多く遂に眠りに誘はれた、竹崎驛を濟まし平地線に乘り替へ午後三時十分一行は無事嘉義驛に到着した此處で樂しく親しかりし視察團一行は解散する事となり主催者側たる臺灣産業組合協會や嘉義購買組合の一方ならぬ御厚意を感謝しつゝ互に別れを惜しみ挨拶の交換をして旅館に引き返した。

仙境の二日は夢や木の葉月

阿里山遊記（譯文）

吳　裕　温

夫れ平凡を超えたる者は始めて清雅こ爲す可く。脫俗に出たる者は尤も逸致こ爲す可し。人間に於ての標賞は尙ほ此の如く然る。況んや山水の愛に於てをや。惟ふに崢嶸峻峭。山陵の重疊高抜にして空を凌ぐ。山根玲瓏にして、泉流れて清韻なる者。始めて擇ぶ可き乎。嘗て聞く。阿里山は鐵道を開鑿してより材木を採取して以來。堅鎖せる深谷閉絕せる山も道を通じ。而して山高く、氣清し、景色佳麗にして常に遊者者の嘆絕こ爲る。余久しく之れを慕ふ。一たび遊ぶ機無し。幸に第七回臺灣産業組合大會を羅山に開く。協會主催に由り、視察團を組織し分ちて高雄州團五十餘名と爲す。庚午十一月二十六日北門驛より啓行す。地勢は漸く高く。竹崎に至り機關車を後に換へ車輛を推駛し、烏龍之穿山ずるが如く爲す。山坡を走り溪谷を經る。隧道に入り山腹に出づ樟腦寮に到る。是れより山は獨立こ稱す一峰峻峭。而して烏龍の蝸牛狀の如く環走し。凡て五回樟腦寮を見得る。山高く人も高し景幽かに眼自ら幽なり。羅山の一帶を展望し、紫霧雰設、平野は廣濶なり。足下の溪谷の間人家を散見す。未だ必ずしも是れ秦時の隱者の來りしならず。獨立山頂を過ぎて、奮起湖に至る。凡そ四千餘尺の高さなり車窓より瞥る所、四面盡く是れ峰巒にして翠秀滴らんこ欲す谷中は深暗にして、之れを視るに茫然こして色をして色を失ふ。而して羅山再び瞻る可からず。此の地を經て、空氣いよ〳〵寒冷を覺ゆ、山壁造林を富有す、多くは是れ針葉樹也、二萬平に至り、地稍平廣にして數家を容る可し、然かるに一角の聞落あり、斷崖千丈にして人をして久視す可からず、是れより森林地帶に闖入す、到る處巨樹林立し風致幽かに寒し。大なる者車輪の如く小なる者土桶の如し、幹直にして、脊を淩ぎ、枝請風を掃ひ古色蒼然として幾多の霜華雪片を經たるを不知、其の枝葉枯死して折落せる者尤も多く、而して扁柏と紅檜多し、幾時之を去て神木を經り阿里山に着く、日色將に晡ならんとす、猶ほ進行し塔山を經る、凡そ七千六百餘尺にして最も崎嶇たり、眠月に至り營林所の作業を觀る、其の隔離せる山谷の幾十里之材木を機關を以て之を釣り集むべし、伐採と如ひ、登固と如ひ、倶に危險を極め觀る者をして心寒からしむ、其の無盡藏之山面は到る處樹頭の殘朽を多見す、之を計ふに樹齡概ね五六百之年物たり、それ豈に容易に之を得て爲す可けんや、是の夜阿里山に歸宿す、地勢崎嶇にして人煙數十隱々たる仙環なり。氣候請和、居る人老幼とも两頰桃紅にして秀色愛すべし山高七千餘尺、夜中の月色低斜星辰摘むべし、寒威骨を侵し、山肴佳味にして橙を舉げて滿酌す、既に醉ひて寢に就き知らず一宵を越宿せり、翌早の請轎興に乘じ數嶺して祝山に到る、海拔八千二百餘尺之上左は次新高を顧み、右は關山を瞻め而は新高を拜す、山巓は秀峻にして景色玲瓏たり、幾ならず朝日山上より無限の銀線を放出す、佳麗を叫絕して萬歲を三呼し爲めに健康を祝す。遙に雲海の洋々たる一帶を觀る、嘆人生雲外に抽出し能く清淨無塵之山嶺と相接觸するは宛も神仙之山を超え海を渡るが如く、蜉蝣の吾生を以て幾度か之を得べきや。

少頃にして下山す請假を畢へ、束裝して神社を參拜し並に神木を來觀す、樹高百五十尺、周圍六十五尺、樹齡約三千年。神氣磅礴として古色蒼然たり、此れより一行は路に歸途に次ぐ、凡そ一路に所費せるは八餘時にして、經つ所八十餘の隧道、幾百の深谷を經て幾千の山嶺を跋く、之れ眼界を劈開するに千奇萬狀たり、其の經る所萬千の危險有り、夢寐の間に猶然として之に磅礴たり、其の奇を窮むる絕境は豈に阿里山に在らずか、所謂ふに愛すべき者惟だ峭嶸峻峭、山陵の重疊、高拔にして空を淩ぎ山根玲瓏にして泉流れて清韻なる是なり、是以に記を作り以て後の來遊する者に俟つ。

編者簡介

主編

許俊雅

臺南佳里人，臺灣師範大學國文研究所碩士、博士，現任該校國文學系教授，曾任臺灣師大人文教育研究中心秘書、推廣組組長、國立編譯館國中國文科教科用書編審委員會委員、教育部課綱委員等職。學術專長為臺灣文學、國文教材教法以及兩岸文學等，著有《日據時期臺灣小說研究》、《臺灣文學散論》、《臺灣文學論——從現代到當代》、《島嶼容顏——臺灣文學評論集》、《見樹又見林——文學看臺灣》、《無悶草堂詩餘校釋》、《梁啟超遊臺作品校釋》、《瀛海探珠——走向臺灣古典文學》、《裨海紀遊校釋》《低眉集》、《足音集》等，編選《王昶雄全集》、《全臺賦》、《翁鬧作品選集》、《巫永福精選集》、《黎烈文全集》等，曾獲第二屆、第三屆全國學生文學獎、第十七屆巫永福評論獎、第三屆傑出臺灣文獻「文獻保存獎」等。

顧敏耀

臺中霧峰人，中央大學中文系碩士、博士，曾任中央大學中文系兼任助理教授、臺灣師範大學國文系博士後研究員，現任國立臺灣文學館副研究員。著有《陳肇興及其《陶村詩稿》》（臺中市：晨星出版公司，二〇一〇年）、《臺灣古典文學系譜的多元考掘與脈絡重構》（中央大學中文系博士論文，二〇一〇年）等。先後榮獲中央大學研究傑出研究生獎學金（二〇〇六）、張李德和女士獎助學金（二〇〇九）、演培長老佛教論文獎學金（二〇〇九）等。

文學研究叢書·臺灣文學叢刊 0810004

臺灣日治時期翻譯文學作品集 卷五

總策畫 許俊雅
主　編 許俊雅 顧敏耀
執行編輯 張晏瑞 游依玲 吳家嘉
校　對 許俊雅

發行人 林慶彰
總經理 梁錦興
總編輯 張晏瑞
編輯所 萬卷樓圖書股份有限公司
排　版 浩瀚電腦排版股份有限公司
印　刷 百通科技股份有限公司
封面設計 斐類設計工作室

發　行 萬卷樓圖書股份有限公司
臺北市羅斯福路二段 41 號 6 樓之 3
電話 (02)23216565
傳真 (02)23218698
電郵 SERVICE@WANJUAN.COM.TW
大陸經銷 廈門外圖臺灣書店有限公司
電郵 JKB188@188.COM

ISBN 978-957-739-880-2
2020 年 12 月初版三刷
2015 年 12 月初版二刷
2014 年 10 月初版
定價：新臺幣 18000 元
全五冊，不分售

如何購買本書：
1. 劃撥購書，請透過以下郵政劃撥帳號：
帳號：15624015
戶名：萬卷樓圖書股份有限公司
2. 轉帳購書，請透過以下帳戶
合作金庫銀行 古亭分行
戶名：萬卷樓圖書股份有限公司
帳號：0877717092596
3. 網路購書，請透過萬卷樓網站
網址 WWW.WANJUAN.COM.TW
大量購書，請直接聯繫我們，將有專人為您服務。客服：(02)23216565 分機 610

如有缺頁、破損或裝訂錯誤，請寄回更換

Printed in Taiwan

國家圖書館出版品預行編目資料
臺灣日治時期翻譯文學作品集 /
許俊雅 總策畫.
-- 初版. -- 臺北市 : 萬卷樓, 2014.10
冊 ; 公分. -- (文學研究叢書. 臺灣文學叢刊 ; 0810004)
ISBN 978-957-739-880-2(全套：精裝)
813 103015988